Himmelwärts

REBECCA HOHLBEIN

Himmelwärts

Roman

Originalausgabe

HEYNE

Verlagsgruppe Random House FSC-DEU-0100
Das für dieses Buch verwendete
FSC-zertifizierte Papier EOS
liefert Salzer Papier, St. Pölten, Austria.

Copyright © 2010 by Rebecca Hohlbein
Copyright © 2010 dieser Ausgabe
by Wilhelm Heyne Verlag, München
in der Verlagsgruppe Random House GmbH
Printed in Germany 2010
Umschlagbild: Nele Schütz Design, München
Redaktion: Martina Vogl
Herstellung: Helga Schörnig
Satz: Leingärtner, Nabburg
Druck und Bindung: GGP Media GmbH, Pößneck

ISBN: 978-3-453-26688-9
www.heyne.de

Für Jens, den Mann mit der Bluse

Es wirken mit

in den Hauptrollen:
ALVARO, ein Schutzengel
LENNART BÜCKEBURG, sein Schützling, auch der »Neue
   Prophet« genannt
TABEA, ein Vampirmädchen
JOY MERCEDES SPIX, zwölfjährige Tochter des Chef-
   pathologen des Kriminaltechnischen Instituts
   Oberfrankenburg Nord

in den Nebenrollen:
OLEG, ein unscheinbarer Russe, der einer kriminellen
   Vereinigung angehört, die sich »Der Ring« nennt
VOLCHOK, genauso kriminell
TAMINO, Alvaros Vorgesetzter und ebenfalls ein Engel
   (genauer: ein Himmelskrieger)
MEO, auch ein Engel, Alvaros bester Freund (für Joy
   »Meo aus dem Wasserhahn«)
PROF. DR. KASIMIR SPIX, Joys Vater, Chefpathologe des
   Kriminaltechnischen Instituts Oberfrankenburg Nord
ONKEL HIERONYMOS, ein Vampir
EBERHARD FRITZ, ein Ermittler von außerhalb

neben den Nebenrollen:

LUKAS, der Klaus heißt

ACHIM, der König über alle Dorfprinzen von Oberfrankenburg-Sattlersteden

JASCHA, Engel für technisches Handwerk

NORMAN, Engel fürs Bürokratische

ARTHUR, eine geflügelte Lehrkraft

DIE SKRIPTOREN

IMANA, afrikanischer Hochgott der Pygmäen

IFA, afrikanischer Halbgott der Wahrsagekunst
vom Stamm der Yoruba

HUITZILOPOCHTLI, der aztekische Kriegs-, Stammes-,
Sonnen- und Taggott

NAUSITHOOS, atlantischer Halbgott

TLEPS, der kaukasische Gott des Eisens bei den Tscher-
kessen und Schutzherr der Schmiede

EO-IO, ein Gottkönig der Neandertaler

DR. HERBERT, Hausmeister der Burg Werthersweide

SHIGSHID, ein Halbmongole, der wie Oleg und Volchok
dem »Ring« angehört

ERICH RUDOLPH HELMUTH HAMMERWERFER, auch
»Rattlesnake Rolf« genannt, Vorsitzender des
»Ringes« und Erster Kriminalhauptkommissar
von Oberfrankenburg Nord

MORPHEUS HAMMERWERFER, Sohn von Rattlesnake Rolf

DER OLEANDERSTRAUCHPOLIZIST, ein Ordnungshüter
mit Gartentick

und dann noch die, die man sich wirklich nicht merken muss:

BARBARA, Joys Stiefmutter

ELISABETH BUCHKRÄMER, Prof. Dr. Kasimir Spix' rechte Hand

DR. MOLLING, Allgemeinmediziner

EIN MÄDCHEN

EIN ANDERES MÄDCHEN

KULINA

AMELIE SCHMIDT, eine Bestattungsunternehmerin, sowie ihr Praktikant

EIN GASTWIRT

EIN NOTARZT UND DIE SANITÄTER

LENNARTS ELTERN

JAKUP und ein paar andere Himmelskrieger aus Taminos Legion

OLGA URMANOV und ihr neuer Stecher

TABEAS MUTTER, IHRE GESCHWISTER UND DER VORARBEITER

DR. HERBERTS GROSSVATER

DER BUSFAHRER

DER MANN, DIE FRAU UND DER JUNGE

DIE PONYPOLIZISTIN, Franziska Umbro, eine Ordnungshüterin mit Überbiss

ANDERE POLIZISTEN

OBERGEFREITER FRISCH UND PUNRAZ, sein Dackel

ANDRASTE, die keltische Schutzgöttin der Bären und des Krieges

DIVERSE DÄMONEN

EINE REINKARNIERTE SCHILDKRÖTE

und viele, viele mehr!

Kapitel 1

Nordöstlich der Stadt, am Fuß der Hügelkette, auf deren höchstem Punkt die windschiefen Überreste der Klimburg tapfer der Schwerkraft trotzten, zirpten Grillen in der jungen Nacht. Vielleicht besangen sie die außergewöhnliche Geschichte der kleinen Stadt schräg unter der Autobahntalbrücke Frankenwald. Vielleicht lauschten sie auch der Meinung der Sterne auf ihren spindeldürren Knien, während sie die noch immer ungeklärte Frage mit ihnen diskutierten, warum das, was zwischen der Klimburg und Burg Werthersweide lag, *Oberfrankenburg* hieß. Oder aber sie tauschten den neuesten Klatsch aus den einzelnen Pfarrgemeinden aus. Wahrscheinlich jedoch buhlten sie einfach um die schärfsten Weibchen, und deshalb lassen wir die Grillen an dieser Stelle einfach instinktgesteuertes Insektengetier sein und wenden uns den *wirklich* interessanten Dingen zu, die das schmucke Vierzigtausendseelenstädtchen in dieser Augustnacht zu bieten hatte. Denn derer gab es ausnahmsweise einmal mehr als genug.

Während sich der *Fuchsbau* nahe der Abfahrt Oberfrankenburg Nord dank einer gelungenen Geburtstagsfeier eines verhältnismäßig großen Ansturms erfreute, brannte das Fachwerkgemäuer der Konkurrenz *Zum Wilden Bock* im Süden des Zentrums bis auf die Grundmauern nieder. Ohne Eile und unbeeindruckt von den eher halbherzigen Löschversuchen der freiwilligen Feuerwehr verzehrten die Flammen die heruntergewirtschaftete Wirtschaft vor den Augen eines hervorragend versicherten Wirtschaftseigentümers. Ein Ereignis, das jedoch nur wenige Oberfrankenburger ans Fenster lockte. Wer sich doch zu der kleinen Schar Schaulustiger gesellt hatte, dem stand weniger Angst und Schrecken ins Gesicht geschrieben als die bloße Erleichterung darüber, dass sich der Gastwirt nicht für eine laute und unberechenbare Gasexplosion entschieden hatte – es sei denn, entsprechender Zuschauer lebte noch nicht besonders lange hier und kannte den Eigentümer und die besonderen Sitten und Gebräuche Oberfrankenburgs nicht. Etwa, weil er ein Tourist war.

Und Touristen befanden sich in dieser lauen Sommernacht erstaunlich viele in dem Städtchen im Frankenwaldtal.

Aber nicht ein Einziger von ihnen hatte in eine der beiden bescheidenen Pensionen eingecheckt, über die die Stadt verfügte, und keiner der Fremden hatte seinen fünfunddreißigsten Geburtstag schon hinter sich; die meisten waren deutlich jünger, einige noch nicht einmal volljährig. Aus den auch zu später Stunde noch eintrudelnden Reisebussen privater Unternehmen oder aus den letzten Regionalzügen stiegen sie aus, oder parkten alte Bullis, rostige Vespas und Volkswagen auf dem noch warmen Kopfsteinpflaster der Straßen und Gassen, schulterten Schlafsäcke und Gepäck und legten die restliche Strecke zu ihrem eigentlichen Ziel, dem Trappersee-stadion am westlichen Stadtrand, auf Schusters Rappen zurück. Lateinamerikanische Rhythmen schwappten dort wie akustischer Rum über die Mauern, die eigentlich nur bessere Zäune waren, und vermengten sich mit dem Rauch von Lagerfeuern, Zigaretten und diversen anderen Dämpfen und Dünsten, die aus der jüngst auf dem freien Feld zwischen Stadion, See und Schulzentrum errichteten Zeltstadt aufstiegen. Daraus wurde eine berauschende Brause, der zu widerstehen keiner dieser jungen Menschen in der Lage, geschweige denn willens war.

Auch nicht Lukas, der eigentlich Klaus hieß. Und auch nicht das Mädchen in seinem Arm.

Aber anders als die meisten Festivalgäste war Lukas, der Klaus hieß, ein waschechter Oberfrankenburger. Er hatte kein Zelt, sondern eine eigene Wohnung, was ihn in den großen blauen Augen des Mädchens trotz seiner fettigen Haare ungleich charismatischer erscheinen ließ. Kurz vor Mitternacht hatten sie die Zeltstadt verlassen, aber als sie nun sein Apartment in einem Vorort der Stadt erreichten, mogelte sich ein Hauch von Skepsis in ihre Stimme.

»Klaus König?«, erkundigte sie sich mit Blick auf das vergilbte, in sprödes Plastik eingefasste Schildchen rechts der Klingel. »Ich dachte, du wohnst allein, Lukas.«

Lukas, der Klaus hieß, zuckte die Schultern und bemühte sich, den Haustürschlüssel in das Schloss zu schieben; eine Herausforderung angesichts seines aktuellen Blutalkoholwerts.

»Tu ich doch«, nuschelte er. Ach, zur Hölle – ihr Dekolleté machte alles noch viel komplizierter. Außerdem ging sie bauchfrei; und dann dieses Röckchen! Pink,

Lackleder. *Zu mir oder zu dir, du Sau ... Zu mir. Geht schneller.*

»Aber du hast doch gesagt, du heißt Lukas!«, begehrte das Mädchen auf. Es klang ein bisschen beleidigt.

Klaus, der nicht Lukas hieß, verfehlte das Schlüsselloch ein weiteres Mal und fluchte leise. Schöne, volle Lippen, ein perfekter Kussmund ... Wären nicht unablässig Geräusche aus Letzterem gekommen, hätte sie fast schon Helga sein können. Aber man konnte schließlich nicht alles haben.

»Scheiß drauf. Sind doch die gleichen Buchstaben drin«, erklärte er gleichgültig, während er den dritten Versuch einleitete.

Für einen Moment schien es, als wollte das Mädchen protestieren. Aber dann beließ sie es bei einem dümmlichen Grinsen, nahm ihm den Schlüssel aus der Hand, schob ihn zielsicher ins Schloss und drehte ihn. Sie war so was von nüchtern, registrierte Lukas, der Klaus hieß, beinahe staunend. Und das nach zwei Stunden *Trapstock* bei noch immer schweißtreibenden Temperaturen! Bier ein Euro, Eintritt frei. War sie dumm oder der Sonne zu lange ausgeliefert gewesen? Oder nur genauso geil wie er?

»Hast Recht, hört sich auch viel schöner an«, lachte das Mädchen.

Wie hieß sie eigentlich? Auch egal.

»Ach, du bist ja so süß!« Sie schlang die Arme um seinen Hals, stellte sich auf die Zehenspitzen und drückte ihm einen feuchten Kuss ins Gesicht. »Und so *kreativ*!«, setzte sie begeistert hinzu.

Lukas (Klaus) unterdrückte den Reflex, sich über das Gesicht zu wischen, schob die Tür mit dem Fuß auf und trug sie in der Taille gepackt vor sich her durch den zugemüllten Flur in den einzig vorhandenen Wohnraum.

»Na, du inspirierst mich halt«, schmeichelte er, während er sie auf sein Bett fallen und sich danebenplumpsen ließ. Dann begann er sie ohne Umschweife zu entkleiden.

»Oh, du hast es aber eilig«, gluckste sie.

»Und wie.«

»Ich dachte, wir lernen uns erst mal kennen ...«

»Sin' doch dabei ...«

»Hihihi ...«

»Mmmmh ...«

»Hmmmh ...«

»Mmmmh ... aaaah!«

Zu lange schon keine Frau, dachte Lukas ohne schlechtes Gewissen.

»Oh.«

Zu lange keine Frau, dachte das Mädchen voller Mitgefühl.

»Auch 'ne Kippe?«, bot Lukas an.

»Äh ... Duhuu?« Sie rappelte sich auf einen Ellbogen auf und musterte ihn aufmerksam.

»Hmh?« Er zündete sich eine Zigarette an.

»Woran denkst du?«

»Kennste nich'«, antwortete er und inhalierte einen tiefen, entspannten Zug.

Es schepperte, als das Mädchen aufsprang und dabei den Blechaschenbecher von der Matratze katapultierte. Und es polterte, als im Flur jemand auf einem Pizzakarton ausglitt, der dem unerwarteten Gast voran ins Wohn- und Schlafzimmer segelte. Irgendetwas klimperte hell und leise.

»Was soll das heißen: *Kennst du nicht!?*«, empörte sich das Mädchen.

»Hey, Klaus, altes Haus«, grüßte Achim, der sich wieder aufgerappelt hatte und nun in den Raum geschwankt kam. »Hast die Tür offen gelassen ... Oho, was hast du denn da?«

Er nickte anerkennend, wobei die Glöckchen, die von seinem Schwarzwälder Bommelhut baumelten, erneut hell erklangen. Dabei schwenkte er eine Wodkaflasche in Richtung des Mädchens, das mit zornesroten Wangen nach weiteren Worten suchte, während sie ihre blanken Brüste unter einem Arm zu verbergen versuchte. Den Rock hatte Lukas ihr gelassen. Er hatte kaum gestört.

»Du ... ihr ...«, stammelte das Mädchen so hilflos wie wütend.

Lukas verdrehte die Augen und verrenkte sich nach dem Aschenbecher. »Kommste auch vom Festival?«, erkundigte er sich anstelle einer Antwort.

»Wollt gerade wieder hin«, antwortete Achim, König über alle Dorfprinzen von Oberfrankenburg-Sattlersteden, ohne seine anzüglichen Blicke von dem wohlgeformten Körper des Mädchens zu lösen. »Hab nur Proviant geholt. Auch 'nen Schluck?«

Er bot ihr von dem Wodka an.

Das Mädchen maß Lukas einen Moment aus Augen, in denen sich Wut, Fassungslosigkeit und flehende Hoffnung um die Oberhand stritten. Letztlich siegte der Zorn; hektisch sammelte sie ihre Klamotten ein und baute sich, die Schuhe unter einen Arm geklemmt, vor ihm auf.

»Scheißkerl!«, fauchte sie und spie ihm ins Gesicht.

Dann fuhr sie auf dem Absatz herum und stieß den König über die Dorfprinzen im Hinauseilen so derb mit dem Ellbogen in die Rippen, dass er für einen Moment ins Taumeln geriet.

»Hui ... wild«, bemerkte Achim anerkennend, als er sein Gleichgewicht zurückerlangt hatte. »Heiße Nummer, ja?«

Lukas wischte sich seufzend die Spucke von der Nase. »Vergiss sie«, winkte er ab und streckte die Linke nach Achims Flasche aus.

»Spül das damit runter.« Sein Freund reichte ihm den Wodka und drückte ihm eine rosafarbene Pille in die Rechte.

Lukas tat wie ihm geheißen und grinste. »Und jetzt?«

»Arsch hoch und weiter!« Kichernd ließ Achim seine Glöckchen klimpern und warf dem Freund seine Jeans zu.

»Farben gucken.« Lukas klatschte nickend in die Hände und schlüpfte in seine Hose.

Während der König über alle Dorfprinzen von Oberfrankenburg-Sattlersteden seinem Gefährten auf dem kurzen Rückweg zum Stadion jedes Detail seines jüngsten Liebesabenteuers zu entlocken versuchte, stürzte sich Tabea an Onkel Hieronymos' Seite von der fünfundzwanzig Meter hohen Turmspitze von Burg Werthersweide. Sie erblickte ein Meer aus kunterbunten Lichtern, Fackeln und Feuerstellen, das sich zu drei Seiten um das Stadion erstreckte, während sie voller Vorfreude auf das, was gleich kommen mochte, in die Tiefe segelte. Gleißendes Flutlicht verdrängte alle Schatten aus dem Trapperseestadion. Dumpfe Rhythmen drangen bis zu den jahrhundertealten, meterdicken Wehrmauern der Burg; mit jedem Flügelschlag, den Tabea zurücklegte, nahmen sie weiter zu und erreichten schon eine ohrenbetäubende Lautstärke, als sie noch Hunderte Meter vom Zentrum des Geschehens entfernt war.

Obwohl sie vor allem in flugfähiger Gestalt über ein buchstäblich animalisches Gehör verfügte, machte ihr der Lärm nichts aus. Im Gegenteil: Sie empfand den zunehmenden Schmerz, der sich in ihrem Kopf und ihrem Innenohr ausbreitete, als etwas Aufregendes, Abenteuerliches. Es war der Preis ihres Mutes, der Schmerz der Rasierklinge, die brennend durch ihre Fingerkuppe zuckte, ehe sie gleich feierlich lächelnd Blutsbrüderschaft schloss mit dem blühenden, leichtfertigen Leben. Es wäre *unvollständig* gewesen ohne ihn. Wie ein *Zyklon 810* ohne *allergikerfreundlichen Hepa-Filter.* Tabea gluckste vor vergnüglicher Aufregung.

Sie musste nicht eigens einen Schulterblick in Hieronymos' Richtung werfen, um zu wissen, dass der alte Griesgram vollkommen anders empfand. Onkel Hieronymos lachte nie. Im Grunde pendelte der alte Vampir immerfort zwischen drei Gemütszuständen: *übellaunig, sehr übellaunig* und *außerordentlich übellaunig.* Wenn Letzteres der Fall war, dann ging man ihm am besten aus dem Weg. Eigentlich ging man ihm am besten sowieso immer aus dem Weg – wenn man die Wahl hatte.

Ungünstigerweise hatte Tabea aber seit knapp einhundert Jahren keine Wahl, und so war sie ungemein erleichtert, dass Onkel Hieronymos, der nun direkt neben ihr flog, zumindest im Augenblick noch ein Stück

weit entfernt schien von *außerordentlich übellaunig*. Sie
schenkte ihm ein Lächeln, hoffte, dass es nicht allzu aufgesetzt wirkte, und betete zu allen gegenwärtigen Dämonen, dass sein Zustand noch eine kleine Weile anhielt, während sie ihr Augenmerk wieder auf das bunte
Treiben in dem gewaltigen Zeltlager außerhalb der Sta-
dionmauern richtete.

»Es war keine gute Idee«, unterbrach Hieronymos
plötzlich den Lauf ihrer Gedanken, als hätte er darin gelesen, um herauszufinden, womit er sie zu welchem
Zeitpunkt am härtesten treffen konnte. »Noch könnten
wir umkehren ...«

Das war bloß grammatikalisch ein Konjunktiv. Fak-
tisch war es ein Beschluss, wenn nicht sogar ein Befehl,
und da, wo Tabea ihr Herz unter der haarigen Brust vermutete (sie machte nur selten Gebrauch von der Möglichkeit, sich die Anatomie einer Fledermaus anzueig-
nen, und fühlte sich noch immer jedes Mal fremd in
dem kleinen, pelzigen Körper), verspürte sie plötzlich
einen schmerzhaften Stich. *Nein!*, fluchte sie im Stillen.
Nicht jetzt, nicht heute und nicht so! In einem runden
Jahrhundert gewöhnte man sich an fast alles; Tabea
hätte, nüchtern betrachtet, glatt voraussehen können,
dass dieser langersehnte Ausflug genau so enden würde, weil der alte Vampir es gewiss von langer Hand gerade so geplant hatte. Vielleicht, weil er es liebte, bos-
hafte Spielchen mit ihr zu treiben? Vielleicht aber auch
nur, damit sie aufhörte, ihm auf die Nerven zu gehen?
Aber sie *hatte* nicht nüchtern darüber nachgedacht,
was Hieronymos nach Wochen dazu bewegt haben
mochte, ihrem Bitten und Betteln plötzlich nachzugeben. Seit das Schicksal ihr Ende März dieses bunt be-

druckte Flugblatt in die Hände gespielt hatte, war keine Nacht vergangen, in der sie ihm nicht damit wie mit einer *hautsympathischen Anticellulitiswunderpanty* vor der warzigen Nase herumgewedelt hatte:

TRAPSTOCK ... Ein motziger Teenager hatte den Zettel verloren, während er seinen Eltern und kleinen Schwestern widerwillig durch die tristen Gänge und Kammern der Burg gefolgt war.

SAMSTAG, 04. AUGUST 2012 – FIRST OPEN-AIR SUMMER JAM OF OBERFRANKENBURG NORD – REGIONALER REGGAE & INDEPENDENT CONTEST IM TRAPPERSEESTADION – WOODSTOCK WAR GESTERN! JETZT GEHT'S RICHTIG AB!

Tabea hatte es als teuflische Fügung begriffen und in grenzenloser Dankbarkeit spontan darauf verzichtet, den Knaben regelwidrigerweise bis zum letzten Tropfen auszusaugen; wohl wissend, dass sich ihr eine solche Gelegenheit so schnell nicht wieder bieten würde. Hieronymos lehnte zunächst strikt ab. Aber dann – erst vor fünf Tagen, als sie schon damit drohte, alleine zu fliegen und die Burg für immer zu verlassen – hatte er ihrem Gequängel nachgegeben. Möglicherweise war der Umstand, dass sie sich seit annähernd vierzehn Tagen fast ausschließlich von abgestandenen Blutkonserven aus der pathologischen Abteilung der Universität Oberfrankenburg ernährten, nicht ganz unschuldig an seinem Sinneswandel. Davon jedenfalls war Tabea in ihrer Blauäugigkeit ausgegangen.

Jetzt aber trat die Skepsis die Tür eines finsteren Kämmerleins in ihrem Hinterkopf ein und schlug mit glühender Erkenntnis zu: Hieronymos hatte sie bloß ärgern wollen. Wenn man der Hölle direkt entsprungen war, kümmerten einen vierzehn Tage Instantkost ganz bestimmt nicht. Den ersten Lichtblick seit Jahrzehnten ganz dicht vor Augen, so lautete sein gemeiner Plan, und er würde sie zur Umkehr nötigen; einfach so, damit sie auch diese Nacht damit zubrachte, seinem verbitterten Geschwätz von der Ungerechtigkeit der Welt und seinen öden Geschichten von verlorenen Kriegen zwischen Himmel und Hölle zu lauschen – vorausgesetzt, er plante nicht noch ein weiteres Attentat auf ihre geschundene Seele.

Tabea biss die Zähne so fest zusammen, dass es in den Kiefern schmerzte. Sie konnte jetzt nicht mehr zurück. Bei *Frederikes feuerfesten Teflonpfannen* – sie konnte all diese beinahe taufrischen, brandheißen Lustgestalten bereits *riechen!* Die laue Sommerbrise trug nicht nur den Rauch der Lagerfeuer zu ihr heran, sondern auch und vor allen Dingen den würzig-süßen Duft von warmem Schweiß. Sie waren so jung, so ganz anders als diese übergewichtigen oder drahtigen Kerle vom Seniorenkegelclub in der Dorfschenke. Oder als die schnatternden Puten, die dann und wann von einem Reisebus auf den Innenhof gespuckt wurden, damit Dr. Herbert sie für drei Euro pro Nase durch die düsteren Mauern der Burg führte, ehe der Busfahrer ihnen im Großen Saal Eierkocher und Rheumadecken zu Freudenhauspreisen unterjubelte. Und es waren so unglaublich *viele* ...

Aber vielleicht war es doch eine echte Sorge, jammerte in ihrem Inneren ein erbärmlicher Rest Glaube an das Gute. Und wenn es so war, dann würde kindlicher Trotz Onkel Hieronymos in seiner Rolle der erfahrenen Autorität, die die schwere Last der Verantwortung trug, nur bekräftigen. Solange also die geringste Hoffnung bestand, musste Tabea Ruhe bewahren.

»Findest du?« Sie gab sich erstaunt und bemühte sich um einen Gesichtsausdruck, der so freundlich war, wie es gerade eben ging. Hinter ihrer Stirn überschlugen sich die Gedanken auf der Suche nach einer geeigneten Strategie, um ihn umzustimmen. »Also wenn du mich fragst, ist es die beste Idee seit Langem«, begann sie. »Wann bekommt man schon mal so eine Gelegenheit – und das praktisch vor der eigenen Haustür! *Zu viel kann man wohl trinken, doch trinkt man nie genug.*« Sie nickte nachdrücklich. Am besten liefen die Geschäfte der Busfahrer auf Werthersweide erfahrungsgemäß, wenn gleich zu Beginn *Handkes Himmbeergeist* oder das *Holunderwunder* die Runde machten. Aber dazu musste man den Bus erst einmal in den Burghof gelenkt haben ... »Wir trinken uns satt, Onkel Hieronymos. Pappsatt«, fügte sie geradezu penetrant aufmunternd hinzu. »Und dann füllen wir die Blutkonservensäckchen auf, bis sie so straff sind wie Elfriedes Birnenpo in *Amelies Apfelpopohöschen!* Anschließend fliegen wir heim und lassen uns den Rest der Nacht den Mond auf den vollen Bauch scheinen.« Tabea versuchte ihre weiteren Ausführungen mit ausladenden Gesten zu untermalen. »Hast du jemals so viele Menschen auf einem Platz gesehen? Sieh nur: Das ganze Stadion ist so voll wie ein Kissen mit Milben! Kannst du sie nicht auch schon riechen? Mmmh ... Und sie sind alle so, soo –«

Weiter kam sie nicht. Als sie bemerkte, wie ihr Flugrhythmus ins Stocken geriet, fiel ihr wieder ein, dass ihre schlanken Arme in Fledermausgestalt (insbesondere fünfzig Meter über dem festen Boden) in allererster

Linie der Fortbewegung dienten. Aber es war längst zu spät. Sie quiekte ein erschrockenes Ultraschallsignal und stürzte in die Tiefe: wie ein Stein, dem ein Kind einen Schweif aus buntem Krepp angeklebt hatte und der sich während seines Fluges aus dem Kinderzimmerfenster verzweifelt wünschte, ein federleichter Papierdrachen zu sein.

Als Onkel Hieronymos sie im nächsten Augenblick mit stahlharten, nadelspitzen Zähnen im Nacken erwischte und festhielt, bis sie endlich wieder in den richtigen Takt fand, *wünschte* sie sich, sie wäre wirklich so ein armseliger Kieselstein, an dem er sich seine dreimal verfluchten Zähne ausbiss.

»Autsch! Verflixt und zugenäht! Lass los, du tust mir weh ...«, jammerte sie, als Hieronymos nicht gleich wieder von ihr abließ.

Der Vampir biss noch eine Spur fester zu und spie dann geräuschvoll einen speichelfeuchten Fellklumpen aus, den er ihr mit den Zähnen aus dem Nacken gerissen hatte. Dann antwortete er kühl: »Aus Schaden wird man klug.«

Aus ihrer Zeit als gewöhnliche Sterbliche wusste Tabea, dass man aus Schaden in der Regel eher arm, krank oder beides wurde, und das Brennen in ihrem Nacken bestätigte diesen Erfahrungswert. Aber sie verzichtete auf eine entsprechende Bemerkung und konzentrierte sich wieder auf die Menschenmenge im Stadion und darum herum. Die ummauerte Grünfläche mit der schlichten Zuschauertribüne lag jetzt direkt unter ihnen.

»Aber ich will heute keine Akademikerin mehr aus dir machen«, fügte Hieronymos zynisch hinzu. »Wir fliegen zurück.«

»Aber –«

»Kein Aber«, entschied der Vampir. »Ich habe nicht geahnt, wie groß dieses Fest werden wird. Es sind einfach zu viele. Das sind Jugendliche; junge, unberechenbare Hitzköpfe wie du. Der Teufel allein weiß, was sie mit dir anstellen, wenn du dich ihnen zeigst. Und es ist überall Licht – viel zu viel Licht!«

Er schnappte mit dem Maul nach einem Zipfel ihrer immerzu leicht mitgenommenen Schwingen, was in Ermangelung ausreichender Nervenenden zwar nicht wehtat, Tabea aber erneut aus dem Rhythmus brachte und zudem fürchterlich kränkte. Hieronymos schien sich tatsächlich um sie zu sorgen, registrierte sie fast staunend. Aber das änderte nichts an der Situation. Sie ließ sich nicht wie ein ungezogenes Schulmädchen behandeln, das man an den Ohren ins Rektorzimmer schleifte. Sie war kein kleines Mädchen mehr, und eine Schule hatte sie überhaupt nie besucht.

»Hör auf!«, schnappte sie und wand sich zappelnd gegen den neuerlichen Biss des alten Vampirs. Was sollte ihr denn so Schreckliches widerfahren? Streng genommen war sie doch schon tot! Und im Gegensatz zu Hieronymos musste sie das künstliche Licht dort unten auch nicht fürchten, denn sie war nur ein Vampir der zweiten Generation – eine schlechte Kopie vom Original quasi, das chinesische Pendant zum schnurlosen Damenrasierer *Amazone Dreifach Plus für empfindliche Haut*, mit dem sich auch Kartoffeln schälen ließen.

Tabea begann in einem heftigen Stakkato nach ihm zu treten. »Lass mich sofort los«, schimpfte sie. Tränen der Wut brannten in ihren Augen. »Oh, du bist ja so gemein, gemein, gemein, gemein!«

Es war längst nicht mehr Hoffnung, sondern bloße Hysterie, die ihre Glieder bewegte, als ihre nahezu filigranen Zehen tatsächlich auf pelzigen Widerstand trafen und Hieronymos seine Kiefer mit einem dumpfen »Uff!« aus ihrer Schwinge löste. Tabea überschlug sich mehrfach in der Luft, während Hieronymos ein Stück weit rückwärts flatterte und einen kurzen Moment benötigte, um fluchend in seinen Flugrhythmus zurückzufinden. Er fand ihn schnell – furchtbar schnell – wieder. Tabea blickte gehetzt über die Schulter zu ihm zurück, während sie steil und geschwind wie ein Pfeil in die Tiefe schoss. Dreißig Meter, zwanzig, fünfzehn ...

Hieronymos holte auf; schon fühlte sie seinen kalten Atem an ihren Fersen. Er schnappte nach ihrem Fuß, aber dieses Mal würde er sie nicht erwischen. Noch einmal schoss sie ein Stück mit aller Kraft hinab – und dann war es auf einmal da, das rettende Licht der ersten Straßenlaterne.

Onkel Hieronymos bremste abrupt ab; nur Zentimeter, ehe er den Lichtkegel der Laterne erreichte, der unweigerlich sein Ende bedeutet hätte. Tabea hingegen nutzte ihre Eigenschaft, bloß ein Vampir zweiter Generation zu sein, gnadenlos zu ihrem Vorteil und suchte zur Sicherheit gleich das Zentrum des Kegels dicht unter der Neonröhre auf. Hektisch auf der Stelle flatternd, blickte sie sich um. Noch immer war sie Dutzende Meter vom Stadion entfernt. Dennoch tobte gleich unter ihr, was sie seit rund einhundert Jahren am allermeisten vermisste: das Leben.

Von allen Seiten schlugen ihr Stimmen und Geräusche entgegen. Der Bass, den der Wind aus dem Stadion hertrug, schien ihre Backenzähne auf und ab hüpfen zu lassen. Unter ihr verlangte eine Horde hitziger Jünglinge lautstark nach einer Frau, die Helga hieß. Über ihr brüllte Hieronymos, den das helle Licht, wäre er ihr hineingefolgt, unweigerlich in seine kleinsten biochemischen Bausteine zerlegt hätte, dass sie gefälligst zurückkommen solle. Aber Tabea dachte überhaupt nicht daran. Noch immer begriff sie den Schmerz als Preis des Lebens, als Pacht für diesen Platz unter der Laterne, der ihr diesen herrlichen Ausblick bot: auf all die unverbrauchten, wohlgeformten Körper, auf die zahllosen lebensfrohen Gesichter, auf diese unschuldigen, neugierigen, oftmals abenteuerlustig funkelnden Augen.

Und dazu solch ein Duft! Tabea roch frisches, gesundes Blut unter warmer Menschenhaut. Parfümierte Haut, verschwitzte Haut, männliche und weibliche Haut. Haut von solchen, die gerade noch ein Bad genommen hatten, und von anderen, die offenbar seit Tagen auf die Reinigungswirkung von Luftfeuchtigkeit vertrauten ... Ein jeder roch vollkommen anders als alle anderen, aber ein jeder duftete auf seine spezielle Weise ebenso verführerisch wie der ganze Rest.

»Wenn du jetzt gehst«, donnerte Hieronymos' Stimme durch das irrsinnige Getöse, »dann gehst du für immer, hörst du?«

Tabea beschloss, später einfach zu behaupten, sie habe ihn nicht verstanden, spannte entschlossen ihre daumennagelgroßen Muskeln und stürzte sich in einer steilen Kurve ins Ungewisse – in das größte Abenteuer ihres Lebens.

Klaus, der sich lieber Lukas nannte, sah seine erwünschten Farben. Mehr als das: Der Wirkstoff in seinem Blut offenbarte seinen weit geöffneten Augen schillernde, miteinander verschmelzende Muster von einer Intensität und Leuchtkraft, die seinen Geist beinahe überforderten, die seine Nerven zu überreizen drohten. So stellte er sich das Sterben vor: Mit einem Schlag, das hatte er einmal gehört, gab das Gehirn alles frei, was sich an Belohnungssubstanzen auftreiben ließ, um dem Dahinscheidenden einen letzten, unvergleichlichen Kick zu verpassen, der seiner Seele den Abschied von dieser trüben, stumpfen Welt erleichterte. Endorphine oder so was. Genau so fühlte sich Lukas, während sein Körper mechanisch neben Achim auf das Stadion zutorkelte. So, als stürbe er. Sterben war schön.

Als die Droge weit genug nachließ, dass er die Welt um sich herum wieder wahrnahm, kotzte der König über die Dorfprinzen von Sattlersteden gerade leidenschaftlich gegen eine Straßenlaterne, und unmittelbar vor Lukas' Gesicht materialisierte sich eine ganz und gar bezaubernde Nymphe aus dem Nichts. Irgendwo hinter seiner verschwitzten Stirn hob ein fahler Neunmalklug mit Zylinder einen kreidebeschmierten Zeigefinger und belehrte ihn dahingehend, dass Nymphen zum ersten reine Märchenwesen waren und zum zweiten nicht aussahen, als hausten sie für gewöhnlich in einer Gruft. Aber Lukas ließ den kleinen Klugscheißer links liegen. Für ihn war sie eine Nymphe mit ihrem blauschwarzen, seidig glänzenden Haar, der fast weißen, makellosen Haut und ihren weichen, geschwungenen Gesichtszügen. Volle, rote Lippen verhießen intensive, heiße Küsse, und die zu weiten, staubigen

Klamotten, die im sommerlich warmen Wind um ihren Körper flatterten, vermochten ihre mädchenhaften und dennoch sehr weiblichen Kurven nicht vor seinen erweiterten Pupillen zu verbergen. *Nymphe* war ein schönes Wort. Alles, was schön war, passte zu dieser Erscheinung.

Lukas erschrak einen Moment, als ihn der kleine Neunmalklug mit dem erhobenen Zeigefinger höhnisch darauf hinwies, dass er hackenbreit und die Erscheinung demnach möglicherweise tatsächlich bloß eine solche war. Eine Erscheinung, eine Einbildung, eine Fata Morgana mit Werbevertrag bei der *Praline* oder der *Coupé*. Immerhin lächelte ihm die Nymphe jetzt zu, und ihr Lächeln war eindeutig so voller lüsterner Gier und Leidenschaft, als wollte sie gleich in einer symbolischen Geste eine Hand heben und den Mittelfinger mit der Zungenspitze massieren. Aber das tat sie nicht.

Stattdessen trat sie dicht an Lukas heran – so dicht, dass er ihren erstaunlich kühlen, aber zweifelsohne realen Atem auf seiner vor Erregung glühenden Haut fühlen konnte. Mit gespreizten Fingern strich sie durch seine Haare und zog ihn mit sanfter Gewalt zu sich hinab. Sein Reißverschluss bewies höchste Markenqualität, als ihre gierigen Lippen seinen Hals liebkosten. Sie war ... Helga.

Dann biss die Nymphe zu.

Unfähig, sich zu regen, als hätte er nicht den ganzen Tag bloß Wodka und Bier, sondern flüssiges Plastilin zu sich genommen, das sich jetzt schlagartig erhärtete, stand er wie zur Salzsäule erstarrt da und registrierte voller hilflosem Entsetzen, wie alle Lebenskraft aus seinem Körper pulsierte. Voller unersättlicher Gier sog ihm die Nymphe das Blut aus der Halsschlagader.

Lukas, der Klaus hieß, starb. Sterben war nicht schön.

Und Tabea sah Farben, die sie noch nie zuvor gesehen hatte.

Kapitel 2

Gar nicht so weit weg von alledem und doch in unerreichbarer Ferne blickte der Engel Alvaro mit einem zufriedenen Lächeln auf den Neuen Propheten hinab. Mit einem Anflug von Stolz betrachtete er den Auserkorenen, welchen zu beobachten und gegebenenfalls aus der Patsche zu ziehen seit nunmehr achtzehn Erdenjahren seine ehrenwerte, zumeist durchaus angenehme Aufgabe war. Der Junge hatte sich von einem schmächtigen, bleichen Würmchen mit riesigen, ängstlich in die Welt glupschenden Augen und unbeholfenen Fingerchen zu einem ausstrahlungskräftigen, stattlichen Burschen gemausert. Und er, Alvaro, sein persönlicher Schutzengel, kam nicht um die eitle Erkenntnis herum, maßgeblich an seiner hervorragenden Entwicklung beteiligt gewesen zu sein.

Die ersten Zweifel, ob der Herrgott wohl auf das richtige Pferd gesetzt hatte, waren schnell vom Sturm der Fähigkeiten des Engels hinweggeweht worden – er hatte schon wahrhaft schwierigere Kandidaten betreut. Menschen, deren erklärtes Ziel es gewesen war, den Kommunismus in der Türkei einzuführen, oder solche, die baren Fußes durch Alaska stampften, um den Eskimos und Seerobben eine Abwandlung des Hinduismus zu predigen, um nur zwei Beispiele zu nennen. Allein der Allmächtige (und vielleicht auch Tamino) wusste, warum um alles in der Welt ausgerechnet die Verrücktesten unter den Irren nur zu oft unter die Obhut eines persönlichen Schutzengels gestellt wurden. Dennoch hatte Alvaro bislang jeden noch so schwierigen Fall gemeistert (abgesehen von der Sache mit dem türkischen Kommunisten – er bemühte sich nach wie vor, das Drama von Anatolien gänzlich aus seinen Erinnerungen zu verdrängen), und der Engel maßte es sich nicht an, nach dem Warum zu fragen. Das war Politik. Damit hatte er nichts am Hut.

Mit diesem Jungen jedoch verhielt sich alles anders. Der Neue Prophet war weder wahnsinnig noch durch einen unglückseligen Zufall zur falschen Zeit am falschen Ort geboren. Wie könnte er auch? Der Herrgott hatte ihn von der ersten Zelle an geplant.

Ein Knabe aus ärmlichen Verhältnissen hatte es sein sollen: der Sohn eines Tischlers und einer Jungfrau. Denn ungeachtet der Tatsache, dass bislang bloß ein einziges Seiner Tischlerkinder nachhaltige Erfolge aufzuweisen hatte, pflegte der Allmächtige ein Faible für Tischler und Jungfrauen. Vielleicht war das einfach so eine Macke von Ihm. Oder es hing damit zusammen, dass es keinen Kulturkreis gab, in dem Tischler oder Jungfrauen besonderen Gefahren wie politischer Verfolgung, Ausschluss aus dem gesellschaftlichen System oder Exorzismus ausgesetzt waren. Jedenfalls hatte es unter allen Propheten und Heilsbringern, die Er in den vergangenen viertausend Jahren in der Menschenzivilisation ausgesetzt hatte, bemerkenswert viele Burschen gegeben, die einer solchen Verbindung entstammten. Seine himmlischen Heerscharen also knüpften ohne Diskussionen an diese selten unterbrochene Tradition an und begaben sich auf die Suche. Es war keine einfache Aufgabe gewesen. Die Zunft der Tischler war eine vom Aussterben bedrohte Art. Die wenigen, die überhaupt noch auffindbar waren, bestritten ihren Lebensunterhalt überwiegend mit dem Zimmern hölzerner Särge, was allgemein als eher unpassend für das angestrebte Ziel empfunden wurde. Die übrigen mussten aus unterschiedlichen persönlichen Gründen ausgeschlossen werden. Alternativ zog man schließlich einen attraktiven jungen Mann heran, der zwar kein echter Tischler war, sich aber allem Anschein nach ausreichend auf dieses Handwerk verstand. Der Späher Salvadore trieb ihn im Lager eines großen Möbelhauses auf: Zusammen mit einigen anderen jungen Männern in gelb-blauen Uniformen war er damit zugange, Berge aus Papier, Latten, Spanholzplatten, Schrauben und Schaumstoff mittels eines einzigen, S-förmigen Werkzeugs in Stühle und andere Kleinmöbel zu verwandeln – was die himmlischen Herrschaften zu respektvollem Staunen veranlasste. Die Mehrheit setzte sich gegen ein paar kleinere Proteste erzkonservativer, zukünftiger Klinkenputzer durch. Und auch der Meister gab der Entscheidung nach einer kurzen Bedenkzeit Seinen Segen.

Selbst Jungfrauen waren in diesen Tagen rar gesät, aber um den Bogen nicht zu überspannen, suchte man mit aller Verbissenheit, bis man sich schließlich auf eine Hauswirtschaftsschülerin einigte, die man bis zu ihrer Volljährigkeit mit abwechselnd kränkelnden Familienangehörigen segnete, damit sie zu beschäftigt war, ihre Unschuld vorzeitig zu verlieren. Das war gewiss nicht die feine Art, hatte aber den wünschenswerten Nebeneffekt, dass sich der Fähigkeitenkatalog der Jungfrau um eine Reihe von Eigenschaften erweiterte, über die eine gute Mutter auf jeden Fall verfügen sollte. Schließlich wollte man den kleinen Heiland in guten, erfahrenen Händen wissen. Als Norman, der eigentlich fürs Bürokratische zuständig war, Tischler und Jungfrau schließlich an einem späten Nachmittag in einem Fahrstuhl der Oberfrankenburger Stadtverwaltung zusammenführte, hätte keine noch so vollgeschissene Windel mehr die Nasenflügel der Hauswirtschaftsschülerin zum Kräuseln gebracht.

Jascha, ihr geflügeltes Technikgenie, manipulierte mit wenigen Handgriffen die Notrufanlage und verschweißte die Spulen des Aufzugs mit den Zugseilen, nachdem sich die Türen hinter den beiden füreinander Bestimmten geschlossen hatten. Noch bevor der Abend hereingebrochen war, waren aller Ärger, alle Angst und die Hilflosigkeit auf den knapp zwei Quadratmetern Fahrstuhl zuerst der Resignation und schon bald darauf flutschigen Freuden gewichen, derer man sich aus der Vogelperspektive höchst zufrieden erfreute.

Neun Monate später gebar die Frau des Tischlers einen etwas mickrigen, aber gesunden Jungen, dem sie den wohlklingenden Rufnamen Lennart zudachte. Und noch am selben Tag war die Entscheidung unter Taminos vergeblichem Protest gefallen: Er, Alvaro, der sich bereits unter größten Mühen als Schutzengel für erstaunliche Persönlichkeiten wie Mutter Theresa sowie den niederländischen Exhotelier und überzeugten

Greenpeace-Aktivisten Dirk Richard de Huur profiliert hatte, durfte einen maßgeblichen Teil zum Gelingen des göttlichen Planes beitragen! Da sollte mal einer bescheiden bleiben: Tamino hatte ja keinen Schimmer, wovon er dauernd sprach! Sein Vorgesetzter stand in diesen Minuten nur wenige Schritte von ihm entfernt und tat, als gäbe es nichts Dringlicheres zu tun, als dem jungen Meo einen weit ausgreifenden Vortrag über den irdisch-ethischen Wert einer Sternschnuppe zu halten. Tatsächlich fand Tamino darin zweifelsohne nur einen weiteren Vorwand, um Alvaro aus messerscharfen Augen zu beobachten und mit spitzen Ohren zu lauschen, ob er nicht etwa ein verräterisches Geräusch von sich gab, das ihn als unbrauchbar für seinen höchst anspruchsvollen Job enttarnte – ein Husten etwa, oder gar ein Niesen. Aber da konnte er warten, bis er schwarz wurde, dachte Alvaro trotzig. Zwar hatte er sich in der Tat schon einmal geräuspert, und ein anderes Mal (ihm schauderte bei der Erinnerung daran) hatte er eine seltsame Spannung im Lendenwirbelbereich verspürt, die erst verschwunden war, nachdem er einige Male mit den Fingernägeln über seine seidenzarte Haut gefahren war. *Juckreiz* war das Wort, womit die Lehrer im Anatomieunterricht diese Empfindung bezeichneten. Eindeutige Vorboten der allseits gefürchteten Vermenschlichung, ganz gewiss. Aber ungeeignet war er deshalb noch lange nicht. Bloß *erfahrener*. Er fühlte ein bisschen mit denen, die er bewachte, und das konnte doch nicht so verwerflich sein!

Doch diese Meinung behielt Alvaro lieber für sich, denn der hochgewachsene, himmelskriegsgestählte Tamino hoffte noch immer auf einen Vorwand, unter dem er ihm seinen verantwortungsvollen Posten abknöpfen konnte. Alvaro vermied es ohnehin grundsätzlich, mit ihm zu reden, denn Tamino war einer der wenigen mit direktem Draht zum Herrn. Es war recht anstrengend, sich jedes Wort, das man sagen wollte (und vor allem die möglichen Auswirkungen entsprechenden Wortes auf den weiteren Verlauf der eigenen Karriere), mindestens viermal zu überlegen.

Alvaro blickte von Tamino zurück auf den Neuen Propheten. Dieser hatte inzwischen sämtliche Überlegungen, die ihm heute durch den klugen Kopf gegangen sein mochten, eingestellt und erfreute sich der Privilegien seiner jüngst erreichten Volljährigkeit. Letztere war zwar in diesen Tagen längst keine gesellschaftliche oder gar gesetzmäßige Bedingung mehr, um sich mit Gleichgesinnten in einem Gasthaus zu treffen und sich bis zur Besinnungslosigkeit zu betrinken. Aber bisher hatte sich die mühsame Auswahl des Elternhauses ausgezahlt, denn die Jungfrau, die seit achtzehn Jahren und neun Monaten keine mehr war, war durch ihre stetig kränkelnden Familienangehörigen über die Dringlichkeit einer gesunden Lebensweise schmerzlich aufgeklärt worden, so dass der Junge in einem Umfeld militanter Antialkoholiker und Nichtraucher aufgewachsen war. Außerdem pflegte sie unverzüglich in Tränen auszubrechen, sobald ihr Sonnenschein entgegen ihren Vorstellungen von einem Musterknaben handelte, woraufhin die Tischleralternative in der gelb-blauen Uniform die Kontrolle verlor und dem Bengel nach guter alter Schule das Fell über die Ohren zog. Kurz: Der Neue Prophet hatte sich bislang schlicht nicht getraut, auch nur an einer Schnapsflasche zu riechen.

Aber wozu hatte man Freunde?

Während der ersten Stunden der Überraschungsparty, die sein langjähriger Freund Max zu seinem Ehrentag organisiert hatte, hatte der Neue Prophet mit sichtbarem Unwohlsein über ein Glas Wasser gebeugt an einem der zahlreichen Tische gesessen und das laute, feuchtfröhliche Treiben seiner ehemaligen Schulkameraden und der übrigen Gaststättengäste mit teils verlegenen, ab und an gar entsetzten Seitenblicken quittiert. Irgendwann aber war dann dieses dunkelhäutige Mädchen hinzugekommen. Alvaro war sie völlig fremd; einer der Jungen hatte sie mitgebracht. Hübsch war sie: groß, schlank, vollbusig und ... leidenschaftlich. Ja, das war das Adjektiv, das ein Mensch wahrscheinlich benutzen würde. Alles, was sie tat oder sagte, war so ausstrahlungskräftig. So *sinnlich*. Als sie den Propheten zum Gruß in die Arme geschlossen hatte, da war es schon mehr als eine bloße Umarmung gewesen. Genau einen Lidschlag zu lang und einen Deut zu eng. Der Leibeshüter hatte bemerkt, wie dem Propheten die Schamesröte ins Gesicht geschossen war – obgleich er eigentlich vor Jahren dafür gesorgt hatte, dass er sein natürliches Interesse am anderen Geschlecht bis auf weiteres verlor. Aber dieses Mädchen war eine taktisch geschickte, brandheiße Falle. Sie nippte nicht an ihrem Whiskybecher, sie *liebkoste* das Glas. Und irgendwie war es ihr tatsächlich im Laufe des Abends gelungen, den Propheten dazu zu überreden, ebenfalls ein paar Gläser zu küssen. Außerdem hatte sie nach und nach diverse Kleidungsstücke abgelegt.

Mittlerweile trug sie nur noch ein knappes Hemdchen auf der schwarzen Haut, und einen Rock, für den sie vor ein paar hundert Jahren noch ein feuriges Ende gefunden hätte. Der Alkohol hatte den Knaben von natürlicher Scham und schmerzhaft erlernter Furcht vor Weibsbildern im Allgemeinen befreit und ließ ihn in diesem Moment spielerisch am Hemdchen des Mädchens zupfen, während er dem Kellner mit der anderen Hand seinen leeren Becher zum Umtausch in ein volles Glas reichte und Max ausgelassen Beifall klatschte.

»Er sollte das nicht tun.«

Alvaro schrak zusammen, als Taminos Stimme plötzlich in unmittelbarer Nähe erklang. Er hatte nicht bemerkt, wie der Himmelskrieger seinen Vortrag über astronomische Erscheinungen beendet hatte und zu ihm herangetreten war. Nun ärgerte er sich darüber, dass dieser direkt hinter ihm stand und ihm buchstäblich über die Schulter guckte. Er mochte es nicht, kontrolliert zu werden – von Tamino am allerwenigsten. Aber er ließ sich seinen Groll nicht anmerken, sondern zuckte nur milde lächelnd mit den Achseln.

»Er ist heute achtzehn geworden. Sie zelebrieren das alle so«, erklärte er.

»Er ist aber nicht *sie alle*«, beharrte Tamino kopfschüttelnd. »Was wäre denn, wenn er vom Hocker kippt und sich das Genick bricht? Oder wenn sie ... du weißt schon.« Er deutete naserümpfend in Richtung des Mädchens. »Sie könnte eine schlimme Krankheit über ihn bringen. Oder gar schwanger werden. Dann wäre alles umsonst gewesen. Windeln wechseln, Hausaufgaben kontrollieren, schuften für die Familie, Elternabende und Wochenendausflüge ... dazu ist nicht er bestimmt.«

»Dein Vertrauen ehrt mich«, seufzte Alvaro, wobei nun doch ein wenig Ärger in seiner Stimme mitschwang. »Ich habe immer ein Auge auf ihn – selbst wenn er schläft. Und ich weiß, wann ich eingreifen muss und wann ich ihn einfach ein wenig sein lassen kann, was er ist: ein Mensch. Ein sehr junger Mensch, der noch vieles lernen muss.«

»Wollen wir es hoffen«, entgegnete der Himmelskrieger wenig überzeugt. »Obwohl ich zu bezweifeln wage, dass sich in dieser Kaschemme irgendetwas Sinnvolles lernen lässt. Was sind das für Leute?« Sein Blick heftete sich an drei sichtlich betrunkene, breitschultrige Gestalten, die am Tresen um die nächste Runde würfelten. »Sie gehören nicht dazu«, antwortete Alvaro gezwungen geduldig. Er sandte Meo, der einige Flügelschläge entfernt zurückgeblieben war und offenbar nicht recht etwas mit sich anzufangen wusste, einen hilfesuchenden Seitenblick. »Fremde Russen. Gewöhnliche Alkoholiker, nehme ich an. Gasthausinventar.«

»Gasthausinventar«, wiederholte Tamino verächtlich und schüttelte seine goldblonde Lockenpracht. »Nennt man das so, wenn man im Herzen bereits ein Mensch ist und sich am liebsten dazusetzen würde?«

»Du bist ungerecht!«, fiel Meo ein, der Alvaros stummen Hilfeschrei registriert hatte und ebenfalls an die Schwelle getreten war. Alvaro war ihm dankbar, denn ihm selbst hatte eine Antwort auf der Zunge gelegen, die zwar passte, ihn aber mit hoher Wahrscheinlichkeit unverzüglich seinen Posten gekostet hätte. Als Schutzengel lernte man nämlich im Laufe der Zeit noch ganz andere Begriffe als *Gasthausinventar*. Außerdem war Taminos *Kaschemme* auch nicht ganz ohne. »Alvaro hat noch nie einen Fehler gemacht«, fuhr Meo in seinem jugendlichen Mut voller Überzeugung fort. »Er ist der erfahrenste, aufmerksamste, gewissenhafteste –«

»Noch nie?«, fiel Tamino ein und tat, als müsse er sich bemühen, nicht schallend aufzulachen. Aber dann bekam sein Gesicht einen verständnisvollen, nachgiebigen Ausdruck. »Du weißt es nicht besser, Meo. Sicher hat dir Alvaro nichts davon erzählt. Als Ismael in Anatolien gesteinigt wurde, warst du noch nicht auf der Welt.«

»Ismael war vollkommen verrückt. So, wie er sich verhalten hat, hätte er sich auch gleich *Hängt mich!* auf die Stirn schreiben können. Außerdem habe ich parallel zu ihm ein siamesisches Zwillingspärchen in China betreut«, verteidigte sich Alvaro zwar bestimmt, aber nicht ganz so energisch wie angemessen, denn die Geburtstagsparty des Propheten steuerte offenbar auf ihren Höhepunkt zu. Der Gastwirt hatte die Musik herauf- und das Licht herabgedreht, zwei der Partygäste tanzten mit Billardqueues zwischen den Stühlen umher, die betrunkenen Russen zankten um einen Satz Bierdeckel, und das Mädchen schwang seine verführerischen Hüften im Takt der Musik auf dem Tisch vor dem Propheten. In diesen Sekunden streifte sie ihr letztes Hemdchen ab, und darunter trug sie ein ausgesprochen knapp bemessenes Bustier aus ... *Zuckerbonbons!*

Der Prophet rieb sich ungläubig die Augen, und Alvaro musste sich beherrschen, um nicht ebenso zu reagieren. Trotz aller Disziplin klangen die Stimmen Taminos und Meos auf einmal dumpf und unwirklich, während er den Knaben dabei beobachtete, wie er dazu ansetzte, die regenbogenbunten Perlen vom Busen der Afrikanerin zu knabbern, nachdem er sein Whiskyglas in nur einem, offenbar sehr ermutigenden Zug geleert hatte. Beiläufig registrierte er, wie der Krieger dem jungen Engel einen Arm um die Schultern legte und ihn ein Stück von ihm wegzog, um ihm detailliert und in leicht verschwörerischem Tonfall zu berichten, was Alvaro über den türkischen Kommunisten geflissentlich für sich zu behalten pflegte. Doch das beunruhigte ihn nicht weiter. Meo vergötterte ihn regelrecht. Und er mochte Tamino auch nicht.

Ebenfalls nur am Rande nahm er zur Kenntnis, dass die betrunkenen Russen ihren Zwist schlagartig vergaßen und sich der Reihe nach zu dem Mädchen umwandten; einer stand sogar auf, um sie gänzlich unverhohlen anzustarren, und Alvaro schämte sich ein wenig dafür, den Kerl tatsächlich ein ganz winziges bisschen verstehen zu können. Das war nicht eben tugendhaft, und schon gar nicht erlaubt, aber so war es nun einmal. Wenigstens hatte der Schutzengel dem Russen einen guten Vorwand für seinen intensiven Blick voraus: Er *musste* auf den Propheten aufpassen. Er *durfte* gar nicht wegsehen, während der angeschwipste junge Mann ein erregt hartes, tiefschwarzes ... Wie war das Wort doch gleich? Nun – wie er irgendetwas freiknabberte jedenfalls.

An der dem Tresen gegenüberliegenden Seite des Raumes schwang die Eingangstür auf. Der Schutzengel vergewisserte sich flüchtig, dass keine potenzielle Gefahrenquelle, sondern lediglich ein gut gelauntes, unpassend ordentlich gekleidetes Pärchen über die Schwelle trat und im Nebel des verqualmten Raumesinneren verblasste. Dann konzentrierte er sich wieder pflichtbewusst auf seinen Schutzbefohlenen.

Nun wuchs der Prophet über sich selbst hinaus und sprang zu der Schwarzen auf den wackeligen Tisch –

offenbar war er zu dem Schluss gelangt, dass er eine Menge Zeit und Mühe einsparen konnte und außerdem seinem Zahnarzt entgegenkäme, wenn er einfach die Träger des Bustiers durchbiss. Sie ließ es lachend geschehen und belohnte seinen glorreichen Einfall, indem sie mit gespreizten Fingern durch sein drahtiges, schulterlanges Haar fuhr. Das erste Trägerchen war schnell geschafft, und unter dem begeisterten Gejohle der Gäste kullerten Dutzende lebensmittelechter Perlen über den Tisch und auf den Boden hinab. Von Alkohol, Erfolg und der allgemeinen Ausgelassenheit berauscht, öffnete der Prophet den Mund und beugte sich erneut vor, um das zweite Gummiband zügig zu kappen.

Dann stürzte er plötzlich, wie von einer unsichtbaren Faust getroffen, vornüber vom Tisch, riss das halbnackte Mädchen mit sich zu Boden und begrub es unter anderthalb Zentnern gehegter und gepflegter, auf einmal mir nichts, dir nichts lebloser Körpermasse.

Nun begab sich Folgendes, was einige Zeilen der Beschreibung in Anspruch nehmen wird, tatsächlich aber Inhalt nur weniger Sekunden war: Der Russe, der plötzlich eine offenbar schallgedämpfte Handfeuerwaffe in der Linken hielt, stieß einen ungehörigen Fluch aus und machte einen Satz nach vorn, noch bevor die ersten Schreie einer schnell aufblühenden Massenpanik erklangen. Seine beiden Gefährten (längst nicht so betrunken, wie es anfangs den Anschein gehabt hatte) schwangen sich von ihren Hockern, bewaffneten sich ebenfalls mit halbautomatischen Pistolen, die in den Innentaschen ihrer gepolsterten Lederjacken verborgen gewesen waren, und folgten dem verschwitzten Kerl, der sich – seine Waffe am ausgestreckten Arm vor sich her wedelnd – zielstrebig durch die hysterische Menge der Gäste boxte. Offensichtlich hatte er es auf das ordentlich gekleidete Pärchen abgesehen, welches nun verständlicherweise ganz und gar nicht mehr fröhlich aussah, sondern in einer Mischung aus erkennendem Schrecken und Wut auf dem Absatz herumfuhr und schleunigst außerhalb des Gasthauses das Weite suchte.

Eine Reihe anderer Leute erachtete dies für nachahmenswert und rettete den beiden Zielobjekten damit wenigstens für den Augenblick das Leben, denn binnen weniger Lidschläge war der Ausgang hoffnungslos verstopft mit mehr oder minder ineinander verkeilten Gliedmaßen, an denen vorbeizugelangen die drei Russen wertvolle Zeit kostete. Als sie es schließlich irgendwie doch schafften, hatte die Nacht die beiden Flüchtigen bereits in ihren Schutz genommen.

Eine junge Frau half der Tänzerin, sich unter dem schlaffen Leib des Geburtstagskindes hervorzukämpfen, während der Pächter den Tisch im hohen Bogen beiseiteschleuderte, sich neben dem Propheten auf die Knie fallen ließ und ein kariertes Spültuch auf die Einschusswunde in dessen Nacken presste. Ein Kamerad des Jungen bemühte sich verzweifelt darum, aus dem Funkloch heraus einen Notruf über sein mobiles Telefon abzusetzen, doch selbst wenn es ihm gleich beim ersten Versuch gelungen wäre, wären seine Mühen dennoch vergebens gewesen: Der Neue Prophet war tot. Alvaro sah voller Entsetzen, wie der Körper seine wertvolle Seele freigab.

Manch einer mag an dieser Stelle, sobald er über eine verständliche Verwunderung über die bisherige Untätigkeit des Leibeshüters hinweg ist, vermuten, der Engel müsste nun doch wirklich unverzüglich auf die Erde hinabgeschnellt sein und sich um das Leben des jungen Propheten bemüht, vielleicht sogar eine heikle Verfolgungsjagd auf den Mörder angezettelt haben. Aber so geschah es nicht. Alvaro war keineswegs frei von dergleichen Versuchungen, doch allem fassungslosen Entsetzen zum Trotz hielt er an sich und bemühte sich darum, den Ablauf der Vorkommnisse und seine aktuelle Situation gedanklich in einem überschaubaren Bild unterzubringen.

Tot war sein Schutzbefohlener allemal, daran hatte von dem Augenblick an, in dem er auf den staubig-klebrigen Boden des Gastraumes hinabgestürzt war, kein Zweifel bestanden und daran war zunächst nicht mehr zu rütteln. Erschossen von einem fremden Russen, der einen unbestimmten Konflikt mit einem ebenfalls fremden Liebespärchen radikal zu beenden wünschte ... Alvaro hatte nicht aufgepasst, war von ein paar Zuckerperlen auf nackter Menschenhaut abgelenkt gewesen, die nicht einmal im Traum den geringsten Reiz für ein himmlisches Geschöpf wie ihn darstellen konnte, sollte, durfte ...

Er hatte auf ganzer Linie versagt.

Aber Tamino hatte nichts von alledem bemerkt, und wenn der Schutzengel sich nun im Affekt keinen weiteren Fehler erlaubte, dann war vielleicht noch nicht alles verloren. Alvaro musste den Hund aus dem Wok heben und wieder auf die Beine stellen; es war kompliziert und kraftraubend, aber nicht unmöglich, sofern es ihm gelang, sich dem leblosen Körper in Ruhe und ganz unmittelbar zu widmen, bevor die Maden –

Bevor der Verwesungsprozess einsetzte.

Doch er durfte nichts überstürzen. Tamino stand noch immer ganz in seiner Nähe und beschwor den jungen Meo. Wenn er nun über die Schwelle sprang, eilte der Krieger gewiss heran, um zu sehen, was geschehen war. Damit wäre wirklich alles vorüber, und wenn Alvaro überhaupt weiterhin unter seinesgleichen bleiben dürfte, müsste er sich diese Toleranz auf beschämende Weise als Wahlgehilfe erarbeiten. *Klinkenputzer ...* Alvaro schüttelte sich innerlich. So weit würde es nicht kommen. So *durfte* seine Bilderbuchkarriere einfach nicht enden!

Verstohlen blickte er zu seinem Vorgesetzten zurück. *Verschwinde, verdammt noch mal!*, dachte er, während er sich bemühte, sich Schrecken, Wut und Anspannung nicht körperlich anmerken zu lassen. *Führ Meo ins Archiv und zeig ihm die Bilder von Anatolien. Oder fahr meinethalben zur Hölle!*

Ach, zum Teufel – Alvaro musste dringend sein Vokabular bereinigen.

Kapitel 3

Lennart stürzte vom Tisch und versank in einem See. Das Wasser, das ihn umschloss, war kalt und betäubte seine Haut. Aber der Taubheit ging kein Schmerz voraus. Er fror nicht einmal. Und das Wasser war nicht nass, was – wie er sehr wohl begriff – als eher außergewöhnlich und recht verwunderlich zu beurteilen war. Da sein logisches Verständnis keinerlei Verbindung zur emotionalen Zentrale knüpfte, staunte er nicht, sondern registrierte bloß.

Eigenartige Dinge trieben in den milchig weißen Fluten um ihn herum, während er langsam in die Tiefe glitt: Da war ein Bewerbungsbogen, der unter Windpocken litt, etwas weiter dahinter paddelte eine griechische Landschildkröte mit einem Malpinsel im Maul durch eine dahintreibende Kloschüssel, und ganz nah zu seiner Linken hüpfte ein Paar violetter Filzpantoffeln auf den Trümmern eines Bettgestells. Es bedurfte nicht viel, um festzustellen, dass er durch ein Meer symbolisierter Erinnerungen trieb.

Lennart erkannte Friedhelm Fröhlich, sein erstes Haustier, sofort wieder. Damals hatte er das matschige

Grün seines Panzers als unpassend empfunden und mit den Mitteln und Möglichkeiten eines Vierjährigen Abhilfe geschaffen. Mit der eigenen Leistung unzufrieden, hatte er die Schildkröte anschließend flugs ins Bad getragen, um sie zu waschen. Aber der Hahn klemmte. Während er noch mit ihm rang, rief seine Mutter zum Abendbrot, und auf einmal keimte Panik in ihm auf. Seiner Mutter würden die bunten Schäfchen und der misslungene Morgenstern auf Friedhelms Panzer sicher noch weniger gefallen als ihm selbst. Sie würde enttäuscht sein und wieder anfangen zu weinen, was Lennart noch mehr zu schmerzen pflegte als die Hiebe seines aufbrausenden Vaters, die den Tränen der Mutter gewiss folgten ...

Lennart hatte nach dem Nagellackentferner gegriffen. Der löste zwar die eingetrocknete Farbe, aber weg war sie noch immer nicht. Also wurde Friedhelm zur Toilette getragen und über der Schüssel mit Klopapier abgerieben – kein leichtes Unterfangen, denn das sonst eher träge Reptil bewies ein ungeahntes Temperament ob der aggressiven Dämpfe und der ungeschickten Finger, die es so dicht über dem kleinen, kalten Teich hielten, der von einem mit Kalk und Urinstein besetzten Keramikrand umgeben war. Schildkröten können ein sehr hohes Alter erreichen. Manche von ihnen möchten das sogar, und Friedhelm Fröhlich wollte es auf jeden Fall. Seit nunmehr drei Jahren wartete er schließlich sehnsüchtig auf jenen Augenblick, in dem Lennarts Hartgummi-Ninja-Schildkröte endlich aus ihrem Winterschlaf erwachte und vom obersten Regalbrett zu ihm hinabstieg. Es handelte sich eindeutig um ein Weibchen. Friedhelm erkannte es an der Wölbung des Panzers –

und er war verliebt. Der Gedanke an eine Zukunft mit der Hartgummi-Ninja-Schildkröte gab ihm die Kraft, Tag um Tag bei einseitiger Ernährung in der tristen Plexiglasbox zu überstehen. Und nun war es ebenfalls die Kraft der Liebe, die ihn mit aller Gewalt gegen einen möglichen Tod in der verkalkten Keramikschüssel ankämpfen ließ.

Plötzlich schwang die Badezimmertür auf. Lennarts Vater stand im Türrahmen. Lennart erschrak und Friedhelm umso mehr, denn er entglitt den zitternden Fingerchen, die ihn hielten, und plumpste mit dem Kopf voran in die Muschel. Friedhelm dachte an die Hartgummi-Kampfschildkröte, während er verzweifelt mit seinen kurzen Beinen strampelte und vergebens versuchte, an dem Urinsteinrand Halt zu finden und den Kopf aus dem Abflussrohr zu ziehen. Und Lennart dachte an sein Taschengeld, seine Freiheit, seine Lieblingsspielzeuge und an seinen Hintern. Sein Vater war sehr verärgert, denn seine Mutter hatte bereits viermal gerufen. Das Essen stand längst auf dem Tisch.

Lennart schlug den Klodeckel zu. »Komme schon!«

»Wie oft habe ich es schon gesagt? Deckel runter und abspülen. Sind wir denn hier im Schweinestall?« Sein Vater stampfte an ihm vorbei und streckte die gefürchtete Rechte nach der Spülung aus. »Sind wir nicht!«

Erst Stunden nach dem Abendbrot bemerkte Mutter, dass die Toilette verstopft war. Sie weinte, Vater tobte, Lennart bekam eine Tracht Prügel, die sich gewaschen hatte, und die Hartgummi-Ninja-Schildkröte landete einige Jahre später auf dem Trödelmarkt, von wo aus sie wiederum in die Hände eines Jungen geriet, der sie mit Brennspiritus übergoss und anzündete, als man ihn ra-

46

dikal auf Ritalinentzug setzte. Lennarts zweites Haustier war ein Guppy. Er bekam ihn mit vierzehn Jahren von seiner Großmutter geschenkt.

Nun jedenfalls schwebte Lennart gemächlich in die Tiefe und begegnete dabei einer Unzahl solcher verbildlichter Anekdoten aus seiner im Großen und Ganzen nicht spektakulären, im Detail eher unglückseligen Vergangenheit. Wäre er in der Lage gewesen, irgendetwas zu empfinden, hätte er möglicherweise sogar ein wenig Erleichterung empfunden, als er endlich festen Boden unter sich spürte und verstand, dass er soeben gestorben war. Der Grund des Sees bot dem Auge deutlich weniger Abwechslung. Lennart konnte zwar nicht schwimmen und war demnach auch noch nie in ein verschmutztes Baggerloch abgetaucht, aber er stellte sich dies ganz ähnlich vor: Gräulicher Kies bedeckte den Boden, es gab kaum Pflanzen und keine Fische, dafür aber jede Menge Algen, die die Sicht im ohnehin trüben Nass erschwerten. Trotzdem erspähte er in einiger Entfernung die Umrisse einer Hütte, auf die er sich sogleich zubewegte.

Als er nur noch wenige Schritte davon entfernt war, erkannte er, dass es sich um einen windschiefen, moderigen Holzschuppen mit rostigem Wellblechdach handelte. Schwefelgelbe Rauchfäden quollen aus einem löchrigen Stück Ofenrohr, das aus dem Dach ragte. Das entsprach nun gar nicht Lennarts Vorstellung von den Tiefen eines Baggersees und war darüber hinaus ebenso unlogisch wie der Umstand, dass er tot war und trotzdem einen Körper hatte, den er nicht spüren, aber bewegen konnte. Ohne sich zu wundern streckte er die Hand aus und öffnete die Tür der Hütte.

47

Der Raum, der ihn dahinter erwartete, war winzig und nur mit dem Nötigsten eingerichtet. Es gab einen Tisch, ein paar wenig vertrauenerweckende Hocker und einen zerbeulten Heizofen, in dem ein kleines Feuer prasselte. Ein Platz war frei. Auf den übrigen saßen fünf von Grund auf unterschiedliche Gestalten, die – mit einer Ausnahme – zu Lennart aufblickten, als er durch die Tür trat.

»Ein Neuer«, bemerkte eine der Gestalten, ein etwas zu klein geratener, aber enorm breitschultriger junger Spund mit Wollmütze und pelzbesetzten Stiefeln, anstelle eines Grußes, pfiff durch die Zähne und nahm einen Schluck aus einer halbvollen Wodkaflasche in einer seiner Pranken. In der anderen hielt er einen wuchtigen Hammer, und anders als die übrigen saß er nicht auf einem Hocker, sondern auf einem Amboss.

»Guten Tag«, grüßte Lennart.

»Bild dir bloß nicht ein, mit Freundlichkeit könntest du etwas ausrichten und bleiben«, stöhnte ein dunkelhäutiger, mit bunten Holzperlen und tellergroßem Ohrschmuck behängter, magerer Zwerg mit Lendenschurz. »Hier ist alles besetzt, wie du siehst.«

»Da ist noch frei.« Lennart deutete auf den leeren Hocker.

»Ganz recht. Könnt' ja jeder kommen«, stimmte der zweite Afrikaner in der Runde dem ersten zu. Er war dem Kleinwüchsigen in seiner Aufmachung recht ähnlich, trug aber eine Augenklappe, die aus einem flachen Kieselstein und einem Algenstrang gefertigt war. »Tut sogar jeder«, fügte er sarkastisch hinzu und gab dem, der Lennart bislang noch keines Blickes gewürdigt, sondern ununterbrochen apathisch auf eine prachtvolle

Maske gestarrt hatte, welche er zwischen den Fingerspitzen drehte, einen Wink.»Los. Wirf ihn raus, Hui. Hui? Hörst du mich?«

Nun sah der mit Hui Angesprochene doch auf – aber nur kurz. Sein Blick wanderte einen Moment lang zwischen seinem Gefährten und Lennart hin und her. Dann lächelte er traurig, zuckte die sonnengebräunten Schultern und wandte sich wieder seiner Maske zu.

»Verdammt, Hui«, fluchte der Schwarze mit der Augenklappe, erhob sich und rüttelte an einem Arm der in sich versunkenen Gestalt.»Jetzt hast du endlich mal wieder Gelegenheit, zu zeigen, was du kannst, und du nimmst sie nicht wahr. Steh endlich auf und verpass ihm einen Tritt, der seinen heiligen Hintern in Fragmente sprengt, bevor er noch freiwillig verschwindet!«

»Lass ihn, Ifa«, meldete sich der Fünfte im Bunde, ein außergewöhnlich hellhäutiger Alter in schlichter weißer Tunika und geschnürten Sandaletten, zu Wort, wobei er seine silberweiße Haarpracht besänftigend schüttelte.»Huitzilopochtli hat es noch nicht verkraftet. Er braucht Zeit.«

»Wie lange denn noch?«, stöhnte der Ifa Genannte verständnislos.»Er bedauert sich seit Jahrhunderten! Wir sind alle nicht freiwillig hier, aber keiner stellt sich so an wie er.«

»Wenn du es nicht weißt – wer dann?«, seufzte der Alte.

»Als Halbgott der Wahrsagekunst sollte man überhaupt *alles* wissen«, bestätigte der, der auf dem Amboss hockte. Und grinste gehässig.

»Wenn ich alles wüsste, hätte ich mehr Köpfe, Tleps«, fauchte Ifa.»Wie viele bedauernswerte Handwerksleute genau haben zu deiner Zeit eigentlich diverse Körperteile eingebüßt? Oder sind betrunken ins Schmiedefeuer gekippt?« Er schnaubte verächtlich. »Kein Wunder, wenn sich der große kaukasische Schutzherr selbst ständig ins Delirium säuft«, fügte er hinzu.

Der Bursche mit der Wollmütze sprang auf und fuchtelte drohend mit dem Schmiedehammer. »Ich bin jederzeit klar genug bei Verstand, um dir auch noch das andere Auge auszuschlagen.«

»Ihr fühlt«, stellte Lennart sachlich fest. »Ihr ärgert euch übereinander, also empfindet ihr etwas.«

»Selbstverständlich fühlen wir.« Tleps ließ seinen Hammer sinken und beäugte Lennart abwertend. »Was bist du? Der mitteleuropäische Halbgott der Langverheirateten?«

»Oder irgendein altgriechischer Schutzherr der Am-Zweifel-verzweifelnden-Metaphysikstudenten?«, schlug der Kleinwüchsige vor.

Nun stand der Alte auf. »So etwas gibt es nicht, Imana«, verneinte er. »Und wenn, dann hätte ich ihn oben noch kennengelernt. Also«, wandte er sich skeptisch, aber nicht unfreundlich an Lennart. »Wer bist du? Was sind deine Aufgaben? Und was soll das heißen: *Ihr fühlt.* Fühlst du denn nichts?«

Das waren eine Menge Fragen auf einmal. Aber Lennart empfand keine Verwirrung und antwortete in ordentlicher Reihenfolge: »Lennart Bückeburg. Ausbildungssuche, unterschiedliche familiäre und soziale Pflichten. Es soll heißen, dass ich nichts fühle.«

»Gab es eigentlich schon einen Gott für synthetische Drogen, als du gefallen bist?«, wandte sich Ifa an den Pygmäen Imana.

Dieser hob die Schultern. »Nein. Aber ich bin auch nicht sicher, ob ich schon länger hier bin als du.«

»Ich bin kein Gott«, erklärte Lennart. »Ich bin ein Mensch.«

»Ein Halbgott der Bescheidenheit – wie niedlich«, höhnte der kaukasische Schutzherr der Schmiede. »Dann tu uns doch in aller Bescheidenheit einen Gefallen und verschwinde endlich. Eo-Io muss jeden Augenblick zurück sein. Und er sieht es überhaupt nicht gern, wenn jemand seinen Hocker –«

»Ich glaube, er sagt die Wahrheit, Tleps«, unterbrach ihn der Alte. Sein Blick bohrte sich weiter prüfend in den Lennarts.

Imana seufzte. »Nausithoos *glaubt* ...«, betonte er mit einer wegwerfenden Handbewegung.

»Atlantis existierte noch, hätte Nausithoos seltener irgendeinen Quatsch geglaubt«, bestätigte Ifa gehässig. »Und man muss nicht einmal hellsehen können, um das zu wissen.«

»Existiert aber nicht mehr«, gab Nausithoos ungerührt zurück. »Demnach habe ich nichts zu verlieren und kann mir in aller Ruhe anhören, was der junge Mann zu sagen hat, ehe ich entscheide, wie ich ihm begegne. Komm.« Er verabschiedete sich knapp von seinen Gefährten, legte Lennart eine Hand auf die Schulter und schob ihn mit sanftem Druck vor sich her aus dem Schuppen.

»Sie sind verbittert«, entschuldigte er sich schulterzuckend, nachdem er die Tür hinter sich zugezogen hatte. »Wir sind alle schon Hunderte von Jahren in dieser Brühe des Fastvergessenen gefangen, manche sogar viele Tausende. Das steckt man nicht so einfach weg. Nicht einmal als Gottheit ...« Er schüttelte den Kopf und bedeutete Lennart, ihn zu begleiten, während er durch den grauen Kies spazierte. »Aber erzähl mir lieber von dir. Du fühlst nichts, sagst du. Und du bist ein Mensch. Das passt zusammen, denn Menschen sind in der Tat sehr auf die Reize ihrer Nerven fixiert, ohne welche etwas zu empfinden nach Verlust der Materie in einem langen Prozess erlernt werden will. Manche lernen es nie.«

»Ohne Nerven empfinden?«, erkundigte sich Lennart. »Wie soll das gehen?«

»Oh, es geht«, lächelte der Alte. »Sogar jetzt fühlst du etwas. Du merkst es nur nicht. Wie gesagt: Ihr Menschen seid auf etwas anderes fixiert ... Aber es würde lange dauern, das zu erklären. Ich meine, es ist zwar nicht so, dass ich keine Zeit hätte«, er lachte kurz und bitter, »aber zunächst brenne ich doch darauf, zu erfahren, wie du hierherkommst. Es ist nicht richtig, weißt du? Das hier«, er machte eine ausholende Geste, »ist das Reich der Gottheiten, für die oben kein Platz mehr ist. Man muss schon zumindest ein Halbgott sein, um irgendwann hier zu enden. Ich zum Beispiel bin auch nur ein Halbgott. Ein atlantischer Halbgott, wie du vielleicht schon zur Kenntnis genommen hast. Aber Atlantis existiert nicht mehr. Meinesgleichen und ich haben es verbockt, und damit haben wir uns unser eigenes nasses Grab geschaufelt ... Na ja, was ich eigentlich nur sagen wollte: Menschen gehören nicht hierher, sondern in den Sumpf.«

»In den Sumpf«, wiederholte Lennart.

»Ja«, bestätigte Nausithoos. »Also noch einmal: Wie kommst du hierher?«

»Ich bin von einem Tisch gefallen«, erklärte Lennart. »Ich glaube, ich habe einen Schuss gehört, das heißt: Möglicherweise wurde ich von einer Kugel getroffen. Aber sicher bin ich mir nicht. Es war sehr laut um mich herum. Vielleicht bin ich einfach gestürzt und habe mir das Genick gebrochen, ich weiß es nicht. Ich war zum ersten Mal betrunken.«

»Du hast da ein Loch im Hals«, bestätigte Nausithoos. »Aber das meine ich nicht. Ich meine den *Weg*.«

»Ich fiel rückwärts in den See«, antwortete Lennart. »Viele Erinnerungen trieben an mir vorüber. Dann landete ich hier.« Er runzelte die Stirn, überlegte kurz und deutete schließlich auf einen Punkt etwas weiter nordöstlich. »Ich meine, dort drüben«, verbesserte er sich.

Nausithoos legte den Kopf schräg und maß Lennart nachdenklich. Dann wandte er sich ab, spazierte weiter und schwieg eine geraume Weile, ehe er irgendwann wieder stehen blieb und feststellte: »Das ist ungewöhnlich.« Er legte einen Zeigefinger ans Kinn, maß Lennart ein weiteres Mal ausgiebig von der Stirn bis zu den Zehenspitzen und nickte langsam. »Und je länger ich darüber nachdenke«, stellte Nausithoos fest, »gibt es nur eine einzige Erklärung dafür.«

Kapitel 4

Meo war Gold wert. Er verlor schnell das Interesse an Taminos ausführlichem Bericht über Alvaros Versagen bezüglich des türkischen Kommunisten und kehrte mit einem verlegenen Grinsen zu dem Schutzengel zurück, der zunehmend unruhig vor der Schwelle auf und ab marschierte und wartete, dass sein kontrollsüchtiger, übermäßig ehrgeiziger Vorgesetzter endlich aus seiner Sichtweite verschwand. Aber Tamino erweckte nicht den Eindruck, als wollte er ihm diesen Gefallen allzu bald erweisen. Himmelskrieger außerhalb offen ausgetragener Schlachten waren insgesamt sehr anstrengende Gesellschafter. Tamino war noch schlimmer. Wenn er nicht gerade Untergeordnete schikanieren oder sich unter Vortäuschung falscher Bescheidenheit mit Heldentaten aus seiner Militärlaufbahn brüsten konnte, schlich er wie ein weißer Tiger auf der Pirsch an der Schwelle auf und ab, jagte hier und da an die Erdoberfläche brechende, primitive Kreaturen des Anderen, den die Menschen *Teufel* nannten, oder diktierte seinem Buchhalter selbst die kleinsten Vergehen und Missgeschicke seiner Untergebenen und Gefährten.

»Dieser Kommunist ist tatsächlich in eine Moschee spaziert und hat Mohammed vor versammelter Menge mit Karl Marx verglichen?«, erkundigte sich Meo ungläubig, während er zu Alvaro hinter der Schwelle aufschloss.

Der Leibeshüter nickte seufzend und versuchte, den Leichnam des Propheten tief unter sich nicht aus den Augen zu verlieren, ohne dass Meo etwas davon mitbekam – eine schwierige Angelegenheit, denn obwohl die schießwütigen Russen das Gasthaus inzwischen verlassen hatten, herrschte noch immer helle Aufregung unter den zurückgebliebenen Augenzeugen des schrecklichen Mordes. Zudem trat nun ein knappes Dutzend Sanitäter und Polizisten ein, die im Versuch, Ordnung zu schaffen, noch mehr Chaos anrichteten. Immer weiter hämmerte Musik aus den Boxen.

Meo bemerkte Alvaros Blicke aber trotzdem und bewegte sich neugierig ein wenig vor, um herauszufinden, was den Schutzengel, den er Taminos Hetztiraden zum Trotz nach wie vor als sein größtes Vorbild erachtete, gerade beschäftigte. Alvaro hielt die Luft an.

Meo verlor sichtbar an Farbe, als er den Neuen Propheten in seinem eigenen Blut am Boden liegen sah. »Nicht gut«, flüsterte er, ohne zu Alvaro hinzusehen, und schluckte hart. »Das sieht gar nicht gut aus ...«

»Halb so schlimm, wie es auf den ersten Blick scheint«, winkte Alvaro ab, wobei er sich vergeblich darum bemühte, seiner Stimme einen Klang von Gelassenheit und Zuversicht zu verleihen. Meo sah ihn zweifelnd an. »Da sind schon ganz andere unverhofft wieder aufgestanden«, fügte Alvaro deshalb eilig hinzu. »Ich habe mal eine vierundsiebzigjährige Irin dabei beobachtet, wie sie mir nichts, dir nichts in ihren Körper zurückkehrte. Vor versammelter Trauergemeinde! Ihre Schwiegermutter erlag prompt einem Herzanfall, und als man die Irin viele Jahre später erneut zu Grabe trug, vernagelte man den Sargdeckel mit fingerlangen Stahlstiften. Sie hatte einen großen Teil ihrer letzten Jahre damit zugebracht, von Teerunde zu Teerunde zu pilgern und sich über jedes Detail ihrer verpatzten Beerdigung zu beklagen; angefangen bei der Farbe der Blumengestecke bis hin zum schrägen Gesang ihrer Cousine dritten Grades ... Und ich weiß von einem abgetriebenen peruanischen Fischer, der tatsächlich *zweimal* verdurstet ist, ehe man ihn fand und in ein Hospital verbrachte. Gut – dort fiel er ins Koma and starb bald an intravenöser Überfütterung, aber immerhin. Außerdem gibt es eine Studie, die besagt, dass jeder zehnte vermeintlich Tote ...«

Sein Gestammel überzeugte nicht einmal den eigentlich recht leichtgläubigen Meo, und Alvaro spürte es, ohne dass der junge Engel irgendetwas sagen musste. Aber er wusste sich einfach nicht zu helfen. Also schwieg er, bis Meo schließlich – eher neugierig als kritisch oder gar vorwurfsvoll – fragte:»Und was willst du jetzt tun?«

Alvaro zuckte mit den Schultern.»Runterfliegen«, antwortete er seufzend.»Ihn wieder auferstehen lassen. Sollen schon weniger Talentierte geschafft haben, erzählt man sich.«

»Das darfst du nicht!« Meo schüttelte entsetzt sein helles Köpfchen.»Es bedarf eines Antrags zur Gründung einer Kommission zur Klärung der akuten Unverzichtbarkeit eines Individuums, um –«

56

»Psst!« Alvaro zog Meo erschrocken zu sich heran, legte einen Arm um seine zierlichen Schultern und vergewisserte sich, dass Tamino noch immer recht weit abseits stand. Jakup und einige andere Krieger aus seiner Legion waren zu ihm gestoßen und tauschten lebhaft Kampf- und Flugtechniken aus.

»Ich kenne das HGB selbst«, flüsterte Alvaro mit Verschwörermine an Meo gewandt. »Aber in diesem Fall rechtfertigt der Zweck eindeutig die Mittel. Nur, wenn ich nicht bald hier wegkomme, verfüge ich nicht mehr über entsprechende Mittel. Ich bin kein Reanimationsgesandter, ich war auch noch nie in einer solchen Kommission. Ich weiß nur, was jeder in der Grundausbildung gelernt hat. Ich muss da jetzt runter, hörst du?«

Meo presste die Lippen aufeinander. Alvaros Plan behagte ihm offenbar ganz und gar nicht; es war nicht zu übersehen, dass er in großer Sorge war. Aber schließlich nickte er ergeben.

»Warum bist du dann immer noch hier?«, erkundigte er sich niedergeschlagen.

Der Leibeshüter erläuterte seine Notlage. Meo hörte nachdenklich zu und blickte schließlich zu Tamino zurück.

»Ich helfe dir«, versprach er, holte tief Luft und schnappte laut: »Also hättest du verhindern können, dass sie Ismael steinigen! Tamino hat ja so Recht! Oh, was bist du nur für ein Versager!«

Er hatte Alvaro über die Schwelle schubsen wollen – der Leibeshüter begriff die Absicht des jungen Engels, noch bevor dessen Handballen seinen Brustkorb trafen, und er gab sich redliche Mühe, sich so weit wie

möglich rückwärtszuwerfen. Aber sein linker Fuß verirrte sich im Saum seines knöchellangen Rockes. Unge-
schickt stolperte er schräg zur Seite weg und landete
unchristlich fluchend auf der rechten Schulter – *vor* der
Schwelle.

Nun konnte er sich Taminos uneingeschränkter Aufmerksamkeit absolut gewiss sein. Alvaro rappelte sich
rasch wieder auf.

Meo errötete im Rahmen seiner anatomischen Möglichkeiten und blickte zähneknirschend von Alvaro zur
kleinen Schar der Himmelskrieger hin und wieder zurück. »Potzblitz!«, zischte er, während Tamino und Jakup
zielstrebig auf die Schwelle zuschritten.

»Was?«

»Tamino und Jakup –«

»Ich meinte: Was ist ein Potzblitz? Kann man damit
schießen? Hast du so was? Nun gib schon her!«

Aber Meo hatte keinen Potzblitz und auch keine Zeit
für eine Erklärung, denn die beiden Himmelskrieger
waren schon da. Und Tamino tat nicht einmal so, als
hätte er vor, auf einen der ältesten Tricks auf ihrer Seite der Welt hereinzufallen. Mit steinerner Miene schritt
er an Alvaro vorbei und beugte sich über die Schwelle,
um nachzusehen, was man vor ihm zu verbergen versuchte.

Achim, der Sattlerstedener Dorfprinzenkönig, torkelte
derweil vornübergebeugt durch die schwach beleuchteten Straßen der Stadt. Er hatte kein Ziel. Da waren nur
noch er und die Nacht und die Straße; diese unendlich
lange Straße, auf der einen Fuß vor den anderen zu

setzen ihm mit jedem Herzschlag schwerer fiel. Er ignorierte ein turtelndes Teenagerpärchen, das seinen Weg passierte, nahm einen irgendwo ausgebüxsten Schäferhund, der vor einer Metzgerei zähnefletschend eine Tonne schmackhafter Fleischabfälle bewachte, nicht wahr und schenkte auch den in zweierlei Richtungen an ihm vorbei durch die Nordstadt rasenden Polizei- und Notarztwagen keinerlei Beachtung. Achim stolperte, fiel, rappelte sich wieder auf und taumelte weiter. Tränen verschleierten seinen Blick. Die Glöckchen an seinem Schwarzwälder Bommelhut klimperten traurig, und obwohl die Luft noch immer schwülwarm war, rann ihm ein eisiger Schauer nach dem anderen den Rücken hinab und wieder hinauf, hinab und wieder hinauf ...

Buddha sagte, man sollte nicht der Vergangenheit nachlaufen und sich auch nicht in der Zukunft verlieren, weil das Leben im Hier und Jetzt war. Wenn man sein Leben lebte wie ein immerwährendes Festival, kannte man eine Menge solcher geistreicher Weisheiten – man *musste* eine Menge davon kennen, um die gelegentlichen Phasen relativer Nüchternheit zwischen all dem organischen wie anorganischen Abfall sowie den überlaufenden Dixie-Klos irgendwie zu überleben. Aber an diesem Tag hatte Achim alles verloren, was ihm *heute im Hier und Jetzt* wichtig gewesen war: seinen Mageninhalt und dieses großartige Gefühl von Unverwundbarkeit und innerer Größe. Und seinen besten Freund. Seinen *einzigen* Freund ...

Ich bin nicht da, rezitierte er in Gedanken, *ich bin mich suchen gegangen. Falls ich zurückkomme, bevor ich wieder da bin, sagt mir, dass ich auf mich warten soll.*

Es half nichts. Kein schlauer Spruch vermochte seine geschundene Seele zu salben. Warum sollte er sich suchen, wenn es niemanden mehr gab, für den es sich lohnte, sich zu finden? Er hatte gesehen, wie die messerscharfen, blutverschmierten Eckzähne des Vampirs im Schein der Straßenlaterne und der Lagerfeuer aufgeblitzt waren, ehe sie sich ein letztes Mal wie tödliche Messer in Klaus' schlaffen Hals gruben, an dem der Kopf seines besten Freundes baumelte wie ein loser Milchzahn am letzten Fleischfaden. Schwer und bleich und nutzlos. Wie kam Achim jetzt bloß auf lose Milchzähne? Und wie konnte er seine Gedanken wieder davon lösen? Verdammt, er war doch nicht mehr breit! Seine Gedanken spielten nur ein gemeines Spiel mit ihm. Wo es ihm nicht gelang, sie mit angemessener Traurigkeit, ja, mit unendlicher Verzweiflung zu beschäftigen, da täuschten sie ihm geschickt Erschöpfung vor, um dann, sobald er sie losließ, flink durch den Irrgarten der Eiweißverbindungen in seinem Hirn zu huschen. Und dort war ein blutbeschmierter Milchzahn weiß Gott noch das Harmloseste, was ihnen nach vier Tagen begegnete. Tage, in denen alles, was Achim an fester Nahrung zu sich genommen hatte, eine Handvoll synthetischer Drogen gewesen war.

Was auch der wahre Grund dafür war, warum er nun nicht, wie man vielleicht erwarten könnte, neben der blutleeren Leiche seines einzigen Freundes auf dem Platz vor dem Stadion kniete und sich sein unermessliches Leid von der Seele weinte. Hätte er einen zweitbesten Freund gehabt, der ihn in diesen Sekunden gefragt hätte, warum er keinen Sanitäter gerufen hatte oder die Polizei, dann hätte ihm Achim vertrauensvoll erzählt, dass er gewusst hatte, dass Klaus ohnehin nicht mehr zu retten gewesen war (Klaus! Verdammt, er war der einzige Mensch auf der Welt, der Lukas bei seinem richtigen Vornamen nennen durfte!). Er hätte behauptet, dass er sofort begriffen hatte, dass die Polizei ihm ohnehin kein Wort geglaubt, sondern ihn kurzerhand in eine Ausnüchterungszelle gesteckt oder gar in U-Haft genommen hätte. *Unter Verdacht.* Achim versuchte sich einzureden, dass genau dies der Grund gewesen war, aus dem er nach einigen Augenblicken (die der Vampir dazu benutzt hatte, sich sein schrecklich-schönes Mäulchen am Ärmel seines dunklen Kleides abzuwischen) einfach über den toten Körper seines Freundes hinweggestiegen war wie über eine der überall auf der Wiese vor sich hindämmernden Schnapsleichen.

Tatsächlich aber hatte er sich einige quälende Minuten selbst für den Vampir gehalten. Und so hatte er das Gelände verlassen, war in die Stadt gestürmt, hatte sich immer und immer wieder in der Glastür der Stadtsparkasse gespiegelt, um sicherzustellen, dass kein Blut an seinen Kleidern haftete. Am Ende hatte er begriffen, dass alles, was er gesehen zu haben geglaubt hatte, tatsächlich passiert war. So war er von der Traufe in den Regen und wieder zurückgelangt, wenn man so wollte.

Und wenn die Traufe wirklich stärker war als der Regen? Was war eigentlich Traufe? *Draußen trauft es.* Das hatte noch nie jemand zu ihm gesagt. Bestand Traufe auch aus Wasser? Gab es besondere Traufewolken? Immerhin gab es auch Vampire. Ein Teil von ihm – ausgerechnet jener, der darauf bestand, der absolut *nüchterne* Teil seines Geistes zu sein – beharrte darauf.

Entsprechender Teil stand im Übrigen in enger Beziehung zu jenem, der jetzt die unerschütterliche Überzeugung hegte, Gespenster durch das Kopfsteinpflaster brechen zu sehen. Gespenster. Selbstverständlich. Gespenster. So etwas kam schon mal vor, wenn man genug XTC input hatte, um Vampire zu sehen. Gespenster lösten sich schon mal aus dem Bürgersteig wie milchige Schwaden, die langsam an Substanz gewannen, bis sie nicht mehr so wirkten wie dichter Nebel oder weiße Schatten, sondern eher wie wabernde Götterspeise. Oder wie Traufe. Scheiße passiert. Achim kicherte irre. Er war wohl breit. Alles war gut, in allerbester Ordnung, registrierte er voller unermesslicher Erleichterung. Nur ein Film. Ein Film nur für ihn. Er würde Klaus davon erzählen.

»Hey, Geist!«, gluckste er, während sich die insgesamt vier eigenartigen Wesen gemeinsam auf ihn zubewegten. Ebenso gut hätte es ein einziges Ding mit vier unförmigen Köpfen, einer Unzahl von Augen und einem Geflecht aus verschiedenartigen, klauen- und krallenbewehrten Gliedmaßen unterhalb eines mehrfarbigen, warzigen, aufgeschwemmten, von Pusteln und eitrigen Geschwülsten übersäten Körpers sein können. Denn es gab nicht die geringste Lücke zwischen alledem. Wie eine organische Wand bewegten sich die Geister auf den Sattlerstedener Dorfprinzenkönig zu. Sie schoben einen Wall aus Kälte vor sich her. Nein: Eigentlich war es eher, als ob sie jegliche Wärme aus ihrem Umfeld in sich hineinsogen, sie verschlangen und in irgendetwas Negatives, durch und durch Böses verwandelten. Wie eine

Handvoll griechischer Sagengestalten, die der Teufel halb verdaut und wieder ausgespuckt hatte, sinnierte Achim. Er schüttelte seine Glöckchen. Das war witzig.

»Ihr glaubt nicht, was mir eben passiert ist«, sprudelte er hervor, überaus dankbar um die Erkenntnis seines tatsächlichen Geisteszustandes, trat einen Schritt auf die Gestalten zu und setzte dazu an, dem schätzungsweise Zweiten von rechts auf die Schulter zu klopfen. Aber seine Hand glitt durch die eisige, puddingartige Masse hindurch. Klar. Schließlich waren diese Jungs Gespenster. Und sie waren Teil seines krassesten Trips seit der letzten Parallelweltenparty. Klaus würde ihn darum beneiden.

»Also, was meinem Kumpel passiert ist, meine ich«, fuhr er fort. »Oder mir. Oder uns. Also, kommt drauf an, wie man es sieht. Jedenfalls habe ich gesehen, wie er da bei diesem Mädchen im Arm lag – so eine zierliche Kleine in einem komischen schwarzen Hemd.« Achim versuchte pantomimisch ein flatterndes, sackähnliches Hemd darzustellen. »So hing er da in ihrem Arm. Genau so.« Er imitierte belustigt das erschlaffte Gesicht seines Freundes und ließ aus Gründen der Schauspielkunst zusätzlich die Zunge aus dem Mundwinkel hängen.

»So?« Das Gespenst, das ihm direkt gegenüberstand, streckte ebenfalls die Zunge heraus. Sie reichte bis zum Boden.

»Genau so!« Achim klopfte sich lachend auf den Oberschenkel, schüttelte sich vor Vergnügen und nickte heftig. »Was für ein Film, Mann, was für ein Hammerfilm! Mein bester Freund – ausgelutscht von einem kleinen geilen Vampir! Das musste dir mal wegtun, Mann, das ist doch der Hammer, oder?«

»Von einem Vampir?« Eigentlich hatte das Gespenst gar keine Stimme. Es war eher eine Aneinanderreihung von hässlichen, irgendwie metallischen Klängen, die sich mit viel Fantasie zu Silben und Wörtern formen ließen. Aber Achim hatte Fantasie. Jede Menge Fantasie sogar. Es war der Wahnsinn. Einer seiner unkontrollierbaren Gedanken fiel vor einer rosafarbenen Pille auf die Knie und betete ein paar Verse aus dem Kamasutra.

»Von einem Vampir!«, bestätigte er noch immer kichernd. »Als ob es Vampire gäbe. Vampire!«

»Vampire«, wiederholte das Gespenst kopfschüttelnd.

Dann streckte es eine seiner Pranken nach ihm aus und riss ihm den Kopf ab.

Da!« Meo deutete aufgeregt auf einen Punkt etwas westlich des Gasthauses, über dessen Eingang in Leuchtbuchstaben die Namen *Hungenberg Pils* und *Fuchsbau* prangten. Aber Tamino ließ sich nicht beirren und konzentrierte sich weiterhin mit zu Schlitzen geformten Augen auf das heillose Chaos, das die Russen mit ihren Schüssen und ihrer Hetzjagd auf das junge Pärchen ausgelöst hatten. Polizisten, Sanitäter und Gäste versperrten dem Himmelskrieger die Sicht auf den Leichnam des Neuen Propheten. Aber das würde nicht mehr lange so bleiben.

»Du musst noch viel lernen«, kommentierte er Meos Mühen, seine Aufmerksamkeit auf sich zu ziehen, ohne aufzusehen. Dabei klang er nun nicht mehr wie der strenge, aber verständnisvolle Lehrer, als der er sich sonst so gerne gab, sondern ganz und gar wie der jähzornige, von sich selbst überzeugte Paragrafenreiter, der er tatsächlich war.

Auch Alvaro folgte den hektischen Gesten des jungen Engels nicht, sondern kaute nervös auf seiner Unterlippe, während er verzweifelt die allesamt äußerst unangenehmen Möglichkeiten, wie die Situation weiterhin zu handhaben sei, gegeneinander abwog. Meo meinte es nur gut. Aber es war ja schon unwahrscheinlich gewesen, dass sich die Himmelskrieger, von denen sich nun immer mehr neugierig der Schwelle näherten, von seinem ersten Ablenkungsmanöver (welches ein solch blamables Ende gefunden hatte) tatsächlich täuschen ließen. Jemanden, der heimlich runterwollte, scheinbar versehentlich über die Schwelle zu schubsen, war wirklich einer der ältesten Tricks des Himmelreichs. Um ihm zu helfen, nun aber auf den wahrscheinlich ältesten Trick der *Menschheit* zurückzugreifen, war zwar lieb gemeint, aber doch äußerst primitiv. Meo tat besser daran, zu verschwinden, ehe er sich noch mehr Ärger einhandelte, als ihm ohnehin schon gewiss war.

Alvaro bedeutete ihm mit einem knappen, aber unmissverständlichen Wink, zu verschwinden. Aber Meo schüttelte den Kopf, trat noch dichter an Tamino heran, packte ihn an der Schulter und schüttelte ihn aufgeregt.

»Dämonen!«, rief er. »Tamino, da sind Dämonen! Du musst deine Division zusammenrufen! Ihr müsst eingreifen! Oh, beim Klabautermann – es ist eure Pflicht!«

»*Klabautermann*«, wiederholte Tamino trocken und wandte sich nun doch kurz Meo zu, um dessen Hand zornig abzuschütteln und den jungen Engel wütend anzufunkeln. »Du wirst mir erklären, was ein *Klabauter-*

mann ist und welcher Umgang für dein Verhalten verantwortlich ist«, fauchte er, ehe er sich wieder dem Gasthaus schräg unter sich zuwandte. »Später. Im Archiv. Wo wir uns gemeinsam eine Menge Bilder zügelloser Heißsporne wie dir und –«

»Ich fürchte, der heutige Tag lässt keine Zeit für Ausflüge ins Archiv.« Es war Jakup, der diesen Einwand erhob. Er fühlte sich unüberhörbar unwohl in seiner pergamentpapierdünnen Engelshaut. Als Einziger war er Meos Gesten mit Blicken gefolgt. »Da sind wirklich Dämonen, Tamino«, beteuerte er. »Mindestens drei, vielleicht mehr. Sie bewegen sich so hektisch.«

»Und es ist alles voller Blut«, fügte ein jüngerer Himmelskrieger hinzu.

Spätestens jetzt suchten alle Augenpaare die Stelle, auf die Meo gedeutet hatte. Und die, die sie fanden, weiteten sich unverzüglich vor Schreck, Abscheu und auch Wut. Ein jeder hier – sogar Meo – hatte bereits mindestens einen Übergriff des Anderen auf die Menschenwelt beobachtet. Darum erkannten alle die Dämonen, die dort unten in einer abgelegenen Gasse damit zugange waren, ein armes, unschuldiges Menschenwesen nicht aus Hunger, sondern aus reiner Boshaftigkeit zu verspeisen, sofort und zweifelsfrei als solche: als abscheuliche Auswüchse des Bösen, als Schergen des Anderen, denen es einmal mehr gelungen war, sich irgendwie an allen Wachen vorbei in die Menschenwelt zu schleichen, um dort Tod und Leid und Unheil zu verbreiten. Und selbst für jene, die in ihrem langen Leben schon hunderte Dämonen und die unterschiedlichsten anderen Kreaturen des Anderen zu Gesicht bekommen hatten, verloren die Wesen aus dem Reich, das die Menschen *Hölle* nannten, niemals an Schrecken. Es war jedes Mal so, als sprossen im Minutentakt immer neue, abscheuliche Details aus den Leibern der widerwärtigen Gestalten.

Als Tamino die Situation erkannte, fackelte er trotzdem keine Sekunde. Schlagartig verlor er jegliches Interesse am Neuen Propheten, wirbelte herum und sandte gebieterisch einen der jüngeren Krieger aus, den Rest seiner Schar herbeizuholen, ehe er sich an Jakups Seite über die Schwelle in die Schlacht stürzte; dicht gefolgt von Edwin und den anderen Kriegern, die zwischenzeitlich zu ihm aufgeschlossen waren. Alvaro und Meo blieben allein zurück.

Der junge Engel trat unentschlossen von einem Fuß auf den anderen. »Ich ... ich würde dann gerne ... wenn du allein zurechtkommst? Ich meine, je mehr Erfahrungen ich sammeln kann, desto schneller habe ich meine Ausbildung in der Tasche und ...«

»Flieg nur mit«, antwortete Alvaro mit einem traurigen Lächeln. »Mach dir keine Sorgen. Ich komme schon allein zurecht.«

Meo nickte und blickte noch einmal auf den Tumult in der Gaststätte. »Sicher?«

Alvaro zuckte mit den Schultern. »Sicher«, behauptete er und wunderte sich dabei ein wenig darüber, wie beschämend leicht es ihm fiel, so zu lügen – unabhängig vom ehrbaren Motiv.

»Gut. Dann ... viel Glück.«

In einer hilflosen Geste hob Meo die Hände, streckte sie aber gleich darauf nach vorne aus und sprang über die Schwelle. Alvaro tat es ihm gleich. Doch während sich sein junger Freund und die übrigen Engel in eine wahrscheinlich kurze, erbarmungslose Schlacht gegen eine Handvoll Dämonen warfen, schlug der Leibeshüter nach wenigen Flügelschlägen einen scharfen Haken nach links und eilte seiner Karriere hinterher, die als Splitter von Zuckerperlen in einem Rinnsal aus Blut hinwegzufließen drohte.

Kapitel 5

Tabeas Glieder fühlten sich schwer und butterweich an, während der höllische Lärm der Zeltstadt und des Festivals das Tor ihres Bewusstseins mittels Rammbock sprengte und gemeinsam mit all den fremdartigen Gerüchen erneut über sie herfiel. Augenblicke gnädiger Verwirrung, in denen sie sich hätte fragen können, wer und wo sie war und warum überhaupt, blieben ihr dabei verwehrt. Zwar wusste sie nicht, was genau passiert war – das Letzte, dessen sie sich entsann, war, dass sie sich am frischen, heißen Blut dieses deftigen Knaben gütlich getan hatte. Danach war sie von dem überwältigenden Gefühl ergriffen worden, in einem prall gefüllten Gummibärchenglas Achterbahn zu fahren. Aber sie zweifelte trotzdem keine Sekunde daran, dass sie sich nun, nachdem irgendeine böse Macht sie schmerzhaft aus ihrem Waggon zurück in die Wirklichkeit getreten hatte, immer noch irgendwo auf der Wiese vor dem Trapperseestadion befand. Der Reiz des Fremdartigen war inzwischen restlos verpufft, und Tabea konnte auch dem Schmerz, der in ihren empfindlichen Ohren und in ihrem pochenden Schädel tobte, absolut nichts Positives mehr abgewinnen. Der erste klare Gedanke, den sie fasste, war, dass sie nach Hause wollte. Oder wenigstens zurück in die Weingummiachterbahn. Egal was, auf jeden Fall aber sofort.

Tabea stöhnte leise, versuchte die Augen zu öffnen und sich zu bewegen. Doch sie schien in einer brühwarmen Lache aus dickflüssigem Gelee festzupappen, das klebrige Fäden zog, als irgendjemand nach ihrem linken Handgelenk griff und ihren Arm anhob. Erschrocken hielt sie den Atem an.

Einen Moment später stellte eine raue Stimme neben ihr bestürzt fest: »Nichts.«

Knochige Finger in Gummihandschuhen begrapschten ihren Hals und bemühten sich auch dort vergebens darum, ihren Pulsschlag zu erfühlen. »Auch nichts«, bedauerte eine zweite Stimme.

Tabea öffnete die Augen einen winzigen Spaltbreit und blinzelte in das grelle Licht der Laterne, unter der sie auf dem Rücken lag in etwas, das wohl doch keine Pfütze aus geschmolzenen Gummibärchen, sondern irgendetwas viel weniger Appetitliches war und ihren empfindsamen Geruchssinn aufs Übelste malträtierte. Zu ihren Seiten knieten zwei Fremde mit orangefarbenen Westen und tauschten über sie hinweg Blicke größter Betroffenheit aus.

Ihren erbärmlichen Kopfschmerzen zum Trotz begriff Tabea sofort, dass sie selbst es war, die den jungen Männern Kummer bereitete. Onkel Hieronymos hatte sie mit seinem Biss in ihren schlanken Hals vor annähernd einhundert Jahren zu einem Leben als Vampir zweiter Generation verdammt und sie damit, medizinisch betrachtet, schlicht ermordet. Ihr Herz schlug nicht mehr, also hatte sie auch keinen Pulsschlag. Sie atmete nur noch aus Gewohnheit – nicht im Schlaf.

Und so zog sie es noch vor, die Luft weiterhin anzuhalten, die Augen schnell wieder ganz zu schließen und diese fremden Menschen im Glauben zu lassen, neben einer gewöhnlichen Leiche zu knien. Sie musste abwarten, was weiterhin geschah. Ihr Schädel dröhnte, als hätte jemand, während sie ohne Bewusstsein gewesen war, hinter ihrer Stirn eine Tuba geblasen. Und neben ihren Armen und Beinen fühlte sich auch ihre Zunge unglaublich schwer an. Sich in diesem Zustand einer Erklärungsnot auszusetzen, würde die ohnehin schreckliche Situation nur verkomplizieren und ihr zusätzliche Unannehmlichkeiten bescheren. Wahrscheinlich würden die wohlgesinnten Helfer darauf bestehen, sie zu einem Arzt zu bringen, ihren Namen zu erfahren und noch viel mehr. Wenn sie nicht gleich zu Tode erschraken und ihr – weil sie das kleine Einmaleins des Vampirismus ebenfalls beherrschten – geistesgegenwärtig einen stabilen Holzpflock durch den Brustkorb trieben.

Ihr Geruchssinn und eine akustische Mischung aus leisem Füßescharren, Flüstern, betroffenen Seufzern, gehässigen Kommentaren und gelegentlichem Husten oder Räuspern verrieten ihr außerdem, dass nicht bloß die Aufmerksamkeit der beiden Berufshelfer auf ihr ruhte, sondern dass sie von mindestens einem Dutzend anderen Menschen aus mehr oder minder dezentem Abstand heraus betrachtet wurde. Das Beste wäre wohl gewesen, sich wieder in eine Fledermaus zu verwandeln und durch die Nacht davonzuflattern, ehe irgendjemand begriff, was geschah. Aber entkräftet, wie sie war, war daran nicht zu denken. Tabea würde abwarten müssen, bis man sie von hier fortgebracht hatte und eine Weile aus den Augen ließ, damit sie sich einen Moment ausruhen und dann ihre flugfähige Gestalt annehmen konnte, um schleunigst in den stillen, staubigen Turm von Burg Werthersweide heimzukehren – zurück zu dem unausstehlichen Onkel, mit dem sie bestenfalls *gewissermaßen* blutsverwandt war, zu Dr. Herbert und seinen gackernden Reisegruppen, zu den Busfahrern mit ihren senilen Fahrgästen und ihren Kisten voller *Ultraschnellkochtöpfe* und superweicher, *Antikrampfaderschurwollstrümpfe*, zu den Spinnen unter den Dachbalken der Burg und den Ratten im alten Verlies ...

Einer der Männer drückte ihre Augenlider auseinander und leuchtete ihr mit einer kleinen Taschenlampe nacheinander in die seit rund einhundert Jahren starren Pupillen. Obwohl sie ihn direkt ansah, erkannte er keinen Hauch von Leben in ihrem Blick, was ihr schmerzlich verdeutlichte, wie wenig sie noch in diese Menschenwelt gehörte – und wie sehr nach Werthersweide. Hätte jemand Tabea noch am heutigen Morgen gefragt, ob sie sich vorstellen könne, ihr unwohnliches Zuhause einmal zu vermissen, hätte sie wahrscheinlich geantwortet: *Sicher. Wie damals den Durchfall und die Krätze.* Nun aber packte sie – nur wenige Hundert Meter Luftlinie von zu Hause entfernt – tatsächlich das Heimweh. Um verräterische Tränen zurückzudrängen, konzentrierte sie sich krampfhaft auf die Stimmen der Sanitäter und die hektischen Hände, die sie noch immer befühlten, als ließe sich die vermeintliche Tote mit unterschiedlichen Gesten der Hilflosigkeit zu neuem Leben erwecken.

Die Männer begannen ihre Taschen zu durchsuchen. Es klickte und blitzte, als jemand aus nächster Nähe Bilder schoss. Ein Auto holperte geräuschvoll über die Wiese und hielt so dicht bei ihr, dass sie die Wärme des Motors fühlen konnte und der Gestank von Benzin und warmem Gummi Übelkeit in ihr aufsteigen ließ. Menschen stiegen aus und erkundigten sich in der sich rasch zerstreuenden Menge der Schaulustigen nach Tabeas Namen, den keiner wusste; nach ihren Begleitern, die keiner kannte; und nach etwaigen Drogen, von denen noch nie jemand etwas gehört hatte.

Irgendwann ließ das Hämmern hinter ihrer Stirn nach, und Tabea glitt in einem trägen Sog aus verschwommenen Lichtpunkten davon. Als der Leichenwagen eintraf und vier starke Hände ihren erschöpften, bleichen Leib in eine Aluminiumkiste verfrachteten, war sie längst eingeschlafen und leckte die bescheidenen Gummibärchenreste vom brüchigen Glasboden ihres Traumes.

Als Engel hatte man den Menschen auf der Erde einiges voraus. Kilometerlange Staus an Dauerbaustellen auf vollgestopften Autobahnen waren ein Problem der anderen; schließlich besaß man Flügel. Aber auch verschlossene Türen oder horrende Eintrittspreise konnten einen Engel nicht bekümmern. Und kein Arzt hätte je einen gefiederten Boten, Diener oder Krieger Gottes zuerst in ein stickiges Wartezimmer verwiesen, denn zum einen war niemand in der Lage, einen Engel, der nicht gesehen werden wollte oder durfte, zu sehen, und zum anderen wäre kein Engel (hier endete selbst Alvaros ausgeprägter Solidaritätsdrang) jemals auf die bescheuerte Idee gekommen, seine Zeit aus freien Stücken mit Warten zu vergeuden, denn als Engel kam man immer und überall sofort rein. Alles, was es dazu bedurfte, waren die entsprechende Grundausbildung und ein Augenblick Zeit, um die Materie zu studieren, mit ihr zu verschmelzen und auf der anderen Seite der Mauer wieder in die eigene Gestalt zurückzufinden.

Nachteilig war gelegentlich bloß, dass von alledem in der Regel niemand etwas merkte.

Selbstverständlich hatte Alvaro keinen Bedarf an einem Arzt. Ein Engel wurde nie krank, und selbst wenn jemand den Leibeshüter versehentlich verletzt hätte, weil er dem menschlichen Auge schließlich verborgen blieb, nichtsdestotrotz jedoch *Bestand* hatte, wäre dies nicht allzu tragisch gewesen, denn eventuelle Wunden oder Brüche pflegten binnen weniger Augenblicke ganz von selbst zu heilen. Trotzdem war es hin und wieder recht unangenehm. Heute ganz besonders.

Nachdem die Polizisten endlich den Netzstecker der Stereoanlage aufgespürt und gezogen hatten, bemühten sie sich nun darum, jeden, der sich jetzt noch im Gasthaus aufhielt und nicht als eine zu sichernde Spur der Straftat galt, systematisch zwecks Vernehmung, notfallpsychologischer Versorgung oder Ausnüchterung ins Freie zu eskortieren. Die meisten ließen es protestfrei mit sich geschehen. Nur das dunkelhäutige Mädchen brach nach wenigen Schritten zusammen und wurde von einer Ersthelferin versorgt. Der Wirt sowie drei seiner treuesten Stammkunden weigerten sich jedoch, den Anweisungen der Beamten zu folgen.

Der Wirt schien sich vor der Welt außerhalb seiner Kaschemme zu fürchten. Anders konnte sich Alvaro nicht erklären, was ihn sonst dazu bewogen hatte, mit dem blutigen Spültuch in der einen und einem Satz Bierdeckel in der anderen Hand wie eine Säule inmitten des Raumes zu verharren, während ein Polizist ihn heftig gestikulierend zum Gehen beschwor. Die drei jungen Männer hingegen waren schlicht betrunken und sahen nicht ein, den Schankraum zu verlassen, ehe irgendeine abgeschlossene Wette bezüglich der Trinkfestigkeit jedes Einzelnen entschieden war.

Nachdem kein vernünftiges Argument gegen diesen Vorsatz wirkte, griffen vier Beamte zu brachialer Gewalt, wogegen sich die drei Betrunkenen nicht weniger aggressiv zur Wehr setzten. Sie schlugen und traten um sich, versengten Alvaros Federn und sein Gewand mit den glühenden Zigaretten in ihren Händen und rempelten ihn so derbe an, dass er rückwärts in die angrenzende, hell erleuchtete Herrentoilette stolperte. Eine seiner Flügelspitzen tauchte tief in den Inhalt eines verstopften Pissoirs, ehe er sein Gleichgewicht mittels Griff nach dem Rand des Waschbeckens (das offensichtlich zweckentfremdet worden war) zurückerlangte.

Es war wirklich sehr, sehr unangenehm. *So* unangenehm, dass sich der Leibeshüter für einen winzigen Moment fast wünschte, ein bedauernswerter Klinkenputzer mit göttlicher Lizenz zur irdischen Sichtbarkeit zu sein. Aber er würde keine Vorschrift brechen, wenn es nicht zwingend erforderlich war. Und so blieb er weiterhin unsichtbar und kehrte vorsichtig in den Schankraum zurück.

Die Polizeibeamten hatten das Gerangel mit den drei Betrunkenen für sich entschieden. Der Wirt hingegen stand noch immer wie erstarrt mitten im Raum, doch niemand scherte sich weiter um ihn. Stattdessen standen nun die meisten Beamten im Halbkreis um die Sanitäter in neonorangefarbenen Jacken, die sich um den toten Propheten und einen Notarzt versammelt hatten.

Dieser klappte seinen Koffer mit dem Defibrillator eben zu und schüttelte betrübt den Kopf. Die beste aller Gelegenheiten, einen frisch Verstorbenen ohne großes Aufsehen wieder aufzuwecken und dem Mediziner und seinem nutzlosen Folterinstrument die Lorbeeren dafür zu gönnen, hatte der Schutzengel infolge seines kleinen Malheurs in der Herrentoilette versäumt.

Hier und da erklang ein bedauernder Laut. Das Mädchen, dessen blanke Brüste mittlerweile unter einer goldfarbenen Decke verborgen waren, erlitt einen hysterischen Weinkrampf. Es war allerhöchste Zeit, etwas zu unternehmen.

Weil er in dem engen Raum von seinen Flügeln keinen Gebrauch machen konnte, stieg der Engel auf den wackeligen Tisch, auf dem der Prophet getanzt hatte, als die Russen auf ihn geschossen hatten, legte sich bäuchlings auf die klebrig-feuchte Platte und beugte den Oberkörper weit hinab, um dem Toten am Boden den Reanimationskuss auf die Lippen zu hauchen. Sollten die Menschen im Raum doch an ein erstes Wunder glauben – Hauptsache, der Neue Prophet kam irgendwann noch dazu, all die anderen Wunder, für die der Herrgott ihn auserkoren haben mochte, zu vollbringen. Hauptsache, Alvaro behielt seinen Job. Trotzdem war der Engel aufgeregt. Denn wie er es Meo gesagt hatte: Weil es eines Auftrages von ganz oben bedurfte, hatte er so etwas noch nie gemacht. Er kann-

76

te bloß die Theorie und konnte nur hoffen, dass das reichte.

Alvaro spitzte die Lippen und rief sich die Reanimationsgrundlektion ins Bewusstsein. Eigentlich war es ganz einfach. Zumindest *wirkte* es kinderleicht, wenn man es nur von der Tafel abschreiben und auswendig lernen musste. Jetzt aber, da es um Leben und Tod ging, fielen dem Leibeshüter spontan mindestens ein halbes Dutzend Kleinigkeiten ein, die man falsch machen konnte. Damals, mit dem gesegneten Hintern auf der Schulbank, war er gar nicht auf die Idee gekommen, die Abfolge genauer zu hinterfragen. Summte man die Melodie des Lebens davor, danach, währenddessen, die ganze Zeit, oder blieb es sich letzten Endes gleich? Atmete man im Augenblick der ersten Berührung ein oder aus, oder hielt man am besten zunächst die Luft an? Und spielte es eigentlich eine Rolle, dass er dabei nicht über dem Verblichenen schwebte, sondern bäuchlings auf einem Holztisch lag?

Die Hände, mit denen er sich am feuchten Boden abstützte, zitterten vor Nervosität, und dann fegte ihn ein harter Schlag seitlich vom Tisch, als der Notarzt aufstand und sein schwerer Instrumentenkoffer gegen die linke Schläfe des Engels knallte. Alvaro schlitterte zwischen zwei umgestürzte Tische, rappelte sich wieder auf und unterdrückte – wissend, dass man ihn nicht sehen, sehr wohl aber hören konnte – einen verärgerten Laut.

»Pathologie«, bestimmte der Notarzt hinter ihm knapp an einen seiner hilflos dreinblickenden Helfer gewandt.

Zusammen mit einem zweiten Orangegekleideten hob der Gemeinte den Neuen Propheten auf eine aufklappbare Bahre, trug ihn auf den Wink eines geschäftig telefonierenden Polizeibeamten hin dann aber doch nicht aus dem Raum, sondern deckte ihn mit einem Gummilaken zu und übergab ihn wenige Minuten später an eine ganz in Schwarz gekleidete alte Frau und einen kaum volljährigen Jungen, die von einem anderen Polizisten an den Ort des grausigen Geschehens geleitet wurden. Scheinbar mühelos und mit routinierter Trauer im Blick betteten die beiden Neuankömmlinge den Leichnam in einen schlichten Metallsarg auf einem geräderten Gestell um. Dann ließ sich die Alte von dem Polizisten, der sie offenbar angerufen hatte, ein Formular ausfüllen und murmelte dabei irgendetwas von Kaffee, Kuchen und einem Oleanderstrauch – was der Leibeshüter beim besten Willen nicht mit der Gesamtsituation in Verbindung zu bringen vermochte.

Alvaro sah dem Geschehen einen Augenblick lang unschlüssig zu. Schließlich schüttelte er aber den Kopf und konzentrierte sich auf das, was man ihn in seiner Ausbildung als *vierten Aggregatzustand* gelehrt hatte.

Dann eben Pathologie. Tamino und seine Schar würden gewiss noch eine kleine Weile beschäftigt sein, so dass die Zeit nur bedingt drängte. Außerdem, dachte er mit einem seufzenden Blick auf den verdreckten Boden, auf dem sich die Zuckerperlen inzwischen in einer widerwärtigen Mischung aus Blut und alkoholischen Getränken auflösten, war es da sauber. Lautlos glitt er durch die Wand ins Freie.

Der gemeine Oberfrankenburger verfügte nicht nur über einen ausgeprägten Sinn für Gründlichkeit, Ordnung und eigennützige Geschäfte, er war auch ausgesprochen stolz auf die unverhältnismäßig große und gut ausgestattete Universität Oberfrankenburg Nord mit ihrem Pathologischen Institut und ihrem ausgewählten Professorenteam, das vor einigen Jahren durch eine makabere Reality-Soap zu überregionaler Bekanntheit und Beliebtheit gelangt war. Darum bedurfte es keiner etwaigen Vergiftung durch die zu oft betrogene Ehefrau, um der Universität nach dem Ableben einen unfreiwilligen letzten Besuch abzustatten. Ausnahmslos *jeder*, der im Umkreis von rund fünfzig Kilometern Luftlinie den Löffel abgab, kam noch einmal nach Oberfrankenburg Nord, ehe er schließlich frisch gewogen, vermessen, geröntgt, fotografiert, archiviert und bei Bedarf vernäht an eines der zahlreichen ortsansässigen Bestattungsunternehmen zurückgegeben wurde, um von dort aus mit geringstmöglichem finanziellen Aufwand zu ästhetischem Hochglanz aufpoliert endlich zur letzten Ruhe zu finden. Oder zur vorletzten – hatte man nämlich das Pech, unter die hier statistisch leicht überdurchschnittlich hohe Zahl jener armen Seelen zu fallen, die irgendwann noch einmal exhumiert wurden.

Vielleicht um diese eigenwillige Form von Heimatstolz an die nächste Generation weiterzuprügeln, möglicherweise aber auch nur aus Mangel an Alternativen, gab es zudem nicht einen einzigen blutsechten Oberfrankenburger, der nicht schon zu Lebzeiten mindestens einmal im Rahmen eines Klassenausfluges oder Ferienangebotes hier gewesen wäre, um eingelegte Embryos zu bestaunen und im *Workshop Quincy* Kröten zu sezieren. Der Neue Prophet bildete da keine Ausnahme, und so kannte sich Alvaro bestens aus im weitläufigen Pathologischen Institut. Er wusste, wo er den besonders populären sogenannten »Krimikasten« fand – einen schuhkartonförmigen Gebäudeteil, in dem auch die letzte Staffel »Dr. Spix' sprechende Leichen« gedreht worden war –, und er staunte längst nicht mehr über den amphitheaterähnlichen Hörsaal oder die schier endlosen Korridore, die er im Schlenderschritt dorthin passierte.

Alvaro hatte keine Eile. Er war geflogen, während der Neue Prophet noch eine geraume Weile in dem silberfarbenen Leichenwagen hierher unterwegs sein würde, in dem die Alte und der Junge das Gasthaus erreicht hatten.

Was den Engel aber sehr wohl irritierte, war der Umstand, dass er in der Universität offenkundig nicht allein war. Obwohl man in den Herzen der meisten Leute in diesen Breiten vergebens nach aufrechtem Glauben suchte, bestanden sie stur auf ihren christlichen Feiertagen, so dass Alvaro erwartet hatte, das Pathologische Institut in einer Nacht von einem Samstag auf einen Sonntag in buchstäblicher Totenstille vorzufinden.

Der Engel steuerte zielsicher auf Raum 001 zu, dem ersten Halt jeder neuen Leiche, als eine energische Stimme zu ihm hindurchdrang. Alvaro erstarrte und blickte auf Tür 003, unter deren Spalt weißes Neonlicht auf den royalblauen PVC-Boden im Flur fiel.

»Ich sagte, ich bleibe sitzen«, bemerkte gerade eine helle Stimme dahinter.

»Und ich sagte, du ziehst augenblicklich deine Schuhe an und machst, dass du nach Hause kommst«, entgegnete eine zweite ältere, männliche Stimme. Sie klang, als versuche sie, autoritär zu klingen, hörte sich aber verzweifelt an.

»Nicht, solange *sie* da ist«, widersprach die Mädchenstimme.

Alvaro zog die Stirn kraus, trat neugierig neben Tür 003, holte tief Luft und schob den Kopf durch die Wand. Auf der anderen Seite bot sich ihm ein erstaunliches Bild: Vor einer der vier vorhandenen verchromten Bahren in dem weitläufigen Raum saß – im Schneidersitz und mit vor der Brust verschränkten Armen – ein Mädchen auf dem dunkelblauen Gummiboden. Sie konnte nicht älter als zwölf oder dreizehn Jahre alt sein, trug ihr aschblondes Haar schulterlang und war mit einem orange geblümten Minirock und einem knappen Hemdchen bekleidet, auf dem das Konterfei Mahatma Gandhis prangte. Ihr Schuhwerk hing an einem Haken direkt unter Alvaros empfindlicher Nase.

»Joy Mercedes Spix!« Wie Alvaro akustisch bereits registriert hatte, befand sich das Mädchen nicht allein in dem hell erleuchteten, mit einer Unzahl von gefährlich blitzenden Instrumenten und fremdartig wirkenden Apparaturen ausgestatteten Raum. Professor Dr. Kasimir Spix, ein Mann mit einem viereckigen Gesicht an der Vorderseite eines quadratischen Kopfes, der dem Engel noch aus einer Führung durch das Institut in Erinnerung war, brüllte den Namen seiner Tochter fast. »Wie stellst du dir das vor? Glaubst du, wenn du noch zwei Stunden da sitzt, rufe ich zu Hause an und sage: ›Hallo, Liebling – schlechte Neuigkeiten. Meine Tochter mag dich nicht. Du musst ausziehen.‹ Verdammt, Joy – ich habe Barbara erst vergangene Woche *geheiratet!*«

»Selbst schuld.« Das Kind zuckte ungerührt die Achseln.

Für einen Augenblick schien es, als würde Professor Dr. Kasimir Spix, bekannt und beliebt aus Rundfunk und Fernsehen, respektiert von Kollegen, Studenten und Kriminalbeamten und gefürchtet von allen potenziellen Schwiegermuttermördern der Stadt, im nächsten Moment explodieren. Doch dann sog er nur scharf die Luft zwischen den Schneidezähnen ein und schüttelte den Kopf.

»Rutsch wenigstens ein Stück zur Seite, damit ich weiterarbeiten kann«, seufzte er resigniert, während er ein überladenes Rollwägelchen an eine der Chrombahren heranschob. Aber auch diese Bitte verpuffte unerhört in der sterilen, gekühlten Raumluft.

Der Pathologe stieg mit einem großen Schritt über seinen stumm protestierenden Wechselbalg hinweg und schlug ein weißes Baumwolllaken zurück, das über einem Leichnam auf einer der Bahren ausgebreitet worden war, den der Engel erst jetzt registrierte.

Neugierig trat Alvaro vollständig durch die Wand und beugte sich interessiert vor, während Professor Spix die zierliche Gestalt einer noch sehr jungen Frau enthüllte. Vom Korridor her näherten sich trippelnde Schritte.

»Was tust du da?«, erkundigte sich das Mädchen zu Alvaros Füßen an den Pathologen gewandt.

Das rein wissenschaftliche, uneingeschränkte Interesse des Engels galt dem schlaffen, schneeweißen Menschenleib, den der Professor nun in Position brachte. Joys Stimme verriet jedoch, dass sie ordentlich an Selbstsicherheit verlor.

»Arbeiten«, antwortete Dr. Spix und zog konzentriert die Brauen zusammen, während er den Leichnam kurz auf die Seite wälzte und dann auf den Rücken zurückfallen ließ. Alvaro zuckte sachte zusammen und maß den kantigen Mann nicht ohne Vorwurf im Blick. Er selbst hätte das Ganze sicher mit mehr ... Respekt gehandhabt. Mit mehr *Sanftheit.*

Auch Joy fuhr erst zusammen, dann sprang sie auf. »Is' nicht dein Ernst!«, schnappte sie zwischen Empörung und Entsetzen schwankend.

»Denkst du, ich habe Lust, die ganze Nacht Gewebefetzen zu mikroskopieren und Blütenpollen zu analysieren? Weißt du eigentlich, wie ermüdend so etwas ist?« Erstaunlicherweise klangen Dr. Spix' Worte entschuldigend.

Joy erbleichte. Während ihr Vater eine seiner Pranken nach den Instrumenten auf dem Rollwagen ausstreckte, riss sie ihre Jesuslatschen vom Haken und stürmte zur Tür hinaus, wobei sie eine ältere Dame in Kittelschürze, die den Raum in diesem Moment erreichte, fast umwarf.

»Wohin?«, rief ihr der Professor irritiert nach.

»Draußen weiterstreiken.«

Alvaro hörte, wie sich das Mädchen ein paar Schritte rechts der Tür auf den Boden plumpsen ließ, und wandte sich wieder dem Leichnam zu, während der Professor seine Aufmerksamkeit auf die Dame im Eingang richtete.

»Frau Buchkrämer – Sie sollten längst zu Hause sein.«

»Es kommt noch jemand«, antwortete die Dame, als erklärte dies ihre Anwesenheit in der Universität kurz nach Mitternacht. »Ein junger Mann. Erschossen in der Innenstadt. In aller Öffentlichkeit ...«

»Mein Gott, was ist heute nur los ...«, seufzte der Professor und lächelte der Dame im Türrahmen dankbar zu. »Sie sind und bleiben mein bestes Pferd im Stall, Elisabeth; auch wenn Sie nun endlich Feierabend machen.

Ich erledige den Papierkram. Das mit Joy ... das ist wirklich nicht Ihr Problem und –«

»Ich bleibe, solange Sie bleiben, Herr Professor«, fiel die alte Dame ihm entschieden ins Wort und bedeutete ihm mit einer Geste, ihr zu folgen. Irgendwo klingelte ein Telefon. »Seien Sie nur so gut und unterschreiben Sie mir den Bericht von Frau Haas, damit ich ihn zu den Akten legen kann. Ich habe auch frischen Kaffee aufgebrüht.«

»Aber –«

»Kein Aber.« Dr. Spix' Gehilfin duldete keinen Widerspruch. »Ich denke, Sie können eine Pause gebrauchen. Und vielleicht finden wir dabei auch noch eine Lösung bezüglich des jungen Fräulein Gandhi da draußen.«

Mit sanfter Gewalt geleitete sie ihren Vorgesetzten hinaus und zog die Tür hinter sich zu. Alvaro blieb in dem kühlen Raum allein zurück – allein mit einer Leiche und einer Menge Zeit, in der er nichts tun konnte als abzuwarten, bis der tote Prophet endlich hier abgeliefert wurde.

Nun, wenigstens handelte es sich bei dem Menschenexemplar, das der Professor gerade von dem Laken befreit hatte, um eines von der ausgesprochen attraktiven Sorte. Alvaro beschloss, dass es angesichts der in rasendem Tempo voranschreitenden Evolution nicht schaden konnte, sich immer wieder auf den neuesten Stand der menschlichen Anatomie zu bringen, und begann, den zierlichen, hellhäutigen Körper der Verstorbenen aufmerksam zu studieren.

Er beugte sich weit vor und fing bei den Füßen an.

Die Gummibärchen waren aufgebraucht, die Achterbahnfahrt blieb aus. Statt in ein Meer ineinander verlaufender Farben und Formen blickte Tabea dieses Mal wie durch ein Kaleidoskop zurück auf ihr erstes, richtiges Leben – oder besser: auf Splitter dessen, was sich so schimpfte. Sie sah die blutunterlaufenen Augen ihrer kranken Mutter, die ausgemergelten Gesichter ihrer zahlreichen Geschwister, die pockennarbige Fratze des Fabrikanten, an dessen Willkür die erbärmliche Existenz ihrer Familie hing, und Beige, und Weiß, immer wieder Weiß ...

Noch einmal hörte sie das Rattern, Klappern, Klacken und Zischen der gusseisernen Maschinen in der Miederwarenfabrik. Wieder roch sie den penetranten Gestank von Bleichmitteln, Wäschestärke und Schweiß und fühlte die Schmerzen im Rücken und in den Muskeln sowie das Brennen ihrer wundgescheuerten und blutig gestochenen Hände. Und wieder Weiß. Weiße Schlüpfer, weiße Hemden, weiße Büstenhalter, weiße Strumpfhalter, weiße Nierenwärmer, weiße Korsetts ... Hufschmidt & Söhne stellten alles her, was weiß war und niemand sehen wollte. Auch in Fleischfarben. Aber vor allem in Weiß.

Durch eines der funkelnden Fensterchen, in denen die Bruchstücke ihrer Erinnerungen tanzten, sah sie sich selbst davonlaufen. Ohne sich ein einziges Mal zu den hässlichen Stadthäusern umzudrehen, die groß und schwarz in den Nachthimmel ragten, rannte Tabea davon, allein und verheult ... Irgendetwas Schreckliches war geschehen. Irgendetwas, das sie ihre Verantwortung gegenüber ihrer kranken Mutter und ihren kleinen Geschwistern für einen folgenschweren Moment hatte vergessen lassen, irgendetwas, das sie so sehr mitgenommen hatte, dass sie ihr Zuhause, ihre Familie, ihr *Nest* in dieser abscheulichen Stadt fluchtartig verließ ...

Dann kam Hieronymos. Er hörte ihr zu, er zeigte ihr die Burg, er nahm sie in den Arm. Dann brachte er sie um.

»Joy Mercedes Spix!«, hörte sie eine entnervte Stimme aufbegehren. Verwirrt suchte sie die zahlreichen Erinnerungsfensterchen nach dem Urheber ab, fand ihn aber nicht.

»Wie stellst du dir das vor?«

Hatte er sie gemeint? Sie erinnerte sich nicht. Sie wusste nicht, wem diese Stimme gehörte, und war auch relativ sicher, dass sie nie so geheißen hatte. Aber in einem knappen Jahrhundert konnte man eine ganze Menge verdrängen und vergessen. Er musste hier irgendwo sein. Einer der Untermieter vielleicht, mit denen sie ihre löchrige Matratze zu teilen gezwungen gewesen war? Einer der wortkargen Vorarbeiter in der Fabrik? Der einäugige, bucklige Vermieter, der den Kindern beim Sprechen ins Gesicht spie?

»Glaubst du, wenn du noch zwei Stunden da sitzt ...«

Zwei Stunden? Sie hatte nie zwei Stunden irgendwo gesessen, damals.

»... rufe ich zu Hause an und sage ...«

Tabea hörte auf, den Wirrwarr ihrer Erinnerungen zu durchforsten. Sie hatte nie ein Telefon besessen. Der Mann meinte nicht sie. Und sie kannte ihn *wirklich* nicht. Diese Stimme war real. Jemand stand an ihrer Seite und redete auf eine andere Person ein – wenn Tabea es richtig verstand, ging es um eine Frau, ein Kind und eine Hochzeit.

In dem Moment, in dem sie das begriff, löste sich das Kaleidoskop in Rauch auf, der Schwärze zurückließ, als er sich verflüchtigte. Dann – während der Mann und ein Mädchen neben ihr noch ein paar knappe wie erregte Sätze wechselten, Schritte sich entfernten, eine weitere Person kam, wieder ging und den Mann gleich mitnahm, und Tabea meinte, dass sie allein war, wo auch immer sie sein mochte – verdrängte ein dunkles Rot die Finsternis. Kleine, weiße Punkte tanzten wie Glühwürmchen darin umher.

Sie erinnerte sich daran, dass sie bewusstlos gewesen war, nachdem sie sich an dem Jungen vor dem Stadion vergangen hatte. Irgendetwas in seinem Blut war ihr schlecht bekommen. Das war der einzige Vorteil von abgestandenen Blutkonserven: Es stand immer ganz genau drauf, was drin war. Auf frischen Menschen stand das nie. Zwar war es nicht das erste Mal gewesen, dass ihr eine Mahlzeit auf den Magen geschlagen war, aber es war zum ersten Mal mit solcher Heftigkeit geschehen, und vor allem hatte es sie dieses Mal ohne jede Vorwarnung getroffen. Mit etwas Alkohol hatte sie gerechnet – aber wer konnte schon ahnen, dass ein so junger Mensch bereits so starke Medikamente schluckte?

Sie wusste noch, dass man sie für tot befunden und sich an ihrem Körper zu schaffen gemacht hatte. Dann musste sie wieder eingeschlafen oder erneut in Ohnmacht gefallen sein.

Wohin hatte man sie gebracht? War sie wirklich allein? Konnte sie es riskieren, die Augen zu öffnen und sich umzusehen?

Tabea schnupperte und roch Gummi, Chrom, Desinfektionsmittel, Schweißfüße und Leichen. Sie lauschte angestrengt und hörte die leisen Stimmen der Frau und des Mannes, die sich in irgendeinem angrenzenden Zimmer unterhielten, sowie das leise Summen der modernen Gerätschaften, die für dieses besondere Klima sorgten, das den Verwesungsprozess verzögerte. Keine Frage: Sie befand sich im Pathologischen Institut Oberfrankenburg Nord, ihrem zuverlässigen Notfallrationslager für knappe Zeiten. Sie lag nackt auf dem Rücken, und während das sogenannte Leben in sie zurückkehrte, begannen ihre Knochen und Muskeln auf dem unkomfortablen Lager, auf das man den vermeintlichen Leichnam gebettet hatte, zu schmerzen.

Irgendetwas schnüffelte an ihrem Dekolleté.

Tabea schlug die Augen auf und gleich wieder zu, denn das Erste, was sie erblickte, war blendendes Neonlicht, das aus einer runden Lampe, kaum mehr als eine Armeslänge entfernt, auf ihr Gesicht gerichtet war. Zwar kostete sie das ebenso wenig den Kopf wie die Straßenlaterne, unter die sie vor Hieronymos geflüchtet war. Schmerzhaft jedoch war es allemal, und anstelle der weißen Punkte auf dem dunkelroten Hintergrund sah sie nun bunte Punkte auf weißen Lichtblitzen.

Sie blinzelte ein paar Tränen weg und blickte bei ihrem zweiten Versuch nicht mehr geradewegs in die Operationslampe über der harten Bahre, sondern in die Richtung, aus der das Schnüffeln kam. Und sah etwas Weißes.

Ihr wurde übel. Trotzdem betrachtete sie die Gestalt, die sich da über sie beugte, genauer. Sie konnte ihr Gesicht nicht sehen, aber der Figur nach zu urteilen musste es ein Mann sein – wenn auch ein sehr schlanker. Schulterlange, goldblonde Locken schmückten seinen Hinterkopf. Ihre Übelkeit verflüchtigte sich wieder.

Eigentlich hätte sie sich wundern müssen – zum Beispiel über die eigenartige Praktik, mit der dieser Mensch, den sie im ersten Moment für einen Mediziner hielt, ihren untoten Körper begutachtete: Aufmerksamen Blickes und aufgeregt schnuppernd wie ein entlaufener chinesischer Tempelhund, der zum ersten Mal im Leben etwas anderes als Reis mit Bambussprossen und Zitronengras serviert bekam, schnüffelte er sich weit vornübergebeugt vom Dekolletee bis zu ihrer Brust und wieder zurück. Dieser Doktor hielt keinerlei Werkzeug in den Händen. Er trug nicht einmal eine Brille, obwohl jeder Mediziner, der etwas auf sich hielt, während der Arbeit eine Brille trug. Aber auch brillenlos sah er nicht wie ein Doktor aus.

Eigentlich war schon seine bloße Anwesenheit für sich genommen erstaunlich, denn wenn Tabea nicht länger als sechsunddreißig Stunden ohne Bewusstsein gewesen war (was sie nicht glaubte), war immer noch Wochenende. Außerdem hätte gerade sie, die doch eine sportgesunde Jungfrau auf zwei Kilometer Entfernung von einem tobenden Bengel unterscheiden konnte, indem sie die feine Nase reckte und die Aromen aus der Luft filterte und sortierte, spätestens in diesem Moment erstaunt registrieren müssen, dass sie diesen vermeintlichen Menschen nicht *roch*, dass sein Körper nicht im Geringsten duftete. Nur ein Hauch von Tabakgeruch, Alkohol und Exkrementen hatte sich in seinem Haar und seinen Kleidern verfangen. Tabea hätte wirklich – *wirklich* – auf der Hut sein müssen.

Doch als sie einen Blick auf seine Halsschlagader unter den *Erwald-Höppler-Designerweihnachtsschmuck* – (auf Biobasis, kompostierbar) erinnernden, goldglänzenden

Locken erhaschte, erklärte ihre Libido ihr die Autonomie und rief zum zivilen körperlichen Ungehorsam auf. Tabea war nicht mehr Herrin ihrer selbst. War es sonst eine Mischung aus Hunger, Appetit und Erregung, die sie über ihre Opfer herfallen ließ, so war es jetzt eine supersauberperlenreine lüsterne Gier, die im Bauch kitzelte und auf der Zunge brannte. Sie hatte noch nie etwas so Himmlisches gesehen, sie *musste* das einfach kosten! Es war wie die sprichwörtliche Liebe auf den ersten Blick, nur viel schlimmer.

Als ihr der Blondgelockte das Gesicht zuwandte, das so makellos, so perfekt ästhetisch wirkte, als bestünde es nicht aus Fleisch und Blut, sondern aus hellrosafarbenem, von Meisterhand gefertigtem Alabaster, schnellte sie empor und biss zu.

Tabea wusste selbst nicht, was sie erwartet hatte. Irgendetwas Süßes wahrscheinlich. Etwas, das vielleicht an flüssigen Honig erinnerte, mit einem Hauch Vanille oder wilden Blüten. Oder das Gegenteil, etwas sehr Herzhaftes, Würziges, das den Kreislauf in Schwung brachte und Krampfadern vorbeugte. Auf jeden Fall aber hatte sie nicht mit einem fleischgewordenen Batteriesäurebehälter gerechnet. Ungefähr so aber musste es sich anfühlen, die Zähne in einen ebensolchen zu schlagen.

Sie schrie auf und stieß den ebenfalls hörbar erschrockenen Fremden mit beiden Armen und aller Kraft weit von sich. Siedend heißes Blut schoss aus der Wunde in seinem Hals und verbrühte und verätzte ihre Lippen, ihre Zunge und ihren Gaumen, ehe es ihr plötzlich wie eine offene Wunde brennende Kehle hinunterlief. Tabea keuchte, spie und benutzte den rechten Unterarm, um sich das Blut des Fremden – dieser *Kreatur!* – so gut wie irgend möglich von Kinn und Lippen zu wischen. Was sich als folgenschwerer Fehler erwies, denn ihre Haut reagierte überall dort, wo sie mit der rotvioletten Flüssigkeit in Berührung geriet, mit einem erbärmlichen Brennen.

»Was, bei *Hektors Heckenschere*!«, presste sie verwirrt und unter Schmerzen hervor, während sie die Schlieren vermeintlichen Blutes auf ihrem Unterarm betrachtete.

»Was, bei allen guten Geistern ...« Der Fremde tastete mit den Spitzen seiner schmalen, feingliedrigen Finger nach der Bisswunde an seinem Hals, die sich, wie Tabea erstaunt registrierte, binnen Sekunden fast vollständig schloss. Er runzelte die Stirn, schüttelte aber dann den Kopf, als befände er seinen Gedankengang augenblicklich für unwichtig, betrachtete Tabea einen Moment bedauernd und wandte ihr dann den Rücken zu, während er eine der mit zahllosen Gläschen, Flaschen und Ampullen gefüllten Vitrinen mit Blicken durchsuchte. »Jod? Heißes Wasser?«, erkundigte er sich besorgt über die Schulter hinweg. Es klang nicht nach einem Scherz.

Tabea sprang von der kalten Bahre und griff nach dem Leichentuch am Fußende, mit dem sie wohl zugedeckt gewesen war, ehe der Fremde in dem weißen Kleid (ja, er trug tatsächlich ein Kleid!) damit angefangen hatte, ihren Körper mit bloßen Augen nach verirrten Einzellern abzusuchen, und rubbelte das schnell trocknende Blut damit ab. Das Brennen blieb, ließ aber ein bisschen nach.

»Keine Ahnung«, fauchte sie ungehalten. Ja, ja – sie hätte auf der Hut sein müssen. Nach dem, was sie gerade erlebt hatte, umso mehr. Sie hätte diesem Kerl, von dem sie nicht die geringste Ahnung hatte, was er war, irgendetwas Stabiles über den Schädel ziehen und das Weite suchen sollen, ehe noch Schlimmeres geschah. Aber in diesem Augenblick war sie schlicht und ergreifend wütend und enttäuscht. Sie nahm es ihm übel, dass er so widerwärtig schmeckte, und machte ihn bei der Gelegenheit gleich zum Sündenbock für den ganzen verpatzten Ausflug, der das Abenteuer ihres Lebens hatte werden sollen und in einer mittleren Katastrophe geendet war.

Vielleicht litt sie auch noch unter den Nachwirkungen der starken Medikamente, die der Junge geschluckt haben musste. Jedenfalls schleuderte sie das weiße Baumwolltuch auf die Bahre zurück, riss einen ebenfalls widerlich weißen, herrenlosen Kittel von einem Haken an der Wand, um ihre Blöße damit zu bedecken, und fuhr den Fremden an: »Was empfiehlt sich denn, wenn man einen Prinzen küssen wollte und stattdessen versehentlich einen Pfeilgiftfrosch gebissen hat? Eher Jod oder lieber heißes Wasser?«

Der Blondgelockte wandte sich wieder zu ihr um. »Du ... du wolltest mich küssen?«, fragte er verlegen.

Tabea zog eine Grimasse, setzte zu einer Antwort an, schloss den Mund dann aber wieder und stampfte zornig zur Tür. Blütenweiße Vogelfedern, die überall auf dem ansonsten keimfreien Linoleumboden verstreut lagen, wirbelten unter ihren Schritten auf. Einige blieben an ihren Fersen kleben.

»So warte doch!« Der Fremde in Weiß hob hilflos die Hände und wirkte für einen Moment, als wolle er ihr folgen. Aber dann schien ihm etwas einzufallen. Er hob die Hände noch ein wenig höher und bemühte sich um einen festen Klang seiner Stimme, während er ihr nachrief: »Fürchte dich nicht! Ich bin gekommen, um eine Botschaft ... oder vielleicht ein Wunder ... Auf jeden Fall brauchst du wirklich keine Angst vor mir zu haben und ...«

Tabea schlug die Tür hinter sich zu, lief los und stolperte über ein reichlich verdutztes Mädchen, das im Schneidersitz auf dem blauen Gummiboden kauerte. Fluchend rappelte sie sich wieder auf und verwandelte sich in eine faustgroße Fledermaus, bevor sie den Gang buchstäblich im Flug verließ.

»Reinkarnation«, jubelte das Kind im Flur hinter ihr her. »Es stimmt! Es ist alles wahr! Lieber Himmel – Papa, *Papa*! Bau den Dachboden aus! Im nächsten Leben können wir alle fliegen!«

Irrenhaus, dachte Tabea genervt, während sie eine Abkürzung durch einen ihr bekannten Lüftungsschacht wählte. Es ging doch nichts über die stinklangweiligen Nächte im Burgturm und qualitätsgeprüfte Instantkost.

Kapitel 6

Und du glaubst wirklich, dass es das ist?« Die Frau kletterte aus dem rostroten Familienkombi, trat an die Seite des Mannes, dessen Blick unentwegt zwischen dem alten Gemäuer und einer kaum jüngeren Landkarte hin und her irrte, und spähte misstrauisch durch das Haupttor in den Innenhof, vor dem der Mann geparkt hatte.

»Na ja«, antwortete der Mann.

»Wow«, sagte das Kind und schlug die hintere Autotür zu.

»Es sieht gar nicht wie ein Herrenhaus aus«, stellte die Frau zweifelnd fest. Es war längst dunkel, nach Mitternacht, und die dürftigen Lichtkegel der vorderen Scheinwerfer des Kombis warfen nur zwei kreisrunde gelbe Flecken auf die Wehrmauer.

»Eine kleine Burg«, bestätigte der Mann und konzentrierte sich wieder auf die Karte. Dieses Mal zupfte er dabei seinen Kinnbart lang – vielleicht eine alberne Angewohnheit, die ihn irgendwie klüger aussehen lassen sollte. Möglicherweise waren ihm auch nur die Zigaretten ausgegangen.

»Wow«, wiederholte das Kind.

»Herzlich willkommen auf Burg Werthersweide«, begrüßte Dr. Herbert die unerwarteten Gäste mit routinierter Freundlichkeit.

Die Frau fuhr zusammen, denn sie hatte ihn weder kommen sehen, noch gehört. Dr. Herbert beäugte den Kombi ein wenig irritiert, denn er sah nicht wie ein Bus aus. Außerdem war die Zeit eher außergewöhnlich für einen Besuch auf der Burg. Und die Reisegruppe schien ungewöhnlich klein: Der Mann, die Frau und das Kind hatten lediglich einen unglaublich dicken Mops im Auto zurückgelassen, der sich gerade die flache Schnauze an einer der hinteren Scheiben plattdrückte.

»Hammer!«, sagte das Kind und schob sich an dem Greis, der die Familie empfing, vorbei, um sich im Innenhof umzusehen. Die Schritte des Jungen verklangen irgendwo in der Dunkelheit, während der Mann und die Frau sich dem Alten vorstellten und ihm die Karte reichten.

»Wir wollten da hin ...«, erklärte der Mann und deutete auf einen bestimmten Punkt auf der Karte, der so großzügig mit mehreren Textmarkern markiert war, dass er im Dunkeln leuchtete.

»Gut Steinbrück ... ein altes Herrenhaus«, erklärte die Frau.

»Seit 1730 im Besitz der Familie Steinbrück«, nickte Dr. Herbert wissend.

»Unser Erbe«, erklärte der Mann stolz.

»Er hat Ahnenforschung betrieben«, ergänzte die Frau, die ihren Schrecken angesichts des offenbar doch erreichten Zieles überwunden hatte und sich nun darum bemühte, dem jahrhundertealten Gemäuer irgendetwas Romantisches abzugewinnen, während im Kopf des Mannes die schwarzen Zahlen hörbar klimperten.

»Jahrelang«, betonte der Mann und schlang seinen Arm um die Hüften seiner Frau. Sein Blick wurde glasig. »Und nun, endlich, sind wir am Ziel. Unser neues Zuhause, Liebling. Was sagst du dazu? Hab ich dir zu viel versprochen?«

»Mom! Da hinten hängt eine Fledermaus!«, berichtete das Kind, das atemlos vor Aufregung zurückkehrte.

»Ja«, sagte die Frau.

»Darf ich ein Foto von ihr machen?«

»Natürlich«, sagte der Mann. »Es ist ja *unsere* Fledermaus.«

»Aber es ist dunkel.« Plötzlich klang das Kind bekümmert. »Ich werde sie auf dem Foto nicht sehen können.«

»Deine Kamera hat eine Nachtbildfunktion, mein Sohn.«

»Es ist nicht *Ihre* Fledermaus«, sagte Dr. Herbert.

»Aber wenn es blitzt, zerfällt sie zu Staub!«

»Es ist auch nicht *Ihr* Haus«, ergänzte Dr. Herbert kopfschüttelnd.

»Es ist eine Fledermaus, kein Vampir«, gab der Mann lächelnd zurück. Dann runzelte er die Stirn. »Was haben Sie gesagt?«

»Es ist nicht Ihr Haus«, wiederholte Dr. Herbert und reichte dem Mann die Karte zurück, während das Kind einen Moment überlegte, schließlich die Schultern zuckte und mit dem Fotoapparat zurück auf den Burghof eilte. »Das hier ist Burg Werthersweide. Erbaut 1317 unter Friedrich dem Schönen und nach vielen Generationen im Besitz der ehrenwerten Adelsfamilie von Werthersweide Eigentum der Stadt Oberfrankenburg Nord. Ich bin ihr Verwalter, Hausmeister und Burggespenst.«

»Burggespenst«, wiederholte der Mann.

»Soll das heißen, wir haben uns doch verfahren?« Die Frau klang enttäuscht, aber auch verärgert. Der Mann hätte ihr die Karte überlassen sollen.

»Aber ...«, sagte der Mann hilflos und zupfte sich erneut am Bart.

Dr. Herbert hielt ihm eine Schachtel filterlose Zigaretten hin. Der Mann nestelte dankbar eine heraus und schob sie sich zwischen die Lippen. »Dreizehn Stunden«, seufzte er, nachdem Dr. Herbert ihm Feuer gegeben hatte. »Dreizehn Stunden lang gondeln wir jetzt schon durch die Weltgeschichte ... Sie kennen Gut Steinbrück?«

»Ja.« Dr. Herbert zündete sich ebenfalls eine Zigarette an. »Ein hübsches, kleines Anwesen. Liegt etwa einhundertvierzig Kilometer nördlich von hier ... Sie haben es geerbt?«

»Nun ja«, schränkte die Frau ein, die dem alten Mann von Minute zu Minute mehr misstraute. »Zumindest sagen das die Erbverwalter von ... von ... Wie hieß die Institution nochmal, Schatz?«

»Wettenauchduhastgeerbtdotcom«, antwortete der Mann.

»Einhundertvierzig Kilometer«, seufzte die Frau. »Sagen Sie – gibt es ein Hotel in diesem Dorf?«

»Es ist eine Stadt«, korrigierte Dr. Herbert. »Oberfrankenburg Nord besitzt seit 1538 sämtliche Stadtrechte, Verehrteste. Wir haben sogar eine Zollstation und einen eigenen Vogt. Nun, ich gebe zu – er ist eher eine symbolische Figur, eine moralische Instanz. Aber diese Stadt legt großen Wert auf Geschichte und Tradition und –«

»Oder wenigstens eine Pension?«, unterbrach die Frau seinen Redefluss.

»Zwei sogar«, brüstete sich Dr. Herbert stolz. »Aber ...«
Er brach verlegen ab.

»Aber?«, drängte die Frau.

»Haben Sie kein Radio im Auto?«, erkundigte sich Dr. Herbert unbehaglich.

»Doch. Aber unser Sohn war für Bushido«, antwortete der Mann.

»Nun«, erklärte Dr. Herbert, »da wäre zum einen der *Wilde Bock* im Süden der Altstadt ... ähm ... gewesen. Bis zum frühen Abend. Er ist heute abgebrannt. Die Polizei tippt auf Brandstiftung. Vermutlich Versicherungsbetrug.«

»Oh«, machte der Mann.

»Und dann gibt es noch den *Fuchsbau* an der Autobahnabfahrt, aber ...«

»Aber?«, hakte die Frau nach. Langsam verlor sie die Geduld.

Dr. Herbert winkte das Ehepaar ganz dicht zu sich heran, als befürchtete er zahllose Spitzel unter den Moosflecken der meterdicken Burgmauern. »Sie hatten eine Leiche«, flüsterte der Alte hinter vorgehaltener Hand.

»Oh«, machte der Mann erneut.

»Wer ist gestorben?«, erkundigte sich die Frau. Es klang nicht sonderlich teilnahmsvoll.

Dr. Herbert zuckte die Schultern. »Ein Junge, sagten sie im Radio. Oder ein junger Mann. Ein Gast auf jeden Fall. Angeblich hat er Falschgeld für einen sudanesischen Drogenhändler gewaschen ... aber das sind nur Gerüchte. Jedenfalls hat der *Fuchsbau* heute geschlossen.«

»Oh«, wiederholte der Mann.

»Aber wenn das hier eine Stadt ist, dann gibt es doch gewiss –«

»Nein«, verneinte der Alte. »Möglicherweise können Sie Ihre Reiseapotheke gegen einen verlausten Schlafsack und einen Platz in einem der Zelte dort hinten eintauschen.« Naserümpfend nickte er in die Richtung eines unverhältnismäßig großen Sportstadions, das in dem Tal zwischen Burg und Stadtrand gelegen und hell erleuchtet war. Als die Frau etwas sagen wollte, hob er beschwichtigend die Hände. »Oder Sie bleiben heute Nacht in der Burg«, bot er großzügig an. »Es ist mir eigentlich nicht erlaubt, aber ...«

»Das wäre wirklich sehr, sehr nett«, sagte die Frau schnell. Sie trat unruhig von einem Fuß auf den anderen. Nun musste sie auch noch aufs Klo.

»Es wäre mir ein Vergnügen«, sagte Dr. Herbert höflich, während das Kind zum zweiten Mal zu seinen Eltern zurückkehrte.

»Hast du die Fledermaus fotografiert?«, erkundigte sich der Mann.

»Ja«, antwortete das Kind.

»Und?«, fragte der Mann.

»Sie ist zu Staub zerfallen«, antwortete das Kind.

»Oh«, sagte der Mann noch einmal.

Kapitel 7

In einer Vorstadtvilla nahe der Ruine der Klimburg bemühte sich derweil ein junger Russe namens Oleg vergebens darum, Gelassenheit vorzutäuschen, während er seinem Chef den wahrscheinlich folgenschwersten Fehler seines Lebens gestand. Und so lenkte er sich insgeheim mit der Frage ab, ob der Taubendreck auf seinen Schuhspitzen wohl frisch oder von gestern war.

Seine Gefährten und er waren hierhergerast wie von Dämonen besessen und von Exorzisten gejagt. Dennoch wünschte er sich jetzt nichts sehnlicher, als irgendwo anders zu sein – in einer anderen Zeit, an einem anderen Ort, wohlbehütet am Busen seiner Mutter, am Beginn eines neuen Lebens, einer zweiten Chance, die er von Grund auf anders nutzen würde, ganz bestimmt ...

Shigshid, der Halbmongole zu seiner Linken, grinste blöde vor sich hin. Dabei gab es hier im Büro des Bosses absolut nichts, das auch nur ansatzweise lustig gewesen wäre. Nicht das übergroße Porträt des Heinz Rudolph Hammerwerfer (1912–1984), seines Zeichens Gründer des zweifelhaften Familienunternehmens; nicht das unvorteilhaft beleuchtete, lange Schatten werfende Hirschgeweih über dem ockergelben Sofa mit den Häkelkissen; auch nicht die staubigen, grün geblümten Leinengardinen, die nicht nur jegliches natürliche Licht und mögliche neugierige Blicke zufällig vorüberturnender Eichhörnchen aussperrten, sondern ebenso die Frischluft, die gelegentlich, wenn das Fenster unter höchsten Sicherheitsvorkehrungen auf Kipp stand, furchtlos in das Innere des Arbeitszimmers einzudringen versuchte. Im Gegensatz zu den meisten anderen Räumen der Villa gab es hier absolut nichts Modernes und schon gar nichts Lustiges. Diesen einen Raum hatte der Boss genau so beibehalten, wie er ihn geerbt hatte – und immer, wenn Oleg dieses Zimmer betrat, hatte er das Gefühl, sich auf eine Zeitreise in ein rustikales deutsches Schwiegermutterwohnzimmer der frühen 70er Jahre zu begeben.

Übrigens wäre ihm heute jede Schwiegermutter, und sei sie noch so grässlich, tausendmal lieber gewesen als der Boss.

Volchok, der schräg hinter Shigshid stand, starrte mit offenem Mund Löcher in die Luft, als ginge ihn das alles überhaupt nichts an. So, als wäre zwar sein von langen Jahren in einem weißrussischen Gefängnis ausgelaugter Körper, nicht aber sein kümmerlicher Geist gegenwärtig. *Fliegende Penisse fangen*, sagte man bei Oleg zu Hause in Moskau dazu. Dabei war Volchok auch dabei gewesen, als Olga Urmanov und ihr neuer Stecher so unverhofft im *Fuchsbau* aufgetaucht waren. Der hatte ebenso auf diese kleine *suka* geschossen wie er, und es hätte genauso gut *seine* Waffe gewesen sein können, der der tödliche Schuss entwichen war.

Aber so war es nicht gewesen. Es war die Pistole, die er, Oleg, bei sich gehabt hatte. Und er hatte nicht einmal Olga damit beseitigt. Es war eine Katastrophe. Selbst der Umstand, dass er immerhin Profi genug gewesen war, noch im größten Chaos sämtliche Patronenhülsen einzusammeln, vermochte Oleg nicht zu trösten.

»Ein Reflex, Boss«, presste er schluckend hervor. Seine Lippen fühlten sich an wie aus ungesäuertem Brot in sein Gesicht gebacken. Und sie schmeckten auch ganz ähnlich, während er nervös darauf herumkaute.

»Mit welcher Waffe?« Rattlesnake Rolf, vor einer unbestimmten Anzahl von Jahrzehnten von seiner Mutter liebevoll auf den vielversprechenden Namen Erich Rudolph Helmuth Hammerwerfer getauft, trat in einer dieser fließenden Bewegungen, die für seinen beeindruckenden Szenenamen mitverantwortlich waren, dicht an den deutlich größeren Russen heran. Oleg kam es vor, als stiege sein Boss dabei auf eine imaginäre Trittleiter. Er fühlte sich klein und hilflos.

»Meine Waffe ... heute Morgen ...«, stammelte er, während er den Reflex unterdrückte, sich die feinen Speicheltropfen aus dem Gesicht zu wischen, die Rattlesnake Rolf im Rahmen seiner Frage dorthin katapultiert hatte. »Also, Shigshid und ich, wir hatten einen kleinen ... äh ... Disput.«

»Wegen Kulina«, erläuterte Shigshid zu seiner Linken hilfsbereit, nickte eifrig mit dem Kopf, der so rot war, wie Olegs eigener sich anfühlte, und beeilte sich hinzuzufügen: »War nur Missverständigung, Boss. Nix böse, alles gut.« Er machte eine plumpe Geste mit einer seiner narbigen Pranken, die wohl beschwichtigend wirken sollte, tatsächlich aber eher den Eindruck erweckte, als klopfe er über die linke Schulter hinweg einen unsichtbaren Teppich aus.

»Jedenfalls ist meine Umarex dabei ... äh ... abhandengekommen. Lag im Handschuhfach und ...« Oleg spürte, wie ihn ein irgendwie träger, nichtsdestotrotz tödlicher Blitz aus Shigshids schiefem Augenwinkel traf, entschied aber, dass er im Zweifelsfall lieber durch einen Stromschlag als durch einen Blut vergiftenden Rattenbiss ums Leben kommen wollte, und fuhr fort: »Shigshid hat meinen Wagen verschrotten lassen.«

»Mit welcher Waffe?«, wiederholte Rattlesnake Rolf. Sein Flüstern klang fast wie das Fauchen einer Kobra. Der Taubendreck war von vorgestern. »Mit deiner, Boss«, presste Oleg mühsam hervor. Die Worte taten fast körperlich weh.

Für einen Augenblick herrschte Grabesstille. Obwohl alle Fenster fest verschlossen waren und sie es nicht mitbekommen haben konnten, stellten sogar die Grillen hinter dem Haus ihr Gezirpe ein. Dann vergewisserte sich Rattlesnake Rolf alias Erich Rudolph Helmuth Hammerwerfer ruhig: »Du hast Olga Urmanov mit *meiner Dienstwaffe* getötet?«

»Nicht Olga«, verbesserte Shigshid. »Anderes Kerl. Stand im Weg.«

Rattlesnake Rolf schwieg. Der Ausdruck auf seinem schmalen Gesicht hätte eine Luftspiegelung zu einer Wand aus Eiswasser gefrieren lassen können.

Dann rief der Boss nach seinem Sohn.

»Leiche holen«, zischte er, während sich schlurfende, schwere Schritte aus dem Nebenzimmer näherten. »Sofort.«

Morpheus kam. Und der hieß wirklich so.

Guilgachin!« Shigshid sah nicht zu Oleg hin, während er leise vor sich hin fluchte, sondern starrte mit düsterer Miene aus dem hinteren rechten Seitenfenster des gestohlenen Seat. Dennoch wusste Oleg, dass er gemeint war. »*Bertegchin*«, schimpfte der Halbmongole. »*Honotsiin shees! Maanag!*«

Es hieß, dass »*Honotsiin shees*« (was wörtlich so viel hieß wie *Urin eines Gastes* und damit *Bastard* bedeutete) der Ausdruck gewesen war, der Shigshid selbst in seiner verkorksten Kindheit am häufigsten zu Ohren gekommen war – und zwar von seiner eigenen Mutter. Sie hatte schließlich am besten (und im Übrigen auch als Einzige) gewusst, wo sie sich ihren zur Fettleibigkeit neigenden, straßenköterblonden Spross mit den zu weit auseinanderstehenden Mandelaugen in dem tellerflachen Gesicht eingefangen hatte. Zweimal sollte sie versucht haben, ihn zu ertränken. Beim ersten Mal hatte sie in letzter Sekunde das Mitleid gepackt und beim zweiten Mal ihr Vater. Der hatte sie dann ertränkt. Shigshid war in ein Heim verfrachtet worden, in dem man aus ihm gemacht hatte, was er heute war.

»*Durak!*«, fügte Shigshid seinem Schwall mongolischer Beschimpfungen hinzu und erfuhr im nächsten Moment schmerzhaft, weshalb Oleg es vorzog, sich zurückzuhalten: Morpheus, der den Wagen durch die kleine Stadt zurück in Richtung Tatort steuerte, stieg in die Eisen, drehte sich zu dem Halbmongolen herum und versetzte ihm einen saftigen Fausthieb mit der Linken, der ihn derb gegen seine Kopfstütze schleuderte. Dann fuhr er wortlos wieder an.

Volchok, der den Polizeifunk vom Beifahrersitz aus abhörte, gackerte gehässig, während Shigshid den Koloss hinter dem Steuer über den Innenspiegel verblüfft anstarrte. Oleg blickte zum linken hinteren Seitenfenster hinaus und lächelte schadenfroh. So war das eben mit Morpheus. Am besten sagte man überhaupt nichts, solange Rattlesnake Rolfs Erstgeborener in der Nähe war. Noch besser war, man hielt sich gar nicht erst in seiner Nähe auf.

Aber zumindest für die nächsten zwei, drei Stunden, schätzte Oleg, würde ihm Morpheus' Gesellschaft nicht erspart bleiben. Und schuld daran war nur dieser dreimal verfluchte Halbmongole.

Hätte Shigshid seinen Golf nicht durch Erhards Matschmaschine gejagt, hätte Oleg eine eigene Waffe besessen und nicht die schallgedämpfte Colt CP Government eingesteckt, die in der Villa gerade zur Hand gewesen war. Kommissar Hammerwerfers Dienstpistole ...

Verflucht, er hatte doch nicht ahnen können, dass Rattlesnake Rolf das Ding auf dem Konferenztisch liegen ließ, bloß weil seine Muse in Strapsen auf der Schwelle stand! Er hatte nicht mal gewusst, dass der Boss seine Dienstwaffe auch privat mit sich herumschleppte; warum tat er so was denn auch? Eine Knarre, die eine eindeutige Visitenkarte hinterließ, wenn man sie benutzte – so ein Unnütz!

Oleg hatte angenommen, dass Shigshid sie reumütig besorgt und für ihn hinterlegt hatte. Als der Mongole eine entsprechende Nachfrage später auf dem Weg in den *Fuchsbau* mit einer eindeutigen Geste verneinte, war das für Oleg noch immer kein Grund zur Sorge gewesen. Dann gehörte sie wohl einem der vielen anderen, die in der Villa ein und aus gingen. Er würde schon noch erfahren, wem. Er würde sich entschuldigen, sie zurückgeben, und damit wäre die Sache gegessen.

Jetzt wusste er, wessen Waffe er genommen hatte. Oleg war rückwärts auf Knien aus dem Konferenzraum gekrochen. Aber gegessen war damit noch lange nichts. Immerhin hatte er eine neue Waffe erhalten, versuchte sich Oleg zu trösten. Und er war vorhin geistesgegenwärtig genug gewesen, die Patronenhülsen aufzuheben, ehe Volchok und er Olga Urmanovs Verfolgung aufgenommen hatten. Aber die Verräterin war entkommen. Als Shigshid, Volchok und er selbst sich endlich durch den aufgebrachten Pulk ins Freie gekämpft hatten, war sie mit ihrem dreckigen Stecher längst schon über alle Berge gewesen – wo sie wahrscheinlich bereits weiter an hinterhältigen Plänen feilte, um den Boss mitsamt dem ganzen Ring aufzuschmeißen. Und wenn irgendjemand dies unter Umständen bewerkstelligen konnte, dann war es Olga. Sie hatte ein ganzes Jahrzehnt mit dem Boss gevögelt, bevor sie beschlossen hatte, lieber ihr Leben lang um ihr Leben zu rennen, als weiter mit dem Boss zu vögeln.

In Volchoks Funkgerät knackte und pfiff es, dann meldete sich eine hohe Männerstimme.»Zentrale an alle: Wir haben Zeugen der Schießerei.«

Oleg registrierte, dass Morpheus ihn über den Innenspiegel beobachtete. Er gab sich unbeeindruckt. Zeugen konnten ihm gleichgültig sein. Er zeichnete sich durch keinerlei besondere Merkmale aus. Es war schon eine ganze Reihe von Phantombildern angefertigt worden, die ihn darstellen sollten, aber keins davon hatte ihm auch nur ähnlich gesehen. Seine Erscheinung war in jeder Hinsicht so durchschnittlich, dass die meisten Leute ihn keines zweiten Blickes würdigten, einfach weil es nichts gab, was ihn für sie interessant machte. Und wenn sie ihn dann etwas später beschreiben sollten, neigten sie erfahrungsgemäß dazu, ihm der eigenen Glaubwürdigkeit halber irgendwelche speziellen Merkmale anzudichten, die er überhaupt nicht besaß. Er war so unscheinbar, dass er sich manchmal fast darüber wunderte, dass sein Spiegelbild seinen Blick erwiderte.

»Gesucht werden drei Männer mittleren Alters«, setzte die Fistelstimme in der Zentrale fort. »Alle etwa eins achtzig groß, dunkle Lederjacken, vermutlich Russen.«

Shigshid schnaubte gekränkt.

»Einer mit auffällig weit auseinander stehenden Augen«, wusste man in der Zentrale des Weiteren. Und: »Fluchtfahrzeug vermutlich ein blauer Mitsubishi.«

Shigshid ließ ein weiteres Schnauben vernehmen, was wohl bedeutete, dass er alles klauen und fahren würde, nur keinen Japaner, und die Zentrale koordinierte per Funk ihre Streifenwagen. Oleg bemerkte erst jetzt, dass Morpheus vom direkten Weg ins Stadtinnere abgewichen war und den Seat nun auf die Bundesstraße nach Wilhelmshausen lenkte. Kurz vor der Abzweigung Oberfrankenburg Nord hielt er auf einem Rastplatz und schaltete die Scheinwerfer aus.

Oleg hätte gern gefragt, wieso er das tat, aber Shigshids geschwollene Nase riet ihm nachdrücklich davon ab. Trotzdem sollte er nicht lange in Unwissenheit schmoren: Schon bald zerschnitt ein Paar anderer Scheinwerferkegel die Dunkelheit. Morpheus ließ den Motor wieder an und folgte dem Fahrzeug, das sich als gemächlich dahinbrummender Mercedes W123 entpuppte. Meistens war es unergründlich, welcherlei geheime Botschaften

Rattlesnake Rolf seinem Berg von Sohn via Headset in die wulstigen Ohren zischte, aber in diesem Fall schien die Sache recht klar: Vor ihnen fuhr der Leichenwagen, in dem der Teenager, den Oleg versehentlich erschossen hatte, zur Universitätsklinik chauffiert wurde.

Aber das durften sie nicht zulassen. Wenn irgendjemand diese verdammte Kugel aus dem Hals dieses Jungen pulte, waren Olga Urmanovs Rachepläne am Boss und am Ring unwichtig – denn dann war Rattlesnake Rolf auch so erledigt.

Nun ja – zumindest brächten ihn die Umstände in unangenehme Erklärungsnot. Und der Boss hasste es, Dinge erklären zu müssen.

Auch Kommissar Hammerwerfers Sohn redete nicht gern. So schwieg Morpheus noch immer, als er den Seat plötzlich beschleunigte, um in der viel zu engen Kurve haarscharf an dem silbernen Mercedes vorbeizusetzen. Der Fahrer des Leichenwagens riss das Lenkrad herum und beförderte ihn so beinahe in einen Straßengraben.

Oleg blickte über die Schulter zurück und sah, dass auch der Beifahrersitz des W123 besetzt war. Das war absehbar gewesen, aber trotzdem ärgerlich. Wenn sie nicht schnell genug waren, konnte der Beifahrer Hilfe rufen.

Morpheus jedoch war schnell genug und außerdem völlig skrupellos. Der Leichenwagenfahrer hatte sein Gefährt noch nicht wieder ganz unter Kontrolle, als er das Steuer herumriss und das Bremspedal ins Bodenblech stanzte.

Die Reifen quietschten, Funken stoben auf, und Shigshid, der als Einziger nicht angeschnallt war, kippte zur Seite und rammte Oleg dabei seinen wuchtigen Schädel in die Weichteile. Keine Sekunde, nachdem der Seat sich anderthalb Mal um seine eigene Achse gedreht hatte und zum Stillstand gekommen war, krachte der Mercedes beinahe ungebremst in die Beifahrerseite des gestohlenen Kleinwagens. Während er den Seat wie ein Bulldozer fünfzehn, vielleicht auch zwanzig Meter weit vor sich her über den Asphalt der nun wieder gerade verlaufenden Straße schob, verwandelte sich dessen hinterer Teil in Wellblech. Dort, wo sich nach Vorstellung von TÜV und ADAC idealerweise der halbmongolische Schädel befinden sollte, vibrierte eine fast unterarmlange Scherbe in der Kopfstütze.

»*Maanag*«, stöhnte Shigshid, während er sich mühsam aus Olegs Schoß erhob. Dieses Mal wusste Oleg, dass nicht er damit gemeint war.

Morpheus, Oleg und Volchok stießen die intakt gebliebenen Türen auf. Während Volchok, Oleg und mit kurzer Verzögerung auch Shigshid ihre Waffen zückten und auf den stillstehenden Leichenwagen zustürmten, wuchtete Morpheus seinen annähernd zweihundertzwanzig Pfund schweren organischen Anabolikaverwertungsfachbetrieb ohne Eile aus dem Seat und schloss sogar die Tür hinter sich, ehe er seinen Gefährten schlurfenden Schrittes folgte.

Oleg riss die Fahrertür des Mercedes auf, den Fahrer am Kragen heraus und schleuderte ihn im hohen Bogen auf den Asphalt. Volchok verfuhr mit dem Beifahrer ähnlich, während Shigshid seine Waffe abwechselnd auf beide wimmernden Opfer im Scheinwerferkegel vor dem W123 richtete.

»Hände hinter den Kopf!«, bestimmte er in akzentreichem Deutsch. »Keiner bewegt sich!«

Oleg griff in die Innentasche seiner Lederjacke und zog ein paar Kabelbinder hervor. Er ließ sich vor der zitternden, bäuchlings am Boden liegenden Gestalt des Fahrers in die Hocke sinken, rammte ihr ein Knie zwischen die Schulterblätter und verdrehte ihr einen Arm auf den Rücken, ehe er überrascht bemerkte, dass er nicht etwa einen Kerl, sondern eine ältere Dame vor sich hatte.

»Alles ... was ich dabeihabe, liegt im Handschuhfach«, keuchte die Alte mühsam, während Oleg den Druck seines Knies auf ihre Wirbelsäule etwas verringerte und ihr den anderen Arm etwas behutsamer als den ersten auf den Rücken drehte. Aus den Augenwinkeln entzifferte er die silberfarbene Aufschrift auf den getönten Heckfenstern des Mercedes: »Bestattungen Amelie Schmidt. Mit Liebe zur letzten Ruhe«.

»Hören Sie, junger Mann: Ich bin ... ich bin achtundsechzig Jahre alt. Habe einen Weltkrieg, große Hungersnöte und drei Hochwasserkatastrophen hinter mir und überhaupt alles gesehen und erlebt, worauf jeder lieber verzichten würde. Und ich bin alt. Aber der Junge ...«

Oleg erhob sich, während Volchok auch den Beifahrer fesselte und die Alte hilflos mit dem Gesicht zur Erde weiterplapperte. Er blickte sich suchend nach Morpheus um. Sollten sie die beiden jetzt liegen lassen oder mitnehmen? Oder vielleicht ein Stück weit mitnehmen und dann liegen lassen?

»Der Junge«, jammerte die Bestattungsunternehmerin weiter, »ist gerade mal sechzehn, geht doch noch zur Schule. Will mal Medizin studieren. Hilft mir nur aus. Ich kann doch nicht mehr so schwer tragen ... meine Schulter, wissen Sie ... Ein wirklich guter Junge mit einer bezaubernden Freundin. Nina ...«

»Nadja«, ächzte der wirklich gute Junge.

Zum Schutze seines Gewissens trat Oleg weitere Schritte zurück, aber es nützte nichts. Er verstand noch immer jedes Wort und fühlte sich zunehmend mies. Aus den Augenwinkeln heraus suchte er nach Morpheus. Genau wie sein Vater hasste auch Morpheus es, Dinge erklären zu müssen. Also musste man ihn gut beobachten (so, dass er es möglichst nicht merkte, denn er hasste es auch, beobachtet zu werden) und versuchen, aus seinem Verhalten auf seine nächsten Pläne zu schließen.

»Oder Nadja«, seufzte die Alte. »Wie auch immer: ein goldiges, gescheites Mädchen. Und schwanger ...«

»Schwanger?!«, schnappte der wirklich gute Junge.

»Ja – ja«, bestätigte die Alte, während Rattlesnake Rolfs größter Stolz gemächlich auf den im Direktvergleich mit dem zerknautschten Seat relativ unbeschadeten Leichenwagen zutrottete, sich hinters Steuer quetschte und den Schlüssel drehte, der noch im Zündschloss steckte.

»Aber Nadja und ich ... wir haben doch noch gar nicht ...«, stammelte der Junge weiter.

Der Motor sprang mit einem diskreten Brummen an, Olegs empfindliche Ohren vernahmen aber noch etwas anderes: Polizeisirenen! Von irgendwoher näherte sich ihnen mindestens ein Streifenwagen, womit sich die Frage, was mit der rechtmäßigen Besatzung des W123 anzufangen war, wohl erübrigte. Sie hatten keine Zeit, die beiden in den Wagen zu verfrachten.

Volchok war mit drei Schritten auf der Beifahrerseite des Mercedes, und Oleg quetschte sich neben den Sarg auf die Ladefläche, dicht gefolgt von dem Halbmongolen, der die Kofferraumklappe hinter sich zuschlug, während Morpheus ein Stück zurücksetzte und dann wieder hielt. Oleg hörte das elektronische Summen des modernisierten Fensterhebers und verrenkte sich bei dem Versuch, sich in der Enge zu Morpheus herumzudrehen, den Nacken.

Ein gellender Schrei erklang und erstarb in einem gluckernden Laut, während zwei dicht aufeinanderfolgende Schüsse die Luft zerrissen. Der Wind wehte den Geruch von heißem Blei und warmem Blut durch den Innenraum des Leichenwagens.

Der Gott des Schlafes steckte seine Waffe wieder ein und wählte den ersten Gang. Keiner sprach, als das tonnenschwere Gefährt seinen Weg auf dem sommerlich warmen Asphalt fortsetzte.

Vom Raub seines Schützlings bekam Alvaro im Krimikasten von Oberfrankenburg Nord nichts mit. Der Engel war zutiefst verwirrt.

In einem Moment hatte dieses zarte Menschenmädchenexemplar noch frei von der Bürde des Lebens vor ihm aufgebahrt gelegen, blass und mit schlaffen Gliedern und selbst im Tode noch so schön, wie der Meister sie einst geschaffen hatte. Und in der nächsten Sekunde war sie auf kannibalische Weise über ihn hergefallen.

Wie war das möglich? Was hatte er getan? Er hatte sie nicht zu neuem Leben erwecken wollen – warum auch? Er war nicht beauftragt, über sie zu wachen, und da der Meister ihr offenbar auch keinen anderen Beschützer an die Seite gestellt hatte, hatte ihr Sterben in der Menschenwelt gewiss seine Richtigkeit gehabt. Er war nicht nur *nicht* für sie zuständig gewesen. Er war absolut nicht *befugt*, ihren Frieden zu stören oder in irgendeiner anderen Weise Hand an sie zu legen. Noch weniger sogar als an den Leib des Propheten, der nach wie vor auf sich warten ließ.

Aber irgendetwas *war* passiert, irgendetwas musste er versehentlich *getan* haben, dachte der Engel, während er, die Rechte an die längst verheilte Bisswunde an seinem Hals gedrückt, noch immer auf die schwere Tür starrte, die ihm das Menschenmädchen vor der Nase zugeschlagen hatte. In der Linken hielt er eine große, braune Jodflasche. Sein erster Instinkt war natürlich gewesen, ihr schnellstmöglich zu helfen, denn es war nicht zu übersehen gewesen, dass sie Schmerzen litt – was im Nachhinein betrachtet auch nicht logisch erschien: Immerhin hatte sie *ihn* gebissen, und nicht etwa umgekehrt. Niemals würde ihm so etwas einfallen. Niemals würde er ein Menschenmädchen auch nur berühren!

Oder ...?

Alvaro dachte angestrengt nach. Er hatte sich fürchterlich gehenlassen. In den vergangenen Minuten und Stunden hatte er wirklich alle Vorurteile, die Tamino ihm gegenüber hegte, nach Kräften bestätigt. Er hatte seinen Schützling aus den Augen verloren und somit seinen schrecklichen Tod verschuldet. Er hatte noch gegen mindestens ein Dutzend weitere Regeln und Gesetze verstoßen, als er sich mit List und Tücke auf die Erde hinabgeschlichen und unter die Menschen gemischt hatte. Und von der Masse der Pläne und Gedanken, in denen er während dieser Zeit geschwelgt hatte, waren mindestens ebenso viele geeignet, sein Gewissen derart zu schänden, dass er sich fast freiwillig um einen Job als Klinkenputzer bewerben müsste. Er war an einem Tiefpunkt angelangt, den er seinen größten Neidern nicht gewünscht hätte. Und außerdem an einer Stelle, an der er sich selbst kaum noch über den Weg traute.

Vielleicht, überlegte er voller Bitterkeit über seine eigenen Schwächen, hatte er sie *doch* berührt. Vielleicht hatte er ihr – ohne es selbst zu merken – den Reanimationskuss irgendwohin gehaucht? Vielleicht war es doch nicht schwierig, einen Menschen zurück ins Leben zu holen, sondern ganz im Gegenteil beschämend einfach. So einfach, dass man um Pathologien und Friedhöfe besser einen großen Bogen machte.

Der Engel versuchte, seine deprimierenden Gedanken mit einem Schütteln seiner goldblonden Lockenpracht von sich abzuwerfen, stellte das Jod an seinen Platz zurück und warf einen Blick auf die digitale Wanduhr über der Tür. Sie zeigte kurz nach zwei. Seiner Schätzung nach müsste der Leichnam des Neuen Propheten nun bald über den Korridor geschoben werden. Er lauschte einen Moment nach entsprechenden Geräuschen, vernahm aber bloß das helle Plappern des Mädchens Joy, dessen Frust über die Partnerwahl des Vaters sich mit dem Erscheinen der schönen Untoten in Luft aufgelöst hatte. Alvaro verstand ihre Worte nicht, aber der Klang ihrer Stimme ließ ihn wissen, dass der Anblick der bloß in einen Kittel gewickelten Menschenfrau, die weniger als eine Minute zuvor noch ihrer eigenen Obduktion geharrt hatte, sie nicht im Geringsten erschütterte. Er wünschte sich etwas von der Unbefangenheit des kleinen Mädchens und bemühte sich um eine möglichst entspannte und trotzdem würdevolle Haltung, wozu er sich leicht zur Seite geneigt an ein Regalbrett lehnte, mit dem Zeigefinger sein Kinn berührte und sich die Mimik eines großen Denkers aneignete, die klar verriet, dass die Antwort auf alle Fragen längst hinter der sanft gerunzelten Stirn bereitlag und nur auf diesen einen, ganz besonderen Augenblick wartete, in dem sie ausgesprochen werden würde und der Menschheit zu einem besseren Dasein verhelfen sollte. Es bestand überhaupt kein Grund zur Sorge, redete er sich im Stillen ein. Die Menschenfrau war nicht tot gewesen. *Menschliches Versagen* nannten die Menschen es, wenn ihnen ein Fehler unterlief, der auf Übermüdung, Alkoholkonsum oder schlichter Geistesabwesenheit beruhte. Der Mediziner, der die Menschenfrau für tot erklärt hatte, hatte nicht richtig hingehört, als er das Stethoskop gegen ihre Brust gedrückt hatte. Vielleicht litt er an einer Erkrankung seiner Ohren. Oder die Maschine, die ihren Herzschlag aufzeichnete, war defekt gewesen – so etwas kam doch vor. Und sie hatte ihn gebissen, weil sie verrückt war. Sicher irritierte es eine menschliche Seele, aus einem tiefen, erholsamen Schlaf zu erwachen und sich im Krimikasten der Pathologie wiederzufinden. Oder sie war vorher schon verrückt gewesen – Alvaro kannte viele verrückte Menschen. Allen voran den türkischen Kommunisten.

Und auch Tamino sollte dem Schutzengel noch kein Kopfzerbrechen bereiten. Der Himmelskrieger würde eine geraume Weile mit anderen Dingen beschäftigt sein, denn ein Dämon kam selten allein – auch dann nicht, wenn er aus einer halben Kohorte miteinander verwachsener Dämonen bestand. Dort, wo es ihm gelungen war, aus der Unterwelt auszubrechen, musste es eine undichte Stelle zwischen den Sphären geben. Und die Himmelskrieger würden die abscheulichen Kreaturen des Anderen durch dieses Loch zurückdrängen und es anschließend stopfen müssen, was einige Zeit, Kraft und Kampfgeschick in Anspruch nahm. Alvaro konnte also gelassen die Ankunft des Neuen Propheten abwarten und …

Der Blick des Engels streifte über das blaue Linoleum zu seinen Füßen. Die Miene des Denkers, hinter dessen Stirn die Antwort auf alle Fragen lag, wich einer raschen Abfolge von Irritation, Konfusion und schließlich dem Ausdruck puren Schreckens. Überall dort, wo Alvaro sich bewegt hatte, lagen reinweiße Federn verstreut.

Seine Federn!

Der letzte Rest von Haltung und Würde fiel von ihm ab, als er sich auf die Knie fallen ließ und einen Teil der Federn mit plötzlich zitternden Fingern zusammenklaubte. Einige waren beinahe unterarmlang, andere wiederum so winzig wie Schneeflocken und weich wie das Unterfell eines jungen Kätzchens. Ein perlmuttfarbener Glanz lag auf ihnen, und obgleich der Raum hell erleuchtet war, reflektierten sie das Licht nicht bloß, sondern leuchteten sanft aus sich selbst heraus. Je öfter Alvaro die Federn zwischen den Fingern drehte, mit fassungslosem Blick betrachtete, fallen ließ und erneut auflas, umso weniger Zweifel ließ sein Verstand daran zu, dass es tatsächlich seine eigenen waren.

Aber wie war das möglich?!

Der Engel sprang auf, eilte vor eine Glasvitrine und suchte sein Spiegelbild mit einem Blick über die Schulter hinweg. Dann fiel ihm ein, dass er sich nicht spiegeln konnte, solange er sich in einer für das gewöhnliche Leben unsichtbaren Gestalt bewegte, und erlitt einen weiteren, fürchterlichen Schrecken, als er sein Spiegelbild nichtsdestotrotz fand. Er war *sichtbar!* Der Umstand, dass seine Flügel offenkundig an Dichte verloren, sich aber nicht völlig aufgelöst hatten und er auch keine weiteren Federn verlor, als er sie testweise schüttelte, vermochte Furcht und Schrecken kaum zu lindern.

Selbstverständlich bist du sichtbar, meldete sich eine bittere Stimme in seinem Hinterkopf zu Wort. *Wie sonst hätte das Menschenmädchen dich beißen sollen? Diese Frau mag verrückt sein. Aber sie wird ihre Zähne kaum immerfort in die Luft schlagen, wie von Dämonen besessen ...*

Wie von Dämonen besessen.

Alvaro erstarrte.

Das Menschenmädchen war von Dämonen besessen. Oder es *war* ein Dämon! Auf jeden Fall war sie keine gewöhnliche Sterbliche, denn als solche wäre sie niemals in der Lage gewesen, ihm so zuzusetzen. Tamino vernachlässigte seine wichtigsten Aufgaben, um ihm, Alvaro, unablässig über die Schulter zu blicken! Überall gelang es den Schergen des Anderen, aus der Unterwelt auszubrechen und sich menschlicher Seelen zu bemächtigen oder sie gar zu töten. Und nun trug er die Konsequenzen für die Fehler seines Vorgesetzten! Oh, er würde ihm gehörig die Meinung sagen, sobald er sein eigenes, vergleichbar harmloses Vergehen wiedergutgemacht hatte. Und er würde keinerlei Rücksicht nehmen auf Rang und Namen des großen Himmelskriegers – denn Tamino würde hart um Rang und Namen zu kämpfen haben, sobald Alvaro wieder zurück war und seine unverzeihlichen Nachlässigkeiten überall kundtat. Seine eigene Biografie mochte ein wenig befleckt sein mit der Geschichte des Kommunisten, aber die des Himmelskriegers würde bald so tief im Schlamm stecken, dass sich der Buchhalter gewiss weigerte, sie mit bloßen Händen anzufassen!

Alvaro straffte die Schultern. Weit konnte das besessene Menschenmädchen nicht gekommen sein, denn es besaß keinen Schlüssel für den Ausgang. Statt weiter auf die Ankunft des Leichnams zu warten, würde der Engel der bedauernswerten Frau die Dämonen austreiben und Tamino zeigen, wie man mit den Kreaturen der Unterwelt verfuhr. Er warf den Kopf in den Nacken, schritt entschlossen zur Tür, konzentrierte sich auf den vierten Aggregatzustand und kippte hintenüber, als er mit der Stirn voran gegen kalten, harten Widerstand schlug.

Alvaro schrie auf und tastete nach seiner geprellten Stirn. Zum ersten Mal in seinem gesegneten Leben empfand er wahrhaftige Schmerzen. Die Haut über seiner Nasenwurzel spannte und brannte, und darunter pulsierte und pochte es, dass ihm glatt übel würde.

Übel ...?!

Was hatte dieses dämonische Weib ihm bloß angetan? Was hatte ihr Biss aus ihm gemacht? Er sah aus wie ein Kanarienvogel in der Mauser, er war plötzlich sichtbar, er vermochte nicht mehr durch einfache Trennwände zu gehen, empfand Schmerzen, Übelkeit und wusste Letzteres sogar gleich zu benennen, obschon er es bloß aus dem Anatomieunterricht, aus der trockenen Theorie, kannte! Er war vollkommen *vermenschlicht!*

Aber es würde wieder vorbeigehen, ganz gewiss. Er war noch nie von einem Dämon verwundet worden – wahrscheinlich waren all das die gewöhnlichen Symptome, die sich nach einer Verletzung durch einen Diener des Anderen einstellten. Er würde bald wieder der Alte sein, so wie alle anderen aus Taminos Division stets nach wenigen Stunden wieder in alter Frische auf ihren Posten standen, ganz gleich, wie heftig ihre Kämpfe und wie schwer ihre Verletzungen durch die Dämonen auch gewesen waren.

Mit einem einzigen Dämon, der sich eines zierlichen Menschenkörpers bemächtigt hatte, würde Alvaro auch in leicht angeschlagener Verfassung fertigwerden. Er drückte die Klinke und eilte auf den Korridor hinaus. Die kleine Joy war auf ihren Platz vor der Tür zurückgekehrt. Sie hatte das Reden eingestellt, stand, den Kopf in den Nacken gelegt, vor Raum 001 und starrte aus zu Halbmonden geformten Augen an die Decke, als suche sie am Ende der weißen Plastikpaneelen über sich etwas. Als Alvaro die Tür öffnete, blickte sie zu ihm hin.

»Fürchte dich nicht«, flüsterte der Engel, während er nervös in Richtung des Personalaufenthaltsraumes spähte, aus dem er die leisen Stimmen des Professors und der Gehilfin, Frau Buchkrämer, vernahm. Er wünschte, er wäre unsichtbar gewesen, aber auf dieses Privileg musste er wohl verzichten, bis sich sein Leib gänzlich vom Biss der dämonischen Frau erholt hatte. Dennoch wollte er von so wenigen Menschen wie möglich wahrgenommen werden, und dabei dachte er nicht bloß an sich selbst und die Folgen, die seine zahlreichen Regelverstöße nach sich zögen. Menschen, die einen Diener des Meisters erblickten, waren hinterher nur selten glücklicher als zuvor. Statt sich in ihrem Glauben bekräftigt zu fühlen, begannen sie nur zu oft an ihrem Verstand zu zweifeln, als handelte es sich um zwei völlig widersprüchliche Dinge. Das war nicht immer so gewesen. Die Zeiten hatten sich geändert.

Joy Mercedes Spix blickte ihn aus großen, braunen Augen an. Sie sah nicht aus, als ob sie sich fürchtete.

»Ich bin gekommen, um dir eine frohe Kunde zu bringen«, fuhr Alvaro unbeirrt fort. Dann bückte er sich und zog das Mädchen an der Schulter zu sich heran. »Aber es muss alles unter uns bleiben, verstanden?«, zischte er.

Joy nickte heftig. »Alles klar. Schieß los.«

Alvaro nickte zufrieden und richtete sich wieder auf. »Nun ... also ...« Gütiger Himmel – was sollte er diesem Kind denn nun verkünden? »Es ist so. Vor langer Zeit, als es noch nicht so viele Menschen gab und noch kein einziges Telegrafenamt ...«

»Was ist ein Telegrafenamt?«, erkundigte sich Joy.

Alvaro winkte ab. »Etwas sehr Neumodisches«, erklärte er. »Ist nicht so wichtig. Jedenfalls ward da ein Knabe geboren, der ...«

»Ach, der aus dem Ziegenstall.« Joy rollte die Augen. »Die kenne ich schon.«

»Oh ... wirklich?«

»*Jedes Kind* kennt dieses Märchen«, betonte das Mädchen. Es machte keinen Hehl daraus, dass es sich von einer Begegnung mit einem leibhaftigen Engel etwas mehr versprochen hatte. »Ich war sogar schon mal die Jungfrau.«

»Du *warst* die Jungfrau?« Alvaro schluckte schwer.

»Im Kindergarten.« Joy nickte. »Felix hat den Josef gemacht. Aber nur, weil sein Vater Vorstand der Bürgerinitiative gegen die neue Autobahn-Abfahrt war. Singen konnte der nicht.«

»Oh ... ach so.« Alvaros Blick wanderte wieder nervös zur offen stehenden Tür des Aufenthaltsraumes. Ein Stuhl wurde gerückt – wahrscheinlich hatte Dr. Spix seinen Kaffee geleert und war im Begriff, sich wieder an die Arbeit zu machen. »Nun, in dem Fall komme ich wohl zu spät. Verzeih die Störung, mein Kind.«

Er wollte an dem Mädchen vorüberschreiten, aber Joy vertrat ihm den Weg und verschränkte die Arme vor der Brust. »Eine andere Geschichte«, forderte das Mädchen.

»Es tut mir leid, ich bin in Eile ...«

Joy zog eine Braue hoch. »Du bist gar kein richtiger Engel, stimmt's?« Sie zupfte an einer Feder seiner mitgenommenen Schwingen und lächelte triumphierend, als sie sie prompt in den Fingern hielt. »Ha! Ganz schlecht gemacht! Das hält ja überhaupt nicht!«

Alvaro wich erschrocken zurück. »Lass das!«, schimpfte er leise. »Die brauche ich noch!«

»Klar«, spottete das Mädchen. »Um dem Vampir hinterherzufliegen, nicht wahr?«

»Dem Vampir?« Alvaro schüttelte den Kopf. »Es gibt keine Vampire, mein Kind. Nur im Märchen.«

»So wie Engel?«

»Nein! So wie ... Ach!« Der Leibeshüter schüttelte energisch den Kopf und schob das Kind mit sanfter Gewalt beiseite. Er hatte weiß Gott Wichtigeres zu tun, als mitten in der Nacht mit einem frechen Wechselbalg in einem Hemd zu streiten, von dem ihm das Antlitz Mahatma Gandhis entgegengrinste. Sollten sich doch jene um ihr Seelenheil kümmern, die für ihre Pflege und Erziehung verantwortlich waren – oder die Klinkenputzer. Alvaro musste der Dämonenfrau folgen und den Propheten wiederbeleben. Vielleicht gar die Welt retten ...

»He, Engel!«

Alvaro hielt inne und sah noch einmal zu dem Mädchen zurück. »Ja, mein Kind?«

»Falls du den Vampir suchst – der ist da hinten durch.« Sie deutete auf die glatte Korridorwand, wo zwei weitere Gänge angrenzten.

»Danke.« Alvaro lächelte sein mildestes Lächeln. Sie hatte ihn Engel genannt. Sie glaubte also *doch* an ihn. »Rechts oder links?«, hakte er nach.

»Oben.« Joy deutete todernst auf einen kaum handbreiten Spalt, der bei Alvaros Ankunft noch mit einem kleinen Gitter versehen gewesen war. Nun lag es neben einem weißen Laken auf dem blauen Linoleumboden. »Durch den Belüftungsschacht.«

Der Leibeshüter maß das Mädchen finster und wartete. Dann ermahnte er sich zur Nachgiebigkeit; schließlich war sie noch ein Kind, ein unerfahrenes, ungeformtes Menschenwesen, das erst vieles begreifen und akzeptieren lernen musste.

»Gott schütze dich«, seufzte er, ehe er sich vollends von ihr abwandte und den Gang hinuntereilte. »Ich werde ein gutes Wort für dich einlegen.«

Kapitel 8

Alvaro fand die Dämonenfrau an der Südseite der weitläufigen Anlage. Sie war schon wieder nackt. Ihr rechtes Bein klemmte auf der Höhe ihres Knies schräg über einem Fenster in einem schmalen Luftschacht, aus dem das Gitter herausgebrochen war. Der Rest ihres fragilen Leibes zappelte mit dem Kopf nach unten vor der grau verputzten Wand.

Der Engel eilte zu ihr hin und riss beschwörend die Arme in die Höhe. »Weiche von ihr, Satan, im Namen des Vaters und des Sohnes und des Heiligen Geistes befehle ich dir –«

»Hör auf zu quaken und hilf mir hier runter!«, schnappte Tabea, die für einen Moment so perplex war, dass sie glatt vergaß, sich zappelnd gegen die Wand zu stemmen. Das war ein Fehler, denn ihr eigenes Gewicht erzeugte nun einen solchen Druck auf ihr eingeklemmtes und vollkommen verdrehtes Knie, dass sie vor Schmerz aufstöhnte.

»Halte durch, unglückseliges Menschenwesen!« Alvaro zwang sich zu einem ermutigenden Lächeln. Die Kreaturen des Anderen waren nicht gerade für Mut und Tapferkeit bekannt, sofern sie allein unterwegs waren. Es sollte ihm eigentlich ein Leichtes sein, diese aus dem Leib der schönen Frau zu vertreiben, doch sonderlich wohl fühlte er sich nicht in seiner samtweichen Haut. Er war sich eben nicht ganz sicher, ob sich nicht doch mehrere von ihnen ihrer armen Seele bemächtigt hatten. Immerhin hatte sie es gewagt, einen Diener des Meisters zu beißen, und sich eingebildet, durch einen Luftschacht ins Freie gelangen zu können, der schon einem wohlgenährten Eichhörnchen zum Verhängnis werden konnte. Warum hatte sie nicht einfach ein Fenster eingeschlagen? Ganz gleich, mit wie vielen Dämonen Alvaro es zu tun hatte, folgerte der Engel, sie mussten schrecklich unterbemittelt sein.

Was sie allerdings keineswegs ungefährlicher machte ...

Er trat ganz nah an die junge Frau heran, bedauerte, kein Wasser aus dem Inneren des Gebäudes mitgebracht zu haben, hoffte aber, dass etwas Speichel seinem Zweck auch genügte, und spie ihr ins Gesicht.

»Waaaas .... Fass mich nicht an, du Verrückter!«, kreischte Tabea, während Alvaro ihr mittels Zeigefinger ein Kreuz auf die Stirn zeichnete. Sie stieß sich von der Wand ab, um von dem wahnsinnigen Widerling Abstand zu gewinnen, und ihre Kniescheibe dankte es ihr mit einem hörbaren Knirschen. Tabea stöhnte auf. Tränen brannten in ihren Augen. Sie wünschte, sie hätte auf Onkel Hieronymos gehört. Sie wünschte, er würde sie endlich finden und ihr helfen. Sie wünschte, sie hinge an einem Dachbalken über einer öden Verkaufsveranstaltung im Großen Saal, statt mit einem Bein in einem dreimal verfluchten Schacht. »Bei *Mathildas Sauerkraut-*

maschine«, stöhnte sie. »Fass mich *doch* an. Heb mich ein Stück hoch!«

»Gewiss.« Alvaro nickte. »Warte nur, bis die Dämonen –«

»*Du sollst mir helfen, verdammt noch mal!*«

Der Schutzengel fuhr zusammen. Ihre Stimme klang so schrill, dass es in seinen Ohren klingelte. Er fühlte unendlich mit dem armen Mädchen; es würde auf einen guten Arzt und viele Gebete wohlmeinender Menschen angewiesen sein, sobald er es aus seiner misslichen Lage befreit hatte. Was er zweifellos tun würde, sobald die Dämonen aus ihr gewichen waren.

»Es wird nicht allzu lange dauern«, versuchte er die Menschenfrau noch einmal zu beruhigen. Es wäre gewiss leichter, wenn sie mit ihm zusammenarbeitete, aber seine Worte stießen bloß auf Zorn und Trotz. Ganz typisch für Dämonen! »Und danach wirst du frei sein und wieder über deinen eigenen Willen verfügen«, versuchte er es dennoch erneut. »Du wirst –«

»*Ich bring dich um!*«

Es war nicht ihre Schuld. Alvaro seufzte. Es waren die Dämonen, die sich ihrer Stimme bedienten. Er ließ sich nicht beirren. »*Ego a aqua, ...*«

Noch einmal stieß sich Tabea mit aller Gewalt von der Wand ab, und wieder erklang ein hässliches Knirschen. Dieses Mal war es lauter und ihr Knie fühlte sich an, als wollte es zerbröseln. Aber es löste sich endlich aus der Enge des Schachts, der ihr in Fledermausgestalt noch ausreichend Platz geboten hatte. Tabea vollführte einen Flickflack und landete mit einem Schrei vor den Füßen des irren Exorzisten, der sich im Obduktionsraum als ungenießbar erwiesen hatte. Ihre Mundwinkel brannten noch immer von seinem abscheulichen Blut.

Aber das machte nichts. Es gab schließlich noch andere Methoden, einen Menschen effektiv zu töten.

Der Wahnsinnige drückte ihr nun ein Knie zwischen die Schulterblätter und murmelte weiter vor sich hin:»... *super istum lapidem ...*«

»Ich lapidier dir gleich auch was!«, fauchte Tabea. Ihr Knie schmerzte höllisch, und ihre Wirbelsäule drohte unter dem Gewicht des Fremden in zwei Teile zu zerbrechen. Verzweifelt versuchte sie, in ihre Fledermausgestalt zurückzufinden, doch es gelang ihr nicht. Irgendetwas *funktionierte* nicht mehr richtig. Irgendetwas, das vorhin am Ende des Schachts dazu geführt hatte, dass sie sich urplötzlich und ganz ohne eigenes Zutun in ihrer Menschengestalt wiedergefunden hatte ... Tabea konnte von Glück reden, dass es nicht eine halbe Sekunde früher geschehen war. Sie wäre in dem engen Luftschacht elendig zerquetscht worden!

Aber ihr war gerade nicht danach, von Glück zu reden.

»... *in virtute illa te fundo, qua Deus solem cum currente ...*«

»*Currente* dich doch selbst, du Spinner!«

Tabea wälzte sich mit einem Ruck auf den Bauch, wand sich dabei aus dem Griff des verrückten Exorzisten und rammte ihm nun ihrerseits das unversehrte Knie zwischen die Beine.

Alvaro schrie auf und kippte hintenüber. Er diente lange genug als Schutzengel, um ganz genau zu wissen, welche überaus empfindsame Stelle die Menschenfrau zu treffen beabsichtigt hatte, und war dankbar, über eine solche nicht zu verfügen. Aber es tat trotzdem verdammt weh.

»... *luna fecit*«, schloss er wimmernd, während er beide Hände gegen sein schmerzendes Becken presste.

»Ha! Ich wusste, dass du ein Blender bist!«, erklang die Stimme der kleinen Joy irgendwo hinter ihm. »Engel haben keine Eier.«

Gequält drehte Alvaro den Kopf in ihre Richtung. Joy grinste triumphierend. Sie war außer Atem, aber glücklich wie schon lange nicht mehr. In wenigen Augenblicken schuldete Gott ihr was.

»Ich soll dir ausrichten, dass betrunkene Russen ein Auto geklaut haben«, erklärte sie knapp. »Sie fahren damit zu einer Burg oder so.« Sie salutierte albern und kehrte auf dem Absatz um, um wieder zu verschwinden. Irritiert rief Alvaro sie zurück.

»Du sollst mir das ausrichten?«, wunderte er sich. »Von wem?«

Joy hielt inne. »Von dem *richtigen* Engel«, antwortete sie herablassend. »Von Meo aus dem Wasserhahn. Er sagt, sie haben einen toten Propheten im Kofferraum.« Sie zuckte die Schultern. »Naja – wer's braucht ...«

»Du ... du ... ein ... Er ist ... Du bist ... ein *Engel?*!«, ächzte Tabea, hinter deren Stirn sich die Ereignisse der vergangenen Minuten mit einiger Verspätung, aber umso bestimmter zu einem erkennbaren Bild zusammenfügten. Entsetzt tastete sie nach ihren noch immer wunden Lippen.

»Kein echter«, winkte Joy lässig ab. »Nur ein Aufschneider. Guck doch selbst: Das meiste von seinen falschen Flügeln hat sich drinnen im Institut schon aufgelöst. Wenn das die Putzfrau morgen sieht ...« Sie schüttelte den Kopf.

»Natürlich habe ich ...«, begann Alvaro und setzte dazu an, seine Schwingen zu voller Pracht auszubreiten. Aber in dieser Sekunde stürmte die Dämonenfrau wie ein wilder Bock mit dem Kopf voran auf ihn zu und schlug ihm eben diesen in die Magengrube. Alvaro landete keuchend auf dem Rücken.

»Elender!«, kreischte Tabea und sprang dem Engel in die oberen Rippenbögen. Wut und Schrecken waren so maßlos, dass sie den Schmerz in ihrem rechten Knie für den Moment nicht mehr spürte. Ein *Engel?* Sie hatte einen Engel gebissen?! Wenn sie das überlebte, brachte Onkel Hieronymos sie um! »Das hättest du mir sagen müssen!«, heulte sie außer sich vor Zorn, während sie dem am Boden liegenden vermeintlichen Arzt und Exorzisten in heftigem Stakkato auf dem Brustkorb herumsprang. »Ich habe an einem Engel gelutscht, verflucht! Kein Wunder, dass sich meine Zunge anfühlt wie Gefrierbrand unter billigen Frischhaltebeuteln. Weiß der Geier, was ich mir eingefangen habe an dir Halbvogel! *A bis Z Vitaminkomplex XXL direkt!* Ich brauche *A bis Z Vitaminkomplex XXL direkt!* Sofort! Ich verkrafte das alles nicht! Oh, mein Herz! Meine Zunge! Mein, mein ... mein Leben! *Du hast mein Leben zerstört!*«

Das war Unsinn. Sie war ja längst tot. Aber ihre Zunge schmerzte trotzdem. Tabea trat noch einige Male nach.

Joy beobachtete einen weiteren Moment, wie der nackte Vampir kreischend auf dem Brustkorb des falschen Engels herumhüpfte. Dann rollte sie die Augen, näherte sich noch einmal den beiden und beugte sich ein Stück weit zu dem großen, am Boden liegenden Mann hinab. »Da war noch etwas«, bemerkte sie pflichtschuldig. »Er sagte auch, dass du keine Zeit zu verlieren hast, weil deine Kräfte schwinden. Aber davon hast du ja scheinbar sowieso nicht viel. Blender.«

128

Und damit kehrte sie endgültig zum Haupteingang zurück. Jetzt brauchte sie nur noch einen funktionierenden Wasserhahn. Und Barbara konnte einpacken.

Alvaro blickte dem Menschenkind nach, bis es hinter der nächsten Ecke verschwunden war. *Blender!* Von wegen. Er, der beste und zuverlässigste Schutzengel, den das Himmelreich überhaupt je hervorgebracht hatte, sollte ein Blender sein? Ha! Er würde es ihr schon noch beweisen. Und Tamino und allen anderen sowieso. Aber nicht jetzt.

Meo aus dem Wasserhahn ..., überlegte er. So war es dem jungen Engel also tatsächlich gelungen, ihm eine Kunde durch ein flüssiges Element zu übermitteln. Das war eine hohe Kunst und konnte noch gar nicht Teil seines Lehrplanes gewesen sein. Doch offenbar war es so. Woher sonst sollte die kleine Joy Mercedes über die betrunkenen Russen und den toten Propheten Bescheid wissen – und nicht zuletzt über Meos Namen? Alvaro zollte seinem Freund großen Respekt.

Doch noch immer malträtierte die Menschenfrau seinen Brustkorb wie von bösen Geistern beseelt. Was sie ja auch war. Er ächzte unter einem besonders harten Tritt, holte aus und fegte sie mit dem ausgestreckten Arm von seinem Leib.

Tabea überschlug sich, brach sich das Genick und rappelte sich wimmernd auf. Ihr Kopf hing haltlos zu einer Seite hinunter. Sie griff mit beiden Händen danach und hielt ihn jammernd an dem ihm zugedachten Platz fest.

»Mein Kopf, mein Kopf, mein Kopf ...«, brachte sie atemlos hervor. »Du Gewölle eines chlorgebleichten Aasgeiers hast mir das Genick gebrochen!«

»Du liebe Zeit ... Das ... das lag nicht in meiner Absicht!« Alvaro erhob sich, schritt zu ihr hin und streckte die Linke aus, um heilend seine Hand aufzulegen, aber Tabea schlug sie grob beiseite. »Fass mich nicht an!« Ihr Kopf kippte nach vorn.

»Ach, du meine Güte ...« Alvaro maß die Menschenfrau bekümmert, wagte es aber nicht, sich ihr erneut zu nähern. Vorerst hatte er genug von tätlichen Angriffen. Andererseits: Wenn er es nicht wagte, würde die Menschenfrau sterben. Und das lag überhaupt nicht in seinem Sinn ... Ob von Dämonen besessen oder nicht – kein lebendes Wesen hatte es verdient, ausgerechnet von einem Engel getötet zu werden. Er sprach es aus.

Tabea wich zurück. »Zieh endlich Leine, du Irrer!«, fauchte sie. Tränen rannen über ihre Wangen, als sie ihren Kopf wieder geraderichtete; immerhin spürte sie, dass die gebrochenen Halswirbel wieder zu verwachsen begannen. Sie hatte nicht die geringste Ahnung, was geschah, wenn ein Vampir das Blut eines Engels trank. Bis vor wenigen Minuten hatte sie noch nicht einmal geglaubt, dass es Engel *gab*. Sicher: Onkel Hieronymos' Kriegsgeschichten handelten nicht selten von gefiederten Himmelskriegern, die von Dämonen in der Luft zerrissen wurden. Aber es waren eben nur Geschichten!

Der Schaden, den sie genommen hatte und der zweifellos auch an ihrem Unglück im Schacht schuld war, schien jedoch weniger tragisch als zunächst befürchtet. Es dauerte nur einige Atemzüge, bis ihr Kopf wieder einigermaßen sicher am rechten Platz saß. Wenngleich ihr Hals höllisch schmerzte und nicht immer alles tat, was sie von ihm verlangte. Er *wackelte*. Aber zumindest tat ihr Knie nicht mehr so weh.

»Ich würde dir wirklich gerne helfen«, beteuerte Alvaro sanft, obschon ihm selbst noch jeder Knochen im Leib schmerzte. »In vielerlei Hinsicht.«

»Ich brauche deine Hilfe nicht, Brieftaube.« Tabea rümpfte die Nase, versuchte vergebens, endlich in ihre Fledermausgestalt zurückzufinden, und stolzierte an dem Engel vorbei. Dann eben zu Fuß. So weit war es nun auch wieder nicht bis nach Hause. Und vielleicht trug ein kleiner Spaziergang auch zu ihrer schnellen Regeneration bei.

»Aber die Dämonen!«, versuchte Alvaro es noch einmal. »Und außerdem wirst du sterben, wenn du mit einem gebrochenen Genick und nackt, wie Gott dich schuf –«

Tabea hielt inne und fuhr zu dem Engel herum. »Ich *bin* tot!«, erklärte sie so langsam und betont, wie Dr. Herbert sonst nur sprach, wenn er Hörgerätereinigungsapparate verkaufte. »Ich habe mich siebzehn Jahre lang *totgelebt*, und jetzt *lebe* ich seit hundert Jahren *tot*.«

Alvaro schüttelte den Kopf. Das konnte nicht wahr sein. »Aber deine Seele –«

»Meiner Seele geht es prima, mach dir darum keinen Kopf, Zitronenfalter.« Tabea warf den Kopf in den Nacken, wobei er gleich wieder brach, setzte ihn zurück auf den Hals und hielt ihn stöhnend fest, während sie über die Wiese davonstolzierte. »Such lieber deine albernen Flügel«, fügte sie trotzdem hinzu, wobei sie sich fragte, warum sie sich eigentlich mit dem Mann in der Bluse abgab. Immerhin war er ein Feind. Jedenfalls, wenn man Onkel Hieronymos glaubte. Er hatte ihr ins Gesicht gespien. Und sie hatte sich an ihm verätzt, was ganz allein seine Schuld war. Was schnüffelte er schließlich an ihr herum wie ein räudiger Köter?

Aber hübsch war er trotzdem. Obwohl er seltsamerweise nach nichts roch. Und abgesehen von dem ganzen Weiß an seinem Körper, natürlich.

»Meine Flügel?« Alvaro blickte über seine Schultern zurück und entfaltete seine Schwingen. Oder das, was davon noch übrig war. Sie sahen aus wie die eines bedauernswerten Brathähnchens. Und zwar *nach* dem Braten.

Nach sehr langem Braten.

Lediglich ein paar verkohlte Streben ragten noch aus seinen Schulterblättern hervor. Als er voller maßlosen Entsetzens danach tastete, bröckelten sie unter seinen Fingern weg. Alvaro schrie auf.

Tabea schüttelte den Kopf, bereute es wie den Augenblick ihrer eigenen Zeugung, und schritt schnurgerade auf die schwach beleuchtete Hauptstraße zu. *Keine Abenteuer mehr!*, schwor sie sich, während sie sich mit einem Handrücken die Tränen von den Wangen wischte. Von nun an würde sie für den Rest ihres ewigen Lebens die Dachbalken hüten.

Es begann zu regnen. Tabea fror. Doch zwischen ihr und dem trockenen und warmen Hauptturm der Burg lagen dank des verfluchten Engels und ihrem folglich ungehorsamen Körper noch mehrere Kilometer Fußmarsch durch die Stadt, das Trapperseestadion und ein weitläufiges Feld. Und noch mindestens zwei Streifenwagen, die in diesem Augenblick wie mit Kerosin betrieben um die Ecke schossen und unmittelbar vor ihr auf der nassen Straße zum Stehen kamen, wobei die Reifen des vorderen Wagens blockierten. Das hintere

Auto kollidierte zwar nicht mit ihm, stellte sich aber quer.

Tabea stolperte erschrocken zurück, reagierte jedoch zu langsam. Außerdem gehorchten ihre Halswirbel noch immer nicht vollkommen, so dass sie den Kopf in eine andere Richtung drehte als die, in die sie eigentlich blicken wollte. So sah sie zwar nicht, wie die Stoßstange des Streifenwagens auf ihr noch immer lädiertes Knie zuschnellte, dafür aber, wie der Engel mit den verkohlten Flügeln von hinten auf sie zustürzte, sie in den Hüften gepackt in die Höhe riss und im hohen Bogen über sich selbst nach hinten davonschleuderte. Die Stoßstange des Mercedes zerschmetterte nicht ihr Knie, erwischte dafür aber Alvaros Schienbeine. Der Engel schlitterte schreiend über den vom Regen glitschigen Untergrund und rutschte unter den Streifenwagen, bis sein eigener Brustkorb die Schlitterpartie beendete.

Das alles sah Tabea mit eigenen Augen, denn obgleich sie sich in der Luft gut anderthalb Male überschlug und schließlich auf dem Bauch und mit den Füßen in Alvaros Richtung landete, hatte ihr Kopf beschlossen, den Exorzistenengelarzt während alledem nicht eine einzige Sekunde aus den Augen zu lassen. Auch wenn das für Tabea möglicherweise bedeutete, dass sie ihre restliche Zeit in dieser Welt nicht etwa als Vampir, sondern als Zombie mit dem Kopf unter dem Arm zubringen musste. Nun nämlich fühlte es sich an, als wäre ihr Haupt nur noch mit einem Faden von *Dr. Betters Zahnseide* an den obersten Nackenwirbel geknotet. Und es tat verdammt weh.

»Dummkopf!« Der Beifahrer des ersten Wagens schlug die Tür hinter sich zu und zerrte Alvaro unter den Achseln gepackt unter der Stoßstange hervor. Seine Schelte galt jedoch nicht dem verunglückten Engel, sondern seinem Kollegen, der seinerseits aus dem Auto sprang und sich erschrocken über sein stöhnendes Opfer beugte. Alvaro erkannte ihn wieder: Es war derselbe Mann, der in dem Gasthaus mit der Bestatterin gesprochen hatte. Über Oleandersträucher.

»O mein Gott! Alles in Ordnung mit Ihnen?«, erkundigte sich der Unfallfahrer.

»Wir sollen die verschwundene Leiche suchen, keine neue produzieren«, schimpfte der Oleanderstrauchpolizist, der Alvaro nun entgegen allen Erste-Hilfe-Vorschriften in eine sitzende Position hob. »Außerdem hat der Professor von einer Frau gesprochen. Das hier ist ein Mann. Das würde auffallen.« Er bedachte Alvaros verschmutztes weißes Gewand und seine schulterlange Lockenpracht mit einem kritischen Blick. »Vielleicht«, fügte er hinzu.

»Das ist überhaupt nicht lustig!« Auch die Kollegin des Unfallfahrers hatte den Wagen nun verlassen. Sie war sehr jung und trug ihr braunes Haar zu einem dicken Pferdeschwanz gebunden. Außerdem hatte sie einen leichten Überbiss, so dass ihre Gesamterscheinung manche Menschen unwillkürlich nach einem Stück Zucker suchen ließ.

Der vierte Polizist setzte auf Tabea zu, um ihr auf die Füße zu helfen, aber Tabea rollte sich ein Stück von ihm weg und richtete sich fluchend aus eigener Kraft wieder auf, wobei sie darauf achtete, ihren Kopf mit beiden Händen in einer Position festzuhalten, die der Ästhetik wie auch der Würde angemessen war.

»Ich rufe einen Krankenwagen.« Die Ponypolizistin griff nach ihrem Funkgerät, aber Alvaro, der sich inzwischen ebenfalls wieder aufgerichtet hatte, wehrte dankend ab.

»Mir geht es gut«, log er. In Wirklichkeit hatte er sich nie zuvor fürchterlicher gefühlt – nicht einmal damals, als diese dumme Geschichte mit dem türkischen Kommunisten geschehen war. Der Neue Prophet war tot, und so wie es aussah hatte er ihn aus den Augen verloren. Dafür war er selbst plötzlich für jedermann sichtbar. Seine Flügel bestanden nur noch aus trockenen, wie verkohlt aussehenden Stümpfen, und er beherrschte den vierten Aggregatzustand nicht mehr – eine Erkenntnis, die sich mit Schmerzen in seinen Schienbeinen bemerkbar machte, wie er sie nie zuvor verspürt hatte.

»Sicher?«, erkundigte sich die junge Polizistin.

»Absolut.« Alvaro hüpfte demonstrativ ein paarmal auf der Stelle. Es schmerzte, aber er rang sich trotzdem ein Lächeln ab.

»Trotzdem«, beharrte der Oleanderstrauchpolizist, der nach einem Vierteljahrhundert im Dienst eine ziemlich genaue Vorstellung davon hatte, wie hoch die Berge von Papierkram waren, die auf ihn zukamen, falls eines der beiden Unfallopfer an der nächsten Ecke doch noch tot umfiel. »Ich muss zumindest Ihre Personalien aufnehmen. Bitte folgen Sie mir in den Wagen.«

Tabea trat an ihn heran. »Personalien aufnehmen ...« Sie schnupperte kurz an seinem Kehlkopf und zog eine Grimasse. »Danke, nein«, lehnte sie schließlich ab.

»Ihre Papiere«, beharrte der Polizist streng.

»Papiere?« Alvaro hob bedauernd die Schultern. »Ich habe leider kein Papier bei mir. Aber wenn Sie möchten, kann ich dafür sorgen, dass sich eine Ihnen unbekannte Tante im fernen Äthiopien Ihrer entsinnt und Ihnen einen Brief zukommen lässt, sobald ich wieder zurück bin.«

»Sind Sie sicher, dass Sie keinen Krankenwagen brauchen?«, erkundigte sich die Ponypolizistin besorgt. »Den kriegst du nicht so schnell kaputt«, fauchte Tabea die Beamtin über Alvaros Schulter hinweg an. »Da hat der liebe Gott was gegen. Eher noch verbiegst du *Tauschmann Titanfeilen mit rutschsicherem Griff.*«

»Bitte was?«

»Die mit dem roten Punkt.« Tabea rollte die Augen. »Die ohne sind die gefälschten.«

»Sie hat einen Schock erlitten«, vermutete der Unfallfahrer, griff nun seinerseits nach einem Funkgerät und kehrte seinen Kollegen den Rücken zu, während er in schuldbewusstem Ton zwei Rettungswagen orderte.

»Vielleicht weil sie bemerkt hat, dass sie fast nackt ist«, ergänzte der vierte Polizist mit einem anzüglichen Blick.

»Nackt? Ich?« Tabea drehte den Kopf mit beiden Händen um einhundertachtzig Grad und blickte erstaunt auf ihr blankes Gesäß hinab. Der Schmerz war fürchterlich, aber sie blieb tapfer und spielte unbekümmerte Überraschung. »Oh, da ...« Sie grinste schief.

Die Polizistin fiel in Ohnmacht. Der Oleanderstrauchpolizist schleuderte den Block, den er aus der Jacke hervorgezogen hatte, auf das Dach des Unfallwagens und beugte sich über sie, um mit den Handrücken auf ihre Wangen einzuschlagen. Der Unfallfahrer ließ sein Funkgerät fallen und starrte Tabea mit offenem Mund an, während der letzte Polizist zum vorderen Wagen zurückkehrte, um einen Funkspruch entgegenzunehmen oder sich mit irgendetwas anderem zu beschäftigen, das nichts mit der Verrückten und ihrem bekloppten Freund in dem weißen Kittel zu tun hatte.

»Komm, Geier, lass uns von hier verschwinden.« Tabea rollte die Augen, hielt ihren Kopf wieder an die richtige Stelle, packte Alvaro in einem kurzen Anfall von Mitgefühl und Menschlichkeit am Handgelenk und zog ihn mit sich.

Als sie die Polizisten hinter sich zurückgelassen und sich in die verwinkelten Gassen Oberfrankenburgs geflüchtet hatten, bereute sie ihren Entschluss bereits wieder. Tatsächlich war ihr inzwischen schleierhaft, warum sie so gehandelt hatte. Gut, der Engel hatte mit mindestens zwei handtellergroßen Blutergüssen dafür gezahlt, sie vor der Stoßstange des Streifenwagens zu retten: Er hinkte noch immer. Sein ursprünglich abscheulich weißer, knöchellanger Rock war mit Öl und Schmutz beschmiert und in den Nähten eingerissen, das Haar klebte ihm feucht von Schweiß und Regen in der Stirn, und seine Flügel waren praktisch nicht mehr vorhanden. So empfand ein klitzekleiner, auch nach einhundert Jahren voller Finsternis und Einsamkeit noch überaus menschlicher Teil ihrer selbst ein wenig Mitleid mit dem durchgeknallten Flattermann. Jener nämlich, der sich der guten Absicht, die Grund für seine hirnrissige Aktion gewesen war, durchaus bewusst war. Doch Mitgefühl und Dankbarkeit vermochten ihren Ärger über ihren im Übrigen anstrengenden Weggefährten nicht zu überdecken – ohne ihn, dessen war sie sich nach wie vor sicher, wäre sie in diese dumme Notlage überhaupt nicht hineingeraten.

Und noch etwas anderes bereitete ihr in diesen Minuten, während derer sie im Eilschritt durch die nächtlichen Straßen der Stadt huschten, großen Kummer: Onkel Hieronymos.

Der alte Vampir würde alles andere als begeistert sein, wenn sie unangemeldeten Besuch mit nach Werthersweide schleppte, besonders nachdem sie sich vor wenigen Stunden so dreist aus dem Staub gemacht hatte. Vollkommen ungenießbaren Besuch noch dazu. Vermutlich brachte er Alvaro trotzdem um und warf ihn den Ratten im alten Verlies zum Fraß vor. Und dann knotete er Tabea am Fenstergitter fest und ließ sie dort hängen, bis nur noch bleiche Knochen an den Vogelmann erinnerten.

Ihr fröstelte bei der Erinnerung daran, was Hieronymos getan hatte, als sie diesen jungen Burschen aus der Miederwarenmanufaktur zu sich gelockt hatte – damals, als sie noch mehr ein Mensch als ein Vampir gewesen war ...

»Es regnet schon wieder«, stellte Alvaro an ihrer Seite fest, um überhaupt irgendetwas festzustellen. Seit er über die Schwelle getreten war, um den Neuen Propheten zu reanimieren, gab es schließlich erbärmlich wenig, was er mit unerschütterlicher Sicherheit feststellen konnte.

»Es regnet nicht«, erwiderte Tabea, während sie abzuschätzen versuchte, wie lange ein Engel wohl verweste.

»Da ist ein Wassertropfen von meinem Nasenrücken geperlt«, widersprach Alvaro, der sich zwar nicht sicher war, was er von Tabea zu halten hatte, aber einsehen musste, dass das Menschenmädchen nicht, wie zunächst geglaubt, von Dämonen besessen war. In diesem Fall hätte sie sich heftiger gegen ihren Exorzismus gewehrt. Sie hätte Schaum gespien und in fremden Sprachen gesprochen, und die Schergen des Anderen wären aus ihrem Leib gewichen und hätten sich darum bemüht, das Weite zu suchen. Aber der Einzige, der in einer fremden

Sprache gesprochen hatte, dachte Alvaro betrübt, war er selbst gewesen.

»Ein Wassertropfen ist von deiner Stirn gefallen, Piepmatz«, erwiderte Tabea. »Du schwitzt.«

Und wenn sie ihn selbst umbrachte.?, überlegte sie dabei insgeheim. Dann bliebe sie nicht nur verschont von Onkel Hieronymos' Zorn; er wäre vielleicht sogar stolz auf sie.

»Ich bin ein *Engel*«, widersprach Alvaro in nachgiebigem Tonfall. »Engel können nicht transpirieren. Das ist eine biochemische Reaktion, die Säugetiere und Menschen durch Kühlung der Haut beim Verbrauch der Energie durch den Prozess der Verdunstung von Wasser vor Überhitzung schützt.« Im Anatomieunterricht hatte er immer gut aufgepasst.

»Du schwitzt trotzdem.« Es war nicht der erste Vortrag, mit dem der Vogelmensch ihre Nerven auf die Probe stellte. Es kam Tabea vor, als versuchte er die ganze Zeit, sich selbst mit vielen hochgestochenen Worten davon zu überzeugen, dass er etwas anderes, viel Besseres war als alle anderen. Nun – anders war er in jedem Fall. Im Gegensatz zu allen übrigen Wunden und Blessuren, die sie davongetragen hatte, war das Brennen nach wie vor nicht von ihren Lippen verschwunden. Nur *besser* war dieser Kerl bei aller Schönheit bestimmt nicht. Ganz im Gegenteil.

»Aber ich ...« Alvaro tastete verunsichert nach seiner Stirn, roch salziges Nass an seinen Fingerspitzen und verharrte vor Schreck mitten im Schritt. »Ich bin ... ich kann ...«

»Du kannst auch nicht mehr fliegen«, half ihm Tabea gereizt auf die Sprünge. »Und falls du noch eine Harfe und einen Heiligenschein dabeihattest: Auch davon sehe ich nichts.«

Der Plan war gar nicht mal so übel. Aber wie sollte sie den angeschlagenen Engel erledigen, ohne sich erneut an ihm zu verätzen? Sie trug keinerlei Waffen bei sich. Eigentlich trug sie *überhaupt nichts.* Aber sie könnte versuchen, ihn zu erwürgen. Die Straßen waren hier menschenleer, niemand würde sich einmischen. Nur dauerte so etwas sehr lange und war wirklich schrecklich anzusehen. Und er hatte sich eben sehr für sie eingesetzt, um ihr das Leben zu retten, von dem er nicht gewusst hatte, dass es längst nicht mehr in ihr weilte; zumindest nicht in diesem Sinne ...

Oh, warum konnte sie nicht einmal so kalt und boshaft sein wie Onkel Hieronymos? Dann wäre alles viel, viel einfacher!

Alvaro schloss wieder zu ihr auf. Sein Gesicht war beinahe so bleich wie ihres, nur fehlte ihm darin jeglicher Ausdruck. Er erinnerte Tabea an eine der Wachsfiguren, die Dr. Herbert zu den alljährlichen Ritterspielen vor dem Burgtor aufstellte.

»Ich bin vollkommen vermenschlicht«, flüsterte er bitter. »Der Biss ... Es muss an deinem Biss liegen. Aber es geht doch wieder vorbei, oder?« Tabea antwortete nicht. »Ist es wahr, was das kleine Menschenmädchen vorhin gesagt hat?«, erkundigte sich der Engel nach einem Moment des Schweigens unsicher. »Dass du ... ein Vampir bist?«

»Ist es wahr, was das kleine Menschenmädchen vorhin gesagt hat?«, erwiderte Tabea anstelle einer Antwort. »Dass Engel keine Eier haben?«

Alvaro errötete und war sich dessen geradezu brutal

bewusst. Tabea holte tief Luft und versuchte, sich in eine Fledermaus zu verwandeln. Es gelang zwar – aber leider nur sehr kurz. Sie flatterte einen Moment auf der Stelle vor der Nase des Engels herum, segelte in einer Spirale auf das harte Pflaster zurück und blieb, zurück-verwandelt, einen Augenblick ächzend unmittelbar vor Alvaros Füßen auf dem Rücken liegen.

Das kleine Menschenmädchen hatte die Wahrheit ge-sagt, und außerdem trugen Engel nichts drunter.

Tabea rappelte sich irritiert und außerdem frustriert über den missglückten Versuch wieder auf.

»Es stimmt«, brachte der Engel verblüfft hervor.

»Ja, es stimmt.« Tabea maß Alvaro ernst. »Es stimmt alles. Und darum werden du und ich und ich und du ab sofort wieder getrennte Wege gehen. Wir hätten einan-der nie begegnen dürfen. Wir passen nicht zusammen. Das wäre wie ... wie ein Gütesiegel auf einem chinesi-schen *Supraflex-Schlagbohrhammer*-Imitat. Das ... das *geht* einfach nicht.«

»Wer von uns beiden ist das Gütesiegel?«, erkundigte sich Alvaro, dem keine klügere Antwort einfiel.

»Ha, ha. Ich lach mich tot«, stöhnte Tabea.

In Ordnung – sie hatte es mit Vernunft versucht. Nun musste sie andere Saiten aufziehen. Am Ende der Gasse zeichneten sich mehrere Gestalten gegen das Licht einer Straßenlaterne ab, und das brachte sie auf eine Idee.

»Aber wenn du ein Vampir bist, dann bist du doch schon tot«, gab Alvaro zu bedenken. »So steht es we-nigstens in den Geschichten, die sich die Menschen über Vampire erzählen. Und du hast selbst gesagt, dass du – bedauerlicherweise, wie ich betonen möchte – schon lange nicht mehr am –«

»Hilfe!« Tabea verpasste dem Engel einen derben Stoß vor die Brust, als die drei jungen Männer nah genug herangekommen waren. »Dieser Kerl belästigt mich! So helft mir doch! Lass die Finger von mir, du elender Drecksack!«

»Dann zieh dir doch was an, du Schlampe.« Die drei jungen Männer prosteten sich mit ihren Bierflaschen zu und zogen johlend vorüber. Tabea blickte ihnen pikiert nach.

»Was sollte das denn jetzt?« Alvaro maß den Vampir irritiert vom Kopf bis zu den Zehen. Wie vorhin im Obduktionsraum verspürte er auch bei dieser intensiven Betrachtung ihres wohlgeratenen Leibes ein leichtes Kribbeln im Unterbauch, welches er aber nicht zuordnen konnte. Vielleicht kam es von diesem unappetitlichen Vorgang des Transpirierens. Der Engel hoffte inständig, dass die Folgen des Vampirbisses nicht mehr allzu lange anhielten. Schließlich hatte er eine überaus wichtige Aufgabe zu erfüllen.

»Du musst verdammt noch mal alleine weitergehen!«, versuchte es Tabea noch einmal, nun aber deutlich energischer. »Ich bekomme ein riesengroßes Problem, wenn du nicht bald verschwindest! Ist das denn so schwer zu verstehen?!«

»Es tut mir leid, aber ich muss zur Burg«, antwortete Alvaro. »Du hast es doch selbst gehört.«

»Ich muss auch zur Burg. Das ist mein Zuhause!«

»Ich will mich nicht aufdrängen. Wir gehen auf verschiedenen Wegen«, schlug Alvaro vor.

»Ich auf dem kurzen, du auf dem langen.«

»Ich muss den kürzesten Weg nehmen. Ich muss den Neuen Propheten retten.«

»Ich bin fast nackt.«

»Also gehen wir beide den kurzen.«

»Gehen wir beide den kurzen«, gab Tabea entnervt nach. »Aber wir kennen uns nicht.«

»Wir haben uns gerade kennengelernt.«

»Aber wir haben nichts miteinander zu tun.«

»Uns verbindet der gleiche Weg.«

»Aber wir haben uns nie zuvor gesehen.«

»Wir sehen einander die ganze Zeit, mein Kind.«

»Aber wir *wollen* einander nicht sehen.«

»Du bist sehr hübsch.«

Tabea gab es auf. Quasi im Vorbeigehen saugte sie einem Obdachlosen das Blut aus der Halsschlagader, hüllte sich in seinen warmen Parka, weil er ihn nun nicht mehr brauchte, und erreichte Burg Werthersweide eine gute Stunde vor dem Morgengrauen.

Seite an Seite mit dem Engel Alvaro, der sich längst wünschte, doch einen anderen Weg gegangen zu sein.

Kapitel 9

Friedhelm Fröhlich, Lennarts erstem Haustier, war in seinem tristen Leben keine Möglichkeit vergönnt gewesen, gutes Karma zu sammeln. Darum wog er in seinem neuen Leben annähernd sechzig Pfund, sabberte unentwegt aus einem Maul, das nach Fleischabfällen und seinen eigenen Exkrementen roch, und hörte auf den albernen Namen Moritz. Zumindest ab und zu.

In dieser Nacht war ihm einmal weniger nach Gehorsam zumute, denn in dem finsteren Gemäuer, in das der Mann, die Frau und der Junge, der seinen Vorgänger, Moritz eins, auf dem Gewissen hatte, ihn genötigt hatten, witterte er etwas, das er nicht näher zu bestimmen in der Lage war, das ihm aber ein äußerst ungutes Gefühl verschaffte. Seine eingedrückte, feuchte Nase roch etwas, das gleichzeitig sowohl Mensch und Tier als auch lebendig und tot zu sein schien. Gut – nachdem der Junge mit der Blitzschleuder durch die Anlage gestreift war, roch es eigentlich nur noch tot und außerdem ein bisschen nach Staub. Aber der Mops wusste, dass das fremde Etwas vor kurzem erst gestorben und zu diesem Zeitpunkt bereits nicht mehr am Leben gewesen war. Das verunsicherte ihn sehr.

Er winselte leise, während er sich an der Seite des Jungen durch die schwach beleuchteten, engen Korridore schleppte. Als der Junge, der sich heimlich aus seinem Schlafgemach geschlichen hatte, die Hand nach ihm ausstreckte, um ihn beruhigend zu tätscheln, hörte Moritz zu winseln auf, damit ihn der Junge bloß nicht noch einmal tätschelte. In absoluter Stille setzten sie ihren Weg fort.

Der Mops wusste nicht, wohin es den Jungen trieb, und er hatte (anders als der Mann und die Frau glaubten) keinerlei Ambitionen, den Jungen vor irgendetwas zu beschützen. Tatsächlich pflegte ihn etwas in seinem Unterbewusstsein stets dazu zu drängen, gutes Karma zu sammeln – indem er den Rest der Welt vor dem Jungen schützte, zum Beispiel. Oder indem er ab und zu auf seinen Second-Hand-Namen hörte.

In dieser Nacht jedoch ließ sich beides einfach nicht unter einen Hut bringen. Der Mann hatte bestimmt, dass der Junge das ihm zugedachte Zimmer nicht verlassen sollte, ehe er ihn am Morgen weckte, und Moritz war aufgetragen worden, die Tür des Jungen zu bewachen. Wie aber sollte er den Rest der Welt vor dem Jungen schützen und gleichzeitig auf diese dumme Tür aufpassen? Moritz hatte also entschieden, dass von der Tür die geringere Gefahr ausging, und behielt den Jungen nun in seinen Glupschaugen, obgleich seine schiefen Knie fürchterlich zitterten.

Die Blitzmaschine wie eine gefährliche Waffe vor sich her tragend, tapste der Junge durch einen weiteren Korridor, eine gewundene Steintreppe hinauf, über den

Wehrgang und schließlich in den Innenhof hinab. Er schien nach irgendetwas Ausschau zu halten. Der Hof lag überwiegend im Dunkeln, war aber wohl verlassen. Der eigenartige Geruch, den Moritz wahrgenommen hatte, als der Mann und die Frau ihn nach einer halben Ewigkeit aus dem Auto zu sich geholt hatten, stieg ihm wieder in die Nase, und dieses Mal erkannte er auch seinen Quell, denn im Gegensatz zu dem Mann und der Frau verzichtete der Junge darauf, jeden zweiten Satz durch ein routiniert gebrülltes »Bei Fuß, Moritz!« zu ersetzen: Nahe einer schmalen, hölzernen Tür, unter einem brüchigen Sims, lag ein kleines Häufchen Asche; kaum so groß wie der schwarze Gummiklumpen, der von der großen Liebe seines letzten Lebens, der Hartgummi-Ninja-Schildkröte, übrig geblieben war, nachdem man ihrem neuen Besitzer das Ritalin verweigert hatte.

Der Junge schritt furchtlos darauf zu und scharrte einen Moment lang mit der Spitze seines Turnschuhs darin herum. Moritz blieb schlotternd zurück. Die widersprüchlichen Gerüche, die von der Asche ausgingen, überreizten seine sensiblen Nerven. Er war erleichtert, als der Junge schließlich das Interesse an der Asche verlor und seinen Weg über den Hof fortsetzte. Dabei legte er den Kopf in den Nacken, als vermutete er, dass es gleich ein paar potenzielle Opfer vom Himmel regnete. Moritz hätte es kaum verwundert. Bei dem Jungen war nichts unmöglich, und selbst das Unmögliche war vor ihm nicht sicher. Er schloss sich ihm wieder an.

Vom Haupttor aus näherten sich Schritte, und der Junge quetschte sich in eine vollkommen im Dunkeln liegende Wandnische, kommandierte den Mops im Flüsterton zu sich und klemmte ihn sich mit einer Gewalt zwischen die Unterschenkel, die Moritz die Luft aus den Lungen trieb. Sein Unterbewusstsein wünschte sich fürs nächste Leben, als eine Spezies wiedergeboren zu werden, deren Sauerstoffversorgung ausschließlich über irgendwelche Poren funktionierte. Und die über keinerlei Geruchssinn verfügte, denn obschon er kaum atmen konnte, sah er sich sogleich der nächsten olfaktorischen Folter ausgesetzt, kaum dass sich die Konturen einer zierlichen Frau unter dem großen Steinbogen des Haupttores schwarz gegen den dunkelblauen Sommernachthimmel abzeichneten. Jedenfalls *sah es so aus*, als ob es sich um eine Frau handelte. Aber sie roch ebenso wenig nach Mensch wie das Häuflein Asche im Innenhof. Zumindest nicht nach *lebendigem* Mensch.

Moritz winselte, der Junge ließ die Linke auf seinen flachen Hinterkopf hinabsausen und drückte ihn mit der Schnauze auf den warmen Steinboden. Die vermeintliche Frau verharrte einen kurzen Moment und drückte sich dann mit dem Rücken gegen die Steinquader des Tores – wohl in der Hoffnung, dass die Nachtschatten sie zur Gänze schluckten, was sie aber nicht taten.

»Was ist los?«, flüsterte eine beunruhigte Stimme. Obwohl sie sehr leise war, klang sie hell und klar. Sie gehörte nicht zu der Frau, sondern zu einer anderen Gestalt, die der Frau folgte. Der Junge ließ den Hund wieder los. Moritz schnupperte furchtsam in die Nachtluft und bereute es bereits im nächsten Augenblick: Auch der zweite Mensch roch nicht wirklich nach Mensch, sondern absolut unverbraucht, unschuldig und frisch. Er hatte kein Analgesicht. Und da war kein Deut von Knoblauch oder Zwiebeln, von altem Deo oder Zigarettenqualm, der sich in den Poren festgesetzt hatte, oder von Hasendreck unter den Schuhsohlen oder Motoröl …

Oder doch? Da war ein wenig Motoröl und auch eine Prise von altem Zigarettenqualm. Aber beides schien ausschließlich am Gewand der Gestalt zu haften, etwa auf Höhe der Knie … Es war, als versuchte die große, schlanke Person, alles, was die Frau an Schlechtem zu viel hatte, mit zu wenig, aber sehr Gutem und ganz und gar nicht Menschlichem zu neutralisieren. Das mochte ihm gelingen, wenn er sich mit einem dämlichen Krokodil konfrontiert sah. (Moritz wusste, was ein Krokodil war, denn im vergangenen Monat war er dabei gewesen, als der Junge in einem zoologischen Garten eines dieser doofen Ungeheuer mit nicht minder verblödeten Kröten und kleinen Reptilien aus anderen Gehegen gefüttert hatte.) Nicht aber, wenn er sich einem richtigen Hund stellte. Und Moritz hielt sich durchaus für einen solchen, obwohl er wusste, dass seine Artgenossen ihn – bedingt durch das stumpfe Grinsen, zu dem seine profillose Schnauze verwachsen war – selten als solchen erkannten und akzeptierten.

Der Mops glaubte nach wie vor nicht, dass er den Jungen schützen musste. Dennoch begann er intuitiv zu knurren. Nur wer etwas ganz und gar Fürchterliches zu verbergen hatte, legte Wert darauf, keine anständig definierbare Fährte zu hinterlassen.

Auch Tabea reckte die Nase in die Luft und schnüffelte kurz. Dann zog sie eine Grimasse. »Da ist ein Köter«, flüsterte sie angewidert. Sie mochte keine Hunde. Während einer besonders langen Besucherflaute auf Werthersweide vor einigen Jahren hatte sie einmal an einem

Whippet genuckelt. Seitdem wurde ihr schon schlecht, wenn sie Begriffe wie *Hotdog* oder *Hundstage* nur hörte.

»Ich glaube, es ist auch ein Mensch dabei – aber dieser stinkende Köter überdeckt wirklich *alles* ... Übrigens: Ich wäre dir sehr verbunden, wenn du dich jetzt endlich vom Acker machen würdest. Es gibt einen Hintereingang. Rauf zur südlichen Mauer und dann dreißig, vierzig Schritte geradeaus.«

»Gute Idee«, bestätigte die Stimme des geruchsarmen Menschen, der ebenfalls in die Nachtschatten zurückgewichen war. Allerdings ergab das nicht viel Sinn, denn er war mit einem knielangen, blütenweißen Hemd bekleidet, das darüber hinaus mit phosphorversetztem Waschmittel gewaschen zu sein schien. (Moritz wusste auch, was Phosphor war, denn er war dabei gewesen, als der Junge dem Bürgermeisterdenkmal ihrer Heimatstadt mit phosphoreszierender Farbe ein riesiges Geschlechtsteil auf den Unterleib gemalt hatte.) Aber nicht nur das Hemd des Menschen, sondern die ganze Gestalt schien aus sich selbst heraus zu leuchten! Nur ganz schwach, aber dennoch unübersehbar. Jedes Burggespenst wäre unauffälliger gewesen, dachte Moritz bei sich. Er knurrte erneut und dieses Mal etwas lauter, und wieder presste der Junge seine Schnauze auf den Boden.

Alvaro nickte. Inzwischen hatte der Engel akzeptiert, dass die junge Frau nicht von Dämonen besessen, sondern ein Vampirmädchen war. Er war keineswegs sicher, ob sie mit ein paar Dämonen nicht besser bedient gewesen wäre, denn dagegen hätte er mit den richtigen Riten etwas ausrichten können. Aus irgendeinem Grunde mochte er sie, und weil sie sich nach ihrer Übereinkunft beharrlich geweigert hatte, auf dem Weg hierher noch ein einziges Wort mit ihm zu sprechen, war ihm genug Zeit geblieben, um sich auszumalen, was alles geschehen könnte, wenn sich die betrunkenen Russen tatsächlich auf der Burg aufhielten. Jede einzelne der Varianten, die seine Fantasie zugelassen hatte, appellierte mit Nachdruck an seinen Beschützerinstinkt. Unter keinen Umständen würde er Tabea allein weitergehen lassen.

»Tatsächlich sollten wir versuchen, so lange wie möglich ungesehen zu bleiben«, sagte er deshalb und bemühte sich darum, in den Zustand der Unsichtbarkeit zu wechseln, aber es funktionierte immer noch nicht. Das war ärgerlich, aber für den Moment nicht zu ändern. Auch das Vampirmädchen hatte durch den unschönen Zwischenfall in Raum 003 deutlich an Kraft eingebüßt, so dass Tabea noch immer nicht fähig schien, für längere Zeit in die flugfähige Gestalt zu wechseln. Aber es war schon etwas besser geworden. Kurz bevor sie die Burg erreicht hatten, war es ihr gelungen, sich erneut in eine pelzige Fledermaus zu verwandeln und annähernd fünfzig Schritte weit zu fliegen, was Alvaro ein wenig beängstigt, andererseits aber auch ermutigt hatte. Er war sich sicher, dass auch seine überirdischen Fähigkeiten bald zurückkehren würden und neue, prachtvolle Schwingen aus seinen Schulterblättern sprossen und die zwei verkohlten Stümpfe ersetzen würden. Nur konnte er so lange nicht warten; wenn er den Neuen Propheten erfolgreich reanimieren wollte, zählte jede Sekunde (und das am besten, bevor Tamino und seine Division mit den verfluchten Dämonen fertig waren, die über den Mann mit den Pompons am Hut hergefallen waren).

Sanft griff er nach Tabeas Unterarm. »Folge mir, mein Kind. Und fürchte dich nicht. Solange ich bei dir bin –«

»Solange *du* bei mir bist, habe ich allen Grund, mich zu –«, schnappte Tabea laut, kam aber nicht weiter, weil der Engel sie plötzlich herumriss und ihr von hinten eine Hand auf die Lippen presste.

»Psst!«, zischte er erschrocken. Schließlich mussten sich die betrunkenen Russen hier irgendwo aufhalten. »Nicht so laut. Wenn sie uns erwischen, sind wir erledigt!«

»Wnnrnserwschtschndmrschgntwrlschdgt ...«, machte Tabea.

»Was?« Alvaro lockerte seinen Griff ein wenig.

»Wenn *er* uns erwischt, sind wir erledigt!«, wiederholte Tabea umso gereizter, aber nun wieder im Flüsterton. »Was soll der verdammte Mist? Zieh endlich Leine, dann haben wir keine Probleme mehr!« *Wenigstens nicht ganz so große*, fügte sie in Gedanken hinzu. Aber ihre Familienangelegenheiten gingen den blöden Flattermann nun wirklich nichts an.

»Niemals werde ich tatenlos zusehen, wie du in dein sicheres Verderben läufst«, widersprach Alvaro entschlossen. »Schließlich verbindet uns beide etwas.«

»Nur der Weg.« Tabea schüttelte den Kopf.

»Und das Ziel.«

»Und gleich ein jämmerlicher Tod, wenn du mich nicht endlich in Ruhe lässt.«

Alvaro drehte sie an den Schultern zu sich herum und maß sie mitfühlend. »Hör zu, mein Kind. Es tut mir leid, was mit dir geschehen ist. Und ich verspreche dir, dass wir eine Möglichkeit finden werden, dich von deinem Kummer zu erlösen und dir dein verlorenes Menschenleben mit all seinen Vorzügen und Freuden zurückzugeben, sobald wir den Neuen Propheten gefunden und gerettet haben. Aber –«

»Vorzüge und Freuden! Du hast doch keine Ahnung, wovon du sprichst!«, fauchte Tabea und dachte an prügelnde Vorarbeiter und Kinder, die mit Tuberkulosehusten in Miederwarenmanufakturen schufteten. Die weiße Bluse des chlorgebleichten Aasgeiers beflügelte ihre Fantasie, und für einen Moment brannten tatsächlich Tränen in ihren Augen. Aber es gelang ihr, die Qual der Erinnerung, die plötzlich so präsent war wie seit vielen Jahrzehnten nicht mehr, in Zorn umzuwandeln. Noch weniger als ihre Familienangelegenheiten gingen diesen idiotischen Vogel die zahllosen alten Wunden etwas an, die auf ihrer tatsächlich ganz und gar menschlichen Seele brannten.

Es musste mit dem Blut des jungen Mannes zusammenhängen, dachte Tabea bei sich. Sie hatte sich an ihm vergiftet, und das Gift hatte ihr diesen Traum beschert, der in Wirklichkeit überhaupt kein Traum gewesen war, sondern ein Kurztrip in ihr altes, richtiges Leben, das um so vieles schlimmer gewesen war, als jede Form von Tod es sein konnte.

Sie trat dem Engel gegen das Knie. »Verpiss dich.«

»Au! Aber ich will dich doch nur ...« Alvaro hielt inne, als im Obergeschoss des Haupthauses plötzlich ein Licht aufflammte. Er wich einen weiteren Schritt zurück und zog Tabea mit sich – keine Sekunde zu früh, denn im nächsten Moment leuchtete es auch hinter den Fenstern des Erdgeschosses auf. Ein milder, gelber Lichtschein fiel in den Hof und schälte die Gestalten eines Kindes und eines kleinen, dümmlich grinsenden Hundes aus einer Nische, die bis dahin in absoluter Dunkelheit gelegen hatte.

»Scheiße, meine Alten!«, fluchte das Kind. »Komm, Moritz – hier lang!«

Der Junge versuchte, durch eine schmale Holztür in eines der Nebengebäude zu flüchten, doch sie war verschlossen. Dafür flog nun einer der beiden Flügel des großen Portals, das in das Haupthaus führte, auf und schlug krachend gegen die Außenwand.

»Junge? Junge – wo versteckst du dich denn?«

Ein Mann stand auf der obersten der drei steinernen Stufen, die zum Portal hinaufführten, und blickte aus wachen Augen in einem von Schlaf zerknitterten Gesicht in den Hof hinaus.

»Im Be-hett!«, säuselte das Kind und rüttelte an der schmalen Tür, doch sie ließ sich nach wie vor nicht öffnen. »Ich liege im Bett und schlafe!«

Der Mann stampfte barfuß und im Schlafanzug auf den Hof hinaus und hielt zielstrebig auf den Jungen zu. Eine mollige Frau mit durchhängenden Brüsten folgte ihm dichtauf. Sie trug ein durchsichtiges, spitzenbesetztes Nachthemd und wirkte sehr aufgeregt. Vielleicht hatten die Eltern des Kindes die betrunkenen Russen in der Burg entdeckt, überlegte Alvaro und ließ den Blick aus seinem dürftigen Versteck heraus über den Hof schweifen. Sicher wollten sie fliehen, ehe es zu spät war.

Hinter den Zinnen schräg über dem Haupthaus bewegte sich etwas.

»Komm hierher!«, bestimmte der Mann ungehalten an den Jungen gewandt. »Ich habe dir gesagt, du sollst im Bett bleiben und dich nicht rühren, ehe ich komme, um dich zu wecken ... Bei Fuß, Moritz!«

»O mein Gott – was dir nicht alles hätte passieren können, allein und mitten in der Nacht! Und noch dazu im Schlafanzug! Du holst dir doch den Tod!«

»Und ob!«, spöttelte Tabea. Unter normalen Umständen hätte sie keine Sekunde gezögert, durch den Hintereingang zu schleichen, die schmale Holztür zu öffnen und den Jungen zu sich hereinzuholen, um ihm tatsächlich den Tod zu bescheren – zumindest solange Onkel Hieronymos nicht in der Nähe weilte. Burgbesucher waren ein Tabu, aber Kinder waren etwas überaus Köstliches. Doch Tabea war noch von dem Landstreicher satt, dessen alten Mantel sie nach wie vor trug, und außerdem hatte sie nach wie vor andere Sorgen: Wenn Onkel Hieronymos sah, dass sie einen Engel mitbrachte, würde er ihr den Hals umdrehen. Wochenlang. Jeden Tag ein oder zwei Mal und ganz langsam, damit es auch richtig wehtat.

»Was zum Teufel tust du hier?«, fluchte der Mann, der den Jungen und den Hund nun erreichte und das Kind an einer Schulter ergriff, um es ordentlich durchzuschütteln.

»Bei Fuß, Moritz!«, sagte die Frau.

Der Junge begann zu schluchzen. »Ich ... ich wollte nur ein paar Fotos machen«, verteidigte er sich, als der Mann von seiner Schulter abließ.

»Fotos machen!?«, keuchte Tabea. Hätte ihr Gesicht Farbe besessen, wäre sie nun gewiss vollständig erbleicht. Es kam häufig vor, dass Menschen die Burg besuchten, um die eindrucksvollen, alten Steine der Wehrmauern zu fotografieren. Aber das taten sie am helllichten Tage, wenn Hieronymos, dem jeder Lichtstrahl, ob künstlich oder nicht, den sicheren und endgültigen Tod bescheren würde, kopfunter in der undurchdringlichen Finsternis unter den Dachbalken schnarchte. Man schlich doch nicht wie der sprichwörtliche Dieb in der Nacht umher und verübte hinterhältige Attentate mit Fotoapparaten!

Mit einem Ruck wand Tabea sich gegen den Griff des Engels, der sie noch immer am Unterarm gepackt hielt. »Lass mich los, du Schwachkopf! Es geht um Leben und Tod!«

»In der Tat ...« Alvaro hielt sie weiterhin fest und spähte konzentriert in die Dunkelheit zu den Zinnen hinauf. Nun konnte er nichts mehr sehen, doch er war sich sicher, dass da etwas gewesen war. Etwas oder jemand, der sich bewegt hatte. Das mussten die betrunkenen Russen gewesen sein. Vermutlich lauerten sie hinter den Zinnen und luden ihre Schießeisen, um noch mehr unnötiges Leid anzurichten.

Alvaros Herz raste und in seinem Kopf überschlugen sich die Gedanken derart, dass er nicht einmal registrierte, dass er damit gerade ein vollkommen neues Körpergefühl bewies.

Da ballte Tabea die Faust und schmetterte sie ihm mit aller Gewalt gegen sein Kinn. Alvaro schrie auf, lockerte vor Schmerz und Schreck seinen Griff und schüttelte entsetzt den Kopf, als er begriff, was sie vorhatte. Doch das registrierte Tabea nicht mehr. Mit wenigen weit ausgreifenden Schritten war sie bei den drei Menschen und dem Hund, stieß die Frau, die dem Mann gefolgt war, beiseite und entriss dem Jungen die kleine Digitalkamera so plötzlich und brutal, dass zwei oder drei seiner noch weichen Fingernägel rissen.

»He! Was —«, fluchte der Mann, brachte seinen Satz aber nicht zu Ende, denn Tabea schlug ihm die Kamera außer sich vor Zorn gegen die Stirn und versetzte ihm dann einen Tritt in die Magengrube, der ihn zwar nicht umkippen ließ, ihm aber doch für einen Moment den Atem raubte. Dann wandte sie sich wieder dem Kind zu, riss es am Schlafanzug in die Höhe und rammte es mit solcher Gewalt gegen die schmale Holztür, dass die Scharniere aus den Angeln zu brechen drohten.

»*Tu – das – nie – wieder!*«, schrie sie, wobei sie dem Jungen mit der Kamera so dicht vor dem Gesicht herumfuchtelte, dass er mit jeder unbedachten Regung Gefahr gelaufen wäre, sich das Nasenbein an dem kleinen Apparat zu brechen. Der Junge weinte.

»Ich ... ich wollte doch nur die Fledermäuse ...«, presste er hervor.

»*Schwachkopf!*«, kreischte Tabea und drückte das Kind ein weiteres Mal gegen die Tür. Die Scharniere quietschten.

»Moritz, fass!«, flüsterte die Frau fassungslos.

Moritz wusste sehr wohl, was dieser Befehl bedeutete, denn das war in etwa das, was der Junge gesagt hatte, als er das Krokodil mit den Reptilien gefüttert hatte. Aber er entschied, sich nicht angesprochen zu fühlen. So unheimlich diese Menschenfrau auch roch – sie kämpfte auf der richtigen Seite; zweifellos war sie eine von den Guten. Sonst hätte sie den Jungen nicht verletzt.

»Hören Sie! Wenn Sie nicht augenblicklich von meinem Jungen ablassen, rufe ich die Polizei!«, brüllte der Mann, der inzwischen wieder zu Atem gekommen war und Tabea nun an den Haaren von seinem Kind wegzureißen versuchte. Tabeas Genick brach erneut. Ihr Kopf kippte haltlos hintenüber, und sie ließ den Jungen fallen, fuhr aber ungeachtet des Schmerzes, der durch ihren Rücken und ihren Schädel schoss, zu dem Mann herum und versuchte, ihm ins Gesicht zu schlagen. Er wehrte den Schlag mit dem Unterarm ab und ergriff Tabea nun seinerseits am Kragen ihres stinkenden Parkas.

»Sie sind wohl verrückt geworden!«, fluchte er zornig. »Und sehen Sie mich gefälligst an, wenn ich mit Ihnen rede!«

Tabea spie dem Kind, das hinter ihr stand und ihr ungefähr bis zu den Schulterblättern reichte, ins Gesicht. Dann setzte sie ihren Kopf mit der freien Hand an den richtigen Platz zurück und hielt ihn fest.

»Bei Fuß, Moritz«, sagte die Frau und fiel in Ohnmacht.

»Sehen Sie zu, dass Sie mit Ihrem verdammten Wechselbalg von hier verschwinden!« Tabea funkelte den Mann zornig an. »Sie haben ja keine Ahnung, was er mit dem Ding hier alles anrichten könnte!«

»Anrichten!«, wiederholte der Mann in einer Mischung aus Zorn und Spott. »Was soll er denn damit schon anrichten? Er hat Fledermäuse fotografiert, mehr nicht! Sie haben doch den Verstand verloren, junge Frau!«

»Er *hat* Fledermäuse fotografiert?!«

»Nur eine«, murrte der Junge, der das Weinen ebenso plötzlich wieder einstellte, wie er damit begonnen hatte.

»*Nur eine?!*«, keuchte Tabea. »*Wo?!*«

Der Junge deutete auf ein Häufchen Asche etwas weiter links und zuckte die Schultern. »Da.«

»Aus, Moritz«, flüsterte die Frau, die wieder zu sich kam, als der Mops damit begann, ihr schwanzwedelnd das Gesicht abzulecken. Er hatte das Gefühl, dass er zu mehr im Augenblick nicht gebraucht wurde, und war dennoch überaus guter Laune. Gut – er hätte sich noch wohler gefühlt, hätte die unheimliche Frau den Jungen anständig verdroschen. Aber auch das kleine bisschen Elend, das sie diesem Satansbraten beschert hatte, trug erheblich zu Moritz' Genugtuung bei und förderte seinen angeschlagenen Glauben an den letztlichen Sieg des Guten, Schönen und Gerechten. Auch, wenn das Gute, Schöne und Gerechte so stank.

Die Russen schnellten aus ihren Verstecken, schwangen sich über die Zinnen und ließen sich fünfzehn Meter in die Tiefe fallen. Als der Erste von ihnen mit einem hässlichen, klatschenden Geräusch im Innenhof aufschlug, erkannte Alvaro seinen Irrtum: Jene, die dort oben hinter den maroden Steinen gelauert hatten, waren keineswegs bewaffnete, betrunkene Russen. Sie waren Dämonen.

Und zwar jede Menge.

Es waren vier oder fünf unförmige Gestalten, die da unter lautem Gebrüll, Geschmatze und Gelächter auf dem alten Kopfsteinpflaster landeten, und eine jede davon verfügte über mehr als zwei Köpfe. Einer der Dämonen schlurfte sogleich zielstrebig auf Tabea zu. Sie schrie, stolperte zurück und maß ihr Gegenüber einen Moment lang fassungslos. So etwas hatte sie noch nie gesehen. Aber es erinnerte sie verdächtig an das, was Hieronymos über die Krieger der Hölle zu erzählen pflegte, und so versuchte sie, ihre noch viel zu menschlichen Reflexe zu unterdrücken und einen klaren Kopf zu bewahren.

»Es ist ... alles in Ordnung«, presste sie tapfer hervor. »Ich bin eine von euch. Warte. Ich beweise es dir.« Sie versuchte in ihre Fledermausgestalt zu finden, schaffte es in der Aufregung und ob der nachhaltigen Schwäche durch das Blut des Engels aber nicht auf Anhieb.

Als die Diener der Hölle aus mehreren Mäulern lachten, versuchte Tabea, nicht die Nerven zu verlieren. Doch das erwies sich als äußerst schwierig, denn sie sah, wie die Frau auf dem Rücken davonzurobben versuchte, während einer der von eitrigen Pusteln und Geschwülsten übersäten Dämonen langsam, aber überaus zielstrebig auf sie zuwaberte. Ein zweiter Kreaturenberg näherte sich dem Mann, der vor Entsetzen zur Salzsäule erstarrt schien. Die Übrigen suchten noch nach diversen Körperteilen, die ihnen bei der Landung auf dem harten Grund abhandengekommen waren – sofern man bei den herumrollenden, teils gurken-, teils zitronenförmigen Köpfen und all den Gliedern mit den viel zu vielen Gelenken überhaupt von *Körperteilen* reden konnte. Sobald sie eines davon erreichten, verschmolzen sie damit, und es wuchs in veränderter, nicht minder abscheulicher Form an unbestimmter anderer Stelle wieder aus dem konturlosen Körper heraus.

War es das, was Hieronymos so sehr verehrte? Waren das wirklich die Diener des Teufels, der noch immer danach strebte, sich diese Welt untertan zu machen und sie zu besseren Zwecken zu nutzen? Onkel Hieronymos hatte endlose Nächte damit verbracht, Tabea davon zu erzählen. Alles war genau so, wie der alte Vampir es immer beschrieben hatte, aber irgendwie auch anders. Um ein Tausendfaches *grausamer*. Es war wie der Unterschied zwischen der Betrachtung des ausgestopften Wolfs im

Kaminzimmer und dem Gefühl, an einem Whippet zu saugen. Das hier war echt, und es war weder abenteuerlich noch konnte sie sich vorstellen, dass es langfristig irgendetwas Gutes bewirkte ...

Oder?

War sie Mensch oder Vampir? Und wenn sie beides war – was war sie mehr?

Es schien nicht der günstigste Augenblick zu sein, um darüber zu philosophieren, aber wahrscheinlich ein guter, um sich als Vampir auszugeben, der mit Herzblut hinter seiner Identität stand. Tabea versuchte erneut, sich zu verwandeln, während der Dämon pantomimisch einen Blick auf eine nicht vorhandene Armbanduhr darstellte und ungeduldig mit ein paar Dutzend Zehen auf dem Boden herumklopfte.

Der größte Dämon mit den meisten und grässlichsten Köpfen erreichte den Mann und riss ihn kraft eines halben Dutzends Arme in mehrere Stücke. Zwei weitere beugten sich nun über die am Boden liegende Frau und begrapschten sie mit zahllosen, krallenbewehrten Pranken. Ein Teil eines Dämons riss ihr das dünne Spitzennachthemd vom Leib, bekleidete seinen eigenen Oberkörper damit und kokettierte mit einem anderen Teil seiner selbst.

Als auch der vierte alle seine verlorenen Gliedmaßen eingesammelt hatte, schnappte er sich in einer beiläufigen Bewegung den Jungen, der gerade schreiend über den Hof zu flüchten versuchte, und begann voller hässlicher Schadenfreude, den Knaben wie einen bunten Regenschirm über sich in der Luft zu drehen.

Der Mops bellte auf, warf sich todesmutig über die kreischende Frau und verschwand im nächsten Augenblick zwischen mehreren, genüsslich mahlenden Zahnreihen. Erst jetzt fand Alvaro, den der Schreck in der Rolle eines unbeteiligten Zuschauers festgefroren hatte, in die Wirklichkeit zurück. Mit einem Schrei, der gellend gewesen wäre, hätte er nicht so sehr nach weihnachtlichem Glockenspiel geklungen, stürzte er aus den Nachtschatten in den Hof.

Ohne nachzudenken, setzte Alvaro auf Tabea zu, die inzwischen mit dem Rücken gegen die schmale Holztür gepresst stand. Erst als er sich unmittelbar hinter dem Dämon befand, der Tabea zu zerfleischen drohte, realisierte er, dass er keine Waffen bei sich trug. Er war ein Schutzengel, kein Himmelskrieger. Dämonen waren immun gegen jegliche Art weltlicher Gewalt – es bedurfte eines Himmelsschwertes und einer Menge Kampfgeschick, um einen Dämon auch nur zu verletzen. Dennoch schlug Alvaro mit der geballten Faust von hinten auf den Dämonenberg ein. Seine schlanke Hand glitt durch die wabernde Masse hindurch, ohne den geringsten Schaden zu verursachen.

Zwei der vier Köpfe wandten sich Alvaro zu und blickten ihn aus diversen, teils reptilienartigen, teils katzenhaften, verschiedenfarbigen Augen an. Einen kurzen Moment stand Erstaunen in ihnen geschrieben, dann gehässige Freude. Eine riesige, eitrige Pranke schnellte über eine Schulter hinweg, packte Alvaro am Hals und schleuderte ihn mit unbändiger Kraft über den Dämonenberg hinweg gegen die Tür.

Nun gaben die Scharniere endgültig den Geist auf. Die Tür brach aus den Angeln und krachte in das stockfinstere Innere des Nebengebäudes. Alvaro landete auf dem spröden Holz und begrub auch Tabea unter sich, die in diesem Augenblick endlich in ihre Fledermausgestalt fand. Sie quiekte unter seinem riesigen Brustkorb und versuchte, sich gleichzeitig sowohl unter ihm herauszuwinden als auch ihren Kopf festzuhalten. Aber in Form einer Fledermaus waren ihre filigranen Fingerchen einfach viel zu weit von ihrem Hals entfernt. Zudem schwanden ihre Transformationskräfte, über die sie sonst mit einer Beiläufigkeit verfügte, mit der sie üblicherweise auch atmete, sekündlich. Tabea verwandelte sich zurück und verpasste dem Engel dabei versehentlich eine Kopfnuss, die ihm das Nasenbein brach und ihn von ihrem Leib katapultierte.

Die Dämonen lachten. Alvaro und Tabea versuchten gleichzeitig aufzuspringen, behinderten sich dabei aber gegenseitig, stürzten erneut übereinander und zappelten mit ineinander verkeilten Gliedern auf der zerstörten Türe herum. Der Knauf grub sich schmerzhaft zwischen Alvaros Rippen. Blut rann aus seiner Nase.

»Sie sehen fast so aus wie wir«, bemerkte der Kreaturenkomplex der Dämonen mit blecherner Stimme. Ein Lachen, untermalt von einem Geräusch wie Kreide, die über eine Tafel kratzte, hallte durch den Innenhof. Der Dämon, der den Mann zerfleischt hatte, und jene beiden, die sich inzwischen die Frau einverleibt hatten, gesellten sich zum Eingang des Nebengebäudes, um sich ein wenig am Leid der dort Liegenden zu ergötzen. Der vierte Dämon drehte noch immer den schreienden Jungen in der Luft. Es bereitete ihm ein hörbar teuflisches Vergnügen.

»Mit dem Essen spielt man nicht«, höhnte einer der zahlreichen Köpfe, die Tabea und Alvaro umgaben. Die anderen lachten in allesamt abscheulichen, durch Mark und Bein gehenden Klangarten.

»Oh – lass es ihn nur auskosten. Es wird das letzte Menschenwesen sein, das er verspeist.«

Die Dämonen waberten so erschrocken, wie ein Wabern sein kann, herum und hielten nach dem Urheber der melodischen Stimme Ausschau, die sich wie aus dem Nichts eingemischt hatte. Tabea sprang auf die Füße, griff nach ihrem Kopf und verzichtete darauf, sich auf den aktuellen Stand der Dinge im Hof zu bringen, und nutzte die Sekunde, in der diese scheußlichen Wesen abgelenkt waren, um durch das Nebengebäude in die Burg zu türmen. Es war vollkommen egal, auf welcher Seite sie stand, entschied sie für sich, wenn sie ohnehin nicht mehr dabei war.

»Tamino!«, keuchte Alvaro, rappelte sich ebenfalls auf und starrte zwischen den unförmigen Köpfen und Gliedmaßen hindurch zu der leuchtenden Gestalt hin, die so plötzlich vor dem großen Portal des Haupthauses erschienen war. Der Himmelskrieger stand mit kampfbereit gespreizten Beinen da und schwang ein Schwert, das aus einer blauen Flamme bestand. Der Ausdruck auf seinem schmalen Gesicht wirkte entschlossen und zugleich gelassen. Eine Kombination, über die ausschließlich Tamino verfügte.

»Ich hätte nicht erwartet, dass du dich einmal freust, mir zu begegnen«, erwiderte Tamino, während die Dämonen geräuschvoll zu einem einzigen, riesigen Gebilde aus Gliedern, Köpfen, Pusteln und Fleischfetzen verschmolzen und sich zielstrebig auf ihn zubewegten. Der Junge verschwand in irgendeinem der zahlreichen Mäuler.

Alvaro wischte sich das Blut mit dem Handrücken aus dem Gesicht und sah sich nach Tabea um. Sie war verschwunden. »Ich freue mich immer, dich zu sehen«, log er, nun wieder an Tamino gewandt.

»Heuchler.« Tamino holte mit der flammenden Klinge aus und enthauptete einen kleinen Teil des Dämonen. Der Kopf stieß einen gellenden Schrei aus. Dann rollte er ein Stück weit über das harte Pflaster und zerplatzte mit einem widerwärtigen Geräusch in zahllose winzige Gewebefetzen. Es stank nach Schwefel und Blut.

Die übrigen Köpfe brüllten, und Tamino schnippte mit den Fingern der freien Linken, ehe er ein weiteres Mal auf die Dämonen einschlug. Acht, neun, zehn geflügelte Lichtgestalten schnellten in den Burghof und hieben mit flammenden Schwertern auf die Dämonen ein, die sich nun in möglichst viele einzelne Gestalten aufzuteilen versuchten, dabei mit krallenbewehrten Pranken um sich schlugen und mit sabbernden Mäulern nach den Himmelskriegern schnappten.

Es war nicht einmal Taminos gesamte Division; dennoch hatten die Dämonen nicht die Spur einer Chance. Alvaro hatte Tamino und seinesgleichen noch nie zuvor im Gefecht erlebt – die Schlachten zwischen Himmel und Hölle betrafen nicht seinen Aufgabenbereich. Nun sah er mit eigenen Augen, wie flammende Schwerter durch die Dunkelheit schnitten, wie Köpfe rollten und wie Krallen, Arme und Beine durch die Gegend kullerten und zerplatzten. All das erfüllte ihn mit einer Mischung aus Anerkennung und Ekel. Schreie und furchterregendes Gebrüll hallten durch den Innenhof, untermalt von dem leisen Schlagen der riesigen Schwingen der Engel und dem gefährlichen Surren der Schwerter, die die wabernde, bunte Masse mühelos spalteten. Es war kein richtiger Kampf, sondern eher ein Schlachten, und es würde sehr schnell vorbei sein, registrierte Alvaro so erleichtert wie entsetzt. Er musste den Neuen Propheten retten, solange Tamino noch beschäftigt war. Vielleicht blieben ihm nur noch wenige Augenblicke!

Der Engel wirbelte auf dem Absatz herum und stürmte in die Dunkelheit des Nebengebäudes. Er würde seinen Schutzbefohlenen finden und reanimieren, und zwar sofort. Kein Russe, und sei er noch so betrunken, würde ihn davon abhalten. Seine gesamte Zukunft hing von dem ab, was in den nächsten Minuten geschah.

Kapitel 10

Was im Burghof geschah, war grausam. Diese Kreaturen der Hölle hatten nicht nur das fremde Ehepaar und den Hund zerfleischt und verspeist, sondern auch das Kind. Denn genau das war der Junge bei allem Elend, das er verursacht hatte: ein unschuldiges Kind, das die Folgen seines Tuns nicht abschätzen konnte. Tabea wusste das, und so versuchte sie, wenigstens ein bisschen Mitleid mit dem Knaben zu empfinden. Aber es gelang ihr nicht, denn heute war der zweite schlimmste Tag in ihrem Leben.

Der schlimmste Tag ihres Lebens war jener gewesen, an dem sie ihre Geschwister im Stich gelassen hatte. Der Tag, den sie zunächst für den glücklichsten gehalten hatte, weil sie endlich aufhören konnte, ihre kranke Mutter zu umsorgen, sich die Finger in der Miederwarenmanufaktur blutig zu arbeiten, zu ertragen, wie der Fabrikant sie und ihre kleinen Brüder und Schwestern halb bewusstlos schlug, und all die fremden Reisenden in ihrem Bett zu erdulden. Damit diese ein paar spärliche Münzen zurückließen, einen Kanten Brot, eine warme Decke, ein Stück Butter. Oder auch nichts von alledem, wenn sie schon verschwunden waren, ehe das erste Familienmitglied noch vor dem Morgengrauen die Augen aufschlug. Wie oft waren sie um die Miete betrogen worden? Tabea wusste es nicht.

Tage, Wochen und Monate waren ins Land gezogen, ehe Tabea begriffen hatte, dass im Leben nichts umsonst war; nicht einmal der Tod. Nachdem Hieronymos sie gebissen hatte, war sie noch viele Male in das Haus ihrer Mutter zurückgekehrt. Sie hatte ihr Geschenke gebracht: Geld und Brot, Medikamente, warme Kleidung ... all die Dinge, für die jene armen Seelen, von deren Blut der alte Vampir und sie sich ernährten, keine Verwendung mehr hatten. Doch damit hatte sie nur Unheil gestiftet, denn die Großen hatten die Kleinen des Diebstahls bezichtigt, die Jungen die Mädchen und umgekehrt. Und Tabea hing mit dem Kopf nach unten an der Dachrinne und sah hilflos zu, wie ihre Mutter am Verlust ihrer ältesten Tochter zerbrach. Und an dem Unfrieden, der in das marode Haus eingekehrt war.

Zu gerne hätte sie ihr einen Brief geschrieben, um die Missverständnisse zu beseitigen und ihr Mut zuzusprechen. Um ihr zu sagen, dass sie sich weiterhin um sie sorgen werde, auch wenn sie nicht mehr bei ihr war. Aber damals konnte sie weder schreiben noch lesen – erst auf Burg Werthersweide hatte sie das gelernt.

Und sich ihrer Mutter zeigen, ihr ins Gesicht sehen und gestehen, dass sie einfach fortgelaufen war? Kopflos in die Nacht, ohne auch nur eine einzige Sekunde darüber nachzudenken, wie ihre Familie ohne sie zurechtkommen sollte? Ohne ihre Kraft und ihr Ruder? Unüberlegt und egoistisch; nach mir die Sintflut ...?

Dazu war sie zu feige gewesen. Und es hätte ihre Mutter endgültig zerrissen.

So hatte es nur Tabea zerrissen, wenn sie den Gebeten gelauscht hatte, die ihre Mutter für sie gesprochen hatte, und wenn sie sich in den Schlaf geweint hatte. Nacht für Nacht, Woche um Woche und einen Monat nach dem anderen. So lange, bis sie gestorben war und die übrigen Kinder ebenfalls alleingelassen hatte. Und die Reisenden hatten sich an Marlene vergangen, die das jüngste aller Geschwisterkinder gewesen war. Sie war gerade erst zehn Jahre alt geworden.

Irgendwann hatte Tabea es nicht mehr ertragen. Sie hatte darauf verzichtet, ihre Geschwister aufwachsen zu sehen. In der Ungewissheit hatte sie sich wenigstens *einreden* können, dass sich alles zum Besseren wenden werde. Schlimmer konnte es schließlich nicht mehr kommen, oder? Und mit der unendlichen Last der Schuld auf den Schultern Seite an Seite mit einem immerzu griesgrämigen Onkel Hieronymos für alle Ewigkeit in der Einsamkeit einer abgeschiedenen Burg zu leben, das war die größte Strafe, die sie für ihre Feigheit hätte empfangen können. Das hatte sie bislang zumindest geglaubt. Doch in dem Moment, in dem sie das nutzlose Häufchen Asche auf dem Kopfsteinpflaster erspäht hatte, hatte sie zu begreifen begonnen, dass es doch etwas gab, was noch schlimmer war als das: *ohne* Onkel Hieronymos zu leben, nämlich. Oder tot zu sein – für immer.

»Glaubst du, dass sie dort oben sind?«, stieß Alvaro keuchend hervor. Während ihr Geist in einer Zeit stillgestanden hatte, die seit rund einhundert Jahren vorüber war, waren Tabeas Füße gerannt. Genau wie damals. Und genau wie damals brannten auch jetzt Tränen auf ihren Wangen. Sie hatte nicht gemerkt, dass der Flattermann zu ihr aufgeschlossen war – ebenso wenig, wie sie bemerkt hatte, dass sie durch den Seiteneingang ins Innere der Burg gestürmt war. Sie musste die große Halle durchquert haben, und auch den Gang, der an der Bibliothek vorbeiführte. Jetzt rannte sie die steilen Stufen zu dem verfallenen Turmzimmer hinauf, in dem sie die meiste Zeit des vergangenen Jahrhunderts zugebracht hatte.

Alvaro wiederholte seine Frage und ergriff Tabea an der Schulter, als sie auch beim zweiten Mal nicht reagierte. Kummer spiegelte sich in seinen Zügen, als er die Tränen auf Tabeas Wangen entdeckte. »Weine nicht, armes Menschenwesen«, sagte er sanft, runzelte die Stirn und verbesserte sich verlegen. »Oder auch nicht mehr Mensch – ganz gleich, was du bist. Ich werde das alles wiedergutmachen, das verspreche ich dir. Ich weiß nicht genau, wie ich es anstellen soll. Aber wenn wir die betrunkenen Russen erst gefunden haben, kann ich den toten Propheten reanimieren und –«

»Fass mich nicht an!« Tabea riss sich los und stürmte weiter. Das Letzte, was sie jetzt gebrauchen konnte, war dieser verwirrte, flügellose Krähenvogel.

Alvaro verharrte einen weiteren Moment überrascht auf halber Höhe der Treppe, folgte ihr aber dann entschlossen. »Aber ich dachte ... du kennst dich hier aus. Du bist hier zu Hause und –«

»Ich bin nirgendwo zu Hause!« Tabea bremste ihre Schritte vor der morschen Holztür, blickte über die Schulter zu dem Engel zurück und spie ihm ihren gesammelten Selbsthass in einem riesigen Speichelklumpen vor die Füße. »Verschwinde!«, fauchte sie. »Kehr zurück auf irgendein rosa Wölkchen und lass mich allein! Ich brauche dich nicht. Ich brauche niemanden!«

»Aber ich brauche dich«, widersprach Alvaro flehend. »Ich war in der Halle und in der Bibliothek. Ich bin durch die Stallungen gerannt und habe das verfallene Haus auf der anderen Seite inspiziert. Ich kann diese Männer einfach nicht finden. Du musst mir helfen. Es muss noch weitere Räume geben, die –«

Der Rest seines Satzes ging in einem heftigen Krachen und Bersten unter, als ihm Tabea die Tür des Turmzimmers vor der Nase zuschlug. Sie lehnte sich mit dem Rücken gegen das morsche Holz und ließ sich daran hinabsinken. Dunkelheit und wohltuende Ruhe schlossen sie ein. Sie wusste nicht, was sie morgen tun sollte, ob sie auf Werthersweide bleiben oder fortgehen sollte, wo und vor allem wie sie sich das Leben nehmen würde und was danach wohl geschah. Aber heute Nacht, hier und jetzt, wollte sie einfach nur eines: allein sein. Sie hatte es verdient, allein zu sein. Sie hatte es verdient, zu leiden.

Doch obwohl der Flattermann ihren Wunsch zu respektieren schien und keinerlei Anstalten machte, die Tür zu öffnen, war sie nicht die Einzige in dem dunklen Raum. Tabea konnte es riechen, und der Geruch war ihr nicht fremd. Er durchströmte jeden Winkel der Anlage wie ein dezentes Parfüm; jedoch hatte sie ihn selten so intensiv wahrgenommen. Sie sprang auf die Füße, ehe sich Dr. Herberts schmale Gestalt aus den Schatten löste und in das Viereck aus silbernem Mondlicht trat, das durch das schmale Fenster in die runde Kammer schien.

»Ich habe mir gedacht, dass du hierher kommen würdest, Tabea«, empfing er sie mit sanfter Stimme. »Es tut mir leid, was mit Hieronymos geschehen ist.«

Tabea starrte den Hausmeister an. Nie zuvor war er in diesem Raum der Burg gewesen, und nicht ein einziges Mal hatten sie miteinander gesprochen. Bislang war sie davon ausgegangen, dass der alte Mann überhaupt nichts von ihrer Existenz wusste. Hieronymos und sie hatten sich stets darum bemüht, im Verborgenen zu bleiben. Aber nun stand er ihr gegenüber, mit sorgsam gezwirbeltem Schnauzbart, und sprach mit ihr, als träfen sie sich regelmäßig zum Kaffeeklatsch.

»Woher kennst du meinen Namen?«, presste sie leise hervor.

Dr. Herbert lächelte. »Ich habe ihn dir gegeben.«

»Das war ich selbst«, widersprach Tabea.

Der Hausmeister trat einen Schritt auf sie zu und streckte vorsichtig eine Hand nach ihrer Schulter aus. Aber Tabea wich der Berührung aus. Die Situation überforderte sie maßlos. Dass sich die Tür knarrend öffnete und der zunehmend verzweifelte Engel durch den Spalt ins Innere schlüpfte, bemerkte sie nicht. Ebenso wenig, wie den feinen Nebel, der nach und nach durch die Mauern ins Turmzimmer sickerte.

Auch Dr. Herbert schenkte den veränderten Begebenheiten keinerlei Beachtung. Seine milden, graugrünen Augen hafteten an Tabea, als hätte er jahrelang auf diesen einen Moment gewartet: auf den Augenblick, in dem er endlich mit ihr sprechen konnte.

»Am Ende schon«, bestätigte er, verzichtete aber darauf, sich ihr erneut zu nähern. »Aber es war *mein* Buch. Erinnerst du dich? Es hieß ...« Er überlegte kurz. »*Tabeas Ausflug*, nicht wahr?«

»*Tabeas Reise*«, verbesserte Tabea ihn tonlos. Was wollte der alte Mann bloß von ihr? Hatte er all die Jahre darauf gewartet, dass Hieronymos starb, damit sie ihm schutzlos ausgeliefert war? Unsinn! Er hätte nur zur rechten Zeit ein Licht anknipsen müssen, um den alten Vampir loszuwerden.

»Das Buch, mit dem du dir das Lesen beigebracht hast.« Der Hausmeister nickte lächelnd. »Ich war etwa sieben, als ich es wie versehentlich für dich verlor. Ich brauchte es nicht mehr.«

Alvaro fiel mit einem unbehaglichen Räuspern in das melancholische Schweigen ein, das der Hausmeister seinen Worten folgen ließ. »Bitte entschuldigen Sie die Störung. Und fürchten Sie sich nicht. Aber ich bin auf der Suche nach drei Männern. Einer hat ein rundliches Gesicht. Der zweite sieht aus wie die meisten anderen Russen auch. Und der dritte ...« Hilflos hob er die Schultern. »Ich habe es vergessen. Aber vermutlich sind sie alle noch betrunken.«

Nun sah Dr. Herbert ihn doch an – aber nur kurz. *So wie du?*, stand in seinem leicht gereizten Blick geschrieben. Doch er verzichtete sowohl auf Spott als auch auf eine Antwort, sondern wandte sich erneut Tabea zu.

»Als mein Großvater diese Mauern noch verwaltete«, erzählte er mit einer Geste, die die ganze Burg wie eine liebe Freundin zu umarmen schien, »lud er mich oft zu sich ein. Er wollte, dass ich mich nach seinem Tod um sie kümmere, denn die Burg war wie ein Kind für ihn. Ich versprach es ihm, und er weihte mich in alle seine Geheimnisse ein. Unter anderem erzählte er mir von Hieronymos und dir. Von dem Mädchen, das seinen Namen nicht verriet.«

Alvaro spähte nervös am faltigen Nacken des alten Mannes vorbei. Milchiger Dunst kroch über den Boden. Vielleicht ein rein physikalisches Phänomen. Möglicherweise aber auch etwas ganz anderes ...

»Hören Sie«, drängte er verhalten. »Vielleicht sollten Sie sich doch ein wenig fürchten ...«

Aber niemand beachtete den Engel, der dem Drang widerstand, die Treppe wieder hinabzueilen und auf eigene Faust weiter nach den Russen und dem toten Propheten zu suchen. Es wäre auch müßig gewesen, denn seines Erachtens hatte er sämtliche Räume der Burg in Windeseile durchkämmt. Wenn Meo sich nicht geirrt hatte (und er durfte sich nicht geirrt haben!), dann musste es irgendwo eine Geheimtür oder dergleichen geben. Er brauchte dringend jemanden, der sich hier auskannte. Tamino und seine Division würden sich nicht mehr allzu lange von einer Handvoll Dämonen aufhalten lassen. Die einzige Chance, seinen Posten vielleicht doch noch zu behalten, bestand darin, seinen Vorgesetzten gleich mit einem putzmunteren, quicklebendigen Schützling im Arm zu begrüßen.

Doch wenn dieser Nebel bedeutete, was er im allerschlimmsten Fall bedeuten konnte, würden ihm weder der alte Mann noch das Vampirmädchen gleich helfen können ...

Tabea jedoch war viel zu sehr mit sich selbst beschäftigt, um die Verzweiflung in der Stimme ihres ungebetenen Begleiters zu bemerken. »Mein Name ...«, flüsterte sie. »Ich ... habe ihn vergessen.«

»Weil du ihn vergessen wolltest.« Dr. Herbert nickte mitfühlend. »Mein Großvater fand ihn heraus, aber er versuchte nicht, dich an ihn zu erinnern. Und er verriet ihn auch Hieronymos nicht. Es hätte ohnehin gegen das Abkommen verstoßen, das die beiden getroffen hatten und das einzuhalten ich ihm gelobte, ehe er starb.«

Tabea schüttelte fragend den Kopf.

»Sie hatten vereinbart, die Distanz zu wahren«, erklärte der alte Hausmeister. »Sie waren übereingekommen, dass eine Freundschaft nicht funktionieren konnte. Hieronymos durfte bleiben, sofern niemand auf dem Gelände der Burg etwas von ihm zu befürchten hatte. Und mein Großvater studierte euer beider Verhalten aus gesunder Entfernung. Manchmal nahm er mich mit. Einmal hast du den Feuermelder betätigt. Weißt du noch?«

Tabea zog hilflos die Brauen zusammen. Es war so unendlich lange her! Aber dann fiel es ihr wieder ein. »Ich wollte Licht machen«, flüsterte sie.

Dr. Herbert lachte. »Ich fragte meinen Großvater, warum du den Feuermelder drückst, und er sagte, er glaube, du wolltest Hieronymos töten. ›Mit dem Feuermelder?‹, wunderte ich mich. Und er antwortete: ›Ich glaube, sie kann nicht lesen.‹«

»Es war kurz nach der Sache mit diesem jungen Mann«, erinnerte sich Tabea. »Er hat ihn umgebracht.«

»Bitte ...« Alvaro drängelte sich zwischen Tabea und dem Hausmeister hindurch und stampfte hektisch in dem knöcheltiefen Nebelteppich herum, der sich beständig im Raum ausbreitete. »Lasst uns später weiterreden. An einem anderen Ort und unter anderen Umständen. Ich –«

»Ich hatte nicht das Gefühl, dass sich jemand mit dir unterhalten hat, Bachstelze!«, fuhr Tabea ihn an. Ihr war klargeworden, dass Dr. Herbert keineswegs hier war, um ihr etwas anzutun. Er war schon immer da ge-

174

wesen. Sie war überhaupt nie mit Hieronymos allein gewesen! Sie war gar nicht allein auf dieser Welt!

»Darum hast du das Buch verloren«, schlussfolgerte sie an den Hausmeister gewandt. »Du wolltest, dass ich lesen lerne. *Tabea steigt in ein Automobil und fährt über eine Brücke ...*«

»Ich glaube, am Ende reitet sie auf einem **Z**ebra zurück«, bestätigte Dr. Herbert.

»Und sie hat mir einen Namen mitgebracht«, flüsterte Tabea.

»Du hast dreißig Jahre lang geschwiegen«, sagte Dr. Herbert, und ein neckisches Funkeln trat in seine Augen. »Aber du hast keine drei Jahre gebraucht, um einen gewissen Ausgleich zu schaffen. Manchmal war es schwer, nachts ein Auge zuzutun. He – was soll das?!«, entfuhr es ihm, als Alvaro ihn plötzlich beiseitestieß.

»Dieser Nebel ...« Der Engel deutete auf die wabernden Schwaden, die den staubigen Grund schon zu mehr als der Hälfte bedeckten. »Sie sollten nicht hineintreten. Und wir alle sollten jetzt wirklich von hier verschwinden. Es könnte ein Tor sein. Eine Lücke, durch die des Teufels Dämonen schlüpfen können.«

»Ich sehe hier nur ei*nen* Tor.« Dr. Herbert rieb sich vorwurfsvoll den Oberarm, während der Nebel auch die restliche Fläche zügig einnahm.

Erst jetzt erschien er auch Tabea verdächtig. Sie nickte in Richtung Tür. »Vielleicht sollten wir wirklich in der Bibliothek weiterreden«, schlug sie vor. Gefangen in ihren Erinnerungen und ihrem Selbstmitleid, hatte sie sich bislang nicht die Mühe gemacht, das Hier und Jetzt vernünftig zu ergründen. Ein Versäumnis, das sie schleunigst nachzuholen versuchte. Was war eigentlich im Burghof geschehen und weshalb? Und war die Gefahr wirklich gebannt, nur weil sie sie im Augenblick nicht sah? Was zum Teufel war das für ein Zeug auf dem Boden? Es sah aus wie ... wie gasförmiger Pudding. Auf jeden Fall wirkte es verdächtig. Und es schloss sich langsam um die Knöchel des alten Hausmeisters.

»Gerne«, pflichtete Dr. Herbert ihr bei und breitete die Arme aus. »Wenn ich dich zuvor nur ein einziges Mal in die Arme schließen darf – jetzt, wo das alte Abkommen hinfällig ist. Nur einen winzigen Moment.«

Seine Augen färbten sich plötzlich schwarz, in dieser Sekunde packte Alvaro Tabea unter der Schulter und riss sie mit sich ins Treppenhaus zurück. Hinter ihnen ertönte ein Schrei. Ein Schrei, der keiner menschlichen Kehle entsprang. Er klang nach Tod und Verderben – und roch nach Schwefel. Der Gestank folgte Tabea durch den engen Treppenschacht, den sie in Alvaros Griff eher fallend als rennend zurücklegte. Schmatzende, gurgelnde und zischende Laute vermischten sich mit einer Stimme, die Tabea vorhin schon einmal gehört hatte, und auch das Knistern des flammenden Schwertes, das der andere Engel im Burghof geschwungen hatte, drang leise, aber unverwechselbar in ihre Ohren.

»Schneller!«, rief der Engel. Seine Stimme klang panisch.

Als ob sie es wäre, die rannte! Ihr ungebetener Begleiter hatte viel längere Beine als sie, so dass ihre Füße, seit die unterste Stufe hinter ihnen lag, nur noch in der Luft strampelten. Nun stürmte der Engel durch das Haupthaus und schleppte sie einfach mit, als hätte sie überhaupt kein Gewicht. Dennoch versuchte Tabea nicht, sich gegen die demütigende Behandlung zu wehren. Vor weniger als einer Minute hatte sie wenigstens noch realisiert, dass die Gesamtsituation sie überforderte. Jetzt spürte sie gar nichts mehr. Sie nahm zwar wahr, was um sie herum und mit ihr geschah, fühlte sich jedoch von nichts mehr persönlich betroffen.

Als Alvaro seine Schritte auf dem schmalen Grünstreifen zwischen Hinterausgang und Wehrmauer bremste und sie losließ, sackte sie leise in sich zusammen. Alvaro richtete sie wieder auf und schüttelte sie. »Sag mir, wo sie sind!«, flehte er. »Sie haben den Propheten! Ich muss ihn zurückbekommen, verstehst du das? Ich muss auf ihn aufpassen! Ich werde alles für dich tun, wenn du mir hilfst, ihn zu finden – *alles*! Ich war ein guter Schüler – der beste meines Jahrgangs. Ich kann aus Lahmen Olympialäufer machen und Tote zu neuem Leben erwecken. Wenn du mir nur hilfst, zu bleiben, was ich bin.«

Was er sagte, war nur ein bisschen gelogen und auch bloß unter Umständen übertrieben. Aber in diesem Fall heiligte der Zweck eindeutig die Mittel.

Tabea wandte sich ab und ging ziellos irgendwohin, aber nur ein paar Schritte weit. Dann baute sich der Engel wieder vor ihr auf. »Du kennst dich hier aus«, versuchte er es erneut. »Bitte, hilf mir!«

»Ich weiß nicht, was du von mir willst«, formten Tabeas Lippen. Es kam ihr vor, als bewegte sie ein anderer – für sie. Ein unsichtbarer Puppenspieler, der sie an unsichtbaren Schnüren hielt.

Hinter dem hochgewachsenen Engel löste sich wieder etwas aus dem Nichts und nahm Gestalt an. Vielleicht noch mehr von diesen wabernden Ungeheuern? Tabea war es egal. Sollten sie doch über sie herfallen, sie in der Luft zerreißen und ihr die Seele aus dem toten Leib stehlen, in dem sie gefangen war. Wenn das überhaupt jemand konnte, dann doch wohl sie, oder? Sie entsprangen der Hölle, der ihr Herz gehörte.

Aber es waren keine weiteren Dämonen, sondern es war der Engel mit dem Feuerschwert. Aus irgendeinem Grunde jedoch schien sich der Engel ohne Flügel nicht sonderlich über diese Begegnung zu freuen, denn er schluckte hörbar und wich mehrere Schritte zurück.

»Hilf deinem himmlischen Gefährten«, wies ein bedauernswerter Rest von Tabeas Zivilcourage, der das Emotionssterben der vergangenen Minuten irgendwie überlebt hatte, den zweiten Engel an. »Allein kommt er nicht zurecht.«

»Er wird es lernen müssen«, antwortete Tamino ruhig, während Alvaro sich um eine entspannte, würdevolle Haltung bemühte.

»Es ist alles in bester Ordnung«, log er. »Ich dachte ... Ich bin nur ... Ich *studiere*!« Er nickte bekräftigend und wedelte mit der Linken in Richtung Turmspitze, die den Mond aufzuspießen schien. »Dämonologie, weißt du? Über die mythochemische Reaktion von Dämonenmasse mit hellblauem kaltem Feuer unter irdisch-atmosphärischen Bedingungen sowie unter Ausschluss von Weihwasser. Hochinteressanter Fachbereich.«

»Hochinteressant«, bestätigte Tamino kopfschüttelnd. »Warum ist mir dieses Fachgebiet nur so fremd! Ich müsste es doch kennen, oder?«

»Du bist ein *Krieger*, Tamino«, betonte Alvaro respektvoll. »Der beste, den das Himmelreich je hervorgebracht hat.«

»Davon bin ich überzeugt«, antwortete Tamino. Dann runzelte er die Stirn. »Sag mir«, fügte er gedehnt hinzu, »wo sind eigentlich deine Flügel?«

»Meine Flügel ...?« Alvaro blickte über seine eigene Schulter hinweg, konnte seine Schwingen aber nicht mehr sehen. Er versuchte, sie zu bewegen, aber sie hatten inzwischen nicht nur immer mehr Federn eingebüßt, sondern waren einfach nicht mehr da. Komplett weg.

»Gerade unsichtbar«, behauptete er, während sich sein Magen zu einem harten Klumpen zusammenzog, was ebenfalls eine brandneue Erfahrung für ihn darstellte. Weil er das Gefühl nicht zuordnen konnte, sah er nach, ob irgendetwas Schweres an seinem Bauch klebte.

»Aber den Rest von dir sehe ich recht deutlich vor mir«, erwiderte Tamino. »Wie kann das sein?«

»Ist auch gleich weg.« Alvaro wandte sich von seinem Vorgesetzten ab, um das Weite (und überdies den Propheten) zu suchen. Doch Tamino entfaltete seine makellosen Schwingen, flog über ihn hinweg und schnitt ihm den Weg ab. Abrupt hielt Alvaro inne.

»Soll ich dir sagen, warum wir beide deine Flügel nicht mehr sehen?«, bot der Himmelskrieger an. Überraschenderweise klang seine Stimme dabei nahezu sanft, was Alvaro noch weniger behagte als die unterschwellige Arroganz und verhaltene Gehässigkeit, die sonst darin zu schwingen schien. Hilflos hob er die Schultern.

»Weil sie nicht mehr da sind«, erklärte Tamino. »Sie wurden dir genommen. Und du bekommst sie nie wieder zurück.«

Alvaro rang verzweifelt um Worte. Taminos Aussage erreichte seinen Verstand, ergab aber keinen Sinn für ihn. Jedoch begriff er immerhin, dass er seinen Vorgesetzten nicht weiter an der Nase herumführen musste. Tamino wusste Bescheid. »Ich konnte nicht ahnen, dass das Mädchen ...«, begann er sich darum zu verteidigen und deutete an die Stelle, an der Tabea zuletzt gestanden hatte. Aber das Vampirmädchen war verschwunden.

»Du hättest niemals hinabfliegen dürfen«, fiel Tamino ruhig ein. »Nicht ohne eine Erlaubnis und schon gar nicht ohne einen anderen, der dich zu deinem Schutz begleitet. Es herrschen gefährliche Zeiten, Alvaro. Nichts ist mehr, wie es noch vor wenigen Hundert Jahren war. Ich würde dir gerne mehr darüber erzählen. Doch jetzt ist es zu spät.«

»Ich habe Zeit«, erwiderte Alvaro. »Lass uns ins Archiv fliegen und reden.«

Tamino verneinte. »Du kannst nicht mehr zurück, Alvaro. Du kannst nicht mehr fliegen und nicht mehr durch Wände gehen. Fortan wirst du für jede irdische und mystische Gestalt sichtbar sein. Du bist ein Mensch, Alvaro. Du wirst leben, lieben und leiden. Komm.«

Er bedeutete dem fassungslosen Alvaro, ihm an der Wehrmauer entlang und auf den Burghof zu folgen. Zögernd kam der Schutzengel der Aufforderung nach.

»Würde es dir etwas ausmachen, ein wenig schneller zu gehen?«, drängte Tamino, als er das Haupttor passierte, während Alvaro noch mit hängenden Schultern über den Burghof schlurfte. Sowohl die Dämonen als auch die drei Menschen waren spurlos verschwunden. Tamino hatte ganze Arbeit geleistet. Lediglich ein winziges Häufchen Asche deutete noch darauf hin, dass hier vor nicht allzu langer Zeit so etwas wie Leben ausgelöscht worden war.

Alvaro rümpfte trotzig die Nase. »Wenn ich dich richtig verstanden habe, habe ich heute nichts Besonderes mehr vor«, gab er zurück. »Oder soll ich gleich in dieser Nacht noch mit dem Klinkenputzen beginnen? Die meisten Leute schlafen schon.«

»Du hast mich *nicht* richtig verstanden«, antwortete Tamino trüb. »Du wirst nicht einmal mehr Klinken putzen. Du hast versagt, wie nie jemand vor dir versagt hat. Und du solltest dich glücklich schätzen, dass der Herrgott dieser Tage zu beschäftigt ist, um sich deines Falls anzunehmen. Ich darf deine Existenz nicht eigenmächtig beenden. Jedoch darf ich dich unter diesen Umständen auch nicht weiter in unseren Reihen dulden.« Er hob eine Hand, als Alvaro auffahren wollte, und tat eine besänftigende Geste. »Ich weiß, dass du mich nicht ausstehen kannst, Alvaro«, sagte er. »Aber ich halte mich lediglich an die Vorschriften. Der Ehrgeiz hat mich keineswegs so stark unterkühlt, wie du offenkundig glaubst. Darum habe ich beschlossen, dir einen letzten Gefallen zu erweisen. Sieh!«

Alvaros Blick folgte seinem Fingerzeig in Richtung Parkplatz. Das Auto der Familie war verschwunden. Stattdessen stand nun ein milchweißer Kleinbus da. Tamino schritt auf den Wagen zu und klappte die Schwingtüren am Heck auf. Auf der Ladefläche befanden sich zwei große Umzugskartons, aus denen Unmengen von Zetteln, dünnen Mappen und prall gefüllten Ordnern lugten.

»Was ist das?«, erkundigte sich Alvaro, während ihm sein Vorgesetzter einen kalten Schlüsselbund in die Hand drückte.

»Deine Papiere«, antwortete der Himmelskrieger. »Ich

weiß, es ist ganz schön viel ...« Er zuckte mit den Schultern und zog eine Grimasse. »Die Zeiten ändern sich.«

Alvaro starrte hilflos ins Innere des Fahrzeugs. »Was ... was soll ich mit all diesen Dingen machen?«, hakte er nach.

Tamino seufzte. »In allererster Linie solltest du darauf achtgeben, dass nichts verlorengeht«, erklärte er. »Norman hat aufgepasst, dass nichts fehlt. Steuererklärungen, Praktikumsbelege, Mietnebenkostenabrechnungen, Ummeldebescheinigungen ... Es ist wirklich erstaunlich, was ein einziger Mensch heutzutage alles braucht. Ich wollte dich nicht mit leeren Händen zurücklassen.«

Alvaro machte den Mund auf. Doch die wirren Silben, die ihm auf der Zunge lagen, weigerten sich, sich sinnvoll zu gliedern, und traten stattdessen den geordneten Rückzug an, um sich in seiner trockenen Kehle zusammenzurotten, die unter dem Druck zu schmerzen begann.

»Lebe wohl, Alvaro. Lebe lange und versuche, es zu genießen«, verabschiedete sich der Himmelskrieger. Dann erhob er sich ohne eine weitere Erklärung in die Lüfte und flog in den Nachthimmel hinauf. »Irgendwie ...«, hörte Alvaro ihn noch hinzusetzen, ehe er endgültig verschwand.

Und den gefallenen Engel einfach in Oberfrankenburg zurückließ.

Zweiter Teil

Kapitel 11

Obwohl die Verrückte im Kittel und der Mann mit der Bluse das Weite gesucht hatten, wollten die Polizisten letztlich doch lieber den zu erwartenden Papierberg auf sich nehmen, als den beiden zu folgen. Und so hielt nun ein Krankenwagen vor dem Pathologischen Institut der Universität Oberfrankenburg Nord – um die Ponypolizistin abzuholen. Diese war zwar längst wieder bei Bewusstsein, hatte aber einen Schock erlitten und erzählte nun unablässig vom Geburtstag ihrer jüngsten Nichte am vergangenen Mittwoch. Einer ihrer Kollegen begleitete sie ins Krankenhaus, während die beiden anderen die Personalien und Klagen des nicht minder verwirrten Dr. Kasimir Spix aufnahmen, der darauf bestand, an seinem Arbeitsplatz einer Leiche beraubt worden zu sein.

Joy wusste es besser, denn sie hatte mit eigenen Augen gesehen, wie die Leiche Raum 003 ohne jegliche Fremdeinwirkung verlassen und sich in eine Fledermaus verwandelt hatte. Aber sie verzichtete darauf, ihren Vater und die Beamten bei der Klärung der Sachlage zu unterstützen, denn erstens scherte sich ihr Vater auch nicht um ihre Probleme, sondern hatte Letztere sogar jüngst geheiratet. Und zweitens hätten diese halsstarrigen Erwachsenen ihr sowieso nicht geglaubt, was eigentlich ganz offensichtlich war: Die tote Fremde war in anderer Gestalt wiedergeboren worden. Das Normalste von der Welt, wie Joy fand, obgleich sie sich die Sache mit der Reinkarnation bislang etwas langwieriger und ... nun ja – vielleicht etwas weniger *offensichtlich* vorgestellt hatte.

Zwischenzeitlich war Joy auch die Möglichkeit in den Sinn gekommen, dass es sich bei der Frau um einen Vampir handeln könnte (und zwar ehrlich gesagt erst, nachdem sie dem falschen Engel von ebendiesem Vampir erzählt hatte). Doch da ihr Vater seit nunmehr einer halben Ewigkeit mit den Polizisten diskutierte, hatte sie genug Zeit gehabt, sich beide Möglichkeiten noch einmal gründlich durch den Kopf gehen zu lassen. Schlussendlich war sie zu dem Ergebnis gelangt, dass Reinkarnation einfach die schönere Antwort auf all ihre offenen Fragen war. Oder genauer: eine kopflos verspielte Reinkarnation.

Irgendetwas, so glaubte Joy, musste das Karma der Fledermaus fürchterlich ins Ungleichgewicht gebracht haben, als sie durch den Schacht geflattert war. Vielleicht hatte sie sich gar zu gierig auf sämtliches Ungeziefer gestürzt, das ihren Weg gekreuzt hatte, und zur Strafe dafür blieb ihr jetzt ein spannendes, sorgenfreies Dasein im Körper einer putzigen Fledermaus doch verwehrt. Nun musste die Frau wieder ein Mensch sein und sich mühsam auf zwei Beinen durchs Leben schleppen.

Joy war von ihrer These ziemlich überzeugt, entschied

aber, Meo aus dem Wasserhahn noch einmal nach der ganzen Sache zu fragen – wenn sie ihm wieder begegnete und gerade keine anderen Probleme hatte.

Im Augenblick jedoch schien es so, als wäre sie von beidem noch kilometerweit entfernt. Sie hatte zu Hause angerufen, um zu überprüfen, ob der Engel sein Wort gehalten und ihr ihre ungeliebte Stiefmutter vom Hals geschafft hatte. Aber sie war bitter enttäuscht worden, denn Barbara hatte abgenommen und ihr erklärt, dass sie ihren verzogenen Hintern gefälligst nach Hause und ins Bett bewegen sollte, wenn sie ihren geliebten MP3-Player nicht nur noch ein letztes Mal im Leben zu Gesicht bekommen wollte – und zwar bei eBay. Erschrocken und frustriert hatte Joy aufgelegt und war zur Besuchertoilette geeilt, wo sie den Abfluss eines Waschbeckens mit Papierhandtüchern verstopfte und den Wasserhahn aufdrehte. In einem auf genau diese Art verstopften Waschbecken war ihr schließlich der richtige Engel erschienen, und sie wollte diesen Meo unbedingt noch einmal sehen, um ihn zur Eile zu drängen. Immerhin war sie ihrem Part des Deals unverzüglich nachgekommen. Sie hatte seine komische Botschaft an den falschen Engel übermittelt, und nun sollte Meo gefälligst dafür sorgen, dass Barbara aus ihrem Leben verschwand. Das hatte er ihr versprochen!

Aber Meo aus dem Wasserhahn ließ sich nicht blicken. So angestrengt Joy auch in die kleine Pfütze starrte, in der ihr vorhin so unvermittelt das Antlitz des echten Engels erschienen war, sie erblickte nichts als ihr eigenes, verzerrtes Spiegelbild. Irgendwann versuchte sie es sogar mit ein paar Versen aus dem *Zauberlehrling*, denen sie ein »Vater unser im Himmel« voraus- und ein

»Amen« hinterherschickte, damit es wie ein Gebet klang. Aber der Engel blieb verschwunden.

Ob er sie nur ausgenutzt hatte?, überlegte Joy, verwarf die Idee aber schnell wieder. Immerhin war er ein Engel, und Engel verarschten keine Kinder. Bestimmt nicht. Wahrscheinlich, so versuchte sie sich über die Enttäuschung hinwegzutrösten, war er gerade sehr beschäftigt. Möglicherweise musste er ein paar Blinde heilen oder Wasser in Wein verwandeln. Irgendeiner musste den Job schließlich machen, seit Jesus aus dem Ziegenstall für die Menschheit gestorben, wiederauferstanden und dann für immer nach oben verschwunden war. Oder es hing mit diesen Russen zusammen, von denen sie dem falschen Engel hatte berichten müssen: die, die angeblich *wirklich* eine Leiche geklaut hatten. Diesen Typ, von dem auch Frau Buchkrämer gesprochen hatte. Sie und ihr Vater hatten auf einen jungen Mann gewartet, der von irgendjemandem erschossen worden war.

Plötzlich hellte sich Joys Miene auf. Dass die Sache mit den Russen und der geklauten Leiche wichtig war, schien ihr so sicher wie die Warze auf Barbaras Nase. Was, wenn sie dem falschen Engel bei dem, was Meo von ihm wollte, irgendwie helfen konnte? Warum sich mit einer Tafel Schokolade zufriedengeben, wenn man vielleicht die ganze Kakaoplantage haben konnte? Wenn sie dem echten Engel einen weiteren Gefallen erwies – einen viel größeren, um den er sie zu bitten nie gewagt hätte, weil er sie gnadenlos unterschätzte –, könnte sie einen viel höheren Lohn für ihre Dienste fordern. Dann wäre sie nicht nur Barbara für alle Zeiten los.

Dann bekäme sie vielleicht sogar ihre Mutter zurück.

Joy eilte aus der Besuchertoilette, stürmte durch die Gänge des pathologischen Instituts ins Freie und erwischte den letzten Bus Richtung Klimburg in buchstäblich letzter Sekunde. Nach weniger als zwei Kilometern stieg sie an der Endhaltestelle aus und legte die letzten Straßen des Vororts im Eilschritt zurück.

Als sie abseits der letzten Ortschaft den Fuß der Hügelkette erreichte, starrte sie einen Moment lang angestrengt in die Finsternis. Ihre Augen gewöhnten sich nur langsam an die durchdringende Dunkelheit, und es dauerte eine kleine Weile, bis sie die Burgruine am höchsten Punkt der Hügelkette ausmachte. Wie ein fauliger Zahn zeichnete sie sich gegen den Nachthimmel ab, und Joy kam nicht umhin, sich ein kleines bisschen Angst einzugestehen. Oder wenigstens Unsicherheit. Aber die Gelegenheit, einem echten Engel einen richtig großen Gefallen zu erweisen, würde sich ihr gewiss kein weiteres Mal bieten. Also gab sie sich einen Ruck und stampfte auf den Hügel zu.

Von dem Leichenwagen, den Meo erwähnt hatte, war weit und breit nichts zu sehen, aber das hätte sie sich auch vorher denken können. Sie kannte die Klimburg (oder das, was nach mehreren Hundert Jahren noch von ihr übrig war) wie ihre eigene *Hello-Kitty*-Tasche. Es gab keinen besseren Ort, um sich zurückzuziehen und um in aller Ruhe in Rachegedanken und Mordfantasien gegen gewisse Personen zu schwelgen. Darum wusste sie ganz genau, dass lediglich ein einziger Weg zu der Ruine hinaufführte – und zwar der überwucherte Pfad, den sie gerade ging. Leichenwagen konnten nicht fliegen. Davon war sogar Joy, deren mystische Toleranzgrenze recht hoch angesiedelt war, fest überzeugt.

Die Klimburg war jedoch der einzige Anhaltspunkt, den Joy hatte. Auch ohne Leichenwagen. Darum arbeitete sie sich entschlossen weiter den Hügel hinauf und verlangsamte ihre Schritte erst, als sie sich dem verfallenen Gemäuer bis auf ein paar Meter Entfernung genähert hatte.

Sie hörte Stimmen. Irgendwo in der Dunkelheit fluchte jemand zwischen den Mauerresten der alten Burgkapelle und stacheligem Gestrüpp. Joy duckte sich hinter die Wehrmauer, die längst kein Kaninchen mehr beeindruckte, und lauschte.

»*Wsdrotschennyî*!«, zischte eine männliche Stimme. Joy, deren Verstand sich gemessen an ihrem Alter von gerade zwölf Jahren durchaus blicken lassen konnte, kannte dieses Wort nicht. Aber das war auch nicht nötig, denn der Mann fuhr sogleich fort: »Stell dich nicht so an, Shigshid! Morpheus hat jeden von uns schon mal erwischt.«

Aha, notierte sich Joy in Gedanken. Es waren also mindestens zwei Männer. Einer davon hieß Shigshid, wofür sie ihn wahrscheinlich ein wenig gehänselt hätte, wäre er ein Klassenkamerad und kein unbekannter Fremder im Dunkeln gewesen. Und dieser Shigshid war ziemlich müde. Morpheus nämlich, das wusste Joy, war der Gott des Schlafes.

Das wurde ja immer spannender! Ein echter und ein falscher Engel, eine reinkarnierte Frau, ein toter Prophet und jetzt auch noch ein richtiger Gott! Ihr Herz begann vor Aufregung zu rasen.

Ein anderer Mann – wahrscheinlich dieser Shigshid – schnaubte hörbar. »*Tsusaar urs*!« – »Alles wegen dir, Oleg. Alles deine Schuld ganz alleine! Hast du gestohlen

Waffe bei Boss und schießen auf diese Bengel hier. Und Morpheus hilft uns gar nix! Kann so leicht alles tragen, ist so stark. Und lässt uns ganz alleine abschleppen mit dreckige Arbeit!«

»Lern Deutsch oder sprich Russisch mit mir«, erwiderte die erste Stimme. »Und jetzt pack endlich mit an. Du hängst da rum wie ein toter Fisch im Eisloch.«

Zwei Männer, kritzelte Joy auf ihren gedanklichen Merkzettel. Einer ist Deutscher, der auch Russisch spricht. Der andere ist Ausländer. Offenbar hatten sie die Leiche, die Meo anscheinend noch brauchte. Der erste hatte sie mit einer gestohlenen Waffe erschossen. Sie fühlten sich von den Göttern im Stich gelassen und hatten keine Manieren.

Ein dumpfes Poltern erklang, und weil sich Joy in der verfallenen Burg so gut auskannte und auch das Pathologische Institut oft genug besuchte, musste sie nicht viel Fantasie darauf verwenden, sich auszumalen, was gerade geschehen war: Die Fremden hatten die Leiche fallen lassen. Und zwar auf der steilen Steintreppe, die schräg hinter dem alten Gesindehaus in die Tiefe führte.

»*Raz'jebaj!*«, fluchte der erste Mann. »Warum hast du ihn losgelassen?!«

»War vorher schon kaputt«, erwiderte der Shigshid Genannte. »Jetzt ist er unten.«

Der erste Mann grummelte irgendetwas in einer Sprache, die Joy nicht verstand, und stampfte die steinernen Stufen hinab. Der zweite folgte ihm. Joy erwog für einen Moment, den beiden nachzuschleichen, entschied sich dann aber dagegen. Diese Treppe endete in einem fürchterlich engen Gang, von dem eine Menge weitere abzweigten, welche wiederum in diverse, mehr oder minder verfallene unterirdische Kammern führten. Ohne eine Taschenlampe und eine Handvoll Brotkrumen verlief man sich dort unten ziemlich schnell. Joy war schon einige Male hinabgestiegen und hatte sich immer wieder gefragt, welches Volk der ehemalige Burgherr wohl in diesem Labyrinth einzukerkern geplant hatte.

Sie würde hier oben warten und sich den Fremden an die Fersen heften, sobald sie die Klimburg wieder verließen. Wo die Leiche war, wusste sie ja schon. Vielleicht brachte sie sogar noch in Erfahrung, wo die Mörder wohnten.

Meo aus dem Wasserhahn würde es ihr danken.

Die kleine *batontschik* folgte ihnen. Oleg hatte sie schon bemerkt, als sie die Leiche hinuntergetragen hatten – oder besser: als Shigshid, dieser stinkende Bärenfurz, sie einfach die Stufen hatte hinabfallen lassen. Angeblich mit Absicht. Um Zeit und Aufwand zu sparen. Aber Oleg wusste genau, dass das halbmongolische Mondgesicht ein elender Schwächling war. Außerdem war er ein Jammerlappen, und eine hirnlose Petze noch dazu. Immer schrie er gleich nach dem Boss. Niemals erwog er auch nur die Option, dass es unter bestimmten Umständen klüger sein könnte, ein kleines Problem erst einmal für sich zu behalten und selbst nach einer Lösung zu suchen.

Ein Problem wie die *batontschik* ...

Hätte Oleg den Halbmongolen direkt auf das Mädchen hingewiesen, als er es hinter den Überresten der

Wehrmauer entdeckt hatte, hätte er sicherlich versucht, sie einzufangen, um sie Rattlesnake Rolf vor die Füße zu werfen. Womit er dem Boss den Beweis dafür geliefert hätte, dass sie beide gleich zum zweiten Mal innerhalb kürzester Zeit so unsauber gearbeitet hatten, dass sie Gefahr liefen, erwischt und verraten zu werden. Darum hatte sich Oleg unter dem Vorwand, dringend ein paar vom Vertrocknen bedrohte Mohnblumen bewässern zu müssen, kurz abgesetzt und sich vergewissert, dass das Kind allein gekommen war. Nachdem sie die Leiche an einem Ort tief unter der Erde untergebracht hatten, um sie ein paar Tage später in einem Säurebad ganz verschwinden zu lassen, hatte er darauf bestanden, Shigshid auf einen Wodka zu sich nach Hause einzuladen. Nicht weil ihm nach Geselligkeit gewesen war, sondern um zu vermeiden, dass ihnen die *belokurwa* ins Hauptquartier des Ringes folgte. Shigshid, der kleine *bitsch*, besaß nämlich keine eigene Wohnung, sondern nächtigte seit seiner illegalen Einreise in einem Kellerloch der Hammerwerfer'schen Villa. Dort fühlte er sich wohl und behütet (solange Morpheus nicht in der Nähe war) und machte sich auch nichts daraus, dass sein Anteil aus den Waffen- und Drogengeschäften selten nur annähernd so hoch ausfiel wie der der anderen. Wahrscheinlich war es ihm noch nicht einmal aufgefallen. Schließlich war er der Einzige, der sein Stück vom Kuchen noch immer in Rubel und Kopeken ausgezahlt bekam. Er war wirklich ein Schwachkopf.

Nun torkelte dieser *bolwan* den Karthäuschenweg entlang, denn Alkohol vertrug er auch nicht. Das kleine Mädchen folgte ihm, und Oleg folgte dem Mädchen.

Viel Zeit blieb ihm nicht, denn bis zur Villa waren es

von seiner kleinen Etagenwohnung aus weniger als zweitausend Meter. Allerdings lief Shigshid im Zickzack, als hätte er eine ganze Flasche *Gorbatschow* geleert, obwohl es nur drei doppelte *Jelzin* gewesen waren – für Olegs Empfinden also kaum genug für die Verdauung. Außerdem verharrte das Pfannkuchengesicht alle Naselang, um sich an einem Laternenmast oder einem Stromkasten abzustützen und auszuruhen; einmal schien es sogar, als müsste er sich übergeben. Das Mädchen blieb ihm bei alledem mit einigen Metern Abstand auf den Fersen.

Sie erreichten die Kreuzung Baldbusch/Werdemannsweg und Oleg sandte ein Stoßgebet gen Himmel, dass sich das Mädchen in diesem Teil der Stadt auskannte. Obwohl er keine Spur gläubig war, wurde seine Bitte erhört: Das Mädchen schien zu wissen, dass die Straße, in die Shigshid in fröhlichen Schlangenlinien einbog, erst auf dem letzten Drittel bebaut war. Es verbarg sich in den Nachtschatten des Wartehäuschens der Haltestelle an der Ecke, um dem Halbmongolen einige Schritte Vorsprung zu gewähren. Oleg entschied, dass das die beste Gelegenheit war, um dieses Katz-und-Maus-Spiel endlich zu beenden. Er huschte durch ein verwildertes Gärtchen, um sich dem Unterstand von der Rückseite zu nähern, lauschte einen Moment in die Stille der ansonsten offenbar menschenleeren Straßen und trat dann mit zwei weit ausgreifenden Schritten um das Wartehäuschen herum.

»Hab' ich dich, *belokurwa*!«, triumphierte er leise, als er das Kind gerade noch am Schopf erwischte, zurückriss und ihm mit einer Hand den Mund zuhielt. Joy biss zu, doch ihre Zähne vermochten die dicke Hornhautschicht auf seinen Fingern kaum zu beschädigen. »Keine gute Zeit für ein wehrloses Mädchen«, zischte Oleg. »Und kein guter Ort zum Spielen. Los. Komm mit.« Er zerrte Joy grob in die Richtung zurück, aus der sie gekommen waren, und fummelte dabei seine Halbautomatische aus dem Hosenbund, um der Kleinen den kalten Lauf in den Nacken zu drücken.

»Ein Ton«, ermahnte er sie, während er seine Finger zwischen ihren Zähnen hervorzog, »und du bist jetzt schon so tot wie gleich.«

Es war eine bescheuerte Idee, sich vor ein Auto zu werfen, wenn man längst tot war. Aber Tabea tat es trotzdem.

Sie war nicht sicher, ob sie sich wirklich hatte umbringen wollen, als sie von den Zinnen Werthersweides aus vor den einzigen Wagen gesprungen war, der vom Parkplatz rollte. Vielleicht hatte sie auch nur irgendetwas anderes als gar nichts tun wollen. Oder sie hatte gehofft, dass der zu erwartende körperliche Schmerz sie von ihrem seelischen Elend ablenkte.

Wie auch immer: Schmerzen erfuhr sie reichlich, als ihr zierlicher Leib auf dem Kiesweg aufschlug. Ein Geräusch wie von *Sharpies-Zwiebelwürfelwunder*-Küchenmaschine mischte sich unter den dumpfen Laut des Aufschlags, so dass es klang, als zersplitterten sämtliche Knochen in ihrem Körper. Was sie wahrscheinlich auch taten. Bewegen konnte sich Tabea jedenfalls erst einmal nicht mehr – und ihr Herz brannte noch immer lichterloh.

Sekundenbruchteile, die sich wie Minuten anfühlten,

wartete sie darauf, dass die großen schwarzen Reifen des Kleintransporters sie endlich erreichten, sie und ihr zerstörtes Herz zermalmten und dem harten Erdboden anglichen. Sie roch Benzin, Gummi und rostiges Metall. Das Dröhnen des Dieselmotors malträtierte ihre Ohren. Dann folgte ein heftiger Ruck, der den Kleinbus erfasste. Das Knirschen von Gummi auf losem Kies. Und der Wagen stand still. Wer auch immer diese Karre lenkte, er hatte den Motor abgewürgt.

Tabea hörte auf, Löcher in den Nachthimmel zu starren, und drehte ächzend den Kopf. Hinten fühlte er sich weich und warm an. Vermutlich ein Schädelbruch.

»Bei allen Heiligen!« Alvaro sprang aus dem Wagen und beugte sich über Tabea, deren allgemeines Befinden sich in etwa mit dem eines frischen Mettbrötchens vergleichen ließ, das vom Teller gesegelt war: Obenauf zog sich ein langer, tiefer Riss durch die Kruste, und unten drunter klebte rohes, matschiges Fleisch. »Bin ich das gewesen?«, stammelte der gefallene Engel, während er mit zitternden Fingern nach Tabeas Wangen tastete. Ihre Haut war eiskalt. »Habe ich dir mit meinem Automobil einen Schaden zugefügt? Oh, Schande über mich! Asche auf mein Haupt! Es war diese Bedienungsanleitung ... Nein. *Ich* bin es gewesen. Nie zuvor habe ich ein motorisiertes Fahrzeug bewegt. Ich hätte mir mehr Zeit nehmen müssen, mich mit den Tücken der modernen Technik vertraut zu machen. Ich –«

»Halt's Maul«, fiel Tabea mühsam in seinen Redefluss ein.

Alvaro stockte. »Wie bitte? Was hast du gesagt?«

»Ich sagte: Halt's Maul«, wiederholte Tabea tonlos. »Du hast den Motor abgewürgt.«

195

»Abgewürgt? Ich?« Alvaro verneinte. »Ich habe mir diesen Motor nicht einmal angesehen, geschweige denn in irgendeiner Weise Hand angelegt. Überhaupt käme es mir nie in den Sinn, etwas –«

»Steig wieder ein und verschwinde«, zischte Tabea entnervt und versuchte, sich auf die Ellbogen aufzurappeln. Ebenso gut hätte sie ein paar Pfund Sägespäne stapeln können. Es würde Stunden, wenn nicht gar Tage dauern, bis sie sich wieder halbwegs normal bewegen konnte. Aber das war nicht weiter tragisch. Es gab niemanden mehr, der irgendwo auf sie wartete, und auch sonst hatte sie in den nächsten hundert Jahren nichts Besonderes vor. Vielleicht, dachte sie bitter, kam ja zufällig jemand hier vorbei, der so gnädig war, ihr einen Pflock durch das Herz zu rammen. Das half angeblich gegen ewiges Leben.

»Aber ich kann dich doch nicht einfach hier liegen lassen«, widersprach Alvaro. »Du bist schwer verletzt, mein Kind. Sieh nur: alles voller Blut! Du brauchst einen Arzt!«

Tabea versah ihn mit einem vernichtenden Blick.

»Oh«, machte Alvaro betrübt. »Das hatte ich vergessen ...«

»Steig ein«, bestimmte Tabea erneut, aber die Qualen, die sie litt, nahmen ihrer Stimme viel von dem Nachdruck, der hineingehört hätte. Sie wollte allein sein und sich in Ruhe selbst leidtun. »Leg den Rückwärtsgang ein und fahr weg«, flüsterte sie darum. »Ich komme schon von selbst wieder in Ordnung.«

Alvaro zögerte. Er hatte gesehen, wie ihr gebrochenes Genick von allein verheilt war; das schien sich bei Vampiren so ähnlich zu verhalten wie bei den himmlischen

Heerscharen. Trotzdem ...»Sicher?«, vergewisserte er sich zweifelnd.

Tabea schloss seufzend die Augen.»Sicher«, bestätigte sie und bedauerte ein wenig, dass ihre Verletzungen zu schwer wogen, als dass sie sich auf diesen lästigen Halbvogel hätte stürzen können, um ihren Hass auf die Welt im Allgemeinen und auf sich selbst im Besonderen an ihm auszulassen.

Alvaro tat eine hilflose Geste, wandte sich aber schließlich mit einem Ruck ab und trottete mit hängenden Schultern zur Fahrerseite zurück. Viermal drehte er den Zündschlüssel, ehe der Motor ansprang. Einen kurzen Moment dröhnte der im Stand vor sich hin, ehe er erneut erstarb.

Alvaro stieg wieder aus und räusperte sich unbehaglich.»Dieser Rückwärtsgang«, erkundigte er sich verlegen.»Du weißt nicht zufällig, wo ich ihn finde?«

»Hinten rechts oder vorne links, vermute ich«, ächzte Tabea.

»Oh. Gut.« Alvaro platzierte sich wieder hinter dem Steuer, drehte den Zündschlüssel zweimal und kurbelte dann das Fenster herunter.»Es funktioniert nicht!«, rief er ihr zu, nachdem er einige Sekunden vergebens am Schaltknüppel gerüttelt hatte.

»Hochziehen und schalten«, stöhnte Tabea.»Oder drücken und ziehen oder schieben.«

Alvaro probierte es und kapitulierte.»Es klappt nicht«, beteuerte er.

»Dann fahr vorwärts«, raunzte Tabea. Irgendjemand schien ihre Wirbelsäule mit Blitzen zu attackieren.

»Niemals!« Alvaro schüttelte entschieden den Kopf.»Dann würde ich dich überfahren!«

»Trag mich woandershin und fahr dann vorwärts.«

»Gute Idee.« Alvaro würgte den Motor ab, stieg aus und lud sich ihren aus zahlreichen Wunden blutenden Leib auf. Der Schmerz trieb ihr bunte Sterne vor die Augen.

»Da hin«, winselte sie und versuchte vergebens, auf einen der gusseisernen Poller zu deuten, die den Parkplatz begrenzten. Blut sickerte aus ihrem Mundwinkel.

»Dorthin?« Alvaro trug sie in die entgegengesetzte Richtung, öffnete die Beifahrertür und lud sie auf dem Polstersitz ab.

»Nein«, ächzte Tabea kraftlos, aber der gefallene Engel hatte die Tür schon wieder zugeschlagen und nahm hinterm Steuer Platz. »Viel weicher als der Kies«, kommentierte er und deutete auf den Schaltknüppel. »Außerdem kannst du mir so zeigen, wie der Rückwärtsgang funktioniert.«

»Lass mich raus.« Tabea tastete nach dem Türgriff, fand aber nicht genug Kraft, um ihn zu ziehen.

»Ich bringe dich zurück, sobald es dir bessergeht«, versprach Alvaro. »Also? Was ist mit dem Rückwärtsgang?«

Tabea schloss die Augen. Nun ließen die Schmerzen ein wenig nach. Dafür schien sich das, was von ihren Knochen und Gelenken noch übrig war, nach und nach in warme Watte zu verwandeln. Nach wie vor wollte sie lieber allein sein, doch ihr fehlte die Energie zum Protest. Schwarze Punkte mischten sich unter das bunte Flimmern vor ihren Augen. Sie wuchsen an wie frische Tintenflecke, die auf ein feuchtes Tuch tropften.

»Du brauchst ihn nicht mehr«, flüsterte sie ergeben. »Fahr geradeaus.«

Im Sumpf der Götter, die kein Mensch mehr braucht, liefen derweil die Köpfe heiß. Nun – zumindest zwei davon.

Lennart und Nausithoos, der Halbgott der Atlanter, waren in die windschiefe Hütte zurückgekehrt. Während Tleps, der kaukasische Schutzherr der Schmiede, längst wieder in den alltäglichen Trott zurückverfallen war (was bedeutete, dass er, in ein ödes Kartenspiel mit Ifa versunken, an einer alten *Nejus*-Flasche voller abgestandenen Sumpfwassers nuckelte) und Huitzilopochtli, der aztekische Schöpfergott, unverändert apathisch auf seine Göttermaske starrte, überlegte der Pygmäe Imana, wie er den Neuzugang möglichst spektakulär wieder loswerden könnte. Schließlich war sonst nicht viel los in dieser trüben Brühe.

Lennart hingegen hatte nach wie vor das Gefühl, keine Gefühle zu haben.

»Wenn es wirklich so ist, wie ich vermute, dann glaube ich, dass du es wagen kannst«, erklärte Nausithoos in diesem Moment an Lennart gewandt und ging damit auf die einzige Erklärung ein, die ihm zu den Umständen, die zu Lennarts Verdammnis in den Kreis der unnützen Gottheiten und Halbgötter geführt haben mochten, einfiel. Diese hatte ein überaus umfassendes mündliches Referat in Anspruch genommen und Lennart hatte kaum etwas davon verstanden, geschweige denn behalten, obwohl sein Kopf noch nie so klar und frei gewesen war wie seit seinem Sturz vom Kneipentisch.

»Was kann ich wagen?«

»Den Sprung in den Sog«, erläuterte der Halbgott mit dem wallenden weißen Bart geduldig.

Kurz herrschte absolute Stille.

»In den Sog? Nein! Schick ihn nicht in den Sog!«, begehrte dann Imana auf. »Ich meine: Schau dir den armen Hui an.« Er deutete anklagend auf den depressiven Kriegs- und Sonnengott. »Fünfhundert Jahre im Schlamm der Uneinsichtigen! Das ist es, was nach einem halben Jahrtausend in diesem lichtlosen Drecksloch von einem stolzen, kriegerischen Gott übrig bleibt. Ein Wrack. Ein Krüppel an Herz und Seele!«

Huitzilopochtli seufzte, ohne aufzusehen.

»Ich dachte, ihr alle teilt das gleiche Schicksal«, bemerkte Lennart. »Hat es diesen einen Mann mit der Holzmaske also doch irgendwie schlimmer erwischt als euch anderen?«

Ifa winkte ab. »Der stellt sich nur an«, murmelte er verächtlich. »Was sind schon fünfhundert Jahre innerhalb Jahrtausende währender Verdammnis?«

»Wie viele Jahrtausende genau währt eure Verdammnis denn noch?«, wollte Lennart wissen.

»Für immer«, antwortete Nausithoos, doch es klang keinerlei Groll aus seiner Stimme. »Es sei denn, die Menschen beginnen wieder an uns zu glauben. Der Glaube der Menschen war es, der uns das Leben einhauchte. Und als der Glaube an uns verschwand, mussten auch wir verschwinden ... Aber sag mir, Imana«, wandte er sich misstrauisch an den Pygmäen. »Woher diese plötzliche Sorge um unseren jungen Gast? Gerade eben noch hatte ich den Eindruck, du wolltest ihn schnellstmöglich loswerden.«

Imana scharrte mit den Füßen. »Aber doch nicht so ...«, schmollte er.

Nausithoos seufzte und sah wieder zu Lennart hin. »Also – was glaubst du?«, kam er zum eigentlichen Thema, dem Sprung in diesen sagenumwobenen Strudel, zurück. »Willst du es wagen?«

Lennart überlegte einen Moment. »Wenn ich dich richtig verstanden habe«, antwortete er schließlich in gleichgültigem Tonfall, »könnte es sein, dass ich in meinen toten Körper zurückkehre und einfach weiterleben darf, als wäre ich nicht gestorben.«

»Mit einem abscheulichen Loch im Hals«, bestätigte Ifa schadenfroh.

»Und unabhängig davon, was zwischenzeitlich mit deinem Adoniskörper geschehen ist«, ergänzte Imana. Sein Blick bohrte sich eindringlich in den Lennarts. »Ich meine: Es könnte ja sein, dass man dich längst in eine Gruft verfrachtet hat. Oder eingeäschert. Oder dein Leib treibt in genau diesen Sekunden stromabwärts durch den Ganges. Brennend auf einem Floß. Oder die Vögel machen sich schon an deinen Augäpfeln zu schaffen – gerade in der Sekunde, in der du die Lider heben willst. *Pick-pick, hack, krrrrrächz ... aaaargh!*«

Er imitierte ein paar weitere Vogel- und Schmerzlaute, versuchte, Ifas Augenklappe zu stibitzen, und duckte sich unter der Faust des Halbgottes der Wahrsagekunst hindurch, als Letzterer seine Karten auf den Tisch schmetterte und nach dem Hochgott der Pygmäen schlug. Tleps ließ seine Axt zwischen den beiden Zankhähnen auf den Tisch krachen, als Imana sich auf Ifa werfen wollte. Beide zuckten erschrocken zusammen, ließen sich widerwillig auf je einem Hocker nieder und betrachteten einander stumm aus insgesamt drei mordlüsternen Augen.

»Imana übertreibt ein wenig«, seufzte Nausithoos. »Aber im Prinzip muss ich ihm leider beipflichten. Womöglich solltest du dich der einen oder anderen Unannehmlichkeit stellen, falls du in deine Welt zurückkehrst. Zu deiner Beruhigung kann ich nur sagen, dass du erst wenige Stunden hier unten bist und die Zeit hier nicht schneller vergeht als in der Menschenwelt.«

»Ich glaube, das ist mir egal«, erwiderte Lennart. »Falls ich aber nicht in meinen Körper zurückkehre, spuckt mich dieser Sog, von dem du gesprochen hast, geradewegs in den Schlamm der Uneinsichtigen. In dem ich dann fünfhundert Jahre lang darüber nachdenken kann, was genau ich falsch gemacht habe, dass ich hierher verbannt wurde.«

»Alleine im Dunkeln«, ergänzte Tleps, ohne von seinem Blatt aufzusehen.

»Richtig«, bestätigte Nausithoos. »Allerdings schätze ich die Gefahr, dass es dich in den Schlamm verschlägt, als überaus gering ein. Vorausgesetzt, du hast mir die ganze Wahrheit gesagt. Das hast du doch, oder?«, vergewisserte er sich sorgenvoll. »Es gibt kein größeres Leid als die Einsamkeit.«

»Wie soll ich mir einsam vorkommen, wenn ich nichts fühle?«, erkundigte sich Lennart.

Nausithoos lachte auf und klopfte ihm freundschaftlich auf die Schulter. »Genau das wollte ich hören«, behauptete er erleichtert. »Du bist tatsächlich ein einfacher Mensch. Du fühlst wie ein Mensch, und darum fühlst du hier unten zunächst überhaupt nichts. Genau deswegen muss deiner Verdammung ein dummer Irrtum zugrunde liegen, und genau darum kannst du unbesorgt springen. Wage es, mein Junge. Spring in den Sog!«

Imana hörte auf, Ifa mit Blicken aufzuspießen, und

wandte sich Nausithoos zu. »Die Zahlen«, forderte er. »Bei all dem Geschwätz hast du dem Jungen noch keine einzige nüchterne Zahl zu Ohren kommen lassen. Sag ihm, wie viele schon gesprungen sind. Und wie viele davon letztlich mit ihrer Selbsteinschätzung im Recht waren und darum *kein* halbes Jahrtausend im Schlamm der Uneinsichtigen zubringen mussten. Na, los doch!«

»Mehrere tausend«, antwortete der Atlanter ruhig.

Imana reckte das Kinn. »Und wie viele waren im Recht?«, wiederholte er.

»Nicht ein Einziger«, erwiderte der alte Halbgott schulterzuckend. »Allerdings habe ich bislang auch niemandem dazu geraten, in den Sog zu springen. Dieser Junge hier ist anders. Er hatte nie irgendwelche Macht, die er hätte missbrauchen können. Er hatte auch keine Gemeinden und keine Jünger. Wenn man ihm alles glauben kann, hatte er in den vergangenen zwei Jahren nicht einmal eine Verehrerin.

Mag sein, dass er ein Prophet oder dergleichen ist, ohne es zu wissen, und dass seine Seele darum andere Wege geht als die der gewöhnlichen Menschen. Aber er hat noch überhaupt nichts prophezeit. Wie sollte er seine Chancen nutzen, wenn sie ihm noch gar nicht offenbar waren?« Nausithoos schüttelte den Kopf. »Nein«, entschied er nach einem letzten Moment verantwortungsbewusster Überlegung. »Dieser Junge hat keinen Fehler begangen. Er trägt keinerlei Schuld an seinem Schicksal. Und darum wird er springen – in den Sog des Protestes und der Entscheidung. Komm«, er bedeutete Lennart, ihm wieder ins Freie zu folgen. »Lass es uns jetzt gleich hinter uns bringen. Je eher du in deinen Kör-

203

per zurückkehrst, umso geringer fallen womöglich gewisse Unannehmlichkeiten aus, denen du ausgesetzt sein wirst.«

Lennart zuckte mit den Schultern, verabschiedete sich höflich von den übrigen Gottheiten und folgte dem Atlanter durch die trübe Brühe, die ihre Seelen gefangen hielt.

Imana sprang auf und folgte ihnen. »Ich gehe mit«, entschied er. »Wenigstens will ich ihn hineinschubsen dürfen.«

»Kommt nicht infrage. Das mache ich.« Ifa drängte sich an dem kleinwüchsigen Schwarzen vorbei und kippte prompt hintenüber, als der ihn gerade noch an den Holz- und Knochenketten erwischte, die seinen Hals schmückten. »Mistkerl, verdammter!«, fluchte er, während er auf die Füße zurücksprang. Er drohte mit der geballten Faust. »Du kannst was erleben, du kannibalistischer Ziegenbock!«

»Hört auf. Ihr werdet es beide nicht tun.« Tleps stellte sich erneut zwischen die beiden Kontrahenten und schob sie mit seinen baumstammartigen Armen voneinander weg. »Hui soll es machen«, schlug er versöhnlich vor. »Ein wenig Ablenkung wird ihm guttun.«

»Der will doch gar nicht. Er wollte eben schon nicht«, winkte Imana ab. »Der ist voll und ganz mit sich selbst beschäftigt.«

»Natürlich will er.« Tleps schritt um den Tisch herum, packte den depressiven Kriegsgott unter den hageren Achseln und stellte ihn auf die Füße. »Na los. Beeil dich. Bevor er freiwillig springt«, drängte er, während er ihn vor sich her ins Freie schob. Ifa und Imana trotteten den beiden grollend nach.

»Wenn er's nicht macht, mach ich's«, schnaubte Imana trotzig.

»Einen Dreck wirst du tun«, zischte Ifa.

»Wenn du es tust, schmeiße ich dich hinterher«, drohte der Pygmäe und rempelte seinen Gefährten wie aus Versehen an. »Ein bisschen Läuterung im Schlamm der Uneinsichtigen wird dich von deinem hohen Ross holen.«

»Schubs ihn doch.« Ifa verharrte und beschattete die Augen aus einer jahrhundertealten Gewohnheit heraus mit einer Hand, obschon bloß gleichmäßiges, trübes Licht den Sumpf erfüllte. Eine stämmige, überaus haarige Gestalt näherte sich der zersprengten Truppe von rechts, wobei sie Unmengen von Schlamm aufwirbelte, weil sie die Füße beim Gehen kaum hob und außerdem eine riesige Keule hinter sich her schleifte. »Da kommt Eo-Io«, erläuterte der Halbgott der Wahrsagekunst.

Imana zog eine Grimasse. »Schade, dass der kleine Naseweis jetzt nicht auf seinem Platz sitzt«, stellte er mit wehmütigem Blick in Lennarts Richtung fest. »Ich hätte zu gerne gesehen, wie Eo-Io ihn mit seiner Keule zu Mineralschlamm verarbeitet.«

»Wie wahr, wie wahr ...«, bestätigte Ifa, setzte dazu an, wieder zu den anderen aufzuschließen, blieb dann aber doch stehen und zog Imana zu sich heran. »Wobei ... ich habe da gerade eine Vision«, fügte er verschwörerisch hinzu.

Imana schnaubte. »Deine letzte Vision hat dich dein linkes Auge gekostet«, spottete er. »Erinnerst du dich? Du hast gesehen, dass du eine Familie mit dieser Keltin gründest. Wie war doch ihr Name? Andraste, genau. Die ehemalige Schutzgöttin der Bären und des Krieges.« Er grinste. »Ich werde nie vergessen, wie sie dir ihre gepflegten Fingernägel durch das ungläubige Gesicht gezogen hat.«

»Ach, red nicht so daher und hör mir zu«, erwiderte Ifa und beugte sich zu dem Pygmäen hinab, um ihm eindringlich ins Ohr zu flüstern. Imana lauschte seinen Worten, und dabei wurde sein Grinsen so breit, dass es aussah, als wollten seine Mundwinkel die Ohrläppchen küssen.

»Großartig«, pflichtete er dem Halbgott der Wahrsagekunst bei, nachdem der ihm seine ganze Idee offenbart hatte. Alle Feindseligkeiten schienen wie weggeblasen, als er Ifa anerkennend auf die Schultern klopfte und dann tatenlustig in die Hände klatschte. »Wer von uns beiden macht es?«

»Du«, bestimmte Ifa. »Du hast dich schon immer am besten mit ihm verstanden.« Er wandte sich ab und winkte dem herannahenden Neandertaler-Gottkönig zu. »Eo-Io! Hier sind wir!«, rief er ihm durch das trübe Nass zu. Der Sumpf dämpfte seine Stimme enorm, aber sie war immer noch laut genug, um in die behaarten Ohren der stämmigen Gestalt zu dringen, die eher noch Affe als schon Mensch, geschweige denn mehr oder minder anmutige Gottheit war. »Komm her!«, bat Ifa. »Imana möchte dir etwas erzählen! Es wird dich brennend interessieren!«

Obwohl der Neandertaler kein Wort von dem verstand, was ihm der dunkelhäutige Halbgott zurief, begriff er doch, dass er gemeint war, und beschleunigte seine plumpen Schritte ein wenig. Als er die beiden erreicht hatte, legte er den Kopf schräg und grunzte. Imana trat auf ihn zu, grunzte zurück und deutete mit einer internationalen, seit Urzeiten verwendeten Geste auf Lennart, der in zunehmender Distanz zu ihnen neben Nausithoos her schritt. Dann ließ er die Arme hängen, so dass die Handrücken über den Boden schleiften, klimperte mit den Wimpern, deutete in einer anderen ebenso alten Geste zwei riesige Brüste an und zeigte wieder auf den Neuen und den Atlanter. Eo-Io runzelte die Stirn zu mehreren Rundbürsten, und Imana griff auf Hüfthöhe nach dem trüben Wasser, wiegte das Becken rhythmisch vor und zurück und stieß ein paar obszöne Töne aus.

»Grunz?«, vergewisserte sich der Neandertaler und winkte fragend in Lennarts Richtung.

»Grunz«, bestätigte der Pygmäe, wobei es ihm gelang, eine Menge Mitgefühl und Bedauern in diesem Laut mitschwingen zu lassen.

Ein Gewitter ergriff Besitz von der stumpfen Miene des Urgottes. Dann wirbelte er herum, schwang die Keule über seinem flachen Schädel und stürmte dem dreisten Beta-Männchen nach.

Ifa lachte. »Hervorragend!«, lobte er den Pygmäen, während sie sich beeilten, zu den anderen aufzuschließen. »Ich hätte es nicht besser hingekriegt. Er glaubt immer noch daran, dass seine Frauen irgendwo hier unten sein müssen, nicht wahr?«

»Er glaubt, dass *alle* Frauen ihm gehören«, verbesserte ihn Imana schadenfroh. »In seiner Kultur hatten Gottkönige es so gut wie in kaum einer anderen danach. Ach, wie gerne wäre ich an seiner Stelle gewesen ... Die meisten Weiber, die man mir damals opferte, waren viel zu jung oder zu tot.«

»Und gut durch?« Ifa grinste hämisch.

Imana zuckte die Schultern. »Manche«, gestand er, »aber Schluss jetzt mit dem sentimentalen Gewäsch. Lass uns schneller gehen. Gleich hat er ihn!«

»Ja, gleich ...« Ifa verfiel in einen lockeren Trab. »Er schafft's nicht mehr ...«, verkündete er nach ein paar Schritten enttäuscht.

»Klar schafft er's!« Ifa ergriff seinen Gefährten am Unterarm und wechselte vom Trab in den Sprint. »Er hat viel kräftigere Beine ...«

»Ja, aber die Keule ist so schwer ...«

»Noch gut zehn Schritte ... Das kriegt er hin!«

»Nein!«

»Doch!«

»Nein!«

»Doch«, keuchte Imana. »Er hat ihn! Siehst du! Er hat –« Der Hochgott der Pygmäen bremste seine Schritte. »Wo sind sie hin?«

»Im Sog«, antwortete Ifa schwer atmend und hielt sich gekrümmt die stechende Seite.

»Beide?!«, ächzte Imana ungläubig.

»Beide«, bestätigte Ifa. »Als der Bengel gesprungen ist, hat er sich an seine Füße geklammert.«

Auch dieses Mal schwebte Lennart durch ein Meer von Erinnerungen. Doch die bunten Symbole blieben aus, und auch das Privileg des unbeteiligten Betrachters blieb ihm verwehrt. Stattdessen erinnerte er sich detailgetreu an sämtliche zweifelhaften Entscheidungen seines achtzehn Jahre währenden Lebens, als müsste er sie genau jetzt noch einmal fällen.

Falsch: Er musste sie tatsächlich noch einmal treffen,

wohldurchdacht und reinen Herzens, denn es war, als rissen glühende Knochenhände sie aus seinem Unterbewusstsein und schwenkten sie, in gleißendes Licht verwandelt, vor seinen Augen. Aus seiner eigenen Perspektive und aus denen all jener Menschen, die ihn umgaben oder die von seinen Entscheidungen betroffen gewesen waren. Mittelbar oder unmittelbar. So lange, bis seine brennenden Augen tränten und sein Kopf zu zerspringen drohte. So lange, bis sein Herz mit jeder Seele, der er auch nur das geringste Ungemach bereitet hatte, sterben und verrotten wollte. Sein Verstand hörte dennoch nicht auf zu brüllen: *Was hätte ich denn anderes tun sollen? Ich würde immer wieder so entscheiden!*

Erst dann verschwand die Erinnerung an die entsprechende Entscheidung und räumte den Platz vor seinen Augen für die nächste. Denn das Leben war ein Parcours aus Entscheidungen.

Und bei alledem umklammerte ein Neandertaler seine Brust und hieb mit einer Keule auf Lennarts Schädel ein.

Er hatte nur einen kurzen Schulterblick auf die grobschlächtige, haarige Kreatur erhascht, die ihn zunächst am Fußgelenk erwischt hatte, als er mit dem Kopf voran in den Sog des Protestes gesprungen war. »Eo-Io!«, hatte Nausithoos gebrüllt. »Bleib zurück! So lass doch von dem Jungen ab!«

Eo-Io. Das musste der Name dieses Monsters sein. Es erinnerte Lennart an die erste oder zweite Karikatur auf seinem »Evolution«-T-Shirt. (Die letzte hielt sich so krumm wie die erste und hielt eine Flasche Bier.) Ein Geschenk zu seinem achtzehnten Geburtstag. Von Max ...

209

Max und die Party. Eine weitere Entscheidung, die er gefällt hatte. Eine der letzten. Noch mehr quälende Erinnerungen ...

Hätte er die Verabredung absagen sollen, die sich später als Einladung zu seiner eigenen Geburtstagsfeier entpuppt hatte? Er hatte doch geahnt, dass Max und die beiden anderen Jungs etwas im Schilde führten. Ständig hatten sie versucht, ihn zu irgendwelchem Unfug zu überreden, doch immer war es ihm gelungen, jeglichem Ärger aus dem Weg zu gehen. Ladendiebstähle, heimliche Spritztouren mit den Autos der Eltern, idiotische Mutproben. Auf nichts davon hatte sich Lennart je eingelassen. Er galt als Langweiler, aber eben auch als zuverlässiger Freund.

Was der eigentliche Grund war, aus dem er zu dieser Überraschungsfeier ihm zu Ehren erschienen war: Hätte ja sein können, dass Max mal wieder Ärger daheim hatte und sich darum im *Fuchsbau* mit ihm treffen wollte. Weil er ein offenes Ohr brauchte, eine Schulter zum Anlehnen. Lennarts Mutter verbot ihm den Umgang mit Max zwar nicht, aber sie machte auch keinen Hehl daraus, dass sie seinen Freund nicht leiden konnte. Deshalb versuchte Lennart stets zu vermeiden, dass die beiden aufeinandertrafen, und darum hatte er sich zu diesem Treffen im *Fuchsbau* überreden lassen. Wäre er nicht dort gewesen und wäre er unter dem Einfluss von Alkohol beim Anblick der dunkelhäutigen Schönheit nicht so erbärmlich schwach geworden, ja, wäre er nicht zu ihr auf den wackeligen Tisch gestiegen ...

... die Kugel hätte ihn nicht getroffen. Auch nicht das Mädchen mit den Zuckerperlen. Sondern den Mann, der die Kneipe in diesem Augenblick betreten hatte. Der

Mann, der die junge Frau mit dem weißblonden Haar begleitete.

Er hatte sein ganzes Leben für die junge Tschechin aufgegeben. Lennart sah all die Opfer, die der Fremde für diese eine Liebe gebracht hatte, wie durch seine eigenen Augen. Er sah die Familie, die sich von ihm abgewandt hatte, und die gute Anstellung, die zahlreiche böse Zungen ihm genommen hatten, denn die Frau war ein Freudenmädchen gewesen. Und Lennart sah ebenso, was dieser Mann der Prostituierten Olga Urmanov bedeutete, und was von ihrer Seele geblieben wäre, hätte die Kugel nicht Lennart, sondern diesen Mann getötet.

Aber da waren auch noch seine Eltern. Sein Vater, dessen Gesicht und Herz vereiste, als man ihm vom Tod seines Sohnes berichtete, und seine Mutter, die schreiend zusammenbrach, weil sie ihr einziges Kind verloren hatte. Doch sein Vater und seine Mutter blieben nicht allein zurück. Sie würden einander auffangen und neue Wege gehen. Irgendwann. Die Liebe zueinander würde das Eis wieder schmelzen lassen und ihnen neue Kraft für ein anderes Leben geben. Für ein Leben ohne ihren Sohn ...

Lennart hatte richtig entschieden. Bei allem Elend, dem sich seine Eltern in diesen Stunden ausgesetzt sahen und das sie noch über Jahre und ein bisschen sogar ihr Leben lang begleiten würde, würde er es doch immer wieder genauso machen.

Die glühenden Knochenfinger verschwanden, und der Neandertaler ließ seinen Knüppel noch ein letztes Mal mit aller Macht auf Lennarts Schädeldecke krachen. Dann spie ihn der Sog des Protestes und der Entscheidung endlich aus (Friedhelm Fröhlichs Schicksal schien weniger wichtig als befürchtet). Und Lennart erwachte in seinem geschundenen Körper: allein im Dunkeln, an einem fremden, kalten und feuchten Ort. Sämtliche Knochen und Muskeln im Leib schmerzten, er fühlte sich erschöpft und zerschlagen. So am Boden zerschmettert sogar, dass er die Augen wieder schloss, ohne auch nur versucht zu haben, sich zu bewegen. Der Neue Prophet fiel in einen tiefen Schlaf, aus dem er nicht so bald erwachen sollte.

Aber immerhin lebte er wieder.

Kapitel 12

ie Adresse, die sich hundertfach in Alvaros Papieren fand, bezeichnete ein unscheinbares Backsteingebäude am südwestlichen Stadtrand. Nach rechts hin grenzte es an Haus und Hof eines Schrotthändlers und nach links an ein fast identisches Gebäude, das jedoch im Untergeschoss über ein trübes Schaufenster verfügte. Mit ein wenig Konzentration und der Nase dicht genug vor dem schmutzigen Glas erkannte man in dem dürftig beleuchteten Raum dahinter ein spartanisch möbliertes Büro. »Süd-West Versicher ngen« stand in mattorange glimmenden Lettern über dem Schaufenster geschrieben. Das »u« fehlte.

Zwei Klingelschilder prangten neben der Haustür der Tankgasse 13, wo Alvaro fortan wohnen sollte. Das Haus gehörte der Familie El Sherif, die das Erdgeschoss bewohnte. Das Dachgeschoss gehörte Alvaro und war eigentlich nur eine schlecht ausgebaute Dachkammer. Der Platz unter den Schrägen reichte an vielen Stellen nicht aus, um aufrecht darunter zu stehen, geschweige denn anständige Schränke zu errichten, und die Bodendielen waren wurmstichig und ächzten bemitleidenswert, wenn man darüberging. Eine Heizung gab es nicht. Dafür fand Alvaro zwischen all dem Papierkram, den Norman ihm verschafft hatte, zufällig einen ausgedruckten elektronischen Brief, in dem ihn der Vermieter darauf hinwies, dass das Treppenhaus jedes Mal zu reinigen sei, wenn sich der neue Mieter zum Kohleschaufeln in den Keller begeben habe. Er ließe sich seinen Marokko-Urlaub ungern durch das Gejammer seiner daheimgebliebenen Frau vermiesen, und die jammere bestimmt, wenn der neue Mieter das Treppenhaus verdreckt hinterließe.

Tabea erklärte Alvaro vom Sofa aus den Kohleofen, und Dr. Molling, der Allgemeinmediziner, dem die kleine Hausarztpraxis gleich gegenüber der Tankgasse 13 gehörte, erklärte ihm seinen Körper.

»Wie kann ich Ihnen helfen?«, erkundigte sich der rundliche Endvierziger freundlich, nachdem Alvaro gleich am ersten Tag seines neuen Lebens geschlagene drei Stunden in seinem stickigen Wartezimmer ausgeharrt hatte – zum Glück fiel der Notdienst an diesem Sonntag auf ihn.

»Nun ... ich weiß nicht, wie ich es beschreiben soll«, brachte der gefallene Engel verlegen hervor. »Es verhält sich so: Von Zeit zu Zeit verspüre ich da etwas an meinem Haupt. Meine Fingernägel fahren kurz durch mein Haar und über die Kopfhaut. Es geschieht quasi von allein. Und dann verschwindet es wieder, dieses ... Gefühl ...«

Der Arzt lachte auf. »Sie müssen sich nicht schämen, Herr Ohnesorg«, behauptete er. »Kopflausbefall kommt in den besten Familien vor. Mit mangelnder Hygiene oder dergleichen hat das überhaupt nichts zu tun. Lassen Sie mich mal sehen.« Und dann untersuchte er Alvaros goldblonde Lockenpracht gründlich nach etwaigen Parasiten, fand aber keine einzige Nisse. Auch von Hautreizungen und Schorf keine Spur. »Wie häufig treten die Beschwerden denn auf?«, erkundigte er sich schließlich.

»Einmal in der letzten Nacht, und ein weiteres Mal heute. In den frühen Morgenstunden«, antwortete Alvaro.

Der Mediziner überlegte. »Um ehrlich zu sein: Ich kann nichts Besorgniserregendes daran finden«, meinte er dann. »Es kommt schon einmal vor, dass sich Menschen ohne ersichtlichen Grund am Kopf kratzen. Ich verschreibe Ihnen ein hautschonendes Meersalzshampoo. Die Krankenkasse übernimmt die Kosten dafür allerdings nicht. Und wenn es schlimmer wird, führen wir einen Allergietest durch.«

»Was ist ein Allergietest?«, fragte Alvaro, und Dr. Molling erklärte es ihm.

Am Montag erklärte er ihm dann seinen Schluckauf und riet ihm zu einem Löffel Zucker, und am dritten Tag wollte er wissen, wann Alvaro zuletzt Stuhlgang gehabt habe, denn der gefallene Engel litt unter starkem Bauchweh.

»Ihr Darm«, formulierte der Arzt seine Frage in seiner schier unerschütterlichen Geduld neu, als sich Alvaro erkundigte, wie denn ein solcher Gang funktioniere und ob es besonderer Schulungen bedürfe, diese besondere Art des Gehens zu erlernen. »Wann haben Sie ihn zuletzt entleert? Wann waren Sie das letzte Mal auf der Toilette?«

»Ach, das ...«, nuschelte Alvaro verlegen. Darüber wusste er Bescheid. Aber in mancherlei Hinsicht lagen

Theorie und Praxis himmelweit voneinander entfernt. »Noch nie«, gestand er.

Dr. Molling lachte. Überhaupt lachte er sehr gern, und Alvaro hoffte insgeheim, dass der sympathische Mediziner ihn irgendwann in die Kunst des Lachens einweihen würde, denn sie erschien ihm als eine wichtige Voraussetzung des friedvollen menschlichen Miteinanders. »Na, Sie sind mir ja ein komischer Vogel«, bemerkte er schließlich. »Auf jeden Fall sind Sie ziemlich verstopft. Ich verschreibe Ihnen ein Abführmittel.«

Das tat er dann auch, und Alvaro fand heraus, was ein Stuhlgang war. Viele, viele Male. Danach fühlte er sich bedeutend besser, und auch an der Nahrungsaufnahme, der er bis dahin nur widerwillig nachgekommen war, weil er aus dem Anatomieunterricht wusste, dass Menschen regelmäßig essen mussten, fand er nun endlich Gefallen. Sein Vertrauen in den Mediziner wuchs, und er beschloss, ihn auch am vierten Tag wieder zu besuchen.

Während sich Alvaro in der kleinen Kochnische die erste Dose Ravioli seines Lebens aufwärmte (die Kassiererin im Lebensmitteldiscounter an der Ecke hatte sie ihm empfohlen, als er nachdrücklich auf der Empfehlung eines kulinarischen Gaumenschmauses bestanden hatte), begann Tabea auf dem Sofa, das ihr Krankenlager war, ernsthaft zu hungern. Als sich Alvaros Gesäß am Nachmittag mit der WC-Brille angefreundet hatte, hatte sie zum ersten Mal nach ihrem Sturz von den Zinnen Werthersweides versucht, aus eigener Kraft aufzustehen. Und sie hatte es geschafft. Tatsächlich hatte sie sogar eine heimliche Runde um den gekachelten Wohnzimmertisch gedreht und dabei festgestellt, dass es hier und da noch etwas drückte, die Schmerzen aber nicht halb so schlimm waren wie befürchtet. Oder erhofft. Tabea wusste es nicht, weil sie nicht wusste, was sie eigentlich wollte.

In den vergangenen Tagen hatte sie den gefallenen Engel mindestens ebenso häufig laut dafür verflucht, dass er sie einfach mitgenommen hatte, wie sie ihm im Stillen dankbar dafür gewesen war. Sie war sogar froh, in dieser schweren Zeit nicht ganz allein zu sein – obwohl Alvaro viel zu sehr mit sich selbst und seinem neuen Körpergefühl beschäftigt war, um sich mit ihr zu unterhalten, geschweige denn sich um sie zu kümmern. Irgendwie tat seine bloße Anwesenheit schon gut, und mit den Kisten voller Papierkram, die er auf allen Ebenen im Wohnzimmer verstreut hatte, konnte sie sich ein wenig von ihrer aussichtslosen Situation ablenken. Zumindest, wenn ihr Mitbewohner gerade beim Arzt oder stundenlang auf der Toilette war. Oder wenn er schlief. Denn sie wollte weder, dass er bemerkte, wie sie sich längst wieder aufsetzen und nach den überall verstreuten Dokumenten ausstrecken konnte, noch, dass sie sogar schon in der Lage war, eine Runde um den Tisch zu wackeln. Sie wollte sich nicht entscheiden müssen. Noch nicht.

Seinem neuen Menschsein zuzusehen, tat nämlich auch schrecklich weh. Als sie beobachtete, wie sich der Engel mit all dem arrangieren musste, was sie selbst vor hundert Jahren verloren hatte, wurde ihr gar zu schmerzlich bewusst, wie sehr sie sich selbst, das Mädchen, dessen Namen sie verdrängt hatte, vermisste. *Du wirst leben, lieben und leiden*, echote es immer wieder hinter ihrer Stirn, wenn der hochgewachsene neue

Mensch an ihr vorbeimarschierte – manchmal hektisch, manchmal orientierungslos, aber in den allermeisten Fällen ganz und gar in sich versunken. In den ersten Stunden nach ihrer Ankunft in der neuen Wohnung hatte ihr Alvaro von den letzten Worten seines Vorgesetzten, des Engels mit dem flammenden Schwert, erzählt – ganz am Anfang, als er noch mit ihr geredet beziehungsweise sie wie ein Teppichhändler zugetextet hatte. Bevor er auf seinen Magen-Darm-Trakt aufmerksam geworden war. Und auf den Umstand, dass er ein Junge war. Ganz eindeutig.

Tabea lächelte bei der Erinnerung daran, wie er plötzlich mitten im Schritt verharrt war; in der ersten Nacht und unmittelbar vor dem Wohnzimmerfenster, was zum Glück zum Hof hin gelegen war. Alvaro hatte die Hosen heruntergelassen und minutenlang irritiert, vielleicht auch ein bisschen fasziniert auf sein brandneues Multiplikationsinventar hinabgestarrt. Er hatte es betastet, zwischen den Fingern gedreht, verbogen und – wer wusste das schon? – vielleicht auch noch eine Schleife hineingeknotet. Irgendwann war Tabea das Zusehen dann aber doch zu peinlich geworden, so dass sie die Augen geschlossen und sich schlafend gestellt hatte.

Dann entsann sie sich seines allerersten Ganges zur Toilette, und das Lächeln verschwand wieder aus ihrem Gesicht. Nicht, weil er es nicht mehr rechtzeitig geschafft hatte – das war schließlich nicht ihr Problem, und ein bisschen lustig fand sie es auch. Nein, weil sie ihn so sehr beneidete. Obwohl es nur ein kleines Geschäft gewesen war, war ein langgezogener, erleichterter Seufzer aus dem Bad geklungen und hatte ihr Tränen der Eifersucht in die Augen getrieben. Es gab bestimmt weitaus

schönere Aspekte des Menschseins als den Gang zum
Klo, aber es war trotzdem dieser kurze Moment der un-
überhörbaren Erleichterung gewesen, der ihr seinen
großartigen Gewinn so überdeutlich vor Augen geführt
hatte. Tabea wollte auch noch einmal aufs Klo müssen!
Es musste ja nicht gleich Darmtuberkulose sein. Sie
wollte noch ein einziges Mal Mensch sein, ein deftiges
Stück Brot genießen, nicht mehr nach Gruft und Moder
stinken und sich wie Staub fühlen, von einem anderen
Menschen in den Arm genommen werden, ohne gleich
ans Essen denken zu müssen. Und sich vielleicht sogar
verlieben oder wenigstens ein paar Freunde finden!
Freunde fürs Leben. Menschen, die sich mit ihr weiter-
entwickelten, reiften, alterten und irgendwann, wenn
alles gesagt und getan schien, wenigstens ungefähr ge-
nerationengleich mit ihr starben. All das hatte Alvaro
noch vor sich, und ob er es nun zu schätzen lernte oder
nicht (sobald er aufhörte, ständig vor Wände zu laufen,
weil er noch nicht verinnerlicht hatte, dass er fortan
prinzipiell auf Türen angewiesen war): Tabea wollte es
nicht mit ansehen. Sie musste gehen.

Aber noch nicht heute.

»Köstlich!« Alvaro ließ sich aus einem Napf löffelnd in
den alten Ohrensessel hinter dem Fußende des Sofas
fallen. »Möchtest du auch etwas? Oh ...«, bemerkte er
verlegen, als Tabea eine Grimasse schnitt und ihm damit gewisse Umstände ins Bewusstsein rief, die er einmal mehr außer Acht gelassen hatte. »Immerhin ist es
rot«, verteidigte er sich, während er weiterschmatzte.
»Nur hier unten nicht. Da ist es ganz dunkel.« Er hielt
eine verschmorte Nudel ins einfallende Licht und runzelte die Stirn.

»Du hättest es ab und an umrühren müssen«, erklärte Tabea. »Dann wäre es nicht angebrannt.« Ihr Magen knurrte, als ihre Nase den Duft des blonden Jünglings unter dem herben Geruch der angebrannten Nudeln aufspürte. Ein Königreich für einen Rentner!

»Vielleicht solltest du doch davon kosten«, schlug Alvaro, dem das Knurren ihres Magens nicht entging, vorsichtig vor. »Du musst ja sterben vor Hunger. Oh ... Verzeih.« Gesenkten Kopfes mampfte er weiter, als Tabeas unmissverständlicher Blick ihn röstete. »Wie fühlst du dich eigentlich?«, wechselte er nach einem Moment das Thema, und Tabea wünschte sofort, er möge doch lieber wieder übers Essen reden. *Frag mich nicht*, jammerte sie im Stillen. *Bitte, bitte frag mich nicht ...*

»Sind die Schmerzen noch groß?«, erkundigte sich Alvaro schmatzend. »Was glaubst du, wann du wieder aufstehen kannst?«

Auf Werthersweide hatte Tabea einmal ein fünfjähriges Mädchen beobachtet, dessen Eltern einen Krankenwagen bestellten, weil es sich ein Knie aufgeschürft hatte. Es gelang ihr, die Mimik dieses Kindes zu imitieren. »Ganz furchtbar unerträglich«, winselte sie leidend. »Ich fühle mich wie durch eine *Schönweiß-Cleancare-Magic*-Mangel gedreht und mit einem *MiniMax-Pocket*-Dreieckschleifer bearbeitet.«

Alvaro legte den Kopf schräg. »Manchmal kann ich dir nicht folgen«, bedauerte er.

»Man kann auch Gemüse damit putzen«, sagte Tabea. »Auf Stufe eins.«

Das Telefon läutete. Tabea war so dankbar für die Unterbrechung, dass sie erst jetzt bemerkte, dass es hier überhaupt ein Telefon gab. Und zwar an der absoluten

Hilflosigkeit, die von dem gefallenen Engel Besitz ergriff. Alvaro sprang nämlich so abrupt auf, dass die Schale von seinem Schoß purzelte. Die verschmorten Ravioli spickten die Papiere im Umkreis von gut zwei Metern, und die Soße ergoss sich wie feuchtes Konfetti über Tisch, Boden und Tabeas Füße.

»Hast du das vernommen?«, erkundigte sich Alvaro verdattert – den Löffel in die Luft reckend wie die Freiheitsstatue ihre Fackel. »Da! Schon wieder! Das Geläut von Glocken! Der Herr ruft mich zu sich zurück!«

»Das abscheuliche Schrillen eines Telefons«, verbesserte ihn Tabea, deren empfindsame Ohren sich unter dem hässlichen Geräusch schier zusammenrollen wollten. Ihre Dankbarkeit löste sich in einen stechenden Schmerz auf. »Und ich bezweifle, dass es der liebe Gott ist, der dich anruft«, stellte sie fest.

»Ein Telefon? Wo ist hier ein Telefon?« Alvaro begann hektisch zwischen Akten, Mappen und losen Blättern zu wühlen.

»Irgendwo hier«, erwiderte Tabea gequält. »Gleich hinter dem Sofa.«

Der gefallene Engel wühlte auf der falschen Seite weiter, und Tabea hielt sich die Ohren bis zum siebten, achten und neunten Klingeln zu. Dann schwang sie sich entnervt über die Lehne, riss den Hörer von der Gabel und hielt ihn Alvaro hin. Das veraltete Gerät aus brüchigem weißem Plastik prangte an der Wand gleich neben der Eingangstür.

Alvaro richtete sich auf und nahm den Hörer entgegen. Zögernd hielt er ihn sich ans Ohr. »Fürchte dich nicht«, grüßte er unsicher. Auch das Telefonieren kannte er nur vom Zusehen aus sicherer Distanz. Sein Inte-

221

resse an den technischen Errungenschaften der modernen Zivilisation hielt sich seit jeher in engen Grenzen. Seit mindestens einhundertfünfzig Jahren ging ihm das alles viel zu schnell. »Ja. Ich glaube, das ist der Name, den man mir gegeben hat. Alvaro Ohnesorg ...«, hörte Tabea ihn sagen, während sie sich wieder auf die Couch trollte. Wenn das Glück ausnahmsweise einmal auf ihrer Seite war, war ihm gar nichts aufgefallen. »Eine Bewilligung für was? Moment, bitte. Ich kann Ihnen nicht folgen. Sie erteilen mir die Erlaubnis, mir ein Fernsehgerät zuzulegen? Nun, wenn das so ist ... Ja, dann bedanke ich mich ganz herzlich. Übrigens: Erst gestern habe ich eine hochinteressante Lektüre über motorisierte Fahrzeuge entdeckt. Im Fenster der Leihbücherei am Ende der Straße: *Motoren im Wandel der Zeit*. Sehr schön illustriert, sogar in Farbe. Da wir also gerade miteinander kommunizieren: Würden Sie mir auch erlauben, dass ich mir dieses wunderbare Buch ausleihe? Ich möchte es gerne ... Hallo?« Er wandte sich verunsichert an Tabea. »Was bedeutet *verarschen*?«, erkundigte er sich.

»Wer ist dran?«, seufzte Tabea.

»Sie macht nur noch *tut-tut-tut* ...«, antwortete Alvaro geknickt.

»Dann hat sie aufgelegt«, erklärte Tabea. »Man könnte auch sagen, sie möchte nicht mehr mit dir sprechen.«

»Wie bedauerlich«, bemerkte Alvaro. »Sie schien mir eine wichtige Persönlichkeit zu sein. Sie erteilt Bewilligungen.«

»Nur für das Lebensnotwendigste«, klärte ihn Tabea auf. »Nicht für schöne Dinge wie bunte Bücher. Du bist Sozialschmarotzer, falls du es noch nicht bemerkt hast.«

Alvaro dachte nach. »Was genau sind die Aufgaben

eines Sozialschmarotzers?«, wollte er schließlich wissen. Seinen neuen Menschenkörper kennenzulernen, hatte ihn bislang so sehr beansprucht, dass er sich mit seiner Identität noch gar nicht auseinandergesetzt hatte. Die Ordner und Papiere hatte er aus dem einzigen Grunde überall verteilt, weil Dr. Molling auf einem Versicherungsnachweis in Form einer kleinen Plastikkarte bestanden hatte. Er hatte ewig gebraucht, um das winzige Ding zu finden. Insgesamt jedoch wusste er über sich selbst kaum mehr als den Namen, den man ihm zugedacht hatte, das Geburtsdatum, das den ersten April 1977 beschrieb, seine Anschrift, wer sein Vermieter war, und natürlich, wie die Versicherung hieß, die in seinen Augen dazu diente, Dr. Mollings Diagnosen auf ihre Richtigkeit zu überprüfen. Darum war Alvaro dem Vampirmädchen dafür dankbar, dass es die Gelegenheit nutzte, ihn darüber aufzuklären, was er war. Auf keinen Fall wollte er zu spät und völlig unvorbereitet zu seiner neuen Arbeit als Sozialschmarotzer erscheinen.

Alvaro erschrak, als ihm bewusst wurde, dass er schon mindestens zwei Arbeitstage versäumt hatte. Schließlich zeigte der Kalender schon Dienstag.

»Zuallererst solltest du hier aufräumen«, schlug Tabea mit einer vorwurfsvollen Geste zu den Papierhügeln hin vor. »Und dann solltest du versuchen, einen Job zu finden.«

»Aber ich dachte, ich bin ein –«, begann Alvaro, doch Tabea ließ ihn nicht ausreden.

»Es bedeutet, dass du keine Arbeit hast und auf staatliche Fürsorge angewiesen bist«, erläuterte sie. »Ich weiß nicht, wie deine Kollegen das geschafft haben. Aber dein Antrag auf Wohngeld ist schon bewilligt. Der Bescheid liegt da hinten.«

»Wo?« Alvaro suchte danach.

»Unter der Mappe mit den Zeugnissen«, antwortete Tabea. »Du warst eine Niete in Englisch.«

Als Alvaro den Bewilligungsbescheid endlich aufgespürt hatte, blickte er einen Moment lang darauf hinab und hielt ihn Tabea schließlich hin. »Ich verstehe diese Zahlen nicht«, gestand er. »Würdest du sie mir erklären?«

»In Mathe warst du also auch schlecht«, kommentierte Tabea und deutete mit dem Zeigefinger auf die fettgedruckte Zahl unterm Strich. »Das da ist das Geld, was dir monatlich zusteht.«

Alvaro staunte. »Das sind mehr als vierhundert Euro!«, stellte er fest. »In dem Umschlag, den ich im Handschuhfach gefunden habe, steckten außerdem weitere zweihundert. Eine Menge Geld.«

»Lass dich nicht täuschen. Damit kommst du nicht weit«, winkte Tabea ab. »Du solltest zusehen, dass du bald einen Job findest.« Alvaro bedachte sie mit einem hilfesuchenden Blick. »Am besten, indem du dir eine Zeitung kaufst«, seufzte Tabea. Bei allen Dämonen der Hölle – diesem Kretin musste man aber auch alles erklären!

»Zeitungen zu kaufen ist ein anerkannter Beruf?«, wunderte sich Alvaro. Die Menschen waren wahrlich ein wundersames Völkchen.

»Nein. Aber es stehen freie Stellen drin«, stöhnte Tabea.

»Oh ... Na dann.« Der gefallene Engel erhob sich und steuerte zielstrebig auf den Ausgang zu. Tabea atmete auf. Zumindest heute musste sie sich nicht mehr entscheiden.

»Ach ja«, bemerkte Alvaro mit der Klinke in der Hand

und einem Schulterblick zu ihr zurück: »Jetzt, da du wieder laufen kannst – möchtest du trotzdem noch ein paar Tage bei mir bleiben?« Tabea schnappte sich ein gammeliges Couchkissen und verbarg ihr Gesicht darunter. Alvaro maß sie unbeirrt hoffnungsvoll. »Ich meine«, fügte er hinzu, »ich würde mich wirklich darüber freuen. Und ich glaube, ich kann ein wenig Hilfe noch ganz gut gebrauchen.«

Nein, nein, nein, nein, nein!

Doch!, widersprach ihr Verstand. *Nur für ein paar Tage.*

Nicht einmal für ein paar Tage.

Ich werde mich schon nicht daran gewöhnen.

Und ob du das wirst ...

Halt's Maul.

Tabea schleuderte das Kissen wieder weg und setzte sich umständlich auf. »Ich weiß nicht«, antwortete sie unbehaglich. »Ich glaube nicht, dass ich mich hier besonders wohlfühlen würde.«

Außerdem muss ich essen. Ich werde ihn töten. Es ist nur eine Frage der Zeit, bis ich über ihn herfalle.

»Ich werde alles tun, damit du dich bei mir wie zu Hause fühlst«, versprach Alvaro. »Ich werde keinen Knoblauch essen und keine Kruzifixe aufhängen. Obwohl sich wenigstens eines über dem Ofen gewiss sehr gut machen würde ... Wenn du darauf bestehst, verteile ich ein wenig Staub im Raum und zerstöre ein Fenster.«

Was spricht eigentlich dagegen, ihn nach ein paar Tagen zu töten?, überlegte Tabea.

Nichts.

Er war ein Engel.

Ja. War ...

»Also gut«, willigte sie schließlich ein. »Aber ich stelle eine Bedingung.« Alvaro schritt auf das Fenster zu. »Nein, nein, nein!« Tabea wedelte mit den Händen. »Lass das Fenster in Ruhe. Es ist etwas anderes.«

»Nur zu«, ermutigte sie der gefallene Engel.

Tabea räusperte sich und straffte die Schultern. »In Ordnung«, erklärte sie. »Ich wünsche mir ein Kätzchen.«

»Ein Kätzchen?«, staunte Alvaro.

»Ein schnuckeliges kleines Kätzchen mit riesengroßen Kulleraugen«, bestätigte Tabea mit den Wimpern klimpernd. Katzen waren fast so widerlich wie Hunde. Doch in der Not fraß der Teufel bekanntlich Fliegen.

Alvaro runzelte die Stirn. »Du willst es doch nicht etwa aufessen, oder?«, vergewisserte er sich. Er war weniger blöd, als Tabea gehofft hatte.

»Ein schnuckeliges kleines Kätzchen mit riesengroßen Kulleraugen?« Tabea blickte empört drein. »Käme mir nie in den Sinn«, behauptete sie. *Echt nicht*, pflichtete sie sich selbst bei. *Auslutschen war schon eklig genug.* »Ein Kätzchen gegen die Einsamkeit.«

Der gefallene Engel lächelte. »Dann soll es so sein, mein Kind«, willigte er ein. »Wo bekomme ich ein Kätzchen?«

»Auch aus der Zeitung«, antwortete Tabea.

Alvaro nickte. »Das trifft sich gut«, erwiderte er und schritt wieder zur Tür zurück. »Dann begebe ich mich jetzt wohl auf die Suche.«

»Und noch etwas!«, fügte Tabea schnell hinzu. *Reicht dir einer den kleinen Finger, beiß ihm die Hand ab ...*

»Ja?«

»Zieh dir was anderes an«, forderte sie. »So viel Weiß auf einmal ist wirklich schwer zu verkraften.«

226

Alvaro zuckte mit den Schultern. »Wenn es weiter nichts ist ...«

»Im Moment nicht, vielen Dank«, erwiderte Tabea bescheiden.

Der Ex-Engel lächelte und ging. Und Tabea fragte sich, ob sie die richtige Entscheidung getroffen hatte.

Kapitel 13

Nie zuvor war so viel Unheil über das beschauliche Städtchen Oberfrankenburg hereingebrochen. Nicht einmal im zweiten Weltkrieg hatte es so viele Tote gegeben wie in den vergangenen drei Tagen. Damals war die Stadt weder den Nazis noch den Befreiern relevant genug erschienen, um auch nur einen Fuß über die von Unkraut und kleinen Pelztieren beherrschte Grenze zu setzen. Ein einziger Blindgänger hatte sich im Herbst 1948 hierher verirrt und die letzte vollständige Mauer der Klimburg dem Erdboden gleichgemacht, wobei der legendäre Joost, der Hauskater des damaligen Bürgermeisters, zu Tode gekommen war (um sich im nächsten Leben in eine Hartgummi-Schildkröte zu verlieben – aber das war eine andere Geschichte).

Zwischen Sonntag und Dienstag jedenfalls war ein junger Mann erschossen und schließlich samt dem Leichenwagen der alten Frau Schmidt geraubt worden. Amelie Schmidt und ihren Praktikanten hatte man noch in derselben Nacht ermordet aufgefunden. Einen zweiten jungen Mann hingegen konnte man nicht mehr finden, aber der Umstand, dass die Polizei neben seinem

Glockenhut auch ein Auge, zwei Zehen und einen ganzen Klarsichtbeutel voller Knochensplitter aufgelesen hatte, deren DNA eindeutig dem vermissten Achim Allgäuer zugeordnet werden konnte, legte die Vermutung nahe, dass der jüngste Sohn der Integrationsschuldirektorin ebenfalls nicht mehr am Leben war.

Das Festival am Trapperseestadion hatte ebenfalls zwei Todesopfer gefordert, wodurch sich die Bürgerinitiative »FesBuJ« (»Für eine sinnvolle Beschäftigung unserer Jugend«) in all ihren im Vorfeld geäußerten Befürchtungen bestätigt sah. Eine vermutliche Drogentote war auf der Wiese vor dem Stadion aufgefunden worden. Auch ihren Leichnam hatte man geraubt; irgendjemand schien dieser Tage einen erhöhten Bedarf an frischen Leichen zu hegen. Angeblich vermutete die Polizei ausländische Organhändler hinter den Vorfällen – ließ ihren Pressesprecher zu diesem Thema aber professionell und medienwirksam schweigen. Den Sohn des ortsansässigen Optikers König hingegen würde man Anfang kommender Woche auf dem Nordfriedhof beisetzen. Klaus König, so erzählten sich die Leute, sei blutleer gewesen, als man ihn vom Zeltplatz in den berühmten Krimikasten brachte. Aber so richtig wundern wollte sich darüber niemand, denn die »FesBuJ« hatte schon Wochen zuvor eine Zeitungsaufklärungskampagne gestartet, die unter anderen über sogenannte Ritzer aufklärte. Jungs in Klaus Königs Alter übertrieben es eben schon mal – besonders, wenn Drogen im Spiel waren.

Darüber hinaus suchte die Kriminalpolizei Köln nach einer dreiköpfigen Familie mit Hund, die am Samstag aus Porz verschwunden war. Ihr Handy hatte man zuletzt im Oberfrankenburger Raum geortet. Was sie hierhergetrieben hatte, war nicht bekannt.

Und dann war da noch dieser Obdachlose gewesen, den man auf Staatskosten hatte entsorgen müssen. Von einer Obduktion hatte man abgesehen, und in die Zeitung hatte er es auch nicht geschafft.

Zusammengenommen war all das jedenfalls mehr als außergewöhnlich und sorgte an manchem gepflegten Kaffeetisch für jede Menge Zündstoff. Handlungsbedarf jedoch bestand für die Oberfrankenburger nur in einem Fall. Es war der Fall, der die Schlagzeilen sämtlicher kommunaler Tageszeitungen beherrschte: der Fall der kleinen Joy Mercedes Spix.

Jeder Städter, der etwas auf sich hielt, war mit Prof. Dr. Kasimir Spix bekannt. Und zwar nicht allein, um den eigenen potenziellen Erben jegliche Flausen weit im Vorfeld aus dem Kopf zu treiben und sich eines friedlichen, natürlichen Todes sicher sein zu können. Dr. Spix genoss einen ausgezeichneten Ruf. Es hieß, er habe keinen einzigen Mord unaufgeklärt gelassen, ganz gleich, wie perfekt er zunächst auch erschienen war. Das jedenfalls war das Bild, das die Fernsehserie »Dr. Spix' sprechende Leichen« ihren Zuschauern vermittelt hatte. Aus dem ganzen Land und sogar aus Übersee hatten sich verzweifelte Kollegen und überforderte Kriminalbeamte an den legendären Forensiker und Pathologen mit dem viereckigen Gesicht gewandt, und der hatte jedes noch so komplizierte Rätsel zuverlässig gelöst. Den bescheidenen Reichtum, den er auf diese Weise errungen hatte, hatte er teilweise in soziale Projekte investiert. Sowohl der »FesBuJ« als auch der Behindertenwerkstatt und dem Frauenhaus am Paradiesgarten war er ein Gönner gewesen. Außerdem hatte er sich in diesem Jahr finanziell am Katerwagen für das traditionelle St.-Joost-Fest beteiligt, das am kommenden Freitag stattfinden sollte. Und so hatte man ihm sein mangelndes Engagement gegen den Bau der neuen Autobahnabfahrt inzwischen gänzlich verziehen. Am Dienstag nach dem Verschwinden seiner kleinen Tochter versammelte sich auf den Appell der größten Tageszeitung hin darum einfach alles vor der Zufahrt der Universität Oberfrankenburg Nord, was mindestens zwei Beine hatte.

Die Polizei – trotz Verstärkung von außerhalb ausgelastet wie nie zuvor – hatte eher halbherzig nach dem Kind gesucht, weil sie davon ausging, dass die Arzttocher infolge der komplizierten Familienverhältnisse schlicht ausgebüchst war. Nun war jeder Oberfrankenburger mit Stock, Hund und Herzblut dabei. Wer keinen eigenen Vierbeiner besaß, hatte versucht, sich irgendwo einen zu leihen. So erfreute sich das »Vier-Pfoten«-Tierheim am Himbeerweg dieser Stunden eines nie dagewesenen Zulaufs von ehrenamtlichen Helfern, die zum Gassigehen erschienen. Vom Azawakh bis zum Xoloitzcuintle war einfach alles vertreten, was sich an einer Leine hinter sich her locken, zerren und reißen ließ. Überall, von Knöchel- bis Kniehöhe, zappelten, knurrten, winselten, kläfften, pinkelten und jaulten mehr oder weniger pelzige Köter oft temporärer Halter an ihren Halsbändern herum – Hoffnungsträger all jener Männer und Frauen, die sich versammelt hatten, um die Tochter ihres geachteten Mitbürgers Dr. Spix aufzuspüren und so zu nachhaltigem Ruhm und einem Platz im engsten Freundeskreis des populären Forensikers zu gelangen.

Mittels Megafon teilte der Chefredakteur des Oberfrankenburger »Zeigers« die Freiwilligen höchstpersönlich in mehrere Hundertschaften ein, die sodann begannen, sowohl die Stadt als auch die umliegenden Wälder nach dem verschwundenen Kind zu durchkämmen.

Einer der wenigen, die mit einem eigenen Vierbeiner aufwarteten, war Elmar Frisch. Mit seinen vierundachtzig Jahren zählte er zu den ältesten freiwilligen Helfern, nichtsdestotrotz aber auch zu den entschlossensten. Als der Krieg rund um Oberfrankenburg getobt hatte, war er in Frankreich für die zweifelhaften Ziele des Führers eingetreten; die möglichst frisch polierte Waffe immerzu im Anschlag. Zurück in seiner Heimatstadt Berlin hatte er die letzten Angriffe der Alliierten als Einziger seiner Kompanie überlebt, und er reagierte empfindlich auf den Vorwurf, dem Tod einzig durch Feigheit entkommen zu sein. Er war nämlich kein Drückeberger gewesen, sondern ein schlauer Fuchs, der wusste, wann es besser war, die Seiten zu wechseln. Schließlich waren die Gewinner im Nachhinein immer die Guten, oder? Zumindest in den Geschichtsbüchern.

Nach dem Krieg hatte Obergefreiter Frisch all seine erbeuteten Wertsachen mit bloßen Händen wieder ausgebuddelt und war auf der Suche nach der Stadt mit den liberalsten Behörden nach Oberfrankenburg gekommen. Für ein wenig Taschengeld hatte man ihm hier einen komplett neuen Lebenslauf verschafft, und nun, nach mehr als sechs Jahrzehnten, fühlte er sich ganz und gar wie ein gebürtiger Oberfrankenburger.

Sein Engagement für die Suche der kleinen Joy Mercedes beruhte jedoch nicht bloß auf kommunalem Patriotismus oder dem Wunsch nach Anerkennung: Obergefreiter Frisch fühlte sich der Familie Spix sehr verbunden, denn der Schmuck, mit dem der Einwohnermeldeamt-beamte Herr Spix sen. das Herz seiner späteren Gattin erobert hatte, war einst das Eigentum eines jüdischen Schneiders gewesen – und danach das von Elmar Frisch. Streng genommen verdankte ihm die kleine Arzttochter also ihre Existenz, und Obergefreiter Frisch fühlte sich ein wenig wie ihr Großvater, obwohl er ihr noch nie persönlich begegnet war.

Frisch war erstaunlich gut zu Fuß, und dass der Chefredakteur des »Zeigers« ihn ausgerechnet jener Gruppe zuteilte, die die Hügel am südöstlichen Stadtrand und nahe der Klimburg durchkämmen sollte, kam ihm sehr entgegen. So konnte er unter Beweis stellen, dass er noch lange nicht zum alten Eisen zählte – ganz im Gegensatz zu seiner Gebissprothese, die ihm dauernd aus dem Mund fiel.

Trotz Osteoporose hängte er die fußlahme Jugend aus den Fünfzigern, Sechzigern und Siebzigern, die sich die Anhöhe keuchend hinaufschleppte, locker ab. Sein treuer Vierbeiner, ein deutscher Rauhaardackel namens Punraz, erreichte die Ruinen der Klimburg zuerst. Punraz kläffte kurz und flitzte hinter den Überresten der Burgkapelle die Stiege zu den Katakomben hinab, in denen es bekanntlich feucht, kühl und vor allem sehr dunkel war. Doch das bereitete seinem alten Herrchen kein Kopfzerbrechen, denn Frisch hatte an alles gedacht: In seinem Bundeswehrrucksack steckten neben einem Wasserschlauch voller *Klosterfrau Melissengeist* auch drei hartgekochte Eier mit verdammt schlechtem Karma, eine Dose CS-Gas (für den Fall, dass er den dreckigen Bastard, der die Arzttochter entführt hatte, in die Hände kriegte), eine Rolle Panzerband (falls das CS-Gas hielt, was es laut Hersteller versprach), einen Kamm (um sein schütteres Haar nach einem möglichen Kampf wieder anständig zu scheiteln und bei der Laudatio nicht wie Kraut und Rüben auszusehen), und vor allen Dingen seine gute Edelstahl-Stabtaschenlampe, die mit ihrer Länge von rund vier Dezimetern und einem Gewicht von mehreren Kilogramm ganz nebenher eine hervorragende zusätzliche Waffe abgab. Als Punraz nun in den Katakomben verschwand, zögerte Obergefreiter Frisch keine Sekunde, sondern zog Letztere aus seinem Rucksack hervor und stampfte entschlossenen Schrittes die steilen Stufen hinab.

Punraz schien nervös, was Frisch um einige Zentimeter wachsen ließ. Wenn die anderen den Berg erklommen hatten, davon war er überzeugt, würde er das zierliche kleine Mädchen längst aus den Händen der bösen Entführer befreit und hinaus ans Tageslicht getragen haben. In beiden Armen würde er das schlafende Mädchen halten, sanft, fast väterlich, und es vorsichtig, um es nicht zu wecken, an Prof. Dr. Spix übergeben, oder zumindest an den Chefredakteur des »Zeigers«. Mikrofone würden gezückt und ihm unter die große, männliche Nase gehalten werden. Ein wahres Blitzlichtgewitter mochte dann über ihn hereinbrechen. Aber er würde sich von den Fernsehleuten abwenden – milden Blickes und mit einem bescheidenen Schulterzucken. Schließlich, so würde er sagen, habe er nur getan, was jeder andere an seiner Stelle auch getan hätte. Als er den Verbrechern begegnet sei, hätte er einfach nicht anders gekonnt, als sie mit längst verlernt geglaubten Aikido-Techniken zu überwältigen und ihnen das unschuldige Kind zu entreißen ...

Ja – Obergefreiter Frisch würde noch einmal ein richtiger Held sein. Und dieses Mal würde man seinen Mut und seine Tapferkeit auch entsprechend würdigen. Vielleicht bekäme er das Bundesverdienstkreuz? Bei all dem, was er in seinem langen Leben für sein Land und das Gute und Gerechte auf sich genommen hatte, so fand er, war diese Geste längst überfällig.

Während sein Herrchen den Lichtkegel der Stabtaschenlampe durch die engen Schächte und Nischen zucken ließ, ärgerte sich Punraz ein wenig darüber, dass er über keine Ohren verfügte, die sich anlegen ließen. Schlappohren sahen einfach in jeder Situation albern aus, und daran änderte auch der Umstand nichts, dass er den Schwanz so fest anlegte, dass dieser zwischen seinen Pobacken kaum noch sichtbar war. Also versuchte er den Ernst der Lage mit einem zusätzlichen Knurren zu untermauern, doch auch dies beeindruckte Frisch kein bisschen. Warum, so fragte sich Punraz, war ausgerechnet er mit einem solchen Menschen geschlagen? Warum hatte er es nicht so gut wie die Chihuahua-Dame von gegenüber? Wenn es regnete, musste die nicht mal zum Gassigehen raus. Die durfte auf die überdachte Terrasse unter den Heizpilz und bekam dafür nie eins mit der Zeitung übergebraten ...

Punraz wollte, dass dieser Albtraum schnellstmöglich vorüber war, und darum steuerte er ohne Umwege auf diesen seltsamen Menschen zu, dessen Gestank die Katakomben verseuchte. Er roch, als wäre er schon einmal gestorben, und Punraz vertrat die Meinung, dass jedes Lebewesen nur einmal tot sein sollte. Alle anderen waren ihm unheimlich. Der Dackel fand ihn eine weitere Stiege tiefer und mehrere Schächte weiter in einem der verliesartigen, engen Räume im Untergrund, kläffte pflichtbewusst ein einziges Mal und griff an, als der gruselige Mensch nicht binnen weniger als einer Sekunde auf die Warnung reagierte.

Als sich die Zähne des wurstartigen Hundes in seinen Unterschenkel gruben, erwachte der Neue Prophet aus seinem Schlaf. Ein stechender Schmerz zuckte durch seine linke Wade, und ehe er die Augen aufschlug, schallte von irgendwoher eine raue Stimme in seine Ohren.

»Punraz!«, echote es in seinem dröhnenden Schädel. »Punraz! Was hast du da? Punraz? Punraz! Wo bist du?!«

Grelles Licht blendete plötzlich Lennarts Augen und trieb ihm die Tränen hinein. Wo war er? Warum war er hier? Wie war er hierher gekommen, und wer zum Teufel war Punraz? Noch ein Gott?

Er erinnerte sich an den Strudel – an den Sog des Protestes und der Entscheidung. Befand er sich noch immer darin? Schmerzte sein Kopf darum so höllisch, weil der durchgeknallte Neandertaler immer noch mit einem Knüppel auf seine Schädelplatten eindrosch? Warum hing ein Punraz an seinem Bein?

Oh, mein Gott – es tat so erbärmlich weh! Alles tat ihm weh. Der Kopf, das Bein, der Hals, der sich wie der eines Schwertschluckers anfühlte, den im ungünstigsten aller Augenblicke der Schluckauf heimgesucht hatte ... Lennart blinzelte in das grelle Licht, schüttelte das linke Bein und vernahm in dem Moment, da der Druck in der Wade nachließ, ein Jaulen, das nahelegte, dass vermutlich doch kein Gott an seinem Bein gehangen hatte. Sein Herz raste, und obwohl er noch immer nicht andeutungsweise wusste, was hier mit ihm geschah, spürte er doch, dass ihm weitere Gefahren drohten. Er stemmte sich mit einem Ruck hoch und kippte vornüber in Richtung des grellen Lichtes, als seine zitternden Beine einfach unter ihm nachgaben. Im Sturz prallte sein Oberkörper gegen irgendetwas Knochiges, Warmes.

»Herumtreiber, du! Lump! Heimatloser Geselle! Tagedieb! Tunichtgut! Schleich dich, oder es gibt Saures!«, brüllte die kratzige Stimme, die er gerade schon einmal gehört hatte. Und mit dem nächsten Lidschlag traf ihn zwar nichts Saures, dafür aber etwas Kaltes und ausgesprochen Hartes an der Stirn.

Lennart spürte warmes Blut über sein linkes Auge rinnen, ehe sich eine neue Ohnmacht schützend um sein Bewusstsein legte. Obergefreiter Frisch blickte noch ein paar Sekunden enttäuscht auf den schmutzigen Obdachlosen hinab, tätschelte seinen Dackel und verließ die Kammer, um weiter nach der armen kleinen Tochter des Pathologen zu suchen.

Oleg beobachtete das Treiben der aufgewühlten Bürger verständlicherweise mit erheblichem Unbehagen. Als treuer Abonnent einer großen russischen Tageszeitung hatte er ziemlich spät von der geplanten Suchaktion erfahren – viel zu spät. Erst heute Morgen hatte ihm Volchok davon erzählt und dabei bestimmt nicht geahnt, welcherlei Hiobsbotschaft er Oleg damit überbrachte, denn von der *belokurwa* wusste noch immer niemand. Und was den *lobotriass* in den Katakomben anbelangte ...

Tja. Bei dem Gedanken an den faulenden Kadaver wurde Oleg speiübel. Rattlesnake Rolf hatte ihn damit beauftragt, die Leiche des Bengels endgültig, restlos und vor allem mit der verfluchten Patrone in seinem Hals zu entsorgen. Und zwar schon am vergangenen Sonntag. Aber das Leben war eben kein Wunschkonzert, und wer hatte schon immer ein Fässchen Salzsäure auf dem Balkon stehen? Oleg jedenfalls nicht, und so hatte er die Leiche einfach gelassen, wo sie war, während er auf die georderten Flüssigkeit wartete. Er hatte die finstere Kammer in dem unterirdischen Irrgarten für ein sicheres Versteck gehalten. Niemand machte sich die Mühe, den unwegsamen Pfad zur Klimburg zu bezwingen. Nicht einmal die Archäologen und die Kinder; Erstere wollte niemand dafür bezahlen, die Anhöhe hinaufzuklettern, um sich in diesem toten, vollkommen leeren Rattenbau umzusehen. Und die Kinder fürchteten sich vor dem unheimlichen Ort.

Nun jedoch wimmelte es auf der Anhöhe nur so von Menschen – von Menschen und Hunden. Und Oleg begann sich zu fragen, was er eigentlich so Schlimmes getan hatte, dass das Schicksal ihm so arg zusetzte.

Vom Küchenfenster aus hatte er einen guten Blick auf die B 11, die aus dem Zentrum in den Nordosten der Stadt führte. Und er rechnete jede Sekunde damit, Blaulicht zu sehen und Sirenen zu hören, weil irgendein Depp mit Pudel auf die Leiche gestoßen war. Olegs Koffer lag gepackt unter seinem Bett und sein Auto stand vollgetankt vor der Tür. Wenn man die Leiche fand, musste er fliehen.

Aber wohin?

Ohne die Unterstützung des Ringes hatte er nicht einmal genug Bargeld, um für eine Woche in eine Jugendherberge einzuchecken. Seine Aufenthaltsgenehmigung war seit zwölf Jahren abgelaufen, und eine Familie, die ihn hätte aufnehmen können, gab es nicht. Nur eine blinde Mutter im osteuropäischen Niemandsland, die weitaus stärker auf die Almosen des Ringes angewiesen war als Oleg selbst.

Weg musste er trotzdem, wenn der Boss sich seinetwegen in Bedrängnis sah. Über das Wohin würde er sich Gedanken machen, wenn er sein blankes Leben gerettet hatte. Bis dahin, entschied er, während er sich mit einem Ruck vom Küchenfenster losriss, hatte er noch genug andere Probleme, mit denen es sich herumzuschlagen galt; allen voran die *belokurwa*.

In diesen Minuten schnarchte sie in seinem Schlafzimmer vor sich hin. Der nächtliche Ausflug hatte ihren Schlafrhythmus ganz schön durcheinandergebracht. Tagsüber schlief sie wie ein Murmeltier und nachts fragte sie ihm Löcher in den Bauch. Sie war so neugierig! Fragen über Fragen, auf die sich Oleg immer neue Lügen einfallen lassen musste ...

Eigentlich wollte er nichts mit ihr zu tun haben. Er wollte nicht, dass sie *bei ihm* war. Aber was sollte er nur mit ihr machen?

In der Theorie war alles so einfach: einfangen, lynchen, entsorgen. Keine große Nummer. Niemand vermutete eine Verbindung zwischen ihm und diesem Mädchen, und wenn er sich nicht total bescheuert anstellte, gab es keinen Grund, weshalb er in den Kreis der Verdächtigen geraten sollte. All die Dackel, Pudel, Möpse und Terrier, die man in diesen Stunden durch das gesamte Kreisgebiet schleifte, stellten zumindest bezüglich der kleinen Göre keinerlei Gefahr für ihn dar, denn ein sabbernder Bettwärmer war nun einmal kein ausgebildeter Spürhund. Über kurz oder lang würden das die Verrückten da draußen auch noch merken. Oleg hegte währenddessen die vage Hoffnung, dass keiner der Köter den Kadaver zufällig aufspürte.

Nein – Olegs Verstand sagte ihm, dass er überhaupt kein Problem mit dem Mädchen haben müsste. Er hatte es nur noch nicht übers Herz gebracht, der *belokurwa* den Hals umzudrehen.

Ein Zustand, den er schleunigst ändern musste.

Er schnappte sich das große Häkelkissen, sein einziges Andenken an die russische Heimat, und schlich damit ins angrenzende Schlafzimmer. Die Decke, unter der das Kind ruhte, hob und senkte sich gleichmäßig, und im Sonnenlicht, das durch die Ritzen des Lamellenvorhangs einfiel. Er erkannte ein friedliches Lächeln auf dem Gesicht des Mädchens. Hübsch war sie. Sie wirkte so unschuldig und zerbrechlich ...

Oleg presste die Lippen aufeinander, zwang sich, ihr nicht direkt ins Gesicht zu sehen, und streckte ihr das Häkelkissen mit beiden Armen entgegen. Der raue Stoff berührte ihren erdbeerfarbenen Mund, und die *belokurwa* schmatzte und legte den Kopf in den Nacken, während sie sich aus ihrem friedlichen Traum löste.

Oleg zog das Kissen wieder zurück, und Joy blinzelte ihm verschlafen entgegen. »Du?«, wunderte sie sich gähnend. »Bin ich immer noch hier? Ich dachte, du bringst mich zu meinem Vater ...«

Oleg unterdrückte den Reflex, wie ein verlegener Bengel an der Unterlippe zu nagen, und bemühte sich um Haltung. »Das werde ich tun«, log er. Himmel, was hatte er diesem Mädchen für eine Räuberpistole aufgetischt, damit sie fast freiwillig bei ihm blieb und ihm keinen allzu großen Ärger machte. »Sobald du zu Hause wieder sicher bist.« Er zuckte die Schultern. »Ich ... wollte dir nur ein anderes Kissen bringen«, log er. »Das hier ist viel weicher als das, auf dem du liegst.«

Joy lächelte, schob ihr Kissen beiseite und nahm das entgegen, mit dem er sie eigentlich hatte umbringen wollen. Oh, fluchte Oleg im Stillen, was war er nur für ein Monster! Sie war so leichtgläubig und mitfühlend. Und er nutzte ihre Naivität schamlos aus, um ...

Warum eigentlich?

Um Zeit zu schinden – das war es. Um den Moment hinauszuzögern, von dem an ihr Tod auf seinem Gewissen lastete. Er redete sich ein, dass es ihm nichts ausmachte, den Jungen erschossen zu haben und auch das Schicksal der alten Frau und ihres jungen Helfers letztlich verantworten zu müssen. Aber so war es nicht. Oleg hasste es, zu töten, und er hasste es auch, schuld zu sein. Weil er ein verdammter Versager war. Ein herzloser Monsterversager, eine Niete, ein *petuch*, wie er im Buche stand!

»Schlaf noch ein bisschen«, sagte er sanft. »Ich mache uns etwas zu essen und wecke dich, wenn ich fertig bin.«

»Mmmmh ...« Joy kuschelte sich in das kratzige Häkelkissen. Anfangs hatte sie sich vor dem Russen gefürchtet, aber inzwischen schien er ihr ein ziemlich netter Kerl zu sein. Zu nett für diese Welt vielleicht. Wer sonst war schon so großherzig, dass er einem Cousin dabei half, die Leiche eines Mannes verschwinden zu lassen, die er nur aus Versehen mit einer blöden, defekten Knarre erschossen hatte? Dieser Oleg war so nett, dass er schon fast dumm war. Aber er kümmerte sich großartig um sie, solange die gefährlichen Freunde von dem Toten ihren Vater noch für den Auftraggeber an dem angeblichen Mord im *Fuchsbau* hielten ...

Mit diesem Gedanken schlummerte sie wieder ein. Währenddessen kehrte Oleg in die Küche zurück, schloss die Tür hinter sich und schlug sich selbst eine Bratpfanne auf den Kopf. Oh, er war und blieb ein verdammter Versager. Eine elende Ungeheuerkinderschreckmonsternichtskönnerniete. Selbst dieser Volltrottel Shigshid hatte vermutlich mehr Arsch in der Hose als er.

Als sie keine zwanzig Minuten später gemeinsam an dem kleinen Campingtisch saßen, den er eigens angeschafft hatte, damit ihm diese tollpatschige Göre nicht ständig die Couch vollkleckerte, sah ihn Joy besorgt an. »Geht es dir nicht gut?«, erkundigte sie sich mit einem Wink auf den feuchten Lappen, den sich Oleg mit der Linken gegen den angeschlagenen Schädel presste, während er mit der Rechten in seiner Hälfte des Omeletts herumstocherte. Er hatte schon ästhetischere Eierspeisen kreiert. Aber da hatte er auch noch eine weniger zerbeulte Pfanne besessen. »Hast du Kopfschmerzen?«, hakte Joy nach.

»Nur eine Prellung«, grummelte er unwillig. Verflucht – vor weniger als einer halben Stunde hatte er versucht, sie umzubringen, und jetzt klimperte sie ihn mit den weltlängsten Wimpern an und sorgte sich um sein Befinden! Das war alles nicht richtig!

»An der Dunstabzugshaube gestoßen?«, riet Joy. Oleg nickte. »Ach, du bist so ein Dummerchen!«, kicherte das Mädchen, wurde aber schlagartig ernst, als der Russe keine Miene verzog. »So etwas sagt man nicht zu seinem Lebensretter, nicht wahr? Aber ich hab's nicht so gemeint. Ich habe nicht nachgedacht. Genau wie du, als du gedroht hast, mich zu erschießen.«

Oleg schwieg mit finsterem Blick und schob sich eine neue Ladung des faden Omeletts zwischen die Backenzähne.

»Du hast mir ganz schön Angst eingejagt«, plapperte das Mädchen ungerührt weiter. »Du hättest mir wirklich gleich sagen können, dass die kriminellen Männer hinter mir her sind, um sich an meinem Vater zu rächen. Warum hätte ich dir nicht glauben sollen? So eine verrückte Geschichte denkt sich doch keiner einfach aus.«

Oleg zuckte die Schultern. Recht hatte sie: *Einfach* war es nicht gewesen.

»Wie geht es meinem Vater eigentlich?«, wollte das Mädchen wissen. »Kann ich ihn nicht wenigstens anrufen?«

»Bist du verrückt?«, rief Oleg. »Stell dir vor, die hören sein Telefon ab. Dann finden sie vielleicht heraus, wo du dich versteckst.«

»Und was ist, wenn sie meinem Vater etwas antun?«, hakte Joy besorgt nach.

»Dein Vater versteckt sich an einem sicheren Ort«, log Oleg. »Aber die Polizei wird die Verbrecher bald verhaften. Dann ist dieser ganze Spuk vorbei, und ihr könnt beide wieder heim.«

Joy nickte zuversichtlich. Dann runzelte sie die Stirn. »Hat er Barbara mitgenommen?«, erkundigte sie sich.

»Barbara?«, wiederholte Oleg verwirrt.

»Meine Stiefmutter«, erklärte Joy seufzend. »Sie ist fürchterlich, wirklich ... Was meinst du: Wenn er sie nicht mitgenommen hat – kommen die Verbrecher dann vielleicht Barbara holen?«

243

»Kann sein«, erwiderte Oleg und hoffte, dass das die Antwort war, die das Kind hören wollte.

Joy jedoch war sich nicht ganz sicher, ob ihr die Vorstellung, dass man Barbara entführen und ihr vielleicht etwas Schlimmes antun könnte, gefallen sollte oder nicht. Eigentlich reichte es ihr, wenn sie freiwillig auszog. Schließlich seufzte sie nur.

»Ich verstehe immer noch nicht, wie die Mafiosi darauf kommen, dass mein Vater etwas mit diesem schrecklichen Unfall im *Fuchsbau* zu tun haben könnte«, sagte sie kauend. »Es war doch ein Unfall, oder?«, vergewisserte sie sich, ehe Oleg in die Verlegenheit geriet, ihr den ganzen Humbug, den er ihr aufgetischt hatte, noch einmal zu erzählen und sich dabei vielleicht zu verplappern.

»Aber natürlich«, antwortete er ehrlich. Schließlich war die Kugel tatsächlich für Olga Urmanov bestimmt gewesen.

Joy zögerte. Sie wollte ihren Lebensretter nicht verärgern, aber hier und da gab es eben doch noch ein paar Ungereimtheiten, die es aus der Welt zu räumen galt. »Ich habe über alles nachgedacht«, bemerkte sie darum vorsichtig. »Warum hatte dein Cousin eine Pistole mit im *Fuchsbau?*«

»Hat er immer«, behauptete Oleg. Wenn sie doch wenigstens aufhören würde, dauernd Fragen zu stellen! »Er ist Privatdetektiv, weißt du? Ein bisschen wie James Bond. Nur nicht so berühmt. Da gehört der Revolver zur Grundausstattung.«

Joy pfiff anerkennend durch die Zähne. »Wow«, sagte sie und legte den Kopf schräg. »Aber eines musst du mir trotzdem noch erklären: Oben bei den Ruinen ... warum hat dein Cousin gesagt, dass du den Mann erschossen hast? Das war er doch selbst!«

»Er glaubt, ich habe seine Pistole kaputtgemacht«, log Oleg tapfer. »Gibt einfach mir die Schuld dafür. Aber ich war gar nicht dran. Ehrenwort.«

»Wie undankbar!«, empörte sich Joy. Für einen Moment legte sie die Stirn in fast kunstvolle Denkfalten. Dann wechselte sie plötzlich das Thema. »Kennst du Meo aus dem Wasserhahn?« Oleg verneinte.

»Er ist ein Engel«, erklärte Joy mit Verschwörermiene. »Ein *echter*.«

»Du bist verwirrt, Mädchen.« Oleg trug seinen Teller zur Spüle und kramte nervös im Gewürzregal herum. Dieser Wahnsinn musste bald ein Ende finden! Wo war das Arsen? Salzsäure in großen Mengen war ein Problem – aber ein paar Gramm Arsen gehörten in jeden gepflegten Verbrecherhaushalt.

»Wenn ich ihn noch einmal sehe, werde ich ein gutes Wort für dich einlegen«, versprach Joy. »Damit du in den Himmel kommst, obwohl du ein schlechtes Gewissen hast, weil du deinem Cousin geholfen hast, eine Leiche zu verstecken. Oder damit du wiedergeboren wirst – was du willst.«

Oleg fand das Gift zwischen Muskatnuss und Thymian und schüttete es komplett in ein Wasserglas, das er dann mit Cola auffüllte.

»Weißt du«, erklärte Joy verträumt, während er den Giftcocktail neben ihrem Teller abstellte, »ich glaube nämlich, dass es gar keinen einzig wahren Gott oder so was gibt. Ich glaube, es gibt so viele Götter und Paradiese und Wiedergeburten und Nichtse, wie die Menschen glauben. Und dass jeder nach dem Tod genau das bekommt, was er erwartet.« Sie lächelte ihn an. »Wenn du glaubst, dass du es verdient hast, in den Himmel zu kommen, dann kommst du auch in den Himmel. Und wenn du denkst, du warst ein so schlechter Mensch, dass du in die Hölle musst, dann schmorst du im Fegefeuer. Oder du glaubst, du warst gut genug, um eine Kuh zu werden. Auch okay. Nur ohne Garantie, am Ende nicht in einem Hamburgerbrötchen zu landen.«

Das Mädchen lachte und streckte eine Hand nach dem Cola-Glas aus, aber Oleg schnappte es ihr vor der Nase weg und trank selbst den Giftcocktail auf ex.

»'tschuldigung«, flüsterte er – über sich selbst erschrocken. »Mir war plötzlich ganz schwindelig.«

Joy maß ihn bekümmert. »Du siehst auch ganz schön blass aus«, bestätigte sie. »Hoffentlich hast du keine Gehirnerschütterung.«

Oleg wirbelte auf dem Absatz herum, schlug die Toilettentür hinter sich zu und schob sich einen Finger in den Hals.

Kapitel 14

lvaro nahm sich Tabeas Ratschlag, mit seinem wenigen Geld bewusst zu wirtschaften, sehr zu Herzen. Die Zeitung, die er mitbrachte, war von gestern, und auch die Katze war nicht neu. Streng genommen war sie sogar so alt, dass der Verdacht nahelag, sie hätte sechs ihrer sieben Leben längst hinter sich. Außerdem war ihr dreifarbiges, langes Fell derart verfilzt, dass sich harte Klumpen darin fanden. Und sie hatte nur ein Auge, dafür aber an beiden Hinterpfoten zwei Zehen zu viel, wodurch sie wie eine gichtkranke Ente herumwackelte. Sobald die Katze plötzlichen Bewegungen ausgesetzt war, geriet die Flohpopulation in ihrem Nacken sichtlich in Aufruhr, und sie sabberte unentwegt.

»Mich dünkt, dies arme Geschöpf hat kein Zuhause«, sagte der gefallene Engel ein wenig verlegen, während er Tabea die Katze zusammen mit der Zeitung überreichte, in deren Sportteil er sie zur Hälfte eingewickelt hatte. »Und mit ein wenig Wasser und Seife sieht sie gleich wieder aus wie neu. Hier.« Er zauberte eine Babybürste von der Hausmarke des Discounters an der Ecke hervor und legte sie auf dem gekachelten Wohnzimmertisch ab. Neunundneunzig Cent. Mit den weichen Synthetikborsten würde Tabea nicht einmal den Flaum auf ihren Unterarmen richten können, geschweige denn das verklebte, stinkende Fell der Katzenkreatur.

»Zeit, ein wenig Gutes zu tun«, fügte Alvaro stolz hinzu, als Tabea das Tier in ihren Händen voller Ekel betrachtete. Er musste an den armen Landstreicher denken, dessen Tod sie am vergangenen Wochenende billigend in Kauf genommen hatte, um ihren Hunger zu stillen. Gewisse Umstände versuchte der Engel in aller Regel erfolgreich zu verdrängen – fast so, als könnte er das Vampirmädchen zu einem ganz normalen Menschen machen, wenn er sie nur beharrlich wie einen solchen behandelte. Schließlich war es nicht ihre Schuld, dass sie war, was sie war. Aber ihr allzu offensichtlicher Ekel gegen die bedauernswerte Katze kränkte ihn doch sehr.

Tabea verzog den Mund. Obwohl ihr Hunger inzwischen unglaubliche Ausmaße angenommen hatte, war nun an Essen nicht mehr zu denken. Niemals würde sie ihre Zähne in das Fell dieser Katze schlagen.

»Warum tust du's dann nicht?«, erwiderte sie mit trockenem Mund.

»Ich *tue* Gutes«, betonte Alvaro hörbar beleidigt, aber dennoch entschieden. »Ich bringe dir ein Wesen, das deiner Hilfe bedarf, und du kümmerst dich darum. Was fressen Katzen?«

»Mäuse«, antwortete Tabea. Ihr Blick war starr vor Entsetzen auf die Katze gerichtet, die ihren kraftlosen Händen nun entglitt und in Zickzacklinien durch den Raum torkelte. Als sie mit dem Schirmständer kollidierte, kippte sie um, blieb einen Moment auf der Seite liegen und rappelte sich wieder auf, um einen Ballen halb verdautes Gras auf die Dielen zu kotzen.

»Gut«, erklärte Alvaro ungerührt. »Dann besorge ich Mäuse.«

»Nein, warte!«, bremste Tabea ihren tatenlustigen Mitbewohner, als er schon fast wieder zur Tür hinaus war. Angesichts des Grauens auf sensationellen zwanzig Zehen hatten seine Worte ihren Verstand ein wenig zeitverzögert erreicht. »Es gibt Katzenfutter in Dosen«, erklärte sie matt. »Da, wo du die Bürste gekauft hast.«

»Mäuse in Dosen?«, wunderte sich Alvaro. »Lebendige?«

Tabea verneinte. »Eher tote. Frag eine Verkäuferin danach«, gab sie zurück und ließ sich wieder auf das Sofa fallen, um sich der feuchten Zeitung zu widmen. WO IST JOY?, brüllte ihr die Schlagzeile von gestern mit roten Lettern ins Gesicht. Darunter prangte ein von einem mittelmäßigen Schulfotografen geknipstes Foto eines elf- oder zwölfjährigen Mädchens, das ein geblümtes Sommerkleid mit Spitzenkragen und abgewetzte Basketballschuhe trug. Irgendwie kam sie Tabea bekannt vor, aber sie vergewisserte sich nur flüchtig im Archiv ihrer Erinnerungen, schon seit Ewigkeiten kein Kind mehr getötet zu haben, und schenkte dem Artikel keine weitere Beachtung. Schließlich hatte sie genug eigene Probleme – und die eines gefallenen, strunzdoofen Engels gleich dazu. »Außerdem solltest du eine neue Zeitung mitbringen«, sagte sie darum. »Die hier ist nicht mehr aktuell.«

»Aber sie war kostenlos«, verteidigte sich Alvaro. »Irgendjemand hat sie achtlos in einen Papierkorb geworfen. Zusammen mit nur angebissenem Zuckergebäck. Es ist erstaunlich, was die Menschen alles wegwerfen.«

»Kostenlos und umsonst«, bestätigte Tabea, ohne nachzufragen, was mit dem angefressenen Teilchen geschehen war. »Du brauchst einen Job, und die Stellen, die gestern in der Zeitung standen, sind bestimmt schon alle weg. Außer dieser hier vielleicht ...« Sie deutete mit dem Zeigefinger auf eines der kleinen Rechtecke in der Rubrik »Stellenangebote«. »*Beethoven Rulez – große Musikhandlung sucht Hilfskräfte zur Auslieferung erstklassiger Tasteninstrumente auf 360-Euro-Basis*«, las sie vor. »Im Flügelschleppen hast du ja Erfahrung.«

Alvaro starrte sie an.

Tabea runzelte die Stirn.

Alvaro zuckte und riss die Augen noch weiter auf.

Tabea schob die Zeitung beiseite und musterte ihn irritiert. »Alles in Ordnung mit dir?«, erkundigte sie sich.

Ein weiteres Zucken durchfuhr den Leib des gefallenen Engels – und noch eins und dann, fast rhythmisch, vier, fünf, sechs hintereinander. Alvaro krümmte sich und presste die Lippen aufeinander. Das Weiße in seinen Augen färbte sich rosa.

»Hol Dr. Molling«, presste er hervor, während er unter Krämpfen in die Knie ging.

»Warum denn? Was ist denn los?« Tabea stand auf und legte ihm zögerlich eine Hand auf die verkrampfte Schulter.

»Es ist ... wie Schluckauf«, keuchte Alvaro. »Es erfasst meinen ganzen Leib. Nein: nur meinen Bauch. Und die Schultern. Hgh ... hgh ...«

Tabea kratzte sich am Hinterkopf, während sie abzuwägen versuchte, ob nun tatsächlich ein Notfall eingetreten war, der einen Arzt erforderte. Wie ein Schluckauf? Rhythmische Krämpfe? Vielleicht ein Magengeschwür?

Ein Magengeschwür mit Rhythmusgefühl ...?

Sie stöhnte auf, als sie begriff, was den gefallenen Engel wirklich plagte. Bei *Petra Puffers Popcornmaschine* – diese Evolutionsbremse hatte ja wirklich überhaupt keine Ahnung vom Leben!

»Okay«, sagte sie so geduldig, wie es ihr gerade noch gelang. »Mach mal *ha*.«

»Hgh ...«, würgte Alvaro hervor und beugte sich noch weiter nach vorn. Seine Arme verkrampften sich um seinen Leib.

»Nein«, verbesserte ihn Tabea. »Sag es laut. Brüll es heraus. Schrei ganz laut: *ha!*«

»Ha!«, rief Alvaro gehorsam. Und tatsächlich: Die Krämpfe schienen ein wenig nachzulassen.

»Und jetzt: *ha, ha, ha!* Dreimal hintereinander«, wies Tabea ihn an.

»Ha, ha, ha!« Alvaro richtete sich langsam wieder auf. »Ha! Ha! Ha! Ha! Ha! Ha!« Seine Züge entspannten sich, und seine Mundwinkel glitten nach oben. »Ha, ha, ha, ha, ha! Das tut gut! Ha, ha, ha, ha, ha!«

»Großartig«, lobte Tabea und kehrte zu ihrem Platz zurück. »Das war's auch schon. Du brauchst keinen Arzt. Du musstest nur lachen.«

»Lachen«, wiederholte Alvaro erstaunt. »So fühlt sich dieses Lachen also an.« Er lächelte. »Es ist ... schön. Irgendwie. Sehr befreiend.« Dann musterte er sie fragend. »Warum musste ich lachen?«, wollte er wissen.

»Weil ich einen Scherz gemacht habe«, seufzte Tabea augenrollend. »Einen schlechten allerdings.«

Alvaro nickte. »Es geschah nach deiner Bemerkung über Flügel«, bestätigte er nachdenklich. »Es brachte mich zum Lachen, weil es zweideutig war, richtig?«

»Möglich«, antwortete Tabea und wandte sich wieder der Zeitung zu. Es waren tatsächlich keine brauchbaren Stellenangebote dabei – dafür aber ein Artikel über ein Museum in einer rheinischen Partnerstadt, aus dem in der Nacht zum Sonntag eine Handvoll Neandertalerknochen entwendet worden waren. Erstaunlicherweise war die Vitrine von innen nach außen zerstört worden.

»Kannst du mich noch einmal zum Lachen bringen?«, bat Alvaro. »Ich meine: Ich habe schon des Öfteren über das Lachen nachgedacht, und mir scheint, es sei ein wichtiger Schlüssel des harmonischen menschlichen Miteinanders. Würdest du mir helfen? Ich möchte ... besser lachen können.«

»*Besser* lachen?«, wiederholte Tabea. Er verlangte von ihr, die nicht einmal damals, als sie noch ein Mensch gewesen war, auch nur ansatzweise Grund zum Lachen gehabt hatte, dass sie ihm das Lachen beibrachte? Ausgerechnet von ihr, die das Schicksal an der Seite eines immerfort schlecht gelaunten Vampirs als Erlösung empfunden hatte, und die vor weniger als drei Tagen auch noch die anderthalb letzten mehr oder weniger lebenden Wesen verloren hatte, die ihr irgendwie, und sei es noch so wenig und kurzfristig, am Herzen gelegen hatten? Das war ... brutal.

Alvaro nickte. Der Blick aus seinen himmelblauen Augen bohrte sich flehend in ihre Seele.

»Also gut.« Tabea schob die Zeitung wieder beiseite. »Du kannst es auch mit *hi-hi* versuchen. Oder mit *ho-ho-ho,* wie der Weihnachtsmann. Oder, wenn es ein gemeines Lachen sein soll, mit dem du die Leichtigkeit betonst, mit der du einem anderen ein Leid zufügst: *harr-harr-harr.* Dann kannst du das *r* rollen.«

Alvaro versuchte alle drei Varianten, ließ dann aber entmutigt die Schultern hängen. »Es funktioniert nicht«, erklärte er bestürzt. »Eben war es viel wohltuender.«

»Weil du einen Grund zum Lachen hattest«, bestätigte Tabea.

»Dann gib mir noch einen Grund«, verlangte Alvaro.

»Ich kenne keine Witze«, behauptete Tabea.

»Was genau ist ein Witz?«, fragte Alvaro.

»Ein kurzer Text, ein Wortwechsel, eine Frage oder dergleichen«, versuchte Tabea es so zu erklären, wie Dr. Herbert es vermutlich formuliert hätte. »Irgendetwas, dem ein plötzlicher Positionswechsel folgt. Also eine Pointe. Vielleicht die Darstellung eines Problems, das sich letztlich als gar keines erweist.«

Alvaro zog die Brauen zusammen. »Das klingt kompliziert«, stellte er fest.

Tabea füllte die Backen mit Luft und ließ sie geräuschvoll wieder entweichen. Wie erklärte man bloß verständlich, was witzig war?

»Oder eben ein Wortspiel«, versuchte sie es erneut. »So wie gerade. Ich habe etwas gesagt, das zweideutig war. Ich habe auf die Flügel angespielt, die dein Leben lang an deinen Schulterblättern klebten, und übertragen, dass du auch einen Flügel, also ein Klavier, mühelos müsstest schleppen können. Das war ein Wortwitz. So ähnlich wie: Was sitzt im Dunkeln, hat Flügel und saugt Blut?«

»Ein Vampir«, vermutete Alvaro.

»Nein. Die neue *Always Ultra*«, verbesserte Tabea. Alvaro sah sie hilflos an.

»Oder: Was ist gelb, krumm und kann schießen?«, versuchte Tabea es erneut.

Alvaro schüttelte verwirrt den Kopf. »Das weiß ich nicht.«

»Eine Banone. Ha, ha«, sagte Tabea.

Alvaros Augen weiteten sich. Und dann lachte er wieder. Er lachte laut, schrill und schief, krümmte sich und schlug sich auf die Oberschenkel. Er kicherte, gluckste, holte tief Luft und gab sich einem neuerlichen Lachanfall hin, bei dem ihn Tabea zweifelnd beobachtete. Schließlich klopfte er ihr um Atem ringend auf die Schultern. »Ich hab's ... ich hab's verstanden«, keuchte er. Lachtränen rannen seine hellen Wangen hinunter. »Jetzt hab ich es begriffen. Warte – ich kann auch einen.«

»Ja?«, seufzte Tabea.

»Ja«, bestätigte Alvaro und räusperte sich. »Hör zu. Was ist klein, grün und dreieckig?«

Tabea zuckte die Achseln.

»Ein kleines grünes Dreieck!« Alvaro prustete laut los, ließ sich auf das Sofa fallen, strampelte juchzend mit den Füßen, sprang wieder auf, umklammerte Tabea mit beiden Armen und hüpfte wie von Sinnen mit ihr durch den Raum, bis er über den verfluchten Schirmständer stolperte und beide ineinander verkeilt zu Boden stürzten – was den gefallenen Engel nahtlos von einem in den nächsten Lachkrampf katapultierte und Tabea einen wüsten Fluch entlockte.

Sie kämpfte sich unter dem schweren Leib der zuckenden und brüllenden Gestalt hervor, sprang auf die Füße zurück und klopfte sich vorwurfsvoll den neuen Schmutz von den alten, dreckigen Kleidern. »So geht das nicht«, schalt sie ihn. »Du musst schon etwas übertragen. Oder in der Antwort nur eine Kleinigkeit verändern. So wie: Was steht im Wald und schreit immer ›Kugel! Kugel!‹? Logisch: ein Kugel-Schrei-Bär.«

Alvaro schüttelte sich erneut, während er sich auf den Bodendielen wand. »Was ist rosa und behindert?«, stieß er zwischen mehreren Lachern hervor. »Ein Flamongo!«

»Ja, genau«, seufzte Tabea und streckte ihm eine Hand entgegen, um ihm beim Aufstehen zu helfen, aber Alvaro ignorierte sie.

»Ich glaube, das reicht für heute«, entschied Tabea genervt. »Hau jetzt ab und hol eine Zeitung.«

Ihre Worte drangen nicht zu Alvaro vor. »Was essen Piraten am liebsten?«, brüllte er unbeirrt. »Kapern!«

»Hol eine Zeitung!«, schrie Tabea, während sie Alvaro unter den Achseln ergriff und mit einem kraftvollen Ruck auf die Füße stellte. »Sofort!« Entschlossen lotste sie ihren albernen Mitbewohner zum Ausgang.

»Welches Mus ist aus Asche und nicht genießbar?«, japste Alvaro. Tabea ahnte die Antwort, verzichtete aber darauf, sie ihm vorwegzunehmen. Jetzt wurde sie richtig sauer. So sehr sie auch versuchte, ihm sein neu gewonnenes Lebensgefühl zu gönnen, es gelang ihr doch nicht, herzlich daran teilzuhaben. Es überforderte ihre verletzte Seele schon, dass er sich überhaupt über alle Maßen amüsierte, während sie selbst schon seit Jahrzehnten kein aufrechtes Lächeln mehr zustande gebracht hatte – seit damals, als sie diesen jungen Mann mit nach Werthersweide gebracht hatte, um genau zu sein. Nun sollte er es bloß nicht wagen, sich auch noch auf Kosten ihres alten Onkels zu vergnügen!

»Hierony-Mus!«, brüllte Alvaro nichtsdestotrotz und

kippte plötzlich stumm vornüber, als Tabea ihm den Schirmständer auf den Hinterkopf schlug.

»He ... Das tut weh!«, beklagte er sich, während er mit den Fingerspitzen nach der kleinen Platzwunde an seinem Hinterkopf tastete.

»Ja«, bestätigte Tabea kühl und schlug die Tür hinter dem gefallenen Engel auf dem Boden im Hausflur zu. »Mir auch.«

In ihrem Herzen leisteten sich verletzter Stolz und schlechtes Gewissen einen kurzen Zweikampf. Sie hatte Alvaro nicht verletzen wollen. Aber er trat schließlich auch mit Füßen nach ihr: mit diesem respektlosen Spruch, mit seiner guten Laune – mit seinem *Menschsein*. Und so siegte der zornige Stolz.

»Du brauchst einen Arzt«, brüllte sie ihm durch die geschlossene Wohnungstür nach und stampfte wütend in die Küche, wo sich die Katze gerade die Zeit damit vertrieb, den Mülleimer auszuräumen.

Tabea ließ sich in die Hocke sinken und streckte die Rechte nach dem verfilzten Tier aus. Das Fell klebte und war tatsächlich so verfloht, dass sie das Hüpfen der Parasiten in der Innenfläche der Hand spürte, als sie die Katze im Nacken packte und anhob, um ihr in die Augen – pardon: ins Auge – zu sehen.

»Du nicht«, flüsterte sie traurig, während sie die Luft anhielt und den Kopf der Katze mit spitzen Fingern zur Seite drehte. »Du brauchst keinen Arzt mehr. Ich bereite deinem Elend ein Ende.«

Die Katze schnurrte. Tabea ließ sie auf den Boden zurücksinken.

»Aber erst nach dem Baden«, seufzte sie, öffnete den Kühlschrank und kramte eine Packung eingeschweißtes Rindfleischfilet hervor. Kuhblut war widerlich. Aber irgendetwas musste Tabea zu sich nehmen. Sie öffnete die Schweißnaht, leckte das kalte Blut vom Filet und schob das Fleisch in die Packung zurück. Heute Nacht würde sie jagen müssen, ganz gleich, wie elend sie sich fühlte.

Tabea schnappte sich die Katze, trug sie ins Bad und verteilte eine halbe Flasche Hair Conditioner auf ihr. Sie wusch sie, rubbelte sie trocken, setzte sie auf dem Couchtisch vor dem Sofa ab und nahm ihr gegenüber Platz.

Die Katze schaute sie an. Durch das einzige Auge, so schien es, vermochte Tabea direkt in ihre Seele zu blicken. Die Katze war hässlich. Sie hatte zu viele Zehen. Sie war anders, sie war alt, und sie war fürchterlich einsam.

Sie war genau wie Tabea. Nur, dass Tabea nicht hässlich war. Glaubte sie zumindest.

Tabea nahm die Katze wieder vom Tisch, trug sie in die Küche, schnitt behutsam die Filzklumpen aus ihrem Fell und machte sich daran, den löchrigen Teppich, der auf ihrer Haut zurückgeblieben war, mit Alvaros neuer Haarbürste durchzukämmen. Als der letzte Knoten entfernt war, strich sie mit der neuen Babybürste darüber, bis das Fell ordentlich lag und glänzte. Die Katze sabberte glücklich vor sich hin, und sie taufte sie auf den Namen Frieda. Tabea ließ sie ein wenig an dem Rindfleischfilet herumkauen, verstaute den Rest wieder in der Packung und setzte das Tier vorsichtig auf dem Boden ab.

Mit einem dankbaren Schnurren sprang Frieda auf das Fensterbrett, verlor das Gleichgewicht und brach sich das Genick.

Die Katze war nicht sofort tot. Offenbar bemüht darum, ein Höchstmaß an Gemeinsamkeiten mit Tabea herzustellen, behielt das Schicksal ihren ausgemergelten Körper noch eine quälende Weile am Leben, während ihr Verstand sich längst damit abgefunden hatte, den Löffel abgegeben zu haben. Ein paar begriffsstutzige Nerven ließen Beine, Ohren und Augenlid zucken, und ihr Schwanz wedelte in stummem Protest wie eine lange, pelzige Raupe, die ein ruhiges Plätzchen anstrebte, an dem sie sich verpuppen konnte, um sich irgendwann als schillernder Schmetterling in die Lüfte zu erheben.

Solche und ähnliche verrückte Gedanken schossen Tabea durch den Kopf, während sie wie erstarrt auf Frieda hinabblickte, die neben der Mülltonne in den letzten Zügen lag. Das konnte, sollte, durfte doch alles nicht wahr sein! Vor weniger als fünf Minuten erst hatte sie dieser Katze einen Namen gegeben, und nun starb sie ihr einfach vor den Augen weg!

»Nein!«, flüsterte Tabea entsetzt. »Nein, nein, nein, nein, nein!«

Entschlossen, bis zum bitteren Ende zu kämpfen, ließ sie sich auf die Knie fallen, packte die Katze mit der einen Hand im Nacken und mit der anderen an der sabberverschmierten Schnauze und drehte ihr Gesicht in ihre Richtung. Sie rang alle Skrupel nieder, schloss ihre Lippen um die feuchte Nase und das noch viel feuchtere Maul der Katze und versuchte die erste Mund-zu-Mund-Beatmung ihres Lebens. Zweimal im Jahr wurden auf Werthersweide Erste-Hilfe-Kurse abgehalten. Tabea wusste, wie das ging!

Dachte sie jedenfalls, bis sie warmes Katzenblut auf ihrer Zunge schmeckte.

258

Vielleicht eine Folge des Sturzes. Oder sie hatte es in ihrer Panik ein wenig übertrieben und so Friedas Lungen zum Platzen gebracht. Auf alle Fälle war es damit endgültig und unwiderruflich vorbei. Die Katze regte sich nicht mehr.

Das Rasseln des Haustürschlüssels im Schloss weckte sie aus ihrer neuerlichen Schreckstarre.

»Mein Versicherungsnachweis«, drangen Alvaros vorwurfsvolle Worte in ihre Ohren. »Wenn du mir das nächste Mal grundlos Gewalt antust, sei doch bitte so gut und wirf mir meinen Versicherungsnachweis hinterher. Ich hatte dir doch berichtet, wie empfindlich Dr. Mollings freundliche Hilfskraft darauf reagiert, wenn jemand seinen Ver...«

Er brach ab, als er Tabea mit der Katze auf dem grauen Linoleumboden in der Küche entdeckte. Das Vampirmädchen sah aus brennenden Augen zu ihm auf. »Sie ist gestorben«, sagte sie leise.

Alvaro verzog keine Miene. Keine Regung seiner Brauen, seiner Nasenflügel oder der Mundwinkel verriet, was sich hinter der Fassade seines Antlitzes zutrug. Nur eines war sicher: Das Lachen war ihm vorerst vergangen.

»Dein kuscheliges kleines Kätzchen mit den riesengroßen Kulleraugen?«, vergewisserte er sich.

Tabea nickte. »Sie ist vom Fensterbrett gefallen und hat sich das Genick gebrochen«, erklärte sie bestürzt.

Alvaro maß sie lange und eindringlich. Als Tabea weiter nichts sagte, schüttelte er traurig den Kopf. »Wisch dir das Blut vom Kinn«, sagte er leise, nahm seine Versichertenkarte vom Küchentisch und verschwand so grußlos, wie er gekommen war.

Tabea tastete nach ihrem Kinn und blickte auf ihre Fingerspitzen hinab, und tatsächlich haftete ein Gemisch aus Blut und Speichel daran. Nur langsam begriff sie, welchen Eindruck sie auf ihren Mitbewohner gemacht haben musste, und schluckte hart, als ihr die vermeintliche Eindeutigkeit der Situation endlich klar war.

Zeit, Gutes zu tun ...

Tabea sprang auf, stürmte aus der Küche und schüttelte dabei energisch den Kopf. »Ich hab' sie nicht getötet!«, keuchte sie, den langsam erkaltenden Leib der Katze auf den Händen vor sich her tragend. »Ich hab' ihr nichts getan, wirklich nicht! Ich habe sie gebadet und gefüttert und gekämmt, und dann ... Es war ein Unfall, hörst du? Das war nicht meine Schuld! Ich kann überhaupt nichts dafür!«

Aber Alvaro hörte sie nicht. Stattdessen vernahmen Tabeas empfindliche Ohren das Krachen der Haustür, die im Untergeschoss ins Schloss fiel. Das Geräusch traf sie wie ein Donnerschlag, unter dem sie jäh erzitterte.

»Ich war es nicht«, schluchzte Tabea leise, während sie sich kraftlos auf die Dielen sinken ließ. »Es war doch meine Katze ...«

Sie drückte Frieda an sich, vergrub ihr Gesicht in ihrem dreifarbigen Fell, atmete Hair Conditioner und den säuerlich-süßen Geruch von erkaltenden Körperflüssigkeiten ein und tat, was ihr Vater ihr eigentlich schon im Krabbelalter abgewöhnt hatte: Sie weinte.

Tabea weinte laut und tränenreich. Wie ein Schlosshund jammerte sie sich das Elend eines ganzen Jahrhunderts vom Herzen und erwartete, dass das salzige Nass, das Friedas Fell bis auf die Unterwolle tränkte, all den gesammelten Kummer hinfortspülen werde. Als sie begriff, dass sie auch in einem ganzen weiteren Jahrhundert nicht genug würde weinen können, um Erleichterung zu ernten, schluchzte sie vor Enttäuschung über diese Erkenntnis weiter, bis die Erschöpfung sie der Länge nach auf die Holzdielen zwang. Mit der toten Katze im Arm schlief sie auf dem nackten Boden ein.

Und erwachte über eine Wäschewanne gebeugt in der Manufaktur.

H&S. Hufschmidt & Söhne ... Sie hätte das kleine Messingschild, das die Blechwanne als Eigentum der Miederwarenmanufaktur Hufschmidt & Söhne auswies, nicht eigens entziffern müssen, um zu wissen, wo sie sich befand. Und dass es nur ein Traum war, denn der düstere Klotz mit den langen, schmutzigen Facettenfenstern war längst einem Automobilkonzern gewichen, und schließlich einem Spaßbad, das einem überdimensionalen UFO glich, inzwischen allerdings als Vertriebshalle für einen chinesischen Spielwarenproduzenten diente. Ganz ohne Zweifel träumte Tabea nur.

Aber das machte es nicht besser.

Das Erbrochene, das die frisch gebleichten Damenschlüpfer in der Wanne besudelte, entstammte nicht Tabeas eigenem Magen, sondern dem ihrer kleinen Schwester Johanna.

Johanna übergab sich häufig; vorzugsweise dann, wenn sie sich vor irgendetwas fürchtete. Und Gründe zum Fürchten bot die Manufaktur den Kindern, die in ihr schufteten, reichlich. Ständig verätzten, verbrannten, schnitten oder prellten sie sich an Webstühlen, Feuern, überlaufenden Bottichen und Nähtischen, an denen sie für einen Hungerlohn arbeiteten, um ihre bettelarmen Familien zu unterstützen, die ihre Häuser und Höfe in den allermeisten Fällen an die Industrialisierung verloren hatten. Manchmal gelang es dank H&S, wenigstens den jüngeren Kindern ein Mindestmaß an Schulbildung zu finanzieren, damit sie eine winzige Chance auf ein besseres Leben hatten. So wie in Tabeas Familie: Johanna ging zur Schule. Und zwar jeden Morgen zwischen vier und sechs in der Frühe, ehe ihre Geschwister und sie sich zum Morgenappell auf dem Innenhof des H&S-Geländes einfanden. Vielleicht würde sie es irgendwann schaffen, der Armut, in die sie hineingeboren war, zu entfliehen.

Beaufsichtigt wurden die Kinder bei H&S von mehreren Vorarbeitern und dem jüngsten Hufschmidt-Sohn, einem brutalen Kerl, den man heutzutage nicht einmal mehr in einem amerikanischen Boot Camp beschäftigt hätte. Seinetwegen stand Tabea nun über die Wäschewanne gebeugt da und versuchte ebenso leidend wie schuldbewusst zu wirken. Johanna nämlich war so winzig, dünn und kränklich, dass sie befürchtete, der Fabrikantensohn würde sie mit seinen narbigen Pranken irgendwann totschlagen – ganz aus Versehen, wie sich verstand. Und hinterher würde von einem bedauerlichen Arbeitsunfall die Rede sein. Jeder Arbeiter, ob Kind oder Erwachsener, würde die Version des umgestürzten Lagerregals bestätigen, denn Hufschmidt & Söhne achteten penibel darauf, ausschließlich die Ärmsten der Armen in ihren Hallen zu beschäftigen, die auf jeden halben Pfennig angewiesen waren. So war man sich ihrer Solidarität sicher – und das zu Recht.

Wenn sie Glück hatten, würde die Firma die Bestattungskosten für das Kind übernehmen. Ein anderes

Mädchen oder ein Junge mochte die freigewordene Stelle besetzen, und der Fall würde rasch in Vergessenheit geraten. Es wäre nicht das erste Mal.

Jetzt erspähte Hufschmidt jr. Tabea und die halb verdaute Kohlsuppe auf den jüngst gebleichten Damenschlüpfern in Größe 50–52. Seine linke Faust traf ihren Hinterkopf wie ein stählerner Hammer, so dass sie von den Füßen gerissen wurde und über die Wanne fiel. Aber Tabea stand sofort wieder auf, denn ihr Vater hatte sie gelehrt, niemals zu weinen und immer wieder aufzustehen, ehe er selbst von einem Zugpferd niedergetrampelt und von dem dazugehörigen H&S-Planwagen überrollt worden war. Der Fabrikantensohn fluchte, setzte ihr nach und schlug sie ein zweites und ein drittes Mal. Als Tabea sich auch nach dem vierten Hieb zurück auf die Füße kämpfte, fast blind vor Schmerz und blutüberströmt, schnappte er sich voller Zorn Johanna und schleuderte sie mit aller Gewalt in einen Webstuhl, so dass sie sich ein Bein brach und fortan hinkte, weil ihr linker Fuß für immer taub blieb.

Tabea weinte sich aus dem Traum in einen Halbschlaf und sah den jungen Mann, den sie einst mit nach Werthersweide gebracht hatte. Eigentlich hatte sie ihren Hunger an seinem Blut stillen wollen, doch gerade, als sie sich im Mondschein, der durch das weit geöffnete Fenster auf sein Bett fiel, über ihn beugte, schlug er die Augen auf.

»Ich habe immer gewusst, dass ich eines außergewöhnlichen Todes sterben werde«, hatte er gesagt. Er hatte nicht versucht, vor ihr zurückzuweichen. »Weil ich ein besonderer Mensch bin.« Er hatte sich nicht einmal erschreckt. Und was das Erstaunlichste war: Er hatte ihre Daseinsberechtigung als Vampir keine Sekunde infrage gestellt. Sein ruhiger Blick streifte ihre blitzenden Eckzähne und ihr schneeweißes Gesicht. Für ihn war alles klar – und in Ordnung.

»Was ist? Willst du mich nicht beißen?«, hatte er sich fast enttäuscht erkundigt, als Tabea nichts weiter tat, als stumm und reglos auf ihn hinabzusehen. So ging das einfach nicht! Man hielt einem Vampir nicht ganz entspannt die Hauptschlagader hin und sagte: Bitte. Bedien dich. Ich lebe ganz gerne, aber tot zu sein, fände ich auch nicht sonderlich schlimm.

Es war nicht richtig, und es irritierte Tabea zutiefst. So sehr, dass sie sich abwandte, die Gestalt einer Fledermaus annahm und fast fluchtartig in die Nacht hinausschwirrte.

Aber irgendetwas hatte der junge Mann in ihr bewegt, und so kehrte sie zu ihm zurück. Nacht für Nacht, monatelang. Der Pulverschnee schmolz von den Dächern und Tannenspitzen, und der Frühling 1932 hielt Einkehr in das Land. Tabea wusste genau, dass es der Frühling 32 gewesen war, denn der junge Mann erzählte ihr von der Eröffnung des Empire State Building in New York. Der Münchener Glaspalast brannte ab, die Wirtschaftskrise erreichte ihren Höhepunkt, und der erste Elektrorasierer kam auf den Markt.

Ja – der junge Mann erzählte ihr viel, wenn sie ihn (anfangs wirklich aus Versehen, später durch absichtliches Ungeschick) aus dem Schlaf riss. Mit ruhiger, furchtloser Stimme ließ er sie an seinem Studentenleben und am allgemeinen Weltgeschehen teilhaben. Nur eines verriet er ihr nicht: seinen Namen.

Weil Tabea ihm auch den ihren nicht sagte. Überhaupt sprach sie kein einziges Wort mit ihm, denn es war eine Zeit, in der die Schuld noch eiserne Ketten um ihren Schlund zog. Aber sie hörte ihm zu, lauschte wie gebannt dem warmen Klang seiner Stimme, die ihr von einem anderen, offenbar in allen Situationen lebenswerten Dasein berichtete, und schloss den jungen Mann in ihr Herz. Vielleicht verliebte sie sich sogar ein bisschen – das vermochte sie nicht zu beurteilen; nicht aus damaliger und erst recht nicht aus heutiger Sicht.

Als die Regierung Brüning im Juli mehrere sogenannte Bankfeiertage einführte, um sich den absehbaren Ansturm verunsicherter Anleger von der Backe zu halten, die ihr Geld zurückforderten, ehe es im komplizierten Finanzsystem verrauchte, nahm Tabea den jungen Mann bei der Hand und führte ihn nach Werthersweide.

Warum?

Vielleicht wollte sie ihm auf diese Weise ein klein wenig von dem grenzenlosen Vertrauen zurückgeben, das er ihr schenkte, wenn sie schon nicht mit ihm sprechen konnte – ihn ein kleines bisschen an ihrem eigenen, untoten Leben teilhaben lassen. Oder aber sie hoffte insgeheim, der junge Mann würde ihr auch ihr Leben irgendwie erklären können; und zwar so, dass es ihr gelang, ein bisschen so zu werden wie er, der auf seine unerschütterlich gelassene Art jedes noch so bittere Ungemach als gottgewollt und darum völlig in Ordnung hinnahm.

Möglicherweise jedoch war sie es auch einfach nur leid, den weiten Weg zur Burg zurück immerfort allein zu bestreiten. Sie wusste es nicht mehr genau, denn das alles war rund achtzig Jahre her. Über jeden Zweifel erhaben war hingegen die Tatsache, dass es ein Fehler gewesen war. Ein unverzeihlicher Fehler.

Onkel Hieronymos erwartete sie bereits. Wie sie später erfuhr, hatte er sie in all der Zeit heimlich aus dem Verborgenen heraus beobachtet. Er verriegelte die Tür zum Großen Saal, als Tabea den jungen Mann stumm hineingeführt hatte, und baute sich vor den beiden auf. Groß. Dunkel. Und mächtig. Kraftvoller, als sie ihn je zuvor wahrgenommen hatte. Seine Stimme war kaum mehr als ein Flüstern, und doch sollte sie seine Worte nie wieder vergessen.

»Das ist also dein Freund aus der Stadt«, hatte er gesagt. »Dein Menschenfreund.«

Tabea hatte das Kinn gereckt – eine trotzige Geste. Sie fürchtete Hieronymos' Zorn, aber noch viel mehr fürchtete sie die ewige Einsamkeit an seiner Seite. Schließlich konnte sie nicht ahnen, wie schlimm er wirklich wüten würde.

»Du kannst keinen Menschen zum Freund haben, mein Kind. Es funktioniert nicht«, hatte der alte Vampir sie belehrt. »Und weißt du auch, warum?« Er packte den jungen Mann an der Kehle und zwang ihn vor sich in die Knie. »Weil er vor dir sterben wird. Stück. Für Stück. Für Stück ...«

Und mit jedem »Stück« riss er ein Stückchen von dem jungen Mann ab. Erst die Hände, dann die Arme und Beine, und zuletzt den Kopf mit dem hübschen Gesicht, in dem nun zum vielleicht allerersten Mal blankes Entsetzen geschrieben stand. Der junge Mann schrie, aber seine Schreie verhallten ungehört in den weitläufigen Gemäuern, kehrten in den Großen Saal zurück und versickerten mit seinem Blut zwischen den Fugen. Es sah aus wie im Schlachthaus. Über und über mit Blut beschmiert, stürmte Tabea aus dem Saal, verbarrikadierte sich im Turmzimmer und schlug mit dem Kopf gegen einen Balken, bis ihr eigenes Blut das des jungen Mannes von ihren Wangen schwemmte.

»Verstehst du nun, warum du keinen Menschen zum Freund haben kannst?«, hallte Hieronymos' Stimme durch die Burg. »Verstehst du, warum nur ich dein Freund sein kann?«

Tabea schrie, um die Stimme, die sie im Halbschlaf zu ersticken versuchte, zu übertönen. Und ein anderer Laut mischte sich unter die, die sie selbst hervorbrachte, und jene, die nur für ihre Ohren bestimmt waren: das Klopfen einer Faust, die energisch gegen die Tür hämmerte.

»*Lanet olsun!*«, schimpfte Aisha El Sherif, die türkischstämmige Frau des marokkanischen Vermieters, auf dem Flur vor der Wohnungstür. »Alle Kinder schlafen jetzt! Kinder müde! Müssen noch lernen nach Schlafen am Mittag! Hörst du auf mit die Lärm! Lässt du sein, oder ich rufe Polizei!«

Tabea schüttelte die Reste ihres Wachtraums mühsam von sich ab, wobei ihr auffiel, dass sie sich auf den Bauch gewälzt hatte – was nicht weiter schlimm gewesen wäre, hätten ihre Arme nicht noch immer die Katze umklammert. Aber sie fühlte sich viel zu schwach, um sich noch einmal umzudrehen, geschweige denn aufzustehen.

»Es ist alles in Ordnung«, flüsterte sie darum nur. »Alles okay ...« Sie bezweifelte, dass die Frau des Vermieters ihre Worte auf dem Flur verstehen konnte, aber eigentlich waren sie auch viel mehr an sich selbst gerichtet als an die tobende Vermieterin.

»*Toz ol!*«, setzte Aisha El Sherif nach. »Ist jetzt alles wieder gut da drinnen, oder muss ich mein Mann telefonieren für kommen dir helfen?«

Tabea verstand kein Türkisch, hatte aber kürzlich zwei Südländer belauscht, von denen der eine dem anderen seine Hilfe angeboten hatte. Den Wortlaut der höflichen Ablehnung hatte sie sich gemerkt. Sie hob Kopf und Stimme, so gut es ihr eben gelang.

»*Schurkan, badi emschi*«, erwiderte sie.

Ein weiterer, etwas lauterer Knall ertönte. Offenbar hatte die Frau des Vermieters mit Hausschlappen gegen die Tür getreten.

»Pack!«, schimpfte sie in sauberem Hochdeutsch, während sie die steile Treppe wieder hinunterstampfte. »Völlig verrücktes Pack da drinnen!«

Tabeas Kopf sank wieder auf die Dielen hinab, und keine drei Atemzüge später fiel sie in einen tiefen, glücklicherweise traumlosen Schlaf.

Hatte Alvaro das Recht, über Tabea zu urteilen?

Wahrscheinlich nicht. Als ehemaliger Gesandter Gottes hatte er damals lediglich das zu tun gehabt, was ihm aufgetragen worden war – ohne die Entscheidungen Taminos oder gar des Allmächtigen zu hinterfragen oder auch nur darüber nachzudenken. Selbst wenn er nicht seines Postens enthoben und seiner Fähigkeiten beraubt worden wäre, hätte es ihm nicht zugestanden, ihr oder irgendeinem anderen Wesen vorzuschreiben, was gut oder was böse war. Und irgendwie verstand er das Vampirmädchen ja auch. Es musste inzwischen fürchterlichen Hunger leiden. Schließlich hatte sich Tabea das furchteinflößende Dasein als blutdürstender Vampir nicht ausgesucht. Konnte er sich nicht eher glücklich schätzen, dass sie noch nicht über ihn hergefallen war, um ihm sein nunmehr rein menschliches Blut aus den

Adern zu saugen? Je länger Alvaro darüber nachdachte, umso mehr hoffte er, dass das nicht etwa auf den bleibenden Eindruck zurückzuführen war, den der erste Biss bei ihr hinterlassen hatte, sondern darauf, dass auch sie ein Gewissen hatte. Und dass sie nicht bloß Zweckgefährten, sondern schon fast Freunde waren.

Aber ein wenig enttäuscht durfte er doch wohl sein? Immerhin hatte er ihr einen Auftrag gegeben. Er hatte erwartet, dass sie sich um die Katze kümmerte – nicht, um eine gute Tat von ihr zu verlangen, sondern er hatte sich vergewissern wollen: dass es die richtige Entscheidung gewesen war, sie mit in sein neues Leben zu nehmen; dass im Grunde eine gute Seele in ihr wohnte; ein durch und durch menschlicher Geist.

Doch er hatte befürchtet, es könnte genau so kommen, wie es nun gekommen war. Was auch der wahre Grund war, aus dem er sich auf ein bedauernswertes Wesen beschränkt hatte, dem ohnehin nicht mehr allzu viel Lebenszeit vergönnt sein würde, statt sich um eine angeblich zu kostspielige junge Katze aus einer Zeitung zu bemühen.

Eine weitere Lüge in seinem neuen Leben ... Es überraschte den gefallenen Engel selbst, wie einfach sich der Akt des Lügens gestaltete, den er bislang für einen überaus komplexen, sehr bewusst durchdachten Vorgang gehalten hatte. Es geschah fast wie von selbst. Beinahe wie das Lachen.

Das Lachen ...

Es war wunderbar. Was unter weniger hoch entwickelten Arten als Drohgebärde galt – ein Zähnefletschen, das von einem gesunden, gefährlichen Gebiss zeugte –, bedeutete unter den Menschen ein Zeichen der Verbundenheit. Einander die Zähne zu zeigen, hieß, Teil einer starken Gemeinschaft zu sein, die füreinander einstand.

Schade, dass Tabea nicht mit ihm hatte lachen wollen.

Alvaro wischte den Gedanken beiseite.

Das Lachen war vielleicht das größte Geschenk, das den Menschen gegeben war. Schon winzige Säuglinge vermochten ihren Eltern das Herz zu erwärmen, wenn sie die Mundwinkel im richtigen Augenblick nach oben zogen. So einfach konnte es sein, andere Menschen glücklich zu machen und sie für einen kurzen Moment alle Sorgen vergessen zu lassen. Durch ein ganz einfaches Lächeln – kein gütiges, beruhigendes oder verzeihendes, wie Alvaro es seinerzeit mühselig vor einem Spiegel gelernt hatte. Nichts, was man bewusst einsetzte, um sein Gegenüber zu beruhigen, zu besänftigen oder gar zu entwaffnen, sondern nur ein Reflex. Ein unbeabsichtigtes Muskelspiel, das die Welt ein kleines bisschen besser machte und schon im Lauf der ersten Lebensmonate zur Königsdisziplin, dem herzhaften Lachen, reifte. Eine weitere, ganz natürliche Reaktion des Menschen, die, wie Alvaro jüngst am eigenen Leib erfahren hatte, eine überaus entspannende Wirkung auf Körper und Seele hatte – für den Lachenden und auch für andere (sofern man sich diesem göttlichen Vergnügen nicht auf Kosten eines staubigen Vampirs hingab).

Alvaro grinste bei dem Gedanken. Das war schon wieder so ein Wortspiel. Er versuchte gar nicht, gegen den schelmischen Gesichtsausdruck in seinen Zügen anzukämpfen. Das Vampirmädchen war schließlich in der Wohnung zurückgeblieben und vermochte nicht in seinen Gedanken zu lesen; schon gar nicht über eine Distanz von mehreren Hundert Metern. Und so gab er sich der heiteren Laune, die ihn trotz der Enttäuschung über ihren Totschlag der Katze schon bald wieder einholte, ungehemmt hin.

Und selbst wenn es anders gewesen wäre: Verglichen mit Alvaros verlorenem himmlischen Dasein würde sein menschliches Leben von erbärmlich kurzer Dauer sein. Er wollte es voll auskosten und sah überhaupt nicht ein, Tabea zuliebe fortan zum Lachen in den Keller zu gehen.

Alvaro sah einen Jugendlichen, dessen Hose eindeutig zu weit geschnitten war und darum den Blick auf eine grün karierte Unterhose erlaubte. Er kicherte leise, was ihm einen bösen Blick und eine überaus abschätzige Bemerkung über seine Mutter einbrachte, doch davon ließ er sich nicht beirren. Als er einen Bettler passierte, dem eine dreiste Elster eine blitzende Münze aus einem Becher stahl, konnte er kaum noch an sich halten. Und erstaunlicherweise lachte der Obdachlose mit ihm – und sei es auch nur, weil sich sein Lacher so außerordentlich bekloppt anhörte. So ähnlich wie »hiarks-hiarks-hiarks«.

Alvaro ließ zwei neue Münzen in die Bettelbüchse fallen, kaufte eine frische Zeitung und passierte sein neues Zuhause auf dem Weg zu Dr. Mollings Praxis, die er vorhin schon einmal besucht und auf die Bitte hin, in einer halben Stunde zurückzukommen, wieder verlassen hatte. Auf der anderen Straßenseite erspähte er die Ehefrau seines Vermieters. Bei dem Versuch, einen prallvollen Müllsack in einer grauen Tonne zu verstauen, gab das dünne Plastik des Beutels nach, und der übel riechende Inhalt ergoss sich um den Rand der Mülltonne, das bodenlange Gewand der Frau und ihre nackten

Füße. Wieder brach ein herzhaftes Lachen aus Alvaro heraus.

»Muahahahahahaha!«, schallte es aus seiner Kehle über die Straße. »Muahahahah, chrrr, hia, hia, hia, hia, hia ...!«

Aisha El Sherif funkelte zornig zu ihm hinüber und fluchte laut. »Was hat meine Mann da in unsere Haus geholt? Was machen die alte Esel mit mir?«

Alvaro zwang sich, das letzte »chr-chr-chrr ...« lieber doch hinunterzuschlucken, eilte über die Straße und half der Frau seines Vermieters, den verstreuten Müll wieder einzusammeln.

»*Siktir git*«, grummelte die dunkelhäutige Endvierzigerin.

»Gern geschehen«, antwortete Alvaro lächelnd und setzte seinen Weg zu Dr. Mollings Praxis fort. Die kleine Platzwunde an seinem Hinterkopf war zwar inzwischen verkrustet und schmerzte kaum noch, aber er zog es vor, den Arzt trotzdem einen Blick darauf werfen zu lassen. Das mit der Selbstheilung funktionierte schließlich nicht mehr, und er hatte schon mehrere Menschen betreut, die letztlich ein Leben lang an scheinbar unbedeutenden Verletzungen und Erkrankungen zu knabbern gehabt hatten. Außerdem konnte ihm Dr. Molling bei dieser Gelegenheit vielleicht helfen, das Problem mit den Fingernägeln in den Griff zu bekommen. Ohne fachkundige Anleitung wagte er es nämlich nicht, sie zu stutzen, weil er befürchtete, sich dabei zu verletzen.

Anders als vorhin, als ihn die Sprechstundenhilfe leicht genervt gebeten hatte, zu einem späteren Zeitpunkt zurückzukommen, platzte das Wartezimmer jetzt nicht mehr aus allen Nähten. Die meisten der Gesichter, die im grellen Neonlicht ins Leere gestarrt oder auf abgegriffene Zeitschriften geblickt hatten, waren verschwunden. Ansonsten hatte sich nicht viel verändert. Nur die warme Augustsonne stand ein wenig tiefer hinter dem grauen Lamellenvorhang und wunderte sich vielleicht, warum man sie aussperrte, um den Raum künstlich zu erhellen. Außerdem hüpfte ein rothaariger Bengel im Stuhlkreis der letzten Wartenden herum, plapperte vor sich hin und stellte Fragen, die jeglicher Diskretion entbehrten.

»Was hast du denn für eine Krankheit?«, wollte er von einem älteren Herrn wissen, dem von Zeit zu Zeit das künstliche Gebiss verrutschte.

»Kevin!«, zischte die Mutter des Kindes tadelnd, griff aber nicht weiter ein, sondern versteckte sich fast vollständig hinter einer Illustrierten mit dem Titel *Eltern modern*.

»Krankheit? Ich habe keine Krankheit«, antwortete der ältere Herr. Alvaro, der sich inzwischen auf einen freien Stuhl gesetzt hatte, bemerkte, dass dieser einen großen Rucksack zwischen den Knien eingeklemmt hatte. Ein eher untypisches Modell für einen Senioren, das einem Soldaten in seinen Grün- und Beigetönen gewiss besser zu Gesicht gestanden hätte. »Eine Kriegsverletzung. Hier.« Er reckte dem Jungen seine knorpelige, leicht angeschwollene rechte Hand entgegen. Während der Junge sie kritisch beäugte, beugte er sich zu ihm vor und senkte seine Stimme zu einem Flüstern, das Alvaro nur darum verstand, weil ihn bloß ein knapper Meter von den beiden trennte. »Ich wurde angegriffen«, hauchte der alte Mann mit Verschwörermiene. »Von einem Streuner. Einem ungelernten, dummen Jungen, der in der Schule nie aufgepasst hat und jetzt unter Brücken und in feuchten Rattenlöchern schläft. Aber ich habe ihn niedergeknüppelt. Der wird sich gut überlegen, ob er noch einmal einen armen Hund ... einen arglosen alten Menschen angreift.« Der Junge staunte. »Aber es ist nur eine kleine Zerrung«, winkte der alte Herr in normaler Lautstärke ab. »Männer weinen nicht.«

»Herr Frisch?« Die Sprechstundenhilfe tapste in weißen Gummischuhen durch die offene Tür. »Kommen Sie bitte mit in Raum drei.«

Obergefreiter Frisch schob sein Gebiss zurecht und folgte der jungen Frau in ein gegenüberliegendes Behandlungszimmer, und der Junge richtete seine Frage an den nächsten Patienten – einen stark übergewichtigen Kerl Mitte dreißig, dessen zu klein scheinender Kopf so rot war, als hätte er gerade einen Marathonlauf bewältigt. Dabei saß er schon seit einer halben Stunde auf dem spröden Plastikstuhl. »Und was hast du für eine Krankheit?«

Die Antwort bestand aus einem verlegenen, auf den Boden gerichteten Grummeln, das sich irgendwo in einem vielschichtigen Kinn verirrte und völlig unverständlich war.

»Mami! Der Mann hier hat seine Zunge gegessen!«, schlussfolgerte das Kind aufgeregt, woraufhin die Mutter hektisch ein paar Seiten ihrer Illustrierten umblätterte. Obwohl er wusste, dass es unhöflich war, konnte sich Alvaro ein Kichern nicht verkneifen.

Das ihm allerdings im Hals stecken blieb, als die Sprechstundenhilfe die Tür zu Raum zwei öffnete und einen anderen Patienten ins Wartezimmer zurückführte.

»Und Sie sind sicher, dass Sie nicht ins Krankenhaus gebracht werden wollen, Herr Bückeberg?«, vergewisserte sie sich dabei voller Sorge. »Der Herr Doktor hat betont, dass es ihm lieber wäre, wenn Sie sich von einem fachärztlichen Kollegen untersuchen ließen. Mit einer solchen Verletzung ist nicht zu spaßen.«

»Sieht schlimmer aus, als es ist«, erwiderte der Patient mit brüchiger Stimme. Auf seiner Stirn klebte ein großes weißes Pflaster, und um seinen Hals war ein frischer Verband gewickelt. »Ich bleibe lieber hier«, lehnte er ab.

Die Sprechstundenhilfe schüttelte vorwurfsvoll den Kopf. »Wenn Sie darauf bestehen«, gab sie unwillig zurück. »Ich hoffe, Sie wissen, was Sie tun. Dr. Molling weiß nämlich *immer*, was er tut. Er ist ein guter Arzt. Aber bitte: Setzen Sie sich. Ich rufe Sie, wenn der Röntgenraum frei ist.«

Um Platz für den Patienten zu schaffen, kommandierte sie eine blasse Jugendliche mit einem deutlich zu kurzen T-Shirt in das frei gewordene Behandlungszimmer, und der junge Mann ließ sich Alvaro gegenüber auf den orangefarbenen Plastikstuhl fallen.

Es war der Neue Prophet. Er sah erbärmlich schlecht aus. Aber er lebte!

Alvaro rutschte aufgeregt auf seinem unbequemen Platz herum. Kein Zweifel: Er war es. Das dunkelblonde, schulterlange Haar, das den Platz des goldglänzenden Flaums eingenommen hatte, mit dem er das Licht der Welt erblickt hatte, war nun blutverkrustet und wirkte selbst in dem gleißenden Licht, das aus einer Röhre unter der Decke strahlte, kraftlos und stumpf. Ein milchiger Schleier trübte den Blick der tiefgründigen, dunklen Augen, und mit den eingefallenen Wangen und den dunklen Kratern, als welche die Augenhöhlen durch den gelblich grauen Teint schimmerten, erschien ihm sein Gesicht wie eine zerklüftete Mondlandschaft. Dennoch wusste der gefallene Engel mit absoluter Sicherheit, wen er da vor sich hatte, schließlich hatte er Lennart bis zum vergangenen Samstag durch jeden einzelnen Tag und sogar sämtliche Nächte seines achtzehn Jahre jungen Lebens begleitet.

»Was ist mit dir geschehen?«, flüsterte der Engel in einem Chaos von Gedanken und Gefühlen, das seinesgleichen suchte.

»Wie bitte? Reden Sie mit mir?« Das Pflaster auf Lennarts Stirn warf leichte Wellen, als er irritiert zu Alvaro hinüberblickte.

»Er will wissen, was für eine Krankheit du hast«, erläuterte der rothaarige Junge vergnügt. »Ganz schön blöde. Das sieht man doch!«

»Kevin!«, drang es dumpf durch die *Eltern modern*-Zeitschrift.

Aber eigentlich hatte Kevin Recht. Es war ziemlich dumm von Alvaro, den Neuen Propheten einfach vor den anderen Patienten im Warteraum anzusprechen, wie jemanden, den er seit fast zwei Jahrzehnten kannte. Der Neue Prophet konnte schließlich nicht ahnen, dass er sich gerade Auge in Auge mit seinem ehemaligen Schutzengel sah. Er wusste ja noch nicht einmal, dass er ein Auserkorener war, denn Alvaros Versagen hatte ihn das Leben gekostet, bevor er auch nur in Erwägung hatte ziehen können, irgendetwas zu prophezeien.

Sein Versagen ...

Mit einem Mal wurde ihm schmerzlich bewusst, welch

unverzeihliche Fehler er begangen und was er dadurch verloren hatte. Bislang, so schien es, war er viel zu sehr damit beschäftigt gewesen, im Hier und Jetzt zurechtzukommen, um sich Gedanken um das Gestern und Morgen zu machen.

»Ich, ähm ... nein«, log Alvaro schnell. Wie einfach ihm das schon wieder fiel! »Eine Verwechslung. Bitte verzeih, mein Sohn, ähm ... Mitmensch«, verbesserte er sich schnell, als seine Anrede dem Neuen Propheten einen zweifelnden Blick entlockte.

Die Wellen, die das Pflaster auf Lennarts Stirn warfen, verrieten, dass er noch einen weiteren Moment über den hochgewachsenen blonden Mann nachdachte, der sich so eigenartig verhielt. Aber er sagte nichts mehr, sondern deutete nur ein Schulterzucken an und konzentrierte sich wieder darauf, nicht vor Erschöpfung vom Stuhl zu fallen. Himmelarschundzwirn – er fühlte sich wirklich beschissen! Doch in ein Krankenhaus wollte er trotzdem nicht. Er brauchte nur eine geschulte Hand, die ihn notdürftig wieder zusammenflickte, ehe er sich seinen Eltern zeigte. Dr. Mollings Praxis hatte eben auf dem Weg gelegen. Auf keinen Fall wollte er seiner Mutter und seinem Vater die gigantische Überraschung, die das ganz und gar unverhoffte Wiedersehen ihnen bescheren mochte, dadurch vergällen, dass er gleich wieder tot umfiel. Eine Klinik voller fremder, hektischer Gestalten, die ihn begrapschten, vermaßen, durchleuchteten und womöglich noch auseinanderschnipselten, war wirklich das Letzte, was er heute gebrauchen konnte. Außerdem konnte er es sich ja noch einmal in aller Ruhe überlegen, sobald er seine Mutter geherzt, ein Bad genommen, seine

277

Gedanken sortiert und sich anständig ausgeschlafen hatte.

Steckte die Kugel eigentlich noch immer in seinem Hals?

Lennart hatte seinen Nacken nach einer möglichen Austrittswunde abgetastet, aber nichts dergleichen gefunden, und auch Dr. Molling hatte sich äußerst wortkarg verhalten, nachdem Lennart darauf bestanden hatte, ausschließlich von ihm untersucht zu werden. Aber Ärzte beschränkten sich im Austausch mit ihren Patienten ohnehin immer auf das Nötigste. Vielleicht stand eine Art Ehrenkodex zum Erhalt des Berufsstandes der Mediziner dahinter, der besagte, dass Nicht-Eingeweihte lediglich mit den unumgänglichsten Auskünften zu versorgen waren. Wo käme man schließlich hin, wenn jeder, der zweimal einen Hausarzt aufgesucht hatte, fähig war, Gürtelrose und Masern eigenständig zu diagnostizieren und zu behandeln?

Lennart staunte über sich selbst. In seinem Hals steckte vermutlich eine Kugel aus Blei, die ihm das Sprechen und Schlucken erschwerte. Auch ob sein Schädel den einen oder anderen Riss davongetragen hatte, würden erst die Röntgenaufnahmen zeigen. Er war mausetot gewesen – vielleicht über Tage hinweg. Lennart hatte jegliches Zeitgefühl verloren, und das aktuelle Datum wusste er bloß aus der Krankenakte, in der Dr. Molling gerade herumgekritzelt hatte. Und in dieser Verfassung saß er nun da und machte sich über das Verhältnis zwischen Ärzten und Patienten Gedanken! Es gab wahrlich andere Dinge, über die zu grübeln es sich gelohnt hätte. Doch er wusste nicht, womit er anfangen sollte, und darum ließ er es bleiben und versuchte, dumpfe Leere in seinen Kopf zu meditieren.

Sein gnadenlos überforderter Verstand machte es ihm recht einfach; so leicht sogar, dass die Sprechstundenhilfe ihn wohl mehrmals hatte ansprechen müssen, als sie zu ihm zurückkehrte. Als er sie verschwommen zur Kenntnis nahm, ruhte ihre Hand auf seiner linken Schulter.

»Herr Bückeberg?« Ihr Gesicht war nur eine halbe Armeslänge von dem seinen entfernt. Lennart blinzelte und registrierte, dass er und der verrückte Blonde inzwischen die letzten Wartenden waren. »Kommen Sie mit mir mit?«, erkundigte sich die Sprechstundenhilfe. »Oder sollen wir vielleicht doch lieber einen Krankenwagen für Sie bestellen?«

»Bloß nicht.« Lennart stand ein wenig zu schnell auf, bemühte sich um ein gelassenes Lächeln, während er insgeheim gegen den Schwindel ankämpfte, und las der jungen Frau von den Augen ab, dass es ihm kläglich misslang.

Alvaro beobachtete aufgewühlt, wie die Sprechstundenhilfe den Neuen Propheten aus dem Raum lotste. Was sollte er jetzt tun? Sollte er überhaupt irgendwie eingreifen, oder ihn einfach seines Weges ziehen lassen, weil ihn das alles überhaupt nichts mehr anging? Immerhin hatte man ihn seines verantwortungsvollen Postens enthoben. Mehr noch: Man hatte ihn all seiner himmlischen Fähigkeiten beraubt, ihn verbannt und einen gewöhnlichen Sterblichen aus ihm gemacht.

Aber wenn er ihn aus den Augen verlor, würde er nie erfahren, was sich in den vergangenen Tagen zugetragen und letztlich dazu geführt hatte, dass sein jüngst verstorbener Schützling nun quicklebendig (na ja – wenigstens nicht ganz tot ...) nebenan hockte und sich mit unsichtbaren Röntgenstrahlen beschießen ließ. Außerdem – und bei dieser Vorstellung begann Alvaros nagelneues Menschenherz fast schmerzhaft zu rasen – konnte es auch eine Prüfung sein, eine Chance für ihn, den Gang nach Canossa anzutreten und seine Fehler wieder auszubügeln. Vielleicht, überlegte er, erlaubte man ihm dann eine Rückkehr auf die andere Seite der Schwelle? Dorthin, wo Fingernägel nicht wuchsen und die Schwerkraft kein Hindernis darstellte.

In diesem Moment, in dem Alvaro spontan seine neu erworbene Fähigkeit, herzhaft zu lachen, dafür gegeben hätte, wieder durch Wände gehen zu können, merkte er, wie hoch der Preis, den er für sein Versagen gezahlt hatte, tatsächlich war. Er beherrschte den vierten Aggregatzustand nicht mehr, was ihn daran hinderte, einfach den Kopf durch die verputzte Mauer zu stecken, den Neuen Propheten einer weiteren, gründlichen Musterung zu unterziehen und dem Urteil Dr. Mollings zu lauschen. Auch vermochte er nicht mehr in den Zustand der Unsichtbarkeit zu wechseln, um sich unmittelbar vor Lennarts Augen wieder zu materialisieren. Ein sanft gesprochenes »Fürchte dich nicht!« im richtigen Augenblick konnte Wunder wirken und einem Menschen fast alles entlocken, was man von ihm wissen wollte. Aber so ...

Alvaro gab sich einen Ruck, stolzierte aus dem Zimmer und steuerte entschlossen auf den Röntgenraum zu. Noch war Dr. Molling in einem der anderen Behandlungsräume beschäftigt. Jetzt war die Gelegenheit, um ein paar Worte unter vier Augen mit dem Neuen Propheten zu wechseln. Wollen wir doch mal sehen, wessen Geschichte letztlich unglaubwürdiger klingt, dachte der gefallene Engel trotzig. Er wusste, dass Lennart tot gewesen war. Also musste er ihn nur dazu bewegen, es zuzugeben – und schon waren sie, zumindest nach menschlichen Maßstäben, beide gleichermaßen verrückt.

Doch gerade als Alvaro die Hand nach der Klinke ausstreckte, rauschte die Sprechstundenhilfe herbei. Bei ihr befand sich der ältere Herr mit der lockeren Zahnprothese, dem sie bei Alvaros Anblick rasch einen gelben Zettel in die Hand drückte.

»Sie dürfen da nicht rein, Herr Ohnesorg«, ermahnte sie ihn vorwurfsvoll, während sie ihm den Weg verstellte und der alte Mann, einen Abschiedsgruß knurrend, aus der Praxis schlurfte. Inzwischen sah man der Frau an, dass sie einen anstrengenden Tag hinter sich hatte und den wohlverdienten Feierabend herbeisehnte. »Das ist der Röntgenraum. Die Toilette ist da drüben.«

»Ich weiß«, erwiderte Alvaro, um eine gelassene Haltung bemüht. »Es haftet ein ganz und gar unmissverständliches Symbol an der Tür. Zumindest an jenem Raum, der den männlichen Patienten zur Entrichtung ihrer Notdurft bestimmt ist.« Er nickte in die Richtung der gemeinten Tür, auf der das bronzefarbene Abbild eines Knaben prangte, der stehend in einen Behälter urinierte. Wie sollte er die Sprechstundenhilfe nun von sich ablenken? Sie schien entschlossen, ihn nicht zu dem Neuen Propheten zu lassen – warum auch immer.

Alvaro beugte sich zu der jungen Frau hinab, die einen guten Kopf kleiner war als er. »Diese Applikation, die ich als Anleitung für den korrekten Gebrauch der sanitären Einrichtungen verstehe, fordert den Herrn allerdings dazu auf, im Stehen zu urinieren«, flüsterte er. »Doch als ich die Räumlichkeiten heute Mittag aufsuchte – Sie erinnern sich? –, da entdeckte ich einen gänzlich gegenteiligen Hinweis auf dem Kasten, der das Wasser aus dem Brunnen pumpt. Ich will nicht besserwisserisch erscheinen; aber warum entfernen Sie nicht eines der beiden Schilder, um Klarheit zu schaffen?«, schlug er vor.

Die Sprechstundenhilfe studierte sein Gesicht, als zweifelte sie an seiner Zurechnungsfähigkeit. Da sie den Umgang mit schwierigen Patienten jedoch gewohnt war, ließ sie sich durch Alvaros Gerede nicht aus dem Konzept bringen. »Bitte folgen Sie mir in Raum zwei«, forderte sie ihn auf. »Er ist jetzt frei. Sie können dort auf den Herrn Doktor warten.«

Alvaro wand sich innerlich. Alles in ihm sträubte sich dagegen, der Anordnung Folge zu leisten, denn wenn sie die Tür hinter ihm schloss, verlor er den Neuen Propheten möglicherweise aus den Augen. Aber was blieb ihm schon anderes übrig? Sie über den komplizierten Sachverhalt aufzuklären, war undenkbar. Sich ihrer Anordnung zu widersetzen und damit einen Disput oder gar einen Verweis aus der Praxis zu provozieren, kam ebenfalls nicht infrage, denn an seinem Hinterkopf prangte eine Verletzung, die vielleicht harmlos aussah, aber nicht unterschätzt werden wollte. Immerhin musste er mit diesem plötzlich gar zu verwundbaren Körper noch ein paar Jahrzehnte auskommen.

Aber dieses eine Mal schlug sich der Zufall in Form eines lauten Schepperns auf Alvaros Seite – dicht gefolgt von einem fast hysterisch gekreischten »Kevin!«, das durch die hölzerne Tür eines Behandlungszimmers dröhnte. Die Sprechstundenhilfe stöhnte auf, rollte die Augen und hetzte leise fluchend in das Zimmer, in dem wohl gerade eine Vitrine oder ein Fenster zu Bruch gegangen war.

Alvaro drückte die Klinke und schlüpfte durch den Türspalt in den Röntgenraum, der ihn an das Innere eines jener Spielzeugraumschiffe erinnerte, an denen der Neue Prophet in Kindertagen so großen Gefallen gefunden hatte. Aber er war nicht hier, um sich an Architektur und moderner Technik zu ergötzen, sondern um Antworten auf all die Fragen zu finden, die ihm auf der Zunge brannten.

Lennart saß auf einer harten Liege und blickte ihm verwirrt entgegen, und weil Tabea ihm nahegelegt hatte, sich endlich »das bescheuerte Fürchte-dich-nicht« abzugewöhnen, wenn er nicht immerfort schon nach dem ersten Satz für geisteskrank gehalten werden wollte, verkniff sich Alvaro die seit Jahrhunderten festsitzende Begrüßungsfloskel.

»Ich habe gelogen, als ich eine Verwechslung vorschob«, leitete er das Gespräch stattdessen milde lächelnd ein. »Ich weiß ganz genau, wer du bist.«

Lennart rutschte ein Stück weit auf der Liege zurück und neigte den Kopf zur Seite. »So?«, erwiderte er skeptisch. »Wer bin ich denn?«

»Der Name, auf den man dich taufte, lautet Lennart Bückeberg«, antwortete Alvaro geduldig. Wenn er das Vertrauen des Neuen Propheten gewinnen wollte, sollte er sich wohl zunächst glaubwürdig machen. »Du bist der erstgeborene und einzige Sohn des Benno Bückeberg, gezeugt mit seiner Angetrauten Katharina Bückeberg, die ihrerseits dem Geschlecht der Hammermanns aus Langballigholz an der Ostseeküste entstammt.«

»Sind Sie Privatdetektiv oder so was?«, erkundigte sich Lennart. Alvaro registrierte erneut, dass der Junge kaum gerade sitzen konnte, und verzog das Gesicht, weil er so sehr mit ihm fühlte. Außerdem schämte er sich, denn das alles war nur seine Schuld. Achtzehn Jahre lang hatte er über den Neuen Propheten gewacht, wie manch Sterblicher nicht einmal seine Augäpfel zu hüten vermochte, und kaum hatte er sich ein einziges Mal auch nur halb umgedreht, war die Arbeit zweier Jahrzehnte mit einem Schlag dahin.

Zumindest fast. Vielleicht würden die Wunden an seinem Körper tatsächlich noch einmal heilen, er war noch jung und widerstandsfähig. Doch den Schaden, den die Seele hinter den trüben Augen des Neuen Propheten davongetragen hatte, wagte Alvaro nicht einmal andeutungsweise abzuschätzen.

»Privatdetektiv? So etwas wie ein Polizist? Nur mit mehr Geld und ohne Uniform?«, vergewisserte sich Alvaro. »Nein, mein Sohn. Mein Lohn war nie materieller Natur, und was die Uniform anbelangt –«

Der Rest seines Satzes flüchtete sich über die Stimmbänder in die Lungen zurück, als die Tür so plötzlich aufschwang, dass sie mit voller Wucht gegen sein Nasenbein krachte.

»Der Retter und sein Kindermädchen«, spottete Dr. Molling, während er den Röntgenraum durchquerte und in einem Hinterzimmer verschwand, das durch ein rechteckiges Fenster einsehbar war. Die Türe wich ohne Alvaros Zutun von Alvaros nunmehr zerschlagenem Gesicht zurück und schloss sich wieder. Und auch der

Schlüssel darin drehte sich wie von Geisterhand mit einem metallischen Klicken. Sie waren eingesperrt.

»Welch erbarmungswürdiger Anblick«, höhnte der Allgemeinmediziner aus dem Hinterzimmer. »Schade, dass Mitgefühl so gar nicht zu den Stärken meines Charakters zählt.«

Lennart erhob sich so abrupt, dass ihm schwindelte, und ließ den Blick zwischen dem verrückten Blonden und dem Arzt hin und her flackern. »Was geht hier vor?«, verlangte er zu wissen. Von wem er die Antwort auf seine Frage erwartete, ließ er offen. Alvaro jedenfalls, dessen Sichtfeld der Schmerz mit farbigen Punkten sprenkelte, antwortete nicht, sondern kleidete das Leid, das seine vermutlich gebrochene Nase verursachte, in ein lautes Stöhnen.

»Nichts. Was soll schon sein?«, flötete Dr. Molling bester Laune, während er federnden Schrittes in den Röntgenraum zurückkehrte, ihnen beiden je eine schwere Schürze zuwarf, die sie im Reflex auffingen, und dann an einer Konstruktion über der Liege herumhantierte, die Alvaro an die Dunstabzugshaube in seiner Küche erinnerte. »Ich werde Sie untersuchen, wenn Sie erlauben«, erklärte der Mediziner leichthin, »und danach bringe ich Sie um.«

Er zwinkerte Lennart zu. Seine Augen waren leer und dunkel wie die Nacht.

Endlich gelang es dem gefallenen Engel, sich aus seiner Erstarrung zu lösen. *Also doch!*, dachte er in einer Mischung aus Schrecken und Triumph. Es *war* eine Prüfung. Und damit auch eine Chance.

Vermutlich hatte Tamino selbst dem Neuen Propheten den Reanimationskuss auf die rissigen Lippen gehaucht.

Ganz bewusst hatte Er die Geschicke so gelenkt, dass ihre Wege sich an dieser Stelle kreuzten, und dann hatte Er es ganz gezielt auf eine undichte Stelle zwischen den Sphären ankommen lassen, an der es zu einer Konfrontation Alvaros mit den Schergen des Teufels kommen musste. Dass ausgerechnet der arme Dr. Molling derjenige war, der den größten Teil des Leides zu tragen haben würde, erzürnte Alvaro. Aber es war ja nicht die erste zweifelhafte Entscheidung seines Vorgesetzten.

»Weiche zurück!«, befahl der gefallene Engel seinem ehemaligen Schützling, während er sich zwischen ihn und den Hausarzt schob. »Er ist besessen!«

Dr. Molling lachte auf. »Besessen! Ts, ts ...« Spöttisch schüttelte er den Kopf. »Du irrst dich, Alvaro Ohnesorg, der du der größte Versager bist, den der Herrgott je auf die Menschheit losgelassen hat. Ich bin ganz klar bei Verstand. Ich werde euch *absichtlich* töten.« Er trat einen halben Schritt beiseite und machte eine einladende Geste. »Wenn Sie sich jetzt bitte hier hinlegen würden, Herr Bückeberg? Sie müssen die Schürze nicht anlegen, wenn Sie nicht wollen.«

»Sie sind ... Sie haben ja den Verstand verloren«, gab Lennart fassungslos zurück. »Ich werde dafür sorgen, dass man Ihnen die Approbation entzieht!« Er fuhr herum, stampfte zum Ausgang und rüttelte an der Klinke.

»Geben Sie sich keine Mühe. Der Schlüssel steckt außen, und die Türe lässt sich nicht eintreten, da sie nach innen aufgeht«, spottete Dr. Molling. »Es gibt nur dieses eine Hinterzimmer, das über ein Fenster verfügt. Aber bedenken Sie, dass wir uns im vierten Stock befinden. Sind Sie sicher, dass Sie auf die Röntgenuntersuchung verzichten wollen?«

Lennart starrte ihn an.

»Schade.« Dr. Molling zuckte seufzend die Schultern. »Ich hätte zu gerne ausprobiert, was sich mit einer solchen Maschine noch so alles anstellen lässt. Immer nur behinderte Kinder oder Krebs ... Langsam wird das langweilig.«

Alvaro hatte genug gehört, um auch die letzten Zweifel auszuräumen und des makaberen Spiels überdrüssig zu werden. Er sandte ein Stoßgebet gen Himmel, dass Dr. Molling (und zwar der echte, liebenswerte Dr. Molling, dessen Körpers sich der Dämon bemächtigt hatte) den Exorzismus gut überstehen möge, straffte sich und hob beschwörend die Hände. »*Ego aquarium* ...« Verflucht! Wie war das gewesen? »*... superium lapidar* ...«

Dr. Molling rümpfte die Nase. »Lächerlich«, erklärte er gelassen.

Vielleicht hatte Alvaro neben seinen besonderen Fähigkeiten auch einen Teil des Wissens eingebüßt, um das er in seiner Ausbildung so hart gerungen hatte. Oder die zahlreichen neuen Arten zu fühlen überforderten ihn so sehr, dass er zu verwirrt war, die nötigen klaren Gedanken zu fassen. Aber das konnte ihn nicht entwaffnen. Dank Papst Paul V. existierten schließlich auch Worte zum Zweck der Dämonenaustreibung, die jeder einfache Kirchenmann kannte. Und die wirkten in der Regel genauso gut, klangen nur weniger elegant.

»Ich gebiete dir, unreiner Geist«, rief Alvaro entschlossen aus, »als Diener der Kirche in der Kraft des gekreuzigten und auferstandenen Herrn Jesus Christus, weiche!«

Dr. Molling betrachtete ihn mit schräg gelegtem Haupt. Eine fast gespenstische Stille hielt Einkehr in die Praxis, als das Rituale Romanum verklang und Alvaro langsam ein Kreuzzeichen schlug. »Im Namen des Vaters und des Sohnes und des Heiligen Geistes ...«

»Amen«, flüsterte Lennart automatisch.

Alvaro erwartete einen Aufschrei, ein Röcheln, eine verzerrte Grimasse im Gesicht des Arztes. Der Mediziner musste sich doch eigentlich am Boden winden vor Anstrengung und Schmerz, während sein sterbliches Fleisch versuchte, sich des Dämons, der ihn vereinnahmt hatte, zu entledigen. Mit aller Gewalt würde dieser Diener des Bösen gegen seine Vertreibung ankämpfen, um letztlich doch vor der Göttlichkeit der gesprochenen Worte zu kapitulieren. Einen winzigen Moment würde er sich außerhalb des Körpers zeigen – als trüber Dunst, der sich sodann verflüchtigte, um in die Hölle zurückzukehren und neue Kraft zu tanken.

Aber nichts dergleichen geschah. Draußen auf dem Flur ertönte ein leises *Plopp-plopp!*

Dr. Molling seufzte tief. »Die beiden mussten ohnehin langsam nach Hause«, bemerkte er kopfschüttelnd. »Können wir jetzt endlich weitermachen? Hier.« Er zog zwei frisch sterilisierte Operationsmesser aus der Kitteltasche. Eines davon streckte er Lennart vorsichtig an der Spitze gehalten entgegen.

»Was ist?«, erkundigte er sich geradezu beleidigt, als Lennart in keiner Weise auf sein makaberes Angebot einging. »Willst du dich etwa überhaupt nicht wehren? Schade. Wirklich sehr bedauerlich. So *unspektakulär.*«

Lennart begriff mit jeder Sekunde weniger, was hier gespielt wurde. Warum war er nicht sofort zu seinen Eltern gegangen, oder wenigstens in ein Krankenhaus? Das Einzige, was er mit Sicherheit wusste, war, dass dieser Wahnsinnige in keinster Weise zu seiner baldigen Genesung beitragen würde.

Alvaro trat vor und riss die für Lennart bestimmte Waffe an sich. »Was zum Teufel bist du?!«, schnappte er, während er sich wieder schützend vor dem Neuen Propheten aufbaute. »Du bist nicht Dr. Molling, und du bist kein Dämon – sag mir, wer oder was du bist!«

»Du sollst doch nicht in meinem Namen fluchen«, belehrte ihn der Arzt verächtlich. »Eigentlich sollst du überhaupt nicht fluchen. Aber von mir aus: Mach nur fleißig weiter damit. Ich freue mich über jede neue Seele an meiner Seite. Und – Hand aufs Herz – eine derart steile Karriere gab es bislang selten: von ganz oben nach ganz unten. Nicht schlecht, Herr Engel!«

Alvaro schluckte hart, als sich die Worte seines Gegenübers hinter seiner Stirn mit dem, was er sah, zu einer Konsequenz vereinten. Sein Gesicht verlor alle Farbe.

»Sie ... Sie sind der Teufel«, stammelte Alvaro ungläubig. »Der Satan selbst!«

»Du darfst ruhig weiterhin du zu mir sagen«, bot Dr. Molling kalt grinsend an.

Alvaro spürte, wie die Kraft aus seinen Fingern wich. Seine Knie zitterten, das Skalpell fiel auf den grünen PVC-Belag hinab. Er war einem fürchterlichen Irrtum erlegen. Dies hier war keine inszenierte Prüfung, keine Mutprobe und erst recht keine Chance! Es war vielmehr das Ende aller Chancen, denn gegen den Teufel selbst vermochte nicht einmal Tamino mit all seiner Erfahrung, seinen grandiosen Taktiken, sämtlichen himmlischen Divisionen und all den flammenden

Schwertern etwas auszurichten. Sie waren verloren, längst besiegt, schon bevor der Satan den Leib des unschuldigen Arztes mit einem Satz an Alvaro vorbeischwang, den gefallenen Engel mit der Rechten niederschlug und das Skalpell auf den Neuen Propheten hinabsausen ließ.

Aber Lennart reagierte schneller und geschickter, als seine miserable Verfassung es eigentlich hätte erlauben dürfen: Er duckte sich unter der rasiermesserscharfen Klinge hinweg, warf sich bäuchlings auf den Boden, ergriff das dort liegende zweite Messer und wälzte sich auf den Rücken – gerade in dem Moment, in dem sich Dr. Molling mit einem gellenden Schrei auf ihn stürzte. Die Klinge des Skalpells sauste zielsicher auf Lennarts Halsschlagader zu.

Lennart warf den Kopf zur Seite und rammte seinem Gegner das eigene Messer zeitgleich in den Bauch. Des Satans Waffe verfehlte ihr Ziel, ritzte nur ein Ohrläppchen an.

Alvaro robbte heran, packte Dr. Molling von hinten an den Schultern und riss ihn von Lennart herunter. Der Arzt blieb kraftlos auf dem Rücken liegen. Dickflüssiges Blut rann Bläschen werfend aus einem seiner Mundwinkel. Seine Finger umklammerten den Griff des Skalpells, das bis auf wenige Zentimeter in seinem Leib verschwunden war.

Was ihn aber nicht daran hinderte, breit zu grinsen. »Kompliment«, spottete er mit gurgelnder Stimme. Blut und Speichel verklebten seinen buschigen Schnauzbart, während sich sein weißer Kittel zügig rot färbte. Es roch süßlich-scharf: Lennart hatte irgendein Organ verletzt – sehr schlimm verletzt sogar.

»Das ging schneller, als ich dachte«, lobte Dr. Molling.

Lennart versuchte auf den Ellbogen wegzurutschen. Sein Herz raste mit seinem Atem um die Wette, und der Verstand kam längst nicht mehr hinterher. Hilflos flackerte sein Blick zu Alvaro hinüber, der auf die Füße sprang und dann Lennart aufhalf.

Mit einem neuerlichen metallischen Klicken drehte sich der Schlüssel im Schloss. Der Teufel lächelte mit Dr. Mollings toten Lippen. »Bitte sehr«, bot er freundlich an, während die Tür von selbst aufschwang. »Ihr könnt gehen.«

Lennart und Alvaro verzichteten darauf, verwirrte Blicke zu tauschen, sondern wirbelten gleichzeitig auf dem Absatz herum und rannten hinaus, so schnell sie ihre Füße trugen.

Als die letzten freiwilligen Helfer ihre Suche im Nordosten der Stadt am späten Nachmittag einstellten, lieferte Volchok Oleg eine Kofferraumladung voller Salzsäurekanister sowie ein leeres Ölfass, das er auf der Rückbank des silbernen Passat verstaut und unter einer verschlissenen Decke vor den neugierigen Blicken gelangweilter Anwohner und übereifriger Umweltaktivisten verborgen hatte. Den VW, so erklärte er gefällig, habe er eigens für Oleg gestohlen; auch um Zulassung, TÜV und Versicherung hatte er sich bereits gekümmert. Weil sie ja Freunde waren, und weil es ihm leidtat – also das mit Olegs Wagen, den Shigshid hinterrücks hatte verschrotten lassen, und das mit Hammerwerfers Knarre sowieso. Mehr könne er jetzt nicht für ihn tun, er wolle nicht noch tiefer in die Sache hineingezogen werden. Rattlesnake Rolf habe ihm schließlich einen Posten im niederländischen Amsterdam in Aussicht gestellt, falls er sich weiterhin so gut machte. Aber wenn Oleg mal ein offenes Ohr brauche, oder einen guten Rat von einem, der schon fünf Jahre länger dabei war, dann solle er es ihn wissen lassen.

Oleg bedankte sich und zwängte sich hinter das Lenkrad.

»Zeitung gelesen?«, erkundigte er sich scheinbar beiläufig, während er den Fahrersitz verstellte. Der Boss verdingte sich nebenher als Kriminalhauptkommissar. Sollten die Bullen wider Erwarten Oleg bezüglich des Verschwindens der *belokurwa* auf der Liste der Verdächtigen haben, wäre Rattlesnake Rolf bestimmt der Erste, der davon erfuhr. Er würde zuerst seinen Sohn Morpheus und dann Volchok darüber in Kenntnis setzen, denn diese beiden waren ihm von allen die Liebsten. Aber Oleg hielt Volchok für einen hundsmiserablen Schauspieler. Seine Lippen konnten durchaus schweigen wie ein Glas *Stille Quelle*, wenn man das von ihm verlangte, doch seine Mimik war auskunftsfreudiger als eine Kaffeerunde Putzfrauen. Deswegen beobachtete Oleg ihn aus den Augenwinkeln, während er so tat, als studierte er die Armaturen des neuen Gebrauchtwagens.

Aber Volchoks Miene blieb entspannt. »Verrückt, was?«, antwortete er. »Überall in der Stadt verschwinden Menschen oder werden getötet. Tote lösen sich in Luft auf, und meistens haben wir überhaupt nichts damit zu tun. Aber alle suchen sie nur nach dem kleinen Wechselbalg. Wenn du mich fragst, ist die einfach nur abgehauen. Die hatte keinen Bock mehr auf ihren Alten, diesen Leichenfledderer.«

»Mmmh«, machte Oleg und betätigte den Blinker.

»Der Boss sagt, auf der Hauptwache ist die Hölle los«, erzählte Volchok weiter. »Da sind irgendwelche angeblichen Experten von außerhalb. Wegen der vielen Leute, die hier krepieren oder verschwinden oder beides. Idealistisches Gesocks – kaum bestechlich. Mit Gummigeschossen allein kriegt der Boss das wohl nicht geregelt.«

»Mmmh«, wiederholte Oleg, löste die Handbremse und zog sie wieder an. »Da kommt ordentlich Arbeit auf uns zu, was?«, fügte er hinzu, als er spürte, dass Volchok sich mehr Anteilnahme erhofft hatte.

»Na ja. Auf dich wohl weniger«, schwächte Volchok unbehaglich ab. »Zählst momentan nicht zu seinen liebsten Spielgefährten, glaube ich. Da hast du wohl einiges wiedergutzumachen. Glück für dich eigentlich. So ein paar routinierte Kurierfahrten in den Waschsalon wären mir fast lieber, als mich mit diesem kleinkarierten Weltverbessererpack von außerhalb rumzuschlagen.«

Gelogen, registrierte Oleg. Volchoks linke Augenbraue hüpfte unkontrolliert über dem Lid herum. Aber er meinte es nur gut, und so sagte Oleg nichts dazu, sondern testete Scheibenwischer und Nebelschlussleuchte.

»Waschsalon? Hast du was für mich dabei?«, erkundigte er sich.

»Unterm Beifahrersitz«, bestätigte Volchok. »Fünfzigtausend in druckfrischen kleinen Scheinen. Gewaschen und gebügelt zurück bis morgen Abend, bitte.«

»Kein Problem.« Oleg stieg aus, verschloss die Fahrertür und tätschelte den Kotflügel des Passat. »Danke noch mal«, sagte er. »Bis morgen dann.«

Volchoks sehnsüchtiger Blick erklomm die Fassade zu Olegs Wohnung im ersten Stock. »Keinen Kurzen heute?«, erkundigte er sich mit Schmachtmiene.

»Zu viel zu tun«, beteuerte Oleg.

Ein neckisches Funkeln stahl sich in Volchoks Pupillen. »Weiberbesuch?«, riet er.

»Quatsch«, verneinte Oleg ruppig.

»Nicht?« Volchok grinste. »Dann war es wohl deine Katze«, sagte er.

»*Was* war meine Katze?«

»Die gerade die Vorhänge bewegt hat«, antwortete Volchok. »Ich dachte, du bist allergisch.« Er grinste noch breiter, klopfte ihm dann aber auf die Schulter, machte eine wegwerfende Geste und maß ihn eindringlich. »Du solltest keine Weiber allein in deiner Bude lassen«, riet er ihm. »Nicht mal Nutten. *Erst recht* keine Nutten. Weiber stecken ihre Nase überall rein, das weißt du doch.«

»Ich habe ...«, begann Oleg, besann sich dann aber. Es war besser, seinen Gefährten im Glauben zu lassen, dass eine *watruschka* durch den Spalt zwischen den Gardinen gelinst hatte. So stellte er wenigstens keine weiteren unangenehmen Fragen. »Ich weiß«, sagte er darum mit vorgetäuschter Scham und scharrte mit den Füßen. »Aber sie ist zuckersüß ... Ich konnte einfach nicht widerstehen.«

»Knall sie anständig durch und schmeiß sie dann raus«, lachte Volchok. »Ich glaube, nach dem ganzen Ärger und vor der Drecksarbeit mit dem Fass hast du's echt mal verdient und auch nötig. Viel Spaß und denk an den Waschsalon!«

»Mach ich«, versprach Oleg. »Bis morgen.«

294

Er wandte sich ab, verschwand im Inneren des Mehrfamilienhauses und stampfte die Treppe hinauf. Verdammte *belokurwa*!

»Wir hatten eine Abmachung!«, fluchte er, kaum dass er die Tür hinter sich zugeschlagen hatte. »Niemand darf dich an einem der Fenster sehen!«

»Hab' mich dran gehalten.« Joy salutierte wie ein Soldat. »Als der Typ geguckt hat, hab' ich mich ganz klein gemacht.«

Wäre nicht mehr nötig gewesen, hätte Volchok dich erkannt, grollte Oleg im Stillen. Der will nach Amsterdam ... Er hätte die Kleine einen ganzen Kopf kürzer gemacht, ohne erst noch eine Order vom Boss abzuwarten. Und Oleg gleich dazu. So viel zur Freundschaft.

Aber das behielt er für sich. Stattdessen sagte er: »Er hat wohl was gesehen. Dein Glück, dass er mir geglaubt hat, dass mir eine Katze zugelaufen ist.«

Joy strahlte. »Dir ist eine Katze zugelaufen?«

Oleg rollte die Augen. »Nein, verdammt. Ich hab nur *gesagt*, dass mir eine Katze zugelaufen ist. Eine, die die Vorhänge bewegt hat«, log er genervt, während er sich einen Jelzin einschenkte, dann aber doch lieber eine Wasserflasche aus dem Kühlschrank fischte. Besser, er behielt einen klaren Kopf. Außerdem fühlte er sich seit der Sache mit dem Arsen nicht sonderlich gut. Eine leichte Übelkeit plagte ihn, und seine Haut juckte. War von dem Zeug vielleicht doch noch ein Rest in seinem Magen geblieben? Vermochte es eigentlich auch über die Schleimhäute in den Organismus einzudringen? Oleg war sich nicht sicher, denn um die langfristigen Folgen von Arsen hatte er sich bisher noch nie gekümmert. Normalerweise konsumierte man das Gift nur einmal im Leben, und danach kündigte sich das Ende ziemlich schnell und deutlich an.

»Wer war denn der Typ, mit dem du auf dem Parkplatz gesprochen hast?«, fragte Joy, der seine abweisende und aggressive Haltung nun doch ein wenig von ihrer kindlichen Unbefangenheit nahm. Sie scharrte mit den Füßen.

»Jemand, der mir sein altes Auto verkauft hat«, antwortete Oleg kurz angebunden.

»Und ... ist dieser Jemand ein gefährlicher Mann?«, hakte Joy nach. »Einer von denen, die meinen Vater –«

Oleg fuhr gereizt zu ihr herum und schnitt ihr das Wort ab. »Woher soll ich denn wissen, wer gut und wer böse ist, verdammt?«, bellte er sie an. »Im Moment kann jeder, der dir begegnet, einer von den Bösen sein. Oder glaubst du, diesen Verbrechern steht ›Mörder‹, ›Betrüger‹ oder ›Kinderschänder‹ auf die Stirn geschrieben?«

Joy nagte an ihrer Unterlippe. »Das wäre sehr praktisch«, räumte sie ein und schämte sich für ihre dumme Frage. Sie wagte es kaum noch, ihren russischen Retter anzusehen. Vielleicht sollte sie sich wirklich ein wenig zurücknehmen. Er bemühte sich ja nur um sie und ihren Vater. So wie sie ihn löcherte, musste er ja denken, dass sie ihm nicht vertraute.

Joy beschloss, in dieser Hinsicht ein wenig an sich zu arbeiten, wenn er ihr noch eine einzige sehr dringende Frage beantwortete. »Warum tust du das alles für mich?«

Oleg rammte die Wasserflasche ins Getränkefach zurück. Dieses dumme Kind trieb ihn mit all diesen Fragen in den Wahnsinn. Lügen, Lügen, Lügen ... Als ob er nichts Besseres zu tun hätte, als sich immerzu neue

Ausflüchte einfallen zu lassen! Er musste sie sich unbedingt vom Hals schaffen. Aber zuvor sollte er den toten Jungen aus den Katakomben holen und fachmännisch entsorgen.

Wenn die Leiche noch da war ...

Die erwarteten Polizeisirenen waren ausgeblieben, und bis zum Boss war offenbar auch noch kein neuer Leichenfund durchgedrungen. Aber was bedeutete das schon? Volchok hatte ja erwähnt, dass auf der Hauptwache alles drunter und drüber ging. Angesichts der akuten Überlastung würde man den Hauptkommissar vielleicht nicht unverzüglich darüber unterrichten, dass man einen Mann gefunden hatte, von dem man vorher schon gewusst hatte, dass er nicht mehr am Leben war. Jeder Ermittlungsfortschritt bezüglich der nunmehr vier vielleicht noch lebenden Vermissten würde hingegen unverzüglich den Weg auf Hammerwerfers Schreibtisch finden. Möglich war also, dass man die Leiche in den Katakomben längst gefunden hatte und den Fall entweder vorerst in der Ablage ließ oder den Fundort überwachte, weil der Täter, wie man so sagte, schließlich immer noch einmal zum Tatort zurückkehrte. Wie wahr.

Genauso gut konnte es allerdings sein, dass Rattlesnake Rolf längst Bescheid wusste und sich in diesen Minuten mit Morpheus darüber beriet, wie mit Oleg weiterhin zu verfahren war. Was bedeutete, dass sie darüber diskutierten, auf welche Weise man ihn umbringen sollte.

»Kennst du meinen Vater?«, riss ihn Joys Stimme aus seinen Gedanken, und Oleg bemerkte, dass er ihre letzte Frage nicht beantwortet hatte. Noch eine Frage, noch ein Märchen.

»Von der Universität.« *Bitte sehr. Gern gescheh'n.* »Er war so nett, mir bei der Punktzahl in den letzten Prüfungen einen Schritt weit entgegenzukommen. Sonst hätte ich mein Studium nicht abschließen können.«

Joy staunte. »Du hast studiert? Was denn?«

»Kannst du eigentlich Auto fahren?«, entgegnete Oleg anstelle einer Antwort, denn er hatte plötzlich eine Idee.

»Ich kotz nicht auf der Rückbank rum, wenn du das meinst«, erwiderte Joy schulterzuckend. »Warum?«

»Das meine ich nicht. Ich meine: Kannst du ein Auto steuern? Gas geben, schalten, bremsen?«

»Ach so.« Joys Lippen bildeten eine Schnute, während sie kurz darüber nachdachte. »Bestimmt«, gab sie sich schließlich zuversichtlich. »Wenn ich vorher ein bisschen üben kann, schaff' ich das.«

»Wusste ich doch. Du bist ein großes Mädchen.« Oleg bemühte sich um ein stolzes Lächeln, das Joy strahlend erwiderte, und begab sich ins Schlafzimmer, wo er in seinem Kleiderschrank herumwühlte. »Du darfst mein neues Auto fahren«, versprach er, während er ihr das kleinste T-Shirt mit dem meisten Blau zuwarf, das er finden konnte. »Allerdings erwarte ich dafür einen kleinen Gefallen von dir. Hier. Zieh das an.«

Joy gehorchte. Das Shirt war ihr viel zu groß, und die Pants, die er ihr dazu gab, schlabberten wie Boxershorts um ihre dünnen Beinchen. »Und damit darf ich jetzt Auto fahren?«, wunderte sie sich.

»Quatsch«, verneinte Oleg. »Warte. Bin gleich zurück.«

Die nächste Drogerie befand sich im Einkaufszentrum um die Ecke, und so kehrte Oleg keine zehn Minuten später wieder zurück und lud ein Päckchen Blondiercreme, Stufe 3, dauerhaft haltbar und extrastark auf dem Küchentisch ab. »Hinsetzen«, bestimmte er, suchte die Küchenschubladen vergebens nach einer Haushaltsschere ab und entschied sich letztlich für die Geflügelschere.

»Was hast du vor?«, erkundigte sich Joy verunsichert.

»Siehst du doch. Wir verpassen dir einen trendigen Kurzhaarschnitt«, erklärte Oleg.

»Damit?« Joy blickte mit einer Grimasse auf die Geflügelschere.

»Machen wir in Russland immer so«, behauptete Oleg und trennte das erste Haarbüschel ab.

»Na dann ...«, seufzte Joy ergeben. »Ähm ... Und warum?«

»Russische Winter sind hart«, behauptete Oleg schnippelnd. »Wenn die Haare voller Raureif sind und hart wie festgefrorene Gänse auf dem Wystiter See, dann kommst du mit einer normalen Schere nicht weit.« Er wurde immer besser, lobte er sich im Stillen.

»Ich meine, warum schneiden wir meine Haare ab?«, verbesserte sich Joy kopfschüttelnd, was ihr eine besonders mutige Stufe im Schnitt bescherte.

»Ach so. Ist doch logisch. Die Verbrecher suchen ein Mädchen, keinen Jungen«, erklärte Oleg.

Joy dachte nach. »Hmmh«, sagte sie schließlich zweifelnd. »Aber meinst du, dass das reicht?«

»Wart's ab. Ich bin ja noch nicht fertig.«

Als er sein Werk eine gute Stunde später vollendet hatte, begutachtete er es nicht ohne Stolz. Joy hingegen war weniger überzeugt. Mit dieser weißblonden Unfrisur hätte sich nicht einmal Bill Kaulitz in die Öffentlichkeit gewagt, und die gebleichten Augenbrauen empfand sie als besonders gewöhnungsbedürftig. Aber in einem

299

hatte ihr russischer Friseur vollkommen Recht: Wenn ihre Mutter noch gelebt hätte, hätte nicht einmal die sie jetzt wiedererkannt.

Oleg knipste ein Foto mit einer Digitalkamera, verschwand für eine Viertelstunde hinterm PC und drückte ihr schließlich einen druckfrischen Schülerausweis in die Hand. Joy sah sich das Dokument an. »Kein Führerschein?«, wunderte sie sich.

Oleg verneinte. »Auto fahren darfst du sowieso erst nach dem Gefallen«, bestimmte er.

»Noch einer?«, entfuhr es Joy.

»Wieso?«, erwiderte der Russe irritiert. »Du hast doch noch gar nichts für mich gemacht.«

Tabea hatte sich auf den Rücken gewälzt. Die Dämmerung würde bald anbrechen, und das einfallende Licht der tief stehenden Sonne ließ den Staub in der Luft flimmern. Die dunkel getäfelte Decke schien näher gerückt zu sein, und darunter schwebte Onkel Hieronymos.

Hast du nun begriffen, dass du keinen Menschen zum Freund haben kannst?, hauchte er mit nachsichtiger Stimme, während er sich zu ihr und der toten Katze auf den Boden gleiten ließ. Er erschien ihr nicht in Fledermausgestalt, hatte aber trotzdem kein Problem mit der Schwerkraft, registrierte Tabea. Ein eindeutiger Beweis dafür, dass er nicht wirklich da war. Natürlich nicht. Das Blitzlicht der Kamera, mit der der freche Junge auf der Burg herumgespielt hatte, hatte ihn in einen Haufen Asche verwandelt, die der Wind längst entführt und irgendwo verteilt hatte.

Tabea hob matt eine Hand, um den Vampir zu berühren, aber natürlich glitten ihre Finger durch das Trugbild hindurch. Sie war nicht sicher, ob sie diesen Umstand begrüßen oder bedauern sollte.

Verstehst du, dass deine Seele mir gehört?, flüsterte Hieronymos. Sie drehte den Kopf von ihm weg, vermochte die Ohren vor seiner Stimme jedoch nicht zu verschließen. *Siehst du nicht, dass du nur Leid über die Menschen bringst, wenn du versuchst, wie sie zu sein?*, sprach Hieronymos weiter. *Erkennst du nicht deine Bestimmung?*

Ihre Bestimmung? Was, bitte sehr, war denn ihre Bestimmung? Nacht für Nacht diesen verfluchten Durst zu stillen, indem sie unschuldige Leben raubte? Mutterseelenallein vor sich hin zu vegetieren, ohne Ziel, ohne Sinn und ohne Liebe? Sollte all das etwa einen höheren Wert haben? Völliger Unsinn!

Du erlöst sie von der Krankheit, die sich Leben nennt, behauptete Onkel Hieronymos, als hätte er in ihren Gedanken gelesen – was kein überwältigendes Kunststück war, weil er schließlich nur noch in ihrem Kopf existierte. *Und was die Liebe betrifft: Ich habe dich immer geliebt. Weißt du das denn nicht? Spürst du nicht, dass ich dich immer noch liebe? Ich werde immer bei dir sein.*

Tabea schnaubte verächtlich. Wenn das Liebe gewesen war, dann war sie nicht erpicht darauf, zu erfahren, wie sich sein Hass äußerte.

Obwohl ... Sie wusste es doch schon, oder? War das, was er dem jungen Mann damals angetan hatte, Zeichen seiner Liebe zu ihr oder seines Hasses auf diesen Menschen gewesen, der ihr in wenigen Monaten so viel nähergekommen war als der Vampir in mehreren Jahrzehnten? Vielleicht war es eine schreckliche Mischung aus beidem gewesen.

Es gibt keine andere Liebe für dich, flüsterte Onkel Hieronymos mitfühlend. *Nimm es einfach hin.*

Tabea schloss die Augen. Ein bitteres Lächeln umspielte ihre Lippen. »Du bist eifersüchtig«, stellte sie fest. »Das warst du immer.«

Und wenn schon. Wichtig ist doch nur, dass deine Seele mir gehört. So oder so. An wen auch immer du sie zu verleihen versuchst – du wirst ihm keinen Gefallen damit tun. Es ist nicht deine Bestimmung, gut zu sein. Das war es nie.

»Und das entscheidest du?«

Es ist dein Schicksal.

»Das Schicksal kann mich mal.«

Tabea öffnete die Augen, mühte sich auf die Knie, robbte zur Tür und drückte den Lichtschalter. Die nackte Birne unter der Decke flammte auf, und Onkel Hieronymos verschwand. Er würde es nicht schaffen, dachte Tabea erschöpft, aber entschieden. Es würde ihm nicht gelingen, das Fundament ihres Charakters einzureißen, denn nicht die Seele einer Höllenkreatur hatte sich in ihren ersten Lebensjahren in ihr entfaltet, sondern die eines verletzlichen und doch so starken Menschenmädchens. Fast ein ganzes Jahrhundert lang hatte er vergebens versucht, den letzten Rest von Menschlichkeit aus ihr zu tilgen, und jetzt, da er nur noch in ihrem kranken Kopf existierte, hatte er erst recht keine Chance mehr. Sie hatte gelernt, an seiner Seite zu leben (beziehungsweise tot zu sein), ihn zu respektieren und sogar ein bisschen mit ihm zu fühlen (was vielleicht genau das war, was ihre Menschenseele vor der endgültigen Vernichtung durch seinen boshaften Geist geschützt hatte). Sie hatte ihm auch vergeben, dass er sie zu sich geholt hatte, und irgendwann hatte sie sich sogar beigebracht,

Dankbarkeit dafür zu empfinden, denn nur so ließ sich dieses Dasein irgendwie ertragen.

Aber jetzt war seine Ära zu Ende. Der alte Vampir war nicht mehr da, und Tabea war fest entschlossen, ihre neu gewonnene Freiheit nicht mit Trauer um ihn zu vergeuden und ihm mehr zu huldigen, als es ihm, als Diener des Bösen, zukam. In den vergangenen Tagen, das erkannte sie plötzlich kristallklar, hatte sie keine Sekunde darunter gelitten, dass Hieronymos nicht mehr da war, sondern bloß unter dem Umstand, dass sie nun alleine sein musste. Und das war ein himmelweiter Unterschied. Nichts und niemand konnte sie dazu zwingen, sich der Einsamkeit kampflos zu ergeben. Und wenn der Tod noch so viele Menschen holte, die sie in ihr gebrochenes Herz schloss: Sie würde lernen, es zu akzeptieren. Schließlich hatte sie sich schon an wesentlich schlimmere Zustände gewöhnt, oder?

Tabea zog Frieda auf ihren Schoß und kraulte ihren steifen Nacken. In ihrem einen starren Auge, so schien es ihr, glänzte Zufriedenheit.

Sie konnte die Zeit nicht zurückdrehen. Sie würde kein Mensch mehr sein können, niemals. Aber *menschlich* zu sein, das bekam sie bestimmt hin. Und jetzt, da Hieronymos nicht mehr war, durfte sie es sogar.

Sie drückte Frieda an ihre Brust, wiegte sie wie ein Baby und nickte wohl darüber ein, denn das Nächste, was sie sah, war Alvaros Gesicht, das sich ziemlich dicht vor dem ihren befand. Ein bekümmerter Ausdruck stand darin, und ein winziger Tropfen verkrustetes Blut klebte unter einem seiner Nasenflügel. Außerdem waren seine Wangen gerötet, und er roch stark nach Schweiß, was Tabea davon überzeugte, dass er absolut real war. Die Albträume und Visionen waren überstanden.

Zeit, Gutes zu tun.

Tabea lächelte matt. »Was heißt Großmutter auf Chinesisch?«, fragte sie schwach. »Kan kaum kaun.«

Zu ihrer Enttäuschung erwiderte der gefallene Engel ihr Lächeln nicht, sondern maß sie nur mit umso besorgterer Miene, und eine fremde Stimme fragte: »Ihre Freundin?«

Die Stimme gehörte zu einem jungen Mann, der Alvaro in die Wohnung gefolgt, aber nicht weit von der Schwelle zurückgeblieben war. Tabea betrachtete ihn über die Schulter ihres Mitbewohners hinweg. Er mochte zwanzig Jahre alt sein, vielleicht aber auch erst sechzehn – Tabea war nicht gut darin, so etwas zu schätzen, zumal die Jungs mit achtzehn Jahren zu ihrer Zeit noch ganz anders ausgesehen hatten als manch einer von heute mit vierzehn. Auf jeden Fall war es ein junger Mann mit braunen Augen, einem breiten, unrasierten Kinn und dichten, dunkelblonden Haaren, die allerdings strähnig und sehr ungepflegt wirkten. Seine Haut war blass und schmutzig um seine Stirn und seinen Hals waren Verbände gewickelt. Der, der seine Kehle bedeckte, hatte einen frischen, rostroten Fleck, der verführerisch duftete, und auch an seinen Händen, seinem knittrigen Hemd und einem seiner Ohren klebte Blut. Tabeas Magen knurrte laut.

So laut, dass sichtbarer Tadel unter dem Kummer in Alvaros Zügen hervortrat. Tabea schämte sich und fühlte sich zugleich ungerecht behandelt. Was konnte sie denn für die Reaktionen ihres Körpers? Er konnte doch schließlich auch nichts dafür, dass er nieste, wenn ihn etwas in der Nase kribbelte!

»Nein«, beantwortete Alvaro die Frage des fremden Gastes, ohne sich von Tabea abzuwenden. Der Tadel verflüchtigte sich wieder. Offenbar sah sie genau so aus wie sie sich fühlte, also ziemlich ausgebrannt und erschöpft – die beiden Männer wirkten aber auch nicht gerade wie einem Prospekt für Beauty-Pflege oder einen Wellness-Urlaub entstiegen. »Sie ist ein Vampir und wohnt vorerst bei mir«, erklärte Alvaro. »Aber du musst dich nicht vor ihr fürchten.«

Tabea bestätigte seine Behauptung mit einem Kopfschütteln und einem hoffentlich unschuldig wirkendem Wimpernklimpern. »Bin so unschädlich wie *Milben-Ex-und-Hopp* von *Öko-Fighter* und hautsympathisch wie *Bio-Bringt's*-Baumwollgewebe«, führte sie aus.

Lennart nickte ausdruckslos. »Kenne ich«, erwiderte er diplomatisch. »Meine Mutter schwört auf beides.« Herrgott, wo war er hier bloß gelandet? Nachdem sie aus der Praxis getürmt waren, hatte ihn der blonde Mann, den er inzwischen für einen drogenabhängigen oder schlicht wahnsinnigen Privatdetektiv hielt, am Handgelenk gepackt und einfach mit sich gerissen. Lennart hatte keine Zeit gehabt, zu begreifen, wie ihm geschah, und er verstand auch jetzt noch nicht wirklich, was passiert sein mochte. Der Verrückte hatte vom Teufel gebrüllt, von seiner heiligen Pflicht und vom Ende der Welt, und nichts davon hatte Sinn ergeben. Es war alles viel zu viel.

Mit dünner Stimme wandte er sich wieder an den Blondgelockten. »Können Sie mir jetzt endlich sagen, was Sie von mir wollen? Ich möchte nach Hause, und außerdem zu einem anderen Arzt. Vielleicht treffen wir uns später oder morgen auf der Hauptwache, um unsere Aussagen zu machen? Ich fürchte, wir haben da einiges zu erklären. *Ich* habe jedenfalls einiges zu erklären«, fügte er leise, aber betont hinzu.

»Zur Polizei?«, hakte Tabea neugierig nach, der Alvaro nun beim Aufstehen half. »Bist du ein Verbrecher oder so was?«

»Eigentlich nicht«, antwortete Lennart, wobei er den verrückten Blonden ungeduldig maß. »Es war Notwehr. Trotzdem ...« Er zuckte die Schultern. »Ich glaube, ich habe Dr. Molling getötet«, gestand er leise. »Oder zumindest lebensgefährlich verletzt.«

Tabea stieß einen überraschten Pfiff aus und versteckte Frieda hinter ihrem Rücken. Zu spät allerdings, denn Alvaros Blick folgte der Bewegung, und eine Mischung aus neuerlichem Vorwurf und Verständnislosigkeit trat in seine Züge. Tabea tat, als wäre nichts Besonderes geschehen. »Du hast den Doktor von dem Flattermann hier getötet?«, vergewisserte sie sich. Lennart zuckte hilflos die Schultern. »Heilige Scheiße!«, entfuhr es Tabea.

Das Mitgefühl, das in ihrer Stimme mitschwang, war echt und galt zu einem nicht unerheblichen Teil ihr selbst. Immerhin zählte auch sie unterm Strich zu den Leidtragenden des Dramas, das sich abgespielt haben musste; dann nämlich, wenn sich Alvaro mit all den Fragen zu seinem nigelnagelneuen Menschenkörper nicht an den nächsten Arzt, sondern an seine Mitbewohnerin wendete. Die nächste Praxis war ein gutes Stück weit entfernt, wenn Tabea sich nicht verschätzte. Und ihr eigener letzter Schluckauf lag inzwischen ein knappes Jahrhundert zurück.

»Das hat er nicht«, mischte sich Alvaro nachdrücklich

ein. »Er hat den *Teufel* erstochen. Das ist übrigens der Neue Prophet. Du erinnerst dich? Ich habe die ganze Burg nach ihm abgesucht ... Lennart – Tabea – Tabea – Lennart.« Er nickte beiden abwechselnd zu.

Der vermeintliche Prophet zog eine Grimasse und drückte die Klinke, um die Wohnung, die ihm wie die offene Abteilung einer Irrenanstalt vorkam, im Rückwärtsschritt zu verlassen. Aber Alvaro zog ihn hastig vom Ausgang weg und schob ihn vor sich her ins Wohnzimmer.

»Bitte bleib«, bat er fast flehend. »Ich habe viel riskiert und noch mehr verloren, um dich zu finden. Ich muss mit dir reden. Unbedingt.«

Widerwillig ließ sich Lennart auf dem Sofa nieder. Allein die körperliche Schwäche, schloss Tabea aus seinen müden Bewegungen, hinderte ihn daran, die Hände über dem Kopf zusammenzuschlagen und schreiend aus der Wohnung zu rennen. Aber das stimmte nicht ganz: Tatsächlich fürchtete Lennart den unheimlichen Blonden so sehr, dass er vorläufig Verständnis und Kooperationsbereitschaft vortäuschte, um aufmerksam auf eine gute Gelegenheit zur klammheimlichen Flucht zu lauern.

Tabea ließ sich dem Gast gegenüber in einen der beiden grünen Ohrensessel fallen und versuchte, Frieda unauffällig unter einem Häkelkissen zu verstecken.

»Bitte machen Sie es kurz«, sagte Lennart schwach, sah dabei aber nicht seinen Gastgeber, sondern Tabea an. »Was ist mit der Katze?«, wollte er wissen.

»Schläft«, log Tabea, die keinen schlechten Eindruck machen wollte. »Du hast den Teufel gelyncht?«, lenkte sie schnell ab. »Ich kann es kaum glauben.«

»Sie hat sie umgebracht«, erklärte Alvaro trocken, und für Tabea war es wie ein Schlag ins Gesicht.

»Stimmt nicht! Ich habe –«

»Jedenfalls ist sie nicht mehr am Leben«, unterbrach Alvaro ihren Protest seufzend. »Und natürlich hat er nicht den Teufel getötet, sondern nur den armen Dr. Molling. Wir sollten für seine Seele beten.«

»Aber gerade hast du selbst gesagt, dass er den Teufel erstochen hat«, beharrte Tabea.

»Aber doch nur, um des armen Propheten Gewissen zu entlasten«, räumte Alvaro ein. »Um darzulegen, dass ich verstehe, dass er handeln musste, wie er gehandelt hat. Es ist nicht seine Schuld, dass der Teufel den Körper des warmherzigen Dr. Molling für seine abscheulichen Absichten missbraucht hat.«

»Welche Absichten hatte er denn?«, fragte Tabea.

»Wollen Sie sie nicht irgendwo begraben?«, schlug Lennart vor. Die Bestattung der Katze setzte nämlich voraus, dass sie diese staubige Wohnung verließen. Draußen könnte er seine letzten Energievorräte dafür benutzen, zu rennen und schlimmstenfalls um Hilfe zu schreien.

»Warum? Sie hat sich ihr Schicksal nicht ausgesucht«, gab Alvaro verständnislos zurück. »Zugegeben: Hin und wieder ist es nicht einfach, ihre Eigenheiten zu akzeptieren«, fügte er seufzend hinzu. »Insbesondere diese Gier nach frischem Blut. Und dann der Mord an der Katze –«

»Ich glaube, er meint Frieda«, fiel Tabea dem gefallenen Engel ins Wort und tippte mit dem Zeigefinger auf das Häkelkissen, das den steifen Kadaver bedeckte. Das mit dem Mord versuchte sie zu übergehen, obwohl es ihr nicht leichtfiel. Trotzdem: Ab sofort würde sie sich nicht mehr um irgendwelche Erklärungen bemühen, sondern alles daran setzen, seine unfairen Vorurteile mit guten Taten aus dem Weg zu räumen. Nach einhundert Jahren an Onkel Hieronymos' Seite hatte sie wohl einiges wiedergutzumachen.

»Begraben?«, wiederholte sie an Lennart gewandt.

»Ja«, antwortete dieser. »Immerhin ist sie tot, oder?«

»Und? Ich auch«, gab Tabea gleichgültig zurück.

Lennart schwieg. Alvaro überlegte angestrengt, wie sich aus diesem heillosen Durcheinander aus Fragen und Teilinformationen ein Weg zu einem sinnvollen und klärenden Gespräch ebnen ließ. Er ging nervös im Wohnzimmer auf und ab und kratzte sich nachdenklich am Hinterkopf.

Es ist ganz normal, dass sich Menschen ab und zu ohne ersichtlichen Grund am Kopf kratzen, kommentierte Dr. Mollings geduldige Stimme diese Geste hinter seiner Stirn. Der arme, arme Dr. Molling ...

Was war das schon wieder? Alvaro spürte, dass sich seine Brust verengte, und in seinem Hals schien sich etwas zu verhärten, während er an den verstorbenen Mediziner dachte. Es war weit mehr als nur Bedauern, und es fühlte sich nicht gut an. Überhaupt nicht gut. Tatsächlich empfand er dieses undefinierbare Gefühl sogar als ganz und gar entsetzlich, und er hatte auch nicht den Eindruck, dass es sich mit einem Scherz und einem fröhlichen Lacher vertreiben ließ.

Alvaro versuchte es trotzdem.

»Ha«, sagte er mit zitternder Stimme. »Ha.«

»Alles in Ordnung mit dir, Eule?«, erkundigte sich Tabea besorgt. »Du heulst ja.«

»Ich ... Wie bitte?« Alvaro tastete nach seinen plötzlich glühenden Wangen. Das Vampirmädchen hatte Recht: An seinen Fingerkuppen blieben salzige Tränen kleben. »Und jetzt?« Sein Blick wanderte hilfesuchend von den Tränen an seinen Fingern zu Tabea hinüber.

Tabea nagte einen Moment unsicher an ihrer Unterlippe. Was hätte sie in einer solchen Situation getan, wenn sie in ihrem ersten Leben einen Freund gehabt hätte? Sie gab sich einen Ruck und schritt zu ihm herüber.

»Und jetzt nehme ich dich einfach mal kurz in den Arm«, seufzte sie und schlang ihre Arme um seinen Hals, um seinen Kopf auf ihre dürre Schulter zu drücken. »Du bist traurig, dummer Vogel«, sagte sie leise. »Was auch immer ihr gerade erlebt habt, versucht dir jetzt das Herz zu zerreißen. Tu dir keinen Zwang an. Heul dich einfach aus.«

An seinem leicht bebenden Schopf vorbei beobachtete sie, wie der vermeintliche Prophet die Situation für sich auszunutzen versuchte, um sich klammheimlich aus dem Staub zu machen. »He!«, zischte sie ihm verärgert zu, während sie Alvaro durch das blutverklebte Haar am Hinterkopf strich. »Hier geblieben!«

»Entschuldigen Sie, aber –«, begann Lennart, schluckte den Rest seines Satzes aber schnell herunter, als Tabea ihre spitzen Eckzähne gefährlich aufblitzen ließ. Sie bedrohte diesen Schönling wirklich ungern, aber manchmal musste man eben Prioritäten setzen. Und in diesem Augenblick hieß diese Priorität eben Freundschaft. Es war die beste Gelegenheit, ihren guten Willen unter Beweis zu stellen.

Lennart ließ sich steif auf das Sofa zurückfallen und platzierte die Hände auf den Knien. »In Ordnung«, presste er hervor. »Auf ein paar Minuten mehr oder weniger kommt es jetzt wahrscheinlich auch nicht mehr an.«

Eine runde Viertelstunde nach Beginn seines plötzlichen Weinkrampfes lenkte Tabea den Engel, der keiner mehr war, mit sanfter Gewalt in Richtung des zweiten grünen Ohrensessels. Alvaro ließ sich dankbar hineinsinken.

»Das hat sehr gutgetan«, flüsterte er mit noch immer erstickter Stimme und leicht beschämt. Vor allem anderen aber war er erleichtert.

»Mmmh«, machte Tabea und zupfte an der Schulternaht des weiten violetten T-Shirts herum, das Alvaro ihr am ersten Werktag in der neuen Wohnung im Tausch gegen den stinkenden Parka des Stadtstreichers übergeben hatte – zusammen mit einer ebenfalls zu großen gelben Trainingshose, die allein durch einen Knoten über der Hüfte daran gehindert wurde, ihr ständig vom Hintern zu rutschen. Dazu hatte auch ein Paar ausgetretener Flip-Flops gehört, die ebenfalls dem Altkleidercontainer entstammten, aus dem Alvaro sich bedient hatte. Das T-Shirt jedenfalls trug die Aufschrift »K cke he mer Modekiste« (ein paar der Buchstaben waren abgeblättert), und nun klebte es auch noch klatschnass von Alvaros Tränen an ihrer rechten Schulter fest. »Keine Ursache«, winkte sie trotzdem ab.

Lennart räusperte sich und rutschte ungeduldig auf dem Sofa herum. Angesichts der unausgesprochenen, aber dennoch unmissverständlichen Drohung der Bekloppten mit den bekronten Eckzähnen, die sich offenkundig wirklich für einen Vampir hielt, hatte er es vorgezogen, sich ruhig und fügsam zu geben. Er wollte keine Handgreiflichkeit provozieren, der er sich nicht gewachsen fühlte, obgleich das Mädchen ihm kaum bis zum Kinn reichte und nicht mehr als fünfzig Kilo auf die Waage bringen mochte. Zudem wirkte diese Grufti-Frau selbst alles andere als sportgesund. Aber nach allem, was Lennart durchgestanden hatte, wollte er es jetzt nicht einmal mehr auf ein Gerangel mit einer bulimiekranken Ballerina ankommen lassen.

Nur – was genau war eigentlich in den vergangenen Tagen mit ihm passiert? Heute war bereits Dienstag, wie er den Vermerken in seiner eigenen Krankenakte entnommen hatte ...

Bloß nicht darüber nachdenken, befahl Lennart sich selbst. *Erst einmal raus hier, weg von den Verrückten ...*

»Geht es Ihnen jetzt wieder besser?«, erkundigte er sich bei dem Blonden.

Alvaro zog die Nase hoch, gab ein paar unappetitliche Laute von sich, zwang sich aber zu einem Lächeln und nickte. »Danke, ja«, antwortete er. »Es war wie Lachen. Nur umgekehrt.« Er winkte ab. »Aber nun erzähl mir von dir, mein Sohn.«

Lennart verneinte. »Abgesehen davon, dass Sie sich schon ausreichend schlaugemacht haben über mich«, erwiderte er, »warum sollte ich das tun? Ich kenne Sie überhaupt nicht. Was wollen Sie von mir?«

»Ich möchte nur wissen, was geschah, nachdem die Kugel aus der Handfeuerwaffe in deinen Hals eingedrungen ist«, gab Alvaro zurück. »Nachdem du starbst. Bitte ... Vielleicht ist es wichtig für mich. Vielleicht gibt es einen Weg zurück.«

»Zurück? Wohin?« Verständnislos schüttelte Lennart den Kopf.

»Du bist auch tot?«, wunderte sich Tabea. Sie hätte schwören können, dass sie sein Herz schlagen und sogar seine Innereien leise rumoren hörte, und allzu schlecht riechen tat er auch nicht.

Lennart überging ihre Frage einfach. »Wohin?«, wiederholte er.

»Das werde ich dir erzählen. Aber erst, wenn du mir gesagt hast, was dir in den vergangenen Tagen widerfahren ist. Hast du einen Engel gesehen? Vielleicht einen großen blonden mit grünen Augen und einem leichten Kupferstich im Haar? Einen, der ein flammendes Schwert mit sich trug und sprach, als hätte er sich jedes Wort notiert, um es zu verlesen?«

Er verdächtigte Tamino, seinen Posten übernommen zu haben, und tat sich schwer damit, dies zu akzeptieren. Zwar fand er dieses Menschsein bei weitem nicht so schlimm, wie man auf der anderen Seite gemeinhin annahm (und zwar trotz der Verengung in der Brust und dem Klumpen im Hals ... bei zu viel Mitgefühl). Aber in dieser Form wollte er die Niederlage trotzdem ungern auf sich sitzenlassen.

»Woher wissen Sie von meinem Unfall?«, bemühte sich Lennart abzulenken, ehe sein Gegenüber noch mehr wirre Fantasien äußern konnte.

»Ich weiß alles über dich, mein Sohn«, behauptete der Irre. »Wenigstens alles, was vor der Nacht zum Sonntag geschehen ist.«

»Dann wissen Sie vermutlich auch, dass ich nicht Ihr Sohn bin«, erwiderte Lennart mühsam beherrscht. Nur vier oder fünf Schritte bis zur Tür – und daneben hing sogar ein Telefon an der Wand ... Ob er es nicht doch riskieren sollte?

Sein Hals schmerzte, und sein Kopf fühlte sich wie eine Gasuhr an.

»Gewiss«, lächelte Alvaro. »Du bist der Sohn des –«

»Ja, ja. Ich weiß«, unterbrach ihn Lennart. »Das sagten Sie bereits. Sind Sie vom BND?«

»Vom Besonderen Nothilfe-Dienst?«, fragte Alvaro. »Wenn das ein moderner Fachbegriff für einen Schutzengel ist, dann ja.«

Lennart besann sich wieder aufs Schweigen. Unmöglich, ein vernünftiges Gespräch mit diesem Mann zu führen. Und un*nötig* wahrscheinlich auch. Er musste hier weg, verdammt!

Alvaro interpretierte sein Schweigen zwar unvollständig, aber im Grunde richtig. »Du glaubst mir nicht, mein Sohn«, stellte er fest. »Ich werde dir beweisen, dass ich dich begleitet habe. Deine Mutter hat dich an ihrer Brust genährt, bis du ein halbes Jahr alt warst«, zählte er auf. »Vom dritten bis zum sechsten Lebensjahr warst du das einzige männliche Mitglied des ›Hüpfefloh‹-Kindertanzsportvereins, aber zur Einschulung hast du deine Eltern einen Eid ablegen lassen, nie wieder ein Wort darüber zu verlieren. In der ersten Klasse lerntest du deinen bis heute noch besten Freund Maximilian Habermann kennen – eine Freundschaft, die besonders deinem Vater immerfort ein Dorn im Auge war ...«

Lennart starrte ihn an. Woher konnte dieser Mann das alles wissen? Dass er sich über ihn informiert hatte, hatte er zwar schon im Röntgenraum der Praxis durchsickern lassen, aber ...

314

In der Praxis.

Lennarts Gedanken gingen eigene Wege, ohne dass er sie davon abhalten konnte. Er wollte nicht an das Grauen denken, das sich dort zugetragen, das *er* dort angerichtet hatte. Auf gar keinen Fall. Nicht hier und nicht heute, denn er würde es nicht verkraften und ebenso den Verstand verlieren wie die beiden Irren, die ihn in diesen Minuten in dieser fremden, überaus chaotischen Wohnung auszuharren nötigten, während er eigentlich nur einen einzigen brennenden Wunsch verspürte: nämlich endlich heimzukehren und sich im Schoß seiner Mutter in den Schlaf zu weinen.

Lennart begriff nicht, was diese beiden von ihm wollten, und eigentlich wollte er es auch gar nicht wissen – wenigstens nicht jetzt. Aber dennoch: Vielleicht hatten sie ja etwas mit dem Mordanschlag auf die ehemalige Prostituierte im *Fuchsbau* zu tun, den ungünstigerweise ausgerechnet er, Lennart, vereitelt hatte, indem er die Kugel unbeabsichtigt mit seinem Leib abgefangen hatte? Olga Urmanov.

Lennart erinnerte sich an ihren Namen, obwohl er ihn gar nicht hätte wissen dürfen. Er entsann sich seines Sterbens, seiner Reise durch den See, der symbolisierten Erinnerungen, denen er begegnet war, des atlantischen Halbgottes Nausithoos und der anderen Götter, die in der Verbannung vor sich hin vegetierten, weil niemand mehr an sie zu glauben bereit war. Sein Sprung in den Sog des Protestes und der Entscheidung spielte sich noch einmal vor seinem inneren Auge ab, und sogar alles, was er dort gesehen hatte ...

Ein sogenanntes Nahtoderlebnis, versuchte er sich am Rande der Hysterie zurechtzuweisen. Er war überhaupt nicht tot gewesen, sondern eben nur ganz nah dran. Es war noch einmal gutgegangen, er war dem Sensenmann gerade noch von der Schippe gesprungen ...

Sein Blick streifte eine Tageszeitung, die zwischen zahlreichem anderen Papierkram auf dem Boden vor dem Couchtisch lag. WER STAHL DIE GEBEINE DES HÖHLENMANNES?, lautete die Überschrift eines Artikels, zu dem zwei schwarz-weiß gedruckte Bilder gehörten. Eines zeigte einen zerstörten Schaukasten und das andere die Phantomzeichnung eines affenartigen Menschen, der eine erschreckende Ähnlichkeit mit dem Keulenmann im Sog aufwies.

Lennart schüttelte sich. *Unmöglich!*, schalt er sich im Stillen. Offenbar drehte er wirklich komplett durch. Vielleicht wegen der Beule am Kopf. Ob er eine Gehirnerschütterung hatte? Schwindelte ihm nicht auch? War ihm übel?

Nein.

Aber wie war er eigentlich in die Gewölbe unter der Klimburg gekommen?

Lennart verbarg das Gesicht in den Handinnenflächen und kniff zusätzlich die Augen zu. Ganz ruhig, ermahnte er sich. Immer schön besonnen bleiben. Erst denken, dann reden. Diese verrückte Situation zu Ende bringen, heimkehren, schlafen ...

»... keine andere Wahl, als die Straßenbahn im Tunnel festzusetzen«, hörte er den Blonden, der offenbar überhaupt nicht aufgehört hatte zu erzählen, jetzt gerade sagen. »Und das mit Katharina tut mir auch sehr leid. Uns allen war klar, dass du sie wirklich gernhattest. Aber als ihr so intim miteinander wurdet, fiel uns einfach nichts Besseres ein als ein aggressiver Magen-

Darm-Virus in letzter Sekunde. Es diente der Abschreckung und war nur zu deinem Besten, das musst du mir glauben. Wir haben dafür sorgen müssen, dass du dein natürliches Interesse am weiblichen Geschlecht vorerst verlierst, denn eine Frau hätte dich dauerhaft von deiner Aufgabe abgelenkt.«

Lennart schaute Alvaro über acht Fingerkuppen hinweg an. Seine Augen formten zwei große Nullen.

»Jetzt willst du natürlich wissen, was deine Aufgabe ist«, sprach der Wahnsinnige in feierlichem Ton weiter. »Du, Lennart Bückeberg, bist ein Auserkorener. Du bist der Neue Prophet.«

»Er ist ein gesuchter Mörder«, winkte Tabea spöttisch ab. Freundschaft, so fand sie, sollte auch bedeuten, dass man die, die man mochte, bei Bedarf drastisch auf den Teppich zurückholte.

Lennart blickte zu ihr hin. Noch größere Nullen, und jetzt sogar drei davon, denn als seine Hände matt auf seine Knie fielen, formte auch sein Mund ein perfektes Oval.

Alvaro bedachte seine Mitbewohnerin mit einem strafenden Blick, aber Tabea reckte trotzig das Kinn. »Ist doch wahr«, verteidigte sie sich. »Aber lasst euch von mir nichts sagen. Geht einfach zur Polizei und sagt denen, dass der Arzt von gegenüber vom Teufel selbst besessen war und versucht hat, euch zu töten. Wenn ihr Glück habt, kommt ihr nach drei Monaten Untersuchungshaft wieder frei. Aus Mangel an Beweisen. Oder weil ich so freundlich war, dem Staatsanwalt eure Akten zu klauen.«

Lennart und Alvaro wechselten einen Blick. Tabea hatte Recht: Niemand, der nach menschlichen Maßstäben klar bei Verstand war, würde ihnen ihre Version der Geschichte – die Wahrheit also – abkaufen. Selbst Alvaro kam um diese ernüchternde Erkenntnis nun nicht mehr herum. Lennart versuchte zu schlucken, aber in seinem Hals schien sich nur trockener Sand zu befinden, und vielleicht auch ein kleiner Bleizylinder, das wusste er immer noch nicht. Er war ein Mörder, begriff er endlich ohne Wenn und Aber. Und was das Schlimmste war: Er saß mit dem verrückten Blonden in einem Boot. Er war der Einzige, der erzählen konnte, was *wirklich* geschehen war.

Aber was genau war denn eigentlich geschehen?

Dr. Molling erschien ihm vor seinem inneren Auge. Bleich und hässlich. Augen, so schwarz wie die Nacht und absolut leer ...

Was auch immer in den Arzt gefahren sein mochte – niemand würde Lennart glauben, dass Dr. Molling ihn angegriffen und er bloß sein nacktes Leben verteidigt hatte. Ganz bestimmt nicht.

»Was soll ich denn jetzt tun?«, presste er leise hervor.

Tabea hob eine Braue. Warum sollte sie sich mit einem Freund zufriedengeben, wenn sie vielleicht gleich zwei auf einmal bekommen konnte? »Mich mal nett fragen?«, schlug sie darum vor.

»Wonach fragen?«

»Na ja«, erklärte Tabea gedehnt, »vielleicht wäre ich so freundlich, eure Spuren zu verwischen?«

Obschon die Sonne bald untergehen wird, begibt sich meine Schutzbefohlene auf einen schmalen Trampelpfad, der sich einen Hügel hinaufschlängelt, notierte Meo mit einer Feder auf das erste von zahlreichen Blättern, die die Vorlage für seine Abschlussarbeit im Fach »Personenschutz unter Ausschluss offensichtlich göttlicher Fügungen und Wunder« bilden sollten. *Präventiv entferne ich stachelige Ranken und Geäst, welches meiner Schutzbefohlenen zur Stolperfalle geraten könnte ...*

Das tat der junge Engel natürlich nicht wirklich, denn es war ihm, da er sich noch in der Ausbildung befand, nicht erlaubt, seine Geschicke dort unten walten zu lassen. Er bereitete sich bloß auf die theoretische Abschlussarbeit vor, die er bestehen musste, ehe er die ersten praktischen Jahrzehnte absolvieren konnte. Als Schüler durfte er sich höchstens in Begleitung eines Lehrers auf die Erde hinabbegeben, und das auch nur, wenn wirklich jede Hand, die ein Schwert halten konnte, gebraucht wurde (was in letzter Zeit beklemmend häufig vorkam).

Aber unter dem Vorwand, die kleine Joy bloß als Studienobjekt zu benutzen, konnte er sie wenigstens im Auge behalten, ohne dass jemand Fragen stellte oder ihn auf andere Weise störte. Und wenn alle Stricke rissen, konnte er immer noch sämtliche Regeln brechen, denn Meo fühlte sich für dieses kleine Menschenkind, das er so leichtfertig in Alvaros Angelegenheiten hineingezogen hatte, verantwortlich.

Er allein hatte Joy, indem er ihr die Aufgabe aufgebürdet hatte, seine Kunde zu seinem Gefährten zu tragen (dafür hatte er ihr ein Versprechen gegeben, von dem er nicht wusste, ob und wie er es erfüllen konnte), auf die

Idee gebracht, sich selbst in die Ruinen der Klimburg zu begeben. Vielleicht aus Neugier, vielleicht aber sogar, weil ihr Drang nach Gottgefälligkeit so groß war, dass sie dem nunmehr gefallenen Engel beistehen wollte – Meo wusste es nicht. Aber er war sicher, dass er es gewesen war, der die Kleine in ihr Unglück getrieben hatte. Auch wenn ihr zur Stunde noch immer nicht bewusst war, in welcher Gefahr sie schwebte, und sie sich die gute Laune weder von dem fürchterlichen Kurzhaarschnitt trüben ließ, den ihr der Russe verpasst hatte, noch von der Tatsache, dass sie nun über eine knorrige Wurzel stolperte und sich beide Knie aufschlug.

Während Joy sich wieder aufrappelte und leichtfüßig weitereilte, notierte Meo: *Auf der Hügelkuppe thront eine Burg, die unbewohnt und vom Verfall stark gezeichnet ist ...*

Meo hatte sich geschworen, es nicht so weit kommen zu lassen, dass sich das Unglück der Kleinen doch noch in ihr Verderben verwandelte. Im äußersten Notfall würde er seine Zukunft opfern, indem er die Geschicke dort unten ohne eine entsprechende Erlaubnis, geschweige denn einen Auftrag beeinflusste.

Ich überprüfe das Mauerwerk, entferne gegebenenfalls lose Steine, die hinabfallen könnten, und vertreibe bissiges und giftiges Getier, während mein Schützling naht ...

Joy erschlug eine aggressive Mücke auf ihrer Wange und verharrte einen Moment, um eine Ringelnatter, die vor dem Abstieg bei der verfallenen Kapelle lag, mit der langen Taschenlampe zu verjagen, die Oleg ihr mitgegeben hatte. Wenn der Russe noch einmal versuchte, Joy zu töten, dachte Meo bitter, würde er alles stehen und liegen lassen und sich seine Zukunft versauen, indem er das Mädchen, das diesen Verbrecher für einen Freund hielt, rettete.

Sich seine Zukunft versauen ...

Schon allein die intensive Beobachtung der Menschen vermochte schmutzige Spuren im Wortschatz zu hinterlassen. Inzwischen, schätzte Meo, kannte er ein halbes Dutzend abwertende Begriffe für Frauen, die sich prostituierten; in vielen verschiedenen Sprachen. Und mindestens ebenso viele rüde Alternativen zu »Gott schütze dich – nun ziehe deines Weges« ...

Bei Alvaro hatte es genau so angefangen, sinnierte Meo trübselig. Die Spuren im Vokabular, das erhöhte Mitgefühl mit den Menschen ... Und dann war alles ziemlich schnell gegangen. So schnell, dass man fürchten musste, dass das einfach jedem passieren konnte.

Nein. Meo wischte den Gedanken beiseite. Man musste schon einen gigantischen Fehler begehen, um aus dem Himmelreich verbannt zu werden. Zum Beispiel den Auserkorenen, der einem anvertraut war, schon vor Beginn seiner Zeit sterben zu lassen. Tatsächlich war Alvaro der Erste und Einzige gewesen, der in dieser drastischen Form an seiner Aufgabe gescheitert war. Meo hatte im Archiv nachgefragt.

Als die Schutzbefohlene mit einem modernen Lichtgerät in ein finsteres Gewölbe hinabsteigt, verjage ich dort lebende Nagetiere, versuche, die Stufen der schmalen Stiegen zeitig zu trocknen, und halte wieder nach offensichtlichen Gefahren Ausschau; »Geh aufrecht! (eine Abhandlung über das Verletzungspozential statischer und flexibler Nutzgegenstände im Alltag des Menschen)«

Meo versah die letzte Zeile seiner Aufzeichnungen mit einem Sternchen und dem Hinweis, dass er den Verfasser dieses großartigen Werkes nachschlagen und in seiner Arbeit erwähnen wollte. So etwas machte immer einen guten Eindruck.

Er stutzte kurz, als er wieder zu Joy hinunterblickte, und fuhr dann fort: *Selbstredend habe ich lange im Vorfeld dafür gesorgt, dass die kegelförmigen Energiedepots (im Folgenden »Batterien« genannt) die elektrische Lampe für viele Stunden mit Elektrizität versorgen können.*

Noch ein Sternchen. *Bei Gelegenheit Jascha um gesonderte Unterrichtseinheit bitten.*

Dann beugte er sich wieder vor und beobachtete, wie sich Joy auf Händen und Knien durch die stockfinsteren Katakomben tastete.

Mit ihrem nicht ganz selbstlosen Angebot hatte Tabea zumindest eines sofort erreicht: Es war ihr gelungen, einen gemeinsamen Nenner als Basis für eine sinnvolle Konversation in den Raum zu werfen. Die folgenden zehn Minuten investierten sie in eine kurze Krisensitzung sowie in eine Bestandsaufnahme der erlittenen Wunden und Blessuren, denn in einem waren sie sich sofort einig: Die verzwickte Situation, in der sie sich befanden, erforderte zwar sehr zügige, auf gar keinen Fall aber überstürzte Handlungen.

»Vielleicht sollte ich mich doch stellen«, wiederholte der Neue Prophet zum gefühlten zwanzigsten Mal. »Ich möchte nicht, dass Sie sich meinetwegen strafbar machen.«

Tabea rollte die Augen und schob sein Kinn mit zwei Fingern nach oben, nach links und nach rechts, um seinen Hals zu begutachten. »Niemand wird mich sehen«, beharrte sie. »Und wenn doch, wird niemand glauben, was er sieht ... Nun halt doch mal still.« Sie drückte seinen Kopf nach unten und sah nach seinem Nacken. Lennart ließ es widerwillig mit sich geschehen. »Keine Austrittswunde«, diagnostizierte Tabea schließlich. »Aber auch sonst keine Spur von einer Kugel. Seid ihr sicher, dass das eine Schusswunde ist?«

»Absolut.« Alvaro nickte, und sein Gefährte zuckte die Schultern.

»Und woher wollen Sie wissen, dass da keine Kugel ist?«, fragte Lennart zweifelnd. »Es fällt mir schwer, zu schlucken.«

»Das geht vorbei«, winkte Tabea ab und schnüffelte zur Sicherheit noch einmal an dem kreisrunden Loch in seinem Fleisch. »Nur frisches, junges Blut«, dokumentierte sie, was ihre feine Nase erschnupperte. »Keine Spuren von Blei – noch nicht einmal ein erhöhter Eisengehalt. Du hast dich mit *Claro Cleans Hautfreund* gewaschen, nicht wahr?« Lennart antwortete nicht.

»Na ja. Ist auch schon ein paar Tage her«, seufzte Tabea. Besonders gesprächig war der Bursche nicht. Aber nach allem, was sie in den vergangenen Minuten erfahren hatte, verstand sie auch, dass der Schock seine Zunge noch lähmte.

»Wage es nicht!«, ermahnte Alvaro sie, und erst jetzt bemerkte Tabea, dass sie weitaus näher als nötig an den Neuen Propheten herangerückt war und ihr Magen sich wieder laut knurrend Gehör verschaffte.

Tabea erhob sich vom Sofa. »Das Loch muss zugenäht werden, und der Schnitt an deinem Ohr könnte ein Pflaster gebrauchen, damit er nicht immer wieder aufreißt«, schloss sie ihre Diagnose. »Ansonsten bist du okay. Du solltest nur mal wieder was essen.«

Alvaro atmete erleichtert auf. »Das ist doch einmal eine frohe Kunde«, bemerkte er.

»Eine *gute Nachricht*«, verbesserte ihn Tabea. »Und ich habe sogar noch eine: Ich kann nähen.« Das konnte sie wirklich, denn in ihrem ersten Leben hatten sie und ihre Geschwister wahrscheinlich mehr Platzwunden, Prellungen und Schnitte erlitten als ein blinder Passagier im Porzellancontainer auf einem im Sturm sinkenden Frachtschiff. Aber der Neue Prophet zweifelte offen an ihren Fertigkeiten.

»Hemden, Röcke und Tischdecken?«, vermutete er schwach. »Danke. Aber ich glaube, ich fahre doch lieber ins Krankenhaus.«

»Des Menschen Wille ist sein Königreich«, erwiderte Tabea beleidigt. »Aber an deiner Stelle würde ich lieber warten, bis ich mit euren Akten und den Messern zurück bin. Nicht dass man dich im OP verhaftet.«

»Sie hat Recht«, bestätigte Alvaro. »Warten wir, bis sie zurück ist.«

»Vertrau mir«, setzte Tabea hinzu. »Kleine Wunden haben wir früher immer selbst behandelt.« *Und die großen auch*, fügte sie gedanklich hinzu, sprach es aber nicht aus. Mitleid bekam man geschenkt – Respekt musste man sich verdienen.

Der Neue Prophet hob den Kopf und richtete die Pupillen auf sie, schien aber durch sie hindurchzublicken, während er unvermittelt sagte: »Die Festplatte.«

Alvaro und Tabea tauschten einen hilflosen Blick.

»Unsere Daten befinden sich vielleicht schon auf der Festplatte des Rechners am Empfang«, erklärte Lennart.

»Wenn wir tun, was ihr für richtig haltet, brauchen wir auch den Computer.«

»Die Schreibmaschine mit dem Fernsehgerät dran?«, vergewisserte sich Alvaro.

»Ich weiß auch nicht, wie eine Festplatte aussieht«, gestand Tabea.

Lennart erklärte es ihr. »Sie werden keinen Schraubendreher finden, also müssen Sie sie herausbrechen«, sagte er, als er glaubte, dass sie begriffen hatte, welches Teil sie finden musste. »Es ist egal, wenn sie kaputtgeht. Hauptsache, sie ist nicht mehr da.«

»In Ordnung.« Tabea nickte den beiden Männern zu. »Dann breche ich jetzt wohl besser auf. Wünscht mir viel Glück.«

Lennart blinzelte, als ihm etwas auffiel. »Wie wollen Sie das eigentlich machen?«, erkundigte er sich irritiert. »Ich meine: in die Praxis kommen, vielleicht sogar in die Asservatenkammer, und mit all den Beweisstücken wieder raus ...«

Tabea schenkte ihm ein süffisantes Lächeln.

»Ach so. Klar«, seufzte Lennart resignierend. »Sie sind ja ein Vampir. Vermutlich können Sie auch fliegen.«

Tabea grinste breit, verwandelte sich in eine Fledermaus und beschrieb eine Acht unter der Decke, ehe sie durchs Wohnzimmerfenster ins Freie flatterte.

Es strengte sie noch immer sehr an. Auch war sie es nach der langen Zeit auf Werthersweide nicht gewohnt, sich bei Tageslicht hinauszubegeben. Doch zum Glück trennten sie kaum zweihundert Meter von der Hausarztpraxis. Dort deutete nichts auf den Schrecken hin, der sich nach den Worten der beiden Männer darin abgespielt hatte. Ein Pizzabote bremste sein Moped vor dem vierstöckigen Sechziger-Jahre-Bau, kehrte nach wenigen Augenblicken mit leerer Styroporbox und unzufriedener, aber keineswegs besorgter oder gar erschrockener Miene wieder zurück und knatterte davon. Kurz darauf öffnete sich die Haustür erneut, und eine junge Mutter manövrierte einen Zwillingskinderwagen nach draußen. In einem Fenster im zweiten Stock klopfte ein sehr behaarter Mann, der mit entschieden zu wenig Kleidung auskam, einen Bett- oder Duschvorleger aus, was einen kurzen, aber heftigen Wortwechsel mit der Mutter nach sich zog, die sodann ihre Kinder ausklopfte und schimpfend ihres Weges ging. Ein ganz normaler früher Sommerabend in der Tankgasse eben. Langsam begann Tabea sich ernsthaft Sorgen um das Schicksal jener Menschen zu machen, die sich neben Alvaro, dem Neuen Propheten und dem Hausarzt noch in der Praxis befunden hatten.

Sie flatterte unter die Dachrinne, konnte aber nichts durch die Lamellenvorhänge der drei zur Verfügung stehenden (und zum Glück gekippten) Fenster erkennen. Und so wählte sie schließlich das mittlere, um ins Innere der Praxis zu gelangen, die die gesamte vierte Etage in Anspruch nahm.

Der Raum, in dem sie sich nun befand, war klein und voller deckenhoher Regale, in denen sich frische Auflagen, Handtücher und Kartons mit Einweghandschuhen und Toilettenpapier stapelten. Sie lauschte einen Moment in die fast gespenstische Stille, die sie empfing, und erschnüffelte eine Geruchsmischung aus Blut, Galle, Gummi und Desinfektionsmittel, die sie an ihre Ausflüge ins Kriminaltechnische Institut erinnerte. Ehe sie die einzige Tür des Raumes einen Spalt weit aufschob, nahm sie ihre weniger kraftraubende und leichter kontrollierbare menschliche Gestalt an.

Vorsichtig blinzelte sie hinaus und erblickte ein Zimmer, das über allerlei technische Gerätschaften, eine weitere schmale Tür und ein kleines Fenster verfügte, durch das sich jedoch nicht in den dunkler werdenden wolkenlosen Himmel hinausschauen ließ, sondern in einen weiteren Raum, der von einer Gummiliege dominiert wurde. Daneben lag, auf dem Rücken, aber in ungesund verkrümmter Haltung, ein schnauzbärtiger Mann mit einem äußerst blutigen Arztkittel.

Nun – damit war zu rechnen gewesen, dachte Tabea, während sie an den zweifellos toten Arzt herantrat und sich auf die Knie sinken ließ. Trotzdem: Dafür, dass er angeblich in Notwehr gehandelt hatte, hatte Alvaros Kumpel bemerkenswert gut getroffen. Das Skalpell, um das sich die nunmehr steifen Finger des Mediziners geklammert hatten, steckte bis zum Heft in seinem Fleisch und hatte unter anderem die Gallenblase zerstört, wie sich unschwer erschnuppern ließ. Der scharfe Geruch verdarb ihr trotz des unerträglichen Hungers für einen Moment fast den Appetit.

Tabea versuchte so kurz wie vergebens, die steifen Finger des Arztes von dem Skalpell zu lösen, verschob die unangenehme Aufgabe auf einen späteren Zeitpunkt, an dem sie alles andere Notwendige erledigt haben würde, und hob schließlich ein zweites OP-Messer vom blutverkrusteten Boden auf. Ob es bei dem, was hier geschehen war, eine Rolle gespielt hatte, wusste sie nicht. Aber der Verdacht lag nahe, und sicher war sicher. Schließlich wollte sie die beiden Männer, die sie auserwählt hatte, ihre vielleicht ersten Freunde zu werden, nicht enttäuschen, und schon gar nicht an einen Haftrichter verlieren, nur weil sie ihre Aufgabe nicht gründlich genug erledigt hatte.

Die Festplatte, die Krankenakten und das Nähzeug, zählte sie in Gedanken auf, was sie außer dem Skalpell im Bauch des Arztes nicht vergessen durfte. Nahezu laut-los bewegte sie sich aus dem Röntgenraum. Ganz gleich, was sie in den anderen Zimmern erwartete – sie brauchte die Festplatte, die Krankenakten und das Nähzeug ...

Warmes, frisches Blut ...

Ein Rinnsal – ach was, ein Bach! – aus warmem, frischem, jungem, gesundem, dunklem Blut war schräg gegenüber des Röntgenraumes unter der geschlossenen Tür eines anderen Behandlungszimmers hindurchgeflossen und hatte eine unscheinbare Unebenheit des Gummibodens zum Zentrum eines Sees bestimmt, in den es sich auch jetzt noch ergoss. Sehr langsam nur – die Person, deren Adern es entsprungen war, musste inzwischen tot sein; niemand verlor so viel Blut, ohne zu sterben. Und die Ufer des roten Sees waren bereits dunkel und von zähflüssiger Konsistenz. Der Fluss und die Mündung jedoch bestanden aus warmem, frischem, jungem, gesundem ...

Die Festplatte, ermahnte sich Tabea stumm, während sich ihre Knie auf den grünen PVC-Belag hinabbegaben, ohne eine entsprechende Erlaubnis ihres Bewusstseins abzuwarten. *Nur einen winzigen Schluck!*, flehten ihre Sinne. *Nur ein ganz kleines bisschen – für den Geschmack und das Gefühl ...*

Die Krankenakten ...

Keiner wird es sehen. Und du schadest niemandem, wenn

du es tust. Der Mensch auf der anderen Seite der Tür ist nicht mehr am Leben, längst verblutet!

Und Nähzeug. Tabeas Zungenspitze tauchte in das allmählich erkaltende Blut ein. *Trink! Trink schneller, solange es noch ein bisschen warm ist! Näher an die Tür, die Quelle, den Menschen, das Opfer!*

Ihre Augen weiteten sich vor Schreck und Scham, als sie die letzten Worte mit Onkel Hieronymos' Stimme dachte und außerdem registrierte, dass sie inzwischen nicht nur auf Händen und Knien durch die Blutlache kroch, sondern die Zunge in ihrer ekstatischen Gier sogar unter der geschlossenen Tür hindurchgeschoben hatte. So hastig, dass ein paar Späne darin stecken blieben, zog sie sie wieder heraus, sprang auf die Füße und wischte sich das Blut mit einem Ärmel aus dem Gesicht. Sie hatte sich wie ein Alkoholiker benommen, dem die letzte *Jägermeister*-Reserve zu Bruch gegangen war, und dafür schämte sie sich vor sich selbst. Es musste andere Möglichkeiten geben, schalt sie sich, während sie vorsichtig die Klinke drückte. Igel, Hunde, Vögel, Katzen ... Nein. Keine Katzen.

Ob die beiden Männer die arme Frieda wohl zwischenzeitlich begruben? Es würde sie ein wenig ärgern, denn sie wollte es lieber selbst tun. Eine gute Gelegenheit, um das Abschiednehmen zu üben.

Weil Alvaro neben dem Arzt auch von einer Sprechstundenhilfe gesprochen hatte und offenbar noch niemand in der Lage gewesen war, Polizei und Rettungswagen zu alarmieren, hatte Tabea mit mindestens einem weiteren Opfer gerechnet, und spätestens die Unmengen von Blut, die sich im Flur befanden, hatten diese Annahme in endgültige Gewissheit verwandelt. Darum überraschte es sie nicht, die Leiche der Sprechstundenhilfe in Raum 3 zu finden. Was sie hingegen doch erschreckte, war der Umstand, dass sich der Kopf der Frau nicht mehr am oberen Ende ihres zum Ausgang gerichteten Halses befand.

Tabea schluckte die Reste von Blut und Speichel hinunter und ließ den Blick durch den engen Raum schweifen. Der Boden, das Mobiliar, die Wände, das Fenster und sogar die Decke – alles war über und über mit Blut beschmiert, in dem Haut- und andere, schwer definierbare Gewebeklumpen klebten. Ein größerer Klumpen auf dem Schreibtisch, den sie auf den ersten Blick für einen Teil des vermissten Kopfes hielt, erwies sich auf den zweiten als fast vollständige Leber, und unter der Heizung lag ein Auge, das sie blind beobachtete. Kleidungsfetzen und drei Schuhe, die eindeutig nicht der kopflosen Leiche zuzuordnen waren, rundeten das Bild des Grauens ab und bürgten dafür, dass hier mindestens drei Seelen ihr Haus verloren hatten.

Und eine davon hatte gerade einmal in Sandalengröße 28 gepasst.

Tabea fuhr auf dem Absatz herum und schlug die Tür hinter sich zu.

Weißt du jetzt, warum du –

Verpiss dich aus meinem Kopf!

Sie stampfte zum Empfang, fegte mit zitternden Fingern drei (*drei!*) Krankenakten aus der Ablage und erspähte die von Lennart und Alvaro neben der Tastatur auf dem Schreibtisch. Die Krankenakten, die Festplatte und das Nähzeug ... Ob sie Letzteres in dem anderen Behandlungszimmer finden konnte? In jenem, auf dem die Ziffern 2 prangten? Und was würde sie außerdem noch hinter dieser weiteren Tür erwarten?

Gutes, frisches Menschenblut ...

Hör' nicht hin. Augen zu und durch. Sie benötigte ohnehin etwas, womit sich das Plastikgehäuse des Computers aufbrechen ließ. Trallala. Tralli-tralla. Ich hör' dir nicht mehr zu ... Es interessiert mich nicht, dass da ein Mädchen liegt, kaum älter als ich gewesen bin, als du mich geholt hast. All das Blut, das da in diesem riesigen Loch auf Höhe ihres fehlenden Herzens schwimmt – es reizt mich nicht. Nicht im Geringsten. Es widert mich sogar an, so wie mich die Erinnerung an dich anwidert. Und deine verdammte Stimme in meinem Kopf. Ich ehre dich nicht, Hieronymos, wann begreifst du es endlich? Bald werde ich nicht einmal mehr an dich denken. Ich werde dich einfach vergessen, wie ich meinen eigenen Namen vergessen habe.

Julika.

Arschloch!

Tabea kämpfte die aufsteigenden Tränen zurück, riss eine Schublade nach der anderen auf und warf zahllose Dinge hinter sich, bis sie gefunden hatte, wonach sie suchte: eine Chirurgennadel, abgepackten Faden, eine Handvoll Pflaster und ein Irgendetwas aus Titan, dessen üblichen Zweck sie sich lieber nicht vorstellen wollte, das ihr aber sowohl als Ersatz für einen Schraubendreher dienen als auch als Alternative für einen Dietrich herhalten konnte. Sie packte all den Kleinkram in einen pinkfarbenen Turnbeutel, der nicht weit von der Mädchenleiche lag, steckte im Empfangsraum beide Akten dazu und machte sich hektisch daran, die winzigen Schrauben des Computergehäuses zu lösen. Sie musste so schnell wie möglich von hier fort und zu ihren neuen Freunden zurück. Das Alleinsein bekam ihr nicht gut.

»Julika, liebste Julika ...«

Die Festplatte auszumachen und zu lösen, erwies sich als einfacher, als befürchtet. Rasch ließ sie das metallische Rechteck mit der grünen Patina samt einigen Kabeln, die sie einfach mit aus dem Computer riss, in dem Turnbeutel verschwinden. Sie schloss die Augen, zwang sich, ruhig zu atmen, und zählte zur Sicherheit noch einmal ab, was zu besorgen sie hergekommen war. Sie hatte alles. Bis auf die Mordwaffe ...

Es würde nicht leicht werden, aber notfalls musste sie die verkrampften Finger des toten Arztes eben mitnehmen. Schließlich hatte sie noch ein zweites Skalpell. Hauptsache, sie kam nur schnell von hier fort.

»Oder soll ich lieber Tabea zu dir sagen? Such es dir aus. Mir kann es egal sein.«

Tabea stand mit einem Mal kerzengerade und starrte in die Richtung, aus der die Stimme erklungen war, die nicht dem Vampir in ihrem Kopf gehörte. »Was −«, entfuhr es ihr fassungslos, während sie eine Gestalt im Zugang zum Röntgenraum ausmachte, die sich ihr schlurfenden Schrittes näherte.

»Bitte verzeih mir diesen etwas unschicklichen Auftritt«, entschuldigte sich der Teufel, den sie nun am Klang seiner Worte auch als diesen erkannte (oder auch erkannt hätte, wäre sie nicht vorgewarnt gewesen), denn seine Stimme war eine Symphonie aus Hass, Blutgier, Mordlust, Jähzorn und Gehässigkeit. »Es liegt an diesem faltigen Intellektuellenarsch, in den es mich gerade verschlagen hat«, sagte er mit den Lippen des Arztes, der nun vornüberfiel und das restliche Stück zum Empfang auf dem Bauch kriechend zurücklegte. »Ich könnte natürlich auch aufrecht gehen«, erklärte er mit einem prüfenden Blick aus seinen tiefschwarzen Augen auf die breiten Blutschlieren, die er hinterließ, »aber das würde die Jungs von der Spurensicherung nur irritieren. Und das wollen wir doch nicht, oder? Wir wollen doch ab sofort gut zu den Menschen sein, nicht wahr?«

Er lachte. Und Tabea schwieg. *Es ist alles wahr!*, war der einzige klare Gedanke, den sie fassen konnte. Alles, was der gefallene Engel erzählt hatte, war nicht etwa ein Hirngespinst oder der verzweifelte Versuch gewesen, den angeblichen Messias zu schützen, sondern stimmte Wort für Wort. Der Teufel selbst war hier gewesen, war immer noch da, stand ihr in der leblosen Hülle des Arztes, der sich nun an der Plastikverkleidung der Empfangstheke emporzog, direkt gegenüber. Dass der Neue Prophet den Mediziner aufgrund einer Überreaktion niedergestochen hatte, hatte schon außer Frage gestanden, als sie den Raum hinter dem roten See betreten hatte. Kein Mensch, und war er noch so kalt im Herzen und krank an der Seele, vermochte ein solches Gemetzel zu bewerkstelligen. Jedoch hatte Tabea es bis zu diesem Moment erfolgreich vermieden, darüber nachzudenken, wer oder was sonst vor weniger als zwanzig Minuten hier gewütet haben könnte.

Jetzt wusste sie es. Das Böse selbst war hier, und es kannte ihren Namen.

»Selbstverständlich kenne ich deinen Namen. Sogar alle beide«, spottete der Teufel aus Dr. Mollings Mund, als hätte er ihre Gedanken gelesen. »Und natürlich kann ich deine Gedanken lesen. Sogar jene, denen du den Zugang zu deinem erbärmlichen Bewusstsein verwehrst. Ich habe dich erschaffen. Ich bin es, der dich am Leben hält. Ich bin in dir – ich bin du.

Ach was. Sei nicht kleinlich. Ganz ohne Zweifel ist es Leben«, behauptete er und lieferte ihr damit den endgültigen Beweis für seine Behauptung. Tatsächlich las er in den Windungen ihres Hirnes wie in einem offenen Buch.

»Du schläfst, du wachst, riechst, hörst, siehst, schmeckst, fühlst und denkst«, zählte er auf, während er sich langsam um die Blende herumarbeitete, wobei er sich schwer auf der Oberkante abstützte und großzügig Blut auf der Plastikverkleidung verteilte. Dann griff er nach dem Hörer des Telefons auf dem Tresen, klemmte ihn sich zwischen Schulter und Ohr und drückte die Eins auf der Zifferntafel.

»Ganz ohne Zweifel ist es Leben. Es ist sogar Leben ohne Schönheitsfehler. Lass mich nur auf das Altern und das Sterben hinweisen. Wer will das schon?« Noch einmal die Eins, und sein blutverschmierter Zeigefinger näherte sich theatralisch der Null. »Und: Nein, du musst nicht versuchen, mich davon abzuhalten, die Polizei zu rufen. Ich werde es ohnehin nicht schaffen. Ich drücke zwar die letzte Taste, und es hebt auch jemand ab, aber ...« Er nahm den Hörer wieder in die Hand und hielt ihn ihr am ausgestreckten Arm hin, so dass sie hören konnte, wie sich am anderen Ende eine männliche Stimme meldete.

»Polizei, Notruf – wie kann ich Ihnen helfen?«

Der Teufel schnippte grinsend mit zwei Fingern der freien Linken, und das Ordnungssystem neben der Ablage kippte um und spie eine Handvoll Kugelschreiber, Büroklammern und eine Klebebandrolle auf den Boden. Eine Schere erhob sich in die Luft, schwebte in die Ecke neben dem Fotokopiergerät und durchtrennte das Telefonkabel unweit der Buchse.

»Na – was meinst du? Was werden sich die Jungs von der Kripo nun zusammenfantasieren?«, grinste er. »Ich denke, mein Mörder muss überaus gefährlich und sadistisch veranlagt gewesen sein. Ein Psychopath ohnegleichen.« Er schenkte ihr ein Zwinkern aus toten Augen und ein neckisches Lächeln. Blut klebte an den Zähnen, die nicht die seinen waren.

»Nicht meine? Natürlich sind es meine«, kommentierte der Teufel Tabeas Gedanken gespielt beleidigt. »Nach meinen Regeln gehören sie mir. Genau wie die sichtbare Seite des Mondes nach amerikanischem Gesetz einem einzigen Menschen gehört. Aber sag mir, meine Gute: Soll ich mich lieber zur Seite oder doch nach hinten fallen lassen? Was glaubst du – was wirkt dramatischer?«

»Warum ... tust du das?«, flüsterte Tabea stockend. Es war das erste Mal, dass sie einen Gedanken aussprechen konnte, stellte sie fest. Bisher war er ihr immer zuvorgekommen.

»Manchmal nerven mich diese ewigen Monologe.« Der Teufel zuckte mit den Schultern. »Meine Ohren haben Appetit auf deine zarte Stimme. Ach, fang doch nicht schon wieder damit an. Meine Ohren sind immer die, die ich gerade benutze. Aber ich gestehe, dass diese hier ihre besten Zeiten schon seit einer Weile hinter sich haben.«

Das Messer!, dachte Tabea und verfluchte sich selbst dafür, denn nun war er gewarnt. »Willst du mich töten?«, fragte sie laut.

Der Teufel lachte. »Jetzt entscheide dich doch endlich. Was bist du denn? Tot oder lebendig? Oh – von beidem ein bisschen zu viel und dennoch viel zu wenig? Wie philosophisch! Aber um auf deine Frage zurückzukommen: Nein. Mir ist nicht daran gelegen, deine Existenz zu beenden. Und warum hätte ich deine beiden Gefährten *einfach umbringen* sollen?«

»Weil du sie aus irgendeinem Grunde hasst?«, riet Tabea. Durch die Herumrobberei auf dem Bauch steckte das Skalpell jetzt noch tiefer in seinem Fleisch als zuvor. Es war so gut wie aussichtslos. Aber wie viel Perspektive blieb einem schon, wenn einem der Teufel selbst nach dem Leben trachtete?

»Ich sagte doch, ich wollte die beiden nicht töten«, seufzte Dr. Molling und ließ sich wie ein Brett auf den Rücken fallen. »Der Tod ist doch keine Strafe. Außer für jene, die zurückbleiben, da magst du Recht haben. Nein, ich bleibe dabei. Ich will nur spielen.«

»Spielen«, wiederholte Tabea tonlos.

»Na ja.« Der Teufel hob eine leicht ergraute Braue. »Für Sackhüpfen bin ich schon ein bisschen zu alt, findest du nicht?« Er tippte auf das Heft des Messers, das nur noch wenige Zentimeter aus der tödlichen Wunde ragte. »Was ist? Willst du es nun mitnehmen, oder lässt du es hier?«

Tabea zögerte. Hinter ihrer Stirn drehten sich die Ideen über die möglichen Strategien und Absichten des Bösen wild durcheinander, und der Teufel am Boden verzichtete darauf, die eine oder andere für sie zu bestätigen oder zu verwerfen, sondern begann nur voller Ungeduld, mit den Fingerspitzen auf dem längst nicht mehr grünen PVC-Belag herumzutrommeln. Zudem näherten sich jetzt Schritte sowie ein rhythmisches Poltern aus dem Treppenhaus.

Tabea schwang sich über den Tresen, warf sich mit weit ausgebreiteten Armen auf den Teufel und landete mit einem dumpfen Schlag auf dem toten Arzt. Dennoch rammte sie ihm zur Sicherheit ein Knie in die Weichteile, bevor sie nach dem Heft des Skalpells griff.

»He! Das kitzelt!«, spottete der Teufel, der nicht versuchte, den leblosen Körper zur Gegenwehr zu bewegen. »Nein – es tut natürlich weh. Röchel, röchel. Ich spucke Blut, siehst du. Ächz und würg.«

Ein Schlüssel rasselte im Schloss, und Tabea riss das blutige Messer heraus, sprang auf und schnappte sich den Turnbeutel vom Empfangstresen, ehe sie in Richtung Röntgenraum stürmte.

»Viel Glück!«, rief Dr. Molling ihr Blut hustend nach. »Bis Freitag dann!«

Tabea verharrte, während die Eingangstür ein kleines Stück weit aufging und ein Eimer voller Putzlappen und Reinigungsmittel so weit in die Praxis geschoben wurde, dass er als Türstopper dienen konnte.

»Freitag?«, wiederholte sie verwirrt.

Draußen schepperte etwas und eine weibliche Stimme fluchte lautstark vor sich hin.

»Ach so – das habe ich wohl zu erwähnen versäumt«, grinste der Teufel. »Freitag geht die Welt unter.«

»Die Welt – *was?!*«

»Das wird ein Riesenspektakel«, freute sich der Teufel, während die Putzkraft die letzte Treppe noch einmal hinunterstampfte, um irgendein verlorenes Utensil aufzulesen. »Vulkanausbrüche, Erdbeben, Meteoritenhagel«, zählte er auf. »Das volle Programm eben. Wir beginnen bei Sonnenuntergang am Neumarkt. Du kannst dich gerne noch zu uns gesellen, wenn du weiterleben – pardon: weiter tot sein – willst. Anderenfalls ... Deine Seele gehört mir ohnehin. Auch wenn dein Körper dann vielleicht vergeht.«

Die Putzkraft näherte sich der Praxis ein zweites Mal, und Tabea bedachte den Teufel mit einem letzten, fassungslosen Blick, wirbelte herum, sprintete durch den Röntgenraum und das Hinterzimmer und riss das Fenster auf, durch das sie vorhin gekommen war. Sie schleuderte den Turnbeutel aus dem vierten Stock, verwandelte sich hastig in eine winzige Fledermaus und stürzte sich hinterher.

Kapitel 15

»Prophezeih mir was«, forderte Tabea, während sie die glänzende Nadel durch die Haut und die Schichten darunter an Lennarts Hals schob. Ihre Finger zitterten. Zurück in der kleinen Wohnung, hatte sie den Turnbeutel aufgerissen und den Inhalt wortlos zu den Papierbergen auf dem Wohnzimmertisch geworfen. Sie hatte einfach nicht gewusst, was sie zuerst sagen oder fragen sollte. Das Geheul der Martinshörner, das durch die offenen Fenster zu ihnen hereingedrungen war, hatte die beiden Männer zusammen mit den Indizien auf dem Tisch derweil vom Wichtigsten unterrichtet; nämlich davon, dass sie es noch rechtzeitig geschafft hatte – gerade noch rechtzeitig ...

Tabea hätte sich ein wenig Anerkennung gewünscht, aber weder Alvaro noch Lennart hatten auch nur ein Dankeschön verlauten lassen. Die Blicke, die zwischen ihr und den Dingen auf dem Tisch umhergewandert waren, hatte sie nicht deuten können. Aber Tabea hatte sich auch nicht ernsthaft darum bemüht, sondern versucht, endlich für sich zu ordnen, was sie in der Praxis gesehen, gehört und gefühlt hatte. Ebenfalls schweigend hatte sie sich daran gemacht, Lennarts Wunden zu versorgen. Er hatte mit keiner Silbe protestiert. Doch er sah nicht sie an, als sie das kreisrunde Loch mangels regelmäßiger Übung eher stopfte als nähte, sondern blickte mit furchtsam flatternden Lidern in die Richtung seines ehemaligen Schutzengels, der die Prozedur aus sicherer Entfernung vom Durchgang zur Küche aus verfolgte.

»Was ... soll ich denn prophezeien?«, erwiderte Lennart nun stockend und wohl darauf bedacht, den Unterkiefer beim Sprechen keinen Millimeter mehr zu bewegen als zwingend erforderlich.

»Du bist voller Blut«, bemerkte Alvaro von der Küchentür aus.

Tabea sah kurz zu ihm hin, und nun erkannte sie auch endlich, was in seinen Zügen geschrieben stand: Enttäuschung. Und zwar die gleiche Art von Enttäuschung, mit der er ihr begegnet war, als er sie mit Frieda in der Küche gefunden hatte.

Du bist eben viel zu viel Mensch, flüsterte Hieronymos (oder der Teufel?) in ihrem Kopf. *Gib das Menschsein doch endlich auf. Dann tut es nicht mehr so weh.*

»Er hat sich gewehrt«, log Tabea. Die Wahrheit würde Alvaro abschrecken. »Er war noch da, weißt du? Er wollte das Messer in seinem Bauch behalten.«

Aus den Augenwinkeln sah sie, wie der gefallene Engel traurig den Kopf schüttelte und sich, wahrscheinlich unbewusst, mit dem Knöchel eines Zeigefingers durch einen Mundwinkel fuhr, als wollte er etwas herauswischen. Klebten noch Reste von Blut an ihren Lippen? Bestimmt. Warum hatte sie ihm nicht gleich alles gesagt? Er wusste doch, dass sie war, was sie war, und dass ihr

Ernährungsplan dementsprechend an Vielfalt zu wünschen übrigließ. Trotz dieses kleinen Handicaps hatte er sich für sie entschieden und sie bei sich wohnen lassen. Sie hatte keinem Einzigen geschadet und hätte ihm reinen Gewissens alles erzählen können. Selbst wenn er über die Perversion des Aktes hinwegsehen konnte, wäre er jetzt enttäuscht, denn sie hatte ihn angelogen. Warum nur war es so beschissen schwer, wie ein Mensch zu sein und Freunde zu gewinnen?

»Natürlich war er noch da. Ich habe ihn ja getötet«, flüsterte Lennart bitter. Offenbar sprach er eher zu sich selbst als zu einem von ihnen. Tabea wies ihn dennoch zurecht.

»Niemand kann den Teufel töten, das hat Happy Al dir doch schon erklärt«, sagte sie und trennte den überflüssigen Faden mit einem der beiden Skalpelle ab, was Lennart mit einem entsetzten Schielen verfolgte. »Und nun prophezeih uns was«, wiederholte sie. »Du bist doch ein Prophet, ein Messias, ein Heilsbringer oder so was, nicht wahr?«

Lennart verneinte, aber Alvaro nickte voller Überzeugung. »Ich habe mich wirklich bemüht, es ihm zu erklären. Aber er versteht es nicht. Er braucht noch Zeit.«

»Wir haben aber keine Zeit.« Tabea klebte ein großes Pflaster auf die frisch vernähte Wunde und machte sich an Lennarts Ohr zu schaffen. »Sag mir, was kommenden Freitag geschieht.«

»Freitag? Wenn mich nicht alles täuscht, ist Freitag St.-Joost-Tag«, antwortete Lennart hilflos.

Auch das noch!, fluchte Tabea bei sich. Daran hatte sie noch gar nicht gedacht. Jedes Jahr zelebrierten diese verrückten Städter den Tag, an dem die Katze des

Bürgermeisters von einem Blindgänger getroffen worden war. Sie feierten dieses streunende Vieh, das ihr zu Lebzeiten regelmäßig den Dachbalken verunreinigt hatte, wie einen Erlöser, der sein Leben für die Stadt gegeben hatte, indem sie mit bunten Wagen durch das Zentrum zogen und erst in den frühen Morgenstunden sturzbetrunken wieder heimtorkelten. Eine wunderbare Gelegenheit also, um zumindest in dieser Stadt auf einen Schlag größtmögliches Unheil anzurichten ...

»Bitte lass das *St.* vor dem Joost weg«, bat Alvaro augenrollend. »Der Papst hat sich nie dazu bewegen lassen, diesen Kater heiligzusprechen. Zugegeben: Kein Heiliger Vater hat je auch nur von dem Antrag der Oberfrankenburger erfahren.«

»Kein Oberfrankenburger hat je über einen ernst zu nehmenden Antrag nachgedacht«, grollte Tabea, die der entscheidenden Sitzung der entsprechenden Bürgerinitiative zur Heiligsprechung des toten Katers kurz nach Kriegsende heimlich beigewohnt hatte, um dem Ersten Vorsitzenden anschließend in aller Stille das Blut aus den Adern zu saugen.

»Die Städter wollten nur einen eigenen Feiertag, der sie von anderen Städtern unterscheidet. So wie die Rheinländer den Rosenmontag feiern. Und St. Joost klingt einfach besser als Joost ohne *St.*«, bestätigte Lennart schulterzuckend. »Aber das ist wirklich alles, was mir zu kommendem Freitag einfällt. Ich weiß nicht, was Sie von mir hören wollen.«

»Na ja. Etwas in der Art: *Der Stinker zerstört die alte Stadt: Man sieht die Sonne durch die weiß-gelblichen Dämpfe, während Genf, in Tränen und Verzweiflung, über sieben Stunden nichts anderes macht, als zu schreien«*, erklärte Tabea. »Das war Nostradamus.«

Alvaro wagte sich endlich wieder ins Wohnzimmer und ließ sich in einen Sessel fallen. »Oder wie: *Und wenn tausend Jahre vollendet sind, wird der Satanas los werden aus seinem Gefängnis*«, zitierte er die Offenbarung des Johannes, den Blick hoffnungsvoll auf den Neuen Propheten gerichtet. »*Und er wird ausgehen zu verführen die Heiden an den vier Enden der Erde, den Gog und Magog, sie zu versammeln zum Streit, welcher Zahl ist wie der Sand am* –«

»Schon gut, ich habe es verstanden«, unterbrach ihn Lennart seufzend. »Ihr meint so etwas wie: *Dies ist die Zeit des totalen Zusammenbruchs. Gott wird urteilen. Epidemien, Seuchen und Hungersnöte werden herrschen ...?*«

»Ja! Genau!« Alvaro sprang auf und eilte zwei Schritte auf Lennart zu, blieb aber in ehrfurchtsvollem Abstand von anderthalb Armeslängen stehen. Auch Tabea, die mit der Versorgung der Wunden fertig war, trat ein Stück zurück und sah den Neuen Propheten aufmerksam an.

»Weiter!«, forderte sie, als Lennart nicht mehr sprach.

Der Neue Prophet zuckte die Achseln. »Weiter kann ich nicht. Der war aus dem *Chilam Balam*.«

Alvaros Pobacken übertrugen die Anspannung, die ihn angesichts der Aufregung ergriffen hatte, in das Sitzkissen des Ohrensessels, in den er sich entmutigt zurückfallen ließ. »Aus dem komischen Buch, das dir deine Tante aus Mexiko mitgebracht hat«, stellte er hörbar enttäuscht fest.

»Ja«, bestätigte Lennart. »Das war allerdings ein Stück der Voraussage für die Französische Revolution oder so.

Schon vorbei. Weiter habe ich es noch nicht gelesen.« Er blinzelte, als ihm etwas auffiel. »Woher weißt du, dass ...«, begann er, führte den Satz aber nicht zu Ende, als ihn ein strafender Blick seines Gegenübers traf.

»Ich glaube dir, dass du tot warst«, erinnerte ihn Alvaro, »und dass du den Weg aus dem Sumpf der Götter, die kein Mensch mehr braucht, aus eigener Kraft bewältigt hast.«

Sie hatten eine Absprache getroffen, während sie fort gewesen war, schlussfolgerte Tabea, als Lennart betreten auf seine Schuhspitzen hinabblickte. *Und du glaubst mir, dass ich dein Schutzengel war,* ergänzte sie die Vereinbarung gedanklich. Es war nicht schwer zu erraten, trotzdem fühlte sie sich in diesen Sekunden sehr ausgeschlossen.

»Aber die nächste große Prophezeiung steht ohnehin erst für Dezember an, das ist allgemein bekannt«, kehrte Lennart ebenso verlegen wie versöhnlich zum Thema zurück. »Bis dahin habe ich das Ding bestimmt durchgezogen.«

»Ihr hört mir nicht richtig zu«, verneinte Tabea vorwurfsvoll. »Der Weltuntergang wurde vorverlegt.« Die beiden Männer musterten sie zweifelnd, doch sie fuhr unbeirrt fort: »Und zwar auf diesen Freitag. Treffpunkt Neumarkt Oberfrankenburg für jeden, der mitwirken will. Ein Riesenspektakel mit Erdbeben, Meteoritenhagel, Vulkanausbrüchen und allem Pipapo. Sollte man sich nicht entgehen lassen. Kann man vermutlich auch nicht.«

Alvaro zog die Brauen zusammen. »Hast du etwas Verdorbenes gebissen?«, erkundigte er sich besorgt.

»Ich habe überhaupt nichts gebissen!«, fauchte Tabea ungehalten. »Ich habe lediglich einen Plausch mit dem

Teufel gehalten – euch zuliebe. Mach dir also um mich keine Sorgen, Flattermann!«

»Und der Teufel hat gesagt, dass am Freitag die Welt untergeht?«, vergewisserte sich der Neue Prophet.

»Er hat mich sogar zur fetten Apokalypsen-Party eingeladen. Höchstpersönlich«, bestätigte Tabea, sah aber nicht Lennart, sondern nach wie vor Alvaro an. Unter der Wut, die in dunklen Blitzen aus ihren Augen schoss, zuckte der gefallene Engel sichtbar zusammen. »Aber ich habe abgelehnt«, setzte Tabea unvermindert heftig hinzu. »Nur frage ich mich allmählich, warum eigentlich!«

Sie wirbelte auf dem Absatz der scheußlichen Flip-flops, die sie allein Alvaro zuliebe trug, herum, stürmte ins Bad und schlug die Tür hinter sich zu. Alvaro eilte ihr erschrocken nach und rüttelte an der Klinke. Doch sie hatte den Schlüssel bereits gedreht.

»Tabea? Tabea, meine Tochter ... ähm ... Gefährtin ... ich meine: Freundin«. Seine unbeholfenen Worte drangen zu ihr in den schmalen, fensterlosen Raum. Tabea stampfte zum Waschbecken und stützte sich auf dem Keramikrand ab. Was war bloß in sie gefahren? Sie hob den Kopf und betrachtete sich – zum ersten Mal seit Jahrzehnten – im Spiegel. Sie hatte sich nicht verändert; kein bisschen. Die Haut unter all dem Blut, das ihr Gesicht noch immer in großen Mengen beschmutzte, war so hell und glatt wie die eines siebzehnjährigen Mädchens, ihr Haar verfilzt, aber voll und schwarz wie das, durch das ihre Mutter ihr in seltenen Momenten der Ruhe mit den Fingern gefahren war und das sie ihr (noch viel seltener) zu Affenschaukeln geflochten hatte. Selbstverständlich war es auch die gleiche Mähne, in die Hieronymos von Zeit zu Zeit gegriffen hatte, um sie zu zwingen, ihn anzusehen. Aber nun war der Schmerz in ihren Augen nicht mehr der einer hoffnungslosen Verzweiflung oder lähmenden Resignation, sondern einer, der von verletztem Stolz und Enttäuschung kündete. Von sehr *menschlicher* Enttäuschung.

Tabea lächelte.

»Tabea, mein Liebste«, jammerte der gefallene Engel vor der Tür. *Meine Liebste* ... Es klang so ganz anders als damals, als Hieronymos diese Anrede gewählt hatte. So ehrlich. »Was tust du denn da drinnen?«

»Ich packe«, behauptete Tabea und versuchte unvermindert wütend zu klingen. Aber es gelang ihr nicht.

»Du hast doch gar kein Gepäck«, wandte Alvaro hilflos ein.

»Dann bringe ich mich eben um«, erwiderte Tabea und schritt leise zur Tür.

»Aber du bist doch schon tot.«

»Dann bin ich noch toter.«

»Toter als tot?«, vergewisserte sich Alvaro irritiert.

»Mausetot.« Tabea lehnte die Stirn gegen das warme Holz der Badezimmertür und schloss die Augen, während sie Alvaros Stimme lauschte.

»Es gibt Mäuse, die einen sehr lebendigen Anschein erwecken«, sagte dieser nun.

»Es gibt Lebendige, die von toten Mäusen getötet werden«, behauptete Tabea.

»Du willst mich verwirren«, vermutete Alvaro.

»Teufelszeug. Käme mir nie in den Sinn.«

»Obgleich du selbst ein Werk des Teufels bist?«

»Geht ein Zyklop zum Augearzt.«

Schweigen.

»Was ist klein, grau und dreieckig?«, wollte Alvaro schließlich zu wissen.

»Ein kleines graues Dreieck?«, riet Tabea.

»Der Schatten des kleinen grünen Dreiecks«, korrigierte Alvaro.

Tabea öffnete Augen und Tür und lächelte dem gefallenen Engel zu. »Und was hatte mal Flügel, sorgt sich um uns und klopft dauernd alberne Sprüche?«

Alvaro erwiderte ihr Lächeln. Seine Ohren leuchteten in kräftigem Rosa durch seine goldblonden Locken. »Ein Schutzbengel!«, löste Tabea das Rätsel auf und lachte.

Und Alvaro lachte mit ihr. Er schloss sie in die Arme, drückte sie an sich, als wollte er sie nie wieder loslassen, und wuschelte ihr durch das dichte, schwarze Haar. Sie lachten, bis die Tränen in Bächen über ihre heißen Wangen strömten, und die Tränen spülten das Leid von gestern und die Furcht vor dem Morgen einfach davon. Sie kitteten die Brocken porösen Vertrauens zu, und der Klang ihrer Stimmen trug die Samen der Freundschaft in ihre Herzen und ihrer beider Verstand, wo er keimen und erblühen konnte, um das Unkraut, das Vorurteil und Misstrauen hieß, zur Gänze zu ersticken.

»Und was ist mit dem Weltuntergang?«, mischte sich Lennart, der Alvaro gefolgt war, unsicher ein.

»Tja«, antwortete Tabea um Atem ringend, ohne sich aus der wohltuenden Umarmung zu lösen. »Was geht einem denn durch den Kopf, wenn man mit hundertsechzig Sachen gegen eine Wand brettert?«

Lennart zog eine Grimasse.

»Der Heckspoiler?«, vermutete Alvaro.

»Richtig!« Tabea prustete erneut los, und als Alvaro sie mit sich zu Lennart hinzog und den Neuen Propheten in die Umarmung mit einschloss, registrierte er ein wenig enttäuscht, dass dieser sich aus seinem Griff wand und auch nicht in ihrer beider Gelächter einfiel.

Der gefallene Engel und der Vampir hingegen lachten, kicherten und glucksten das Elend der vergangenen Tage und die Aussichtslosigkeit ihrer Situation einfach davon, und als sie sich irgendwann mit steifen Hälsen und schmerzenden Zwerchfellen auf das Sofa fallen ließen, waren sie zwar keinen Deut schlauer, dafür aber einen gigantischen Schritt weit auf ihrem gemeinsamen Weg gegangen: Das Lachen, diese großartige Gabe, einfach kurz loszulassen, hatte sie endgültig zu Verbündeten gemacht. Zu einer Allianz gegen alles und jeden, der sich gegen oder zwischen sie stellen würde.

»Und jetzt?«, erkundigte sich Lennart unsicher, nachdem eine Weile niemand mehr gesprochen hatte.

Alvaro und Tabea tauschten einen Blick. »Und jetzt beerdigen wir Frieda?«, schlug Tabea vor, erhob sich und zog die inzwischen streng riechende Katze unter dem Kissen hervor, auf dem Alvaro vorhin gesessen hatte. Nun war all die Mühe, die sie in ihre Fellpflege investiert hatte, endgültig dahin, die dreifarbige Wolle klebte platt an Friedas dünnem, steifem Körper.

Alvaro nickte. »Ein wenig frische Luft wird uns allen gut bekommen«, bestätigte er. »Später sehen wir weiter. Aber zuvor benötigen wir frische Kleider.« Er begab sich ins Schlafzimmer, wühlte einen Moment in einem blauen Sack herum, den er aus einem Container am Ende der Straße genommen hatte, und händigte ihnen beiden ein paar Teile daraus aus.

»Bitte sehr«, verkündete er stolz. »Es ist für jeden noch etwas Passendes dabei.«

Kapitel 16

D er Oleanderstrauchpolizist trug einen Pyjama unter seiner Uniform. Damit niemand durch die verräterischen Falten und Wellen, die sein Oberhemd warf, stutzig wurde, hatte er die Jacke bis zum Hals zugeknöpft. Auf die zwei Minuten, die er gebraucht hätte, um sich anständig umzuziehen, wäre es vermutlich nicht angekommen – zumindest hätte man ihm eine kurze Trödelei angesichts dessen, was man ihm so spät am Abend (und vor allem außerhalb seiner Dienstzeit) zumutete, kaum zum Vorwurf machen können. Aber er hatte den Schlafanzug nicht ausziehen *wollen*. Mit jedem Schritt, den er tat, schmiegte sich der weiche Flanellstoff an seine Haut, spielte mit den Löckchen auf seinem Rücken und dem Flaum zwischen seinen Beinen und flüsterte ihm zu, dass er schon bald wieder mit ihm allein sein würde; nur er und der hellblaue Pyjama, zu Hause in seinem kuscheligen, warmen Bett, das zur Balkontür hin ausgerichtet war, damit er zum Einschlafen seine Oleander im Schein der Solarleuchten zählen konnte, wie andere Leute Schäfchen.

Weiß, Altrosa, knalliges Pink, Zitronen- und Sonnengelb, Rot- und Blauviolett ... Der Oleanderstrauchpolizist besaß sämtliche gängigen Züchtungen und sogar ein paar Raritäten, die er eigens aus Marokko und Spanien hatte einfliegen lassen. Der Anblick der Sträucher in den italienischen Terracotta-Kübeln erfüllte ihn mit großem Stolz und beruhigte ihn. Er kannte sich wie kein Zweiter damit aus, wusste genau, was zu beachten war, um ganzjährig Freude an den immergrünen Pflanzen mit den ledrigen Blättern zu haben, und erlebte nur selten Überraschungen mit ihnen. Und wenn doch, dann meistens im positiven Sinne. Die Pflanzen waren so *dankbar*. Man hielt sich an die Pflegeanweisungen, und sie hielten sich daran, dass sie schön und gesund zu sein hatten. Im allerschlimmsten Fall bekam man es mit bestimmten Schädlingen zu tun, die aber ausnahmslos auf bestimmte Schädlingsbekämpfungsmittel reagierten. Die Sträucher hatten so ganz und gar nichts mit den zahllosen Verkehrssündern, Dieben, Randalierern, Schlägern, Vandalen, Trinkern, überschuldeten Sozialhilfeempfängern und Tierquälern gemein, mit denen er sich tagtäglich auf Streife herumschlug. Sie waren so berechenbar – und außerdem bedeutend hübscher anzuschauen als die Berge von Papier, die ihn nach jeder Festnahme, Kontrolle, Tatortbesichtigung und Verwarnung in der Wachstube erwarteten.

Ja, der Oleanderstrauchpolizist wollte nach Hause zurück. Aber an Ruhe war in Oberfrankenburg derzeit nicht zu denken. Inzwischen, so dachte er bei sich, als er den ersten Fuß in die Praxis des getöteten Allgemeinmediziners in der Tankgasse setzte, herrschten hier Zustände wie in New York oder Chicago. Dann zog er den zweiten Fuß nach und verbesserte sich: Vielleicht war es doch eher wie auf den Fidschi-Inseln. Er hatte einmal gehört, dass dort Kannibalen hausten.

»Gut, dass Sie so schnell kommen konnten«, empfing ihn Erich Rudolph Helmuth Hammerwerfer, als er sich vorsichtig unter dem rot-weißen Absperrband hindurchduckte und schockiert im Empfangsraum umsah. Der Erste Kriminalhauptkommissar stand inmitten einer gewaltigen Blutlache, deren Ursprung irgendwo in dem Raum zu seiner Linken liegen musste. Seine schwarzen Lackschuhe steckten in sterilen Überziehern, wie sie ein Kollege von der Spurensicherung nun auch dem Oleanderstrauchpolizisten aushändigte, und obgleich die Wände und Möbel voller dickflüssigem Blut waren und ein Übelkeit erregender Geruch von einer Leiche unmittelbar vor dem Empfangstresen ausging, schmückte eine Zigarette Hammerwerfers entspanntes Lächeln.

Immerhin aschte er nicht einfach auf den Boden, sondern pflichtbewusst in einen kleinen Taschenaschenbecher, den er in der linken Hand hielt. Mangels einer dritten Hand, die nötig gewesen wäre, hielt ihm eine jüngere Kollegin ein Diktiergerät unter die Nase, in das gelangweilt hineinzusprechen der Kommissar aufgehört hatte, als der Oleanderstrauchpolizist eingetreten war. Die Kollegin war Franziska Umbro, die sie heimlich Fury nannten und die seit jenen verrückten Geschehnissen in der Nacht zum Sonntag vor der Universität aus gesundheitlichen Gründen als beurlaubt galt. Offenbar hatte Hammerwerfer sie nicht weniger nachdrücklich herbeikommandieren lassen als ihn, denn besonders erholt wirkte sie noch nicht, und nun fand sie sich an ihrem vorgezogenen ersten Arbeitstag nach ihrem Nervenzusammenbruch gleich auf einem solchen Schlachtfeld wieder.

Der Oleanderstrauchpolizist schenkte ihr einen mitfühlenden Blick, und Fury sah verlegen weg. Vielleicht, dachte er mitleidig, konnte er sie später in ein Gespräch über Kübelpflanzen verwickeln und auf eine Tasse Tee einladen. Sie sah aus, als ob sie es dringend brauchte. Zunächst jedoch rief die Pflicht, die ihn bereits zum dritten Mal innerhalb von vier Tagen um die wohlverdiente Nachtruhe brachte.

»Allzeit bereit«, erwiderte er den Gruß seines Vorgesetzten und klang dabei freundlich und ehrlich. Das war seine Spezialität – er konnte ohne weiteres freundlich und ehrlich klingen und sich insgeheim trotzdem wünschen, sein Gegenüber würde spontan zu einem sechsbeinigen Schädling mutieren, wie der Typ in *Die Verwandlung*, dem Buch, das er seinen Pflanzen zuletzt vorgelesen hatte. Niemand merkte je, was wirklich in ihm vorging, und das war vielleicht auch gut so. »Wer ficken will, muss freundlich sein«, hatte seine Mutter stets gesagt, und auch wenn diese Formulierung ein wenig rabiat klang, stimmte er ihrer Weisheit zu. Mit Freundlichkeit war er in Oberfrankenburg zwar bei noch keiner einzigen Frau zum Zug gekommen, hatte sich aber binnen kürzester Zeit vom kleinen Verkehrspolizisten zum *Kriminalkommissar* hochgearbeitet. Unterm Strich blieb sich das in diesem Provinznest zwar ziemlich gleich, aber Kriminalkommissar klang nicht nur besser, sondern wurde auch höher entlohnt.

»Ich sag's doch immer«, lobte Hammerwerfer, »Sie sind mein bestes Pferd im Stall.«

Fury zuckte auf das Signalwort hin leicht zusammen, und der Oleanderstrauchpolizist glaubte Häme in den Zügen des Ersten Kriminalhauptkommissars auszumachen. Aber das wunderte ihn kaum. Immerzu auf der Suche nach wunden Punkten und Möglichkeiten, persönlichen Druck auszuüben, pflegte Hammerwerfer überall ein offenes Ohr zu haben. Man munkelte sogar von Wanzen auf dem Klo, aber das war wohl doch übertrieben.

»Ich bedaure wirklich, Ihren wohlverdienten Feierabend in Anspruch nehmen zu müssen«, säuselte Hammerwerfer, »aber wie Sie sehen, gibt es viel zu tun. Ich möchte nur ungern auf die Leute von außerhalb zurückgreifen. Überlegen Sie, wie viele zusätzliche Steuergelder diese Jungs den Staat kosten.«

Und wie leicht einem von ihnen die Bilder aus Ihrem Gewächshaus in die Hände fallen könnten, führte sein listig funkelnder Blick weiter aus. *Rein zufällig, durch eine kleine dumme Unachtsamkeit ...*

Ja, Kriminalhauptkommissar Hammerwerfer hatte nicht nur seine Ohren überall. Fast jeder seiner Untergebenen zeigte das eine oder andere Laster.

»Was kann ich für Sie tun?«, erkundigte sich der Oleanderstrauchpolizist freundlich.

Hammerwerfer schnippte mit den Fingern, und einer der Männer von der Spurensicherung ließ davon ab, die Leiche zu untersuchen, eilte herbei und händigte ihm einen Klarsichtbeutel mit einer Festplatte aus. »Irgendjemand hat eine der beiden Festplatten aus dem Rechner am Empfang herausgebrochen«, erklärte Hammerwerfer, während er das verpackte Computerteil an den Oleanderstrauchpolizisten weiterreichte. »Aber mit etwas Glück sind die aktuelleren Daten auf der zweiten gespeichert. Rufen Sie sie ab und finden Sie heraus, welche Patienten sich zuletzt hier aufgehalten haben.« Der Beamte legte einen weiteren Beutel mit drei Krankenakten dazu. »Und überprüfen Sie auch diese Akten«, bestimmte Hammerwerfer. »Fordern Sie DNA-Proben dieser Patienten an. Besuchen Sie sie zu Hause und bitten Sie sie zum Verhör – so schnell wie möglich. Also noch heute Abend.«

»Es ist aber schon recht spät«, gab der Oleanderstrauchpolizist zu bedenken. »Was, wenn jemand nicht öffnet?«

»Dann rufen Sie eben den Schlüsseldienst«, winkte Hammerwerfer ab. »Haft- und Hausdurchsuchungsbefehle werden schneller nachgereicht, als irgendein Korinthenkacker von Anwalt aus den Schlappen ist. Und nun machen Sie, bevor sich jemand von außerhalb wieder einmischt. Die sollen sich nicht einbilden, dass sie hier irgendjemand braucht.«

Der Oleanderstrauchpolizist nickte, schlüpfte unter dem Absperrband hindurch ins Freie und kehrte im Eilschritt zu seinem Privatwagen zurück. Der weiche Flanellstoff des Pyjamas kraulte das Fell in seinen Achselhöhlen. Immerhin: Verhören musste er heute Nacht niemanden mehr, nur abholen – ein Hoch auf die U-Haft und den Haftrichter, der Hammerwerfers willenloses Werkzeug war.

Er kontrollierte ein abgerissenes Trio, weil es ihm vage bekannt vorkam und außerdem ein verdächtiges Bündel mit sich schleppte, stellte fest, dass die Bekloppten lediglich eine tote Hauskatze bei sich trugen, informierte sie pflichtbewusst über legitime Entsorgungsmöglichkeiten für das Tier und raste davon. Wenn alles glattging, war er in weniger als drei Stunden wieder zu Hause.

Als Joy an Olegs Tür schellte, war die Nacht bereits hereingebrochen. »Verdammte Taschenlampe!«, fluchte sie zum schätzungsweise fünfhundertsten Mal, während der automatische Öffner summte und sie die Tür aufschob. Blöde, verfluchte Taschenlampe! Trotteliger russischer Lebensretter! Hätte er nicht darauf achten können, ihr volle Batterien einzupacken? Er wusste doch, wie finster es in diesem fürchterlichen Loch war! Warum war er eigentlich nicht selbst gegangen oder hatte sie zumindest begleitet? Hatte der große, starke Mann etwa Angst, oder was?

Joys Knie schmerzten, als sie die Treppe zum ersten Stock in Angriff nahm. Nachdem sie sie sich bereits auf dem Trampelpfad, der den Hügel hinaufführte, aufgeschlagen hatte, hatte sie sich in den so feuchten wie dunklen Katakomben unter der Burgruine noch mehrfach langgelegt. Auch ihre Handflächen waren aufgeschürft.

Eine knochige Hand packte sie von hinten am Kragen und riss sie zu sich herum. »Dass ihr Rotzbälger euch noch an meiner Wohnung vorbeitraut!«, zeterte ein alter Mann mit Anglerhut, dem sie sich plötzlich gegenübersah. Er hatte einen wurstähnlichen Hund dabei, und um sein rechtes Handgelenk war eine Bandage gewickelt. »Ich weiß genau, dass ihr meine Mülltonne umgeworfen habt! Punraz hat eure Fährte bis unters Dach verfolgt, jawoll! Du gehörst doch auch zu den Straßenkindern von da oben! Lüg' mich nicht an! Du lügst ja schon, bevor du den Mund aufmachst, Bengel!«

Joys Brauen formten ein auf dem Kopf stehendes V, während ihr Blick hilflos zwischen dem fremden Mann und Olegs Wohnung in der ersten Etage hin und her flackerte. Die Tür stand einen Spaltbreit offen, und obwohl er das Licht im Flur nicht angeknipst hatte, konnte sie erkennen, dass sich seine Konturen im Dunkel hinter dem Türspalt abzeichneten. Er beobachtete sie, sah sich aber offenkundig nicht veranlasst, einzugreifen und sie vor dem verrückten Alten zu schützen.

Joy reckte das Kinn und funkelte den alten Mann an. »Lassen Sie mich los oder ich schreie«, forderte sie. Das war bestimmt das Letzte, was sich Oleg von ihr wünschte. Jetzt würde er kommen und ihr helfen, ganz bestimmt.

»Ihr schreit doch sowieso Tag und Nacht«, erwiderte der Alte ungerührt und packte sogar noch ein bisschen fester zu. »Kein Auge bekommt man Nachts zu, seit ihr euch hier eingenistet habt. Die ganze Zeit Gepolter und Geschrei, dass die Wände wackeln. Von morgens bis abends, und dazwischen auch.«

»Lassen Sie mich los, oder ich zeige Sie an«, versuchte Joy es erneut. Langsam bekam sie es mit der Angst zu tun. Der fremde Mann war außer sich. Offenbar hatte er keinen guten Tag gehabt. Gleich würde er sie schütteln oder noch Schlimmeres tun.

»Ja, ruf sie nur«, spottete der Fremde. »Die Polizei kommt und sperrt euch alle ein. Und eure nichtsnutzige Mutter gleich mit. Neun Kinder, aber immer vor der Glotze hängen – das hat man gerne. Mein ganzes Leben lang habe ich mich krumm und buckelig geschuftet, damit man mein Geld an solches Pack wie euch verschleudert!«

Joy wusste sich nicht anders zu helfen und trat dem alten Mann gegen das Knie. Der Hund jaulte, Frischs falsche Zähne kullerten über den Boden und Oleg fluchte leise. Aber immerhin löste sich die knorpelige Hand von ihrem Kragen. Sie stürmte die Treppe hinauf, flüchtete sich in Olegs Wohnung und schlug die Tür hinter sich zu.

»Was, bitte sehr, war das denn?«, schimpfte sie, wobei sie den Lichtschalter im Flur mit einem herzhaften Schlag betätigte.

Oleg hob gleichgültig die Schultern. »Der Choleriker aus dem Parterre«, antwortete er. »Wenn du deine Schuhe vor der Wohnung ausziehst, pinkelt sein Punraz dir hinein.«

»Ich meine, warum du mir nicht geholfen hast«, empörte sich Joy. Wenn ihr Vater gesehen hätte, wie der alte Mann sie angefasst hatte, hätte er ihn skalpiert und seziert. Zu Forschungszwecken. So viel stand fest.

Der Russe kehrte ihr den Rücken zu und schlurfte in die Küche. »Du bist doch ein großes Mädchen«, kommentierte er teilnahmslos. »Hast du die Leiche gefunden? Du warst lange weg.«

Joy antwortete nicht. Oleg benahm sich so egoistisch, dass es ihr für den Augenblick vollkommen gleich war, ob er sie vor einer unbekannten Gefahr beschützte, indem er sie bei sich versteckte. Er fragte nicht, ob der Alte ihr wehgetan hatte, was mit ihren Händen und Knien geschehen war und ob der feuchte Fleck in ihrem Schritt tatsächlich bedeutete, was es den Anschein hatte; nämlich, dass sie sich in den dunklen Katakomben ein bisschen in die Hosen gemacht hatte, weil sie sich so sehr verirrt hatte, dass sie nicht sicher gewesen war, ob sie jemals lebend herauskommen würde. Selbst Barbara hätte sich in dieser Situation um sie gekümmert, oder zumindest so getan, als ob sie sich um sie sorgte, um nicht allzu offensichtlich wie die schreckliche alte Hexe zu wirken, die sie in Wirklichkeit war.

Aber Oleg schenkte sich nur ein Wasser ein, goss es nach einem Moment des nachdenklichen Betrachtens ins Spülbecken und nahm stattdessen einen großen Schluck aus einer Schnapsflasche. Als er sich fragend zu ihr umwandte, zwangen Wut und Enttäuschung Joys Gesäß auf den Küchenboden hinab.

»Und?«, drängte Oleg.

Joy verschränkte die Arme vor der Brust und presste die Lippen aufeinander.

Der Russe zog eine Grimasse. »Was wird denn das jetzt?«, erkundigte er sich gereizt.

Geräuschvoll zog das Mädchen die Nase hoch. »Sag' ich dir nicht«, erwiderte sie trotzig.

Oleg legte den Kopf schräg. »Was sagst du mir nicht?«, fragte er. »Was das wird oder ob du die Leiche gefunden hast?«

»Beides«, antwortete Joy.

Der Russe verdrehte die Augen. Hervorragend, grollte er bei sich. Nun lag es wohl an ihm, die erzieherischen Versäumnisse des unfähigen Leichenfledderers auszugleichen. Oder eben auch nicht. Schließlich würde niemand mehr von großen Bemühungen um ihre soziale Entwicklung profitieren, denn er hatte die Zeit ihrer Abwesenheit genutzt, um noch einmal in aller Gründlichkeit über seine Lage nachzudenken. Sie zu töten und verschwinden zu lassen, hatte er schließlich beschlossen, war der einzige vernünftige Gedanke gewesen. Es wurde allerhöchste Zeit, diesen Vorsatz in die Tat umzusetzen, und das war auch der Grund, aus dem er sich gegen das Wasser und für den Alkohol entschieden hatte; denn nüchtern würde er es wieder nicht schaffen.

»In Ordnung, *belokurwa*«, seufzte er. »Was willst du von mir? Geld, Spielzeug, ein Ticket für die Killerpilze?«

»Killerpilze?«, wiederholte Joy, aus dem Konzept gebracht. Was war das denn? Nein, dachte sie bei sich. Eigentlich wollte sie, dass er sich um sie kümmerte. Dass er sie einmal in den Arm nahm, sich nach ihrem Befinden erkundigte und ihre Knie mit großen bunten Pflastern versorgte. Aber wenn er es so sagte ... »Fünfzig«, forderte sie. »Bar auf die Kralle. In kleinen Scheinen.«

»*Noch* kleiner?«, erwiderte Oleg erstaunt.

»Ich meine natürlich ... fünfzig Fünfziger.« Joy ging aufs Ganze.

»Okay«, willigte Oleg ein, als hätte sie ihn um drei Kugeln Vanilleeis gebeten.

Joys Kinnlade klappte nach unten. »Aber das sind zweihundertfünfzigtausend Euro!«, entfuhr es ihr.

»Zweitausendfünfhundert«, korrigierte Oleg. »Also?«

Joy überlegte nicht lange. Zweitausendfünfhundert Euro waren auch eine Menge. Das reichte für viele neue T-Shirts und einen neuen MP3-Player. »Also gut. Hand drauf.« Sie erhob sich und ließ den Russen einschlagen.

»Er ist noch da«, behauptete sie dann. In Wirklichkeit hatte sie, nachdem die Batterien sie im Stich gelassen hatten, gar nicht weiter nach dem Toten gesucht, sondern sich voll und ganz darauf konzentriert, den Ausgang zu finden, um ihr junges Leben vor dem Tod durch Verhungern und Verdursten in dem finsteren Gewölbe zu retten. Aber die Behauptung kam ihr trotzdem ziemlich leicht über die Lippen, denn sie war sicher, dass sie der Wahrheit entsprach. Die meisten Leute, die gestorben waren, blieben tot – zumindest körperlich. Als Tochter eines populären Forensikers wusste man so etwas. Sie hatte es oft genug gesehen. Bislang war ihr nur ein einziger anderer Fall bekannt, aber die Fledermausfrau musste schon zu Lebzeiten verdammt fest an Wiederauferstehung und Reinkarnation geglaubt haben, damit sich beides nach dem Sterben so schnell vollzog.

»Ganz sicher?«, vergewisserte sich Oleg.

»Absolut«, behauptete Joy.

»Ist dir sonst irgendetwas aufgefallen?«, hakte Oleg nach. »Männer auf den Mauerresten, die in Zeitungen lesen? Schatten, die Augen zu haben scheinen? Sträucher, die husten oder niesen?«

»Nichts.« Joy schüttelte den Kopf und hielt die Hand auf. »Das macht zweitausendfünfhundert. Bitte.«

Oleg nickte erleichtert. Die Katakomben waren groß – sehr groß sogar. Die Städter, die sich dort herumgetrieben hatten, hatten die Leiche nicht gefunden. Das Ölfass und die Säure warteten im Keller auf ihren Einsatz. Morgen früh würde er sich ein neues Auto besorgen, in den Untergrund hinabsteigen und tun, was noch zu tun war, ehe er sich in den Waschsalon begab und seinen ganz gewöhnlichen Alltag wieder aufnahm.

»Muss erst zur Bank«, antwortete er zufrieden. »Wolltest du nicht noch Auto fahren?«

»Außerdem?«, wunderte sich Joy. »Auto fahren *und* das Geld kriegen?«

Oleg zuckte die Schultern. »Klar. Warum denn nicht?«

Joy sprang auf, hüpfte an ihm hoch und drückte ihm einen fetten Schmatzer auf die Wange. Ihr Ärger war verraucht, die Müdigkeit wie weggeblasen. »Du bist der Beste!«, strahlte sie. »Der allerbeste Lebensretterbeschützerrussenfreund, den es gibt!«

Oleg nickte, schob sie von sich weg und brachte es nicht fertig, sie anzusehen, als er antwortete: »Übertreib's nicht und komm mit. Bevor die Sonne wieder aufgeht, bist du eine Bereicherung für jeden Rennstall.«

361

Kapitel 17

O*h, dieses fürchterliche Ungeheuer!*, dachte Meo zornig, als er beobachtete, wie der Russe das Automobil nahe des Trappersees durch absichtliches Ungeschick zum Stehen brachte, vorgab, es nicht mehr zum Starten bewegen zu können, und ausstieg, um die kleine Joy auf den Fahrersitz zu bitten. Nur wenige Meter trennten den Wagen vom steil abfallenden Ufer. Das Licht der Frontscheinwerfer spiegelte sich auf der gekräuselten Wasseroberfläche. Es war nicht schwer, sich auszumalen, was in den folgenden Minuten geschehen würde.

Als meines Schützlings Feind den Deckel hochklappt und vorgibt, etwas an der Maschine darunter zu tun, notierte Meo auf seinem Block, *löse ich die metallische Stütze, welche die Klappe über seinem Kopf hält. Oder ich schnippe ein brennendes Streichholz unter das Automobil, als der schlimme Mensch darunter liegt und scheinbar wahllos Dinge mit Werkzeugen zerstört, denn es scheint mir, dass die scharf riechende Flüssigkeit, in der er sich wälzt, leicht entflammbar ist.*

Er strich den letzten Satz, denn er verstand nichts von motorisierten Fahrzeugen und wusste nicht, ob es vielleicht zu einer Explosion kommen konnte, die auch das Mädchen in erhebliche Gefahr gebracht hätte.

Ich begebe mich zu meiner Schutzbefohlenen hinab, bringe sie in Sicherheit und reiße dem Menschenmonster den Kopf ab, schrieb er stattdessen auf. *Manchmal geht es eben nicht ohne Wunder und offensichtlich göttliche Fügungen.*

Oleg zog derweil einen Flachmann aus der Innentasche seiner Windjacke, leerte ihn in einem Zug und trat einen halben Schritt zur Seite, um Joy durch das offene Fahrerfenster anzusprechen. »Versuch mal zu starten«, bat er sie.

Joy drehte den Schlüssel, der Motor heulte kurz auf, erstarb aber sogleich wieder.

»So nicht«, wies Oleg sie an. »Du musst auf die Kupplung treten. Das ist das Pedal ganz links. Und auf die Bremse daneben auch – auf die Bremse ganz besonders fest.«

Wie konnte dieser Mensch nur so grausam sein? Meo vergewisserte sich unauffällig, dass ihm niemand hinter der Schwelle besondere Beachtung schenkte, aber das war ohnehin egal. Gleich, damit musste er ziemlich fest rechnen, war vermutlich alles vorbei. Wenn jemand sah, wie er sprang, war ihm eine Karriere ohne Aufstiegschancen sicher. Als Klinkenputzer für alle Ewigkeit nämlich. Wahrscheinlich wäre es ihm vorher nicht einmal mehr erlaubt, seine Grundausbildung zu beenden, weil sich der Aufwand für einen wie ihn nicht lohnte. Aber das war es ihm wert.

Das Mädchen startete den Motor erneut, und dieses Mal starb er nicht gleich wieder ab. Oleg sprang beiseite, und Joy trampelte in rasch aufkeimender Panik auf dem Bremspedal herum – den Blick starr auf das sich rasch nähernde Gewässer gerichtet. Wie zum Teufel hatte sie das Ding gerade ausgekriegt, als es hatte anbleiben sollen?! Sie wusste es nicht. Alles, was sie wusste, war, dass der See unerbittlich näher rückte, dass sie hineinrasen und untergehen, womöglich sogar ertrinken würde.

Und wo war ihr russischer Lebensretter? Sie konnte ihn nicht mehr sehen. Sie riss an der Handbremse, die Reifen ruckelten durch den Uferschlamm. Das Ufer war an dieser Stelle steil – so unglaublich steil!

Sie versuchte, den Zündschlüssel aus dem Schloss zu zerren, was ihr in der Hektik nicht gelang. Der Schlüssel verbog sich nur, aber immerhin verstummte das Heulen des Motors jetzt mit einem hässlichen Keuchen. Mit einem letzten, scheinbar trotzigen Satz sprang der Passat in den See und begann wie ein Stein zu sinken.

Meo entfaltete seine Schwingen und schoss wie ein Pfeil in die Tiefe.

Während der VW langsam im See versank, setzte Oleg den Flachmann an die Lippen. Er war leer; nur ein winziger Tropfen benetzte seine Zunge, um seine Sinne zu verspotten. Und die Resignation des unbeteiligten Gastes im Kinosessel fiel im selben Tempo von ihm ab, wie das Verlangen nach einem weiteren wärmenden Schluck zunahm. Seine Hände zitterten. Das Wummern kleiner Kinderfäuste, die panisch gegen die Heckscheibe trommelten, klang wie Donnerschläge in seinen Ohren. Der Wagen sank mit der Stoßstange voran, die Schreie des Mädchens erinnerten ihn an das Kreischen einer Kettensäge.

Olegs Knie begannen wegzuschmelzen. Er spürte sie kaum noch, und wenn er sich nicht bald wenigstens ein bisschen bewegte, würde er einfach umfallen. Aber er konnte es nicht. Die schreckliche Erkenntnis lähmte seine Muskeln. Was war bloß in ihn gefahren? Er ermordete ein hilfloses, unschuldiges Kind – ein Kind, das ihn schätzte und für einen Freund hielt. Tatenlos sah er zu, wie sich das lauwarme Wasser durch die vorderen Fenster in die Karosserie ergoss – zwei einander gegenüberliegende Wasserfälle, die sich im Inneren des Wagens zu einer unentrinnbaren Falle vereinten, zu einer schäumenden Masse verbrüderten, um das schreiende Kind zu schlucken und von ihm geschluckt und eingeatmet zu werden und seine Lungen zu sprengen: wie prall gefüllte Wasserbomben, die aus dem dritten Stock fielen. Dieses Kind, das seine Tochter hätte sein können, hätte das Schicksal ihm erlaubt, ein gewöhnliches, anständiges Leben zu führen ...

Aber war er wirklich ein Opfer seines Schicksals? Unter Einfluss von wie viel freier Entscheidung war der Schicksalsbegriff aus dem Schneider? Ab wann galt eine Entscheidung als frei, und was war gewöhnlich und anständig?

Warum tauchte die *belokurwa* nicht ab, um sich gegen den Strom durch eines der vorderen Fenster ins Freie zu kämpfen? Wieso befand sie sich überhaupt auf der Rückbank? Weshalb versuchte sie nicht, eine der hinteren Türen zu öffnen? War der Druck jetzt schon so groß? Hatten die hinteren Fenster keine Kurbeln?

Und wenn schon – jetzt konnte Oleg sie kaum noch sehen. Lediglich das Heck des Wagens ragte noch aus dem schäumenden Wasser, die Blinker zwinkerten ihm einen rhythmischen Abschiedsgruß zu.

Klick-klick: Es war eine kurze Zeit mit dir.

Klick-klick: Ich bin dann mal weg.

Klick-klick: Ganz schön nass und dunkel da unten. Und kühler wird es auch.

Klick-klick: Hast du nicht was vergessen? Da liegt ein Kind auf meiner Hutablage ...

Ob sie ihn, ihren Mörder, durch das brodelnde und spritzende Wasser in der Dunkelheit der Nacht erkennen konnte? Sah sie, wie er zitterte, wie er weinte, wie er mit ihr litt?

Er hatte seine Brüder sterben sehen, als sich ihr erstes und einziges Familienauto überschlagen und in eine tödliche Falle verwandelt hatte. Er war derjenige gewesen, der hinter dem Steuer gesessen hatte – aber *sie* hatten ihn überredet, mit ihnen zu trinken. Nur einen ganz Kleinen, Brüderlein. Sei keine Spaßbremse. Lass uns feiern, denn dein Bruder hat einen guten Job bekommen. Stoß mit uns an, denn unsere Familie ist gesichert, für unsere Zukunft ist gesorgt. Komm schon, kleiner Oleg – auf einen mehr oder weniger kommt es nun auch nicht mehr an!

Vielleicht war es eben doch der letzte Wodka gewesen, auf den es angekommen war: Oleg hatte den Bären auf der dunklen Landstraße nicht gesehen. (Ja, verdammt – er hatte einen ausgewachsenen Braunbären übersehen!) Alex hatte nicht überlebt, Oleg, Juri und der Bär schon. Der Bär wand sich heulend im Dreck, während er quälend langsam starb, und Juris Beine waren eingeklemmt, zwischen Armaturenbrett und Beifahrersitz völlig zerquetscht. Oleg, der nur eine Beule davongetragen hatte, sah die Mündung der Waffe aus dem zerstörten Handschuhfach lugen und wusste gleich, was er zu tun hatte. Schlecht für seine Seele, besser für seine Mutter und den Bären.

Letzterer dankte es ihm mit einem erlösten Seufzen, und Juri spürte es nicht, denn er war ohne Bewusstsein. Er hätte ohnehin nicht überlebt, und falls doch, dann wäre er ein Krüppel gewesen, ein Pflegefall für den Rest seiner Tage, eine Belastung und ein Kostenfaktor, der auch seine Mutter und Oleg über kurz oder lang dahingerafft hätte.

Schicksal oder freie Entscheidung?

Oleg sorgte fortan allein für seine alte Mutter, und dabei strengte er sich mehr an, als seine Brüder und er sich vor diesem einen Tag zusammen um sie bemüht hatten. Obwohl sich die Trauer in ihre Augen gebrannt hatte wie eine Identifikationsnummer in die Haut eines Rindes, war sie unendlich stolz auf ihn. Ihr Jüngster vertrieb Brotdosen und Küchenfreunde im wohlhabenden Deutschland und schickte ihr das Geld, das er damit verdiente. Er half alten Menschen auf die andere Straßenseite und reichen Leuten zu einem noch besseren Leben mit Tupperware. Er hatte eine hübsche Frau und einen kleinen Sohn, der Juri-Alexander hieß, das hatte er ihr geschrieben. Oleg war ein guter Mann.

Sie ahnte nicht, dass das Foto, das er seinem letzten Brief beigelegt hatte, seine Nachbarin aus dem Dachgeschoss zeigte – die Frau mit den neun Söhnen. Sie konnte auch nicht wissen, dass er in Wirklichkeit ein Mann war, der andere Männer tötete, damit sie leben konnte. Und sie sollte es auch niemals erfahren, denn es hätte sie nur unnötig belastet. Aber wenn es sich nicht umgehen ließ, tötete er eben andere Männer, Frauen, und jetzt auch noch ein Kind für sie ...

Nein! Oleg schleuderte den leeren Flachmann in den See und sprang hinterher. Noch war es vielleicht nicht zu spät für das Mädchen und seine Seele, die verdammt noch mal eine gute bleiben wollte!

Als er den Wagen erreichte und die hintere Tür auf der Seite öffnete, auf der er den Kopf des Mädchens vermutete, war ihm einen Moment so, als erblickte er durch das trübe, aufgewühlte Nass eine Gestalt hinter dem gegenüberliegenden Fenster – ein schlankes, blasses Wesen mit langem, hellem Haar, das sein Haupt in der Schwerelosigkeit wie ein Heiligenschein umspielte, und riesigen, klatschnassen Schwingen, die sanft aus sich selbst heraus leuchteten.

Oleg lächelte, als er das bewusstlose Kind aus dem langsam weiter sinkenden Fahrzeug befreite. Gott hatte ihm einen Engel geschickt, um ihm für die richtige Entscheidung zu danken.

Der Nordfriedhof lag, wie es sich für einen anständigen Friedhof nach Sonnenuntergang schickte, still und friedlich vor ihnen. Rote und weiße Grablichter sprenkelten die weitläufige Ebene. *Hübsch, nicht?*, flüsterte die lästige Stimme in Tabeas Kopf. *Weißt du, wo deine Geschwister ruhen? Denkst du eigentlich wieder oft an deine Familie? Was glaubst du? Tut es dir gut?*

»Schnauze«, zischte Tabea leise, und die beiden Männer in ihrer Begleitung wandten sich ihr verwirrt zu.

»Was hast du gesagt?«, erkundigte sich Alvaro.

»Äh ... Schürze«, behauptete Tabea schnell und strich mit der freien Hand über den Rock des karierten Kleides, das der gefallene Engel ihr zugewiesen hatte. »Zu einem solchen Kleid sollte man eine Schürze tragen. Puffärmel und Schürze. Das gehört zusammen wie Tennissocken und *Backfix-Waschmix* zum Backen und Waschen mit Jasminaroma und Geruchsstopper.«

Alvaro wirkte noch irritierter, und der Neue Prophet, der ihr Flüstern wohl richtig verstanden hatte, hob zwar eine Braue, sagte aber nichts.

»Mit Schürze sähe es noch besser aus«, bekräftigte Tabea.

Alvaro verzog gekränkt den Mund. »Es gefällt dir nicht«, vermutete er.

»Doch, doch – es ist wunderschön«, widersprach Tabea, und das nicht nur aus Höflichkeit. Tatsächlich fühlte sie sich in dem engen Fetzen in Kindergröße 158 so wohl wie schon lange nicht mehr. Obgleich verwaschen und löchrig, war es doch ansehnlicher als alles, was sie in ihrem ersten Leben getragen hatte. Vor allem war es ein richtiges Kleid, wie auch ein Menschenmädchen es tragen könnte (sogar vor kurzem noch getragen hatte). In all den Jahren an Hieronymos' Seite hatte sie vergessen, wie sehr ein kleines bisschen Eitelkeit der Seele schmeichelte. Künftig würde sie häufiger in einen Altkleidersack greifen.

»Ich werde dir ein neues Kleid kaufen«, versprach Alvaro, der vor nicht allzu langer Zeit ein Seminar über »Lügen im Alltag zum Zwecke des friedfertigen menschlichen Miteinanders« im Haus für menschliche Wesensforschung absolviert hatte. Obwohl seine Gefährtin, wie er sehr wohl wusste, längst kein Mensch mehr war, schien sie sich doch immer weniger von einem solchen zu unterscheiden, je besser er sie kennenlernte. Sie lebte von Blut – ja. Aber sie war nicht böse. Was sie der Katze angetan hatte, hatte er ihr schon fast wieder verziehen, und immerhin bewies sie guten Willen, indem sie nun voller Bedacht und Aufopferung nach einer letzten Ruhestätte für das arme Tier suchte.

»Das würdest du für mich tun?«, staunte Tabea. Sie waren doch kein Paar, dachte sie, und würden auch niemals eins werden. Sie hatte ihn gern und wünschte ihn sich zum Freund, aber verliebt war sie wirklich nicht.

Oder ...?

Und wie stand eigentlich Alvaro zu ihr?

Es war egal, schalt sich Tabea. Sie wollte nicht wissen, wie sich Liebe anfühlte, denn sie wusste, dass sie jede Liebe überleben würde. Tat es eigentlich weniger weh, einen Freund an den Tod zu verlieren als eine Liebe? Wer hatte bloß die bescheuerte Idee gehabt, Frieda ausgerechnet auf einem gottverdammten Friedhof beizusetzen?!

Sie selbst, lautete die ernüchternde Antwort. Großartig. Hör auf, mir wehzutun, Hieronymos – das kann ich selbst am besten ...

Alvaro legte einen Arm um ihre Schultern. »Nach allem, was du für mich getan hast, stellst du eine solche Frage?«, seufzte er. »Nun komm. Lass uns dieser Katze die letzte Ehre erweisen und zurückgehen. Meine Füße fühlen sich recht schwer an. Wie gern ich doch noch heute Nacht einen anderen Arzt aufsuchen würde ...«

Er zog sie einen halben Schritt auf das Friedhofstor zu, aber auf einmal sträubte sich alles in Tabea dagegen, den Kiesweg zu betreten, der die Ebene mit den Betten der Toten in zwei Hälften teilte.

»Nicht hier«, entschied sie und drückte das Bündel mit dem Kadaver so fest an ihre Brust, dass sie eine der porösen Rippen darin knacken hörte. Vor ihrem inneren Auge passierte ein Trauerzug das gusseiserne Tor, und für einen Moment war ihr, als lösten sich die Muskeln des Armes auf ihren Schultern einfach auf und ließen bloß ein morsches Knochengerüst zurück, das ebenfalls bald zu Staub zerfallen würde.

Alvaro zuckte die Achseln. »Dann eben nicht«, willigte er ein, ohne ihren plötzlichen Meinungswechsel zu hinterfragen. »Ich kenne einen schönen Ort zwischen dem kleinen Geschäft mit den zahlreichen Zeitungen und jenem mit den preiswerten Lebensmitteln. Hinter dem Hof mit den motorisierten Fahrzeugen gibt es eine hübsche Wiese, auf der Klee und Butterblumen blühen.«

»Meine Frieda wird nicht im Hinterhof eines Gebrauchtwagenhändlers verscharrt«, lehnte Tabea ab.

»Ich würde mir wünschen, an einem solchen Ort beigesetzt zu werden«, verteidigte Alvaro seinen Vorschlag pikiert. »Zumindest, wenn ich eine Katze wäre, der es nichts ausmacht, in ungeweihter Erde begraben zu liegen. Immer wenn du sie besuchst, kannst du diese attraktiven Objekte technischer Schöpfungskunst bestaunen. Ich wünschte, ich besäße auch so viele Automobile.«

Tabea rollte die Augen. »Keine vier Tage auf der Erde, und schon unzufrieden mit dem alten Auto«, seufzte sie. »Keine Frage: Du bist ein Mann.«

»Sie besitzen ein Auto?«, mischte sich der Neue Prophet erstmals, seit sie das Haus verlassen hatten, ein. »Darf ich fragen, warum wir dann nicht einfach hierher gefahren sind?«

»Weil er fährt wie ein Henker«, antwortete Tabea, aber Alvaro wusste es besser.

»Weil wir vor der Aussichtslosigkeit einer komplexen Situation in die Überschaubarkeit einer banalen und lösbaren Aufgabe flüchten«, vermutete er gelassen. »So jedenfalls hätte ich es als Antwort auf eine entsprechende Prüfungsfrage formuliert.«

»Aha«, erwiderte Lennart nichtssagend.

»Er meint, wenn wir aufhören und Frieda doch nicht begraben, fällt uns ein, dass du ein gesuchter Mörder bist und am Freitag die Welt untergeht, falls uns nicht ganz schnell irgendein Licht aufgeht«, erläuterte Tabea.

Lennart nickte. Einen kleinen Moment blickten sie einander schweigend an. Schließlich war es der Neue Prophet, der das Wort wieder ergriff.

»In Ordnung«, sagte er. »Ich denke, ich weiß einen guten Platz für Ihre Katze. Ich habe Friedhelm Fröhlich dort begraben, als ich noch klein war.«

»Und wie weit ist es bis dorthin?«, erkundigte sich Tabea.

Lennart zuckte die Schultern. »Zu Fuß? Kaum mehr als eine Stunde«, schätzte er. »Vielleicht auch anderthalb.«

Tabea lächelte. »Gut«, stimmte sie zu. »Schauen wir uns den Ort doch mal an.«

Sie kehrten dem Friedhof den Rücken zu und bemerkten so nicht, wie sich dichte, zäh wirkende Nebelschwaden aus den Tiefen des Brunnens inmitten der Ebene lösten. Wie überkochende Milch schäumte der Dunst über die Gräber, sickerte in die Erde und troff in die Särge, als die Kräfte der Finsternis, die Handlanger des Teufels, zahlreiche vergessene Seelen rekrutierten.

Als Oleg das Mädchen auf der Rückbank der grünen Ente ablegte, die er vor einem Ferienhaus am Trappersee entwendet hatte, war es noch immer benommen und zitterte am ganzen Leib. Die Lippen der Kleinen, auf die er seine hatte pressen müssen, um ihre Lungen wieder zum Atmen zu überreden, bildeten in ihrem kreideweißen Gesicht bläuliche Linien. In ihren verstört ins Leere starrenden Augen waren viele kleine Äderchen geplatzt. Im Kofferraum hatte Oleg eine Picknickdecke gefunden, und obwohl er selbst bis auf die Knochen durchnässt war und die Nacht eine kühle Brise mitgebracht hatte, hatte er sie der Kleinen überlassen.

Reglos und stumm, wie sie auch am schlammigen Ufer auf seine Rückkehr gewartet hatte, nachdem sie sich auf den ersten Atemzug nach ihrem Unfall hin alles Seewasser aus dem Leib gekotzt hatte, hatte sie erduldet, dass er sie in den warmen Baumwollstoff hüllte. Und ja, verdammt, Oleg hatte sich gut dabei gefühlt, denn er wusste, dass er das Richtige getan hatte. So wie es damals richtig gewesen war, Juri zu erlösen, war es nun die einzig richtige Entscheidung gewesen, das Mädchen am Leben zu lassen.

Für ihn bedeutete dies, dass er dem Ring den Rücken kehren musste – schwere Zeiten standen bevor, und wahrscheinlich musste seine Mutter in den kommenden Monaten mit dem zurechtkommen, was sie sich (hoffentlich) zusammengespart hatte. Aber er würde schon bald einen neuen Job finden. Er war hoch qualifiziert, hatte Erfahrungen im Handel mit Drogen, Waffen und Menschen, in Geldwäsche und -eintreiberei sowie im Spargelstechen.

Ehe er Volchok kennengelernt hatte, war er ebenso mittellos und illegal gewesen und hatte es trotzdem geschafft, seine Mutter und sich selbst irgendwie über Wasser zu halten. Rattlesnake Rolf würde ein Kopfgeld auf ihn aussetzen, gegen das sich das von Olga Urmanov wie der Leergutbon nach einem gemütlichen Männerabend ausmachen würde. Aber mit jedem Kilometer, den er in südlicher Richtung floh, würde die Wahrscheinlichkeit sinken, dass ihn jemand aus den ehemals eigenen Reihen erwischte. Noch heute Nacht würde er das Mädchen zu dem alten Leichenfledderer zurückbringen – aber erst, wenn es sich ein wenig beruhigt und trocken angezogen hatte. Denn es sollte ihn so in Erinnerung behalten, wie er wirklich war: als eine gute und liebenswerte Seele, geschlagen mit einem Verantwortungsbewusstsein, das ihn zur Selbstlosigkeit zwang, und weich im Herzen, aber stark im Willen.

Zweihundertsechsunddreißig Euro ... das war der Betrag, den er noch bei sich hatte, und alles, was ihm blieb, wenn er ging. Ihm fiel ein, dass er den Koffer mit den Blüten im Passat vergessen hatte. Nun hätte er das Falschgeld gut gebrauchen können. Aber ein Abstecher in die Waschanlage fiel unter den gegebenen Umständen flach, außerdem würde das viele Falschgeld wie eine Zeitbombe in seiner Tasche ticken.

Das Mädchen auf der Rückbank winselte leise. Oleg betrachtete sie über den Rückspiegel hinweg.

»Frierst du?«, erkundigte er sich, aber es war offensichtlich, dass sie das tat, denn die Kleine zitterte wie Espenlaub. Trotzdem schüttelte Joy den Kopf.

»Du hattest großes Glück«, bemerkte Oleg in einem, wie er fand, aufmunternden Ton. »Fast wärst du mir ertrunken. Scheißkarre aber auch. Den letzten Müll hab ich mir da andrehen lassen. Hätte nicht gewusst, wie ich deinem Vater erklären soll, dass du tot im Trappersee treibst.«

Die Augen des Kindes röteten sich noch mehr. Oleg

erkannte, dass Joy die Tränen kaum mehr zurückhalten konnte. Er fühlte sich gut, weil er sie aus den Fluten gerettet hatte, und gleichzeitig beschissen, weil er sie überhaupt erst in diese lebensbedrohliche Lage manövriert hatte. Aber eigentlich mehr gut als beschissen.

»Dein Vater wird sich freuen, wenn er dich gleich wieder hat«, sagte er – auch, um sich den guten Vorsatz selbst noch einmal vor Augen zu halten. »Die bösen Männer wurden verhaftet, weißt du? Gerade eben habe ich einen Anruf bekommen, dass ich dich noch heute Nacht nach Hause bringen kann. Als ich bei meinem Freund war, um mir ein anderes Auto auszuleihen.« Er klopfte auf das fellbezogene Lenkrad der Ente. »Eins mit funktionierenden Bremsen«, fügte er betont hinzu.

Joy wusste, das er log. Weder war sie blind, noch auf den Kopf gefallen. Oder doch – vielleicht ein bisschen, denn inzwischen begriff sie nicht mehr, wie sie dem vermeintlichen Lebensretter auch nur ein einziges Wort hatte glauben können.

Als sie in heller Panik versucht hatte, die Heckscheibe des Passat einzuschlagen, hatte sie ihn durch das schäumende Wasser hindurch am Ufer stehen sehen. Das silberne Mondlicht hatte sich auf der kleinen Flasche gespiegelt, aus der er seelenruhig getrunken hatte. Dann, kurz bevor die Lichter ausgegangen waren, hatte das Wasser Geld aus dem Fußraum des Autos gespült; Unmengen von Geld. Bündel und einzelne Scheine. Viel mehr, als man besitzen konnte, wenn man nicht kriminell oder König der Vereinigten Emirate war. Das Nächste, woran sie sich erinnerte, war, dass er sich über sie gebeugt hatte, während sie im Uferschlamm des Seewassers aufwachte.

Obwohl es ziemlich dunkel gewesen war, hatte sie aus der Froschperspektive sehen können, dass er etwas Dunkles, schwarz Glänzendes unter der Jacke trug – vielleicht eine Waffe? Und dass er einen Anruf bekommen hatte, war eindeutig gelogen, denn als sie den Wagen in den See gesetzt hatte, hatte sein Handy im Handschuhfach geklingelt. Das alles trug schon nicht dazu bei, ihr Vertrauen in den Russen zu stärken.

Aber der letzte Beweis dafür, dass er sie nach Strich und Faden belog, war die grüne Ente, mit der er zu ihr zurückgekehrt war, denn sie gehörte ihrer Mutter.

Seit ihrem Tod hatte sie unangetastet vor dem kleinen Wochenendhaus gestanden, in dem sie früher so viel Zeit verbracht hatten und das ihr Vater heute meist allein mit Barbara aufsuchte, damit sie ihren fetten Hintern in Mutters Hollywoodschaukel pflanzen konnte. Aber Mutters Ente, die sie seit Studienzeiten gefahren hatte und die ihr heilig gewesen war wie kaum etwas anderes auf der Welt, war zwei Jahre lang unberührt geblieben. Die Decke, die Oleg aus dem Kofferraum genommen hatte, war seit zwei Jahren nicht mehr gewaschen worden, so dass sie auch jetzt noch ein wenig nach Joys Mutter roch. Aber der Russe hatte sie mit seinen fremden Fingern berührt und ein kleines Stück weit entweiht, so wie er Mutters Andenken jetzt schändete, indem er den Schmutz seiner Finger auf den zwei Jahre alten Abdruck ihrer Hände im Fell des Lenkradbezuges presste.

»Wir machen nur einen Abstecher zu mir, damit du dich unter der Dusche aufwärmen und deine eigenen Klamotten wieder anziehen kannst«, erklärte der russische Lügner, obwohl sie überhaupt keine Frage gestellt hatte. Warum auch? Sie konnte ihm ohnehin nichts mehr glauben, und womöglich war er sogar gefährlich. Sobald er sie eine Sekunde aus den Augen ließ, würde sie fortlaufen; am besten zur Polizei. »Dein Vater soll nicht denken, ich hätte dich nicht gut behandelt«, sagte Oleg.

Ob sie durchs Badezimmerfenster entkommen konnte? Wenn sie die anderthalb Meter von dort bis zum nächsten Balkon bewältigte, bestimmt. Sie würde die Nachbarn aus den Betten kreischen und hoffen, dass sie dabei nicht ausgerechnet an den Choleriker mit dem Dackel geriet.

Sie erreichten den Parkplatz vor dem Wohnhaus. Oleg klappte den Beifahrersitz um, damit sie aussteigen konnte, und ließ sie vor sich her gehen. Joy nahm die Decke mit und unterdrückte den Drang, sofort zu rennen, so schnell sie ihre Füße trugen. Vielleicht war das Ding unter seiner Jacke tatsächlich eine Waffe, und eine Kugel im Rücken tat bestimmt weh und konnte unter Umständen sogar tödlich wirken. Auf diesem Gebiet kannte sie sich ganz gut aus. Also beherrschte sie sich und zwang ihr Herz, ruhiger zu schlagen, damit der russische Lügner nicht ihre Angst spürte und begriff, dass sie ihn längst durchschaut hatte. Wer oder was er in Wirklichkeit war, wusste sie noch nicht, aber dass er mindestens so verlogen und schlecht wie Barbara war, stand völlig außer Frage.

Oleg sperrte die Wohnungstür über ihre Schulter hinweg auf, und Joy schlüpfte ins Halbdunkel des Flures, hastete in Richtung Badezimmer und kreischte vor Schreck, als sie nach zwei Schritten gegen einen Wandschrank prallte, der vorhin noch nicht dort gestanden hatte. Die nackte Glühbirne unter der Decke flammte auf und enttarnte das vermeintliche Möbel als unglaublich großen Mann, der ausschließlich aus Muskeln und einem merkwürdig kleinen Kopf zu bestehen schien.

Oleg stieß einen russischen Fluch aus, während Joy versuchte, sich im Rückwärtsgang von dem Fremden zu entfernen. Eine riesenhafte Pranke, die sich blitzschnell um ihre Schulter schloss, hielt sie jedoch zurück.

»Kommt nur herein«, flötete eine fremde Stimme aus der kleinen Wohnküche, in der nun ebenfalls das Licht anging. Ein rattenhaftes Gesicht erschien hinter dem Muskelberg im Türrahmen. »Wir waren so frei und haben uns schon selbst eingeschenkt. Aber wir haben dir natürlich was übrig gelassen.«

Volchok winkte Oleg mit einer halbvollen Wodkaflasche zu. Ein gehässiges Grinsen verunzierte sein ohnehin nicht sonderlich attraktives Gesicht. »Rattlesnake Rolf lässt sich entschuldigen. Er ist beruflich verhindert. Darum hat er uns gebeten, ihn zu vertreten.«

Oleg versuchte vergebens, einen bitteren Kloß herunterzuschlucken, den das nackte Entsetzen in seinen Hals geschoben hatte. Was zum Teufel, taten Volchok und Morpheus in seiner Wohnung?

Aber er kannte die Antwort schon, ehe er die Frage ganz zu Ende gedacht hatte. Sie hatten ihn beobachtet – vermutlich von Anfang an. Jetzt waren sie hier, um mit ihm abzurechnen.

Für einen Moment spielte er mit der Idee, dem Fluchtreflex nachzugeben und kopflos in die Nacht hinauszustürmen, doch Rattlesnakes Erstgeborener hatte seine vier bis fünf Tonnen Lebendgewicht bereits zwischen ihm und dem Ausgang positioniert und die Wohnungstür verriegelt. Er hielt das blasse, zitternde Mädchen mit beiläufigem, nichtsdestotrotz schmerzhaftem Griff im Nacken.

Volchok untermalte seine Einladung mit einer entsprechenden Geste, und Oleg fügte sich in sein Schicksal und bewegte sich steif in die Küche, in der Shigshid bereits auf einem der Campinghocker saß. Morpheus stieß das Mädchen vor sich her in den Raum, so dass es stürzte und mit dem Hinterkopf gegen die Blende der kleinen Einbauküche knallte. Joy winselte.

»Ganz schön jung, deine kleine Gespielin«, kommentierte Volchok kopfschüttelnd. »Was hast du dir bloß dabei gedacht, hm? Ist dir eigentlich klar, in welche Bedrängnis du uns alle bringen kannst, wenn dich irgendjemand mit einem Kind erwischt?«

Abwehrend hob Oleg die Hände. »Es ist nicht so, wie es scheint«, verteidigte er sich. »Ich bin kein Kinderschänder oder so was. Es waren die Umstände, die ... Ach, verdammt! Was willst du eigentlich von mir?«

»Und dann auch noch die Kleine von unserem allseits so geehrten Professor Dr. Kasimir Spix«, betonte Volchok, als hätte Oleg überhaupt nichts gesagt. »Hast du eine Vorstellung von den Schlagzeilen, die du mit dieser Nummer machen könntest? Vor den größenwahnsinnigen Zeitungsfritzen könnten dich auch unsere Freunde und Helfer in Dunkelblau und Grün nicht schützen. Sie würden recherchieren und herumspionieren, bis sie alles über dich wüssten, um ihre einschlägigen Magazine mit Kinderbildern und Geschichten aus deinem verkorksten Leben vollzustopfen. Es wäre nur eine Frage der Zeit, bis irgendjemand irgendeine Verbindung zu einem von uns anderen oder – noch schlimmer – dem Boss herstellen würde. Und dann? Sag mir – was glaubst du, was dann passiert?«

Oleg presste die Lippen aufeinander. Egal, was er jetzt

sagte: Volchok würde es anders auslegen, als es gemeint war, und vielleicht sogar gegen ihn verwenden, wenn er dem Boss gegenübertrat. Und dass es zu einer solchen Konfrontation kommen würde, daran zweifelte er kein bisschen. Vorausgesetzt, Morpheus ließ ihn am Leben ... Seine Träume vom Neuanfang jedenfalls verflüchtigten sich so rasch wie Äther auf einem Lappen.

»Ich will dir sagen, was passiert«, belehrte ihn Volchok, als spräche er mit einem begriffsstutzigen Bengel. »Das Ding macht die Runde, und immer mehr Leute mit immer mehr Geld und Möglichkeiten interessieren sich für Erich Rudolph Helmuth Hammerwerfer und die zahlreichen größeren und kleineren Delikte, mit denen er sich in der Vergangenheit beschäftigt hat.«

»Kommst du in die Zeitung«, kommentierte Shigshid blöde, »kommt Boss in die Zeitung, und kommt Volchok in die Zeitung, und die große starke Mo ...« Er verschluckte die letzte Silbe, als Morpheus ihm einen Klaps gegen den Hinterkopf verpasste, dass ihm die Augen aus den Höhlen traten.

Volchok rollte die Augen und wandte sich wieder Oleg zu. »Weniger bestechliche Instanzen geraten durch den öffentlichen Druck unter Zugzwang«, erläuterte er weiter, »und den Rest kannst selbst du dir ausmalen, nicht wahr? Oder muss ich dir erst in den Mund pissen, damit du das Meer schmeckst, verdammt?«

Oleg schüttelte den Kopf und ließ sich kraftlos auf einen freien Stuhl fallen, während sich Joy an der Arbeitsplatte in die Höhe zog und mit dem Rücken zur Einbauküche stehen blieb, um sich wie ein gehetztes Tier im Raum umzublicken. Oleg vermied es, sie anzusehen. Er würde Mitleid mit ihr empfinden, und das konnte er sich jetzt nicht mehr leisten, hätte er sich niemals erlauben dürfen. Um weiterhin für seine Mutter zu sorgen, musste er am Leben bleiben, und die einzige Chance darauf bestand wohl darin, den Kniefall vor Rattlesnake Rolf und dem gesamten Ring zu üben und Buße für seine Fehler zu tun.

»Ich wollte wirklich niemanden in Schwierigkeiten bringen«, sagte er leise. »Genau darum habe ich euch nichts von der *belokurwa* erzählt. Aber ich bin kein Pädophiler, das musst du mir glauben. Du glaubst mir doch, oder?«

Volchok lachte kurz und wenig amüsiert. »Selbstverständlich glaube ich dir. Genau wie die Geschichte mit der Katze. Ach, verdammt, die war ja von mir.«

»Du hast die ganze Zeit gewusst, dass das Mädchen hier ist?«, vergewisserte sich Oleg. Er war nicht so dumm gewesen, Volchok für einen aufrechten Freund zu halten, denn er wusste, dass dieser für seine kriminelle Karriere selbst über die Leichen seiner liebsten Verwandten und engsten Vertrauten ging. Aber doch für einen unglaublich schlechten Lügner. Und nun tat er sich schwer, dass es mit seiner Menschenkenntnis dermaßen weit her war.

Volchok verneinte. »Ich wusste, dass du etwas vor uns versteckst, aber mir war nicht klar, was«, antwortete er. »Darum habe ich dich beobachtet. Ich habe das Mädchen erkannt, mit dem du weggefahren bist. Trotz dieser fürchterlichen Frisur ... Jetzt weiß ich auch, was du mit der Blondiercreme aus der Drogerie gemacht hast.« Er bedachte Joy mit einer spöttischer Miene. »Das Gesicht jedenfalls war unter sämtlichen Schlagzeilen der letzten beiden Tage groß genug abgedruckt. Du hast doch nicht wirklich geglaubt, mit dieser billigen Maskerade weit zu kommen, oder? Wo wolltest du überhaupt hin? Wolltest du dich mit einem Kind absetzen? Ich verstehe das alles nicht. Aber es ist mir eigentlich auch egal.«

Oleg unternahm einen neuerlichen Versuch gegen den bitteren Klumpen in seinem Hals, aber vergeblich.

»Du willst vermutlich wissen, was jetzt mit dir passiert, findest aber gerade die Sprache nicht wieder?«, riet Volchok. Oleg nickte trüb. »Nun – wir sind ja Freunde«, ließ Volchok gönnerhaft verlauten und klopfte ihm lässig auf die Schulter. »Darum habe ich, als ich dem Boss meine Bedenken vortrug, selbstredend ein gutes Wort für dich eingelegt. Mit Erfolg: Morpheus ist nicht zwangsläufig hier, um dich und das Problem um die Ecke zu bringen.« Morpheus rümpfte verächtlich die Nase. »Der Boss hat vorgeschlagen, deine Solidarität und Opferbereitschaft einer kleinen Prüfung zu unterziehen. Ich bin sicher, die meisterst du mit links.« Er sah zu dem verängstigten Mädchen. »Eigentlich schade um das niedliche Ding. Aber was will man machen, hm?«

Oleg schloss die Augen und überlegte krampfhaft, ob es nicht doch irgendeine andere Möglichkeit gab. Aber er sah keine. Einmal mehr blieb ihm nur, sich zwischen dem Schlechten und dem noch Schlechteren zu entscheiden. Wenn es doch wenigstens nur um ihn selbst ginge! Aber so war es nicht. Es ging immer auch um seine Mutter. Die Verantwortung für ihr Schicksal lastete auf seinen Schultern.

Mit einem Ruck richtete er sich auf und zog die schwarze Pistole unter seiner Jacke hervor, die er nach der Blamage mit Rattlesnake Rolfs Dienstwaffe erhalten hatte. Aber Volchok drückte den Lauf nach unten, als er die Waffe auf das Mädchen vor der Küchenzeile richtete.

»Aber doch nicht so«, schalt er ihn kopfschüttelnd. »Das Ding ist ja nicht mal schallgedämpft. Du erschreckst die Nachbarn. Außerdem ...«, er wandte sich von ihm ab, um sich etwas zu trinken einzugießen. »Wir wollen sicher sein, dass du dir sicher bist«, erklärte er, nachdem er das Glas in einem Zug geleert hatte. »Ich schlage vor, wir gehen eine Runde spazieren. Zieh dir was Trockenes an. Sonst holst du dir noch den Tod.« Er lachte sein kratziges, hässliches Lachen. »Und das wollen wir doch nicht, oder?«

Kapitel 18

Ganz woanders steckte der junge Meo ebenfalls in der Haut des armen Sünders. Allerdings erwog er keineswegs, vor irgendjemandem den Kniefall zu üben. Was er getan hatte, hatte er sich lange und gut überlegt, und so schnell war er nicht bereit, an der Richtigkeit seiner Entscheidung zu zweifeln. Auch nicht, wenn sich der alte Arthur auf den Kopf stellte und mit den Ohren wackelte – um es mit den Worten zu sagen, die der gute Alvaro womöglich gewählt hätte.

Während er die Strafpredigt über sich ergehen ließ, die ihm Arthur, sein Lehrer für »Personenschutz unter Ausschluss offensichtlich göttlicher Fügungen und Wunder« hielt, senkte er zwar reumütig Haupt wie Flügel, doch hinter dieser Fassade brodelte es gewaltig. Wörter wie »leichtsinnig«, »regelwidrig«, »übergeschnappt« und vor allem »verantwortungslos« flogen ihm um die Ohren und gossen Öl in einen Schwelbrand, den er nur äußerst mühsam kontrollieren konnte. Wie konnte ihm Arthur mangelndes Verantwortungsbewusstsein vorwerfen, weil er sich mit all seinen Möglichkeiten für ein unschuldiges Menschenkind eingesetzt hatte? Arthur redete von Regeln und Vorschriften, an die es sich ausnahmslos zu halten galt, vom Großen und Ganzen, das durch ein einziges Körnchen von Sand im Getriebe völlig aus dem Gleichgewicht geraten könnte.

Aber wo, bitte sehr, herrschte denn in diesen Zeiten überhaupt noch ein vernünftiges Gleichgewicht zwischen irgendetwas? Tamino und seine Legionen waren beinahe durchgehend im Einsatz, um die Schergen des Bösen in die Hölle zurückzujagen, aus der sie aus irgendeinem Grunde in immer größerer Zahl entkamen. Immer mehr gute Schutzengel, Engel, spezialisiert auf Technik, Anatomie und Psyche des Menschen, Bürokratie und Wirtschaftswesen, und sogar Klinkenputzer oder längst nicht voll ausgebildete Schüler wurden rekrutiert, um die Himmelskrieger in ihrem härter werdenden Kampf gegen den Teufel zu unterstützen – wodurch immer weniger Menschen, die dringend auf Hilfe und Beistand von ganz oben angewiesen waren, persönlich betreut und beschützt werden konnten. Mit Alvaro hatte man zudem einen der besten Schutzengel aus ihren Reihen verbannt, obgleich sie auf jeden einzelnen Flügel angewiesen waren.

Wenn man schon nicht mehr davor zurückschreckte, ihn und die anderen Auszubildenden in gefährliche Kämpfe gegen Dämonen und von diesen besessene Menschen zu schicken, konnte man ihm ebenso gut erlauben, sich um ein armes Menschenmädchen zu kümmern – oder wenigstens so tun, als hätte man es nicht bemerkt, oder? In der kleinen Stadt, über die sie alle mehr oder weniger wachten, war buchstäblich die Hölle los, und hier oben hatte man nichts Besseres zu tun, als eifrige, innovative Schüler wie ihn nach allen Regeln der Kunst zu demotivieren und – auch das war nicht ausgeschlossen – vom Unterricht zu suspendieren; vielleicht sogar für immer.

Obwohl Meo schon früh gewusst hatte, dass ihm Schlimmes blühte, wenn er seinen Vorsatz in die Tat umsetzte, fühlte er sich ungerecht behandelt. Schweigend nahm er die Vorhaltungen Arthurs hin, weil er in einem offenen Disput auf jeden Fall den Kürzeren gezogen hätte; Arthur war bedeutend reifer und auf der Leiter des Ansehens mehrere Flügelspannweiten höher gestellt. Und obwohl Meo nicht wusste, welche Strafe ihm drohte, war er doch entschlossen, sie mit Stolz und Würde zu tragen.

Aus den Augenwinkeln registrierte er, dass sich eine Schar von Mitschülern vor dem Eingang zum Archiv versammelte, die dem aufgebrachten Arthur lauschte, die Köpfe zusammensteckte und tuschelte. Zwischen ihnen entdeckte er auch Jascha, der sich die freie Zeit zwischen den Unterrichtsstunden soeben noch damit vertrieben hatte, mit einigen Schülern aus seinem Kurs über sogenannte Motherboards und Pop-ups zu philosophieren – Dinge, von denen Meo mangels Spezialisierung nichts verstand und die, wie er fand, auch irgendwie unanständig klangen.

Aber Jascha und seine Studenten hatten es gut, denn weil kaum einer von den Alten begriff, womit genau sie sich beschäftigten, war es nahezu unmöglich, ihnen einen Fehler oder einen Regelverstoß nachzuweisen. Besser, er hätte sich auch fürs technische Handwerk angemeldet, grollte Meo im Stillen. Aber noch lächerliche zweihundert Jahre zuvor hatte er sich schlicht nicht vorstellen können, dass dieses Fachgebiet einst zu irgendeiner Bedeutung gelangen oder gar Aufstiegschancen bieten würde.

Arthur beförderte ihn aus seinen deprimierenden Gedanken in die nicht minder düstere Gegenwart, indem er ihm mit seinen konfiszierten Unterlagen vor der Nase herumwedelte. »*Ich begebe mich zu meiner Schutzbefohlenen hinab, bringe sie in Sicherheit und reiße dem Menschenmonster den Kopf ab*«, zitierte er um Beherrschung bemüht aus seinen Notizen. »Was hast du dir bloß dabei gedacht?!«

Meo zog die Schultern noch ein bisschen enger zusammen, da meldete sich vom Eingang aus eine zögerliche Stimme, die er als die eines Mitschülers ausmachte. »Ich glaube, er hat sich gedacht, was jeder von uns an seiner Stelle gedacht hätte«, murmelte Elmar. »Nämlich, dass es unsere Aufgabe ist, gute und schuldlose Menschen vor schlechten, kaltherzigen Menschen zu beschützen.«

Arthur blickte streng zu ihm hin. »Ich glaube nicht, dass deine Meinung gefragt ist«, schalt er ihn. »Geh und setz dich an deine Bücher, um dir das Recht und die Fähigkeit zu erarbeiten, über andere zu urteilen.«

»So, wie ich es getan habe«, mischte sich Jascha nun ein und betrat das Archiv. »Ich *habe* das Recht und die nötige Erfahrung, um zu urteilen. Und ich sage: Elmar spricht die Wahrheit.«

»Meo ist nicht dein Schüler«, erwiderte Arthur ungewohnt ruppig.

»Noch nicht«, bestätigte Jascha gelassen. »Aber das kann sich ja neuerdings schneller ändern, als ein *Xerox Alto* hochfährt. In Erdenzeit, versteht sich.«

»Was willst du von mir, Jascha?«, erkundigte sich Arthur. »Falls du dich für den naseweisen Meo einzusetzen gedenkst – wovon ich dir angesichts seines unfassbar schwerwiegenden Fehltritts persönlich abraten möchte –, musst du dich an Tamino wenden. Ich werde es ihm überlassen, über diesen Vorfall zu urteilen. Was Meo getan hat, war mehr als nur ein kleines Vergehen. Er hat eigenmächtig im Weltgefüge herumgepfuscht.«

»Er hat nur getan, was eigentlich ein anderer hätte tun müssen«, verteidigte Jascha Meo unbeirrt. »Einer von jenen, die stattdessen gerade mit flammenden Schwertern auf den Nordfriedhof hinabgeschossen sind, zum Beispiel. Und das, obwohl sie in keiner Weise dazu ausgebildet wurden. Aber Tamino braucht im Moment jede Hand, um den Dämonen der Hölle Herr zu werden, und mittlerweile scheint mir, dass das einzige Auswahlkriterium, nach dem er seine Truppen zusammensetzt, die Frage ist, ob jemand fliegen kann oder nicht. Wenn das so weitergeht, pfeift er demnächst noch Klapperstörche und Fischreiher herbei.«

»Und die, die Tamino helfen, fehlen an anderen Stellen«, fügte Meo, durch die unverhoffte Unterstützung ermutigt, hinzu.

»Bei dem kleinen Mädchen zum Beispiel«, bestätigte Elmar unerschrocken.

»Oder bei den leichtsinnigen, aber arglosen Jugendlichen, die am vergangenen Wochenende ihr Leben verloren haben«, ergänzte Jascha nickend. »Sie alle sind Menschen, die dringend auf Schutz und Beistand von unserer Seite angewiesen gewesen wären.«

»Immer noch sind«, verbesserte Meo und dachte dabei an das kleine Mädchen, das sich nach wie vor in der Gewalt dieses egomanischen Russen befand – und damit in unverändert großer Gefahr für Leib und Leben.

»In der Praxis des Mediziners in der Tankgasse hätte man auch ein wenig Hilfe gebrauchen können«, ließ einer der Skriptoren, die das Archiv stets auf dem neuesten Stand der Dinge hielten, verlauten, ohne von seiner Arbeit an einer meterlangen Schriftrolle aufzusehen. »Sowohl diesem geduldigen Mediziner als auch seiner immerzu fleißigen Sprechstundenhilfe wurde unaussprechlich Schreckliches angetan. Außerdem befanden sich drei weitere Menschen in den Räumen, als der Satan seine Kreaturen von der Leine ließ. In diesen Erdenminuten versuchen eigens dazu ausgebildete Menschen so verzweifelt wie vergebens, die Überreste eines gerade achtjährigen Jungen zu einer Einheit zu verbinden.«

»Ich vermag die zahlreichen Stoßgebete dieses Forensikers, es möge sich bei dem Kind nicht um das seine handeln, kaum noch mitzuschreiben«, beklagte sich ein anderer Skriptor. »Er betet in zahlreichen Varianten. Ein sehr kreativer Mensch.«

Arthur runzelte die Stirn. »Wo war Tamino, als das geschah?«, erkundigte er sich besorgt.

»Am anderen Ende der Stadt«, antwortete der erste Skriptor. »Er hatte es mit einer Unzahl von Dämonen zu tun, die nahe des örtlichen Waisenhauses aus der Kanalisation brachen. Von den Vorgängen im Nordosten hat er überhaupt nichts mitbekommen. Er weiß auch immer noch nichts davon.«

»Dann sollte man ihn darüber unterrichten«, erklärte Arthur.

Jascha schüttelte düster den Kopf. »Er hat genug damit zu tun, sich mit den gegenwärtigen Übergriffen auseinanderzusetzen. Ich glaube nicht, dass er Zeit hat, sich mit dem zu beschäftigen, was schon gewesen und somit nicht mehr zu ändern ist.«

Geschweige denn mit den vermeintlichen Vergehen eines heißblütigen Schülers, fügte er still mit einem eindeutigen Blick hinzu.

»Es herrschen eben unruhige Zeiten«, seufzte der erste Skriptor.

»Die niemals gekommen wären, wäre man weiter oben nicht so sehr mit sich selbst beschäftigt«, bestätigte Jascha. »Wenn man uns mit allem uns selbst überlässt und die einzige Beschäftigung des Herrn offenkundig darin besteht, einen unfähigen Propheten nach dem anderen zu erschaffen, der dann auch noch über das vertretbare Maß hinaus betreut werden muss, ist es kaum verwunderlich, dass zumindest einige von uns ein klein wenig vernünftige Eigeninitiative entwickeln. Ich habe mich umgehört, Arthur. In anderen Sektionen sieht es kaum besser aus als in der unseren. Du solltest dich einmal mit den bedauernswerten Kollegen in Verbindung setzen, die über Großstädte wie das amerikanische New York wachen. Als man den Propheten George endlich für unfähig und auch noch unzurechnungsfähig erklärt hatte, war es längst zu spät. Zu diesem Zeitpunkt hatte er bereits vier der besten je dagewesenen Schutzengel über fünfzig Jahre lang für sich beansprucht und auf diese Weise von sinnvollen und weitaus wichtigeren Aufgaben abgehalten.«

»Die Wahlen stehen eben kurz bevor«, verteidigte Arthur die Entscheidungen des Allmächtigen. »Es sind nur noch wenige Monate – im November wird sich das Parlament der Gottheiten neu zusammensetzen.« Beschwichtigend hab er die Hand, als Jascha den Mund zu einem neuerlichen Einwand öffnete. »Aber ich gebe dir Recht«, gestand er ein. »Selten zuvor haben sich zwei Gottheiten so verbissen um jeden einzelnen Gläubigen gestritten. Und nie waren die Mittel zur Gewinnung einzelner Menschenseelen fragwürdiger.«

»So schließt sich der Kreis«, seufzte der zweite Skriptor mit dem Rücken zu ihnen. »Der Herr beansprucht uns Engel fast ausschließlich als Wahlhelfer, so dass wir nicht mehr in der Lage sind, die Menschen vor sich selbst zu beschützen. Enttäuschung schürt Hass, Hass verursacht Elend, und Elend schürt Enttäuschung.«

»Mich persönlich wundert die reiche Beute an verdorbenen Seelen, die der Teufel derzeit macht, jedenfalls nicht«, bestätigte Jascha. »Mit jedem verkommenen Herzen wächst seine Macht, und mit dieser neuen Macht ist es ihm ein Leichtes, weiteres Elend anzurichten. Ich frage mich, wohin das alles noch führt.«

Arthur hob die Schultern. »Das ist Politik«, gab er zurück, klang aber längst nicht mehr überzeugt von sich selbst. »Wir haben nichts zu hinterfragen, sondern zu tun, was man uns aufträgt.«

»Wir sollten tun, was *die Menschen dort unten* uns auftragen«, betonte Jascha mit einer zornigen Geste in Richtung Schwelle. »Hätten die ersten Juden und Christen gewusst, welche Wege der Herr einst einschlagen würde, sie hätten bei seiner Erfindung davon abgesehen, ihm einen eigenen Willen zuzuschreiben.«

Arthur starrte ihn an. »Das ist ... lästerlich«, presste er erschrocken hervor. »Wenn dich Tamino so daherreden hört, wirst du den gleichen Weg einschlagen wie der arme Alvaro.«

»Der *arme* Alvaro, du sagst es selbst«, konterte Jascha stur. »Du weißt, dass ihm Unrecht widerfahren ist. Wir alle wissen es. Zumindest aber weißt du genau, dass wir es uns überhaupt nicht leisten können, auch noch unsere eigenen Gefährten zu verbannen.«

Meo legte den Kopf schräg. Er hatte längst nicht alles verstanden, worüber die Alten da redeten, aber jetzt fühlte er sich vom Gesagten wieder persönlich betroffen. »Heißt das, ich werde nicht verbannt?«, erkundigte er sich vorsichtig.

Jascha zuckte die Schultern. »Das entscheidet Tamino, wenn er irgendwann einmal dazu kommt, sich mit dir zu beschäftigen«, antwortete er düster. »Aber wenn du mich fragst: Gib alles, damit er dich zum Menschen macht. Selbst da unten lebst du möglicherweise länger als wir alle hier oben.«

Der Oleanderstrauchpolizist harrte der Auswertung der sichergestellten Festplatte vor dem Kaffeeautomaten im Parterre und spielte mit dem Gedanken, sich heimlich auf den Matten im Trainingsraum auszustrecken, bis der Computerspezialist seinen Teil der Arbeit beendet hatte und ihn anfunkte. Die Überprüfung der drei Krankenakten, die man vor dem Empfangstresen gefunden hatte, hatte nur den ersten Verdacht vertieft, dass es sich bei den dazugehörigen Patienten um die weiteren Opfer des unbekannten Geisteskranken handelte, der in der Praxis in der Tankgasse gewütet hatte. Verhaften können hatte er jedenfalls niemanden, was er bedauerte, denn das hätte seine miserable Laune bestimmt ein klein wenig aufgebessert und diese elende Müdigkeit vertrieben.

Nun jedenfalls blieb ihm nichts anderes übrig, als auf die Auswertung der Festplatte zu warten und zu hoffen, dass der damit beschäftigte Kollege bald mit der Mitteilung kam, keinen aktuellen Speicher gefunden zu haben, damit er endlich zurück ins Bett durfte. Er setzte dazu an, die Idee mit dem Trainingsraum in die Tat umzusetzen und sich im Keller nach einem kuscheligen Boxsack umzusehen, prallte aber, müde und unaufmerksam, wie er war, mit einem Fremden in Zivil zusammen, der den Aufenthaltsraum im selben Moment betrat, als er ihn verlassen wollte.

Der Mann sprang beiseite, um dem Cappuccino auszuweichen, der im hohen Bogen aus dem wabbeligen Plastikbecher auf den grauen Linoleumboden schwappte.

»Hossa! Zu später Stunde noch in so großer Eile?«, kommentierte er vergnügt, während der Oleanderstrauchpolizist für einen kurzen Augenblick darüber nachdachte, wie er die Kaffeepfütze jetzt wieder in den Becher bekam. Denn für einen neuen Cappuccino fehlte ihm das nötige Kleingeld. Aber der Fremde klopfte ihm lachend auf die Schultern.

»Kommen Sie. Ich spendiere Ihnen einen neuen«, bot er an und tat eine Geste in die Richtung des sperrigen Automaten neben dem Panoramafenster; ein Relikt aus den frühen Achtzigern – genau wie der Fremde, den sich der Oleanderstrauchpolizist jetzt endlich genauer ansah. Bekleidet war er mit lässigen Jeans, einem Hemd in unmöglichen Farben und ausgelatschten Turnschuhen. Auf seiner Hakennase balancierte er eine runde, zu klein wirkende Brille im John-Lennon-Stil, und auf dem Kopf trug er, wie eine Hommage an die modischen Eskapaden zur Zeit seiner Geburt, eine Vokuhila.

»Das ist sehr freundlich von Ihnen«, lehnte der Oleanderstrauchpolizist ab. »Aber das hier ist der Aufenthaltsraum für Polizeibeamte. Besucher haben keinen Zutritt.« Er wedelte mit der Linken, als sein Gegenüber den Mund zu einem Einwand öffnete. »Bitte nehmen Sie auf einer der Bänke im Flur Platz«, fügte er in gewohnt freundlichem Tonfall hinzu. »Es gibt einen Wasserspender neben dem Fahrstuhl.«

Der Fremde lachte und nestelte ein ledernes Mäppchen aus seiner Brusttasche.

»Entschuldigung. Ich habe mich Ihnen nicht vorgestellt«, sagte er, während er ihm eine Dienstmarke unter die Nase hielt. »Mein Name ist Fritz. Eberhard Fritz. Ich komme vom LKA Mainz. Ich bin einer von den Experten für illegalen Organ- und Menschenhandel; vielleicht haben Sie schon von mir gehört ... Meistens nenne ich meinen Nachnamen zuerst, damit man meinen Vornamen für den Nachnamen hält, verstehen Sie? Meine Mutter wollte meinem verstorbenen Urgroßvater ein Denkmal setzen. Tja ... jedenfalls: Sie dürfen Fritz zu mir sagen.« Er griff nach der schlaffen Hand des Oleanderstrauchpolizisten und schüttelte sie mit deftigem Druck. »Freut mich sehr«, fuhr er freundlich fort. »Darf ich jetzt erfahren, wer Sie sind und was Sie zu so später Stunde noch hier tun? Nachtschicht? Nee, oder? Sie waren doch schon im Bett.«

Der Oleanderstrauchpolizist runzelte die Stirn und

rieb sich die auf einmal schmerzende Rechte. »Wie kommen Sie darauf?«

Eberhard Fritz tippte sich aufs Revers. »Der Kragen des Schlafanzugs ...«, grinste er.

Erschrocken tastete der Oleanderstrauchpolizist nach seinem Hals und stellte fest, das der Zivilbeamte die Wahrheit sagte: Der Kragen seines hellblauen Flanellpyjamas hatte tatsächlich einen Weg an der hoch zugeknöpften Jacke vorbei gefunden und lugte nun am Kragen heraus. Herrje – das war, zumal mit beigefarbenen Teddybären bedruckt, wirklich peinlich.

»Machen Sie sich nichts daraus. Vor mir brauchen Sie sich nicht zu schämen«, behauptete Fritz leichthin, wandte sich von ihm ab und fütterte den orangefarbenen Getränkeautomaten mit einer Handvoll Münzen. »Schwarz, mit Milch oder Zucker, oder vielleicht lieber Kakao?«, flötete er unbefangen.

Der Oleanderstrauchpolizist wünschte sich indes nichts sehnlicher, als dass sich die Erde auftun und ihn schlucken möge, wobei es ihm plötzlich ziemlich egal war, ob am Grunde dieses fiktiven Loches ein französisches Doppelbett oder ein Nagelbrett auf ihn wartete. Er fühlte sich bis auf die Knochen blamiert. Wenn das zu Hammerwerfer hindurchsickerte, hatte er die nächsten sechs Monate auf dem Revier nichts mehr zu lachen. Das war ein Fehltritt von der Art, die es nicht mal wert war, als Druckmittel verwendet zu werden: Man konnte die Sache gleich ans Schwarze Brett hängen – was Hammerwerfers zweite große Leidenschaft war.

»Beides«, antwortete er mit trockenem Mund.

»Kaffee *und* Kakao?«, grinste der Zivilbeamte.

»Milch und Zucker«, korrigierte der Oleanderstrauchpolizist und räusperte sich umständlich. »Ähm ... Ich ... Würde es Ihnen etwas ausmachen, das für sich zu behalten?«

»Was? Dass Sie Kaffee mit Milch und Zucker mögen?« Fritz drückte eine Taste am Automaten, es klang ein bisschen nach Hubschrauberabsturz, als dieser heißen Kaffee in einen neuen Plastikbecher spuckte.

»Nein. Das mit dem Pyjama«, erwiderte der Oleanderstrauchpolizist verlegen und stopfte den verräterischen Kragen unter sein Jackett zurück.

Eberhard Fritz lachte, und der Oleanderstrauchpolizist fand langsam, dass er das für diese Uhrzeit eindeutig zu häufig tat. Ob er wohl auch ein gewisses Laster hatte? Wenn er es beweisen könnte, müsste er sich um seinen Ruf keine Sorgen mehr machen.

»Wollen Sie wissen, was ich heute drunter trage?«, gab Fritz anstelle einer Antwort zurück und zog das Hemd bis zum Bauchnabel hoch, um den Saum seiner Unterhose aus der Jeans zu friemeln. »Bis eben war ich mir selbst nicht sicher. Aber jetzt weiß ich's wieder. Gelbe Pants mit rosa Schweinchen. Meine Freundin hat sie mir heute Morgen rausgelegt. Glauben Sie mir – vor mir müssen Sie sich wirklich nicht schämen. Ich bin schon in Badeschlappen zum Dienst erschienen. Und was hat das meinen Kollegen gesagt?« Er drückte ihm den Kaffee in die Hand und strahlte ihn an. Der Oleanderstrauchpolizist zuckte die Schultern. »Dass ich beim Anziehen gedanklich schon längst bei der Arbeit bin«, lachte Fritz. »Hat was von Columbo, nicht wahr? So viele komplexe und wichtige Dinge im Kopf, dass die Krawatte falsch geknotet und das Hemd schief geknöpft ist. Aber können Sie sich vorstellen, dass jemand einen Columbo verlacht, weil er sich die Zigarette am falschen Ende anzündet? Nee, oder?«

»Na ja ...«, antwortete der Oleanderstrauchpolizist unbeholfen.

»Natürlich nicht«, sagte der Zivilbeamte von außerhalb. »Wenn sich Columbo mir gegenüber eine Kippe am Filter anzünden würde, würde ich denken: Scheiße – der ist in Gedanken ganz woanders. Bestimmt bei meiner Schwiegermutter unterm Kellerboden. Ich würde gegen den Drang ankämpfen, ihm die Spitzhacke zu geben und ein Kreidekreuz auf den frischen Zement zu malen, damit es nur ein bisschen schneller vorbei ist, verstehen Sie?«

»Na ja ...«, wiederholte der Oleanderstrauchpolizist hilflos, und Fritz drückte einen Knopf am Automaten.

»Mist«, fluchte er dann. »Jetzt habe ich Vanillemilch gewählt. Dabei wollte ich doch schwarzen Tee.«

Er bedachte den Oleanderstrauchpolizisten mit einem Schulterblick. »Na? Was sagt Ihnen das?«

»Ich ... also ... nichts ...«

»Wissen Sie«, grinste Fritz und nippte an der heißen Vanillemilch, die er nicht hatte haben wollen, »ich finde es auch nicht schlimm, wenn einer ab und zu ein Tütchen raucht.«

Der Oleanderstrauchpolizist begann zu zittern. Er spürte, wie seine Knie weichwurden, und der Versuch, sich am Kaffeebecher festzuhalten, führte dazu, dass das heiße Gebräu über den Becherrand schwappte und ihm über den Handrücken rann. Aber er spürte den Schmerz kaum. Hitzewallungen übermannten ihn, und zum zweiten Mal binnen weniger Minuten wünschte er sich, er hätte den verdammten Pyjama doch ausgezogen.

»Viele meiner Kollegen kiffen ab und zu«, schwatzte der Zivilpolizist unbeirrt weiter. »Sie können sich nicht vorstellen, wie viele geringfügige Mengen konfisziert und niemals zur Anzeige gebracht werden. Aber solange sie ihre Arbeit ansonsten zuverlässig und pflichtbewusst erledigen, ist es mir wurscht, ob sie in ihrer Freizeit saufen, kiffen oder Schafe vögeln. Käme mir nie in den Sinn, einem deshalb Probleme zu machen oder ihn gar zu erpressen. Hammerwerfer erpresst Sie doch, oder?«

Der Oleanderstrauchpolizist antwortete nicht, und das war auch nicht nötig, denn sein Gesicht sprach offenbar Bände. Fritz jedenfalls nickte zufrieden.

»Dachte ich mir doch. Ich habe ein bisschen in seinem Büro geschnüffelt, wissen Sie? Da habe ich einen Ordner gefunden, in dem all die kleinen Regel- und Gesetzesverstöße der Beamten auf diesem Revier akribisch aufgelistet sind. Wozu führt man eine solche Mappe, außer um seine Untergebenen zu unterdrücken, hm?«

»Was wollen Sie von mir?«, flüsterte der Oleanderstrauchpolizist auf der Schwelle zur Ohnmacht. Das Blut pulsierte so hart und schnell durch seine Schläfen, dass Fritz den Rhythmus wahrscheinlich deutlich genug wahrnahm, um ihn mitklatschen zu können.

»Sie auch ein bisschen erpressen«, antwortete Eberhard Fritz. »Ich habe mir die Unterlagen natürlich kopiert – mitsamt den Beweisfotos, sofern vorhanden, und den wichtigsten Auszügen aus den entsprechenden Akten, die Hammerwerfer zurückhält, solange Sie alle hier schön spuren. Ich möchte, dass Sie mir helfen.«

»Wobei ... helfen?«, presste der Oleanderstrauchpolizist hervor.

Der Zivilbeamte grinste. »Ich möchte Ihnen helfen, sich selbst zu helfen. Und dazu muss ich herausfinden, warum es Hammerwerfer so wichtig ist, Sie und Ihre Kollegen über alle Maße zu steuern«, antwortete er. »Ich bin sicher, der alte Dreckskerl hat weit mehr als nur *eine* Leiche im Keller.«

»Und was genau soll ich jetzt tun?«, erkundigte sich der Oleanderstrauchpolizist mutlos. Nun, so schien es, hatten ihn zwei Leute fest in der Hand. Er wollte nach Hause.

»Nichts Besonderes«, antwortete Fritz unverändert gut gelaunt, und der Oleanderstrauchpolizist stellte sich heimlich vor, wie es aussähe, wenn er ihm ein paar der Plastikbecher in sein breit grinsendes Maul stopfte. Helfen – pah! Aber nur so lange, bis er seine persönlichen Ziele erreicht hatte. Danach würde er Hammerwerfers Posten übernehmen. Oder die zwei machten irgendwann gemeinsame Sache und errichteten ein unerschütterliches, totalitäres Überwachungssystem unter den Beamten in Oberfrankenburg – wenn sie nicht längst schon Hand in Hand gingen, und ihm der Bulle von außerhalb grinsend ins Gesicht log.

»Tun Sie einfach weiterhin alles, was Hauptkommissar Hammerwerfer von Ihnen verlangt«, forderte Eberhard Fritz. »Aber setzen Sie mich über jede noch so unwesentlich scheinende Order in Kenntnis. Und nehmen Sie mich nach Möglichkeit zu Ihren Einsätzen mit.«

»In aller Regel arbeite ich mit Fury, also mit Franziska Umbro«, erwiderte der Oleanderstrauchpolizist. »Oder mit Peter Hinse.«

»Fury hat vier Jahre lang angeschafft, und Hauptmann Hinse war sehr lange in der linksextremen Szene aktiv. *Sehr* aktiv sogar«, gab Fritz zurück. »Mit ihm habe ich schon gesprochen, und Frau Umbro ist gerade nicht erreichbar. Aber machen Sie sich keinen Kopf.« Er klopfte ihm freundschaftlich auf die Schulter. »Ich regle das schon für Sie, Partner.«

Am anderen Ende der Stadt schleifte Morpheus Joy durch die Dunkelheit. Ihr Mund war mit Panzerband verklebt und ihre Hände und Füße waren zusammengebunden, so dass sie auch dann nicht hätte laufen können, wenn sie gewollt hätte. Ihre Sandalen hatte sie längst verloren, und ihre Beine zuckten haltlos erst über Gras und dann über Schotter, weil der Riese sie am nassen Kragen ihres T-Shirts hielt, als wäre er ein Henkel und Joy ein großer Topf. Auf diese Weise schnürte er ihr die Luft so stark ab, dass sie zu ersticken befürchtete.

Oleg sah sie noch immer nicht an. Seit ihn Volchok und die beiden anderen in seiner Wohnung empfangen hatten, hatte er ihr kein einziges Mal direkt ins Gesicht gesehen. Über seine genauen Pläne schwieg sich Volchok zwar bislang aus, doch Oleg wusste mit unerschütterlicher Sicherheit, dass sein hagerer Landsmann die Entscheidung – die einzig richtige Entscheidung, zu der er, der Monsterversager, sich drei Tage lang nicht hatte durchringen können – längst für ihn gefällt hatte: Das Mädchen würde sterben, und ihre Leiche würde ebenso spurlos verschwinden wie die zahlloser anderer Zeugen und sonstiger Störfaktoren zuvor. Und Oleg würde den Teufel tun, auch nur einen weiteren Finger für die *belokurwa* zu krümmen. Sie hatte ihm schon genug Schwierigkeiten eingebrockt.

Warum war es ihm bloß so schwergefallen, sich ihrer schnell und professionell zu entledigen? Vielleicht war es irgendetwas gewesen, das sie gesagt hatte – etwas, das sein Gewissen kurzfristig über seine Vernunft gestellt hatte. Aber was? Sie hatte so schrecklich viel geredet. Und dazu noch diese Fragen, immer wieder Fragen ...

Wie auch immer – nun würde Volchok kurzen Prozess machen, und damit war Olegs Gewissen sowieso aus dem Schneider. Zudem hatte der Boss davon abgesehen, die Todesstrafe auch über ihn zu verhängen, was sich leicht daran erkennen ließ, dass er noch lebte, obwohl Morpheus hier war. Ganz ohne Schaden würde er zwar nicht davonkommen, aber ob er morgen ganz unten anfangen musste – mit Arbeiten, die keiner verrichten wollte, und für einen Hungerlohn, gegen den Shigshids Rubel wie ein Vermögen wirkten – oder ob er es in einer anderen und fremden Stadt tat, blieb sich relativ gleich. Fliehen wäre sinnlos, denn dann müsste er mit der stetigen Angst im Nacken leben, dass Rattlesnake Rolf ihn doch noch aufspürte. Also war das, was gerade geschah, vielleicht sogar das kleinere Übel.

Inzwischen verstand Oleg selbst nicht mehr, wie er auf die schwachsinnige Idee hatte kommen können, sich vom Ring abzuwenden. Er war Volchok fast dankbar dafür, dass er eine ebenso große Petze wie Shigshid war.

Nach ein paar Schritten unter der Oberleitung der Züge, die nach Sattlersteden hin- und zurückrollten, gab Volchok das Zeichen zum Anhalten.

»Bleiben wir hier«, sagte er an Oleg gewandt. »Ich finde, das hier ist ein guter Ort für eine wichtige Entscheidung.«

Oleg wandte genervt den Blick ab. Ihm war wirklich nicht nach dramatischen Abschiedsszenen.

»Ich habe mich vor einer halben Stunde schon entschieden«, schnaubte er. »Du hast mich nicht machen lassen. Also gib mir jetzt meine Knarre zurück oder mach es selbst.«

»Ich? Warum ich? Es ist *deine* kleine Schlampe«, betonte Volchok, machte aber keinerlei Anstalten, ihm das konfiszierte Stück auszuhändigen. »Aber was die Waffe angeht, muss ich dich leider enttäuschen. Du wärst nicht der Erste, dem die Liebe den Verstand raubt.« Er grinste anzüglich, verbat Oleg mit einer Geste den Mund, als der auffahren wollte, und fügte hinzu: »Schau dich um, mein Freund, und sag mir, wo du hier bist.«

»Auf einem Gleis, das zu einem Kaff führt, in das nachts zum Glück keine Züge mehr fahren«, antwortete Oleg unwillig.

»Ein kleines bisschen genauer bitte«, verlangte Volchok.

»Hör endlich auf mit deinen Spielchen und sag mir, was du vorhast«, fauchte Oleg.

Sein Tonfall provozierte ein bedrohliches Funkeln in Volchoks Pupillen, doch dann schüttelte er sich kurz und kaum merklich, und die Häme kehrte in sein Rattengesicht zurück. »Du befindest dich auf einem von zwei Gleisen, auf denen nach dreiundzwanzig Uhr vier keine Züge mehr fahren«, führte er aus und drückte einen kleinen Knopf an seiner Armbanduhr, woraufhin das Ziffernblatt hellgrün aufleuchtete. »Und jetzt ist es zweiundzwanzig Uhr neunundfünfzig.« Er wechselte vom vorderen Gleis auf das hintere. »Aber sei unbesorgt. Der letzte Zug nach Sattlersteden rollt über Gleis zwei«, erklärte er und deutete auf seine eigenen Füße. »Also hier entlang. In ziemlich genau fünf Minuten.«

»Vier«, verbesserte Shigshid und fing sich eine nahezu zärtliche Kopfnuss von Morpheus ein. Manche Dinge begriff dieser Vollpfosten einfach nie. Der Gedanke, wenigstens nicht der allergrößte Vollidiot im ganzen Ring zu sein, beruhigte Oleg ein wenig.

»Du darfst dir aussuchen, auf welchem der beiden Gleise du gleich stehen willst«, eröffnete ihm Volchok großmütig. »Auf Gleis eins oder zwei. Das liegt ganz bei dir. Sicher ist nur, dass deine kleine Schlampe auf dem anderen Gleis stehen wird.«

»Eine du, eine die«, erklärte Shigshid, der sich erstaunlich schnell von der Kopfnuss erholt hatte, dabei wich er rasch ein Stück beiseite, ehe Morpheus ihn wieder für den unerwünschten Kommentar strafen konnte. Ein ganz kleines bisschen lernfähig war der Halbmongole vielleicht doch. »Besser nimmst du die Eins«, riet er ihm überflüssigerweise.

Oleg funkelte Volchok an. »Was soll der Scheiß, Mann? Das ist doch kranke Kinderkacke!«

»Mir macht's Spaß«, erwiderte dieser und verließ die Gefahrenzone. »Bitte.« Er machte eine einladende Handbewegung. »Stell dich jetzt auf ein Gleis deiner Wahl. Oder wir erschießen euch einfach beide. Neben dem Waschsalon gibt es einen Krämerladen mit einem ganzen Keller voller leerer Ölfässer, weißt du?«

Der Waschsalon!, dachte Oleg. *Die Blüten. Der nächste saudämliche Fehler ...!* Was war im Augenblick eigentlich mit ihm los? Zu sagen, dass er sich wie ein blutiger Anfänger benahm, wäre noch geschmeichelt. Nicht einmal als Anfänger unter Rattlesnake Rolfs schützendem wie nährendem Schirm waren ihm so viele idiotische Fehler und Nachlässigkeiten unterlaufen wie in den vergangenen drei Tagen. Und schon gar nicht so dicht aufeinander.

Besser er hielt die Klappe und tat einfach, was Volchok verlangte, auch wenn er den ganzen Zirkus hier wirklich kindisch fand. Besser er befolgte in den nächsten Monaten alle Befehle – solange, bis sein Hirn wieder funktionierte. Er hatte es verdient.

Während Joy verzweifelt begann, durch das speichelfeuchte Panzerband zu quietschen und sich im harten Griff des ausgebleichten Hulks zu winden, ließ Tabea keine fünfhundert Meter entfernt plötzlich davon ab, mit bloßen Händen in der Erde zu scharren.

»Was ist los?«, erkundigte sich Alvaro, der ihr beim Graben half. »Willst du deine Katze doch an einem anderen Ort beisetzen? Nicht neben des Propheten Panzertier?«

»Psst«, zischte Tabea, sprang auf die Füße und reckte alarmiert die Nase in die Luft. »Ich höre etwas ...«

Und vor allem *roch* sie etwas. Abgestandenes Wasser mit einem Hauch Karpfen, kalter Angstschweiß, frischer Urin, Wodka und Blei schlichen sich in ihre empfindliche Nase. Was war das?

Sie sog erneut tief Luft ein und blickte in die Richtung, in der die Dunkelheit in einiger Entfernung mehrere Menschen vor ihren Augen verbarg. Drei Männer und ein Kind, wie sie vermutete. Und das Kind hatte sich eingenässt.

Vor Furcht ...? Was, bei *Rios Fruchtsaftwunder*, ging da hinten vor?

Tabea vergaß Frieda und verwandelte sich. Meo zerrte Jascha an die Schwelle und gestikulierte hilflos in die Richtung des unschuldigen kleinen Mädchens.

»Siehst du, was ich meine?«, schnappte er erregt. »Bitte Jascha! Sag Arthur, dass ich ihr helfen muss. Ich weiß, du hast ihm versprochen, mich keine Sekunde aus den Augen zu lassen – aber ich kann das nicht zulassen. Sag ihm, es ist mir gleich, was danach mit mir geschieht.«

Doch Jascha hielt den jungen Engel an der Schulter fest und sah selbst besorgt in die Tiefe. Nun konnte er den Zug bereits heranrollen sehen. Obwohl er nicht mit voller Geschwindigkeit über die Gleise ratterte, war es nur noch eine Frage von vielleicht ein oder zwei Erdenminuten, bis er das Kind auf dem hinteren Gleis erreichte und unweigerlich in Stücke riss. Das Mädchen begann mit seinen zusammengebundenen Füßen zu hüpfen, stürzte in der Hast und Dunkelheit auf dem groben Schotter und schlug mit dem Kopf gegen das Metall der Schienen. Eine Fledermaus flatterte über ihren zitternden, zuckenden Leib, beschrieb ein kantiges Muster in der Luft und schwirrte wieder davon.

Alvaro und Lennart waren Tabea nachgeeilt, hatten aber keine Chance, sie einzuholen. Obgleich ihre Flügelschläge ein wenig unbeholfen wirkten, zischte sie in schier unglaublichem Tempo durch die Dunkelheit. Doch als sie, von ihrer plötzlichen Hektik alarmiert, ein- oder zweihundert Meter weit gerannt waren, prallte etwas kleines Pelziges gegen Lennarts Kopfverband, und in der nächsten Sekunde stand Tabea wieder vor ihnen.

»Ihr müsst mir helfen!«, schnappte sie, kaum dass sie wieder über vernünftige Stimmbänder verfügte. »Da hinten ...« Sie gestikulierte in die Dunkelheit. »Auf den Schienen ... ein Kind ...«

Ohne auf eine Antwort oder eine andere Reaktion zu warten, verwandelte sie sich wieder zurück und schoss in Richtung der drei Verbrecher und des armen Kindes.

Sie hörte den Zug nahen. Hilflos schwirrte sie zwischen den Verbrechern umher, biss und zwickte einen nach dem anderen ins Ohr, in die Nase oder sonstwo hin, begriff aber schnell, dass diese Kerle, von denen einer ein buchstäblicher Baum von einem Mann war, sich von einer winzigen Fledermaus gewiss nicht vertreiben ließen.

Sie blickte nach links und sah endlich Alvaro und Lennart herankommen. Sie sah nach rechts und erspähte den Zug. Ihr Gehör verriet ihr, auf welchem der beiden Gleise er fuhr. Es war jenes, auf dem es das Mädchen jetzt irgendwie wieder geschafft hatte, auf die Füße zu kommen. Auf dem anderen stand einer der Männer – den apathischen Blick in die Richtung gewandt, aus der ihn der Zug gleich passieren und das Mädchen in Stücke reißen würde.

Die Ereignisse überschlugen sich: Jascha schloss die Augen und rang mit sich selbst. Tabea nahm ihre Menschengestalt an, packte das Mädchen an den Schultern und schleuderte es auf das vordere Gleis.

Und Jascha stellte die Weichen um.

Alvaro holte endlich auf, stürzte sich auf das Mädchen, riss es von den Schienen und warf sich blindlings zur Seite.

Oleg starrte aus weit aufgerissenen Augen in die rasant anwachsenden Lichtkegel, die der Zug vor sich her schob. Sein Verstand benötigte eine halbe Sekunde, um die Veränderung der Umstände zu erkennen und richtig zu deuten. Und eine weitere halbe, um zu reagieren. Eine Synapse rastete ein und schaltete so auf »Umdrehen!«, eine weitere auf »Laufen!«.

Ungünstigerweise überschnitten sich die beiden Befehle – und in dem Versuch, beides gleichzeitig zu tun,

406

stolperte er über seine eigenen Füße und stürzte. Jetzt schaltete sein Gehirn auf »Krabbeln!«, »Aufstehen!«, »Schreien!« und »Rennen!«, und schließlich auf »Alles wieder von vorn!«, weil seine Arme auf dem Schotter unter ihm bei den Bemühungen, sich auf Hände und Knie aufzurappeln, wegrutschten, so dass er mit dem Kinn auf dem Boden aufschlug.

Der Schaffner erkannte hektische Bewegungen auf den Schienen und versuchte, das zentnerschwere Gefährt zu stoppen. Metall kreischte auf Metall, Funken stoben in Fontänen auf, und Olegs rechtes Trommelfell platzte. »Aufstehen!«, »Umdrehen!«, »Laufen!«, »Schreien!«, »Beten!« ... Der Super-GAU im Kopf. Sämtliche Glieder verwehrten ihren Gehorsam.

»Beten!« war der vorletzte Befehl, den sein Verstand noch ins Leere brüllte. »Schneller!« der letzte.

Ich glaube, dass jeder nach dem Tod genau das bekommt, was er erwartet, hallte die helle Stimme der *belokurwa* in seinem Kopf wider, als das Licht der Frontscheinwerfer sein Sichtfeld voll und ganz vereinnahmte. *Wenn du denkst, du warst ein schlechter Mensch, dann schmorst du im Fegefeuer ...*

Wie viele Menschen hatte er im Lauf seines Lebens getötet? Und wie viele Kaninchen hätte er schießen können, wie viele Pilze sammeln, um seine Mutter und seinen Bruder zu ernähren?

Der Zug riss Oleg in Stücke. Seine abgetrennten Arme landeten zwischen Alvaro und Morpheus, der mit einem Wutschrei auf den gefallenen Engel zustürmte.

»Herrgott – was haben wir bloß angerichtet?«, flüsterte Meo erschüttert.

Jascha tat eine hilflose Geste.

Kapitel 19

Ich weiß, lieber Leser, es ist spannend. Wenn Sie bis hierhin durchgehalten haben, wollen Sie auch wissen, wie es weitergeht – und zwar schnell. Sie rutschen unruhig auf Ihrem Sofa herum, in Ihrem Sessel, Ihrem Campinghocker, in der Straßenbahn oder der Badewanne und fragen sich, ob Morpheus Alvaro und Joy erwischt hat und ihnen an Ort und Stelle den Hals umdrehte, oder ob er sie an seinen Vater, den Boss, auslieferte. Was hat der Neue Prophet getan – und ist dieser Langweiler überhaupt wichtig für diese Geschichte? Wie reagierte Volchok, und wie artikulierte sich der Halbmongole in der plötzlichen Hektik?

Ich werde mich bemühen, all Ihre Fragen nach bestem Wissen und Gewissen zu beantworten. Doch zuvor bitte ich um ein winziges bisschen Geduld. Wenden wir den Blick auf etwas, das ein kleines Stück abseits geschah.

Hinter Gleis zwei erstreckte sich eine Weide, auf der Kühe schliefen. Kühe schlafen zumeist im Liegen, gelegentlich aber auch im Stehen – und zwar, wenn sie sich aus irgendeinem Grunde unwohl oder gar bedroht fühlen. Häufig dämmern sie auch nur stehend vor sich hin, so dass sie lediglich den Eindruck erwecken zu schlafen. Aber manchmal schlafen sie eben wirklich im Stehen.

Die Kuh, die für diese Geschichte von Bedeutung ist, war vier Jahre alt, trug den Namen Mareen und war schwer traumatisiert. Der halbwüchsige Sohn ihres Milchbauern hatte sie vor einigen Tagen umgestoßen. Zusammen mit ein paar anderen Halbwüchsigen hatte er sich mitten in der Nacht an den Wiederkäuer herangeschlichen und Mareen – mit Anlauf und voller Wucht – umgeworfen, während sie stehend geschlafen hatte. Und das nur, weil sie in der Nacht zuvor mit angesehen hatte, wie der Halbwüchsige und seine Kumpane eine andere Kuh umgeworfen hatten. Mareen hatte sich daraufhin bedroht gefühlt und es nicht gewagt, sich zum Schlafen hinzulegen.

So hatte es sie also selbst getroffen, und seitdem schlief Mareen fast gar nicht mehr. Im Liegen nicht, weil ihre Urinstinkte sie angesichts der bedrohlichen Lage daran hinderten, und im Stehen auch nicht, weil sie befürchtete, dass der Halbwüchsige es noch einmal tun könnte. Es war ein lückenlos in sich geschlossener Teufelskreis.

Mareen war eine pazifistisch veranlagte Veganerin. Als sie in dieser Nacht jedoch die Menschen auf der anderen Seite der Schienen sah und vor allem hörte, brannte ihr eine Sicherung durch. Zu behaupten, dass sie Rachegelüste empfand, wäre übertrieben. Jedoch hielt sie Angriff in diesem Moment für die beste Verteidigung, und so schnaubte sie wie ein wilder Stier, scharrte zwei-, dreimal mit den Vorderhufen und sprengte durch das hölzerne Gatter.

Alvaro warf einen gehetzten Blick über die Schulter zurück. Der Zug rauschte zu seiner Rechten vorbei; erst in Hunderten Metern würde er stehen bleiben, obwohl der Schaffner sich redliche Mühe gab, das Gefährt zu stoppen. Und der Goliath war dem gefallenen Engel dicht auf den Fersen, was auch daran lag, dass das Kind in seinen Armen seine Flucht enorm behinderte. In diesem Moment stürmte die Kuh Mareen hinter dem letzten Abteil über die Gleise und stampfte Morpheus in Grund und Boden; Lennart warf sich auf den rattenhaften Kerl, der in diesem Moment eine Pistole unter der Jacke hervorzog und sie mit ruhiger Hand auf ihn richtete.

Entschlossen, nicht ein zweites Mal innerhalb von nur drei Tagen erschossen zu werden, streckte ihn Lennart mit einem Fausthieb nieder und schloss sich Alvaros Flucht in Fahrtrichtung des Zuges an. Tabea verwandelte sich in eine Fledermaus, flatterte Shigshid durchs Hosenbein und grub ihre nadelspitzen Zähne tief in seine Hoden.

»*Ulaan zubagsa!*«, schrie der Halbmongole auf und schlug nach seinen eigenen Genitalien, was ihm einen weiteren Aufschrei entlockte. Tabea biss ein zweites Mal zu und verließ das muffige Gefängnis seiner haarigen Beine wieder, um ihren Freunden nachzuschwirren, entschied dann aber, die übrig gebliebenen Verbrecher noch ein wenig zu beschäftigen, um Lennart und Alvaro mit dem Kind einen möglichst großen Vorsprung zu gewähren.

Der Riese, den die wildgewordene Kuh überrannt hatte, lag noch immer reglos am Boden; nur ein beständiges, leises Winseln wie von einem Baby oder einem ausgesetzten Welpen verriet, dass er am Leben war. Der mit dem Rattengesicht hingegen hatte sich schnell von Lennarts Fausthieb erholt und stand wieder auf beiden Beinen – wenngleich im ersten Moment ein wenig orientierungslos.

Tabea schnellte auf Nabelhöhe zu ihm hin und schloss ihre winzigen Klauen um den Abzug der Waffe in seiner Hand, ehe er die kleine Fledermaus neben seiner schlaff herunterhängenden Rechten in der Dunkelheit wahrnahm. Das Rattengesicht brüllte, ließ die Waffe fallen und zog das rechte Knie an den Bauch, um sich den getroffenen Fuß zu halten. Die Kugel hatte ihn bestimmt einen Zeh gekostet, registrierte Tabea zufrieden, schnappte sich die Waffe am Boden im Tiefflug und erhob sich gute drei Meter über die Köpfe der beiden Verbrecher.

Der mit dem Wasserkopf und den Mandelaugen vergaß die winzigen Löcher in seinen Hoden und eilte zu dem Zweiten hin, um sich in gebrochenem Deutsch nach seinem Befinden zu erkundigen, was der Mann mit dem Rattengesicht mit einem wüsten Fluch in irgendeiner osteuropäischen Sprache quittierte. Tabea verharrte einen Moment in der Luft über den beiden, zielte sehr konzentriert und ließ die schwere Schusswaffe fallen.

Sie traf Shigshids Kopf dort, wo die Fontanelle aus unbekannter Ursache nie zugewachsen war. Der Halbmongole kippte wie ein Dominostein nach vorn und landete auf seinem aufgedunsenen, flachen Gesicht.

Olegs Arme klatschten Applaus.

Ein Reflex veranlasste Tabea zu dem Versuch, sich die Augen zu reiben. Ihr Flattern auf der Stelle verwandelte sich in ein unkontrolliertes Straucheln, doch sie fing sich gerade noch rechtzeitig und schwirrte zu den abgetrennten Gliedern hin. Die blutigen Hände hörten auf zu applaudieren und formten stattdessen eigenartige Zeichen mit den Fingern, beziehungsweise mit dem, was davon übrig war. Tabea flog ein Fragezeichen.

»Die Taubstummensprache beherrschst du nicht, was?«, spöttelte eine ihr nicht unbekannte Stimme aus einem guten Dutzend Metern Entfernung. »Komm hier rüber, liebste Tabeajulika, damit du von meinen Lippen lesen kannst.«

Alles in Tabea sträubte sich gegen einen weiteren Smalltalk mit dem Teufel – den letzten hatte sie noch lange nicht verkraftet. Aber vielleicht, dachte sie, als der erste Schrecken überwunden war, bestand darin auch eine Chance für sie, Alvaro, den Neuen Propheten und den Rest der Welt. Vielleicht gelang es ihr, irgendetwas herauszufinden, was ihnen weiterhalf. Selbst der Teufel musste einen wunden Punkt haben.

»Einen wunden Punkt? Nö.« Der Teufel ließ Olegs halb zerfetzte Lippen lachen und schüttelte den blutigen Kopf, was insofern gewöhnungsbedürftig aussah, als der Rest des Körpers auf und neben den Gleisen verstreut lag. Tabea schluckte. Sie hatte vergessen, dass er ihre Gedanken mitlas.

»Mach dir nichts draus. Jeder macht mal Fehler«, tröstete sie der Teufel süffisant. »Apropos Fehler: Glaubst du, es war eine gute Idee, ein unschuldiges kleines Mädchen vor einen Zug zu schubsen?«

»Ich habe sie nicht –«, begann Tabea, aber Olegs Mund fiel ihr ins Wort.

»Deine vermeintlichen Freunde haben aber ganz genau gesehen, dass du es getan hast«, behauptete er. »Ich an deiner Stelle würde darauf verzichten, mich mit

Schimpf und Schande fortjagen zu lassen. Selbstverständlich wirst du dich vom Gefasel eines alten Knackers wie mir nicht davon abhalten lassen, dich dieser Schmach auszusetzen. Aber ich bin nicht nur alt, sondern auch weise. Ich gedenke dir auch diese jugendliche Dummheit nachzusehen. Und es kommt sogar noch besser.« Er ließ eine Kunstpause verstreichen. »Ich, Luzifer«, verkündete er dann feierlich, »eröffne dir hiermit die Möglichkeit, als richtiger, ganzer und vollwertiger Vampir in meine Dienste zu treten. Du musst dich nicht sofort entscheiden. Ich frage dich am Freitag noch einmal.«

Tabea blickte düster auf den losen Kopf hinab. »Das hatten wir doch schon«, kommentierte sie. »War's das?«

»Natürlich nicht«, seufzte der Teufel. »Die Ungeduld der Jugend ... Also schön: Um dir die Entscheidung zu erleichtern, gestehe ich dir eines der wunderbaren Privilegien eines vollwertigen Vampirs zu. Du darfst dir einen Freund machen – allerdings zunächst nur einen einzigen. Um auf den Geschmack zu kommen, sozusagen. Ein Biss in den Hals von irgendjemandem, den du allein auserwählst, macht ihn dir zum Gefährten fürs Leben. Oder zur Freundin, das musst du selbst wissen. Fürs *ewige* Leben«, fügte er hinzu.

»Lächerlich«, schnaubte Tabea und dachte dabei an Hieronymos, der sie einst zum ewigen Totsein an seiner Seite verurteilt hatte.

»Ist das nicht wunderbar?«, frohlockte der Teufel, ungeachtet ihrer offensichtlichen Abscheu, mit Olegs Lippen. »Und dabei kannst du bis zu deiner endgültigen Entscheidung bei strahlendem Sonnenschein in Knoblauch baden, wenn du willst. Dennoch darfst du dir schon einen Freund machen. Einen Freund für immer.«

»Bis Freitagnacht«, verbesserte ihn Tabea. »Zumindest, wenn es nach deinen kranken Plänen geht.«

»Das hängt ganz von dir ab«, erwiderte der Teufel. »Nein. Nicht das mit dem Weltuntergang«, plauderte er wieder ungefragt in den Lauf ihrer Gedanken hinein. »Nur, ob du danach noch körperlich existierst – in einer ganz neuen, wunderbaren Welt, die ich nach meinen Vorstellungen gestalte – oder ob du ganz und gar unkörperlich, aber nicht weniger schmerzhaft, über einem Feuer in meiner kleinen anderen Welt schmorst.«

Er wandte seine schwarzen, pupillenlosen Augen von ihr ab und betrachtete irgendetwas schräg unter ihr. Sie folgte seinem Blick und sah den Mondgesichtigen, der den angeschossenen Rattenmann stützte, obwohl er selbst alles andere als sicher auf den Beinen stand. Auch der Schrankmann stand inzwischen wieder einigermaßen aufrecht und folgte seinen Gefährten dichtauf.

»Einen von denen vielleicht?«, schlug der Teufel zwinkernd vor. »Langweilen werden sie dich bestimmt nicht. Aber saug' den, den du haben willst, nicht bis zum letzten Tropfen aus. Dann funktioniert es nicht.«

»Oleg kann sprechen«, kommentierte Shigshid erstaunt.

Morpheus holte routiniert mit der Faust aus, geriet aber ins Schwanken und verfehlte den übergroßen Schädel des Halbmongolen.

»Nun – es ist ohnehin an der Zeit, zu gehen«, verabschiedete sich der Teufel. »Es gibt noch viel zu tun ... Wir sehen uns dann am Freitag, liebste Julikatabea. Ich hoffe, du wirst ein wenig Freude an meinem Geschenk finden.«

Und damit verschwand das Schwarz aus den toten Augen, und Olegs Züge erschlafften.

Tabea schüttelte sich angewidert und zornig, tat einen raschen Abstecher zum Boden, krallte sich so viel Kies, wie ihre winzigen Zehen packen konnten, und schleuderte ihn auf die schlechten Menschen hinab, ehe sie Alvaro und Lennart einzuholen versuchte.

Der schrille Laut der Türklingel riss Obergefreiten Frisch aus dem Schlaf. Unwillig hob er ein Augenlid. Sein Blick streifte die Digitalanzeige des Weckers auf dem Nachttisch.

23.12 Uhr.

Kein anständiger Bürger klingelte um diese Zeit noch an vernünftiger Leute Tür – und das auch noch mitten in der Woche. Da Obergefreiter Frisch nur anständige Leute kannte, oder sich zumindest nur mit solchen abgab, war der Fall für ihn völlig klar: Irgendein unanständiger Mensch belästigte ihn mitten in der Nacht, vielleicht sogar ein Krimineller. Ein Nepper oder ein Ausländer, irgendetwas in der Art. Vielleicht auch die Wechselbälger aus dem Dachgeschoss – ja, so musste es sein. Er mutmaßte schon länger, dass keine dieser verzogenen Rotznasen der Schulpflicht nachkam, und das war ja wohl der Beweis.

Frisch stand auf, stellte die Türklingel ab und kroch wieder unter seine Decke. Ungünstigerweise lag seine Wohnung im Parterre, so dass von der Haustür aus nun ein ungeduldiges Klopfen zu ihm hindurchdrang. Darum verstopfte er sich die Ohren mit Watte.

Mit viel Watte.

Noch ein bisschen mehr.

Dann herrschte endlich Ruhe. Wenigstens für ihn. Punraz wärmte zufrieden seine haarigen Zehen, und er dämmerte mit dem Vorsatz, der schlimmen Frau von oben gleich morgen früh anständig den Marsch zu blasen, wieder ein.

Plötzlich kläffte Punraz, und gegen diesen Lärm half alle Watte der Welt nichts. Wie eine Eins stand Frisch auf einmal neben dem Bett und starrte mit rasendem Herzen auf den Flur hinaus, in dem der Dackel knurrend und bellend an der Wohnungstür hinaufhüpfte. Jetzt waren sie offenbar im Hausflur angekommen und randalierten vor seinen vier Wänden!

Frischs Herzschlag beruhigte sich ein wenig, und er zupfte sich wütend die Watte aus den Segelohren, während er aus dem Schlafzimmer stampfte. Jemand hämmerte gegen seine Tür.

Einen Moment lang ärgerte er sich noch darüber, dass er den Spion gleich bei seinem Einzug hatte dicht machen lassen. Er selbst öffnete sowieso niemandem, der sich nicht zuvor anständig angekündigt hatte, und er hatte sich bei dem Gedanken nicht wohl gefühlt, dass man durch die Dinger nicht nur von innen nach außen, sondern auch von außen nach innen gucken – und im Extremfall sogar schießen – konnte. Hatte der, der sich da erneut gegen das laminierte Holz trommelte, vernünftig angemeldet?

Nein.

»Punraz!«, zischte Frisch und klopfte sich auf den Oberschenkel. »Komm zurück. Bei Fuß. Nun mach schon. Komm her.«

Aber im Gegensatz zu ihm wusste der Hund längst,

dass die Lage ernst und bedrohlich war. Frisch begann dies erst zu begreifen, als er irgendetwas im Schloss rasseln und klicken hörte. Dann ein elektrisches Summen, wie von einer dieser modernen Bohrmaschinen, die kaum noch lärmten.

Sein Herzschlag beschleunigte sich wieder, doch die Angst vermochte ihn keineswegs zu lähmen. Das waren nicht die Wechselbälger von oben, sondern Einbrecher, ganz klar. Nirgendwo war man mehr sicher, nicht einmal in seinen eigenen vier Wänden! Wahrscheinlich hatten diese Verbrecher geschellt und geklopft, um auszuschließen, dass sich jemand in der Wohnung befand, und wähnten sich nun auf der sicheren Seite.

Waren sie auch – so lange sie draußen blieben.

Frisch eilte auf leisen Sohlen ins Wohnzimmer, zerrte die Stabtaschenlampe aus dem Rucksack und positionierte sich mit dem Rücken zur Wand neben der Tür. Als sie aufschwang, verbiss sich Punraz in einem Hosenbein, und Frisch holte aus und schmetterte den Griff der Lampe mit voller Wucht ins Blaue beziehungsweise Grüne.

Der Oleanderstrauchpolizist ging benommen zu Boden.

Eberhard Fritz schnellte vor, überwältigte den alten Mann mit einem routinierten Handgriff und ließ die Handschellen klicken. Und im Dachgeschoss verschlangen die Dämonen in aller Stille eine leukämiekranke Mutter und neun schlafende Kinder.

Der Vorsprung, den sich Alvaro und Lennart verschafft hatten, war größer als gedacht. Ohne ihren ausgeprägten Geruchs- und Gehörsinn hätte Tabea die beiden

Männer und das Kind in der Dunkelheit vermutlich nicht mehr gefunden – was die beruhigende Erkenntnis mit sich führte, dass sich auch der Hulk, der Rattenmann und das Mondgesicht schwertun würden, ihre Freunde aufzuspüren.

Tabea entdeckte die drei in mehr als einem Kilometer Entfernung. Kopflos waren sie zunächst ein Stück entlang der Gleise und dann querfeldein über brachliegendes Ackerland geflüchtet. Nun näherten sie sich nicht mehr rennend, sondern in erschöpftem Stolperschritt einer Schrebergartensiedlung, die die nächste Ortschaft von den Feldern trennte. Tabea landete ein paar Meter vor ihnen, nahm ihre menschliche Gestalt an und bedeutete ihnen mit einer Geste, langsamer zu gehen.

»Die kriegen euch nicht mehr«, erklärte sie, als Lennart und Alvaro schwer atmend innehielten und zweifelnde Blicke tauschten. »Es geht ihnen gerade nicht gut.«

»Du hast sie getötet«, vermutete Alvaro mit leidiger Miene, wechselte das Kind von einem Arm auf den anderen und presste den freien Unterarm gegen seine schmerzende Seite.

»Hab ich nicht!«, empörte sich Tabea.

»Ich brauche einen Arzt«, jammerte Alvaro.

»Hmmpf!«, machte Joy und wand sich in seinem Arm.

»Wieso zum Teufel haben Sie das getan!?«, fuhr Lennart sie atemlos, nichtsdestotrotz jedoch ungewohnt temperamentvoll, an.

Tabea schüttelte heftig den Kopf. »Ich habe die Männer nicht –«, begann sie, doch der Neue Prophet ließ Tabea nicht ausreden.

»Sie haben diesen Jungen vor den Zug gestoßen!«, schnappte er, wobei er anklagend auf das noch immer gefesselte und geknebelte Kind deutete. »Wie konnten Sie so etwas tun, Sie ... Sie Monster!«

Tabea hätte darauf vorbereitet sein müssen; schließlich hatte der Teufel sie gewarnt. Dennoch erschreckte, erschütterte und beleidigte Lennarts Unterstellung sie maßlos.

»Der Zug fuhr auf dem anderen Gleis«, verteidigte sie sich. Ganz sicher würde sie ihre Träume nicht einem dummen Missverständnis anheimgeben! »Los! Sag es ihm!«, forderte sie das Kind mit dem kurzen blonden Haar und den zu großen und überdies nassen Jungenkleidern auf, das ihre Vampirnase dennoch als Mädchen identifizierte.

»Hmmmpfh!«, wiederholte Joy verzweifelt.

Tabea riss ihr das Klebeband von den Lippen, und Alvaro stellte sie auf die zitternden Beine.

»Sag es ihm!«, drängte Tabea.

Alvaro, Tabea und Lennart schauten das verstörte Mädchen erwartungsvoll an. Joys Blick flackerte zwischen den dreien umher. Schließlich sagte sie: »Du bist die Leiche aus dem Obduktionsraum.« Und dann: »Und du bist der Engel mit den Eiern.«

Tabea rollte die Augen, betrachtete das Mädchen dann aber erstmals eingehend. Schließlich fiel es ihr wieder ein: Es war tatsächlich das Kind, das Alvaro in die Lenden getreten hatte, ehe er mit seinen neuen Weichteilen beschenkt worden war – nur trug es sein Haar zu einer kurzen Unfrisur geschnitten und wasserstoffblond. Die sommersprossige Nase und die grünen Augen jedoch waren genau dieselben, und nun, da sie darüber nachdachte, erkannte sie auch ihren Geruch wieder: Es war das Kind aus dem Krimikasten, das Mädchen aus der Zeitung ...!

Darum war Tabea das Bild in der Zeitung so bekannt vorgekommen. Offenbar hatten sie gerade ein Entführungsopfer gerettet – aber darauf hätte sie angesichts der Fesseln und der dramatischen Situation, aus der sie das Mädchen befreit hatten, auch so kommen können. Ihre Eltern würden sich freuen, sie einigermaßen unversehrt in die Arme schließen zu können. Aber ehe sie sie zurückbrachten, sollte dieses Kind bitte noch ihren Ruf retten.

»Sag es«, wiederholte sie flehend. »Bitte!«

Joy schaute Alvaro an. »Dass der richtige Engel mir mal einen Blender schickt, um mich zu retten ...«, bemerkte sie kopfschüttelnd. »Überhaupt: Ich habe keine Lust mehr, dauernd gerettet zu werden. Ich will nach Hause.«

Das war die uneingeschränkte Wahrheit. Nicht: »Ich will nach Hause, wenn Barbara nicht mehr da ist.« Sondern einfach: »Ich will nach Hause.« In diesem Augenblick war es Joy vollkommen egal, ob ihr Vater und ihre verhasste Stiefmutter noch hunderttausend Kinder bekämen, die sie mit den heiligen Sommerkleidern ihrer verstorbenen Mutter wickelte. Sie wollte nur zurück in die behaglichen (und vor allem sicheren) vier Wände ihres Vaters. Sie wollte die Kleider des russischen Verbrechers ablegen und im Kamin verbrennen, sich in eine kuschelige Decke hüllen, einen Kakao gekocht bekommen und den beschissenen Spießergeschichten lauschen, die Barbara abends am Kamin vor sich hin stotterte. Jetzt. Sofort! Tränen schossen aus ihren Augen.

»Lass uns nachsehen, ob sich in den Gartenlauben da hinten etwas findet, womit wir ihre Fesseln lösen können«, schlug Lennart mitleidig an den gefallenen Engel gewandt vor. »Danach bringen wir sie zur Polizei.«

»Du kannst nicht zur Polizei«, erinnerte ihn Alvaro.
»Nicht bevor wir wissen, ob sie dich nicht doch suchen,
weil wir irgendetwas vergessen haben.«

»Ich will nach Hause!«, wiederholte Joy, und dieses
Mal schrie sie die Worte fast.

»Dann bringen wir sie eben nach Hause«, willigte Lennart niedergeschlagen ein. Er konnte dieses Kind nur zu
gut verstehen.

Alvaro lud sie sich mit sanfter Gewalt wieder auf, obgleich sie sich schwach dagegen wehrte, und steuerte
die erste der zahllosen Lauben in der Anlage an. Doch
Tabea hielt ihn am Arm zurück, denn die Situation war
noch lange nicht geklärt, und außerdem hatten Joys
Worte ihr gerade eine mögliche Erklärung geliefert.

»Vielleicht hat die Kleine Recht«, sprudelte es aufgeregt
aus ihr heraus. »Vielleicht hat sie ja wirklich einen Schutzengel – einen wohlmeinenden Flattermann, wie du einer
für den Propheten gewesen bist. Vielleicht hat ein Engel
die Weichen umgestellt. Ich schwöre dir, der Zug näherte
sich auf dem anderen Gleis. Er schoss genau auf das
Mädchen zu. Und dann war er auf einmal auf den vorderen Schienen, gerade als ich sie in Sicherheit glaubte.«

»Sie hat keinen Schutzengel«, verneinte Alvaro traurig. »Lennart war der einzige Mensch in dieser Stadt,
dem diese besondere Ehre zuteil wurde. Weil ihm eine
besondere Rolle zugedacht war, die er vermutlich nicht
mehr spielen wird, da ich versagt habe. Jedenfalls: Hätte
dieses Mädchen einen Schutzengel, hätte sie ihn von Geburt an. Und ich hätte ihn gekannt.«

Tabea drehte die Handinnenflächen nach oben wie
ein Kind, das demonstrieren will, dass es keine Bonbons
gestohlen hat.

»Ich schwöre es bei allem, was mir lieb und teuer ist!«, wiederholte sie und war der Verzweiflung nahe. »Der Zug fuhr auf der anderen Seite. Ich wollte dieses Mädchen retten!«

Alvaro maß sie skeptisch. »Was ist dir lieb und teuer?«, erkundigte er sich.

»Ich ... meine ... alle ...«, stammelte Tabea unvorbereitet. Alvaro bedachte sie mit einem letzten bekümmerten Blick und wandte sich zum Gehen, ehe ihr eine Antwort einfallen konnte. Was ihr lieb und teuer war? Ihr untotes Leben? Quatsch. Ihre Eltern und Geschwister? Alle tot. Ihre Besitztümer? Sie besaß ja nichts.

Dann, als Alvaro und der Neue Prophet längst in der Laube verschwunden waren, um Joy von ihren Fesseln zu befreien, fiel ihr endlich ein, was ihr am Herzen lag.

»Du«, flüsterte sie verzweifelt und ging kraftlos in die Knie. »*Du* bist mir wichtig, du dummer Flattermann ...«

Aber es war zu spät. Ihre vermeintlichen Freunde würden ihr kein Gehör mehr schenken, das wusste sie. Die erste Prophezeiung des Teufels hatte sich erfüllt.

Morpheus fand die gefälschten Papiere des toten Clan-Mitglieds in einer Kommode und warf sie in die Plastikbox, die Volchok auf dem Campingtisch in der Küche aufgestellt hatte. Letzterer erlaubte sich ein verhaltenes Aufatmen: Wenigstens hatte Oleg keinen Ausweis bei sich getragen, als ihn der Zug erfasst hatte. Sah sich jemand das Ding allzu genau an, entdeckte er vielleicht Parallelen zu anderen, irgendwann einmal beschlagnahmten Dokumenten. Denn um Indizien zu vernichten, die einen ehrgeizigen Geist unter Umständen in Rattlesnake Rolfs Richtung lenken konnten, waren Shigshid, Morpheus und er hier in Olegs kleiner Wohnung.

Sie hatten nicht viel Zeit, denn das Mädchen kannte Olegs Adresse, so dass es vielleicht nur eine Frage von Minuten war, bis die Polizei hier aufkreuzte. Wenn das Glück aber auf ihrer Seite war, kam Hammerwerfer selbst, oder wenigstens jemand, der ihm wohlgesinnt war und alles übersah, was sein Vorgesetzter ausdrücklich für nicht bemerkenswert hielt. Jemand, der einen sogenannten S.h.u.m.e.L.-Befehl ausführte. Die andere, gefährliche und ganz und gar ungewohnte Möglichkeit jedoch bestand darin, dass sich einer der lästigen Schnüffler aus Mainz einmischte.

Stets im regen Austausch mit Rattlesnake Rolf, wusste Volchok bestens Bescheid über das Tohuwabohu, das jüngst auf dem Hauptrevier ausgebrochen und nur schwerlich in den Griff zu bekommen war. Der Boss hatte eine ganze Armada von blutigen, aber eifrigen Neueinsteigern auf das halbe Dutzend unerwünschter Kollegen angesetzt. Aber obwohl sich die Spione alle Mühe gaben, die Privatsphäre der Beamten von außerhalb bis in die letzten Winkel auszuleuchten, hatten sie bislang noch keine Erfolge verzeichnet; und den nervigen Fremden etwas anzuhängen, falls sie tatsächlich keinerlei Dreck am Stecken hatten, würde Wochen, wenn nicht Monate dauern.

Volchoks geschultes Auge entdeckte einen Rest von Arsen im Gewürzregal und er pfefferte das Fläschchen in die Klappbox. Fotoalben, ein Adressbuch, Führerschein und Fahrzeugpapiere, Personalausweis, persönliche Briefe, ein albernes Poesiealbum, genug Munition, um die Einwohnerzahl des Ortes zu halbieren, eine Knarre,

ein ganzes Arsenal diverser Klapp-, Jagd- und Spring-
messer ... Irgendetwas fehlte.

»Hast du im Keller einen schwarzen Koffer gesehen,
als du die Säure hochgeschafft hast?«, erkundigte er sich
bei Morpheus, als ihm einfiel, was es war. Morpheus verneinte. »Dann sieh noch einmal nach«, verlangte Volchok und humpelte zum Balkon, um ihn auf persönliche
oder illegale Gegenstände zu überprüfen. Scheiße – sein
Fuß schmerzte höllisch; umso mehr, seit er ihn mit
einem Lappen verbunden und eine Plastiktüte darüber-
gestülpt hatte, um nicht überall blutige Abdrücke zu
hinterlassen. Er hätte sich ein Auto mit Erste-Hilfe-Kas-
ten stehlen sollen. Nächstes Mal würde er darauf achten.

Aus den Augenwinkeln sah er, wie Shigshid ein Handy aus der Hosentasche zog und mit seinen ungelenken
Fingern eine Nummer eingab.

»Wen rufst du an?«, erkundigte er sich alarmiert.

»Oleg«, antwortete der Halbmongole triumphierend.
»Oleg weiß, wo der Koffer ist.«

Ungeachtet seiner zerfetzten Zehen wirbelte Volchok
herum und schlug ihm das klobige Gerät aus der Hand.

»Tickst du noch?!«, fluchte er. »Was soll der Scheiß?
Wir telefonieren untereinander doch nicht mit dem
Handy! Niemals, und erst recht nicht mit einem Toten,
verstehst du mich, du Schwachkopf?!«

Zwar war Shigshid nie besonders helle gewesen und
genoss den Schutz des Ringes eigentlich nur, weil es hin
und wieder nützlich war, einen vollkommen skrupellosen Idioten in seinen Reihen zu haben, der jeden Befehl
fraglos ausführte und dabei kaum Ansprüche stellte,
aber seit Morpheus' Hieb auf seinen nachgiebigen Schädel überbot sich Shigshid in Sachen Schwachsinn selbst,

424

so dass es unverantwortlich schien, ihn länger als nur noch diese eine Nacht zu beschäftigen. Wenn er auch morgen fast nur noch Dreiwortsätze zustande brachte, stellte seine Person ein weiteres Problem dar, dessen es sich schnellstens anzunehmen galt.

»Oleg kann sprechen«, erwiderte Shigshid beleidigt.

Morgen ..., versuchte Volchok sich selbst zu besänftigen. *Kontrolliere alles, was er tut, und lass ihn keine Sekunde aus den Augen. Nur noch diese eine Nacht ...*

Er hob das Handy auf, stopfte es wortlos in seine Hosentasche und ließ den Blick über den Balkon schweifen. Er war vollkommen leer, und auch Morpheus kehrte nach zwei Minuten erfolglos zurück.

»Keine Blüten«, verkündete er knapp.

Volchok nickte düster. »Gut. Hast du nachgesehen, ob der Schlüssel im Autoschloss steckt? Hier ist er nicht.«

»Auch kein Auto«, antwortete Morpheus, der ebenfalls sichtlich angeschlagen war, aber wenigstens einen guten Grund für seine mitleiderregende Körperhaltung und die ungewohnte Demut, mit der er Volchok das Kommando überließ, vorzuweisen hatte: Schließlich wurde man nicht alle Tage von einer Kuh überrannt.

Volchok bedeutete Hammerwerfers Sohn, sich die prallvolle Klappbox zu schnappen. »Nimm das mit. Wir fahren eine Runde um den Block und halten nach dem Wagen Ausschau, während du deinen Vater anrufst.«

»Nicht mit Handy«, ermahnte Shigshid mit nun unkontrolliert rollenden Augen und erhobenem Zeigefinger.

»Morpheus darf das«, erwiderte Volchok, um seine Beherrschung bemüht. »Er ist sein Sohn. Verstehst du das? Kinder dürfen ihre Eltern anrufen, einfach so, sooft sie wollen und zu jeder Tages- und Nachtzeit. Wenn Morpheus den Boss mitten in der Nacht übers Handy anruft und irgendwann irgendjemand alle Verbindungen kontrolliert, dann kann er sagen, dass er einen Albtraum hatte, oder Liebeskummer, oder Angst vor den knarrenden Dachbalken. Niemand denkt sich etwas dabei, wenn Kinder ihre Eltern anrufen. Kapiert, Schwachkopf?«

»Morpheus ist ausgewachsen«, erwiderte Shigshid. Volchok gab es auf und wandte sich wieder dem Riesen zu.

»Wir müssen das Mädchen zurückholen«, erklärte er. »Am besten, bevor es sich ausgeschlafen hat und von der Kinderpsychologin durch die Mangel gedreht worden ist. Wer weiß, was ihr Oleg alles auf die Nase gebunden hat. Je weniger sie erzählen kann, desto besser.«

Morpheus maß ihn ausdruckslos. »Was genau soll ich meinem Vater erzählen?«, erkundigte er sich.

Volchok zog eine Grimasse. Gute Frage, dachte er. Dass Oleg tot war und die Kleine lebte, weil der Zug nach fünfzehn Jahren, in denen er immer zur selben Zeit auf den gleichen Gleisen gefahren war, spontan auf die anderen Schienen gewechselt war? Dass das gefesselte Mädchen ihnen von zwei Jammerlappen, die aus dem Nichts erschienen waren, vor der Nase weggeklaut worden war, weil einer von ihnen von einer Kuh überrannt und einem zweiten von einer Fledermaus in die Weichteile gebissen worden war, während der Dritte sich selbst in den Fuß geschossen hatte ...?

Nein. Die Details waren für den Moment nicht wichtig. Er würde sich vorerst auf das Wesentliche beschränken. »Nimm die Kiste. Und gib mir dein Handy«, forderte er Morpheus auf, während er Richtung Ausgang hinkte. »Ich rufe ihn an.«

Kapitel 20

abea kehrte heim.

Eine Unzahl verschiedener Empfindungen brach über sie hinein, als sich die Zinnen Werthersweides schräg unter ihr gegen den klaren Sommernachtshimmel abzeichneten. Sie hatte nicht erwartet, dass sie Erleichterung verspüren würde, wenn sie Alvaros Welt den Rücken kehrte. Und doch war es jetzt so. Erst jetzt, da die Menschenwelt viele Kilometer weit hinter ihr lag und die Burg sie mit ihren schattigen, kühlen und vor allem ruhigen Gemäuern empfing, wurde ihr bewusst, wie sehr all die verschiedenartigen Geräusche, Gerüche und verloren geglaubten Gefühle an ihrer Substanz genagt hatten. Autos, die über den Asphalt rollten, Telefone, die in den Nachbarhäusern klingelten, Wasserhähne, die unablässig tropften, das Radio und der kümmellastige Geruch türkischer Küche aus dem Untergeschoss, der Gestank von Benzin und Öl, den der Wind von der Gebrauchtwagenhandlung aus über die Straße peitschte, ganz gleich, wie schwach er wehte ...

In den vergangenen Tagen war keine einzige Sekunde verstrichen, in der nicht irgendwer irgendwo ge-

quatscht, gebrüllt, gelacht, geweint oder zumindest ge-
schnarcht hatte – keine Nacht, in der sich nicht wenigstens noch einer ein Spiegelei briet.

Auf Werthersweide war das immer anders gewesen.
Hier hatte immerzu nur der Hausmeister gelebt. Besich-
tigungen hatten eher selten und nur nach Anmeldung
stattgefunden, und auch der Große Saal war an höchstens zwei Tagen pro Woche für die Busfahrer und ihre
Opfer freigegeben worden. In den wärmeren Monaten
zwitscherten Vögel und gurrten verirrte Tauben, und an
den Wochenenden hallten hin und wieder Rufe und
knappe Ansagen aus den Lautsprecheranlagen des Trap-
perseestadions zur Burg herüber. Aber damit erschöpfte
sich das Fassungsvermögen der Geräuschkulisse im
Großen und Ganzen auch schon. Ebenso übersichtlich
waren die Gefühls- und Geruchswelten, die sie in den
vergangenen Jahrzehnten durchwandert hatte. Und so
hatte es tatsächlich etwas Beruhigendes, an diesen Ort
zurückzukehren.

Andererseits jedoch kehrten auch Erinnerungen zurück, auf die Tabea gerne verzichtet hätte. Erinnerungen an Hieronymos und die gar zu schmerzhaften Lekti-
onen, die er ihr beigebracht hatte, um ihr Herz an sich
zu ketten und die Burg zu ihrem Gefängnis zu machen.
Sie dachte an das ewige Grau der endlosen Tage und
Nächte, und an Dr. Herbert, ohne den es hier noch viel
ruhiger – unerträglich ruhig sogar – sein würde.

Tabea würde das leise Schlurfen seiner Filzpantoffeln
auf dem Steinboden vermissen, und auch das Pfeifen
des Wasserkessels, wenn er sich um Punkt sechzehn
Uhr auf einen Tee ins Kaminzimmer zurückzog, obgleich
es sie früher regelmäßig zur Weißglut getrieben hatte,

durch den zischenden Laut aus dem Tiefschlaf gerissen zu werden. Einmal war sie darum in die winzige Küche geflattert und hatte den nervtötenden Kessel gegen ein Blutdruckmessgerät aus dem Sortiment des Busfahrers ausgetauscht (und das sogar ohne schlechtes Gewissen, denn wer auch immer den Karton mit dem Wasserkessel erstanden hatte, war letztlich der Einzige gewesen, der einen funktionierenden Gegenstand für sein Geld bekommen hatte). Doch schon am kommenden Nachmittag hatte ein baugleicher Kessel auf dem alten Gasherd randaliert, und Tabea hatte sich in ihr Schicksal ergeben und sich irgendwie daran gewöhnt, in zwei Blöcken zu schlafen.

Nun würde sie sich daran gewöhnen müssen, allein auf Werthersweide zu leben, dachte sie betrübt, während sie ihre Menschengestalt annahm und leise, als befürchte sie, jemanden zu stören, über das Kopfsteinpflaster auf den Nebeneingang zuschritt.

Sie verharrte und schüttelte die düsteren Gedanken von sich ab. Auf dem Weg hierher hatten Mutlosigkeit und Enttäuschung sie schon einmal zu vereinnahmen gedroht, doch sie war entschlossen, die Niederlage im Kampf um Vertrauen und Freundschaft nicht einfach so hinzunehmen. Sie würde Alvaro ein wenig Zeit geben, um sein Gemüt zu beruhigen, und dann zu ihm zurückkehren, um ihn um eine neue Chance zu bitten. Sie war sicher, dass er ihr zumindest zuhören würde, sobald der Prophet, der ohnehin nichts zu prophezeien hatte, endlich verschwunden war. Und wenn er nicht verschwand ...

Nun – es gab Mittel und Wege, um ihn loszuwerden. Und von irgendetwas *musste* sie sich schließlich ernähren, wenn sie nicht wollte, dass die Schwäche sie wieder einholte und auf ein winselndes Häufchen Elend reduzierte, das auf das Ende aller Zeiten an die Decke starrend harrte ...

Apropos: Zu ihren Füßen entdeckte sie einen großen Flecken eingetrocknetes Blut auf den noch warmen Steinen. Lohnte es sich überhaupt, darüber nachzudenken, wie sie sich wohl morgen oder in einer Woche oder in einem Jahr fühlte, wenn das Ende der Welt tatsächlich bevorstand? Hatte der Teufel die Wahrheit gesagt oder sie belogen? Warum sollte er das eine oder das andere tun? Wieso sprach er überhaupt zu ihr?

Sie bückte sich nach einem blutverkrusteten Stofffetzen, hob ihn mit spitzen Fingern an und identifizierte ihn erst auf den zweiten Blick als das Spitzennachthemd, das der Frau gehört hatte, die die Dämonen ebenso restlos verzehrt hatten wie ihren Gatten, das Kind und den Hund.

Wieso verspeisten diese Kreaturen die einen, während sie andere schlicht in der Luft zerfetzten und wieder anderen lediglich den freien Willen nahmen? Warum hatte sie Hieronymos eigentlich so selten richtig zugehört? Konnte es sein, dass auch der Neue Prophet die Wahrheit sagte und es einen mysteriösen Ort wie jenen, von dem er berichtet hatte, tatsächlich gab? Wenn ja: Wie war das möglich? Und was für einen Sinn ergab das alles?

Da war so vieles, was Tabea nicht verstand, und vielleicht, dachte sie bei sich, während sie das schmutzige Negligé fallen ließ und durch den Nebeneingang in das wohlige Dunkel der verlassenen Burg huschte, war es das Beste, die kommenden Tage einfach abzuwarten und erst dann zu entscheiden, ob es sich lohnte, über das eine oder andere nachzudenken.

Jemand hustete.

Im ersten Augenblick glaubte sie, ihre überreizten Nerven spielten ihr einen Streich. Darum verharrte sie und spitzte lauschend die Ohren. Das Husten wiederholte sich jedoch nicht. Dennoch war sie sicher, dass sie es wirklich gehört hatte, denn nun vernahm sie zweierlei andere, durchgehende Geräusche aus dem Kaminzimmer im Hauptgebäude: das Knistern und Knacken eines Feuers, das – hoffentlich – im Kamin loderte, und den unregelmäßigen, schweren Atem eines Menschen.

Tabea schnupperte in die Finsternis, und nun roch sie das Feuer auch. Kein Fleisch, kein Plastik, kein Stoff und auch sonst nichts, was auf einen unerwünschten, unkontrollierten Brand hindeutete, sondern bloß Kaminholz von der Sorte, die hinter der Küche unter einem Verschlag lagerte.

Den Menschen, dessen Atem sie hörte, vermochte sie hinter dem beißenden Geruch nur so vage auszumachen, dass sie nicht einmal sagen konnte, ob es sich um einen Mann oder eine Frau handelte. Aber sie war absolut sicher, dass jemand da war. Wie konnte das sein? Ob man Dr. Herbert wohl unverzüglich durch einen neuen Hausmeister ersetzt hatte? Unmöglich. Wäre zwischenzeitlich irgendjemand auf Werthersweide gewesen, wäre man auf das blutige Hemd im Burghof aufmerksam geworden und hätte es entfernt. Dass es noch immer dort lag und auch das Auto mit dem Kölner Kennzeichen noch vor den Wehrmauern parkte, ließ erwarten, dass die ehrwürdige Anlage sogar von der Suche nach dem verschwundenen Kind verschont geblieben war und die

Leiche des gutmütigen Alten nach wie vor unentdeckt im Turmzimmer lag.

Wer also mochte es sich im Kaminzimmer bequem gemacht haben?

Tabea wusste die Antwort, bevor sie den Raum neben dem Großen Saal erreichte und die schwere Eichenholztür aufschob, denn sie hätte den Duft dieses Menschen unter Millionen anderen zweifelsfrei wiedererkannt: Es *war* Dr. Herbert. Und er war nicht tot.

Aber fast.

In den vergangenen Tagen, während deren Tabea nach den schrecklichen Ereignissen im Burghof automatisch davon ausgegangen war, dass der Hausmeister den Angriff der Dämonen nicht überlebt hatte, schien er um Jahre, wenn nicht sogar um ein Jahrzehnt gealtert zu sein. Tiefe, dunkle Ringe lagen unter seinen Augen. An den Lach- und Schmunzelfältchen in seinem Gesicht musste sich ein Steinmetz mit wenig Geduld und stumpfem Werkzeug zu schaffen gemacht haben. Und in dem riesigen Ohrensessel, in dem er seit Aufnahme seiner Tätigkeit in der Burg jeden einzelnen Abend zugebracht hatte, wirkte seine ausgemergelte, kraftlose Gestalt auf einmal ungemein verloren. Seine schon seit Jahren leicht schiefe Wirbelsäule erschien Tabea im oberen Drittel nun so krumm wie ein Schürhaken.

Als sie den ersten zögerlichen Schritt ins Kaminzimmer setzte, blickte Dr. Herbert langsam zu ihr auf. In der Sekunde, in der er sie erkannte, kehrte ein Hauch von Leben in den stumpfen Blick zurück, mit dem er bislang in das prasselnde Feuer gesehen hatte.

»Tabea«, flüsterte er schwach, aber sichtlich erfreut und machte Anstalten, sich aus dem dick gepolsterten

Möbel zu erheben. Doch seine zitternden Knie verweigerten ihren Dienst, und er fiel, noch bevor er sich zur Gänze aufgerichtet hatte, schwer in den Sessel zurück.

»Verzeih – du musst dich wohl zu mir begeben, wenn wir einander halbwegs mit Form und Anstand begrüßen wollen ...« Er grinste schief. »Mich jämmerlichen Tattergreis bekommt heute niemand mehr auf die Füße«, entschuldigte er sich. »Das Feuer im Kamin zu entzünden, hat mich schon viel Kraft gekostet.« Er schüttelte den Kopf über seine eigene Schwäche. »Ich habe gehofft, dass du zurückkommst«, fügte er nach einem Moment, in dem Tabea nicht wusste, wie sie auf das unerwartete Wiedersehen reagieren sollte, hinzu. »Möchtest du dich zu mir setzen?«

Er deutete mit einer zitternden Hand auf den bestickten Hocker, auf dem bis gerade noch seine in Filzpantoffeln steckenden Füße geruht hatten. Tabea zögerte. Ihre letzte Begegnung hatte ihr nicht nur eine große Zahl neuer Informationen offenbart, die sie noch lange nicht vollständig verarbeitet hatte, sondern sie auch in große Furcht versetzt. Dr. Herbert – der gutmütige Einsiedler, der seine Zeit am liebsten mit einem dicken Buch in der einen und einer Tasse Tee in der anderen Hand zubrachte und keiner Fliege etwas zuleide tun konnte – war besessen gewesen.

Was war zwischenzeitlich geschehen? War es möglich, dass es Alvaros gefiederten Gefährten gelungen war, die Dämonen zu vertreiben oder gar zu vernichten, ohne den Hausmeister dabei zu töten? Oder war er vielleicht gar nicht mehr am Leben – und das alles hier war nur eine Farce des Teufels, der in diesen Sekunden mit Dr. Herberts Lippen sprach?

Sie versuchte, seine Augen einer genauen Prüfung zu unterziehen, doch das Kaminzimmer war einer der größten Räume der Burg, und von der Tür aus war die Distanz zwischen ihnen einfach zu groß, als dass sie sich im flackernden, lange Schatten werfenden Feuerschein hätte ganz sicher sein können.

Tabea überwand ihre Abscheu vor dem, was kommen könnte, und schritt auf den alten Mann im Ohrensessel zu. Letztlich gab es nichts, was der Teufel ihr hier und jetzt noch nehmen oder antun könnte.

Dachte sie.

Armer alter Mann ..., hörte sie Hieronymos' Stimme hinter ihrer Stirn bedauern. *Er wird bald sterben. Und er weiß es.*

Tabea ignorierte das lästige Gerede, das ohnehin nur für sie hörbar war, und ließ sich in zwei Schritten Abstand vor dem Greis auf die Knie sinken, um mit seiner stark gebeugten Gestalt auf Augenhöhe zu kommen. Das Feuer spiegelte sich gelb und orange im Weiß seiner Augen. Er *war* Dr. Herbert. Er lebte, und er war keineswegs besessen.

Lächelnd hielt ihr Dr. Herbert eine Hand hin. Und Tabea ergriff sie zögernd und drückte sie behutsam. Sie fühlte sich wie mit Pergament bespannt an, und für einen Moment war ihr sogar, als hörte sie die trockene Haut zwischen ihren Fingern knistern.

»Ich freue mich wirklich, dass du da bist«, seufzte Dr. Herbert, lehnte sich erschöpft zurück und schloss die Augen. »Ich hatte schon befürchtet, ich müsste hier ganz allein sterben«, sagte er leise.

Siehst du, triumphierte Hieronymos.

»Sie müssen nicht sterben«, behauptete Tabea wider

besseres Wissen. »Sie sollten sich in ein Krankenhaus bringen lassen.«

»Ich *möchte* aber hier sterben«, betonte Dr. Herbert und hob die Lider. Er klang weder entmutigt, noch ängstlich oder gar wütend, registrierte Tabea. Er stellte es einfach nur klar, und sein Wunsch war völlig nachvollziehbar. Seit er laufen konnte und einfache Sätze beherrschte, hatte er nahezu jeden Tag seines Lebens an diesem Ort zugebracht. Sie an seiner Stelle wäre ebenfalls geblieben. Sie nickte.

»Allein?«, vergewisserte sie sich leise.

»Du bist doch hier«, antwortete Dr. Herbert. »Und du kannst dir nicht vorstellen, wie glücklich mich das macht.«

»Ich meine: Sie haben doch Familie«, erläuterte Tabea. »Einen Bruder, mehrere Nichten und Neffen, eine Cousine habe ich auch einmal hier gesehen ...«

Der alte Mann deutete ein Schulterzucken an. »Sie sind mir nicht näher als die Busfahrer oder die einsamen Rentner, die sich regelmäßig im Großen Saal ausbeuten lassen, weil sie nicht wollen, dass ihre Kinder noch etwas erben«, antwortete er. Und selbst dabei klang er weder enttäuscht noch frustriert. »Der einzige Mensch, mit dem ich mich jemals tief verbunden gefühlt habe, war mein Großvater. Und ich freue mich darauf, ihn bald wiederzusehen. Wir waren nicht nur bluts-, sondern auch seelenverwandt, weißt du? Alle hielten ihn für verrückt. Meine Mutter hat ihm jahrelang gezürnt, weil er mich, wie sie es nannte, mit seinem Irrsinn infiziert hat. Aber ich habe ihn verstanden, und er hat mich verstanden. Schon als kleiner Junge konnte ich ihm vertrauen wie keinem anderen Erwachsenen. Soll ich dir sagen, warum?«

Tabea nickte – nicht weil sie unbedingt darauf brannte, Geschichten aus Dr. Herberts Kindheit zu lauschen, die ihr wahrscheinlich nur umso deutlicher vor Augen führten, wie erbärmlich ihre eigenen ersten Lebensjahre verlaufen waren, sondern weil sie spürte, dass sie dem alten Mann einen Gefallen damit tat, ihm zuzuhören. Außerdem erfuhr sie so vielleicht ja doch noch irgendetwas, das ihr die zündende Idee lieferte, wie sie zu Alvaro zurückkehren und die Welt an seiner Seite vor dem Untergang retten konnte – ein Schlüsselwort, eine Bauernregel, eine Lebensweisheit oder irgendetwas anderes, das den Stein des Anstoßes gab.

Und falls nicht: Es schadete ihr nicht, ausnahmsweise einmal nicht an sich selbst zu denken, sondern einfach nur eine alte Hand und ihre Klappe zu halten. Zeit, Gutes zu tun.

Und du hast mindestens eine noch viel bessere Möglichkeit dazu, bestätigte Onkel Hieronymos. *Tu ihm wirklich Gutes, und dir gleich mit ...*

»Ich habe meinem Großvater vertraut, weil er mir vertraut hat«, erklärte Dr. Herbert lächelnd. »Es ist nicht selbstverständlich, dass Erwachsene Kindern vertrauen. Meistens fordern sie uneingeschränkte Ehrlichkeit von ihnen und sind dabei nicht einmal in der Lage, ihnen die Wahrheit über den Klapperstorch zu erzählen.« Er lachte oder versuchte es zumindest, denn sein Lachen ging sofort in ein trockenes, offenkundig sehr schmerzhaftes Husten über, das seinen Rücken erneut nach vorn krümmte. »Mein Großvater war anders«, fuhr er fort, als er wieder sprechen konnte. »Er hat mir alles erzählt. Alles, was ihm gerade durch den Kopf ging. Anfangs habe ich zwar nur jeden zehnten Satz verstanden, und den auch häufig falsch. Aber das war mir egal. Ich spürte, dass er ehrlich zu mir war und mich ernst nahm. Das war die Hauptsache.« Er maß sie mit einem langen, schwer zu deutenden Blick. »Als er nicht mehr war, war ich sehr einsam«, fügte er schließlich hinzu. »Ich setzte seine Lebensaufgabe fort; zumindest habe ich es versucht.«

Tabea nickte, als hätte sie längst begriffen, was der alte Mann ihr mitteilen wollte, auch wenn dem nicht so war. Aber sie hörte, dass nicht nur sein Atem unregelmäßig und schwer ging, sondern auch sein Herz längst nicht mehr gleichmäßig schlug. Es konnte jeden Augenblick zu Ende sein, und sie wollte ihn nicht mit dem Gefühl in den Tod entlassen, nicht verstanden worden zu sein. Darum beschränkte sie sich auf eine Frage, die sich hoffentlich mit wenigen Worten beantworten ließ: »Was war seine Lebensaufgabe?«, hakte sie nach.

»Anfangs wollte er das Geheimnis ergründen, das Hieronymos umwehte«, antwortete Dr. Herbert leise. »Daher all die Bücher. Bücher über Vampire, Geister, Dämonen, Zombies und Mischwesen, die hoffentlich niemals real existieren werden – sowohl Romane als auch solche, die den Anspruch erhoben, wissenschaftlicher Natur zu sein. In der Hoffnung, eine ganz rationale Erklärung für die besonderen Eigenschaften deines Onkels – beziehungsweise später für die deinen – zu finden, beschäftigte er sich außerdem mit Biologie, Chemie und Physik. Und dann mit der Bibel; wegen dem Kruzifix, auf das der Vampir im Allgemeinen – der *echte* Vampir – bekanntermaßen empfindlich reagiert, weißt du? Weil ihn das nicht ernsthaft weiterbrachte und seine Neugier außerdem wie ein Buschfeuer brannte, knöpfte er sich fast sämtliche Religionen vor, die sich mit dem Guten wie dem Schlechten, dem Tod, dem Teufel, dem Himmel, der Hölle oder vergleichbaren Sinnbildern beschäftigen. Was ja so ziemlich alle tun.

Irgendwann wollte er nicht nur bloß verstehen, wie Hieronymos tickt. Er wollte *die ganze Welt* verstehen. Nicht nur aus der Sicht des Historikers, Theologen, Physikers, Biologen, Mathematikers oder Chemikers, sondern aus einer Perspektive, die alles umfasste. Aus der Sicht eines Gottes vielleicht.«

»Ihr Großvater war ein sehr belesener Mann«, bestätigte Tabea.

Dr. Herbert nickte stolz. »Unmöglich, da mitzuhalten«, bedauerte er. »Selbstverständlich ist es mir nicht gelungen, die Welt an seiner statt lückenlos verstehen zu lernen. Nicht einmal dem noch immer ungelösten Geheimnis um Hieronymos und dich, mit dem alles irgendwann begann, bin ich ein Stück näher gekommen. Möglicherweise war ich auch nicht ganz mit Herzblut dabei. Vielleicht, weil ich zu einsam war.« Er senkte den Blick. »Vielleicht habe ich versagt.«

Nun komm schon, drängte Hieronymos. *Gib ihm die Chance. Stell dir nur vor: Er könnte bis in alle Ewigkeit* lesen. *Wenn das nichts Gutes ist – was dann ...?*

Tabea wandte den Blick ab und beobachtete die Flammen, die im Kamin züngelten. »Ich kann Ihnen nicht helfen«, beteuerte sie flüsternd. »Ich bin sicher, ich weiß noch weniger über mich als Sie.«

»Du hilfst mir doch!«, behauptete Dr. Herbert. »Du bist hier, und das reicht mir. Mehr möchte ich gar nicht.« Tabea sah ihn zweifelnd an, doch trotz seiner bedauernswerten körperlichen Verfassung brachte der alte

Mann ein entschiedenes Nicken zustande. »All die Jahre habe ich mir gewünscht, ein wenig Zeit mit dir verbringen zu dürfen«, behauptete er. »Allein deine Anwesenheit jetzt und hier erfüllt mir den vielleicht größten Wunsch meines Lebens. Ich freue mich, Tabea. Ich freue mich wirklich sehr.«

»Warum sind Sie dann nicht einfach zu mir gekommen?«, fragte Tabea, und es gelang ihr nicht, ihre Stimme ganz frei von Vorwurf zu halten. Bei *Dschingis Khans Scherenwunder* – was hätte sie noch letzte Woche dafür gegeben, nur eine einzige Stunde weniger allein an Hieronymos' staubiger Seite vor sich hin vegetieren zu müssen!

Nun übertreib doch nicht immer so ...

»Schon gut, ich weiß es selbst«, sagte sie schnell, ehe Dr. Herbert zu einer Antwort ansetzen konnte. »Es tut mir leid. Hieronymos hätte das nicht zugelassen. Er hätte Sie zu Hackfleisch verarbeitet und die Ratten im alten Verlies mit Ihnen gefüttert.«

Dr. Herbert nickte traurig. »Ich habe mehr als einmal erwogen, ihn einfach zu töten. Allein für das, was er dir angetan hat. Ich habe sehr mit dir gelitten. Es wäre so einfach gewesen, im richtigen Augenblick ein Licht anzuknipsen, ein Kruzifix zu verlieren oder mir eine Pizza Funghi mit extra Knoblauch zu bestellen.« Er machte eine hilflose Geste. »Aber ich war ein Feigling. Ich hatte Angst, er könnte überleben und sich an mir rächen. Außerdem wollte ich meinen Großvater nicht verraten. Für ihn war Hieronymos weder gut noch böse, sondern ein Wunder, dem er sein Leben verschrieben hat. Hätte ich den Vampir getötet, wäre das einem Boykott der Lebensaufgabe gleichgekommen, die mein Großvater in meine Hände gelegt hat. Deinetwegen hatte ich ein schlechtes Gewissen, doch der Blick in den Spiegel hätte mich ungleich mehr gequält, hätte ich meinen Großvater enttäuscht.

Ich war unendlich erleichtert, als dieses nichtsahnende Kind im Burghof die Last der Entscheidung von meinen Schultern nahm. Ich dachte, nun würde alles gut werden, aber dann ...?« Dr. Herbert suchte ihren Blick. »Ich weiß nicht, was dann geschah. Ich erinnere mich, ein paar Worte mit dir gewechselt zu haben. Dann lag ich auf einmal allein im Turm und fühlte mich elend und schwach – so wie auch jetzt noch. Zumindest körperlich.«

Was du nur zu leicht ändern könntest, fügte Hieronymos hinzu. *Mach den alten Mann glücklich, Tabea. Befreie ihn von seinen Gebrechen und mach ihn dir zum Freund.*

»Ich weiß nicht, was geschehen ist«, log Tabea, um den armen Greis vor dem gewiss schmerzlichen Wissen, dass die Dämonen der Hölle in seinen Leib eingedrungen waren und sich seiner Seele bemächtigt hatten, zu schützen. Bestimmt war das keine besonders angenehme Vorstellung – schon gar nicht in den letzten Minuten eines Lebens.

»Ich musste ... jemandem helfen«, lenkte sie darum ab und sagte damit schon wieder nicht die Wahrheit.

»Jemandem, der anschließend dir helfen musste«, riet Dr. Herbert. »Ich habe mich die Treppe hinabgeschleppt. Als ich auf Höhe der Wehrmauer war, hörte ich das Geräusch eines Motors. Durch eine der alten Schießscharten sah ich dich im Scheinwerferlicht eines Kleinbusses liegen. Du hast entsetzlich ausgesehen.«

Tabea blickte wieder ins Feuer. Lass ihn mich nicht fragen, wieso ich nicht einfach geflogen bin, dachte sie.

Redest du mit mir?, erkundigte sich Hieronymos.

Nein.

Weil du dich umbringen wolltest, du Dummchen, spöttelte die Stimme in ihrem Kopf unbeirrt. *Deine berechtigte Trauer um meine Wenigkeit hat dir den Verstand geraubt. Ich warte noch immer darauf, dass du ihn vollständig zurückerlangst.*

»Ein Mann hat dich aufgehoben und mitgenommen«, berichtete Dr. Herbert weiter. »Derselbe, der dich kurz zuvor hierher in den Turm begleitet hatte. Ich hatte schon Angst, du könntest dich mit ihm anfreunden und bei ihm bleiben. Nicht dass ich es dir nicht gönne, aber ...« Entschuldigend hob er die Schultern. »Ich weiß nicht, was geschehen ist. Aber ich spüre, dass mein Ende naht. Ich glaube nicht, dass mir mehr als ein paar Tage bleiben. Wirst du so lange bei mir sein?«

Kaum mehr als eine halbe Stunde, verbesserte Hieronymos. *Sag Ja.*

»Ja«, versprach Tabea.

Und jetzt gib ihm einen Kuss, forderte Hieronymos sie auf. *Rieche ihn, schmecke ihn, beiße ihn ... Zeig mir, dass du mich nicht brauchst.*

Ich brauche dich nicht!

Beweise es mir! Beweise es, damit ich gehen kann.

Tabea stutzte. Endgültig?, vergewisserte sie sich stumm.

Absolut, versprach Hieronymos.

Mit dir werde ich auch so fertig, erwiderte Tabea in Gedanken.

Laut sagte sie: »Es wird nicht mehrere Tage dauern. Nicht einmal ein paar Stunden. Aber Sie sind nicht der Einzige, der sterben wird. Alle werden sterben. In ziemlich genau zwei Tagen.«

Dr. Herbert runzelte die Stirn. »In zwei Tagen?«, wiederholte er zweifelnd. »Wie kommst du darauf?«

Tabea löste endlich ihre Finger von seiner kühlen, trockenen Hand, ließ sich schwer auf den Fußhocker fallen und stützte den überfüllten, schweren Kopf auf den Fäusten ab. »Der Teufel selbst hat es mir erzählt«, antwortete sie mutlos.

Kapitel 21

Auch Lennart versuchte in dieser Nacht, nach Hause zurückzukehren. Zuvor hatten Alvaro und er das Kind bis zum Haus des Forensikers begleitet, den Klingelknopf gedrückt und sich hinter einer Litfaßsäule versteckt. Aus dem Verborgenen hatten sie beobachtet, wie Joy ihrem übernächtigten Vater um den Hals gefallen war. Eine weibliche Stimme, die aus dem Hintergrund einen Aufschrei der Erleichterung mit einer Arie aus Vorwürfen und Hinweisen auf die Gewalt diverser Unterhaltungs- und Luxusgüter verband, hatte die rührende Szene, die sich ihnen geboten hatte, akustisch untermalt. Dann waren sie zu Alvaros Wohnung zurückgekehrt.

Sie hatten Glück gehabt und den ersten Linienbus des neuen Tages erwischt – es war kurz nach zwei Uhr morgens gewesen. Die Streifenwagen standen noch immer vor dem Haus, in dem das Böse gewütet hatte, aber es deutete nach wie vor nichts darauf hin, dass man nach ihnen suchte. Also beschloss Lennart, endlich seine Eltern aufzusuchen. Dazu vertraute ihm Alvaro sein Auto an; einen klapprigen VW-Bus, den nur der Rost noch zusammenhielt. Mit erbärmlich schlechtem Gewissen lenkte ihn Lennart durch die Nacht, denn er besaß noch keinen Führerschein.

Alvaro hatte darauf gedrängt, selbst zu fahren oder ihn wenigstens zu begleiten, doch Lennart hatte entschieden abgelehnt. Er war sich noch immer alles andere als sicher, was er von dem verrückten Blonden zu halten hatte – und vor allem von den wahnwitzigen Geschichten, die er erzählte. Aber seine eigenen waren keinen Deut weniger verrückt, und darum hatte er kein Recht, am Geisteszustand des Alvaro Ohnesorg zu zweifeln, sondern war inzwischen sogar ein bisschen froh, nicht allein bekloppt sein zu müssen. Das also war nicht der Grund, aus dem er Alvaro nachdrücklich gebeten hatte, zu Hause auf ihn zu warten.

Der Grund war vielmehr der, dass er das bevorstehende Wiedersehen mit seinen Eltern, die ihn nach wie vor für tot halten mussten, für eine absolute Privatsache hielt. Wahrscheinlich gab es keinen intimeren Augenblick im Leben eines Menschen als den seiner Geburt. Denn jetzt, nach drei Tagen des Totseins und zurück in einem Leben, das er in seiner neuen Form noch lange nicht begriff, wieder ins elterliche Reihenhaus zu kommen, fühlte sich irgendwie an, wie zum zweiten Mal geboren zu werden. Noch einmal würde ihn seine Mutter mit tränenfeuchten Augen bestaunen, jeden Quadratzentimeter seines Körpers auf seine Unversehrtheit überprüfen, indem sie ihn mit den Fingerspitzen abtastete, ihn liebevoll umsorgen würde, lachen, weinen, reden, fragen, und vieles davon sogar zugleich. Und sein Vater ...

Nun – vielleicht würde er noch einmal in Ohnmacht fallen wie vor achtzehn Jahren, als ihm die Hebamme sein Kind samt Nachgeburt zum ersten Mal gezeigt hatte. Dann würde er sich wieder erheben, sich der Stabilität seines Sohnes mit einem kraftvollen Schütteln versichern und dieses Mal (mangels geistesgegenwärtiger Hebamme) auch nicht so schnell wieder damit aufhören. Doch das würde Lennart nichts ausmachen, obwohl er sich körperlich inzwischen wie ein hauchfein geklopftes Wiener Schnitzel fühlte.

Seelisch hingegen ging es ihm mit jedem Meter, der sich zwischen ihn und die bescheidene Behausung des verrückten Blonden schob, ein wenig besser. Ihm war, als ob er mit ihm auch all die vollkommen absurden Probleme zurückließ, die ihn noch vor weniger als einer halben Stunde in den Wahnsinn zu treiben gedroht hätten, hätte er sich zu intensiv mit ihnen auseinandergesetzt. Dass ihm ein echter Vampir begegnet war, den er auf der Suche nach einer geeigneten Grabstätte für eine tote Hauskatze und auf der Flucht vor der Aussichtslosigkeit ihrer aller Situation begleitet hatte, erschien ihm längst wie ein durchgeknallter Traum; erst recht, dass er einen vom Teufel besessenen Allgemeinmediziner getötet haben sollte.

Vielleicht war auch die Rettung des kleinen Mädchens vor den fremden Männern, von denen einer wie das Resultat einer Paarung zwischen King Kong und X-Man, der zweite wie ein angemalter Eierpfannkuchen und der dritte wie ein Fuchs aus einer Fabel ausgesehen hatte, bloß seiner Fantasie entsprungen. Ganz bestimmt war es so, denn letztlich war doch der Riese von einer Kuh überwältigt worden, oder? Wahrscheinlich, überlegte Lennart, erwachte er morgen früh in seinem Bett oder auf einer Liege in einem Krankenhaus und stellte erleichtert fest, dass alles, was nach seinem achtzehnten Geburtstag bei Kaffee und Kuchen mit seiner Familie geschehen war, nur ein Traum – schlimmstenfalls ein entsetzlicher Filmriss – gewesen sein konnte. Ganz bestimmt war es so, und darum konnte es ihm jetzt auch völlig egal sein, dass ihn ein Streifenwagen ohne Martinshorn, aber mit Blaulicht überholte, während er ohne Fahrerlaubnis einen Wagen lenkte, der einem Fremden gehörte, der sich für einen gefallenen Engel hielt.

Es war überhaupt nicht nötig, dabei noch einen mittelschweren Herzkasper zu erleiden. Er musste nicht so erbärmlich schwitzen, dass seine Hände feuchte Abdrücke auf dem Lenkrad hinterließen. Er wollte diesen Traum nur noch schnell zu einem Happy End bringen, und morgen war alles wieder in Ordnung.

Ich kehrte zu meinen Eltern zurück und schloss sie in die Arme ... Das war ein Ende, mit dem er sich nach dem Erwachen gut an den Frühstückstisch setzen und ein Tischgebet sprechen konnte – ganz gleich, wie schlimm der Traum bis dahin gewesen war. Eher ungern wollte er sich allerdings selbst in seiner Fantasie von ihnen (insbesondere von seinem Vater) auf dem Hauptrevier abholen lassen, nur weil der Streife seine unsichere Fahrweise auffiel. Darum parkte Lennart den Kleinbus vor einem Vorgarten und stieg aus, um die letzten beiden Straßen zu Fuß zu bewältigen.

Der Streifenwagen hatte unmittelbar vor dem Haus seiner Eltern angehalten. Lennart duckte sich hinter dem Zigarettenautomaten vor dem Eckhaus, das den Nachbarn gehörte, und beobachtete, wie zwei Männer – einer in Polizeiuniform und einer in Zivil – ausstiegen und zielstrebig auf die Tür zusteuerten, auf der in hölzernen Buchstaben sein Familienname prangte. Der Uniformierte klingelte.

Es dauerte eine geraume Weile, bis im Obergeschoss ein Licht aufflammte. Verständlich, wenn man die Uhrzeit bedachte (und vor allem, was seine armen Eltern in den vergangenen drei Tagen mitgemacht hatten). Ungeduldig trat der Beamte in Uniform von einem Fuß auf den anderen, bis sich die Tür endlich so weit öffnete, wie es das vorgeschobene Sicherheitskettchen zuließ. Der Zweite (falls es sich bei ihm tatsächlich auch um einen Polizisten handelte), der sein Haar zu einer altmodischen Frisur zerschnitten hatte und ein Hemd in unangemessen schrillen Farben trug, wirkte hingegen so entspannt, dass Lennart das Gefühl hatte, seine Pobacken lächelten ihn an. Von Pietät war dieser Auftritt weit entfernt – das war ihm bereits klar, ehe der Uniformierte die ersten Worte am Sicherheitskettchen vorbeischickte.

In einem einzigen Satz stellte er sich vor, forderte seine Mutter auf, die Tür zur Gänze zu öffnen, und verlangte nach ihrem Sohn, also nach Lennart.

Lennarts Mutter antwortete nicht, kam der Aufforderung, die Tür zu öffnen, aber nach und offenbarte sich so seinem Blick. Obwohl er weiß Gott nicht erwartet hatte, sie frisch vom Visagisten im Sonntagsstaat anzutreffen, erschreckte ihn ihr Anblick sehr. Ihre aschfahle Haut war mit roten Flecken übersät, die Augenhöhlen zeichneten sich darunter deutlich ab, und ihr Haar, so schien es, war seit drei Tagen mit keinem Kamm mehr in Berührung gekommen. Sie trug einen hellbraunen Schlafanzug, der ihrem Sohn gehörte, und ihre Haltung entbehrte jeglicher Spannung, so dass ihre Schultern zu weit nach vorn und ihre Arme zu weit nach unten reichten. Außerdem schwankte sie leicht.

Von wegen, seine Eltern hatten einander, sie würden einander auffangen! Es kostete Lennart große Selbstbeherrschung, nicht aus seinem Versteck zu stürmen, seine Mutter an sich zu reißen, sie zu schütteln und anzuschreien, dass er lebte und sie gefälligst auch wieder leben sollte.

Auch sein Vater, der nun hinter seine Mutter trat und seine mächtigen Pranken von hinten auf ihre Schultern legte, um die beiden Männer über sie hinweg zu beäugen, sah recht mitgenommen aus. Jedoch spürte Lennart, dass ihm die Lebensenergie keineswegs abhandengekommen war. Sie hatte sich lediglich respektvoll zurückgezogen; widerwillig, schmollend und fest entschlossen, sich nicht von einem einzigen Schicksalsschlag ins Exil schicken zu lassen, sondern bei der erstbesten Gelegenheit lautstark in Berufung zu gehen.

Der uniformierte Polizist lieferte den angestauten Energien genau diese Gelegenheit.

Lennarts Vater schob seine Frau, die unter Beruhigungsmitteln stand, mit sanfter Gewalt beiseite, musterte den uniformierten Polizisten einen unangenehmen Moment lang schweigend und erkundigte sich dann leise:»Sie suchen also meinen Sohn, habe ich das richtig verstanden?«

Der Polizist nickte.»So ist es. Wenn Sie uns jetzt bitte hineinlassen würden? Wir haben einen Hausdurchsuchungsbefehl.«

Lennarts Vater regte sich keinen Zentimeter.»Sie suchen meinen Sohn Lennart, um ihn zu verhaften?«, vergewisserte er sich leise, und Lennart kannte den Ton, in dem er diese Frage aussprach. Es war jene Art von Tonfall, in den er in der Vergangenheit Fragen wie »Du hast dir also in den Kopf gesetzt, die Schule nach der neunten Klasse abzubrechen?« oder »Bist du ganz sicher, dass du dein Zimmer nicht aufräumen möchtest?« gekleidet hatte; nur in ungleich ausgeprägterer Form. Wäre Lennart der uniformierte Polizist gewesen, hätte er nun vorgegeben, sich in der Hausnummer geirrt zu haben oder schnell aufs Klo zu müssen.

Aber der Beamte kannte seinen Vater nicht, darum antwortete er: »Hören Sie, Herr Bückeberg: Ich verstehe Ihre Enttäuschung. Niemand sieht es gern, wenn das eigene Kind mitten in der Nacht von der Polizei abgeholt wird. Und ich würde Ihnen wirklich gerne mehr über die Gründe erzählen, aber Ihr Sohn ist volljährig und muss selbst entscheiden, ob er mit Ihnen –«

Weiter kam er nicht. Vaters gefürchtete Rechte kostete ihn einen Schneidezahn, und in dem Gerangel, das in der nächsten Sekunde zwischen ihm und dem Zivilbeamten entstand, während der Uniformierte noch um sein Gleichgewicht rang, riss das grellbunte Hemd und enthüllte einen unerwartet athletischen Oberkörper.

Doch der Kampf dauerte nur wenige Atemzüge. Letztlich siegte der Zivilbeamte und hielt seinen Gegner am Boden, der sich brüllend in dem Griff wand. Fluchend wickelte ihm der Uniformierte ein paar Plastikfesseln um die Handgelenke.

Lennarts Mutter hatte dem ganzen Schauspiel schweigend und reglos zugesehen, und auch als die beiden Beamten ihren Zeter und Mordio schreienden Mann zum Streifenwagen trieben und die Wagentür hinter ihm zuschlugen, bewegte sie sich nicht.

Das Funkgerät des Oleanderstrauchpolizisten piepste, während dieser die Zahnlücke, die Lennarts Vater ihm beschert hatte, vergeblich mit einem Stück Taschentuch zu stopfen versuchte. Eberhard Fritz kam seinem Kollegen zu Hilfe und meldete sich an seiner statt. Knackend ertönte eine Stimme, die Lennart in seinem Versteck nicht verstand. Der Ermittler von außerhalb hörte schweigend zu.

»Waf ift?«, lispelte der Oleanderstrauchpolizist durch sein Taschentuch. Er war zwischenzeitlich zur Fahrerseite geschritten und hatte es eilig, den zahnärztlichen Notdienst aufzusuchen. »Ift unfer Pafient irgendwo anderf aufgetaucht, oder foll ich Verftärkung für die Haufdurchfuchung anfordern?«

Fritz reichte ihm das Funkgerät über das Dach des Streifenwagens hinweg zurück.

»Der Patient Lennart Bückeberg ist gerade gefunden worden«, bestätigte er, und Lennart sah, wie der Uniformierte erleichtert aufatmete. Doch die Entspannung wich vollkommener Konfusion, als der Zivilpolizist hinzufügte: »Und zwar in einem Polizeibericht, den Sie am vergangenen Wochenende eigenhändig ausgefüllt haben. Er ist der Tote aus dem ›Fuchsbau‹.«

»Er ift ... waf?!«, entfuhr es dem Oleanderstrauchpolizisten.

»Der Tote, der samt Leichenwagen auf dem Weg ins Kriminaltechnische Institut abhandengekommen ist, erinnern Sie sich?«, führte Eberhard Fritz aus. »Irgendjemandem war es so wichtig, den Wagen, die Leiche oder beides zu bekommen, dass er dafür eine Bestattungsunternehmerin und ihren Praktikanten ermordet hat. Einer der mysteriösen Vorfälle in dieser Stadt, die meine Wenigkeit auf den Plan gerufen haben.«

Lennart hob überrascht eine Braue, und der Uniformierte kniff die Augen zusammen. »Dann hätte auch Ihnen der Name geläufig fein müffen, Mifter Columbo«, erwiderte er.

Eberhard Fritz zuckte die Schultern. »Ich habe nur gesagt, ich möchte Sie bei der Ausführung Ihrer Anordnungen begleiten«, gab er zurück. »Ich habe nicht gesagt, dass ich als der Klugscheißer neben Ihnen hergehe, für den Sie mich halten.«

Mühsam um Fassung bemüht, massierte sich der Oleanderstrauchpolizist mit einer Hand die Schläfen. Er hätte verdammt noch mal im Bett bleiben sollen, schalt er sich. Er hätte das Handy abschalten und einfach nicht erreichbar sein sollen – ganz allein in dem Flanellschlafanzug, der inzwischen nassgeschwitzt war und unangenehm an seiner Haut klebte. Er sehnte sich so sehr nach dem Blick auf die friedfertigen Oleandersträucher, die sich im milden Schein der Solarleuchten sonnten.

Doch dann straffte er die Schultern und sah wieder zu seinem Begleiter hin. »In Ordnung«, lispelte er. »Fie find kein Klugfeiffer von aufferhalb. Ich refpektiere Fie und Ihre Arbeit und bitte Fie an diefer Ftelle aufdrücklich darum, mir auf die Fprünge fu helfen: Waf geht hier, Ihrer Meinung nach, vor? Und waf follen wir jetft tun?«

Der Zivilbeamte sah sich stirnrunzelnd in seiner näheren Umgebung um und kratzte sich am Hinterkopf.

»Es tut mir leid«, entschuldigte er sich lächelnd. »Aber es ist gerade kein Kaffeeautomat in der Nähe.«

Der Oleanderstrauchpolizist maß ihn einen Moment erst irritiert, dann verärgert. Er verzichtete auf einen Kommentar, schwang sich hinters Steuer und schlug die Fahrertür hinter sich zu. Eberhard Fritz grinste, fischte einen Kaugummi aus der Hosentasche, friemelte umständlich die Folie ab und schob ihn sich zwischen die Zähne, ehe er neben seinem Kollegen Platz nahm.

Und Lennarts Mutter tat etwas, das sie noch nie zuvor getan hatte: Sie spie auf den Bordstein, fuhr auf dem Absatz herum und ließ die Tür hinter sich ins Schloss krachen.

Kapitel 22

ls Dr. Herbert starb, hielt Tabea seine Hand. So oder ähnlich musste es sich anfühlen, wenn einem ein *Duo-Drill-Mega*-Akkuschrauber um die Ohren flog, ehe die erste Schraube saß. Oder anders gesagt: wenn einem ein Lottoschein mit sechs Richtigen plus Zusatzzahl auf dem Weg zur Annahmestelle verlorenging. Vorausgesetzt, man war ein Mensch.

Tabea jedoch war kein Mensch, sondern ein Vampir, der sich mit der ewigen Einsamkeit dieses Daseins auf der dunklen Seite einfach nicht abfinden wollte. Und Dr. Herbert wäre jemand gewesen, der ein wenig Licht und Freude in ihre grauschwarze Existenz hätte zaubern können. Wenigstens für ein paar Jahre. Das hätte ihr für den Anfang schon gereicht.

Aber ein paar Minuten? Das war zu wenig.

Zu wenig zum Weinen und zu viel, um zu resignieren.

Tabea senkte die Stirn auf die kalte Hand der Leiche und bemühte sich, ihre Gedanken zu ordnen. »Wahlkampf ...«, flüsterte sie.

Noch immer konnte sie kaum fassen, was der alte Mann ihr kurz vor seinem Tod erzählt hatte. Er hatte es die wahnwitzige Theorie seines Großvaters genannt, und erklärt hatte er sie ihr, nachdem sie den Neuen Propheten und dessen Geschichte vom Sumpf der Götter, die kein Mensch mehr braucht, vorgetragen hatte. Ging es nach Dr. Herbert sen., dann konnte an Lennarts Gerede tatsächlich etwas dran sein. Dann fielen und stiegen die Götter mit dem Glauben der Menschen, die sie überhaupt erst zum Leben auf einer anderen, ganz und gar mysteriösen, nichtsdestotrotz ungemein einflussreichen Ebene erweckt hatten. Der Großvater hatte geglaubt, dass die Götter ihre Macht allein aus dem Glauben der Menschen bezogen und sich irgendwann, wenn sie in absolute Vergessenheit geraten waren, einfach wieder auflösten.

Lennarts Geschichte hatte Dr. Herbert nicht die ganze Welt erklärt. Aber immerhin hatte sie ihm vielleicht offenbart, was eigentlich mit jenen geschah, die man zwar noch kannte, aber nicht mehr haben wollte. Und diese Idee – ob sie zutraf oder nicht – hatte den alten Mann glücklich gemacht. Nun wusste er tatsächlich ein klein wenig mehr, als sein Großvater zu wissen geglaubt hatte. Und das sogar, ohne selber die unzähligen Wälzer zu studieren, die dessen Lebensinhalt gewesen waren.

Wenn Dr. Herbert sen. weiterhin Recht hatte, saß die Furcht der herrschenden Götter vor dem Absturz in die Vergessenheit ungemein tief. So tief, dass sie mit allen Mitteln um den Bestand ihrer Anhänger kämpften – und mit der Masse der Gläubigen um ihre Plätze und das Sagen im Parlament der Götter.

»Mein Großvater glaubte an Stichtage«, hatte Dr. Herbert erklärt. »Er sah sie in den dunklen Zeiten der Menschheitsgeschichte, am Ende großer Kulturen und in Zeiten des Wechsels zwischen vorherrschenden Glaubensrichtungen.«

Vergebens, so Dr. Herbert jr., habe der alte Mann nach einem erkennbaren Rhythmus zwischen diesen düsteren Kapiteln gesucht. Zwischen dem Untergang der ägyptischen Hochkultur, Cortez' Ankunft in Mexiko, dem Ende der römischen Vielgötterei, der Zeit der Kreuzzüge, der Entdeckung und Eroberung Amerikas durch die Europäer und anderen bemerkenswerten Wendungen. Doch das habe ihn nicht von seiner Überzeugung abgebracht, denn manch kurzsichtiges Tun zeigte seine Wirkung ja erst nach Tagen, Jahren, Jahrzehnten oder Jahrhunderten. Man müsse nur die Zeitspanne zwischen der Zeugung eines Kindes und dessen Geburt nehmen, um zu verstehen, was er meine.

Ganz sicher war er sich jedenfalls in Folgendem gewesen: Stritten die Götter um die Herzen der Menschen, begingen sie immerzu die gleichen Fehler. Sie vernachlässigten ihre Aufgabe, all jenen Schutz und Hilfe zu gewähren, denen sie ihre Macht – ja: ihre Existenz – verdankten. So ließen sie dem Teufel das eine um das andere Mal für geraume Zeit nahezu freie Hand. In all ihrer Göttlichkeit, könnte man fast sagen, pissten sie sich in den Zeiten der Neuordnung auf diese Weise immer wieder selbst ans Bein.

»Wahlkampf«, wiederholte Tabea und begann, im Kaminzimmer auf und ab zu schreiten.

Waren die Götter wirklich nur verdammte Politiker? Und wenn ja: Wie genau sahen eigentlich ihre aktuellen Strategien aus? Und warum hörten die Leute verdammt noch mal nicht einfach auf, an den Teufel zu glauben?!

Versuch doch mal, sie dazu zu bewegen, höhnte Hiero-nymos. *Falls es nicht klappt: Ich warte auf dich.*

»Ach, sei still!«, fauchte Tabea und verpasste dem Messingkandelaber vor dem Buntglasfenster einen Tritt, der ihn krachend zu Boden beförderte. »Auf mich kannst du warten, bis du schwarz wirst.«

Darauf läuft's hinaus, seufzte die Stimme.

»Du kannst ja auch einfach aufgeben und dich aus meinem Kopf verpissen«, schlug Tabea vor. »Ich werde nicht so, wie du mich gerne hättest. Niemals.«

Kann ich nicht.

»Warum nicht?!«

Du warst so nah dran ..., antwortete Hieronymos' Stim-me geheimnisvoll.

Tabea fluchte, stellte den Kandelaber wieder vor das Fenster und rammte die herausgefallenen Kerzen in die dafür vorgesehenen Halterungen.

»Weißt du was?«, schimpfte sie derweil. »Du kannst mich mal kreuzweise. Von mir aus sing Kinderlieder in meinem Schädel. Oder imitier Tierstimmen. Ich höre dir nicht mehr zu. Und ich rede nicht mehr mit dir.«

Ich bin ein Teil von dir.

»Mir egal.«

Sie stampfte zur Leiche des Hausmeisters zurück, schloss behutsam Dr. Herberts halb geöffnete, starre Augen und überkreuzte seine leblosen Hände in seinem Schoß. Dann begab sie sich in die Bibliothek, die gleich-zeitig als Büro diente, nahm den Hörer des altmodi-schen Wählscheibentelefons an sich und wählte die 112.

Was wird das denn jetzt?, erkundigte sich Hieronymos verächtlich, obwohl er es eigentlich ganz genau wissen musste. Schließlich vergnügte er sich in ihrem Gehirn.

Gleichzeitig leierte eine weibliche Stimme am anderen Ende der Leitung ihre Floskel herunter: »Feuerwehr, Notruf – was kann ich für Sie tun?«

»Geht dich nichts an«, zickte Tabea und meinte damit Hieronymos.

»Wie bitte?«, wunderte sich die Frauenstimme im Hörer.

»Auf Werthersweide liegt eine Leiche«, antwortete Tabea. »Im Kaminzimmer. Vom Foyer aus links. Zweite Tür auf der rechten Seite.«

»Sind Sie sicher, dass der Patient nicht mehr lebt?«, vergewisserte sich die Frau. »Ich muss Sie bitten, Ihrer Pflicht zur Ersten Hilfe nachzukommen, bis der Notarzt eintrifft.«

Er ist tot. Und es ist deine Schuld, kommentierte Hieronymos.

»Ich kann überhaupt nichts dafür!«, verteidigte sich Tabea, die nun wirklich die Nerven zu verlieren drohte. Das war ja nicht auszuhalten!

»Bleiben Sie ganz ruhig«, bat die Dame vom Notruf. »Wir schicken sofort einen Krankenwagen.«

Du hättest ihm ewiges Leben schenken können, tadelte Hieronymos. *Du hast es ihm nicht einmal angeboten.*

»Er hätte das nicht gewollt«, behauptete Tabea. »Und ich auch nicht.«

»Bitte machen Sie sich keine Vorwürfe«, sagte die Frau vom Notruf. Im Umgang mit schockierten Augenzeugen und Angehörigen hatte sie Übung. »Bleiben Sie ganz ruhig. Erzählen Sie mir, was passiert ist. Aber zunächst benötige ich Ihren Namen und Ihre Anschrift.«

Julikatabea, singsangte Hieronymos. *Das hat sich rumgesprochen.*

»Es ist mir scheißegal, wie ich heiße!«, brüllte Tabea.
»Das sagt doch überhaupt nichts darüber aus, was ich bin!«

»Wie bitte?«, erkundigte sich die Notrufdame verwirrt.

Tabea knallte den Hörer auf die Gabel. Sie hatte ohnehin erreicht, was sie wollte. Irgendjemand würde bald kommen und Dr. Herberts sterbliche Überreste finden. Traditionell würde man ihn ans Kriminaltechnische Institut Oberfrankenburg Nord übergeben und ihm nach der Obduktion ein würdiges Begräbnis erweisen. Sie wollte nicht, dass seine Leiche in einem alten Sessel verweste.

Herrje. Wie menschlich du dich benimmst, spöttelte Hieronymos. *Aber das ändert nichts daran, dass du kein Mensch mehr bist.*

»Leck mich.«

Was hast du jetzt vor?

»Ich rette die Welt«, antwortete Tabea entschlossen und eilte in Richtung Burghof zurück.

Ach ja, gähnte Hieronymos betont gelangweilt. *Das hatte ich schon fast vergessen.*

Tabea wählte den Weg über das Stadtzentrum, das friedlich unter ihr schlummerte. Vor dem Rathaus aus dem sechzehnten Jahrhundert wartete bereits ein halbes Dutzend wuchtige Festwagen unter dunkelblauen und grünen Planen auf den Einsatz beim St.-Joost-Fest, das traditionell mit einer Parade auf dem Markt vor dem Rathaus begann. Von dort aus zog diese durch jede Straße und Gasse im Umkreis von einem halben Kilometer. Jubelnde Kinder, besorgte Mütter und betrunkene Familienväter schlossen sich den in kunstvoller Handarbeit gefertigten, von Traktoren gezogenen Wagen genauso an wie Rentner und die Vorzeigejugend der Stadt. Manchmal lockte ein Geheimtipp den einen oder anderen Touristen zu diesem eigenwilligen Event; meistens Japaner, Chinesen oder junge Leute mit Rucksäcken, die der Festivals, mit denen andere Städte lockten, überdrüssig waren und einfach mal etwas anderes erleben wollten. Letztlich fand man sich wieder auf dem Marktplatz ein und ließ die Korken knallen.

Im Lauf der Jahre hatten sich die Oberfrankenburger eine Unzahl mehr oder weniger denkwürdiger Spiele und ritueller Handlungen ausgedacht, denen man sich voller Leidenschaft hingab. Das »St.-Joost-Fangen«, bei dem es darum ging, eine mit einer Plastikgranate am Halsband präparierte Katze zu erhaschen, erfreute sich ebenso großer Beliebtheit wie das »Zuckerbombenwettessen«, bei dem Unmengen von Baiser verschlungen wurden. Zu gewinnen gab es zum Beispiel Freikarten für das einzige Kino der Stadt, Werbegeschenke der ansässigen Einzelhändler, Wellnesswochenenden im Allgäu und natürlich die Katze. Nie – nicht einmal zum neuen *Trappstock*-Festival – war in der kleinen Stadt mehr los, als am St.-Joost-Tag.

Zu keinem anderen Zeitpunkt im Jahr ließ sich mehr Unheil auf einen Schlag anrichten, wenn man es darauf abgesehen hatte.

Doch so weit wollte Tabea es nicht kommen lassen. Sie würde beweisen, dass in ihr eine durch und durch gute Seele wohnte, und darum erkannte sie in der Bedrohung auch eine Chance. Eine Chance, die sie, bewaffnet mit all den neuen Erkenntnissen, die Dr. Herbert ihr vermittelt hatte, nutzen wollte; auch wenn sie noch nicht genau wusste, wie sie es anstellen sollte. Sie selbst hatte zahllose Menschenleben auf dem Gewissen, das war nicht mehr zu ändern. Aber sie hatte niemals zum bloßen Vergnügen getötet, sondern nur aus Notwendigkeit. In Zukunft, das hatte sie sich fest vorgenommen, wollte sie darauf verzichten, jene, von denen sie sich ernährte, bis zum letzten Tropfen auszusaugen. Von vielem ein bisschen machte unterm Strich bestimmt auch satt.

Zwischen dem Entschluss und seiner Umsetzung stand lediglich das Geschenk des Teufels. Doch auch dafür gab es vielleicht eine Lösung ...

Tabea ließ sich auf die Dachkante des mittelalterlichen Rathauses hinabgleiten, baumelte eine kleine Weile kopfunter an der Dachrinne, schwirrte schließlich zwischen den Erkern umher und hielt aufmerksam nach etwas möglichst Harmlosem Ausschau. Bald erspähte sie eine Ratte, die sich vor einem überlaufenden Müllcontainer an einem angebissenen Hamburger gütlich tat. Eine Spitzmaus wäre ihr zwar lieber gewesen, aber sie hatte noch viel vor und darum keine Zeit, auf etwas Kleineres zu lauern.

Erst als sie ihre Krallen tief in das struppige Fell des erschrocken quiekenden Nagers gegraben hatte, nahm sie ihre Menschengestalt an. Sie behielt die Ratte einen Moment unter dem Absatz, packte sie dann an ihrem nackten Schwanz und ließ sie vor ihrem Gesicht herumzappeln.

Das ist nicht dein Ernst!, protestierte Hieronymos in ihrem Kopf.

Tabea grinste.

»Na – wie sieht es aus?«, erkundigte sie sich an die Ratte gewandt. »Möchtest du vielleicht mein Freund sein?«

Alvaro und Lennart waren inzwischen in die Tankgasse zurückgekehrt. Als Tabea an der Fassade emporflatterte, hörte sie sie in der Küche miteinander reden.

»Sie müssen mir glauben: Es tut mir wirklich leid«, beteuerte Lennarts Stimme.

»Ich glaube dir, mein Sohn«, erwiderte Alvaro bestürzt. Tabea hörte ihn schlürfen. Der Duft von heißem Kakao wehte durch das auf Kipp stehende Fenster zu ihr hinaus. Bei Gelegenheit würde sie dem gefallenen Engel erklären, dass man diese Sorte von Schokoladengetränkepulver nicht mit heißem Wasser, sondern mit Milch aufgoss. »Nur«, fügte er schließlich mit einem Hauch von Vorwurf hinzu, »ist es mein erstes Auto. Und mein einziges noch dazu. Ich bin noch gar nicht dazu gekommen, mich mit all den technischen Details vertraut zu machen. Und jetzt ist es kaputt.«

»Aber es ist nur der Rückspiegel«, beschwichtigte Lennart. »Ich verspreche Ihnen, für den Schaden aufzukommen. Ehrenwort.«

»Schon gut, schon gut.« Alvaro seufzte tief. »Nun sag mir, wie es bei deinen Eltern war. Deine Mutter muss doch fast umgekommen sein vor Trauer um dich. Wie gut ich mich noch an das Strahlen in ihren Augen erinnere, als sie dich zum ersten Mal in den Armen hielt! Sie nannte dich ein Geschenk Gottes und konnte nicht ahnen, wie richtig sie mit ihrer Einschätzung lag ...«

»Ich ... sie ... es geht ihr gut«, behauptete Lennart. Dem verrückten Blonden die Wahrheit sagen wollte er nicht. Es konnte nicht mehr lange dauern, bis er aus diesem Albtraum erwachte. Bis dahin bestand sein einziges Ziel darin, nicht von der Polizei erwischt und unter Mordverdacht verhaftet zu werden. Auch im Traum wäre das endgültig mehr, als er verkraften könnte.

Tabea lugte durch das schmale Küchenfenster und sah, wie der Neue Prophet die Ellbogen auf der Tischplatte abstützte und das Gesicht in den Händen vergrub. Sie flatterte in die Dachgeschosswohnung, landete auf der Tischkante und nahm ihre Menschengestalt an.

Lennart sprang auf, wie von einer Hornisse gestochen. Er deutete anklagend auf Tabea. »Nicht das auch noch!« »Nicht auch noch diese Frau, die sich für einen Vampir hält und kleine Mädchen tötet! Damit will ich nichts zu tun haben! Ich will ... ich will mit euch beiden nichts zu tun haben. Und mit dem ganzen Rest auch nicht, versteht ihr? Ich will einfach nur *aufwachen*!«

Tabea rollte die Augen und ließ sich auf den nun freien Küchenstuhl fallen. »Dann hau doch ab«, schlug sie vor.

Alvaro musterte sie strafend. »Du bist zurückgekehrt«, stellte er in einem Tonfall fest, der völlig offenließ, ob er diesen Umstand begrüßte oder sich darüber ärgerte; was daran lag, dass er es selbst nicht wusste. Er hatte zutiefst bedauert, das Vampirmädchen fortgeschickt zu haben – tatsächlich sogar schon *während* er es getan hatte – Sein Bauch hatte ihm gesagt, dass er Tabea Unrecht tat, doch sein Verstand war anderer Meinung gewesen. Und weil auf die Gefühle in seinem Bauch derzeit noch nicht einmal hundertprozentig Verlass war, wenn es um Stoffwechselendprodukte ging, hatte er sich eben auf das verlassen, was er gesehen hatte.

War seine Reaktion richtig oder falsch gewesen? Er konnte es noch immer nicht sagen. Sein Bauch zumindest reagierte erfreut auf Tabeas Rückkehr und verlangte, dass er ihr wenigstens noch eine vernünftige Chance gab.

»Was ist die größte Orgel der Welt?«, fragte das Vampirmädchen jetzt. Alvaro zuckte unsicher die Schultern. »Österreich«, erklärte Tabea. »Sieben Millionen Pfeifen ...«

Nun – eine Erklärung war das gewiss nicht, aber Alvaro konnte sich ein Grinsen trotzdem nicht verkneifen. Dem Neuen Propheten jedoch war nicht nach Scherzen zumute. Er fuhr auf dem Absatz herum, stürmte aus dem Raum und war zur Tür heraus, bevor Alvaro reagieren und ihm folgen konnte.

Als der gefallene Engel seine Kakaotasse endlich auf dem Tisch abgestellt hatte und aufgesprungen war, klopfte er allerdings schon wieder an der Tür.

»Wo soll ich jetzt hin?«, erkundigte er sich weinerlich bei Alvaro, als dieser ihm öffnete.

Alvaro winkte ihn herein. »Entweder du kehrst nach Hause zurück, oder du übernachtest bei mir«, antwortete er. »Ich glaube, du benötigst dringend etwas Schlaf.«

Tabea erhob sich und stellte sich kopfschüttelnd zwischen die beiden. »Hier wird nicht geschlafen«, entschied sie. »Hier wird jetzt die Welt gerettet. Und zwar schnell. Wer hierbleibt, hilft mit.«

Alvaro maß sie traurig. »Und was schlägst du zu diesem Zwecke vor?«, erkundigte er sich mutlos.

»Erzähl' mir alles noch einmal«, verlangte Tabea an den Neuen Propheten gewandt. »Von diesem Tleps, von Ifa und Imana und Nausithoos und Puifilutochtli.«

»Hutzilopochtli«, verbesserte Lennart automatisch, schüttelte dann aber den Kopf und straffte sich, so gut er konnte. »Ich bleibe dabei. Ich will nichts mit Ihnen zu tun haben«, sagte er.

»Ich will nichts mit Ihnen zu tun haben«, äffte Tabea ihn entnervt nach. »Leider kann man sich das ab und zu nicht aussuchen, du Stockbrot. Wenn du das nächste Wochenende überleben willst, tust du gut daran, mir zu helfen. Und mir zu vertrauen«, setzte sie ausdrücklich hinzu und sah dabei nicht ihn, sondern Alvaro an, der unter der Entschlossenheit ihrer Worte leicht zusammenfuhr, denn sein Bauch ließ eine unsichtbare Armee aus schlechtem Gewissen auf seinen Verstand los, die einen Blitzkrieg anzettelte und das völlig überrumpelte Misstrauen binnen eines Sekundenbruchteils eliminierte.

»Und du«, fuhr Tabea an den gefallenen Engel gewandt fort, »schuldest mir auch noch eine Erklärung.«

»Wofür?«, wunderte sich Alvaro.

»Zum Beispiel dafür, dass ich dir erläutert habe, wie man pinkelt.«

»Ich meine: Was soll ich dir erklären?«, verbesserte sich Alvaro so hastig wie beschämt.

»Setz dich«, verlangte Tabea mit einem Wink in Richtung Sofa. »Und du auch. Es ist mir egal, wer von euch beiden anfängt. Danach erkläre ich euch den Zusammenhang.«

Die Nachricht von Olegs Tod und dem Entkommen des Mädchens erreichte Rattlesnake Rolf, als die Tatortbesichtigung gerade abgeschlossen war. Im kleinsten Behandlungszimmer beobachtete er gerade zwei Kollegen dabei, wie sie die zweite fast vollständige Leiche in einen aschgrauen Gummisack steckten, als sein privates Handy in der Brusttasche vibrierte. Morpheus' Name blinkte auf dem Display, doch als er abnahm, stotterte ihm Volchok ins Ohr.

Hammerwerfer scheuchte seine Mitarbeiter aus dem kleinen Behandlungszimmer und schloss die Tür hinter ihnen, während er stumm zuhörte. Es waren nur schwammige Informationen, aber immerhin begriff er, dass weder Volchok noch sein Sohn oder Shigshid heute Nacht noch einsatzfähig waren, und so beauftragte er sie, Karol und Marcin zum Haus des Forensikers zu schicken, um das kleine Mädchen zurückzuholen – voraussichtlich im Rahmen einer »S.h.u.m.e.L.«-Aktion, musste er doch davon ausgehen, dass der Forensiker die Polizei bereits informiert hatte, was er sicher erfahren würde, wenn er endlich auf das Hauptrevier zurückkehren konnte.

Die Brüder Karol und Marcin waren die einzigen Polen unter dem Dach der Hammerwerferschen Villa – sportliche, zuverlässige Männer, die seit kaum drei Jahren dabei waren, ihre Sache aber schon recht gut machten. Lieber wäre es ihm gewesen, seinen Sohn zu schicken. Aber in der Not fraß der Teufel bekanntlich Fliegen ...

Hammerwerfer verpasste dem Leichensack zu seinen Füßen einen gereizten Tritt und schnippte seine Zigarette aus dem offenen Fenster, um sich sogleich eine neue anzustecken. Die Leiche kommentierte das mit einem vorwurfsvollen Seufzen.

»Du solltest besser auf deine Gesundheit achten«, bemerkte das tote Mädchen mit sonorer Bassstimme.

Hammerwerfer ließ das Feuerzeug fallen und wich zurück, bis seine Schulterblätter gegen einen blechernen Schrank drückten.

»Nein, wirklich«, bekräftigte die Leiche durch den Reißverschluss des Gummisacks, der im obersten Drittel noch offen stand. »Ich habe dir schon immer gesagt, dass du weniger rauchen und mehr Gemüse essen sollst. Als kleiner Junge warst du so sportlich. Erinnerst du dich? Du hast sämtliche Sportarten ausprobiert, die die Vereine so angeboten haben.«

Der Erste Kriminalhauptkommissar versuchte etwas zu sagen, doch seine Stimme versagte. Was, um Himmels willen, ging hier vor?! Dieses Mädchen war so tot wie eine Hammelkeule beim Metzger. Mindestens! Ihr Herz steckte in einem anderen Behälter!

»Ich bin nicht Cindy Schenkel«, erklärte Cindy Schenkels Leiche. »Ich spreche nur mit ihren Lippen. Meine sind leider nicht mehr da.«

»Und ... wer ... bist du dann?«, krächzte Hammerwerfer stockend.

Die Leichenlippen lächelten. »Ich bin dein Vater«, antworteten sie. »Und ich bin hier, weil ich glaube, dass du meine Hilfe brauchst.«

Hammerwerfer starrte die Tote an. Das war zu viel für ihn. Offenbar verlor er gerade den Verstand.

»Nein, nein«, beschwichtigte ihn die tote Frau mit einer Männerstimme (die ihm in der Tat sehr bekannt vorkam), als lese sie in seinen Gedanken. »Mit dir ist alles in Ordnung. Und damit das auch so bleibt, möchte ich dir ein paar Ratschläge geben. Immerhin verwaltest du mein Lebenswerk.«

»Ratschläge«, wiederholte Hammerwerfer ächzend. Auf seiner Zunge lag ein säuerlich-bitterer Geschmack, als hätte er Batteriesäure geschluckt, und sein Hals fühlte sich auch ganz so an.

»Ich weiß, es ist dieser Tage ein wenig schwer, den Überblick zu behalten«, erklärte der Teufel mit den Lippen des toten Teenagers und der Stimme von Heinz Rudolph Hammerwerfer (1912–1984).»Darum bin ich froh, dir auf diesem Wege ein bisschen helfen zu können. Du musst das Mädchen zurückholen, ehe es dir große Probleme bereitet, das versteht sich von selbst. Aber das ist nicht das, was mich am meisten bekümmert. Denn da sind noch diese Zeugen, die meinem geliebten Enkel und den beiden Versagern entkommen sind. Erinnerst du dich?«

Selbstverständlich erinnerte sich Hammerwerfer an die beiden Männer und eine Frau, die Volchok am Telefon erwähnt hatte. Schließlich waren seit dem Anruf weniger als zwei Minuten vergangen. Trotzdem antwortete er nicht. Er *konnte* es einfach nicht.

»Das größte Problem ist die Frau, die bei den Männern war. Streng genommen ist sie sogar das einzige. Sie nennt sich Tabea. Und es ist wichtig, dass du sie von den Männern trennst. Anderenfalls könnte sie dem Ring großen Schaden zufügen. Lass sie ruhig am Leben – allein ist sie harmlos. Doch in Verbindung mit ihren Freunden ist sie gefährlicher als Olga Urmanov, Rolfi.«

Rolfi. Die Leiche hatte ihn Rolfi genannt. Das war der Beweis dafür, dass die Tote die Wahrheit sprach, denn es gab auf der ganzen Welt nur zwei Menschen, die es je gewagt hatten, ihn mit diesem Kosenamen zu quälen: eine Tante, die in der Dominikanischen Republik lebte und die zehn Flugstunden, die sie von seiner Rache trennten, schamlos für sich ausnutzte – und eben sein hochverehrter, verstorbener Vater.

»Papa ...?«, presste er in weinerlichem Ton hervor. »Geht es dir gut?«

»Wir haben keine Zeit, Süßholz zu raspeln«, erwiderte die Stimme seines Vaters mit altgewohnter Härte. »Hast du verstanden, was ich dir gesagt habe?«

Hammerwerfer zuckte zusammen. »Ja«, antwortete er schnell. »Oder ... Nein. Ich weiß nicht, wer die Männer sind und wo ich sie finde.«

»Es sind dieselben gestörten Gestalten, die dieses fürchterliche Gemetzel hier angerichtet haben«, antwortete die Leiche. »Alvaro Ohnesorg und Lennart Bückeberg. Zurzeit halten sie sich beide gleich gegenüber in der Wohnung von Ohnesorg auf. Bückeberg gilt als tot, aber das ist ein Irrtum, den ich dir jetzt nicht erläutern kann. Sie werden noch eine Weile bleiben, wo sie sind. Es genügt, wenn du die Sache morgen Vormittag angehst.«

Hammerwerfer war irritiert, nickte aber gehorsam. »In Ordnung«, antwortete er.

»Lass die Frau am Leben«, betonte die Stimme seines Vaters noch einmal. »Außerdem solltest du davon absehen, sie oder die Männer einfach verschwinden zu lassen. Das ruft nur das Pack von außerhalb wieder auf den Plan. Lass Bückeberg und Ohnesorg anständig festnehmen und beweise, dass sie es waren, die Dr. Molling und die anderen hier getötet haben. Aber sorge zuvor dafür, dass sie sich von der Frau trennen. Das ist wichtig, hast du mich verstanden? Du kannst und sollst die Frau weder töten noch verhaften, doch wenn du das Band zwischen ihr und diesen beiden kappst, musst du dir um sie keine Sorgen mehr machen. Habe ich mich deutlich ausgedrückt?«

»Überdeutlich«, bestätigte Hammerwerfer automatisch wie zu seines Vaters Lebzeiten.

»Achte also darauf, dass deine Beamten erst nach deinen Jungs eintreffen«, erklärte sein Vater zufrieden weiter. »Sorge dafür, dass deine Jungs sie bei ihrem Namen nennen.«

Hammerwerfer nickte. »Selbstverständlich.«

»Und lass die beschissene Raucherei«, fügte seines Vaters Stimme hinzu.

»Wie du meinst«, versprach Hammerwerfer.

»Gut. Dann verschwinde jetzt«, sagte die Leiche. »Auf dem Revier wartet noch jede Menge Arbeit auf dich.«

Hammerwerfer fuhr herum und eilte zum Ausgang, besann sich dann aber, die vielleicht einmalige Gelegenheit zu einem aufklärenden Gespräch voll und ganz zu nutzen, als seine Finger bereits die Klinke berührten.

»Papa?«, fragte er vorsichtig, während er sich noch einmal zu der Toten umdrehte.

»Ja, Rolfi?«, seufzten Cindy Schenkels Lippen.

Hammerwerfer straffte sich. Es kostete ihn großen Mut, seinen verstorbenen Vater mit dieser Frage zu konfrontieren. »Warum hast du mich nicht beim Eishockey gelassen?«, verlangte er zu wissen. »Der Trainer sagte, ich habe großes Potenzial. Er glaubte, wenn man mich fördert, schaffe ich es bis weit nach oben. Vielleicht sogar in die Nationalmannschaft.«

»Zu teuer«, antwortete die Stimme seines Vaters knapp. »Die ersten vier Stunden waren überall umsonst.« Hammerwerfer ließ betroffen den Kopf hängen. »Ja«, erwiderte er schwach. »Das hatte ich mir fast gedacht.« Und damit eilte er endlich aus dem Raum und schlug die Tür hinter sich zu.

Der Teufel nutzte Cindy Schenkels Stimmbänder für ein hässliches Kichern, ehe das Gesicht der Leiche wieder erschlaffte und das falsche Leben ihre schwarzen Augen verließ.

Hören Fie, Herr Hauptkommiffar!« Der Oleanderstrauchpolizist heulte die schwer verständlichen Worte fast in sein Funkgerät, während er den Wagen rund hundert Meter vor dem städtischen Ärztehaus an den Straßenrand lenkte und den Motor abstellte. »Ich bin verleft. Ich benötige wenigfenf einen Fahnarft, bevor ich wieder einfaffähig bin. Aufferdem muff ich noch einen der Pafienten überprüfen, die –«

»In Ihrem Gewächshaus stehen?«, fiel ihm Erich Rudolph Hammerwerfer ins Wort. Der Oleanderstrauchpolizist glaubte das triumphierende Lächeln seines Vorgesetzten geradezu zu hören, als er das Ass aus dem Ärmel zog, das er stets für ihn persönlich bereithielt.

»Da fehen schon lange keine –«, begann der Oleanderstrauchpolizist verzweifelt, obwohl er längst wusste, dass der Protest zwecklos war, und Hammerwerfer ließ ihn auch dieses Mal nicht ausreden.

»Ich erwarte, dass Sie das Mädchen bewachen«, wiederholte er, was er kurz zuvor schon einmal erklärt hatte. »Der Vater hat darauf bestanden, dieses Kind mit nach Hause zu nehmen, obgleich unsere Psychologin ihm dringend davon abgeraten hat. Auch die zuständige Mitarbeiterin vom Jugendamt konnte ihn nicht dazu bewegen, seine Tochter vorerst in ein Krankenhaus zu geben. Jedenfalls: Angesichts der Aussage des Kindes bleibt mir nichts anderes übrig, als Polizeischutz anzuordnen. Und selbstverständlich will ich meinen besten Mann vor der Tür des Opfers wissen, solange diese Kriminellen unsere Straßen noch unsicher machen. Also geben Sie Gas und lösen Sie die Inspektoren Hofer und Kamp-Abelmann ab. Die zwei sind schon neun Stunden im Dienst.«

Verdammte Scheiße! Der Oleanderstrauchpolizist war inzwischen so müde, dass er nicht einmal mehr in der Lage war, nachzurechnen, wie lange er schon im Dienst war! Hammerwerfer wusste das ganz genau, aber »S.h.u.m.e.L.«-Befehlen, das war den »besten Pferden« in Hammerwerfers Stall nur zu klar, kam man unverzüglich nach. »S.h.u.m.e.L«, das hieß: »Schnauze halten und machen, erbärmlicher Lemming!«. Und man erkannte »S.h.u.m.e.L.«-Befehle erstens am Ton und zweitens daran, dass sie sich eigentlich nicht mit Vernunft erklären ließen. Meistens ging dabei irgendetwas schief, häufig tat es weh, und erstaunlicherweise hatte das dann nie disziplinarische oder gar strafrechtliche Konsequenzen.

»Und waf ift mit dem Pafienten?«, kapitulierte der Oleanderstrauchpolizist kraftlos.

»Dieser Herr Ohnesorg? Ich schicke Franziska Umbro und irgendeinen anderen Kollegen bei ihm vorbei«, winkte Hammerwerfer durch das Funkgerät ab. »Also dann: Ich verlasse mich auf Hauptmann Hinse und Sie. Ende.«

»Ende.« Der Oleanderstrauchpolizist pfefferte das Funkgerät aufs Armaturenbrett, lehnte sich schwer im Fahrersitz zurück und schloss die Augen, um sich zu sammeln.

Eberhard Fritz klopfte ihm aufmunternd auf die Schulter. »Nun kommen Sie schon. Ich bin doch bei Ihnen«, versuchte er ihn zu trösten. »Geben Sie mir ein paar Tage. Dann weiß ich, was es mit diesem Hammerwerfer auf sich hat. Und in einem bin ich mir inzwischen ziemlich sicher.« Er schnippte mit den Fingern und strahlte ihn an. »Was auch immer Ihr Vorgesetzter zu verbergen hat, es wiegt bedeutend schwerer als ein paar Cannabispflänzchen im Gewächshaus. Den sind Sie bald los.«

Die tröstenden Worte vermochten den Oleanderstrauchpolizisten nicht aufzumuntern. Um nicht Gefahr zu laufen, irgendetwas Unbedachtes zu tun, hielt er die Augen noch einen Moment geschlossen und zählte in Gedanken ein halbes Dutzend lateinischer Pflanzennamen ab. Das funktionierte: Die Verspannung löste sich ein wenig aus seinem Nacken, und das Kribbeln, das Hammerwerfers Stimme in seinen Fingerspitzen hervorgerufen hatte, verflüchtigte sich. Es war nie einfach gewesen, unter Hammerwerfer zu dienen. Aber dieser Tage – insbesondere heute Nacht – erschien ihm sein Schicksal besonders hart. Er hatte sich lange nicht mehr so sehr über jemanden geärgert. Schlimmer als jetzt war es nur an jenem folgenschweren Tag gewesen, als ihm der Erste Kriminalhauptkommissar die Fotos von seinem Gewächshaus präsentiert hatte; gestochen scharfe Nahaufnahmen sowie Panoramabilder seines Allerheiligsten, in dem er seither *wirklich* nur noch Oleander und Edelrosen aufzog. Gute fünf Minuten, die sich in galaktische Längen gezogen hatten, hatte Hammerwerfer mit ausdruckslosem Gesicht geschwiegen, doch in seinen Augen hatte der Triumph ein wahres Feuerwerk inszeniert.

Seither befolgte der Oleanderstrauchpolizist in unregelmäßigen Abständen »S.h.u.m.e.L.«-Befehle. Schwer nachvollziehbare Anordnungen wie jene, die er gerade erhalten hatte. Er war gespannt darauf, was heute wieder schiefging.

Rund zwanzig Minuten später erreichten sie die Straße, in der der Forensiker wohnte.

Der Oleanderstrauchpolizist stieg aus, löste die Kollegen ab und platzierte seinen Flanellschlafanzug und alles, was inzwischen schweißnass daran klebte, hinter dem Steuer. Ihm konnte es gleich sein, ob er nun von Hammerwerfer, Fritz oder beiden zugleich erpresst wurde. Unterm Strich, das hatten ihn die Jahre gelehrt, blieb er doch ohnehin immer der Trottel.

Sie mussten sich nicht lange gedulden, bis etwas geschah. Und tatsächlich ging auch dieses Mal etwas schief. Allerdings anders, als Rattlesnake Rolf es sich vorgestellt hatte.

Es war eine ruhige Wohngegend. Sowohl die Fenster der zu schützenden Familie als auch die der Nachbarn rechts, links und gegenüber glänzten schwarz im gelblichen Schein der Straßenlaternen, die die Fahrbahn zu beiden Seiten flankierten. Ab und zu flammte eine Lampe in einer Küche oder in einem Bad auf, hin und wieder bewegte sich ein Vorhang, an dem vorbei neugierige Augenpaare auf den Streifenwagen hinabblickten, und

eine Seniorin mit Hund drehte eine verspätete Gassi-
runde um den Block.

Einmal hielt ein Pajero unmittelbar vor dem Grundstück des Spix-Domizils, das wie alle anderen Häuser
auf dieser Straße ein Relikt aus dem frühen neunzehn-
ten Jahrhundert war. Aber der wuchtige Geländewagen
spie, wie sich schnell herausstellte, lediglich einen aufdringlichen Reporter vom »Oberfrankenburger Blitz-Express« aus, der sich nicht gescheut hätte, die Familie des
entführten Mädchens mitten in der Nacht aus den Federn zu klingeln, um die Sensationsmeldung vom Fund
des Kindes am nächsten Morgen gleich mit einem Be-
troffenen-Interview zu veröffentlichen. Aber so weit ließ
es der Oleanderstrauchpolizist nicht kommen. Er stellte
sich dem skrupellosen Journalisten in den Weg, sprach
ein Platzverbot aus und jagte den Mann unter Andro-
hung biblischer Strafen davon.

Keine zehn Minuten später erschien der Mann mit
dem Kaugummi, und obwohl er spätestens jetzt wusste,
dass ihm denkbar Böses blühte, vergeudete der Oleanderstrauchpolizist keine Zeit für eine Erklärung, sondern sprang aus dem Wagen und eilte auf den Burschen
zu, der die gepflegten Polygonalplatten der Zufahrt zwischen den ordentlich geschnittenen Buchsbäumen gerade mit seiner klebrigen Süßigkeit geschändet hatte.

»Fehen bleiben!«, forderte er bereits auf halbem Wege
und fühlte sich dabei wirklich wie ein Lemming, der se-
henden Auges auf einen Abgrund zumarschierte. Aus
den Augenwinkeln versuchte er zu erkennen, aus welcher Richtung das zu erwartende Unheil wohl über ihn
hereinbrechen würde. Ganz bestimmt war der Kaugummimann nicht allein gekommen, denn Hammerwerfer

rechnete damit, dass zwei Beamte vor dem Grundstück wachten: er und Peter Hinse, den Eberhard Fritz unplanmäßig vertrat. Der Oleanderstrauchpolizist zückte seinen Dienstausweis. »Nach Paragraf fei, Abfaf einf in Verbindung mit Paragraf fölf der Strafenordnung der Ftadt Oberfrankenburg in Verbindung mit Beftimmungen def Gefetfes über Ordnungfwidrigkeiten in derfeit geltender Faffung wird das Fucken einef Kaugummif auf öffentlichen Boden mit fehn Euro geahndet«, erklärte er mühsam durch die blutige Zahnlücke.

Damit wusste der Kaugummimann Bescheid: Was auch immer in seiner Absicht stand, konnte er nun praktisch unbehelligt durchziehen, denn diese Floskel war ein geheimer Code, der den Oleanderstrauchpolizisten als Lemming auswies. Er deutete anklagend auf den Kaugummi.

»Ich muff Fie darauf hinweifen, daff aufferdem eine Bearbeitungfgebühr von fanfig ... tfanfig Euro droht, wenn Fie Ihren Kaugummi nicht auf der Felle –«

Obwohl er damit gerechnet hatte, traf ihn der Schlag gegen die Schläfe völlig unerwartet. Binnen eines Sekundenbruchteils, so schien es ihm, wuchs dem Buchsbaum links der Zufahrt ein Arm (dort hatte sich der Komplize also versteckt), der einen Gummiknüppel schwang. Und der Oleanderstrauchpolizist ging ächzend zu Boden, wo er sicherheitshalber gleich liegen blieb und sich bewusstlos stellte. Er durfte ob der besonderen Umstände ohnehin bloß daneben schießen. Außerdem würden die beiden im Zweifelsfall so lange auf ihn einknüppeln, bis er gar nichts anderes mehr konnte, als sich tot zu stellen.

Wie er erschrocken aus der Froschperspektive fest-stellte, hatte er es jedoch angesichts seiner zahlreichen Sorgen, der Schmerzen und der Müdigkeit versäumt, Eberhard Fritz auf die Besonderheiten der speziellen Order hinzuweisen. Folglich tat dieser als Freund und Helfer des zivilen Volkes einfach seine Pflicht, sprang aus dem Wagen, zückte seine Dienstwaffe und richtete den Lauf abwechselnd auf den Kaugummimann und seinen Komplizen, den Kapuzenmann.

»Keine Bewegung!«, ließ er dabei in ruhigem Tonfall verlauten. »Lassen Sie die Waffe fallen und legen Sie die Hände hinter den Kopf.«

Die beiden Männer tauschten einen kurzen Blick. Während der eine, das Gesicht in einem Kapuzenpulli verborgen, seinen Gummiknüppel langsam auf die Gehwegplatten hinabsenkte, hob der andere gehorsam die Arme und bewegte die Hände hinter den Kopf. Binnen eines Lidschlags zauberte er einen Revolver aus seinen Ärmeln und richtete ihn seinerseits auf den Ermittler von außerhalb, der seufzend eine Braue hob.

»So einer sind Sie«, bemerkte er kopfschüttelnd. »Zu viele schlechte Filme gesehen, hm?«

Der Kaugummimann hielt seine Waffe unvermindert entschlossen auf Eberhard Fritz gerichtet. »Waffe runter!«, zischte er mit polnischem Dialekt.

»Tun Fie, was er fagt!«, lispelte der Oleanderstrauchpolizist am Boden flehend, wobei er sich weniger um Fritz' Unversehrtheit als um die Makellosigkeit seines eigenen Vorstrafenregisters sorgte, falls er Hammerwerfers Zorn auf sich zog, indem er sich nicht an die besondere Regel eines »S.h.u.m.e.L.«-Befehls hielt, die da lautete: Weder Kaugummimänner noch deren Begleiter dürfen verhaftet oder gar verletzt werden. Warum nicht? Schnauze halten und machen ... Aber selbst, wenn er den Ermittler von außerhalb im Vorfeld aufgeklärt hätte – der Oleanderstrauchpolizist glaubte nicht, dass Fritz etwas auf Hammerwerfers besondere Wünsche gab.

Fritz' Miene verfinsterte sich, der Oleanderstrauchpolizist presste die Lippen aufeinander und schickte ein stummes Stoßgebet zu Severus von Ravenna, dem Schutzheiligen der Polizisten, und ein weiteres zu Pankratius, dem Schutzheiligen der Blüten (für den Fall, dass Severus gerade keine Zeit für ihn hatte, so dass seine Pflanzen eine Weile ohne ihn auskommen mussten). Der Ermittler von außerhalb bedeutete seinem Gegenüber mit einer beschwichtigenden Geste, die Ruhe zu bewahren, beugte sich langsam vor, um seine Dienstwaffe auf den Fußwegplatten abzulegen, und der Oleanderstrauchpolizist atmete erleichtert auf.

Eine vorschnelle Reaktion, wie sich in der nächsten Sekunde zeigte. Als sich Fritz wieder aufrichtete, lag seine Dienstpistole wie verlangt auf dem Bügersteig. Dafür hielt er in der Rechten ein Nunchaku, das in einem Hosenbein verborgen gewesen war. Allerdings nur für den Bruchteil einer Sekunde. Im nächsten drehten seine Finger die Waffe in so rasender Geschwindigkeit vor seinem Oberkörper, dass die beiden Stöcke an der Kette einen quasi undurchdringlichen Schutzschild bildeten, von dem die Kugeln, die der Kaugummimann sogleich aus seiner schallgedämpften Pistole abfeuerte, einfach abprallten.

Eine davon schlug in den Bürgersteig unmittelbar neben dem Oleanderstrauchpolizisten ein, der sich entsetzt hinter die Buchsbäume rollte, um sich dort weiter bewusstlos zu stellen. Zeitgleich ließ der Ermittler von außerhalb das Nunchaku los, das nun durch die Luft wirbelte und dem Kaugummimann sämtliche Finger der rechten Hand brach. Der Mann schrie auf, die Pistole segelte auf die Polygonalplatten der Einfahrt hinter den beiden Fremden hinab, und hinter den Vorhängen mehrerer Nachbarhäuser flammten Lichter auf.

Eberhard Fritz war mit zwei großen Schritten bei den beiden Männern, warf sich dem Unverletzten, der seinerseits mit seinem Knüppel auf ihn zusetzte, entschlossen entgegen, wich dem Schlagstock geschickt aus und packte den bewaffneten Arm mit einem gekonnten Griff beider Hände gleichzeitig unter und über dem Ellbogengelenk. Mit einem Ruck, der so hart und schmerzhaft war, dass auch der Knüppel auf dem Boden landete, streckte er den Arm des Kapuzenmannes durch. Der Mann ächzte, schaffte es aber nicht mehr, zu schreien, denn im nächsten Augenblick trieb Fritz ihm die Luft aus den Lungen, indem er ihm ein Knie in die Magengrube rammte. Ein beherzter Handkantenschlag in den Nacken setzte den zweiten Mann endgültig außer Gefecht, aber Fritz war noch nicht fertig.

Er drehte sich zu dem Kaugummimann herum, der sich unter dem Schmerz der gebrochenen Finger nach vorn gebeugt hatte und seine zügig anschwellende und schlaffe rechte Hand fassungslos betrachtete, versetzte ihm einen Tritt gegen die Kniescheibe und drückte ihn mit dem Gesicht auf den lauwarmen Stein. Ungeachtet der nicht unerheblichen Verletzungen riss er die Arme des nun durchgehend schreienden Kaugummimannes auf dessen Rücken und fixierte seine Handgelenke mit

Plastikfesseln. Dann verfuhr er mit dem halb besinnungslosen Kapuzenmann genauso. Schließlich las er Nunchaku und Dienstwaffe wieder auf, verstaute beides unter seiner legeren Kleidung und klatschte zufrieden in die Hände. »Alles in Ordnung mit Ihnen?«, erkundigte er sich wenig mitfühlend beim Oleanderstrauchpolizisten, der, obgleich die unmittelbare Gefahr gebannt war, nur zögerlich aufstand.

Mit bleichem Gesicht betrachtete er Eberhard Fritz vom Kopf bis zu den Zehen. »Waf war daf?«, erkundigte er sich schockiert.

Fritz grinste. »Vielleicht habe ich auch die falschen Filme gesehen?«, schlug er vor. Dann deutete er kopfschüttelnd auf die beiden Fremden, die zu seinen Füßen vor sich hin winselten. »Kommen Sie. Packen wir diese beiden Hobbygangster auf die Rückbank. Und organisieren Sie uns eine Ablösung. Ich würde die zwei hier gerne persönlich verhören. Und zwar so bald wie möglich.«

Der Oleanderstrauchpolizist schüttelte energisch den Kopf. »Wir können fie nicht verhaften«, widersprach er.

»Warum nicht?«, wunderte sich der Ermittler von außerhalb.

»Paragraf fei, Abfatf einf in Verbindung mit Paragraf fölf der Strafenordnung der Ftadt Oberfrankenburg«, antwortete der Oleanderstrauchpolizist.

»Wir können sie nicht verhaften, weil einer von ihnen einen Kaugummi auf einen Gehweg gespuckt hat?«, staunte Eberhard Fritz. Der Oleanderstrauchpolizist nickte. Der Ermittler von außerhalb runzelte nachdenklich die Stirn, doch dann hellte sich seine Miene auf, und er klopfte dem Oleanderstrauchpolizisten ermutigend auf die Schulter.

»In diesem Fall kann ich Sie beruhigen«, erklärte er fröhlich. »Schauen Sie nur: Der Kaugummi klebt eindeutig auf den Bruchsteinplatten. Und die zählen zum Privatgelände des Professors, nicht zu öffentlichem Grund. Ihr Paragraf gilt hier nicht.«

Der Oleanderstrauchpolizist verneinte und schüttelte die Hand des aufdringlichen Ermittlers genervt ab. »Daf ift Haarfpalterei, fo geht daf nicht«, widersprach er. »Ich komme in Teufelf Küche, wenn Fie diefe beiden hier einbuchten.«

»Und in den Knast, wenn Sie nicht endlich anständig mit mir kooperieren«, ergänzte Fritz. »Über kurz oder lang wird Ihr Vorgesetzter sich Ihrer entledigen müssen, selbst dann, wenn Sie alles tun, was er von Ihnen verlangt. Ist Ihnen das eigentlich nicht klar?«, fügte er geradezu mitfühlend hinzu. »Ich an Hammerwerfers Stelle würde noch heute Nacht versuchen, Sie auf irgendeine Weise aus dem Weg zu räumen. Er ist zu weit gegangen, und seine Absichten waren viel zu offensichtlich. Kein Geringerer als er selbst steckt hinter der Entführung des Mädchens, und er hat zwei Verbrecher geschickt, die es erneut verschleppen sollten, bevor es auspackt. Das sollten sogar Sie verstehen. Und Hammerwerfer muss damit rechnen, dass selbst Sie es begreifen und versuchen, Ihr Wissen zu nutzen, um aus der Sklaverei zu flüchten.

Was er noch nicht weiß, ist, dass es einen glaubwürdigen Zeugen für das alles gibt – und zwar mich. Ich werde Ihnen helfen, das habe ich Ihnen versprochen. Aber auch Sie haben mir Ihr Wort gegeben, und ich erwarte, dass Sie es halten. Also los.« Er riss den Kaugummimann unter den Achseln in die Höhe und bedeutete dem Oleanderstrauchpolizisten, sich des zweiten Gangsters anzunehmen. »In den Wagen mit den beiden. Und dann ab aufs Revier. Ich bin sicher, diese Jungs helfen uns gerne, unseren Fragenkatalog um ein paar Seiten zu reduzieren.«

Wie von seinem verstorbenen Vater verlangt, schickte Erich Rudolph Helmuth Hammerwerfer in dieser Nacht niemanden mehr in die Tankgasse, um den letzten Patienten aus der Praxis des Grauens zu überprüfen. Stattdessen schleuderte er, kaum zurück in seinem Büro auf dem Hauptrevier, seinen Taschenaschenbecher nach Fury, die weinend das Weite suchte. Grund dafür war die Nachricht, die auf einem kleinen gelben Zettel an seinem Schreibtisch klebte.

»Mission failed!«, stand in nahezu kalligrafischen Lettern darauf geschrieben. Die Handschrift war ihm völlig fremd. Und darunter, mit einem albernen Grinsesmiley versehen: »P. S.: Kaugummi klebt.«

Rattlesnake Rolf verriegelte die Tür hinter der verstörten Polizistin, stützte schwer den Kopf auf die Hände und dachte angestrengt nach, was als Nächstes zu tun war. Zwei Etagen tiefer, in den spartanisch ausgestatteten Ausnüchterungszellen, randalierten ein permanent politisch ausfällig fluchender Rentner, ein nervenschwacher, aggressiver Mittvierziger und – himmelherrgottnochmal! – seine beiden Polen. Und keiner von ihnen hatte etwas mit den so grausigen wie mysteriösen Zwischenfällen der letzten Tage zu tun, die aufzuklären seine einzige Chance war, wenn er seine zwei Existenzen wieder miteinander in Einklang bringen wollte. Seit dem missglückten Attentat auf dieses Flittchen Olga Urmanov ging einfach alles schief, was schiefgehen konnte. Binnen kürzester Zeit schien sein ganzes Leben völlig aus den Fugen zu geraten – von überallher drohten irgendwelche Gefahren, die sich nicht miteinander in Zusammenhang bringen ließen; zumindest nicht auf den ersten Blick. Das noch vor weniger als einer Woche so idyllisch anmutende, verschlafene Nest Oberfrankenburg, Wiege des Ringes, den Heinz Rudolph Helmuth Hammerwerfer (R. I. P.) im Jahre 1932 unter Einsatz seines gesamten Vermögens und mit erheblichem Talent und Leidenschaft gegründet hatte, war urplötzlich zu einem brodelnden Hexenkessel mutiert. Überall schien es nur so von blutrünstigen Psychopathen und (alle Zeichen deuteten darauf hin) gewieften Organhändlern zu wimmeln. Verbrecher, neben denen seine Jungs und er selbst wie tollpatschige Ladendiebe, vielleicht sogar wie Heilige erschienen.

Hammerwerfer hatte noch nicht den Hauch einer Ahnung, mit wem er es zu tun hatte, geschweige denn einen handfesten Beweis für irgendetwas oder gegen irgendjemanden. Aber er zweifelte nicht daran, dass er die Leichen stehlende Konkurrenz über kurz oder lang aufspüren und aus seinem Territorium vertreiben konnte, sobald er erst mit diesem Psychopathen fertig war, der am vergangenen Wochenende und am Vorabend gewütet hatte. Er hatte ein Erbrecht, verdammt noch mal! Und zwar sowohl auf den Posten des Ersten Kriminalhauptkommissars als auch auf die Gesetzgebung im Untergrund. Bislang hatte ein jeder hier ein glückliches Leben führen können, sofern er sich an die Regeln seiner jeweiligen Gesellschaft gehalten und sich nicht auf feindliches Territorium begeben hatte. Und Hammerwerfer war sicher, dass er die alte Ordnung schon irgendwie wiederherstellen würde.

Ungünstigerweise glaubte das Innenministerium aber nicht mehr an ihn. Als hätte er nicht schon genug Probleme, wachten nun auch noch diese schmierigen Großstadtdetektive vom LKA Mainz mit Argusaugen über alles, was sich auf dem Hauptrevier ereignete, sie quälten seine Beamten mit Fragen, deren Antworten diese vermeintlichen Experten einen feuchten Kehricht angingen, weil sie überhaupt nichts mit den aktuellen Vorfällen zu tun hatten, und stellten die wahnwitzigsten Theorien zum Verschwinden der lebenden und toten Oberfrankenburger auf, denen nachzugehen sie ihn in einer Weise bedrängten, die mit Respekt nichts mehr zu tun hatte.

Jeder weitere Schritt musste nun peinlichst genau überlegt und gegen jedes noch so geringfügig erscheinende Risiko abgewogen werden. Das Smiley, das ihn von dem selbstklebenden Zettel aus unverschämt angrinste, stammte mit ziemlicher Sicherheit von einem der Mainzer Schnüffler. Und als wäre das nicht schlimm genug, entpuppten sich seine vermeintlich besten (oder zumindest gefügigsten) Männer aus beiden Lagern auf einmal allesamt als Stümper, Jammerlappen, triebgesteuerte Hirntote oder, wie der Zettel vermuten ließ, sogar als hinterhältige Verräter.

Nicht einmal sein eigener Sohn, sein ganzer Stolz, bildete noch eine Ausnahme in den Reihen der Versager. Er hatte sich von einem stinkenden Rindvieh außer Gefecht setzen lassen, als es darum gegangen war, den Wechselbalg, die beiden Freizeithelden und die Frau einzufangen, die sich mitten in der Nacht im Nirgendwo als Retter und Rächer der Schwachen und Geächteten aufgespielt hatten! Dass wirklich eine Frau dabei gewesen war, wusste er allerdings nur aus dem verrückten Gespräch mit seinem verstorbenen Vater, denn in diesem Punkt hatten sich sein Erstgeborener, Volchok und der auf einmal nicht nur dumme, sondern auch stetig sabbernde Halbmongole geradezu um die Wette widersprochen, als er auf dem Weg zum Revier kurz in der Villa haltgemacht hatte.

Nicht nur, dass alles, was seine Leute in die Hand nahmen, auf einmal in einem Desaster endete – sie hatten sogar verlernt, zuverlässig Bericht zu erstatten! Objektive Berichterstattung, Spurenvermeidung und -vernichtung, Zeugenbeseitigung ... das kleine Einmaleins eben. Das lernten sie sogar noch vor Waffenkunde und Erschleichung von Sozialleistungen unter Verwendung gefälschter Dokumente! Angesichts von so viel Stümperei hätte es ihn eigentlich nicht überraschen dürfen, dass es seinen verehrten Vater nicht mehr im Jenseits gehalten hatte. Aber er war zu verblüfft gewesen, um ihn auch danach zu fragen, wie er all diese Dinge wieder ins Gleichgewicht bringen könnte.

Als Morpheus' Name auf dem Display seines klingelnden Handys blinkte, schleuderte Hammerwerfer das Telefon entnervt gegen die Wand.

Er ließ die Rollläden herunter, löschte das Licht, entzündete ein paar Teelichter und versuchte sich mit seinem verstorbenen Vater erneut in Verbindung zu setzen.

Kapitel 23

Die größte Schwäche des Menschen, das fand Alvaro derweil einmal mehr für sich heraus, war sein Körper. Wahrscheinlich würde er sich im Laufe der Zeit daran gewöhnen, dass ständig irgendetwas juckte, drückte oder zwickte. Womit der gefallene Engel sich hingegen wohl nie abfinden würde, war, dass ständig etwas kaputtging – und vor allem kaputt blieb. Selbst die winzigsten Kratzer und Blessuren vermochten ihn tagelang zu quälen. Außerdem verlangte der Menschenkörper ständig nach Schlaf. Stundenlang. Und wenn man sich ihm zu widersetzen versuchte, kämpfte er mit unfairen Mitteln.

Alvaro wollte nicht schlafen, denn die Idee des Vampirmädchens erschien ihm zu vielversprechend, um ihre Umsetzung auch nur eine Minute länger als nötig hinauszuzögern. Doch heute Nacht, das hatte er eingesehen, war es kaum noch möglich, all die Menschen aufzutreiben, die sie benötigten, um an die Unterstützung zu gelangen, auf die sie so dringend angewiesen waren. Außerdem fielen seine Augenlider andauernd zu, so dass er eine weitere schlimme Verletzung riskiert hätte, wenn er auf einem sofortigen Aufbruch bestanden hätte. Also streckte er sich schließlich auf dem Wohnzimmerteppich aus, während das Vampirmädchen auf dem Sofa ruhte und der Neue Prophet sein winziges Dormitorium in Beschlag nahm, um ein wenig zu Kräften zu kommen.

Als der Morgen dämmerte, schlugen sie getrennte Wege ein, um ihren jeweiligen Beitrag zur Rettung der Welt zu leisten. Tabea flatterte durch das Küchenfenster davon, während Alvaro dem Neuen Propheten, der als Einziger ein konkretes, dafür aber dreißig Kilometer weit entferntes Ziel hatte, widerwillig das Auto überließ. Er selbst zog auf Schusters Rappen von dannen.

Bei seiner Rückkehr läuteten die Glocken der Kirche acht Mal, und Lennart und das Vampirmädchen erwarteten ihn bereits voller Ungeduld. Der Neue Prophet wurde von einem jungen Mann begleitet, den Alvaro bereits aus früheren Zeiten kannte, und Tabea trug eine struppige Ratte auf der Schulter.

»Wir hatten besprochen, unsere Freunde herzubringen«, bemerkte der gefallene Engel irritiert vom Eingang aus.

Tabeas Nasenflügel kräuselten sich. »Das *ist* mein Freund«, betonte sie würdevoll. »Mein allerbester vielleicht.«

»Oh. Na gut. Fürchte ... Verzeih. Fühl dich gegrüßt, Max«, wandte sich Alvaro verlegen an Lennarts recht abwesend scheinenden Begleiter. »Ich bin hocherfreut, dich endlich persönlich kennenzulernen.«

Anstelle einer Antwort gluckste Lennarts Begleiter irritiert vor sich hin. Die Ratte quiekte schrill, sträubte das Nackenfell und sprang auf den offenkundig bekifften Teenager zu. Tabea reagierte geistesgegenwärtig, schnappte sie noch im Flug und setzte sie auf ihre Schulter zurück.

»Hiergeblieben, Mohammed«, zischte sie. »Du frisst nur, was ich dir gebe.«

Lennart zog eine Grimasse. »Er hat noch nicht geschlafen«, entschuldigte er seinen besten Freund zerknirscht. »Hab' ihn auf dem Heimweg von seinem Cousin aufgegabelt. Wen haben Sie denn mitgebracht?«

Alvaro betrat die Diele zur Gänze, öffnete die Tür so weit, dass die Klinke gegen die Wand stieß, und winkte ein halbes Dutzend abgerissene, streng riechende Gestalten zu sich herein. »Darf ich vorstellen?«, verkündete er nicht ohne Stolz. »Das sind Christian Popp und Carolina Königsberg.« Er deutete auf die ersten beiden Gäste.

»Chriss. Hi!«, stellte sich ein hagerer Endvierziger mit schulterlanger ergrauter Lockenmähne auf dem Kopf, einem löchrigen Batikpulli und einer Hose, die nur aus Taschen und Reißverschlüssen zu bestehen schien, vor, dessen Handgelenke mit einer Unzahl von Freundschaftsbändchen verziert waren. Er erinnerte Tabea an einen Musiker, der auf Werthersweide einmal ein Konzert vor rund fünfzig Rentnern gegeben hatte – es war diese Art von Liedern mit leicht verdaulichen Melodien und einprägsamen Texten gewesen, die sich nicht nur unter alten Menschen, sondern auch in Bierzelten großer Beliebtheit erfreute. Seit Hieronymos sie aus ihrem ersten Leben gerissen hatte, reagierten Tabeas Ohren jedoch zu empfindlich, um sich an Musik jeglicher Art zu erfreuen. Chriss Popp war also schon einmal unten durch.

488

»Und die Caro …«" Das Schlagersängerdouble schlang einen Arm um eine dürre, sehr große Frau mit falschen Haaren, mehreren Schichten Make-up, Pelzbolero, Lacklederminirock und Netzstrümpfen. »Die dürft ihr auch Tussi Tornado nennen. Das ist ihr Künstlername.«

Die Frage, welcher Art von Kunst Tussi Tornado wohl frönte, drängte sich Tabea auf, doch ehe sie sie aussprechen konnte, eilte Carolina Tussi Tornado Königsberg schon zielstrebig auf sie zu und kniff ihr in eine Wange.

»Hach, was für ein schnuckeliges Ding!«, entfuhr es ihr mit rauchiger Stimme, während sie sie kritisch vom Kopf bis zu den Zehen musterte. »Aber dieses Outfit! Nein, welcher Banause hat dir bloß diesen Bauernfetzen empfohlen? Lass uns einen Blick in deinen Kleiderschrank wagen, Herzchen. Aus dir machen wir eine richtige kleine Prinzessin!«

Die Ratte Mohammed biss der aufdringlichen Fremden in die Hand, und Tabea wich vor der Frau zurück – die nicht nur ihre Stimme und die viel zu großen Hände und Füße als Mann auswiesen, sondern auch ihr eiweißlastiger Körpergeruch und ein Hauch von Rasierwasser unter dem großzügig aufgetragenen *Opium*. Keine Frage: Tussi Tornado war eine Transe.

»Küche da?«, erkundigte sich Chriss Popp knapp und marschierte schon in die besagte Richtung. »Wo ist der Tee?«

»Und das hier sind Manuela Überbach und Jannik Kotz«, fuhr Alvaro fort, während sein erster Gast die Küche auseinandernahm und das nächste Pärchen zögernd eintrat.

»Latte und Gurke«, verbesserte der junge Mann, dessen Gesicht zu einem guten Drittel unter einer abgewetzten Kappe verborgen war, und zeigte dabei zuerst auf sich und dann auf seine Freundin. Die Bundeswehrstiefel an seinen Füßen waren so abgenutzt, dass sie den Blick auf zwei verschiedenfarbige Wollsocken erlaubten, und auch der Rest seiner Bekleidung wäre für jeden Altkleidercontainer eine Beleidigung gewesen. Er roch streng nach Bier und Schlimmerem.

Seine Begleitung ließ ebenfalls keinen Zweifel daran, dass Alvaro sie unter irgendeiner Brücke aufgelesen hatte. Obwohl seit Wochen hochsommerliche Temperaturen herrschten, war die Haut der jungen Frau, die ebenso gut zwanzig wie fünfunddreißig Jahre hätte alt sein können, bleich und pickelig.

Latte zerrte ein stinkendes Fellbündel unter Gurkes verwaschener Bomberjacke hervor.

»Und das ist Lancelot vom See«, sagte er in erhabenem Tonfall, während er einen etwa katzengroßen, langhaarigen Köter auf den Bodendielen absetzte.

»*Sir* Lancelot«, betonte die Frau, die sich Gurke nannte. Der Hund schnüffelte zwischen den Füßen der Anwesenden herum und erhob dann seinen adligen Hinterlauf vor dem Schirmständer. »Ey, sorry«, nuschelte sein Frauchen verlegen, kramte ein mehrfach benutztes Taschentuch aus ihrer Jackentasche und wischte auf, um es anschließend Tabea entgegenzustrecken. »Wohin damit?«, erkundigte sie sich.

Tabea deutete stumm in Richtung Bad und wandte sich dann der fünften Gestalt zu, hinter der Alvaro die Tür zu ihrer nicht unerheblichen Erleichterung schloss.

»Und das ist Herr Otto Gehmann«, stellte er ihnen den letzten Gast vor, den er ebenfalls aus irgendeinem Rinnstein aufgelesen zu haben schien. Er hatte die fünfzig längst hinter sich, war ein wenig rundlich und trug einen verfilzten schwarzen Vollbart. Die Schnapsfahne, die ihn umgab, hatte eine leicht narkotisierende Wirkung. Auf dem Rücken trug er eine schwindelerregende Konstruktion aus Rucksäcken, Einwegtüten, Leergut und einem Schlafsack. In einer Hand hielt er eine Blechtasse, in der eine Handvoll Kleingeld zwischen ein paar Scheinen klimperte, und in der anderen ein Pappschild mit der Aufschrift: »*Frau und Kinder von Ninjas entführt – brauche Geld für Karatestunden!*« Otto Gehmann stellte das Schild auf den zurückgebliebenen nassen Schlieren vor dem Schirmständer ab und zwickte Tussi Tornado in den Hintern.

»Ötti«, grinste er mit einem Zwinkern in Richtung der falschen Wimpern.

Alvaro trat in den Kreis der eigenwilligen Gestalten und bedachte Lennart und Tabea mit einem Anerkennung heischenden Blick.

Der Neue Prophet war der Erste, der seine Sprache wiederfand. »Was haben Sie denen versprochen, damit sie mit Ihnen gehen?«, erkundigte er sich mit gewohnt ausdrucksloser Miene.

Bevor der gefallene Engel antworten konnte, winkte Ötti mit zwei zerknitterten Zehnern, die er aus seinem Bettelbecher gezogen hatte.

»Ein Dach über dem Kopf. Ein Bad. Eine Tasse Tee ...«, zählte Alvaro unbeeindruckt auf. »Unbedeutende Kleinigkeiten angesichts der Wichtigkeit unserer Mission.«

Tabea schüttelte energisch den Kopf. Die Zuversicht, die sie in ihren Plan gelegt hatte, verflüchtigte sich bedeutend schneller, als sie in der Nacht gebraucht hatte, um sie anzuhäufen.

»Das ist nicht dein Ernst, Al«, begehrte sie auf. »Wir haben beschlossen, möglichst viele Freunde herzubringen, die wir von unserer Geschichte überzeugen können. Das da ...« Sie machte eine Geste, die sämtliche Gäste einschloss, »... das sind nicht deine Freunde. Es sind Obdachlose, die für ein Brötchen und einen Schnaps ihre eigenen Eltern verkaufen würden.«

Menschen wie jene, von denen ich mich in der Vergangenheit ernährt habe, fügte sie gedanklich hinzu. Leute, nach denen niemand sucht, wenn sie plötzlich verschwinden.

Übrigens, kommentierte Hieronymos, den nur sie allein hörte. *Hast du nicht langsam wieder Durst?*

Verschwinde, zischte sie. *Ich hab' jetzt keine Zeit.*

Nicht? Was hast du denn so Wichtiges vor?, erkundigte sich der alte Vampir zynisch. *Das mit der Rettung der Welt wird ja wohl heute nichts mehr.*

Ich will dich in Ruhe verachten, erwiderte Tabea, und Hieronymos hüllte sich in beleidigtes Schweigen.

Gurke, die inzwischen aus dem Bad zurück war, erlitt einen spontanen Nervenzusammenbruch. »Würde ich sofort tun, wenn ich könnte. Die Alten würd' ich sofort verticken. Auf der Stelle«, nuschelte sie. »Haben die doch nicht anders mit mir gemacht ... Verkauft haben die mich. Wie 'nen Kohlkopf auf dem Wochenmarkt! Verscherbelt an den versoffenen Schwager von meinem Onkel. Für Koks, verstehst du?«

Sie ging auf Tabea zu und streckte beide Arme nach ihr aus, als wollte sie sie am Hals packen und würgen, doch Latte ging routiniert dazwischen und presste ihr Gesicht an seine dürre Brust.

»Heul nicht, okay? Wird schon alles wieder gut, Mädchen. Ich bin ja bei dir«, redete er auf seine Freundin ein, die nun von Weinkrämpfen geschüttelt wurde. »Wenn du mich da nicht rausgeholt hättest ...«, schluchzte sie in seine schmutzige Jacke.

»Scheißspruch!«, zischte Latte Tabea über Gurkes zitternde Schulter hinweg zu.

Tabea maß Alvaro mit einem strafenden Blick.

»Ich erachte diese Menschen sehr wohl als meine Freunde«, verteidigte sich Alvaro. »Mit jedem Einzelnen habe ich eine aufschlussreiche Konversation geführt, bevor ich ihn einlud, mit mir zu gehen. Über zwischenmenschliche Werte, soziale Gerechtigkeit, Meinungsfreiheit, den demographischen Wandel ...«

»Schon gut, schon gut!«, fiel Tabea ein. »Ich hab's verstanden.«

»... Selbstverwirklichung, integrative Kindergärten«, zählte Alvaro unbeirrt weiter auf.

»Psychedelische Musik und *Fair Trade*!«, ergänzte Chriss Popp aus der Küche, ohne seine Suche nach einem Teebeutel zu unterbrechen.

»Ja«, bestätigte Alvaro. »Und was noch viel wichtiger ist: Jeder Einzelne von ihnen hat mit mir gelacht.«

»Mit Ihnen gelacht«, wiederholte Lennart ausdruckslos.

»Das ist für ein harmonisches menschliches Miteinander sehr wichtig «, erklärte der gefallene Engel. »Miteinander lachen und weinen zu können, ist das A und O jeder dauerhaften, innigen Freundschaft.«

»Bin ich nicht deine Freundin, Alter, nur weil dein Jesus-Witz scheiße war?«, eiferte sich Gurke der Hysterie nahe. Sie löste sich von ihrem Freund und gestikulierte wild auf ihren Busen. »Oder ist es, weil ich eine

Frau bin? Bist du so einer? Bin ich weniger wert, weil ich große Brüste habe, oder was? Solche Leute kenne ich! Aber ich lass' mich nicht mehr fertigmachen, verstehst du? Von keinem mehr!«

Latte deeskalierte erneut gekonnt und drückte ihren Kopf dieses Mal gegen seine Schulter. »Der hat's nicht so gemeint«, redete er auf sie ein. »Das hast du in den falschen Hals gekriegt, Zuckerschneckchen.«

»*Pisserl*«, zischte er Alvaro über ihren Kopf hinweg zu. Lennart räusperte sich. »Vielleicht«, ließ er beschwichtigend verlauten, »ist es gar nicht so schlimm. Eigentlich ist es doch egal, warum sie uns zuhören. Hauptsache, sie glauben, was wir ihnen erzählen.«

»Was *du* ihnen erzählst. *Du* bist doch hier der Prophet«, verbesserte Tabea und ließ den Blick ein weiteres Mal zweifelnd durch die Runde schweifen.

»Also gut«, gab sie schließlich mangels Alternativen nach. »Versuchen wir es. Wollt ihr es euch nicht irgendwo bequem machen? Unser pfiffiger Lenny hier möchte euch gerne eine Geschichte erzählen.«

Jascha und Meo, die ihr unerlaubtes Eingreifen an den Bahngleisen, das überdies sehr ungünstig verlaufen war, sowie der glückliche Zufall, dass niemand etwas davon bemerkt hatte, umso enger zusammengeschweißt hatten, blickten nun, da sie das Mädchen bis auf weiteres in Sicherheit wähnten, zu deren Rettern hinab.

»Weißt du, was sie vorhaben?«, fragte Meo verwirrt.

»Ich glaube, sie wollen sich zu einer neuen philosophischen, politischen oder religiösen Gruppierung vereinen, die anhand neuer Offenbarungsquellen nach irgendetwas sucht«, antwortete Jascha besorgt.

»Sie wollen eine Sekte gründen?«, staunte Meo. »Was suchen sie denn?«

Jascha hob die Schultern. »Seelenheil, Erlösung, Umkehr, Wandel? Ich weiß es nicht.«

Meo schüttelte den Kopf. »Aber warum denn?«, verlangte er von seinem Lehrer zu wissen. »Und wieso ist der Neue Prophet bei ihnen? Wenn mich nicht alles täuscht, war dessen Tod der Grund, weshalb Alvaro uns verlassen musste.«

Jascha tat eine hilflose Geste, machte auf dem Absatz kehrt und bedeutete seinem neuen Lieblingsschüler, ihm ins Archiv zu folgen.

»Das habe ich auch noch nicht verstanden«, gab er zu. »Aber vielleicht finden wir es dort drinnen heraus.«

Shigshid, Volchok und Morpheus nutzten die Atempause, um ihre Wunden zu lecken. Und auch der Oleanderstrauchpolizist fand endlich Zeit, einen Kieferorthopäden aufzusuchen, der die Lücke zwischen seinen gelblichen Schneidezähnen mit einem perlmuttweißen Provisorium stopfte. Schließlich tauschte er den durchgeschwitzten Flanellschlafanzug gegen einen seidig glatten Satinpyjama in Flieder ein und schlummerte mit Blick auf die prachtvoll blühenden Oleandersträuche im milden Schein der aufgehenden Sonne ein.

Einzig Eberhard Fritz machte die Nacht durch; und zwar in der Ausnüchterungszelle, in der die Kapuzen- und der Kaugummimann gepfercht waren. Franziska

Umbro alias Fury, die er auf einer Bank nahe Hammerwerfers Büro aufgelesen und mit einer gesunden Mischung aus Einfühlungsvermögen und gemäßigtem Druck wieder aufgebaut hatte, stand derweil vor dem Zugang des Zellenkomplexes Wache und bekam von dem, was sich hinter den verschlossenen Panzertüren abspielte, nicht mehr mit als das eine oder andere Keuchen, Klirren oder Scheppern.

Professor Dr. Kasimir Spix nahm sich ein paar weitere Tage frei und zelebrierte die Heimkehr seiner fast unversehrten Tochter am Morgen mit einem königlichen Frühstück, zu dem er neben seiner Frau und seinem Kind niemanden einlud – außer den Partyservice, der bereits aufgetischt hatte und verschwunden war, als Joy verschlafen die Treppe herunterschlurfte.

Ihr Vater wartete sichtlich ungeduldig vor einem leeren Teller und einer Tasse ebenfalls unberührtem, längst kaltem Kaffee. Barbara stopfte im Akkord hübsch garnierte Honigmelonenstückchen mit rohem Schinken sowie Weißbrot mit Lachs, Kaviar und Kräuterbutter in sich hinein, als käme sie nicht gerade aus dem Bett, wie ihr zerzaustes Haar und Mutters Morgenmantel vermuten ließen, sondern aus einem überlaufenen Flüchtlingslager.

Joy ärgerte sich über so wenig Anstand. Dennoch hatte sie gerade mit ganz anderen Problemen zu kämpfen; zum Beispiel damit, dass sie von einem Engel verarscht worden war. Außerdem hatte ihr die letzte Nacht einiges abverlangt, so dass es ihr an Kondition für einen angemessenen Protest mangelte und sie vorerst schwieg.

Joy hatte nicht die geringste Ahnung, wie sie heute Nacht in ihr Zimmer – geschweige denn in ihr Nachthemd – gekommen war, nachdem ihre Retter sie vor der Tür abgesetzt hatten und sie ihrem Vater um den Hals gefallen war. Vage erinnerte sie sich, wie dieser mit der Polizei telefoniert hatte, und kurz darauf waren mehrere Beamte mit Blaulicht vorgefahren. Drei Männer, davon zwei in Uniform, waren in Begleitung zweier Frauen eingetroffen. Letztere hatten zahllose Fragen gestellt; meist hatte ihr Vater geantwortet, und Barbara hatte ständig ungefragt dazwischengeredet und ihre Stieftochter für ihr Fortlaufen getadelt. Damit habe das Unheil überhaupt erst seinen Lauf genommen. Irgendwann musste die Erschöpfung Joy übermannt haben – im Sitzen oder sogar im Stehen. Vermutlich auf der Couch, vor der noch immer zwei klamme Handtücher herumlagen.

Als der Forensiker seine Tochter auf dem untersten Drittel der breiten Treppe erspähte, die den Wohn- vom Essbereich trennte, sprang er so hastig auf, dass der kalte Kaffee über den Rand der Tasse schwappte.

»Guten Morgen, meine schönste aller Töchter!«, rief er erfreut aus, drückte Joy an sich und schob sie vor sich her zum Frühstückstisch.»Setz dich. Möchtest du etwas trinken? Kakao? Orangensaft? Tee? Cola? Milch? Es ist alles da.«

»Kakao«, antwortete Joy knapp.

Ihr Vater blickte erwartungsvoll zu Barbara hinüber, vor deren Nase sich ein prallvoller Kristallglaskrug befand, rollte vorwurfsvoll die Augen, als sie nicht reagierte, und beugte sich weit über die Tischplatte, um sich das gewünschte Milchmischgetränk umständlich selbst zu angeln.

Seine zweite Frau sah kurz zu ihm auf. »Sag doch was«, schmatzte sie.

Dr. Spix überging die Bemerkung. »Ich habe eine Überraschung für dich«, verkündete er stattdessen an seine Tochter gewandt, während er ein Croissant, ein Milchbrötchen und eine Scheibe Vollkornbrot auf ihrem Teller drappierte.

»Das erste gemeinsame Frühstück seit Mutters Tod?«, riet Joy missmutig und ärgerte sich schon über sich selbst, ehe sie die Worte ganz ausgesprochen hatte. Sie wollte nicht gemein sein, denn gewiss war ihr Vater während der vergangenen Tage und Nächte vor Sorge um sie fast umgekommen. Und sie war wirklich unendlich erleichtert, endlich wieder zu Hause zu sein – Barbara hin oder her. Doch es war nun einmal die Wahrheit: Der Verlust ihrer Mutter hatte Löcher in den Alltag der Familie gestanzt, die Barbara ganz sicher nicht stopfen konnte, indem sie sich als Fräulein Rottenmeier aufspielte und die Kleider ihrer Vorgängerin auftrug.

»Undankbar und unverschämt wie eh und je«, murmelte Barbara.

Ihr Vater öffnete den Mund zu einer Antwort, doch in dieser Sekunde piepte das Telefon schrill. Kasimir Spix eilte ins Wohnzimmer, zog kurzerhand den Stecker, und das Piepen erstarb.

»Das Ding steht schon den ganzen Morgen nicht still«, erklärte er, tat dann aber eine wegwerfende Handbewegung. »Und nein«, beantwortete er Joys gehässige Frage in ruhigem Ton, während er sich wieder zu seiner Familie setzte. »Ich habe etwas viel Besseres für dich.«

Er legte eine kurze Pause ein, um die Spannung zu steigern, doch Joy verzichtete darauf, ungeduldig auf

ihrem Stuhl herumzurutschen oder etwas Vergleichba-
res zu tun, was ihr Vater an dieser Stelle gern gesehen
hätte, sondern biss lustlos in die trockene Schwarzbrot-
scheibe. Der russische Lebensretter war tot. Sie war
wieder dort, wo sie hingehörte, und ihre Haare waren
in der Nacht um mindestens einen halben Millimeter
nachgewachsen. Alles war wieder in Ordnung. Warum
also konnten sich nicht alle einfach ganz normal be-
nehmen?

Dieses eine Mal, dachte sie sarkastisch bei sich, war
ihre Stiefmutter ihrem Vater eine Nasenlänge voraus:
Die benahm sich daneben wie eh und je.

Dr. Spix' Miene trübte sich. Er griff nach dem Brötchen, schnitt es auf und versah eine Hälfte mit Butter
und einer daumendicken Schicht Schokoladencreme,
während er weitersprach: »Ich glaube, dass du in den
letzten Tagen eine Menge schlimmer Dinge erlebt hast.
Ich hätte besser auf dich aufpassen müssen und dich
nicht aus den Augen lassen dürfen. Aber ich hatte in der
Samstagnacht so viel zu tun.«

»Ich bin kein kleines Kind mehr«, bemerkte Joy, die
spürte, dass er Absolution von ihr erwartete.

»Sie ist kein kleines Kind mehr«, bestätigte Barbara
und schob sich ein weiteres Schnittchen zwischen die
Zähne. Joy funkelte sie böse an, doch wie immer prallte
ihre Wut von Barbara ab wie ein Pingpongball vom
Schläger.

»Jedenfalls«, ergriff ihr Vater wieder das Wort, »habe
ich darüber nachgedacht, womit ich dir eine Freude
machen könnte. Und ich glaube, ich habe eine gute Idee:
Wir drei packen heute einfach unsere Sachen und fahren nach Paris.«

»Nach Paris?« Barbara strahlte den Forensiker an. »Wirklich? Wie schön. Paris – die Stadt der Liebe!«

»Ins Disneyland, um genau zu sein«, ergänzte Joys Vater, und das Strahlen in den Augen seiner Frau wich einem Ausdruck von Enttäuschung und Verständnislosigkeit. »Zur Ablenkung. Da wolltest du doch schon immer mal hin«, fuhr Dr. Spix an Joy gewandt fort. »Und ich glaube, es ist nicht verkehrt, erst einmal von hier zu verschwinden, bis sich die Situation ein wenig beruhigt hat. Die Polizei sagt, heute Nacht haben Journalisten versucht, auf unser Grundstück vorzudringen. Vielleicht, um heimlich Fotos durch die Fenster zu knipsen.«

»Pervers«, kommentierte Barbara.

Joy schüttelte den Kopf. »Wir können nicht weg von hier«, erklärte sie entschieden. »Am Freitag ist St.-Joost-Tag. Du nimmst mich doch auf den Wagen der Uni mit. Das hast du mir versprochen.«

Barbara stöhnte. »Primitiv«, ließ sie verlauten, schenkte sich dampfenden Kaffee aus einer silbernen Kanne nach und griff nach dem *Oberfrankenburger Blitz-Express*, den der Partyservice mit hereingebracht und auf dem freien Platz zu ihrer Linken abgelegt hatte. Sie überflog die Schlagzeilen, warf die Zeitung auf den Brötchenkorb und studierte die beigelegten Werbeprospekte.

Ihr Vater zog eine Grimasse. »Nach allem, was passiert ist, denkst du an etwas so Lächerliches wie den St.-Joost-Tag?«, wunderte er sich. »Außerdem, wenn ich ganz ehrlich sein soll, ich mache mir Sorgen, weißt du? Du hast von drei Männern gesprochen, die dir und deinen Rettern gefolgt sind und –«

Joy sprang auf. »Das ist nicht lächerlich. Das ist *normal*«, betonte sie eingeschnappt. »Wenn die ganze Welt um einen herum durchdreht, ist es toll, einfach etwas ganz Gewöhnliches zu tun. Etwas, das man schon seit Monaten geplant hat. Ich will auf den Katerwagen und ich will, dass Barbara verschwindet. Schick sie allein nach Paris oder Venedig. Außerdem: Ich habe keine Angst. Vor nichts und niemandem.«

Barbara zuckte gleichgültig die Schultern, aber ihr Vater reagierte anders als erwartet. Statt sich bestürzt zu geben oder aufzufahren, umspielte ein erleichtertes Lächeln seine breiten Lippen.

»Gott sei Dank – genau so kenne ich meine Tochter«, seufzte er. »Ich hatte Schlimmeres befürchtet; wie auch immer.« Er winkte ab. »Wenn du hierbleiben möchtest, fahren wir natürlich nicht. Und wenn du auf den Wagen willst, gehen wir auf den Wagen.«

Sein Blick streifte die Zeitung, die Barbara auf den Tisch gelegt hatte. Er nahm sie an sich und geriet kurz ins Grübeln, als er die aktuellen Schlagzeilen zur Kenntnis nahm. Wie vermutet, war das Wiederauftauchen seiner Tochter das absolute Topthema (und das, obwohl in der Tankgasse irgendetwas vorgefallen war, das den Einsatz mehrerer Polizei- und Leichenwagen erfordert hatte). Dass in der vergangenen Nacht zwei Ganoven versucht hatten, in sein Haus einzudringen, die in letzter Sekunde jedoch von der Polizei überwältigt und in Haft genommen worden waren, traf ihn unerwartet. Ein unscharfes Foto zeigte einen Zivilbeamten, der ein Nunchaku nach einem Mann warf, dessen Gesicht unter den Schatten seiner großen schwarzen Kapuze kaum zu erkennen war. Vielleicht, dachte Dr. Spix und machte sich sogleich neue Vorwürfe, hätte er doch ans Telefon gehen sollen ...

Er maß seine Tochter mit aufmerksamem Blick. Tatsächlich wirkte sie keineswegs verängstigt oder gar traumatisiert, sondern so stur und trotzig wie eh und je. Dennoch, die Gefahr, dass ihr jemand auflauerte oder gar hier einbrach, um sie ihm wieder zu rauben, war nach dieser Nachricht nicht mehr zurückzuweisen. Aber Joy wollte auf den Katerwagen, und – zur Hölle! – er hatte wirklich etwas gutzumachen.

Schließlich entschied er sich für einen Kompromiss. »Wir werden zumindest so tun, als ob wir verreisen«, beschloss er an Joy gewandt. »Wir sagen unsere Teilnahme offiziell ab. Und ich werde einen privaten Sicherheitsdienst engagieren.«

Joy setzte sich wieder. »Warum?«, erkundigte sie sich misstrauisch.

»Weil ich der allergrößte Angsthase der Welt bin. Und weil uns die Reporter sonst den Platz auf dem Wagen wegnehmen«, antwortete ihr Vater, tauschte seinen kalten Kaffee gegen den frischen seiner Frau aus und zwinkerte Joy zu.

Doch sie spürte nur zu deutlich, dass seine Fröhlichkeit aufgesetzt und ihr Vater in Wirklichkeit in großer Sorge war. Sie wusste, dass seine Befürchtungen berechtigt waren, und trotzdem gelang es ihr nicht, seine Furcht vor den fremden Männern oder gar den aufdringlichen Zeitungsmenschen zu teilen. Nach allem, was sie in den letzten vier Tagen überlebt hatte, hatte sie das Gefühl, dass ihr nichts und niemand auf der ganzen Welt noch gefährlich werden konnte.

»Wenn du mir wirklich einen Gefallen tun willst, schick Barbara allein in den Urlaub«, wiederholte sie darum. »Ich pass schon auf uns beide auf.«

Kapitel 24

Gemessen an den besonderen Umständen, unter denen Lennart seine Predigt hielt, verlief sie weitgehend friedlich. Zumindest gab es keine Verletzten, was vor allem Latte zu verdanken war, der weiterhin ein routiniertes Geschick darin bewies, seine Freundin zu besänftigen.

Von allen Jüngern des Neuen Propheten erwies sich Gurke als die härteste Nuss. Nicht weil sie schlechter zuhörte als die anderen oder seinem Gerede vom Sumpf der Götter, die kein Mensch mehr braucht, weniger Glauben schenkte (das war praktisch unmöglich, denn weniger als gar nicht geht eben nicht), sondern weil es kaum ein Substantiv gab, das ihr nicht als Signalwort für irgendein vermeintliches traumatisches Erlebnis ihrer stetig variierenden Vergangenheit diente. Mal gab sie tränenreich vor, ihre Jugend als politische Gefangene in einem Eingeborenendorf im Norden Afrikas verlebt zu haben, mal hatten die Zeugen Jehovas, die in ihren Schilderungen Voodoo-Kult mit Menschenopfern betrieben, ihr erst die Kindheit und dann die Kinder geraubt. Immer dann, wenn Latte sie wieder einigermaßen beruhigt hatte, beschimpfte dieser denjenigen, der das entsprechende Schlüsselwort gegeben hatte, wahlweise als Idioten, Schwachkopf, Penner oder Pisser, was fast alle schweigend hinnahmen.

Einzig Ötti fuhr einmal aus der Haut, weil er – wenn er schon einen so großen Willen zur Resozialisierung bewies, dass er sogar Lennarts schwachsinniges Gequatsche anstandslos aushielt – bitte nicht Penner genannt werden wollte, sondern höchstens Vollidiot. Für den Fall, dass der bärtige Alte in Gegenwart seiner nervenschwachen Freundin noch einmal so laut schrie, drohte Latte ihm Schläge an. Ötti reagierte unwirsch, und Chriss Popp verhinderte das Schlimmste, indem er sich zwischen die beiden Kontrahenten und die heulende Drogensüchtige schob und den Weltfrieden mit beachtlichem rhetorischem Geschick an dem Zwiespalt der beiden Streithähne festmachte.

Zur Belohnung offerierte Tussi Tornado dem Althippie ein unmoralisches Angebot, das Chriss jedoch höflich ablehnte. Lennarts Busenfreund Max rauchte derweil einen Joint nach dem anderen, so dass der Qualm die kleine Dachgeschosswohnung bis in den letzten Winkel ausfüllte, in den Augen brannte und im Hals kratzte. Der Gestank der Tabakmischung ließ in Tabea Übelkeit aufsteigen, und zu allem Überfluss begleitete der Geist des Vampirs, der nach wie vor in ihrem Kopf herumspukte, Lennarts Predigt in einem fort mit gehässigen Bemerkungen.

Nach Abschluss seines Erfahrungsberichts warf der Neue Prophet einen prüfenden Blick unter die Kissen auf dem zweiten Sessel und ließ sich dann erschöpft auf das grüne Polster fallen. Es dauerte einen Moment, bis seine Jünger realisierten, dass das monotone Gerede aufgehört hatte.

Chriss, der von allen am aufmerksamsten zugehört hatte (weil er schlicht und ergreifend jedem, sogar Gurke, teilnahmsvoll zu lauschen pflegte), war der Erste, der Lennarts Geschichte kommentierte.

»Ich glaube, ich verstehe die Philosophie, die hinter deiner Geschichte steht«, behauptete er nachdenklich und ernst, ohne davon abzulassen, in seiner Teetasse zu rühren. Wenn er nicht gerade daran nippte oder an Max' Tüte zog, rührte er immerfort darin – bei zunehmender Erregung schien es Tabea manchmal, als rührte der Althippie um sein Leben. »Es geht um den ewigen Zwiespalt zwischen Gewissen und Verantwortung«, vermutete Chriss. »Und um die Göttlichkeit jedes Individuums und das alles. Total guter Ansatz.«

Die Wellen im Pflaster auf Lennarts Stirn kündeten von angestrengtem Grübeln. »Eher nicht«, verneinte er nach einer Weile.

»Transkulturell-zeitlose Wahrheit?«, riet Chriss weiter.

»Absinth«, grinste Ötti. »Aber der gute alte mit ganz viel Thujon. Kriegt man hierzulande ja gar nicht mehr. Außer man fragt den allwissenden Ötti. Der dreht das schon.«

»Jetzt echt?«, staunte Max, dessen Augen von all dem berauschenden Qualm inzwischen fast vollständig zugeschwollen waren.

Ötti rückte dicht an ihn heran und schlang einen Arm um die Schultern des Teenagers. »Echt«, hauchte er ihm zusammen mit einer Schnapsfahne ins Gesicht. »Jamaikanischer *Thujone Sun* – kennste den?«

Max, der für seine Lippen bislang nur beim Rauchen und beim Grinsen Verwendung gefunden hatte, blühte in einer Konversation mit dem Stadtstreicher spontan auf, die viel mit illegalen Zusatzstoffen in wermuthaltigen Spirituosen und darauf beruhenden übersinnlichen Erfahrungen zu tun hatte. Und Gurke begann aus unerfindlichen Gründen wieder zu heulen. Offenbar hatten Max' Worte erneut traumatische Erinnerungen in ihr geweckt. Möglicherweise, dachte Tabea entnervt bei sich, war eine der Frauen, die sich ihren Körper teilten, kürzlich von Außerirdischen entführt und mit Grünem Absinth zwangsernährt worden.

Bevor eine erneute Runde Irrsinn folgen konnte, sprang Tabea, die die Szene vom Fensterbrett aus mitverfolgt hatte, gereizt auf.

»So wird das alles nichts«, fluchte sie. »Du bist ein miserabler Prediger. Und ihr seid erbärmliche Jünger. Wir müssen uns etwas anderes einfallen lassen.«

»Und was schlagen Sie vor?«, erkundigte sich Lennart beleidigt.

»Keine Ahnung!«, fluchte Tabea. »Verwandle Wasser in Wein oder vollbring irgendein anderes Wunder. Lass dich öffentlich auspeitschen oder an ein Kreuz nageln. Was weiß ich!«

Alvaro, der in den vergangenen Minuten auf einem Stapel Aktenordner vor sich hin gegrübelt hatte, erhob sich und machte eine besänftigende Geste.

»Nein, nein, meine Kinder«, sagte er sanft. »Es liegt nicht an ihm oder an diesen Menschen. Es ist etwas anderes.«

»Und was, bitte sehr?«, schnappte Tabea, die zwar nicht wusste, was genau sie erwartet hatte, sich inzwischen aber trotzdem damit abgefunden hatte, dass ihre Idee, die verbannten Götter zur Unterstützung gegen das Böse aus dem Sumpf der Götter, die kein Mensch mehr braucht, hervorzurufen, ein Flop gewesen war.

»Ich glaube, wir haben etwas vergessen«, erklärte Alvaro mit betrübter Miene. »Woher sollen die alten Götter wissen, dass sie zurückkehren können? Was ist, wenn sie unseren Ruf nicht hören? Du sprachst von einem Sog des Protests und der Entscheidung, Lennart. Woher sollen Tleps, Imana und die anderen wissen, dass sie den Sprung jetzt wagen können, weil sie wieder willkommen sind? Mehr noch: dass man sie braucht!«

»Ich bin für die Nummer mit dem Wein«, winkte Ötti ab, verschwand kurz im Bad und stellte einen Zahnbecher voll Wasser auf dem Wohnzimmertisch vor Lennart ab. Max grinste und zerhackte eine neue Portion grüner Knollen und Tabak auf einem Brettchen, das er zu diesem Zweck aus der Küche entwendet hatte.

Tabea zog die Brauen zusammen. »Du meinst, jemand müsste Bescheid sagen«, schlussfolgerte sie zweifelnd.

»Aber das bedeutet, dass einer von uns sterben muss«, wandte Lennart kopfschüttelnd ein.

»Nicht einer von uns«, verbesserte Tabea. »Sondern du.«

»Ich? Warum ich?«, entfuhr es Lennart erschrocken.

»Weil es dir aus irgendeinem Grunde bestimmt ist, nach deinem Tod in den Sumpf zu stürzen«, erläuterte Alvaro ruhig, bedeutete dem Neuen Propheten aber sogleich mit einem Wedeln der linken Hand, sich nicht aufzuregen. »Aber daran ist natürlich nicht zu denken. Nein. Vermutlich hat Tabea Recht: Wir müssen uns etwas anderes einfallen lassen.«

Gurke hob den Kopf. »Wer will sterben?«

507

»Du musst deine Kumpels da oben kontaktieren und um Hilfe bitten«, stellte Tabea fest.

»Ich glaube nicht, dass ausgerechnet mir noch irgendjemand zuhört«, verneinte Alvaro betrübt.

»Wer will sterben?!«, wiederholte Gurke nachdrücklich.

»Niemand«, antwortete der gefallene Engel. »Es war eine dumme Idee. Ich hatte sie nicht zu Ende gedacht, als ich anfing, darüber zu re–«

Er brach ab, als die aufgedunsene Frau auf die Füße sprang und einen nach dem anderen mit irrem Blick streifte. In der rechten Hand hielt sie auf einmal das Messer, das Max gerade noch zum Zerhacken und Vermischen von Tabak und Marihuana gedient hatte.

»Kommt alle her, wenn ihr sterben wollt!«, kreischte Manuela Überbach alias Gurke und verpasste ihrem Lebensgefährten einen heftigen Ellbogenstoß, als er sich erschrocken hinter ihr positionierte. »Ich kann töten! Als mich der Söldner mit nach Usbekistan gebracht hat, habe ich genug Leute kaltgemacht – auf einen mehr kommt es nicht an! Kommt schon! Kommt!«

Wie von Sinnen fuchtelte sie mit der glänzenden Klinge vor Alvaro herum und kam ihm dabei bedrohlich nahe. Der gefallene Engel riss entsetzt die Augen auf und hob die Hände, als wäre sie der Sheriff und er der ertappte Gangster. Latte versuchte sein Glück erneut, indem er eine Hand auf die Schulter seiner wahnsinnigen Freundin sinken ließ, und Gurke schnitt ihm in vier Finger, ohne auch nur zu ihm hinzusehen. Latte ging jaulend in die Knie, Chriss Popp eilte besorgt wie erschrocken zu ihm hin, riss sich das Hemd vom Leib und reichte es ihm, damit er die Schnittwunden notdürftig

508

verbinden konnte. Und Sir Lancelot vom See leckte das Blut vom Parkett.

Tabea war mit drei Schritten zwischen der hysterischen Frau und Alvaro und schielte auf das blutverschmierte Messer, das sich nun unmittelbar vor ihrem Gesicht befand.

»*Geizkochs Schärfstes*, Modell zwei«, stellte sie fachkundig fest. »Aus der dritten Serie. 2004.«

Aber Gurke ließ sich nicht irritieren. Stattdessen rückte sie noch ein Stück dichter an Tabea heran, und etwas in ihrem Blick veränderte sich.

»Ich kenne dich«, behauptete sie auf einmal. »Du hast meine Schwester ermordet.«

Tabea neigte fragend den Kopf.

»Warum fällst du mir jetzt erst auf?«, wunderte sich Gurke plötzlich mit erstaunlich ruhiger, aber umso gefährlicher wirkender Stimme. »Ich habe dich beobachtet. Erinnerst du dich? Meine Schwester lag fast erfroren hinter dem Altglascontainer. Ich daneben. Und dann kamst du. Was hast du getan?«

Tabea reagierte nicht, doch auf einmal kehrten verschwommene Bilder in ihr Bewusstsein zurück – nur wenige von unendlich vielen, für die sie sich nun, da sie gewissermaßen ins Leben zurückgekehrt war, schämte. Bilder der Wahrheit, die diese kranke Frau sprach ...

Sie ist aufgewacht und hat geschrien, half ihr Hieronymos auf die Sprünge. *Aber nur ganz kurz. Und viel zu spät.*

»Ich konnte nichts tun.« Gurke flüsterte jetzt fast. Ihre gelb unterlaufenen Augen waren weit aufgerissen. »Ich war in einer anderen Welt und konnte nichts machen. Aber Steffi ... Sie hat das Zeug nie angerührt. Die hat nie Drogen genommen, nicht mal gesoffen. Sie wollte zurück zu unserer Mutter und ihr helfen, vom Schnaps wegzukommen. Aber dann kamst du ...«

Ja, bestätigte Hieronymos, und Tabea wurde leicht schwindlig. Nun erinnerte sie sich so klar an die Obdachlose hinter dem Altglascontainer, als wäre es gestern gewesen, dass sie ihr das Blut aus den Adern gesaugt hatte. *Eine von denen, nach denen niemand sucht*, zitierte Hieronymos. *Und es stimmt. Niemand hat nach Stefanie Überbach gesucht, deren Leichnam noch immer am Grund des Trappersees ruht. Frag diese Frau doch mal, wie die Polizei reagiert hat, nachdem sie ihre Schwester als von einem Vampir geschändet und seither als vermisst gemeldet hatte.*

Es fiel Tabea nicht leicht, die Fassade des Zweifels, die sie aufgesetzt hatte, aufrechtzuerhalten. Sollte tatsächlich sie die Schuld an der gar zu offensichtlichen geistigen Verwirrung dieser Frau tragen? Nein, versuchte sie sich zu beruhigen. Eine solch kaputte Seele musste weit mehr erlitten haben als den Verlust ihrer eher perspektivlosen Schwester.

»Dann war ich auf einmal ... weg. Ich hatte solche Schmerzen. Ich brauchte mehr Drogen, verstehst du?«, fuhr Gurke fort. Tränen rannen über ihre pickeligen, aufgedunsenen Wangen. »Und als ich die Augen wieder aufgemacht habe, war Steffi nicht mehr da. Was hast du mit ihr gemacht, du Monster?!«

Ehe Tabea antworten konnte, mischte sich der Althippie ein, der sich von Latte abwandte und von Erster Hilfe zu Krisenmanagement wechselte.

»Hey, Mädel. Bleib mal cool. Alles easy«, bat er, während er sich der Drogensüchtigen vorsichtig von der Seite näherte, sicherheitshalber jedoch stehen blieb, ehe er in ihre unmittelbare Reichweite geriet. »Was hältst du davon, wenn ich uns beiden Hübschen jetzt noch 'n Tee aufsetze und wir uns in die Küche zurückziehen. Mit mir kannst du über alles reden. Ehrlich.«

Gurke schien ihn überhaupt nicht wahrzunehmen. Ihr Blick war starr auf Tabea gerichtet, die ihr schlechtes Gewissen kaum noch unterdrücken konnte. Bei *Flotte Tubes Kragenweiß*, sie war aber auch vom Pech verfolgt! Warum musste ihr von den vierzigtausend Einwohnern der Stadt ausgerechnet der einzige Mensch begegnen, der sie in den vergangenen Jahren in flagranti erwischt hatte?

Aus den Augenwinkeln versuchte sie, Alvaros Reaktion auf den Auftritt der Drogenkranken auszumachen. Doch er befand sich außerhalb ihres Sichtfeldes. Zwar konnte er sich in etwa vorstellen, wie sie das vergangene Jahrhundert für sich gestaltet hatte, aber Einzelheiten wie die Geschichte, die Gurke gerade ausgeplaudert hatte, wollte sie ihm eigentlich doch lieber ersparen. So würde ihr der gefallene Engel nie vertrauen!

Ein kleiner Hoffnungsschimmer war, dass die Drogenabhängige in der vergangenen halben Stunde alles darangesetzt hatte, sich komplett unglaubwürdig zu machen. Ein Umstand, den Tabea für sich nutzen musste.

»Okay«, sagte sie darum. »Es stimmt. Aber das war doch nur, weil deine Schwester meinen betrunkenen Onkel beim Pokern um sein Haus, sein Auto und seinen Flugzeugträger gebracht hat, um mit dem Geld aus dem Verkauf ein polytheistisches Terror-Camp in Saudi-Arabien zu unterstützen.«

Tabea lächelte unschuldig. Hieronymos schnaubte. *Betrunkener Onkel*, wiederholte er angewidert.

Gurkes Arm schnellte nach vorn.

»Schlampe!«, kreischte sie und stieß ihr das Messer bis zum Heft in die Magengrube – zum Entsetzen der anderen Jünger und des Neuen Propheten. Während unter ihnen Chaos ausbrach, betrachtete Alvaro die beiden Frauen eher bestürzt als ernsthaft besorgt. Max, der während des kurzen Wortwechsels eingenickt war, riss der tätliche Übergriff noch nicht einmal vom Sofa.

Chriss machte einen Satz auf die Drogensüchtige zu, riss sie von ihrem Opfer weg und verpasste ihr zu Tabeas Überraschung einen Kinnhaken, der sich mit dem Pazifismus, dem er sich angeblich verschrieben hatte, ganz und gar nicht vereinbaren ließ. Die junge Frau ging wie ein gefällter Baum zu Boden und blieb benommen liegen. Tabea zog die Klinge aus ihrem Leib, und irgendjemand trat die Tür ein.

Alle Augen richteten sich auf Volchok, der in der nächsten Sekunde an Morpheus vorbei in die Diele hinkte. In der rechten Hand hielt er eine Pistole, die er abwechselnd auf alle Anwesenden richtete.

»Kurwa!«, rief er aus, was er sich im Vorfeld zurechtgelegt hatte. »Was treibst du hier?«

Erst dann realisierte er, dass das Bild, das sich ihm bot, nicht zu seinen Erwartungen passte. Rattlesnake Rolf hatte angekündigt, dass sie drei Personen in der kleinen Wohnung vorfinden würden. Was er stattdessen erblickte, war eine Freak-Show, die ihresgleichen suchte.

Sieben Augenpaare waren auf ihn gerichtet. Zwei weitere nahmen aus unterschiedlichen Gründen keinerlei Notiz von ihm. Das chaotische Wohnzimmer war mit heruntergekommenen Gestalten nur so vollgestopft. Unter ihnen befanden sich zwei Frauen, und außerdem die

Samstagabendtranse aus dem »Zickzack«, einer zwielichtigen Kneipe, die sich buchstäblich im Untergrund der Stadt, nämlich in einem zweckentfremdeten Bunker, befand. Vermutlich konnte keiner der Anwesenden jemandem wie Morpheus gefährlich werden. Trotzdem musste Volchok davon ausgehen, dass angesichts dieser Umstände Blut fließen würde, denn neun Menschen ließen sich weniger gut kontrollieren als drei, und das entsprach nicht den Anweisungen, die ihnen der Boss erteilt hatte. Sie sollten »nur ein bisschen aufräumen« und die Frau beim Vornamen nennen – eine mysteriöse Aufgabe, die zu hinterfragen Volchok angesichts der fürchterlichen Schnitzer der letzten Nacht jedoch lieber nicht gewagt hatte.

Aber welche der Frauen war die Gemeinte? Eine Beschreibung hatte Rattlesnake Rolf ihnen nicht gegeben.

»Was macht der Kannibale im Restaurant?«, flüsterte Alvaro hilflos in die plötzliche Stille hinein.

»Schnauze!«, brüllte Volchok und richtete den Lauf der Waffe direkt auf den gefallenen Engel, den er als den Freizeithelden von gestern Nacht identifizierte. Am liebsten hätte er den Möchtegern-Supermann auf der Stelle erschossen, aber Rattlesnake Rolfs Ansage war mehr als deutlich gewesen: Es durfte nicht noch mehr Tote geben.

Sein Blick flackerte zwischen den beiden Frauen umher, während sich nach Morpheus auch Shigshid in die Diele drängte. Eine der beiden lag auf dem Rücken und starrte mit stumpfem Blick an die Decke. Die andere war verletzt, aber bewaffnet. Ihr kariertes Dirndl war unterhalb der Rippen blutdurchtränkt. Zu seiner Verwunderung schwankte die Frau trotz ihrer sichtbar schlimmen

Verletzung kein bisschen, sondern trat nun zielsicher auf ihn zu.

Tabea musste ihm die Waffe entwenden, ehe ein Unglück geschah. Die Wunde in ihrem Bauch begann zwar bereits, sich zu schließen, schmerzte aber sehr. Die Konfusion, die ihre unverhältnismäßig sicheren Schritte bei den Fremden bewirkten, würde den kleinen Kraftverlust jedoch hoffentlich ausgleichen.

Der Fremde richtete den Lauf der Pistole nun auf ihre Schläfe, doch ließ Tabea sich davon nicht beeindrucken. Eine Kugel im Kopf würde wehtun, aber Alvaro war ihr dieses kleine Opfer mehr als wert.

Volchok setzte alles auf eine Karte. Seine Chancen, die richtige Frau anzusprechen, standen fifty-fifty.

»Tabea, Tabea ...«, bemerkte er um Gleichgültigkeit bemüht, während sich die Lebensmüde ihm entschlossen näherte, und er traf ins Schwarze: Die Fremde verharrte und zog irritiert die Brauen zusammen.

»Woher kennst du meinen Namen?«, wollte sie wissen.

Bingo!, dachte Volchok erleichtert. Den wichtigsten Teil seiner Aufgabe hatte er damit erfüllt. Nun mussten sie nur noch zusehen, dass sie zur Ablenkung ein paar Kleinigkeiten zerstörten und schnell wieder verschwanden.

»Amnesie oder was?«, spottete er anstelle einer Antwort und ließ die Waffe ein kleines bisschen sinken. »Mach keinen Unsinn. Ich will dir nichts tun. Wir sind doch Freunde.«

»Freunde?«, wiederholte Tabea angewidert.

Tja, triumphierte Onkel Hieronymos. *Das war's dann wohl mit deinem Menschenfreund, meine Liebste.*

Tabea ignorierte die Stimme und blickte erschrocken

über die Schulter zurück zu Alvaro, auf dessen glatter Stirn sich eine sorgenvolle Denkfalte bildete. Sie straffte die Schultern und wandte sich wieder dem rattenhaften Mann mit der Pistole und seinen Gefährten zu.

»Das sind die Verbrecher von gestern Nacht«, stellte sie fest. »Sie wollten das kleine Mädchen töten und haben dabei Ihren Freund umgebracht.«

»*Wir* wollten das Mädchen töten?«, erwiderte Volchok erstaunt. »Ich entsinne mich, dass *du* sie auf die Gleise gestoßen hast, auf denen der Zug heranrollte. Genauso wie du es angekündigt hattest.«

Tabea spürte Lennarts bösen und Alvaros bestürzten Blick im Nacken. Ihre Hände begannen zu zittern, und ihr Magen zog sich zu einem harten Klumpen zusammen, als sie realisierte, was hier gespielt wurde. Hieronymos hätte sich den Kommentar sparen können, aber seine Worte trafen den Nagel auf den Kopf.

Ich an deiner Freunde Stelle würde dir spätestens jetzt kein Wort mehr glauben, sang er hinter ihrer Stirn. *Aber das macht nichts. Du hast ja noch mich.*

»Dreckskerl!«, kreischte Tabea und sprang auf den Verbrecher mit der Pistole zu.

Volchok stolperte einen Schritt zurück. Mit einer solch heftigen wie leichtsinnigen Reaktion hatte er nicht gerechnet. Sein Zeigefinger krümmte sich über dem Abzug, als ihn nur noch eine halbe Armeslänge von der hysterischen jungen Frau trennte.

Auch dieses Mal, das stand nun endgültig fest, würde der ihm anvertraute Einsatz im Desaster enden.

Eine Etage tiefer hatte Aisha El Sherif die Faxen endgültig dicke. Dass ihr Mann die freie Wohnung im Dachgeschoss von Marokko aus vermietet hatte, ohne diesen Ohnesorg ein einziges Mal persönlich gesprochen zu haben, geschweige denn sich mit ihr zu beraten, würde sie ihm nie verzeihen. Dass er zudem beteuerte, ein göttliches Zeichen habe ihn zu diesem Schritt bewogen, war nicht nur lächerlich, sondern auch lästerlich. Dieser Egozentriker ließ sich in der Obhut seiner Eltern und Großeltern die Sonne auf den Pelz brennen, während sie, Aisha, mit den Kindern und all dem Kummer, den dieser rücksichtslose Hammel dort oben ihr bereitete, vollkommen allein zurückblieb.

Sie war immer dagegen gewesen, die kleine Dachgeschosswohnung zu vermieten, und sie wusste auch warum: Ihre Kinder, insbesondere die Kleinste, brauchten noch viel Schlaf. Ohne einen anständigen Abschluss hatte man hierzulande keine Chance. Und die beiden Häuser, die sie inzwischen besaßen, würden nicht ausreichen, um alle vier Mädchen für die Zukunft abzusichern. Darum mussten die Kinder viel lernen, und die Voraussetzungen dafür waren nicht nur Ordnung, Sauberkeit, gute und gesunde Ernährung und eine konsequente Erziehung, sondern auch und vor allen Dingen ausreichend Schlaf.

Schlaf, den sie kaum noch fanden, seit ihr Ehemann dieses Trampeltier ins Haus geholt hatte. Ständig knallte die Wohnungstür, alle naselang polterten Schritte die hölzerne Treppe hinauf – und apropos Treppe: Obwohl Ohnesorg nun schon fast eine Woche in diesem Haus wohnte, hatte er die Stufen, die zu seiner Wohnung hinaufführten, noch kein einziges Mal gereinigt.

Selbst wenn zu den Schlafenszeiten der Mädchen ausnahmsweise Stille herrschte, kamen sie nicht zur Ruhe. Angesichts der schmutzigen Treppe hatten sie von den gewiss mehr als unhygienischen Zuständen, die erst hinter der Tür des Herrn Ohnesorg lauern mochten, Albträume.

Aisha El Sherif warf die Haustür, die sie geöffnet hatte, um den Müll hinauszutragen, wütend ins Schloss. Sobald ihr Mann aus Marokko zurück war, beschloss sie, die Scheidung einzureichen. Schließlich waren sie hier in Deutschland. Hier war es beinahe üblich, den Bund fürs Leben wieder aufzulösen. Viele Frauen heirateten sogar mehrere Male. Und nachdem sich Aishas eigene Familie von ihr abgewandt hatte, weil sie die Hochzeit mit dem Marokkaner nicht gutgeheißen hatte, musste sie in dieser Hinsicht nicht Schimpf und Schande fürchten. Üblich war außerdem, dass man den Frauen nicht nur die Kinder, sondern auch die Immobilien zusprach, wenn sie ihre Männer verließen – auch das würde ihr Gatte in absehbarer Zeit am eigenen Leib erfahren.

Zuvor aber würde sie dem *Herrn* dort oben zeigen, wer in diesem Haus die Hosen anhatte. Dieses Mal waren er und die Leute, mit denen er sich abgab, zu weit gegangen.

Nachdem Aisha die älteren Mädchen in den Kindergarten und zur Schule begleitet hatte, war sie nach Hause zurückgekehrt und ihren alltäglichen Beschäftigungen nachgegangen. Sie hatte das Baby gebadet und in den Laufstall gesetzt, die Laken gewechselt, aufgeräumt, den Boden und die Küche gewischt, zusätzliche Vokabeln und Rechenaufgaben für den Nachmittag vorbereitet und das Gemüse für das Mittagessen geschnitten. Als es an der Tür geschellt hatte, hatte sie im Vorbeigehen den automatischen Öffner gedrückt und den Müll aus der Küche geholt, um ihn, wenn sie schon in den Flur musste, gleich mit nach draußen zu tragen. Als sie die Wohnung dann aber verlassen hatte, war niemand mehr da gewesen. Schwere Schritte am oberen Ende der Treppe und ein fürchterliches Krachen hatten ihr verraten, dass man ihre Klingel gedrückt hatte, eigentlich aber Ohnesorg besuchen wollte.

Diese Menschen hatten noch nicht einmal den Anstand besessen, sich dafür zu entschuldigen, dass sie die falsche Klingel gedrückt hatten! Und was den Lärm anging: Aisha vermutete, dass Ohnesorg die Tür so weit und schnell aufgerissen hatte, dass sie gegen die Wand gekracht war. Wahrscheinlich war er betrunken, und bestimmt hatte die Klinke ein Loch im Putz hinterlassen.

Aisha war zum Ausgang gestampft und hatte versucht, sich zu beherrschen, den Müll wegzubringen, in ihre Wohnung zurückzukehren und das Gemüse zu dünsten. Aber was zu viel war, war eben zu viel, und deshalb war sie jetzt, den Abfallsack noch immer in der Rechten, doch auf dem Weg nach oben; ein südländischer Vulkan, in dem sengend heißer Zorn brodelte – auf den Untermieter, dessen dreiste Gäste, ihren Mann in Marokko, den Gemüsehändler, der sie gestern schon wieder um zwanzig Cent betrogen hatte, und die Deutschlehrerin ihrer Ältesten, die sich das Minus hinter der Eins vergangene Woche einfach nicht hatte ausreden lassen.

Erst als Aisha Alvaros Gäste, die sich als dunkle Schatten gegen die Dielenbeleuchtung abzeichneten, bereits sehen konnte, fiel ihr auf, dass sie keine Schuhe trug.

518

Dass sie ihre Socken angesichts des Verschmutzungsgrads der Treppe später würde wegwerfen müssen, goss zusätzliches Öl ins Feuer.

Aus dem Inneren der Dachgeschosswohnung drang eine schrille Stimme zu ihr herab. »Er bestellt den Kellner!«, kreischte eine Frau. »Der Kannibale bestellt den Kellner, du elender Mistkerl!«

Die resolute Südländerin nahm die letzten drei Stufen mit einem einzigen Schritt. Nun stritten sich diese schlimmen Menschen auch noch über Scherzfragen! Vermutlich war der Angebrüllte schuld, dass die ganze Bagage ein Spiel oder eine Wette verloren hatte. Spielsüchtig war das Pack also auch noch!

Sie holte mit dem prallvollen Müllbeutel aus und schlug ihn dem Rohling, den sie als Erstes erreichte, mit solcher Kraft über den Kopf, dass die dünne Folie riss und der Abfall in alle Himmelsrichtungen flog. Obwohl der Mann sehr groß war und bestimmt auch ziemlich stark, fürchtete sich Aisha nicht. Schließlich waren sie hier in Deutschland, und in Deutschland durften Männer keine Frauen schlagen.

»*Lanet olsun!*«, schimpfte sie wütend. »Da hast du, was ihr alle hier verdient!«

In der nächsten Sekunde fiel ein Schuss, und Aisha erkannte voller maßlosem Entsetzen, dass dieser Ohnesorg und seine Freunde einen trockenen Kamelfurz darauf gaben, was hierzulande erlaubt oder verboten war.

Während Morpheus den Hausmüll aus dem aufgeplatzten Beutel mit einem Aufschrei, in dem Wut und Ekel um die Oberhand rangen, von sich abzuschütteln begann, ergriff Aisha El Sherif die Flucht, rutschte dabei auf einem Ayran-Becher aus und überschlug sich auf dem Weg nach unten dreimal. Erstaunlicherweise blieb sie unverletzt, fand auf die Füße zurück und hetzte in ihre Wohnung. Anstatt das Gemüse zu Ende zu putzen, verbarrikadierte sie die Tür mit allen verfügbaren Möbeln (und das war alles außer dem Laufstall und der Einbauküche), bevor sie den Notruf wählte.

Ungeachtet des kreisrunden Lochs, das das Neunmillimetergeschoss in ihrer Stirn hinterlassen hatte, schlug Tabea wie von Sinnen auf Volchok ein, den sie unter Einsatz ihres gesamten Körpergewichts zu Boden gerungen hatte. Allein dem Umstand, dass das Messer dabei ihren Fingern entglitten war, verdankte der Russe, dass er noch lebte. Die Erkenntnis, dass er und die beiden anderen Männer einzig aus dem Grund gekommen waren, um Alvaros und ihre Freundschaft zu zerstören, versetzte sie in blinde Raserei. Immer wieder schlug ihre geballte Rechte auf Volchoks linkes Auge, der seinerseits versuchte, sie mit einer Hand von sich zu schubsen und die andere zu befreien, denn Morpheus stand auf seinen Fingern und wischte sich fluchend aus den Augen, was eine Babywindel und eine Tüte abgelaufener Orangensaft in seinem Gesicht hinterlassen hatten.

Als er das endlich geschafft hatte, beugte er sich vor, um Tabea im Nacken oder am Schopf zu packen. Doch so weit kam es nicht: Tussi Tornado hatte erkannt, dass überhaupt kein Dach über dem Kopf tausendmal sicherer war als diese Bleibe. Sie (oder er) hetzte zum Ausgang und schlug dem Riesen erst ihre Handtasche um die Ohren und danach, als er sie mit einer seiner Pranken am Oberarm erwischte, ihren linken Schuh. Der zehn Zentimeter hohe Pfennigabsatz des Pumps grub sich schmerzhaft in seine Wange.

Morpheus ließ den Travestiekünstler brüllend los und stolperte einen Schritt zur Seite, so dass Volchoks rechte Hand endlich frei war; Tussi Tornado stürmte aus dem Haus, um all ihren Freundinnen davon zu erzählen. Ötti brüllte Max an, den der Lärm inzwischen geweckt hatte und der dem Spektakel, das sich ihm bot, mit glasigem Blick und hilflosem Lächeln beiwohnte. »Lauf, Junge!«, schrie der Stadtstreicher und verpasste ihm einen Klaps auf den Hinterkopf, der ihn schwanken ließ und das Lächeln von seinen Lippen schubste. »Lauf um dein Leben! Onkel Ötti kümmert sich um den Rest!«

Und damit sprang er mit einem Kampfschrei auf Morpheus zu und schlug abwechselnd mit beiden Handkanten auf den Brustkorb des Riesen ein, der unter den Hieben jedoch nicht einmal zuckte. Chriss Popp und Latte hoben Gurke mit vereinten Kräften auf die Beine, während sich Alvaro dem Halbmongolen in den Weg stellte, der plump und wenig effektiv nach Tabea trat, die noch immer mit dem Russen rang.

Sie hätte sich verwandeln und einfach davonfliegen können, aber das wollte sie nicht. Er sollte ihren Hass ruhig spüren, denn er hatte es verdient. Möglicherweise wusste dieser Mann nicht einmal, was er ihr mit seiner boshaften Unterstellung antat. Aber das würde die Schuld nicht von ihm nehmen. Wer sich vom Teufel schicken ließ, hatte es verdient, verletzt zu werden. Denn daran, dass der Teufel (oder zumindest Hieronymos) hinter diesem fiesen Anschlag steckte, bestand für Tabea überhaupt kein Zweifel.

Volchok jedoch hatte endlich beide Hände frei und

auch den ersten Schrecken überwunden. Wie es möglich war, dass diese Wahnsinnige ungeachtet einer Kugel im Kopf und einer tiefen Stichwunde unter den Rippen mit aller Gewalt auf ihn einzudreschen vermochte, darüber konnte er sich später noch Gedanken machen. Nun wurde es erstmal Zeit, ernsthafte Gegenwehr zu zeigen.

Er stieß Tabea von seinem Leib, wälzte sich auf sie und zielte mit der geballten Faust auf ihre Nase. Doch in dieser Sekunde gelang es dem gefallenen Engel und dem Neuen Propheten, den noch von gestern angeschlagenen Shigshid zu Boden zu ringen. Der stämmige Halbmongole landete mit solchem Schwung auf Volchoks Rücken, dass seine Wirbelsäule gefährlich knackte.

Volchok blinzelte, als die fremde Frau mit dem nächsten Lidschlag verschwunden war. Da, wo sie gerade noch gelegen hatte, erblickte er lediglich die staubigen Dielen. Wo war sie?

Irgendetwas flatterte um seinen Kopf, riss kurz an seinen Haaren und biss ihm in die Finger, als er danach schlug. Er blickte auf und sah Ohnesorg ins Freie flüchten – dicht gefolgt von einem Teenager, einem Althippie und einem bärtigen Penner, der im Davonlaufen ein Pappschild an sich riss, das neben dem Schirmständer gelehnt hatte.

Morpheus landete mit einem Knall auf dem Rücken, der die Wände wackeln ließ. Auf ihm lag eine stämmige Frau, die ihre Stirn wie im Wahn auf das Nasenbein des Giganten krachen ließ. In ihren Augen blitzte reiner Irrsinn.

Während Volchok den Halbmongolen entgeistert von sich abschüttelte und sich auf die Hände stemmte, raste ein kläffender Hund an ihm vorbei nach draußen und eine Fledermaus drehte noch eine Runde um die nackte Glühbirne unter der Decke, ehe auch sie die Wohnung verließ.

Hinter Tabeas Stirn feierte Hieronymos mit einem orgiastischen Lachanfall seinen Triumph.

Kapitel 25

Bei dem Versuch, den Geist seines verstorbenen Vaters noch einmal heraufzubeschwören, war Hammerwerfer eingenickt. Angestrengt hatte er sich auf alles konzentriert, woran er sich noch erinnerte: an das zumeist wie versteinerte Gesicht, die kalten, graublauen Augen, seine imposante Figur, die er leider nicht an seinen Sohn, aber immerhin an seinen Enkel vererbt hatte, an seine raue Stimme und den eigenwilligen Geruch von Mundwasser und Antitranspirant-Deo, der ihn immerzu umweht hatte. Dabei waren seine Lider irgendwann einfach zugefallen. Erst am frühen Donnerstagnachmittag riss ihn das monotone Vibrieren seines Handys auf dem Linoleumboden aus dem Schlaf.

Er stöhnte auf, als er den Kopf, der bleischwer am oberen Ende seines steifen Nackens lastete, von der Schreibtischplatte hob, stolperte über seine eingeschlafenen Füße, während er sich mühsam von seinem gepolsterten Drehstuhl erhob, und bückte sich ächzend nach seinem Handy, das zwar nicht mehr klingelte, aber noch leuchtete.

Hammerwerfer alias Rattlesnake Rolf rieb sich den Schlafsand aus den Augen und entzifferte mühsam den Hinweis auf dem Display: *24 Anrufe in Abwesenheit. 23 x Morpheus, 1 x Ihr Kundenservice (neue Tarifangebote!).* Der Erste Kriminalhauptkommissar trottete zu seinem Schreibtisch zurück, legte das Mobilfunkgerät darauf ab und versuchte sich in Erinnerung zu rufen, was passiert war, ehe ihn die Müdigkeit übermannt hatte. Als es ihm wieder einfiel, schämte er sich wie damals, als ihn sein Vater beim verbotenen Spielen in der Badewanne erwischt hatte. Nur war er damals gerade fünfzehn gewesen, während er jetzt stramm auf die fünfzig zuschritt. Und das machte die Sache ungleich schlimmer.

Nachdem er das Lebenswerk seines alten Herrn binnen weniger Tage an den Abgrund gebracht hatte, in den es nach wie vor zu stürzen drohte, war ihm nichts Schlaueres eingefallen, als die Rollos herunterzulassen, den Stecker der Telefonanlage im Büro zu ziehen und ein paar Teelichter zu entzünden, um einen Geist zu beschwören! Das war mehr als peinlich, und völlig verantwortungslos obendrein.

Er vergeudete einen letzten Moment kostbarer Zeit damit, rastlos im Büro auf und ab zu marschieren und sich die Schläfen zu massieren, während er angestrengt darüber nachdachte, welche der zahlreichen Baustellen, die sich in den vergangenen Tagen (und insbesondere in der letzten Nacht) aufgetan hatten, er zuerst in Angriff nehmen sollte. Dabei fiel sein Blick auf den viereckigen Zettel mit dem albernen Grinsesmiley, der von der Tischplatte gesegelt war.

Der Hammer war gefallen: Zuerst musste er nach sei-

525

nen Polen im Keller sehen, und dann würde er dafür sorgen, dass diese verdammten Schnüffler von außerhalb dringend nach Hause mussten. Aus persönlichen Gründen, würde es heißen.

Auf dem Weg zur Treppe, die zu dem kleinen Zellenkomplex im Untergeschoss hinabführte, tadelte er sich selbst dafür, nicht schon viel früher auf diese Idee gekommen zu sein. Ein krankes Kind, ein Wohnungsbrand, eine Großmutter, die tragischerweise vom Balkon gestürzt war … Es gab so viele Gründe, aus denen sich Menschen genötigt sahen, unplanmäßig Urlaub einzureichen. Hammerwerfer wusste, dass er das Problem auf diese Weise nur temporär in den Griff bekam. Das Innenministerium würde für jeden Experten, der ausfiel, binnen weniger als achtundvierzig Stunden Ersatz finden und nach Oberfrankenburg schicken. Aber das musste genügen, um wenigstens die größten Gefahrenquellen (sprich: die Tochter des Forensikers und die Polen im Keller) zum Versiegen zu bringen.

Was die Polen betraf, blieb ihm für den Moment nur pure Überzeugungsarbeit. Sie einfach laufenzulassen, war unter den gegebenen Umständen undenkbar. Die Klugscheißer von außerhalb würden Fragen stellen und – das war Hammerwerfer nicht gewohnt – auf Antworten bestehen. Die Botschaft auf seinem Schreibtisch hatte ihn wissenlassen, dass mindestens einer der Mainzer ihn schon jetzt verdächtigte, mit den beiden in Verbindung zu stehen, wenn nicht sogar, sie beauftragt zu haben, Olegs entkommener Gespielin etwas anzutun. Wenn Karol und Marcin jetzt einfach verschwanden oder unter einem Vorwand auf freien Fuß gesetzt wurden, kam das einem Schuldeingeständnis gleich.

Nein. Hammerwerfer konnte sie nicht laufenlassen, vielmehr musste er sich um einen Haftbefehl wegen dringenden Tatverdachts und Fluchtgefahr gegen die Polen kümmern, falls dies die dreisten Schnüffler nicht schon eigenmächtig erledigt hatten. Dafür war es zwingend erforderlich, dass sie nicht das Vertrauen in ihn verloren. Wenn sie ihm weiterhin glaubten, dass er sie vor dem langen Arm des Gesetzes schützte, würden sie ein paar Tage in U-Haft leicht aushalten und jedes noch so hartnäckige Verhör durch die fremden Beamten mit Schweigen ertragen.

Schon wesentlich entspannter als noch vor einer Minute spähte Hammerwerfer durch das kleine Bullauge aus Sicherheitsglas in der ersten der acht identischen Stahltüren des »Hotels La Promille«, wie dieser Teil des Hauptreviers intern gern genannt wurde. Sein Plan war gut, denn er verschaffte ihm Zeit und Spielraum zum Denken und zum Handeln.

Hinter der ersten Zellentür marschierte ein alter Mann rastlos auf den sechs zur Verfügung stehenden Quadratmetern auf und ab. Das musste der Rentner sein, der den Oleanderstrauchpolizisten niedergeschlagen hatte, als der ihn überprüfen wollte. Die wenigen Beamten, denen in der vergangenen Nacht noch nach Witzen zumute gewesen war, hatten sich einen Spaß daraus gemacht, die faschistischen Bemerkungen zu parodieren, die dem alten Mann dazu eingefallen waren, dass man ihn in Gewahrsam genommen hatte. Inzwischen war Obergefreiter Frisch, wie er sich selbst genannt hatte, verstummt. Doch innerlich, das ließ sein strammer Gang erkennen, befand er sich nach wie vor in heller Aufregung. Also stand zu befürchten, dass er über kurz oder lang eine Herzattacke erlitt.

Besser, man entließ ihn bald, dachte der Erste Kriminalhauptkommissar und schritt zum nächsten Bullauge. Todesfälle in Ausnüchterungszellen sorgten prinzipiell für großes Aufsehen und öffentliche Empörung. Er konnte sich keinen zusätzlichen juristischen, bürokratischen und diplomatischen Aufwand leisten, und darum wies er Fury, die am anderen Ende des Flures stand und recht müde aussah, an, den Alten unverzüglich nach Hause zu schicken.

Er sah die junge Beamtin nicht an, während er seine Anweisungen erteilte, sondern betrachtete den Mittvierziger in Zelle zwei. Der Mann saß kerzengerade auf der Hartgummiliege. Seine Hände ruhten auf den Knien, und er starrte, fast unmerklich vor- und zurückwippend, an die beigefarbene Wand. Und das wohl schon stundenlang. Das winzige Gummikissen und die graue Wolldecke lagen unberührt am Kopfende der Liege. Das musste der Mann sein, der ...

Der ebenfalls den Oleanderstrauchpolizisten niedergeknüppelt hatte. Hammerwerfer erkannte sofort, dass dieser Mensch nicht etwa in Sicherheitsverwahrung, sondern in eine Nervenheilanstalt gehörte. Er hätte sich viel früher um diese Leute hier unten kümmern müssen, aber gestern Nacht hatte er einfach nicht mehr gewusst, wo ihm der Kopf stand. Er bellte Fury zu, unterwegs einen Arzt zu bestellen.

Gerade als er durch das dicke, runde Panzerglasfenster der dritten Zelle linsen wollte, schwang die Tür auf, und Eberhard Fritz trat auf den Flur hinaus. Genau wie

Hammerwerfer selbst trug er noch die zerknitterten Klamotten des gestrigen Abends. Seine Vokuhila war fettig und unter seinen Augen lagen tiefe Ringe. Aus irgendeinem Grund hatte er ein schwarzes Stirnband um.

Aller offensichtlichen Erschöpfung und Übermüdung zum Trotz stahl sich ein triumphierendes Grinsen in Fritz' Gesicht, als er kurz vor Hammerwerfer stehen blieb. Bevor der Experte für Organ- und Menschenhandel seinen Mund öffnete, wusste der Erste Kriminalhauptkommissar bereits, dass er zu spät gekommen war.

»Hallihallo-hallöchen!«, grüßte ihn Fritz unverschämt fröhlich und klopfte ihm dabei auf die Schulter, als stünde er nicht dem Ersten Kriminalhauptkommissar der Stadt Oberfrankenburg gegenüber, sondern einem Kumpel aus dem Billard-Club. »Freut mich, Sie zu sehen, Kommissar Hammerwerfer. Ich war gerade auf dem Weg zu Ihnen.«

»*Haupt*kommissar«, betonte Hammerwerfer steif. Sein Magen verkrampfte sich. Eberhard Fritz kam von den Polen, hatte gute Laune und wollte zu ihm. Was das bedeutete, musste ihm niemand mehr erklären. »Ich erwarte, dass Sie künftig in angemessener Kleidung zum Dienst erscheinen«, sagte er trotzdem.

Eberhard Fritz sah irritiert an sich hinab. »Wieso?«, erkundigte er sich verwirrt. »Stimmt was nicht mit meinen Klamotten?«

»Sie sehen aus, als hätte Sie ein Blinder angezogen«, erwiderte Hammerwerfer kühl und versuchte, seinem Gegenüber von den Augen abzulesen, was in dessen Kopf vor sich ging. Spielte er ein fieses Spiel mit ihm, oder wusste er tatsächlich nichts von dem geheimen Doppelleben des Ersten Kriminalhauptkommissars? Wenn er etwas herausgefunden hatte, war er ein genialer Schauspieler, denn alles, was sich in seinen Zügen abzeichnete, war eine Mischung aus Irritation und Scham. Wahrscheinlich machten der Stress und die Anspannung Hammerwerfer allmählich paranoid. Nachdem er gestern mit seinem toten Vater Konversation getrieben hatte, sollte ihn das eigentlich nicht mehr wundern. Schließlich schüttelte Eberhard Fritz lachend den Kopf.»Lassen Sie das mal nicht meine Freundin hören. Die legt mir morgens zurecht, was ich anziehen soll. Auf Kritik in modischen Fragen reagiert sie ganz schön empfindlich. Die findet Sie; egal, wo Sie sich verstecken.«

Es war nur ein dummer Spruch, versuchte der Erste Kriminalhauptkommissar den Verfolgungswahn, der sich bei Fritz' Worten erneut bemerkbar machte, zurückzukämpfen. Was der Schnüffler da von sich gab, sollte nur ein alberner Scherz sein ...

Er versuchte an Eberhard Fritz vorbei in die dritte Zelle zu gelangen, doch dieser verstellte ihm den Weg und drückte die Stahltür vor ihm ins Schloss.

»Alles, was die beiden da drinnen zu erzählen hatten, haben sie mir schon gesagt«, behauptete er in unverändert gelöster Stimmung.

Hammerwerfer schnaubte.»Das zu entscheiden, überlassen Sie bitte mir«, gab er verächtlich zurück. Was bildete sich dieser Grünschnabel eigentlich ein? Er ärgerte sich über so viel Respektlosigkeit und stellte erleichtert fest, dass er sich endlich nicht mehr fürchtete, sondern nur noch wütend war.»Verschwinden Sie und scheren Sie sich um Ihren eigenen Kram. Der alte Spix hat sich ein paar Tage Urlaub genommen. Vielleicht ist sein Vertreter im Pathologischen Institut ein bisschen heller und kann Ihnen bei der Suche nach den Leichenräubern weiterhelfen.«

Eberhard Fritz runzelte nachdenklich die Stirn, kratzte sich am Hinterkopf und zuckte schließlich die Achseln. »In Ordnung«, willigte er gleichgültig ein und gab endlich den Weg frei. »Vielleicht haben Sie Recht. Neue Leute bedeuten manchmal neue Chancen. Ach so ...« Er hielt nach zwei Schritten noch einmal inne und lächelte Hammerwerfer zu. »Auch Sie sollten Ihre Chance nutzen und verschwinden, solange Sie noch können.« Er blickte auf seine Armbanduhr, während Hammerwerfer plötzlich das Gefühl hatte, dass all seine inneren Organe mit einem Schlag versagten. »Ich brauche wirklich einen Satz frischer Unterwäsche und eine kalte Dusche, bevor ich bei LKA und Innenministerium vorsprechen kann«, erklärte der Mainzer Spezialist. »Darum bin ich frühestens in fünf oder sechs Stunden bei Ihrem schmucken Anwesen. Dann allerdings mit einem Sondereinsatzkommando.«

Der vertraute graue Boden des Polizeireviers, auf dem Hammerwerfer seine ersten Schritte getan hatte, die beigefarbenen Wände, gegen die er in seiner Kindheit so manchen Puck geschlagen hatte, und die mit Plastikpaneelen verkleideten Decken, unter denen er seinen ersten Kuss bekommen hatte, begannen sich um ihn zu drehen. Die Gewissheit, mit all seiner Schwarzmalerei den Nagel genau auf den Kopf getroffen zu haben, drohte ihn glatt aus den Schuhen zu werfen. Also doch! Eberhard Fritz hatte die Polen ausgequetscht und wusste über ihre Verbindung zum Ersten Kriminalhauptkommissar Bescheid. Bestimmt war auch er es gewesen, der den Zettel in sein – wohlgemerkt immerzu gut verschlossenes – Büro geschleust hatte. Allein der Teufel wusste, was er sonst noch dort getrieben und herausgefunden hatte!

Hammerwerfer verspürte kurz den Drang, um Gnade zu winseln oder dem Schnüffler wenigstens ein unmoralisches Angebot zu offerieren, das er nicht ausschlagen konnte. Doch diese Blöße wollte und durfte er sich nicht geben. Er musste einen kühlen Kopf bewahren und Fritz so schnell wie möglich loswerden, ehe er seiner Ankündigung nachkommen und ihm wirklich schaden konnte – auch wenn das einen weiteren mysteriösen Todesfall in Oberfrankenburg bedeutete. Mit seiner arroganten Gelassenheit hatte sich der junge Experte soeben sein eigenes Grab geschaufelt. Er wusste es nur noch nicht. Aber noch heute würde er merken, mit wem er sich angelegt hatte.

Am liebsten hätte Hammerwerfer seinen Gegenspieler an Ort und Stelle mit der Dienstwaffe erledigt, aber daran war natürlich nicht zu denken. Jederzeit konnte einer der anderen Beamten um die Ecke biegen; und eine Leiche unbemerkt aus dem »Hotel La Promille« zu schmuggeln, war ein Ding der Unmöglichkeit. Wenn man ihn dabei erwischte, nutzten ihm auch all die Belege für die größeren und kleineren Vergehen seiner Untergebenen nichts mehr.

»Sie sollten sich beeilen, wenn auch Sie noch duschen wollen, bevor Sie irgendwo untertauchen«, brach Eberhard Fritz das Schweigen, das für einen Moment eingekehrt war.

Hammerwerfer straffte die Schultern, trat dicht an den jungen Beamten heran und bohrte seinen eisigen Blick in den seinen.

»Das werden Sie bitter bereuen«, versprach er.

Fritz hob erneut die Schultern. »Ich bin nicht erpressbar – wie die meisten Ihrer Untertanen«, erwiderte er gelassen. »Mich können Sie nicht einschüchtern!«

»Jeder hat einen wunden Punkt«, schnaubte Hammerwerfer verächtlich. »Und sei es nur die Unverträglichkeit von konzentriertem Blei, wenn es in das Herz eindringt.«

»Dann geben Sie Gas und finden Sie meine Schwachstellen, ehe es zu spät ist«, gab Eberhard Fritz zurück. »Am besten, bevor das LKA Mainz und das Innenministerium erfahren, dass Sie diese beiden armen Schlucker in der Zelle da zum Haus des Forensikers geschickt haben, damit sie das arme Kind erneut entführen.«

Hammerwerfer kniff die Augen zu gefährlich blitzenden Halbmonden zusammen.

»Bevor Sie das nächste Telefon erreichen, sind Sie ein toter Mann«, fauchte er. Dann stieß er den Schnüffler von außerhalb beiseite und stürmte davon.

Eberhard Fritz blickte ihm nach, bis er verschwunden war, zog ein laufendes Diktiergerät aus der Hosentasche und drückte zufrieden die Stopp-Taste. Sein Plan war so leicht aufgegangen, dass es fast schon langweilig war. Er schloss die Tür zu Zelle 03 auf und schob den Kopf in den Raum.

»Ihr braucht mir nichts mehr zu erzählen«, verkündete er und winkte den Kapuzenmännern, die die ganze Nacht kein Wort gesprochen hatten, mit dem kleinen Kassettenrekorder zu. »Euer Auftraggeber hat freiwillig alles gestanden!«

Als Tabea ins Freie schoss, sah sie Alvaros Wagen mit quietschenden Reifen in die nächste Seitenstraße einbiegen. Zur gleichen Zeit näherten sich hinter der nächsten Kreuzung in entgegengesetzter Richtung mit Blaulicht und Martinshorn ein Streifen- und zwei Mannschaftswagen der Polizei. Von Latte, dem Althippie, Max und dem Transvestiten war weit und breit nichts zu sehen. Einzig der Obdachlose Ötti erwies sich als bemerkenswert abgeklärt: Mit seinem »Brauche Geld für Karatestunden«-Schild hatte er sich neben einem Hauseingang gleich gegenüber niedergelassen. Im Schneidersitz und mit seiner Bettelbüchse vor der Nase erweckte er den Eindruck, schon seit Stunden dort zu sitzen und mit dem, was auf der anderen Straßenseite geschehen war, absolut nichts zu tun zu haben. Dabei behielt er das Haus der El Sherifs von seinem Beobachtungsposten aus aufmerksam im Auge. Tabea bezweifelte, dass ihn der gefallene Engel zu Beginn seiner kopflosen Flucht darum gebeten hatte, die Position zu halten. Wahrscheinlich war Ötti einfach nur neugierig. Mumm hatte der alte Stadtstreicher, das musste man ihm lassen.

Tabea überlegte kurz, ob sie ebenfalls in der Nähe bleiben sollte, um zu sehen, was weiterhin geschah, entschied sich dann aber, dem VW-Bus in der Luft zu folgen. Gurke, die bei den Gangstern in der Wohnung zurückgeblieben war, würde vielleicht den Tod finden, wenn Tabea sie im Stich ließ. Was ihr zwar leidtat, aber drogensüchtig und psychisch krank hin oder her – Manuela Überbach war eine erwachsene Frau, die selbst für sich verantwortlich war, und angesichts des bevorstehenden Weltuntergangs konnte sich Tabea nicht jedes Einzelschicksal allzu sehr zu Herzen nehmen. Nichts und niemand war ihr so wichtig wie Alvaro. Allein für ihn lohnte es sich, diese gottverdammte Welt vor dem Teufel zu retten. Sie durfte seine Fährte jetzt nicht verlieren.

Als sie Alvaros Kleinbus zwischen all den anderen Fahrzeugen auf den Straßen unter sich ausmachte, spürte sie die Wunden, die sie aus den Gefechten mit der Drogensüchtigen und dem Verbrecher, der gekommen war, um ihr den einzigen Freund zu nehmen, davongetragen hatte. Nun, da die unmittelbare Gefahr vorüber und die Hysterie abgeklungen war, schmerzten die Kugel in ihrem Kopf und das Loch in ihrem Bauch immer heftiger. Zwar war der Blutfluss schon versiegt, doch der Heilungsprozess würde noch eine Weile dauern, und er zehrte an ihren Kräften. Die Flügelschläge ihrer ledrigen Schwingen wirkten noch ungeschickter als sonst, und es fiel ihr immer schwerer, den Rhythmus beizubehalten. Ein Glück, dass Alvaro nicht ziellos durch die Stadt kurvte, sondern die Schrebergärten am Stadtrand anzusteuern schien, die dem Neuen Propheten und ihm in der letzten Nacht schon einmal Zuflucht geboten hatten. Bis dorthin würde Tabea es schaffen, wenn sie die Zähne zusammenbiss.

Als sie ganz sicher war, die Absicht des gefallenen Engels richtig eingeschätzt zu haben, flog sie ihm voraus. Jedoch hielten sich gerade viel zu viele Schrebergärtner in der Anlage auf, um Alvaros Idee, sich erneut hier zu verstecken, gutzuheißen. Und so wählte sie eine heruntergekommene Hütte im äußersten Winkel aus, die sie auf eine undichte Stelle untersuchte.

Durch ein Loch zwischen den morschen Brettern des Flachdachs zwängte sie sich hindurch und wühlte – in Menschengestalt – in den Schubladen der kleinen, von

Schimmel befallenen Kochnische nach etwas, womit sich das rostige Türschloss knacken ließ. Sie fand eine Rolle Blumendraht und bog sich ein Stück davon zurecht. Die Aufgabe war kniffliger als gedacht, doch die marode Tür einfach einzutreten, wagte Tabea nicht. Zwar deutete das wuchernde Unkraut in den beiden angrenzenden Gärten darauf hin, dass auch sie seit geraumer Weile verlassen waren. Aber der Lärm mochte vielleicht doch weiter in die Kolonie hinein hörbar sein.

Nachdem sie den Kampf mit dem rostigen Schloss endlich für sich entschieden hatte, sackte sie hilflos in sich zusammen. Sie brauchte dringend ein bisschen Zeit, um sich zu regenerieren, und außerdem bald wieder etwas zu trinken. Nach einem ganzen Menschen war man teilweise wochenlang auf der Höhe (wenn man nicht das Pech hatte, an einen verseuchten Burschen wie jenen vom *Trappstock*-Festival zu geraten). Aber mit einem Tröpfchen hier und einem Schlückchen da kam man weniger lange aus. Wenn sie wirklich keine Menschen mehr töten wollte, dachte Tabea frustriert, würde sie sich jeden Tag und jede Nacht auf die Jagd nach irgendetwas Lebendigem begeben oder sich für alle Zeiten mit den Blutkonserven aus dem Pathologischen Institut oder den städtischen Krankenhäusern begnügen müssen; wobei Letzteres unterm Strich auch nichts anderes war als Mord.

Sie schüttelte den Gedanken von sich ab und zwang sich aufzustehen. Ehe sie Alvaro endgültig in Sicherheit vor den Verbrechern wusste, war weder ans Ausruhen noch an Nahrungsaufnahme zu denken.

Tabea verließ die kleine Hütte, stieg durch das hüfthohe Unkraut zur Rückseite des Gartens und kletterte über den Zaun, der die gesamte Anlage umspannte. Kurz darauf erreichte sie den Parkplatz vor dem Haupteingang – gerade in dem Moment, als Alvaro den VW-Bus auf der Beifahrerseite verließ.

Der gefallene Engel war sehr blass um die Nase; vermutlich war es um Lennarts Fahrkünste kaum besser bestellt als um seine eigenen. Beiläufig registrierte Tabea, dass nicht nur der rechte Außenspiegel, von dem Lennart in der Küche gesprochen hatte, verschwunden war, sondern auch der rechte Kotflügel eine große Delle von der Spritztour des Neuen Propheten zum Haus seiner Eltern davongetragen hatte. Sie wäre an seiner Stelle tausendmal besser mit dem Wagen umgegangen, hätte Alvaro ihn ihr geliehen.

»Warum bist du nicht selbst gefahren?«, erkundigte sie sich, während sie auf Alvaro zuschritt. »Du bist doch so stolz auf dein Auto.«

»Hab's nicht anbekommen«, gestand Alvaro, während er die Tür hinter sich zuschlug, Lennart den Motor abstellte und ebenfalls ausstieg.

»Nicht schon wieder diese Frau!«, fluchte er, ging einmal halb um den Wagen herum und öffnete eine der beiden hinteren Türen, um Max von der Ladefläche zu helfen. »Was muss sie noch alles anrichten, ehe Sie verstehen, dass Sie nur Unglück bringt?«, schnappte er, nachdem er seinen Freund in einer einigermaßen stabilen Position gegen die Karosserie gelehnt hatte.

Da hast du's, kommentierte Hieronymos zufrieden.

Tabea ließ sich nicht beeindrucken. Mit Lennarts Reaktion hatte sie nach allem, was geschehen war, schon gerechnet. Inzwischen war ihr der Kerl sogar mehr als egal; Hauptsache, Alvaro stand weiter zu ihr.

»*Ich* bringe Unglück?«, fuhr sie den vermeintlichen Propheten an und tippte ihm wütend mit dem Zeigefinger auf die Brust. »Jetzt hör mir mal gut zu, du talentfreier Prediger! Bevor du in Dr. Mollings Praxis aufgetaucht bist, haben Happy Al und ich tagelang völlig unbehelligt in nahezu kitschiger Harmonie unter einem Dach gelebt. Erst seit deiner Ankunft jagen uns der Teufel und ein Kindermörderspaßverein. Und wenn ich alles richtig verstanden habe, kann ich sogar noch weiter zurückgreifen und behaupten, dass mein lieber Freund hier noch jetzt auf einem kuschelig-weichen Wölkchen ohne chemische Bleichmittel säße und kein größeres Problem als den perlmuttfarbenen Glanz seines Gefieders hätte, wenn du letztes Wochenende Besseres mit deiner Zeit anzufangen gewusst hättest, als dir den Hals mit Blei pudern zu lassen – den übrigens *ich* dir freundlicherweise geflickt habe, erinnerst du dich? Und dann willst ausgerechnet *du* mir erzählen, dass ich nur Ärger mache?!«

In einem der Schrebergärten begann ein Baby zu schreien.

»Ruhe da vorne! Lumpenpack!«, dröhnte eine tiefe Frauenstimme durch die Hecken der Kolonie.

»Ich glaube, wir sollten uns in die Hütte zurückziehen, ehe wir weiterreden«, schlug Alvaro zaghaft vor.

»Aber nicht in die von gestern Nacht«, wandte Tabea ein, ohne ihren vernichtenden Blick von Lennart abzuwenden, trat aber wenigstens einen halben Schritt zurück und nahm ihren Zeigefinger von seiner Brust.

»Ich bleibe dabei«, beharrte Lennart stur.

Tabea schnaubte und wandte sich Alvaro zu, der sich zwischen den Fronten sichtlich unwohl fühlte. Immerhin, dachte Tabea bei sich, hatte er sich noch nicht gegen sie entschieden. Laut sagte sie: »Ich habe eine Hütte gefunden, die offen steht und nicht mehr benutzt wird. In der anderen Laube könnten wir erwischt werden und Ärger bekommen. Es ist nicht dunkel, und wir sind nicht alleine hier.«

»Dann führe uns dorthin, meine Tochter.«

Siehst du, triumphierte sie im Stillen an Hieronymos gewandt. *Ich bekomme meine Chance!*

»Gehen Sie allein«, sagte Lennart. »Max und ich bleiben hier.«

»Aber ich muss auf dich aufpassen!«, widersprach Alvaro.

Als er realisierte, dass sein Name gefallen war, hob Max etwas verspätet den Kopf.

»Echt? Und was machen wir hier?«, erkundigte er sich. »Wo sind wir überhaupt?«

»Geh du doch nach Hause, wenn du mich nicht in deiner Nähe haben willst«, fauchte Tabea den Neuen Propheten an.

»Aber ...«, begann Alvaro, doch Max mischte sich erneut ein.

»Geht nicht«, verneinte er gleichgültig. »Den suchen die Bullen.«

Lennart zog eine Grimasse. »Woher weißt du das?«

»Deine Mum hat gepetzt«, antwortete der Teenager, noch immer nicht nüchtern, aber zunehmend wach. »Hat mich mitten in der Nacht auf Handy angeklingelt, weil die Bullen bei euch waren. Wollte wissen, ob es sein kann, dass du gar nicht tot bist und deswegen keiner deine Leiche findet. Ich, voll erleichtert: Wird wohl, wenn ihn die grünen Heinzelmännchen suchen. Die kerkern doch keinen Toten ein. Sie: Ob ich weiß, wo du dich verstecken könntest und in was für eine Riesenscheiße ich dich jetzt schon wieder reingeritten habe. Und ob ich bei meinem Cousin nachgucken kann, weil der ja schon eine eigene Bude hat. Darauf wieder ich: Ist klar, Alte! Mach ich doch gern für Leute, die mich nachts um halb vier aus dem Bett klingeln und übelst beleidigen. Aber ich kann halt nicht aus meiner Samariterhaut, wo ich auf den braven kleinen Lenny und sein Schüppchen doch schon im Kindergarten aufgepasst hab –«

»Du warst nicht zu Hause?«, unterbrach Alvaro den plötzlichen Redeschwall des Teenagers. Dass Lennart ihn belogen haben sollte, enttäuschte ihn.

Lennart wich seinem Blick aus. »Ich war zu Hause«, erklärte er unbehaglich. »Aber ich konnte nicht rein. Die Polizei stand vor der Tür. Sie haben mich gesucht und meinen alten Herrn mitgenommen, als der die Kontrolle verloren hat.«

Volltreffer, du Idiot!, dachte Tabea und hakte nach: »Und du hast es nicht für nötig erachtet, Happy Al Bescheid zu sagen, weil die Polizei, wenn sie dich sucht, vielleicht auch ihn früher oder später im Visier haben und unvermittelt an die Tür klopfen könnte?«

»Angeklopft haben nur Ihre kriminellen Freunde«, konterte Lennart ungehalten. »Darum braucht sie jetzt neue Scharniere. Und die arme Frau mit dem Hund vielleicht ein paar Organspenden und Blutkonserven. Die ist zurückgeblieben, soweit ich weiß.«

»Jedenfalls hat deine alte Dame mir aus lauter Dankbarkeit einen Satz neue Reifen für mein Mokick versprochen«, berichtete Max, den der Rest der Konversation nicht interessierte, weil er ihr nicht folgen konnte. »Und eine ganze Tankfüllung.«

»Das ist nicht fair!«, verteidigte sich Tabea. »Ihr habt doch all diese kaputten Gestalten angeschleppt, nicht ich! Dass das in irgendeinem Desaster endet, war so klar wie *Sissis-Jungbrunnen*-Tafelwasser ohne Kohlensäure!«

Ein überreifer Apfel schoss durch die Hecke und über den Zaun und zerplatzte an der Stoßstange des Busses zu Brei.

»Gebt ihr jetzt endlich Ruhe, oder soll ich meinen Mann holen?«, brüllte erneut die dunkle Frauenstimme.

»Kommt. Wir gehen in die Hütte«, drängte Alvaro.

Lennart überging sowohl die Drohung der aufgebrachten Kleingärtnerin als auch die Bitte seines ehemaligen Schutzengels.

»Selbstverständlich konnte Ihr Plan nicht aufgehen, weil dieser ganze Wahnsinn nämlich nie einem guten Ziel gedient hat«, warf er Tabea stattdessen vor. »Sie haben uns den allerletzten Schwachsinn eingeredet, um zur rechten Zeit am rechten Ort das größtmögliche Unheil anzurichten. Meine Anerkennung. Ein paar Stunden lang habe ich tatsächlich geglaubt, Sie stünden auf unserer Seite.«

»Aber das tue ich doch!«, verteidigte sich Tabea. Die Unsicherheit in Alvaros vornehmen Zügen nahm zu. Wenn der sonst so temperamentlose und schweigsame Prophet seine Rede jetzt noch weiter ausschmückte, würde es schwer werden, dem Misstrauen des gefallenen Engels noch einmal entgegenzuwirken.

»Es waren Ihre Freunde«, beharrte Lennart. »Sie kannten Ihren Namen. Und Ihr kleines Schauspiel hat mich nicht beeindruckt. Der Mann wusste, dass er Ihnen eine Kugel durch den Kopf jagen kann, ohne Ihnen ernsthaft zu schaden, weil Sie ein Was-auch-immer sind. Auf jeden Fall nicht normal. Wohingegen Sie den Kerl mit dem Messer schwer hätten verletzen können. Weil er aber Ihr Komplize war, haben Sie sich auf ein paar Backpfeifen beschränkt – nur für den Fall, dass etwas schiefgeht und Sie sich unser Vertrauen noch einmal erschleichen müssen. Wahrscheinlich hatten Sie zuvor noch eine kurze Krisensitzung mit den Verbrechern eingelegt, ehe Sie die Wohnung dann als Letzte verließen. War die arme Obdachlose da eigentlich schon tot?«

Außerdem ist das mein verdammter Scheißtraum, fügte er im Stillen ungewohnt unflätig hinzu, *und ich möchte ihn von jetzt an ohne diese Kreatur weiterträumen, wenn ich schon nicht einfach aufwachen darf.*

Lennarts absurde Verschwörungstheorie verschlug Tabea für einen Moment die Sprache. Ihr Blick flackerte zu Alvaro hinüber, der in dieser Sekunde einem weiteren matschigen Apfel auswich, der stattdessen sie an der Schulter traf. Aber das spürte sie kaum.

»Du glaubst ihm den Blödsinn doch nicht, oder?« Alvaro zuckte hilflos die Schultern. Tabea baute sich direkt vor ihm auf und schüttelte ihn an beiden Oberarmen. »Ich habe dich etwas gefragt«, fuhr sie ihn an. »Du glaubst doch wohl nicht, was dieser Vollpfosten da verzapft, oder? Das ist ... das ist haarsträubender Unsinn, hörst du? Vollkommen hanebüchener Müll! Welches Land hat die meisten Warenhäuser, Al? Afghanistan: Hier war 'n Haus, da war 'n Haus ... *Al?!*«

Aber Alvaro wusste überhaupt nicht mehr, was er glauben und was er denken sollte. Da war wieder die Sache mit dem Verstand und mit dem Bauch; nur war es dieses Mal ungleich schlimmer. Entsprechend unschlüssig reagierte er auf Tabeas Appell, nämlich gar nicht. Er betrachtete sie zweifelnd und schwieg.

Hervorragend, lobte Hieronymos. *Mit allem, was du sagst, machst du es nur noch schlimmer. Gib diesem Menschen die Chance, mit dir abzuschließen, wenn du ihm etwas Gutes tun willst.*

»Aber ...«, begann Tabea und verschluckte den Rest von dem, was sie hatte sagen wollen, als ihr bewusstwurde, dass sie schon wieder mit dem Eindringling in ihrem Kopf zu reden im Begriff war – und das auch noch laut.

»In Ordnung. Wie ihr wollt«, sagte sie stattdessen mühsam beherrscht. Ein bitterer Geschmack machte sich auf ihrer plötzlich furchtbar schweren Zunge breit, als sie – wenigstens für den Moment – vor dem übermächtigen Misstrauen kapitulierte. »Wirst du morgen Abend da sein?«, erkundigte sie sich leise an Alvaro gewandt.

»Haben Sie jetzt wirklich gefragt, ob wir morgen pünktlich zum Weltuntergang erscheinen?«, spottete Lennart, der sich in der neuen Rolle des Rebellen zunehmend gefiel. An manchen Stellen war der Traum doch nicht so übel.

Hieronymos lachte. *So viel Witz habe ich dem kleinen Schnösel gar nicht zugetraut.*

»Wahrscheinlich hat sie sich diese Geschichte auch nur ausgedacht«, gab der Neue Prophet zu bedenken. »Und nun nutzt Sie sie für einen erneuten Versuch, uns an Ihre Mafiafreunde auszuliefern. Genau wie die Nummer mit der Katze.«

Alvaro zögerte.

»Bitte!«, drängte Tabea. Sie hatte nicht die geringste Ahnung, was sie jetzt, nachdem ihr erster und einziger Plan gescheitert war, tun sollte. Aber sie wusste, dass sie dem Teufel die Herrschaft nicht kampflos überlassen wollte – um Alvaros und ihrer guten Seele willen. Und sie wollte in den letzten Stunden dieser Welt nicht ohne ihn sein.

»Wenn alles eintrifft, was der Teufel persönlich angekündigt hat – und dabei bleibe ich«, sagte sie, »dann kannst du dich ohnehin nirgendwo verstecken. Aber vielleicht finden wir zusammen doch noch einen Weg, das Schlimmste zu verhindern. Wenn wir da sind, wo alles beginnt. Und sollte dich der Verfolgungswahn dieses Dummkopfs gerade angesteckt haben, kann ich dich beruhigen: Es werden Tausende Menschen auf den Straßen sein, um gemeinsam den St.-Joost-Tag zu feiern. Wenn nichts geschieht, weil ich gelogen habe oder belogen wurde, tauchst du einfach in der grauen Masse ab und verschwindest, als wäre nichts geschehen.

Anderenfalls findest du mich in der Nähe des Katerwagens. Irgendwo. Einverstanden?«

Zwar bezweifelte sie insgeheim, letztlich einen Einfluss darauf zu haben, wo genau sie sich befand, wenn der Teufel wirklich »das volle Programm« auffuhr, aber etwas Besseres fiel ihr im Augenblick nicht ein. Also würde sie es zumindest versuchen – selbst wenn es Feuer regnete und giftige Schlangen aus den Gullis schossen.

»Einverstanden«, willigte Alvaro nach einem quälenden Moment des Nachdenkens ein.

»Aber warum?«, empörte sich der Neue Prophet. Gerade noch war es ihm vorgekommen, als könnte er tatsächlich mitbestimmen, wer in seinem Albtraum mitwirken durfte und wer nicht. Nun war er enttäuscht.

»Weil sie eine Chance verdient hat – genau wie du deinem Freund Max seit fast fünfzehn Jahren eine Chance nach der anderen gewährst«, erwiderte Alvaro ruhig, aber entschieden wie nie zuvor in seinem nunmehr fast fünftägigen Menschenleben.

Lennart rümpfte die Nase, und Tabea schenkte dem gefallenen Engel die Andeutung eines Lächelns. »Danke«, sagte sie und wich einem schimmligen Tennisball aus. Offenbar war der Kleingärtnerin das Fallobst ausgegangen. »Also dann ... Passt auf euch auf.«

Noch einmal brachte sie die Kraft auf, sich in eine Fledermaus zu verwandeln und ein Stück weit zu fliegen. Aber nur, bis sie außer Sichtweite der drei Männer war. Dann landete sie wieder auf den Beinen und schleppte sich zu Fuß weiter.

Alvaro blickte einen langen Moment bestürzt in die Richtung, in die Tabea verschwunden war. Er wünschte sich, dass der Neue Prophet sich täuschte – er wünschte es sich von ganzem Herzen. So sehr sogar, dass sie ihm in diesem Moment wichtiger erschien als das Schicksal der ganzen Welt. Diese Gefühle waren ihm neu wie so vieles in seinem irdischen Dasein, und sie bereiteten ihm große Scham, denn tatsächlich wollte er sogar, dass der Teufel kam und seine Drohungen wahrmachte. Und das nur, damit ihm die Enttäuschung erspart blieb, dass Tabea ihn wirklich die ganze Zeit belogen hatte.

Der Gedankengang war so eigensüchtig, dass er am liebsten im Boden versunken wäre.

Alvaro schüttelte sich. »Gehen wir«, wandte er sich an den Neuen Propheten und dessen Freund.

»Wir können uns nicht hier verstecken, wenn sie weiß, wo wir sind«, verneinte Lennart. »Sie wird uns verraten – an ihre kriminellen Freunde oder an die Polizei.«

»Was schlägst du stattdessen vor?«, erwiderte Alvaro bitter. Es fiel ihm schwer, seinen ehemaligen Schützling anzusehen. Sein verdammter Bauch gab diesem unschuldigen Jungen die Schuld dafür, dass er die Wahrheit ausgesprochen hatte, die Alvaro nicht hatte hören wollen.

»Wir können zu mir fahren«, antwortete Max an Lennarts Stelle. »Ich habe die ganze Woche sturmfrei. Und noch Gras da.«

Alvaro seufzte. Was einen so vernünftigen, vorbildlich erzogenen jungen Mann wie Lennart mit einem selbstzerstörerischen, ignoranten Bengel wie Max verband, würde er vielleicht nie begreifen. Nur der Tatsache, dass auf Anstand und Moral des Neuen Propheten immerzu Verlass gewesen war (wenigstens bis zu seinem achtzehnten Geburtstag), war es zu verdanken, dass er entgegen Taminos Anweisungen immer wieder davon abgesehen hatte, die beiden Jungen dauerhaft voneinander zu trennen. Dieser Bengel hatte wahrlich nichts als Flausen in seinem wilden Lockenkopf.

Trotzdem willigte er niedergeschlagen ein, denn eine Alternative gab es nicht.

»Fahren wir zu dir«, stimmte er zu. »Aber ich übernehme das Steuer.«

Sie stiegen ein und holperten los.

Vier Straßen weiter nahm Tabea den nächsten Bus zurück.

Die Polizeiwagen standen noch immer vor Alvaros Tür, als Tabea an der Haltestelle »Tankgasse/Altes Schwimmbad« aus dem Linienbus flüchtete.

Während der Fahrt, die sich durch die regelmäßigen Stopps in quälende Länge gezogen hatte, hatte ihr Magen unentwegt geknurrt. Inmitten der kunterbunten Duftmischung aus Schweiß, frischem, warmem Blut, diversen Shampoos, Duschcremes, Parfüms und anderen Substanzen war sie sich wie ein Diabetiker im Schlaraffenland vorgekommen. Mehr als einmal war sie drauf und dran gewesen, Fledermausgestalt anzunehmen und durch ein Fenster davonzufliegen, oder der fast übermächtigen Verlockung nachzugeben, über den schlafenden Chinesen in der letzten Reihe herzufallen. Aber sie musste ihre Kräfte schonen, und darum hatte sie ihre rasiermesserscharfen Zähne zusammengebissen und versucht, keinen Gedanken daran zu verschwenden, wie lange sie schon nicht mehr richtig gegessen hatte (geschweige denn chinesisch).

Obwohl die schwüle Hochsommerluft, die sie außerhalb des stickigen Stadtbusses empfing, alles andere als erfrischend war, sog sie sie gierig in sich hinein. Dann näherte sie sich Ötti. Der tapfere Streuner bedeutete einer uniformierten Beamtin gerade zum offenbar wiederholten Male mit einer unschuldigen Geste, dass er von dem, was sich in dem Haus mit der Nummer 13 zugetragen hatte, nichts, aber auch gar nichts wusste. Die Polizistin schien ihm zu glauben und gab endlich auf. Unzufrieden wandte sie sich von dem Bettler ab, drängte sich durch die Menge der Schaulustigen, die sich inzwischen auf der Straße versammelt hatten und Verkehr wie Ermittlungsarbeiten behinderten, und verzog sich in einen der Mannschaftswagen.

»Sind sie ihnen entwischt?«, erkundigte sich Tabea bei Ötti, als sie bei ihm war.

Ötti verneinte und deutete auf die dunkel getönte Heckscheibe eines Polizeiwagens.

»Schmoren auf den Rückbänken«, antwortete er zufrieden. »In jeder Karre einer. Den Dicken haben sie kaum reingekriegt. Ein Kerl wie ein Dinosaurier! Und gewehrt hat der sich – da kannst du dir kein Bild von machen.«

»Und Gurke?«, hakte Tabea besorgt nach.

»Die haben sie in einen Krankenwagen verfrachtet und irgendwo hingebracht«, erklärte Ötti. »Hoffentlich in die Klapse. Mensch – die hat gezetert! Wenn du glaubst, die Xanthippe hätte sich oben in der Wohnung verausgabt, dann hättest du sie mal hören sollen, als sie sie zur Tür rausgetragen haben. Aber sag mal ...« Seine Miene veränderte sich, als ihm plötzlich etwas sehr Wichtiges einfiel. »Wie geht es dir eigentlich?«

Er betrachtete das Loch in ihrem Kleid, das längst so verdreckt war, dass das viele Blut darauf auf den ersten Blick gar nicht mehr auffiel. Kein Wunder, dass sich im Bus niemand direkt neben sie hatte setzen wollen! Tabeas jüngst aus dem Dornröschenschlaf gekitzelte Eitelkeit rümpfte verächtlich die Nase.

»Sah schlimmer aus, als es war. Nur ein Kratzer«, antwortete sie mit einer wegwerfenden Geste. »Er verkrustet schon, siehst du?«

Letzteres entsprach der Wahrheit. Ötti wirkte erstaunt, aber nicht misstrauisch. Warum auch? Die meisten Menschen in diesen Breiten glaubten nicht an Schattenwesen wie Vampire, und wer es doch tat, hielt sich zumeist selbst für einen und stand auf Blutwurst und Erdbeersirup – Delikatessen, von denen Tabea nicht einmal mehr träumen konnte.

Der Stadtstreicher betrachtete ihre Stirn und sah eine weitere Kruste.

»Für einen Moment habe ich gedacht, der Kerl hat dir

das Hirn weggeblasen«, sagte er mitfühlend. »Da hast du ganz schön Schwein gehabt, was? Übrigens: Du solltest dich zu mir setzen und den Bullen den Rücken zukehren, ehe noch mal einer herschaut. Es sei denn, du willst genauso gelöchert werden wie ich gerade, denn du siehst bemitleidenswert aus. Wenigstens von vorn«, fügte er zwinkernd hinzu. »Von hinten siehst du nur so aus, als ob du zu mir gehörst.«

Auf dem Weg hierher hatte sich Tabea vorgenommen, Alvaros Geld aus der Küche zu holen, damit er die Nacht nicht in der maroden Gartenlaube zubringen musste, sondern in eine Pension einchecken konnte. Aber die Tatortbegehung war offenbar noch in vollem Gange. Widerstrebend setzte sie sich zu Ötti auf den Bürgersteig.

Ötti deutete das sichtbare Unwohlsein in ihren Zügen völlig falsch.

»Keine Angst. Onkel Ötti tut dir nichts«, lachte er. »Ehrlich gesagt, stehe ich gar nicht auf Frauen. Und verheiratet war ich auch nie.« Er tippte belustigt auf sein Ninja-Schild. »Aber die Masche zieht. Es bringt die Leute zum Schmunzeln, und darum sitzen die Almosen bei ihnen gleich viel lockerer, als wenn man sich, um Mitleid zu erregen, ein paar Krücken leiht und sich ein Auge aussticht.«

Tabea schwieg

»Du bist zurückgekommen, um sicherzugehen, dass sie die drei mitnehmen, nicht wahr?«, vermutete der Obdachlose nach einem Moment, und Tabea registrierte erstaunt, wie väterlich seine Stimme dabei klang.

Vergiss es, ätzte Hieronymos. *Morgen ist sowieso alles vorbei. Und außerdem: Hör dir seinen Herzschlag an. Dann kannst du dir ausrechnen, wie lange dieser Mann noch zu leben hätte. Gönn ihn dir guten Gewissens als deftigen Snack.*

»Da hast du dich wohl auf die falschen Leute eingelassen«, bemerkte Ötti bekümmert. »Was war es? Drogen? Prostitution? Beides?«

Maximal vier Tage, behauptete Hieronymos. *Danach ist er kalt und ungenießbar.*

Tabea sagte nichts, und Ötti sah sich durch ihr Schweigen in seiner Vermutung bestätigt. »Aber du bist ein starkes Mädchen«, stellte er nickend fest. »Du wirst dein Leben in den Griff bekommen. Und du wirst glücklich sein. Im Gegensatz zu mir.« Er seufzte tief. »Als ich so jung war wie du, wollte ich Pilot werden«, erklärte er – nicht ahnend, wie ironisch das in Tabeas Ohren klang. »Hab sogar 'ne Ausbildung angefangen. Aber dann stellte sich heraus, dass mein Herz krank ist. Und einen herzkranken Piloten will keiner haben. Ich habe alle möglichen anderen Sachen ausprobiert, aber nirgendwo hat es mich lange gehalten. Ich wollte nur fliegen, nichts anderes. Und darum bin ich gefallen.« Er lächelte. »In Wirklichkeit spare ich auch nicht auf Karatestunden«, gab er überflüssigerweise zu. »Ich will einen Fallschirmsprung. Nur noch ein Mal fliegen, und dann vom Himmel fallen und dabei wissen, dass danach alles für immer gut ist. Verstehst du, was ich meine?«

Tabea kam es vor, als suchte der herzkranke Landstreicher nach Zweifel oder Verständnislosigkeit in ihrer Mimik. Doch sie verstand seine Sehnsucht nach dem Tod, dem richtigen, endgültigen Tod, nur zu gut.

Sie nickte und stand auf.

Vergiss es!, entfuhr es Hieronymos in ihrem Kopf.

»Warte hier«, sagte Tabea an Ötti gewandt, ohne die lästige Stimme zu beachten. »Ich bin gleich wieder zurück.«

Kapitel 26

Eberhard Fritz war nicht so leichtsinnig, seiner Ankündigung gleich nachzukommen und die Hauptwache zu verlassen, bevor nicht der nächste Schritt seines Plans erfolgreich hinter ihm lag. So benutzte er die Dusche, die zum Trainingsraum im Keller gehörte, und zog sich dann in das staubige Büro zurück, das man ihm für die Zeit seines Aufenthalts widerwillig zur Verfügung gestellt hatte. Als er von dem Notruf der völlig aufgelösten Türkin hörte, ahnte er, dass sich die Dinge schneller zu seinen Gunsten entwickelten, als erhofft. Und als er von Morpheus Hammerwerfers Festnahme erfuhr, wusste er es mit Sicherheit.

Es war der Oleanderstrauchpolizist, der ihm die frohe Kunde über sein privates Handy überbrachte.

»Großartig!«, freute sich der Experte von außerhalb. »Bringen Sie diesen Morpheus Hammerwerfer so schnell wie möglich her. Wie, sagten Sie, heißen die beiden anderen Ganoven?«

»Ein Russe namens Volchok Wassilijew und ein Mongole, der sich als Shigshid Tschingis Khan ausgewiesen hat«, antwortete der Oleanderstrauchpolizist, der zum Glück nicht mehr lispelte.

»Vermutlich sind die Papiere gefälscht«, gab Fritz zu Bedenken.

»Das werden wir schon noch herausfinden«, erwiderte der Oleanderstrauchpolizist.

»Welcher der beiden erscheint Ihnen cleverer?«, wollte Fritz wissen.

»Wie bitte?«

»Wer kommt Ihnen gewitzter vor?«

»Der eine kann nur Dreiwortsätze sprechen«, antwortete der Oleanderstrauchpolizist irritiert. »Auf Mongolisch und in schlechtem Deutsch.«

»Unterhalten Sie sich in Wassilijews Gegenwart darüber, dass Hammerwerfer bis auf weiteres vom Dienst suspendiert ist«, trug ihm Eberhard Fritz auf. »Und dann sorgen Sie dafür, dass er Ihnen aus Versehen entkommt.«

»Hammerwerfer ist raus?«, entfuhr es dem Oleanderstrauchpolizisten ungläubig.

»Quasi«, schränkte Fritz bescheiden ein.

»Aber warum soll ich diesen Kerl dann laufenlassen?«, erkundigte sich der Oleanderstrauchpolizist misstrauisch.

»Tun Sie es einfach«, bestimmte Eberhard Fritz am anderen Ende der Leitung. »Es ist der vermutlich letzte ›S.h.u.m.e.L.‹-Befehl Ihres Lebens.«

Der Gebrauchtwagenhändler hatte seine Mittagspause vorverlegt, um sein Leberwurstbrötchen vor Haus Nr. 13 zu verspeisen. Tabea kam das gerade recht – umso mehr, da er wie die meisten Leute bei der schwül-warmen Witterung zwar die leichten Rollos im Büro hinuntergelassen, aber auch sämtliche Fenster auf Kipp gestellt hatte. Sein Geld bewahrte der Mann in einer abgeschlossenen Metallschatulle auf, die sich leicht transportieren ließ. Das passende Werkzeug, um sie zu öffnen, fand Tabea in der hauseigenen Kfz-Werkstatt.

Mit einem Bündel Papiergeld im Dekolleté kehrte sie kurz darauf zu Ötti zurück und beauftragte ihn, Alvaro im Schrebergarten aufzusuchen und ihm zweihundert Euro ihrer Beute zu überbringen. »Der Rest ist für dich.«

Ötti starrte in die nunmehr prallvolle Bettelbüchse auf dem Bürgersteig hinab.

»Aber das sind mehr als siebenhundert Euro!«, schätzte er ungläubig.

»Eintausendachthundertfünfzig«, korrigierte Tabea. »Mehr war auf die Schnelle nicht drin.«

Dem alten Mann war deutlich anzusehen, dass er hin- und her gerissen war zwischen unbändiger Freude über das unverhoffte Geschenk und moralischen Bedenken. Dass jemand, der aussah wie sie, wahrscheinlich nicht kurz beim nächsten EC-Automaten gewesen war und gleich um eine finanzamttaugliche Spendenquittung bitten würde, war ihm klar.

»Bist du ganz sicher?«, hakte er verunsichert nach, doch der Glanz in seinen Augen verriet Tabea, dass seine Bedenken nicht schwer genug wogen, um diese Frage ein zweites Mal zu stellen.

»Absolut«, bestätigte sie.

Ötti schob sich die Bettelbüchse unter den Parka und stand auf. »Danke«, presste er überwältigt hervor. »Gott schütze dich, Mädchen.«

Und damit stürmte er davon. *Gott schütze dich, Mädchen,* hallten seine Worte in ihren Ohren wider. Ausgerechnet Gott ... Tabea sah ihm nach, bis er hinter dem nächsten Häuserblock verschwunden war. Sie wusste, dass sie ihn nie wiedersehen würde, und hoffte, dass er Alvaro seinen Anteil der Beute brachte, bevor er sich mit dem Rest seine letzten Wünsche erfüllte. Von ihr selbst würde Alvaro das Geld wahrscheinlich nicht annehmen, solange Lennart in der Nähe war. Obwohl – es ging hier doch nicht um sie persönlich, überlegte Tabea, sondern um das Schicksal der ganzen Welt. Und selbst wenn es anders gewesen wäre: Während sich etwa Hieronymos ganz dem Bösen verschrieben hatte, versuchte sie nach Jahrzehnten der Resignation, sich endlich wieder von der dunklen Seite zu lösen. Der Teufel hatte die Notsituation, in der sie sich befunden hatte, schamlos ausgenutzt, um ihre verletzte Seele an sich zu reißen. Was also sprach eigentlich dagegen, wenigstens zu versuchen, sich nun an ganz oben zu wenden?

Du willst beten?, hakte Hieronymos nach. *Lächerlich!*

Tabea verneinte und straffte entschlossen die Schultern.

»Ich habe eine viel bessere Idee«, erklärte sie und stampfte zur Bushaltestelle zurück.

Der obdachlose Otto Gehmann durchsuchte die gesamte Schrebergartenanlage – leider ohne Erfolg. Darum steckte er vier Fünfzigeuroscheine der selbstlosen Spende von der Frau, die er inzwischen für einen Engel hielt, in einen grünen Briefumschlag, den er in einem Schreibwarenladen erstand, adressierte ihn an Alvaro

Ohnesorg und warf ihn in den nächstbesten Briefkasten.

In einem Textiliendiscounter kaufte er sich eine neue Jeans, ein Paar schlecht gemachte Markenschuhplagiate, die das Beste waren, woran sich seine verhornten Zehen seit Jahren geschmiegt hatten, und ein farbenfrohes Sommerhemd, das mit Leichtflugzeugen und Schäfchenwolken bedruckt war.

In einer öffentlichen Badeanstalt duschte er ausgiebig und zog sich um, ehe er den Fallschirmsprung, den er sich so sehr wünschte, von einem Internetcafé aus buchte.

Dann mietete er ein Zimmer in einer drittklassigen Pension und bezahlte für eine Woche im Voraus – er würde sich noch bis zum kommenden Donnerstag gedulden müssen, ehe sein größter Traum in Erfüllung gehen konnte.

Trotzdem war er rundum glücklich und zufrieden mit sich und der Welt, wie sie eben war. Als er sich auf der weichen Matratze ausstreckte und einschlummerte, fühlte sich Otto Gehmann wie ein König, und als sein Herz kurz darauf zu schlagen aufhörte, umspielte ein Lächeln seine rissigen Lippen.

Seine Seele löste sich aus dem toten Körper, und der Teufel schickte seine fähigsten Dämonen, um sie für sich zu gewinnen. Sie versprachen ihm ewiges Leben und echte Markenturnschuhe.

Aber Öttis Seele zeigte ihnen lachend den Mittelfinger und schwebte in den Himmel hinauf.

Joy hatte einen Schatten. Ganz gleich, wohin sie sich bewegte und aus welcher Richtung das Licht auf sie fiel – er befand sich immerzu nur wenige Schritte hinter ihr. Dunkel und schweigsam verfolgte er sie auf Schritt und Tritt. Selbst wenn sie die lichtdichten Sicherheitsrollos ihres Zimmers heruntergelassen und die Deckenlampe ausgeknipst hätte, wäre er noch dagewesen, denn dafür hatte ihr Vater ihn bezahlt. »Damit du keine Angst haben musst, solange diese schlimmen Menschen nicht überführt und für immer weggeschlossen sind«, hatte er ihr erklärt. Aber in Wirklichkeit war nicht etwa sie es, die sich vor irgendetwas fürchtete, sondern er.

Ein kleines bisschen konnte ihn Joy sogar verstehen. Dass sich Barbara ausgiebig darüber ausgelassen hatte, wie er so viel Geld für einen privaten Sicherheitsdienst aus dem Fenster schmeißen konnte, obgleich doch schon eine ganze Armada von Staatsdienern vor ihrem Haus wachte (in Wirklichkeit waren es insgesamt vier Polizeibeamte in zwei Streifenwagen), hätte Joy eigentlich dazu verleiten müssen, ihren Schatten bei der Hand zu nehmen und den ganzen Tag pfeifend neben ihrer Stiefmutter Triumphmärsche zu veranstalten. Aber dazu empfand sie eindeutig eine zu große Abneigung gegen den großen, ernst dreinblickenden Kerl; was wohl damit zusammenhing, dass sich ihr letzter Aufpasser am Ende als gemeiner Krimineller herausgestellt hatte.

Aber davon wusste ihr Vater noch nichts, denn Joy hatte sich bislang erfolgreich geweigert, ihm oder sonstwem irgendetwas über ihre Zeit bei Oleg zu erzählen. Sie stellte den Anspruch, zuerst selbst zu begreifen, was eigentlich warum geschehen war, und so weit war sie noch lange nicht.

Während der ersten beiden Stunden versuchte sie mehrfach, den großen Security-Mann abzuhängen. Aber es war wie verhext: Schloss sie sich im Bad ein, um aus dem Fenster zu klettern, erwartete er sie bereits im Garten. Versuchte sie, ihn zwischen den Konservenregalen im Supermarkt an der Ecke abzuhängen, fing er sie an der Kasse ab, und wenn sie rannte, war er einfach schneller. Zudem blieben ihr, sobald sie das väterliche Grundstück verließ, auch zwei Polizisten in einem Streifenwagen immerzu dicht auf den Fersen; aber das allein war ihrem Vater nicht genug, denn der Vorfall in der Zufahrt (den die Presse als Kampf auf Leben und Tod beschrieb und den die ermittelnden Beamten ihm völlig verschwiegen hatten) hatte sein Vertrauen in die Polizeibehörde stark getrübt.

Ständig unter Beobachtung zu stehen, zehrte an Joys Nerven. Obwohl ihr Vater so sehr fürchtete, irgendetwas falsch zu machen, dass sie praktisch tun und lassen konnte, was sie wollte, fühlte sie sich in ihrer Freiheit radikal beschnitten. Am frühen Nachmittag stellte ihr Vater sie zudem vor die Wahl, die Albernheiten (sprich: ihre Fluchtversuche vor jenen, die sie schützen sollten) endlich einzustellen oder gänzlich auf seinen Beistand zu verzichten, was im Klartext bedeutete, dass er davon absehen würde, die Polizeipsychologin, die fast stündlich anrief, um ihm ins Gewissen zu reden, weiterhin auf Abstand zu halten.

So blieb ihr keine andere Wahl, als klein beizugeben und zu versuchen, den lästigen Security-Mann irgendwie zu ignorieren – wenigstens, bis ihr etwas Besseres einfiel. Die Polizeipsychologin nämlich (eine Frau mittleren Alters, die sie gestern Nacht bereits kurz kennengelernt hatte und die tiefe Furchen im Gesicht und eine vergoldete Blechbrosche auf einer lindgrünen Bluse trug) würde bestimmt noch schwerer zu ertragen sein als der Schatten, der wenigstens die Klappe hielt.

Immer.

Ganz gleich, was Joy sagte oder tat: Der Schatten blieb still. Joy erkundigte sich, ob er eigentlich sprechen könne, und der Schatten nickte stumm. Sie bat ihn, Barbara darauf hinzuweisen, dass es neben ihrem Vater bestimmt noch andere alte Männer mit viereckigen Köpfen auf diesem Planeten gab, und der Schatten schüttelte schweigend den Kopf. Auf die Frage, ob er bei seiner Geburt zu wenig Sauerstoff abbekommen habe oder einfach nur so ein bisschen gaga in der Birne sei, reagierte er überhaupt nicht (was Joy als Zustimmung begriff), und als sie ihre Strickjacke an seiner Schulter aufzuhängen versuchte, um ihm irgendetwas Nützliches abzugewinnen, schob er sie wortlos von sich weg. Der Mann war nicht nur stumm, sondern auch langweilig.

Als er dann am späten Vormittag plötzlich einen überraschten Laut ausstieß, sie zur Seite schubste und sich breitbeinig vor ihrem Bett positionierte, fiel Joy aus allen Wolken. Der Schatten bewies echtes Eigenleben! Woher die plötzliche Aufregung rührte, begriff sie erst, als sie zwischen seinen Beinen hindurchblickte: Auf ihrem Bett saß die reinkarnierte Frau, die womöglich doch ein Vampir war.

»Wie sind Sie hier reingekommen?«, fluchte der Schatten und zückte drohend seinen Schlagstock.

Tabea legte einen Zeigefinger auf die Lippen.

»Nicht so laut«, erwiderte sie anstelle einer Antwort. »Sonst verschrecken Sie mich noch.«

Sie beugte sich vor, um dem Mädchen durch die Lücke zwischen den Beinen des Personenschützers zuzulächeln. »Können wir kurz miteinander reden?«, bat sie.

»Verlassen Sie auf der Stelle das Haus«, bestimmte der Schatten.

»Das ist die –«, begann Joy überrascht, brach dann aber ab. Was hätte sie schon sagen sollen? Dass das die Frau war, die sie gestern Nacht vor den Zug gestoßen hatte, was aber bestimmt nur ein Versehen gewesen war, denn anderenfalls hätte sie schließlich nicht alles gegeben, um ihr danach die Flucht vor den drei Verbrechern zu ermöglichen? Der Schatten würde sie wohl kaum ausreden lassen, und wenn doch, dann würde er sie nicht verstehen. Dass Erwachsene ständig überall Lug und Trug witterten, war ja kein Geheimnis und auch nicht verwunderlich, da sie einander ständig belogen und betrogen.

Die Fledermausfrau jedoch war noch nicht erwachsen – zumindest war sie bestimmt nicht über fünfundzwanzig. Darum fing Joy einfach einen neuen Satz an und behauptete: »Sie ist eine Freundin.«

Der Ausdruck aufrechter Dankbarkeit im Gesicht der Vampirfrau verriet ihr, dass es vermutlich wirklich so war.

»Das erklärt immer noch nicht, wie sie es geschafft hat, unbemerkt in dieses Zimmer einzudringen«, gab der Schatten weiter misstrauisch zurück, senkte aber wenigstens seinen Schlagstock auf Hüfthöhe.

Aus dem Untergeschoss drang die besorgte Stimme ihres Vaters in Joys Zimmer. »Ist bei dir alles in Ordnung, Prinzessin?«

Der Schatten öffnete den Mund – wahrscheinlich um

Alarm zu schlagen. Aber Tabea bedachte ihn mit einem flehentlichen Blick.

»Bitte!«, zischte sie. »Sehen Sie doch: Ich bin klein, zierlich und unbewaffnet. Sie sind groß, stark und schwingen einen Totschläger. Es wäre *albern*, laut zu werden.«

Der Mann war offenkundig nicht überzeugt, aber immerhin verunsichert. Joy nutzte den Augenblick, um aus dem Zimmer zu huschen und sich übers Treppengeländer zu beugen. »Wir spielen Ich-packe-meinen-Koffer und der Aufpasser kann nicht verlieren – einen rot-gelb gestreiften Beachvolleyball hatten wir schon!«, beschwichtigte sie.

Der Aufpasser schaute bei ihren Worten noch düsterer drein, verzichtete aber würdevoll darauf, ihr in den Rücken zu fallen.

»Freut mich, dass ihr endlich miteinander klarkommt«, antwortete ihr Vater von unten. »Barbara und ich müssen jetzt kurz aufs Revier, um unsere Aussagen zu wiederholen. Aber hier bist du in Sicherheit. Einer der beiden Streifenwagen wird auch hierbleiben.«

»In Ordnung«, erwiderte Joy knapp und versuchte ihrer Stimme einen gewissen genervten Unterton zu verleihen, um keinen Verdacht zu erregen. Es funktionierte: Ihr Vater verabschiedete sich, und sie kehrte in ihr Zimmer zurück und schloss die Tür hinter sich. Zwar hatte sie keinen blassen Schimmer, warum die Fledermausfrau hier war, doch es musste wichtig sein, denn sie sah ziemlich mitgenommen aus. Und nachdem sie dem Pfannkuchenmann gestern Nacht in die Weichteile gebissen hatte, um ihr zu helfen, schuldete Joy ihr etwas. *Sie* hätte das ganz bestimmt nicht gemacht.

»Was soll der Unsinn? Alleinunterhalter im Kindergarten steht nicht in meinem Arbeitsvertrag«, schimpfte der Schatten, sah dabei aber nur für einen winzigen Moment über die Schulter zu ihr zurück, als befürchtete er, Tabea könnte sich jeden Augenblick mit Krallen und Zähnen auf ihn werfen. Was sogar stimmte – doch das hatte sie keineswegs vor. Alles, was sie wollte, war, in Ruhe ein paar Worte mit diesem Mädchen zu reden, das wusste, wie man mit Engeln sprach. Ohne großes Aufsehen, und am liebsten ohne weitere tätliche Auseinandersetzungen mit irgendjemandem.

Es war nicht schwer gewesen, ihre Adresse herauszufinden; Tabea hatte lediglich einen Blick auf die aktuellen Schlagzeilen im Zeitungsständer am nächsten Kiosk werfen müssen, um zu wissen, in welchem Stadtteil sie sich umsehen musste. Die Polizeiwagen vor dem Grundstück hatten ihr das letzte Stück des Weges gewiesen, und als sie angekommen war, hatte sie sich endlich so weit erholt, dass sie eine geraume Weile unter der Dachrinne herumflattern und das Kind durch die großen Altbaufenster beobachten konnte. Doch ihr war schnell klargeworden, dass es so gut wie unmöglich war, Joy ganz allein anzutreffen – darum hatte sie sich, ungeduldig, wie sie angesichts der Dringlichkeit ihrer Mission und der Kürze der Zeit war, für die Mit-dem-Kopf-durch-die-Wand-Methode entschieden. Im allerschlimmsten Fall würde sie es erneut versuchen, wenn das Kind irgendwann mal aufs Klo musste.

Als im Untergeschoss die Haustür ins Schloss gezogen wurde, fiel der flehende Ausdruck aus ihrem Gesicht wie ein Din-A5-Bilderrahmen von einem Streifen *Spontanfest Pappallesdran* (bis zu 50 kg).»Was steht denn in

Ihrem Arbeitsvertrag?«, erkundigte sie sich frech. »Berufsparanoiker?«

Joy lachte.

»Sicherheitsdienst«, antwortete der Schatten und packte sie grob unter der Schulter, um sie auf die Füße zu stellen.

»Und warum durchsuchen Sie sie dann nicht nach Waffen?«, schlug Joy vor. »Vielleicht verbirgt sie ja einen Sprengstoffgürtel unter dem schmutzigen Dirndl. Darauf können sich hektische Bewegungen ganz schön ungünstig auswirken.«

»Wollt ihr mich verarschen?«, erkundigte sich der Schatten geradeheraus.

»Ja«, antwortete Joy ebenso ehrlich.

Der Security-Mann maß sie düster, aber immerhin ließ er Tabeas Arm wieder los. Einen Moment schien er zu schwanken, wie er weiter vorgehen sollte, aber schließlich tippte er sich in einer eindeutigen Geste gegen die Schläfe und stampfte aus dem Zimmer. Die Türe ließ er einen Spaltbreit offen stehen.

»Kindergarten«, hörte Joy ihn auf dem Flur murmeln. »Schlimmer als bei Tokio Hotel.«

Joy ließ sich auf die Bettkante sinken und rollte die Augen.

»Ganz schön lästig«, fasste die Fledermausfrau in Worte, was sie dachte, und setzte sich zu ihr, als wäre sie wirklich eine langjährige Freundin und nicht etwa ein fast fremder Eindringling. »Du weißt aber, wie ich reingekommen bin, oder?«, fragte sie dann leise.

Joy nickte. »Ein Glück, dass der Schatten nicht nach meinem Vater gerufen hat«, seufzte sie. »Wenn er dich wiedererkannt hätte, hätte er sich vor Schreck in die

Hose gemacht. Das letzte Mal, als er dich gesehen hat, wollte er dir den Bauch aufschneiden, um zu gucken, was du zuletzt gegessen hast, glaube ich.«

»Aber du hast dich nicht erschreckt«, stellte Tabea fest. »Keine Sekunde. Nicht einmal im Krimikasten. Zumindest hat man dir nichts dergleichen angemerkt.«

»Warum sollte ich mich vor dir fürchten?«, erwiderte Joy. »Du hast mir doch nichts getan, oder?«

Tabea sah weg. »Nein«, antwortete sie.

Joy kniff die Augen zusammen und musterte sie aufmerksam.

»Oder doch?«, hakte sie nach. »War es Absicht, dass du mich vor –«

Die Vampirfrau sprang auf und wirkte plötzlich sehr ungehalten.

»Nein, das war es nicht«, fiel sie ihr ins Wort. »Aber leider glaubt mir das niemand. Nicht einmal Alvaro – der Mann, der dich nach Hause getragen hat. Obwohl er mein Freund ist.«

»Und jetzt bist du hier, um mich zu bitten, die Dinge richtigzustellen«, schlussfolgerte Joy, der der kurze Disput, der in der vergangenen Nacht zwischen der Fledermausfrau und den beiden anderen Rettern stattgefunden hatte, wieder einfiel. »Aber ich kann dir nicht helfen. Ich weiß nicht, warum du mich auf die anderen Gleise gestoßen hast. Ich weiß nur, dass du keinen Grund hattest, mir etwas anzutun. Also war es wohl nur ein dummes Versehen, ein Missverständnis.«

»Und die Männer?«, wechselte Tabea das Thema. »Hatten die einen Grund?«

Joy nickte. »Oleg hat mich eingesperrt, weil ich gesehen habe, wie der Pfannkuchenmann und er eine Leiche versteckt haben. In den Katakomben unter der Klimburg«, antwortete sie. »Und seine Freunde hatten ein Problem damit, dass er mich bei sich versteckt hat, statt mich einfach um die Ecke zu bringen.«

Dass sie selbst freiwillig bei ihrem vermeintlichen Lebensretter geblieben war, weil sie ihm seine schlechten Ausreden tatsächlich geglaubt hatte, bis er den Fehler gemacht hatte, ausgerechnet Mutters alte Ente zu stehlen, behielt sie lieber für sich, denn das war ihr peinlich.

Tabea setzte sich wieder. »Langsam verstehe ich, warum dieser Mann vor deiner Tür steht«, kommentierte sie.

Joy zuckte die Achseln. »Ich habe keine Angst«, sagte sie ehrlich. »Ich weiß, warum alle glauben, dass ich mich fürchten müsste. Aber ich tue es nicht. Und ich habe keine Ahnung warum.«

Tabea maß sie traurig. »Ich fürchte, das kommt noch«, erwiderte sie. »Und ich hoffe, du kannst mir eine große Bitte erfüllen, bevor du endlich anfängst, dich mit dem zu beschäftigen, was dir passiert ist. Ich muss mit dem echten Engel sprechen, den du neulich erwähnt hast.«

»Mit Meo aus dem Wasserhahn?« Joy winkte ab. »Den kannst du vergessen. Der verarscht sogar Kinder.«

»Wie meinst du das?«, erkundigte sich Tabea.

Joy erklärte es ihr.

»Ich muss es trotzdem versuchen«, beschloss die Vampirfrau, als Joy zum Ende gekommen war.

Joy zuckte die Schultern. »Ich glaube nicht, dass es noch einmal funktioniert. Es hat nur ein einziges Mal geklappt. Aber wenn du es unbedingt ausprobieren willst, müssen wir ins Bad«, erklärte sie und maß die Vampir-

564

frau mit einem zweifelnden Blick. »Aber da solltest du sowieso mal reinschauen. Komm. Ich gebe dir etwas Frisches zum Anziehen. Meine Stiefmutter hat ohnehin viel zu viele Klamotten.«

Die Ratte Mohammed suchte die Göttin, die ihr die Unsterblichkeit geschenkt hatte (was sehr praktisch war, denn als er zwischen den Füßen der Schaulustigen vor Haus Nr. 13 umherflitzte, wurde er gleich zweimal halb totgetreten).

Weil Mohammed sie nirgends entdecken konnte, huschte er in einen der Streifenwagen, auf dessen Rückbank Volchok auf seinen Abtransport wartete. In ihm erkannte Mohammed nun den Menschen, der Tabea zuletzt am nächsten gewesen war, und er hoffte, dass er ihn zu ihr führen könnte. Darum flitzte er in einem günstigen Augenblick aus dem Fußraum über die Rückbank auf die Hutablage und verkroch sich unbemerkt in der Kapuze des grauen Baumwollsweatshirts, die von den Schultern des Mannes hinabhing. Keinen Moment zu früh, denn in der nächsten Sekunde nahmen auch schon zwei Polizisten auf den vorderen Sitzen Platz und zogen die Türen, die bis dahin sperrangelweit offen gestanden hatten, hinter sich zu.

Während der eine den Motor startete, wischte sich der andere den Schweiß von der Stirn und drappierte seine Mütze auf dem Armaturenbrett.

»Ich habe mit Eberhard Fritz telefoniert«, sagte der Beamte, der jetzt keine Mütze mehr trug. »Hammerwerfer wurde soeben vom Dienst suspendiert. Gegen ihn besteht ein Haftbefehl.«

»Ist nicht wahr!«, entfuhr es dem Fahrer ungläubig.
»Doch. Absolut«, beharrte der Mann ohne Mütze und
nickte, um seine Aussage zu bekräftigen. »Er ist auf der
Flucht. Fritz sagt, unter sechs Jahren kommt er aus der
Nummer nicht raus. Bis seine Nachfolge geklärt ist,
übernimmt Johann Kupferschmidt vom Drogendezer-
nat seinen Posten.«

»Ich kann's nicht glauben!« Der Fahrer klang noch
immer überrascht, aber nicht im negativen Sinne. »Was
hat er sich denn zuschulden kommen lassen?«

Der Oleanderstrauchpolizist zuckte die Schultern.
»Da fragst du mich was«, antwortete er. »Ich glaube, es
hat mit der Entführung dieses Mädchens zu tun ...«

Sein Kollege ließ die Straße für einen kurzen Moment
außer Acht, um ihn mit einem vielsagenden Blick zu bedenken. »Es war eine ›S.h.u.m.e.L.‹-Aktion, nicht wahr?«

Der Oleanderstrauchpolizist nickte stumm.

»Das habe ich mir fast gedacht, als ich davon hörte«,
behauptete der Beamte am Steuer. »Habe auch schon
ein paar von den Nummern hinter mir. Nur: Wie kann
er dir einen solchen Auftrag erteilen, wenn ein Ermittler
von außerhalb neben dir im Auto sitzt?«

»Der hätte nicht dabei sein sollen«, antwortete der
Oleanderstrauchpolizist. »Er hat Hauptmann Hinse vertreten. Ohne Erlaubnis, und ohne Hammerwerfer davon
in Kenntnis zu setzen.«

»Und der hat die Sache dann gedreht«, schlussfolgerte sein Kollege kopfschüttelnd und lachte auf. »Mann,
Mann, Mann ... So einfach kann's gehen, wenn nur
plötzlich einer kommt, der vor nichts Angst hat.«

»Und vor allem keinen Dreck am Stecken«, fügte der
Oleanderstrauchpolizist grollend hinzu.

»Hab mich immer gefragt, ob es sein kann, dass er tatsächlich gegen jeden von uns was in der Hand hat, dass sich niemand traut, irgendwas gegen ihn zu unternehmen«, bemerkte der fahrende Polizist.

Der Oleanderstrauchpolizist ging nicht darauf ein, sondern deutete auf die Tankanzeige. »Wir sollten eine Zapfsäule ansteuern«, bemerkte er. »Bis zur Hauptwache wird's knapp mit dem Sprit.«

»Schaffen wir locker«, winkte sein Kollege ab, doch der Oleanderstrauchpolizist wiederholte seinen Hinweis mit dem Nachdruck eines »S.h.u.m.e.L.«-Befehls.

Der Fahrer schenkte ihm einen verunsicherten Seitenblick, zuckte aber schließlich die Schultern und richtete seinen Blick, der plötzlich starr und düster wirkte, wieder auf die Straße.

»Vielleicht hast du Recht«, lenkte er steif ein. »Halten wir an der nächsten Tankstelle.«

Kapitel 27

Joy öffnete für Tabea den Kleiderschrank ihrer Eltern und ließ sie zwischen Barbaras Kleidern frei wählen. So banal die Situation auch war, so glücklich war Tabea für einen kurzen Augenblick, denn sie hatte noch nie vor einem so gut gefüllten Schrank gestanden und sich einfach ausgesucht, was ihr gefiel. Tatsächlich war sie in der Zeit an Hieronymos' Seite nicht einmal auf die Idee gekommen, irgendwo einzudringen und sich vernünftig anzuziehen. Ein Gedanke, den der alte Vampir in ihrem Kopf mit einem beleidigten *Du hättest nur etwas sagen müssen!* kommentierte. Ebenso gut, antwortete Tabea im Stillen, hätte ich versuchen können, eine graue Betonplatte von der Größe mehrerer Fußballfelder bunt anzumalen. Und zwar mit einem Haarpinsel. Jetzt ist das anders.

Warum?

Es ist nicht mehr sinnlos. Es gibt nun Menschen, die sie sich anschauen. Es könnte sich lohnen, hübsch auszusehen, behauptete Tabea stumm und entschied sich für ein schlichtes, grünes Sommerkleid mit halblangen

Ärmeln, das einen aufregenden Kontrast zu ihrer hellen Haut bildete.

Albatros-Alvaro will dich überhaupt nicht mehr sehen, behauptete Hieronymos. *Nimm das schwarze Kleid. Es gefällt mir recht gut.*

Darum nehme ich ja das andere.

Tabea klemmte sich das grüne Kleid unter den Arm und schritt neben Joy und vor dem Schatten her in das großzügige Badezimmer, wo sie sich umzog und auch ein bisschen wusch. Der Schatten verharrte hinter der Schwelle, bestand aber unverschämterweise darauf, dass die Türe halboffen blieb. Er kehrte den beiden Mädchen den Rücken zu, beobachtete aber jenes, das das andere zu seinem absoluten Unverständnis mit offenen Armen empfangen hatte, missmutig aus den Augenwinkeln. Als sein Schützling den Wasserhahn über der Eckbadewanne aufdrehte, befürchtete er, doch nicht darum herumzukommen, die Tür zu schließen und sich zum Schutz des kleinen Mädchens einzig auf sein Gehör zu verlassen; aber so weit kam es nicht. Die Fremde behielt das gewiss sündhaft teure Kleid, das die beiden unerlaubt aus dem Schlafzimmer der Eltern entwendet hatten, an, und auch Joy machte keinerlei Anstalten, sich zu entkleiden, um ein Bad zu nehmen. Sie gab nicht mal Badesalz oder Schaum in die Wanne, die sich rasch füllte, sondern starrte, zusammen mit ihrer angeblichen Freundin, angestrengt ins klare Wasser.

Nach fünf Minuten, in denen die beiden nichts anderes taten, als in die Wanne zu glotzen wie in eine Bildröhre bei einem wichtigen Länderspiel, wünschte sich der Schatten seinen alten Job als Leibwächter bei Apollo 3 zurück. Nach weiteren zehn Minuten begann er ernsthaft am Verstand der beiden zu zweifeln. Als er erwog, eine der beiden zu schütteln, um zu überprüfen, ob alles in Ordnung war oder die Mädchen in eine besondere Art von Wachkoma verfallen waren (vielleicht, weil es ihnen irgendwie gelungen war, heimlich Drogen zu konsumieren), löste sich Joy endlich aus ihrer Starre und erhob sich mit hörbar knackenden Knien.

»Sag ich doch, das klappt nicht«, seufzte sie. »Dieser Meo ist ein Scheißengel. Aber einen anderen kenne ich leider nicht.«

»Warte«, bat Tabea und zog das Kind wieder zu sich auf den Badewannenvorleger. Sie war noch lange nicht bereit, aufzugeben, denn wenn es wirklich nicht funktionierte, war sie endgültig dazu verdammt, abzuwarten und zu hoffen, dass – wie Lennart vermutete – morgen einfach überhaupt nichts passierte.

Joy verdrehte die Augen. »Du musst ja ein ganz großes Problem haben, dass es dir so wichtig ist, mit diesem Schwätzer zu reden«, stellte sie fest, fügte sich der Bitte der Vampirfrau jedoch. »Aber nur noch fünf Minuten«, schränkte sie ein. »Danach sind wir wirklich quitt.«

Gemeinsam starrten sie weiter in das klare Wasser, das die Eckbadewanne inzwischen bis zum Rand füllte und gluckernd durch den Überlauf sickerte.

Aber Meo aus dem Wasserhahn hatte keine Zeit, sich ihnen zu zeigen.

Gemeinsam mit den beiden Skriptoren, Jascha und Arthur und fast allen anderen Lehrmeistern und Schülern plante er den ersten Putsch seit Erfindung des Himmelreichs.

Volchok konnte sein Glück kaum fassen: An der nächsten Tankstelle hielt der Streifenwagen an, und der Fahrer stieg aus, um den Benzinschlauch heranzuziehen. Auch der zweite Beamte verließ den Wagen, öffnete eine der hinteren Wagentüren und tastete einen Moment unter dem Beifahrersitz herum. Schließlich zog er eine Gartenzeitschrift darunter hervor, blätterte kurz darin und bedachte das Datum auf dem Deckblatt dann mit missmutiger Miene. Er rollte das Heft zusammen, stopfte es in den Abfalleimer neben der Zapfsäule und folgte seinem Kollegen, der den Streifenwagen inzwischen mit neuem Sprit für die nächsten dreihundert Kilometer eingedeckt hatte, in den 24-Stunden-Shop, in dem sich hinter Regalen voller Süßwaren, Zeitschriften und drittklassiger CDs die Kasse versteckte. Vermutlich kannte er die Zeitschrift schon, oder sie war nicht mehr aktuell. Vielleicht musste man Geranien im August aus einer anderen Richtung bewässern als im Juli – Volchok wusste es nicht, aber es interessierte ihn auch nicht. Seine ganze Aufmerksamkeit war auf die Wagentür gerichtet, die der Polizist mit so wenig Schwung hinter sich zugeworfen hatte, dass sie nicht richtig eingerastet war.

Er zögerte nicht lange, sondern rutschte auf der Rückbank herum, zog die Knie an den Körper und streckte die Beine mit einem Ruck durch, um die Tür aufzutreten. Der Schmerz der frisch genähten Schusswunde an seinem Fuß ließ ihn aufschreien, aber es gelang: Die Tür schwang auf und krachte gegen die Zapfsäule, die unter der Wucht des Schlages erzitterte.

Der Lärm alarmierte die Polizisten in der Tankstelle, die sogleich alles fallen ließen, was sie im Shop an Reiseproviant zusammengeklaubt hatten, und ins Freie stürmten. Aber Volchok war längst draußen und ließ sich weder von den Rufen der beiden Beamten noch von ihren Dienstwaffen beeindrucken, die sie im vollen Lauf zückten. Zwischen den insgesamt acht Zapfsäulen konnten sie sie ohnehin nicht benutzen, und Volchok hatte nur diese eine Chance. Darum biss er die Zähne zusammen und rannte, so schnell er konnte. Dass seine Handgelenke mit Plastikriemen hinter seinem Rücken zusammengebunden waren, war zwar lästig, aber kein Hindernis.

Er kannte sich in diesem Stadtteil voller enger Gassen, schattiger Hinterhöfe und heruntergekommener Mehrfamilienhäuser aus; die Voraussetzungen dafür, dieses Räuber-und-Gendarm-Spiel für sich zu entscheiden, standen also trotz der Verletzung seines Fußes gut. So stürmte er leicht hinkend durch mehrere verwinkelte Gassen, vergewisserte sich mit einem gehetzten Schulterblick, dass sich sein Vorsprung nicht reduziert hatte, sondern erstaunlicherweise sogar auf rund vierzig Schritte angewachsen war, sprintete um eine weitere Ecke und stürzte sich mit dem Kopf voran in einen großen Abfallcontainer. Nur wenige Meter weiter vorn gingen eine enge Passage und ein weiterer Weg von dieser Gasse ab. Es war ein guter Platz, um sich zu verstecken.

An den Überresten eines lädierten Schaukelpferdchens, das ihn mit aufgemalten Zähnen verächtlich angrinste, schlug er sich die Stirn an, verkniff sich aber einen angemessenen Fluch und zog die Beine an seinen Oberkörper, bis er gänzlich in dem zu drei Vierteln vollen Container verschwunden war. Dann hielt er die Luft an und lauschte. Die schnellen Schritte der Polizisten näherten sich und entfernten sich wieder. Und obgleich sein Herzschlag noch immer raste und neben seinem Fuß jetzt auch noch sein Kopf schmerzte, konnte sich Volchok das Lachen kaum verkneifen – kam er sich doch vor wie in einem Nachmittagskrimi im Kinderprogramm. Als er sicher war, dass er seine Verfolger abgehängt hatte, kletterte er ins Freie zurück. Das erwies sich als wesentlich mühsamer als der Hechtsprung, mit dem er in den Container gelangt war, und erforderte seine volle Konzentration.

Als er es endlich geschafft hatte, sah er sich einem jungen Farbigen gegenüber, der ihn – einen Müllbeutel in der Rechten haltend – verwundert beobachtete. Volchok grüßte ihn freundlich und wandte sich zum Gehen.

»Problems, Freund?«, erkundigte sich der Schwarze, als er erkannte, was mit Volchoks Armen los war.

»Ach was.« Volchok hätte gerne abgewunken, doch dazu hätte er mindestens eine Hand gebraucht.

Der Farbige grinste. »Ärger mit die Bullen, was?«, schlussfolgerte er in gebrochenem Deutsch. »Überall Ärger mit die Polente, überall auf die Welt. In Jamaika die hält dich an und sagt: Gibst du fünfzig Dollar. Ich bin Polizist. In Deutschland die hält dich an und sagt: Gibst du fünfzig Euro. Fährst du zu schnell. Wie kann ich zu schnell sein, wenn ich stehe, Mann? Brauchst du Schere?«

Volchok, der sich bereits ein paar Schritte von dem redseligen Jamaikaner entfernt hatte, hielt inne. »Hast du eine?«

»Nee, aber das hier, Alter.« Der Jamaikaner warf den Beutel in den Container und zückte ein grün-gelb-rotes Butterflymesser, das er mit einer eleganten Bewegung aufklappte. »Irie?«, strahlte er. »Selbst bemalt.«

»Irie«, bestätigte Volchok höflich und streckte die Arme so weit wie möglich vom Körper weg. Wenige Sekunden später waren die dünnen Plastikfesseln gekappt.

»No problem, man«, winkte sein unerwarteter Helfer bescheiden ab, ehe er ein Wort des Dankes äußern konnte. »Gibst du fünfzig Euro? Bin ich nicht Polizist.«

Volchok zog einen zerknitterten (und überdies falschen) Hunderter aus der Hosentasche und drückte ihn dem Schwarzen in die Hand.

Der Jamaikaner strahlte. »Irie, man, irie! Brauchst du wieder Hilfe, springst du einfach in unsere Container, okay? Lil' Bob immer zur Stelle, Mann!«

Volchok eilte grußlos davon. Zwar schien die unmittelbare Bedrohung durch die Polizisten gebannt, doch nach dem, was er im Streifenwagen aufgeschnappt hatte, galt es trotzdem, keine Zeit zu verlieren. Anders als Hammerwerfer, der vermutlich längst in einem Flieger über dem Atlantik saß, konnte er sich nicht einfach absetzen, dazu reichten seine Rücklagen nicht aus. Alles, was er an falschem und frisch gewaschenem Geld, Munition und sonstigen Notwendigkeiten zur Gründung einer neuen Existenz benötigte, befand sich unter seiner Matratze in der Villa. Und es konnte nicht mehr lange dauern, bis die Polizei auf der Suche nach Rattlesnake Rolf dort einfiel – möglicherweise mit einem ganzen SEK. Das hing davon ab, was genau man über den ehemaligen Ersten Kriminalhauptkommissar herausgefunden hatte und was sich überdies aus den Mitgliedern des Ringes quetschen ließ, die sie inzwischen gefasst hatten.

Nun, da Hammerwerfer raus war, konnten Karol, Marcin, Shigshid und Morpheus nicht mehr auf die zwei blinden Augen eines gut bezahlten Haftrichters zählen. Wahrscheinlich war unter diesen Umständen jedes Ringmitglied nur noch darauf aus, sich selbst zu retten – sogar Morpheus, der immerzu alles zu wissen schien. Vielleicht war es jetzt sogar schon zu spät. Möglicherweise waren ihm die Bullen längst zuvorgekommen, und Volchok stand mit leeren Händen da, weil sie alles durchsucht und beschlagnahmt hatten: sein Geld, seine Ersatzpapiere, seine Munitionskiste – und sogar die Bikinifotos von Olga Urmanov, die unter seinem Kissen lagen.

Während er einen unverschlossenen Golf kurzschloss und in Richtung Nordosten fuhr, versuchte er, diese Möglichkeit aus seinem Bewusstsein zu verdrängen. Das Hier und Jetzt erforderte seine volle Konzentration. Vier von ihnen saßen schon, und wenn auch nur einer von ihnen auspackte (zum Beispiel Shigshid, der dumme Idiot – warum hatte Volchok ihn nicht schon letzte Nacht erschossen?!), würden sie sich mit ein bisschen Pech allesamt viele Jahre lang auf schlechtes Essen einrichten müssen.

Sowohl die Villa als auch ihre nähere Umgebung lagen jedoch friedlich vor ihm, als er das Grundstück endlich erreichte. Volchok fuhr den gestohlenen Wagen in die Zufahrt – ein Frevel, den er sich unter normalen Umständen niemals erlaubt hätte. Miroslav und Armin, zwei seiner Mitstreiter und blutige Anfänger, die noch den größten Teil des Tages damit verbrachten, sich als Personal zu tarnen und sich mit den Gepflogenheiten derer vertraut zu machen, zu denen sie irgendwann voll und ganz zählen wollten, kümmerten sich in aller Seelenruhe um den Vorgarten: Einer mähte den Rasen, einer zupfte das Unkraut zwischen den Edelrosen, die das Grundstück säumten.

León, der das Zimmer neben seinem bewohnte und mit dem er sich bislang ein Bad geteilt hatte, saß in der offenen Wohnküche und blätterte geistesabwesend in den vermeintlichen Memoiren des Jack the Ripper, als Volchok in die Villa stürmte.

»Packen!«, brüllte ihn der Russe im Vorbeilaufen an. »Alles und sofort!«

»Woher die plötzliche Eile?«

Volchok verharrte, als die vertraute Stimme seines langjährigen Bosses hinter ihm ertönte. Er drehte sich halb um die eigene Achse und sah Rattlesnake Rolfs hagere Gestalt am Rahmen der Eingangstür lehnen.

»Ich weiß nicht, wohin es dich zieht. Aber du wirst dein Ticket wohl umbuchen müssen, denn ich brauche hier jede Hand, die einen Revolver halten kann«, sagte Hammerwerfer ruhig. »Sogar auf die Gefahr hin, dass sich jemand aus Versehen selbst in den Fuß schießt«, fügte er verächtlich hinzu.

Miroslav und Armin waren Volchok gefolgt und traten nun neugierig heran.

»Willst du mich verarschen?«, schnappte Volchok wütend. »Warum sollte ich jetzt noch irgendetwas für dich tun?«

Seufzend schüttelte der Boss den Kopf. »Muss ich dich wirklich an den Eid erinnern, den du geschworen hast?«, erkundigte er sich, als hätte sich nichts, aber auch gar nichts geändert.

Volchok rümpfte die Nase. »Spar dir das«, erwiderte er. »Ich erinnere mich sehr gut daran. Nur ist mir auch deine Hälfte des Deals noch ganz gut im Gedächtnis. Es ging um Obdach, Schutz und Hilfe«, zählte er auf. »Um falsche Papiere, prozentuelle Beteiligungen an der Ausbeute der Touren und vor allen Dingen um die Sicherheit, niemals länger als vierundzwanzig Stunden in Gewahrsam zubringen zu müssen – selbst dann nicht, wenn alles schiefgeht. Ich frage mich, wie du deine Versprechen noch halten willst, wenn du nicht nur vom Dienst suspendiert, sondern sogar auf der Flucht vor deinen eigenen Kollegen bist.«

León ließ die Memoiren des Jack the Ripper fallen, Miroslav und Armin tauschten entsetzte Blicke. Rattlesnake Rolf maß Volchok mit unverändert ruhiger Miene, doch aus seinen Augen zuckten tödliche Blitze.

»Ich weiß nicht, wer solche Lügen verbreitet, aber ich habe auch keine Zeit für das leere Geschwätz irgendwelcher Leute«, sagte er. »Ich möchte, dass ihr aufhört, Eberhard Fritz auf Schwachstellen zu überprüfen. Legt ihn um. Sofort.«

»Damit deine Kollegen mit uns zu beschäftigt sind, um dich auf dem Weg in die Karibik abzufangen?«, spottete Volchok und richtete das Wort an die drei anderen. »Karol, Marcin, Shigshid und sogar der gute alte Mo sitzen schon ein«, berichtete er mit fester Stimme. »Dieser Eberhard Fritz scheint sich unseres Bosses angenommen zu haben, und das mit Erfolg: Es kann sich nur um Minuten handeln, bis die Bullen hier aufkreuzen, um richtig aufzuräumen. Weil sie ihn nämlich suchen.« Er deutete anklagend auf Rattlesnake Rolf, der noch immer nicht mit der Wimper zuckte. »Der Ring ist zerstört. Hammerwerfer kann uns nicht mehr schützen«, erklärte Volchok. »Also los. Worauf wartet ihr noch?«

Die drei anderen tauschten unschlüssige Blicke, und Volchok stieß einen Fluch aus, wandte sich dann aber gleichgültig ab und stampfte weiter in Richtung des linken Außenflügels, in dem er zusammen mit León und dem vermeintlichen Personal untergebracht war. Die Polen hausten im weniger wohnlichen rechten Flügel, Morpheus unter dem Dach und Shigshid, der Schwachkopf, im Keller, während Rattlesnake Rolf das Herz des Anwesens, das ein Kaminzimmer, zwei Schlafzimmer, ebenso viele Bäder und das Büro einschloss, für sich allein beanspruchte.

Als er den Durchgang, der vom Gemeinschaftsraum neben der offenen Küche abging, fast erreicht hatte, durchbohrte eine Kugel seinen Rücken.

Volchok sah, wie eine Scheibe der zweiflügeligen Glastür vor seiner Nase zersprang und Millionen von glitzernden Splittern auf die Marmorfliesen hinabregneten, bevor er begriff, was gerade passiert war. Er tastete entsetzt nach seiner Brust, die sich plötzlich, genau wie sein Rücken, seltsam warm anfühlte. Und als er sich mit weit aufgerissenen Augen zu Hammerwerfer und den anderen herumdrehte, sickerte dickflüssiges Blut aus seinen Mundwinkeln.

»Sonst noch jemand?«, fauchte der ehemalige Erste Kriminalhauptkommissar von Oberfrankenburg, doch seine Worte drangen nur noch dumpf in Volchoks Ohren. Verschwommen, wie durch einen Wasserfall, nahm er wahr, wie León zurückwich, Miroslav und Armin sich auf Hammerwerfer stürzten und dieser mit seiner Dienstwaffe herumfuchtelte. Während Volchok leblos vornüberkippte, begann der Boss, der auf einmal keiner mehr war, wild um sich zu schießen.

In den nächsten Sekunden bereicherte er den Teufel um drei weitere Seelen, die der Verlockung des ewigen Lebens ebenso wenig zu widerstehen vermochten wie die des Russen.

Dann eilte Hammerwerfer in sein Büro, verstaute die AK47 seines Vaters samt zweitausend Schuss Munition in einer Reisetasche und warf Letztere in den Kofferraum seines Sportcoupés, ehe er mit quietschenden Reifen davonraste.

Als nach Shigshid auch Morpheus im Verhör zusammenbrach und Eberhard Fritz sich mit dessen Aussage gewappnet endlich auf den Weg zum nächsten Telefon begeben konnte, um LKA und Innenministerium zu informieren und alle weiteren Schritte einleiten zu lassen, stand die Villa am Fuße der Klimburg längst leer.

Rattlesnake Rolf verbrachte den Rest des Tages und die kommende Nacht allein in seinem Auto auf einer abgelegenen Lichtung. Es war vorbei. Er hatte alles verloren, wofür er nicht nur gelebt, sondern tatsächlich sogar eigens geboren worden war. Fast alle noch lebenden Mitglieder seiner Organisation und sein einziges Kind saßen im Gefängnis, das Lebenswerk seines Vaters war zerstört und seine beiden Existenzen lagen unwiderruflich in Trümmern. Schuld daran waren Olga Urmanov und ihr Stecher, Bückeberg der Junge auf dem Kneipentisch, die Schnüffler von außerhalb, die Tochter des Forensikers, Ohnesorg, eine Kuh, Oleg, Volchok, Shigshid, Morpheus, der Geist seines Vaters, die beiden Polen, die Russen, die Deutschen, die Bayern, die Chilenen, die Portugiesen, die Chinesen, die Japaner und ...

Oh, verdammt! Alle trugen Schuld an Hammerwerfers Schicksal! Ein jeder, und hatte er nur die Anlegestelle des Frachtschiffes gewartet, das die Sitzbezüge für das Flugzeug geladen hatte, mit dem der Impfstoff für die Kuh geliefert worden war, trug einen kleinen Teil der Verantwortung für Rattlesnake Rolfs Elend! Und genau dafür würde die ganze Welt büßen, schwor er sich, ehe er spät am Abend hungrig und frierend im finsteren Wald einschlief und die Ratte Mohammed heimlich an seiner behaarten Wade schnüffelte.

Meo hätte sich nie vorstellen können, dass er einmal freiwillig auf die Erde hinabfliegen und Klinken putzen würde. Aber genau das tat er jetzt, und unangemessenerweise bereitete es ihm sogar diebische Freude. Während Tamino und seine Krieger inzwischen in einem fort mit einer stetig wachsenden Schar mehr oder weniger Freiwilliger unterwegs waren, um die zahllosen Dämonen zurückzudrängen, die an allen Ecken und Enden der Stadt aus der Unterwelt auszubrechen versuchten (und es allen gegenteiligen Bemühungen zum Trotz viel zu oft schafften), waren Jascha und er nach eingehendem Studium der Schriften der vergangenen Erdentage zu dem Schluss gekommen, dass rein militärische Maßnahmen kaum ausreichten, um des Teufels Pläne zu durchkreuzen – Pläne, von denen der oberste Himmelskrieger ihrer Breiten nichts wusste, weil er nie zu erreichen war. Und selbst wenn es anders gewesen wäre, hätte der geradlinige, pflichtbewusste Himmelskrieger den Plan, den Meo zunächst mit Jascha ausgetüftelt und schließlich mit den Skriptoren und Arthur ausgefeilt hatte, bestimmt nicht gutgeheißen. Denn das, was sie vorhatten, war streng genommen Hochverrat.

Trotzdem fühlte sich Meo gut dabei, denn er wusste, dass er das Richtige tat, während Tamino und vor allem Gott, dem Herrn, und Seinen Mitstreitern im Parlament der Sinn dafür offenkundig längst abhandengekommen war: Sie halfen den Menschen, indem sie sie vor dem Bösen schützten – egal, um welchen Preis. Nichts anderes als dies war die Aufgabe, um deretwillen die Menschen sie einst erschaffen hatten. Und wenn der Herrgott dafür den einen oder anderen Konkurrenten mehr neben sich dulden musste, dachte Meo trotzig bei sich, dann sollte Er es gefälligst als Bereicherung betrachten – und künftig besser für Seine Schäfchen sorgen. Meo wischte den Gedanken beiseite, denn er wollte sich die optimistische Stimmung nicht dadurch trüben lassen, sich zu vergegenwärtigen, wie viel namenloses Leid die auserwählten Propheten der beiden unverhältnismäßig hart miteinander konkurrierenden Götter insbesondere in den vergangen Erdenjahren angerichtet hatten. Der Vampir, der keiner sein wollte, hatte vollkommen Recht: Die da oben brauchten dringend einen Dämpfer – am besten in Form ein paar schillernder verloren Geglaubter, die frischen Wind, alte Ideen und vor allem die schon vor Jahrtausenden verlorene Vielfältigkeit ins Parlament der Götter zurückbrachten. Es gab so viele, die im Laufe der Zeit verdrängt worden waren und seitdem im Sumpf vor sich hin schmorten, bis sie sich irgendwann, wenn auch die allerletzten Seelen sie vergessen hatten, einfach auflösten. So viele, dass es Jascha, der das Kommando über die Rebellion übernommen hatte, nicht gelungen war, alle

Namen auf seine Mitstreiter zu verteilen. Selbst wenn alles funktionierte, würden einige der alten Götter an ihrem Verbannungsort zurückbleiben müssen. Aber für mehr als dreihundert von ihnen würde es reichen – vorausgesetzt, die freiwilligen Klinkenputzer machten ihre Sache gut.

Meo jedoch glaubte fest an sich und seine Gefährten. Er musste sich nicht eigens Mut zusprechen, bevor er sich im Wohnhaus des schlimmen Russen durch ein Fenster ins Parterre gleiten ließ, um sich dem alleinstehenden Alten, der diese vier Wände sein Eigen nannte, verbotenerweise zu zeigen und die Arme mit einem »Fürchte dich nicht!« auszubreiten, das nach süßem Glockengeläut und Harfen klang. Seine Wahl war nicht ganz zufällig auf diese Wohnung gefallen, sondern basierte auf der Überzeugung, dass die einfachsten Gemüter am ehesten bereit waren, an übersinnliche Erscheinungen und göttliche Zeichen zu glauben. Außerdem schien ihm das Böse an diesem Ort besonders nah: Nicht nur, dass hier der verkommene Mensch gelebt hatte, der dem unschuldigen kleinen Mädchen so arg zugesetzt hatte – wenige Stockwerke über ihm klebte noch immer das Blut einer alleinerziehenden Mutter und ihrer neun Kinder, die niemand vermisste, weil keiner etwas mit ihnen zu tun haben wollte.

Darüber hinaus drohte auch die Seele des Mannes, den er sich ausgesucht hatte, nach dessen Tod in die Hand des Teufels zu gelangen. Es war eine gute Gelegenheit, den alten Mann auf den richtigen Weg zurückzuholen.

Als sich der Engel vor dem Senioren materialisierte und sein Grußwort sprach, erlitt dieser um ein Haar einen Herzstillstand. Dem Dackel Punraz entlockte das erschrockene Keuchen seines Herrchens nach der Aufregung der vergangenen Tage lediglich ein pflichtschuldiges, lustloses »Wau«. Dann trollte sich der Hund ins Bett des alten Mannes und verkroch sich unter dem Kissen, um den versäumten Schlaf der vergangenen Nacht nachzuholen. Der anstrengende Alte war ihm egal. Punraz war ein guter Hund – immer auf der Hut und wohl darauf bedacht, sein Herrchen auf jegliche drohenden Gefahren hinzuweisen. Doch statt ihm das zu danken, hatte der Obergefreite seine Warnungen jüngst das eine oder andere Mal stoisch ignoriert und sie beide durch seine Verantwortungslosigkeit in heikle Situationen gebracht. Sobald der Alte das nächste Mal vergaß, die Türe hinter sich zu schließen (und das vergaß er immer, wenn er von draußen kam und dringend musste, weil er es nie wagte, das Bein in Punraz' Revier zu heben), wollte der Dackel verschwinden und zu der heißen Chihuahua-Dame ziehen, die seine Mühen bestimmt wesentlich mehr zu schätzen wusste und außerdem ungestraft unter den Heizpilz pinkeln durfte.

Auch jetzt beachtete Obergefreiter Frisch seinen Hund nicht, sondern starrte nur die große Lichtgestalt an, die da inmitten seines kleinen Apartments stand und aus Augen, die so tief und blau waren wie das Meer, auf ihn hinabblickte. Als das göttliche Wesen seine Hand nach ihm ausstreckte, um ihn sanft an der verlängerten Stirn zu berühren, sank der alte Mann auf die Knie und bekreuzigte sich.

»Gütiger Gott – ist es also schon so weit. Meine letzten Schlachten sind geschlagen«, flüsterte er ehrfürchtig. »Der Herr hat's gegeben, der Herr hat's genommen.«

Meo lächelte nachgiebig. »Keineswegs, mein Sohn«, erwiderte er sanft. Herrje – wie arrogant das klang, wo er doch selbst noch ein solch junger Spund war. Aber das konnte dieser Mensch nicht wissen. »Ich komme, um dir eine frohe Kunde zu bringen«, verkündete er. »Tleps, der kaukasische Schutzherr der Schmiede, ist zurückgekehrt, um den Herrgott im ewig währenden Kampf gegen das Ungerechte und Schlechte zu unterstützen.«

Obergefreiter Frisch atmete erleichtert auf, legte aber gleich darauf die runzelige Stirn in tiefe Falten, so dass sein ganzes Gesicht an eine Collage aus Krepppapier erinnerte.

»Bitte wer?«, erkundigte er sich verwirrt. Meo wiederholte den Namen des Halbgottes, für den er sich entschieden hatte, weil er einer der wenigen war, die er sich gut merken konnte. »Oh. Das ist ... wunderbar.« Der alte Mann nickte irritiert und erhob sich zögernd. »Soll ich Weihrauch, Myrrhe und Gold besorgen?«

Er dachte an seine letzten Notreserven: Hinter der Bronzestatue im städtischen Veilchengarten lagerten in mehr als einem halben Meter Tiefe zwar weder Weihrauch noch Myrrhe, aber immerhin reichlich Gold. Einst hatte er es aus einem bayrischen Arbeitslager entwendet, und seither stellte es seine Notreserve für besonders schlechte Zeiten dar. Doch wenn der liebe Gott es brauchte, sollte er es bekommen. Der war am Ende schließlich immer der Stärkere – und somit auch der Gute.

Aber Meo lehnte ab. »Mein Sohn, hab Dank für deine Großzügigkeit, doch besteht weder Bedarf an Edelmetallen noch an Gewürzen oder Harzen. Alles, was du tun musst, ist, dir den Namen des Heilsbringers zu merken.«

»Pleps?«

»Nein. Tleps«, korrigierte Meo mit nachsichtiger Milde und lobte sich insgeheim dafür, sich nicht für Auzawandilaz oder Huitzilopochtli entschieden zu haben.
»Außerdem solltest du wissen, wie er aussieht«, sagte er und zog ein postkartengroßes Bild unter seinem Gewand hervor, das er selbst noch einmal voller Stolz betrachtete, ehe er es dem alten Mann übergab. Was die Karten anging, so hatte Rufus, der Lehrmeister für »Bildnisse ohne Sünde und Farbgestaltung ohne Hellblau und Weiß«, ganze Arbeit geleistet.
Obergefreiter Fritz betrachtete das Bild in seinen Händen sehr konzentriert.
»Beeindruckend«, stellte er schließlich fest. »Einen solchen Hammer sollte der liebe Gott auch ab und zu mal schwingen. Manche Leute verstehen nur diese Sprache. Besonders die jüngeren.« Er seufzte leidig.
Meo nickte und nahm ihm das Bild wieder ab, denn das brauchte er noch. »Wohl dann, mein Sohn. Vergiss nicht meine Worte. Und erfreue dich der neuen Ordnung, die mit Tleps' Rückkehr Einzug halten wird in die Welt unter Gottes Firmament.«
Und damit verschwand er auf die gleiche mysteriöse Weise, wie er gekommen war, flog in unsichtbarer Gestalt ein paar ausgelassene Schnörkel in der Luft und erwählte sodann den nächsten potenziellen Jünger für den kaukasischen Schutzherrn der Schmiede aus.

Auf Werthersweide hatte sich Tabea Strategien angeeignet, um sich gegen die stetige Langeweile zur Wehr zu setzen. Sie war eine Großmeisterin, wenn es darum ging, neue Sternbilder zu erfinden, Kieselsteine nach

Größe und Gewicht zu sortieren und sich die Namen und Hersteller der Verkaufsartikel im Raum neben der Küche sowie deren vermeintliche Funktionen einzuprägen. Außerdem konnte sie stundenlang mit dem Kopf nach unten an einem Dachbalken oder einer Regenrinne baumeln und sich in überaus lebhafte Wachträume von einem anderen, besseren Leben flüchten: Mal war sie die Primaballerina im Schwanensee, ein anderes Mal war sie Gouverneurstochter im fernen Kalifornien. Dann wieder stellte sie sich vor, wie es sich wohl als Prinzessin in einem schwedischen Schloss lebte, oder als persönliche Köchin eines bekannten Theaterintendanten. Es gab so viele Freuden und Abenteuer im positiven Sinne, die ihr das Leben vorenthalten hatte, dass es ihr nie schwer gefallen war, sich die Zeit mit Gedankenspielen zu vertreiben. Was wäre gewesen, wenn sie eben nicht als ältestes von sieben Kindern in bitterer Armut zur Welt gekommen und mit gerade einmal siebzehn Jahren ausgerechnet an Onkel Hieronymos geraten wäre?

In den sechsunddreißig Stunden nach ihrem vergeblichen Besuch bei dem Mädchen, das eben doch nicht mit den Engeln sprechen konnte, gelang es ihr trotzdem nicht, ihren Kopf mit irgendetwas anderem zu füllen als dem bevorstehenden Fest. Und weil ihre Fantasie bezüglich dessen, wie sie der angekündigten Katastrophe entgegenwirken könnte, nun endgültig ausgeschöpft war, zog sich die Zeit in quälende Länge.

Am Nachmittag stahl sie eine Schaufel aus einem Gewächshaus voller Oleander, lief, um auf diese Weise zwei weitere Stunden herumzubekommen, zu Fuß zurück zu der Stelle, an der sie Friedas Kadaver zurückgelassen hatte, und grub ein Loch, das unnötigerweise einen ganzen Meter tief war. Sie versenkte die Katze samt den Maden, die sich inzwischen darauf tummelten, darin und schaufelte die Grube sorgsam wieder zu. Weil es ihr nicht gut zu Gesicht gestanden hätte und ihr außerdem der Katze gegenüber respektlos erschienen wäre, ein Gebet zu sprechen, summte sie ein paar Kinderlieder, deren Melodien den Verdrängungsprozess des vergangenen Jahrhunderts irgendwie überdauert hatten. Darüber schlummerte sie am Abend auf der lockeren, süß und würzig duftenden Erde ein und erwachte erst mit den ersten Sonnenstrahlen wieder; ihr Schlafrhythmus war in der letzten Woche vollkommen durcheinandergeraten.

Ihr Magen knurrte laut, als sie sich aufrappelte und ausgiebig streckte. Tabea erinnerte sich an die Kuh, die ganz in der Nähe über die Gleise geprescht war und Alvaro und sie um eine große Sorge erleichtert hatte, indem sie den Riesen niedergetrampelt hatte. Von ihrer Nase ließ sie sich zu der Weide führen, von der das Tier sich gestern Nacht davongemacht hatte. Und obwohl der Durst riesig war, frühstückte sie nur widerwillig, denn Kühe fand sie nicht viel appetitlicher als Galgos.

Danach machte sie sich auf den Weg in die Kleingartenanlage. Vielleicht, hoffte sie vage, hatte Ötti das ganze Geld einfach für sich behalten, so dass Alvaro die Nacht doch in der Hütte zugebracht hatte. Und vielleicht war es Lennart inzwischen gelungen, sich auf seine unvergleichlich nüchterne Art so unbeliebt zu machen, dass der gefallene Engel von ihm und seiner dämlichen Vernunft endlich die Nase voll gehabt und ihn zum Teufel gejagt hatte. Oder der Langweiler hatte die Nerven verloren und war, auch auf die Gefahr hin, unter Mordverdacht verhaftet zu werden, zu seinen Eltern zurückgekehrt.

Aber ihre Hoffnungen wurden enttäuscht. Die Laube stand leer, und ihr feiner Geruchssinn verriet ihr, dass weder Happy Al noch der Neue Prophet oder dessen bekiffter Freund je einen Fuß in den maroden Schuppen gesetzt hatten. Zudem fehlte auch von Alvaros Auto jede Spur.

Unschlüssig, was sie mit dem Rest des Tages anfangen sollte, blieb sie einen Moment auf dem Parkplatz stehen, als ein lautes Platschen hinter der Hecke des an den äußeren Zaun angrenzenden Schrebergartens erklang – dicht gefolgt von dem Geräusch kleiner Hände oder großer Pfoten, die hilflos auf die Wasseroberfläche von einem Teich oder dergleichen klatschten. Tabea eilte durch das Haupttor und sah sich in ihrer ersten Annahme bestätigt: In einem kleinen Goldfischteich zappelte ein höchstens einjähriges Baby mit dem Gesicht nach unten, das aus einem umgestürzten Kinderwagen auf der kleinen Terrasse vor der Laube geklettert und zwischen Karotten und Radieschen umhergekrabbelt sein musste, während die Aufsichtsperson – die Mutter oder Großmutter – nach wie vor mit dem Rücken zum Garten in der Kochnische herumwerkelte und mit bemerkenswert tiefer und überaus schiefer Stimme die eintönige Schlagermusik aus einem Transistorradio mitsang.

Unter Hieronymos' spöttischen Kommentaren eilte Tabea durch den Garten, sprang in den Teich und angelte das Kind aus dem Wasser, das sich mit lautstarkem Geschrei für seine Rettung bedankte. Nun endlich begriff auch die Frau in der Laube, dass hinter ihrem Rücken irgendetwas nicht in Ordnung war. Sie ließ einen Milchtopf fallen, dessen brühend heißer Inhalt sich über ihre Sandalen und den Boden ergoss, eilte zum Teich und riss Tabea das Baby aus den Armen, bevor sie ans glitschige Ufer klettern konnte.

»Herrgottimhimmelheiligejungfraumaria!«, entfuhr es der Frau in einem einzigen Wort. »Was macht mein armes Tuk-Tuk denn? Es ist doch noch viel zu klein für plantschi-plantschi! Nun ist es aber nass geworden! Sollte es denn nicht heia-heia machen? Da wird die Mami aber traurig sein – das sagen wir der Mami lieber nicht, was? Armes Tuk-Tuk! Armes kleines Ding!«

Es war also die Großmutter.

Tabea gelang es endlich, aus dem Teich zu steigen, und sie verließ den Garten, ohne sich noch einmal zu der Frau und dem nach wie vor weinenden Kind umzudrehen. Auch nicht, als die pummelige Oma bemerkte, dass ihre Füße von der heißen Milch nun aua-aua taten und sie dem Tuk-Tuk erklärte, dass sie heute bestimmt nicht mehr tata gehen könne.

Denn jetzt wusste sie, womit sie sich bis zum Einbruch der Dunkelheit beschäftigen würde.

Lächerlich!, schnaubte Hieronymos.

Kapitel 28

Je weiter der Tag voranschritt, umso nervöser wurde Alvaro. Der Neue Prophet hatte einen guten Teil des Donnerstags damit zugebracht, ihn von der offensichtlichen Schlechtigkeit des Vampirmädchens zu überzeugen, indem er immer wieder aufgelistet hatte, was gegen ihre vorgebliche Aufrichtigkeit sprach. Sie hatte ihre Katze getötet, vorgetäuscht, alle gegen sie sprechenden Indizien aus der Arztpraxis entwendet zu haben, damit sie sich fälschlicherweise in Sicherheit vor der Polizei wiegten, die Wunde an seinem Hals so nachlässig vernäht, dass sie sich nun zu entzünden drohte, ein unschuldiges Mädchen vor einen heranrasenden Zug gestoßen, Gurkes Schwester im Trappersee versenkt und ihre kriminellen Freunde in Alvaros Wohnung gelockt; vielleicht, weil sie nicht hatte warten wollen, bis die Polizei kam und sie festnahm. All das war dem gefallenen Engel schmerzlich bewusst (bis auf die Sache mit der entzündeten Schusswunde, die er doch für sehr weit hergeholt hielt). Nichtsdestotrotz war mit Tabeas Verschwinden eine Lücke entstanden, die der Neue Prophet nicht auszufüllen vermochte, ganz gleich, wie solidarisch und anständig er sich ihm gegenüber gab.

Es war ein schwer zu beschreibendes Gefühl von Wärme und Verbundenheit, das er ihr gegenüber immerzu verspürt hatte – selbst in Momenten, in denen sie ihn maßlos enttäuscht hatte. Es war keine Liebe, hatte er für sich herausgefunden, obwohl er mangels Erfahrungen keinen direkten Vergleich ziehen konnte. Aber aus eingehenden Studien in den Fächern »Anatomie« und »Grundlagen der menschlichen Psyche« wusste er, dass dem, was der Mensch gemeinhin als eine solche bezeichnete, bestimmte Symptome zugrunde lagen. Nie waren ihm die Knie weichgeworden, wenn Tabea ihn angesehen hatte, niemals hatte sein Körper zu transpirieren oder unkontrolliert zu zittern begonnen, wenn sie ihn flüchtig berührt hatte. Und auch von gewissen anderen, hormonellen Reaktionen seines komplexen Menschenleibes war der gefallene Engel verschont geblieben (außer unmittelbar nach dem Aufwachen, aber er glaubte nicht, dass das Mädchen irgendetwas damit zu tun hatte; vielleicht ganz am Anfang, als alles noch so neu gewesen war).

Nein: Was Alvaro mit Tabea verband, war etwas ganz anderes, weniger Leidenschaftliches und dennoch viel Bedeutenderes. Es hing mit ihrer Fähigkeit zusammen, miteinander zu lachen, so viel stand für ihn fest. Es war mehr als Freundschaft und weniger als Liebe, und dass er dieses Gefühl aus lauter Vernunft nun vielleicht niemals näher würde bestimmen können, setzte ihm sehr zu.

Als die ersten Geschäfte in dem Ladenzentrum, über dem Lennarts Freund Max zu Hause war, ihre Türen schlossen, hielt er es nicht mehr aus. Gewiss, er fühlte sich nach wie vor verpflichtet, auf den Neuen Propheten achtzugeben. (Wenngleich er inzwischen nicht mehr darauf hoffte, seinen alten Posten zurückzuerlangen, denn offenkundig scherte sich aus seinen alten Reihen niemand darum, was er tat oder ließ; aber er konnte eben nicht aus seiner Haut.) Doch er hatte auch Tabea ein Versprechen gegeben, und wenn er schon ein Mensch bleiben musste, dann wollte er zumindest ein Mann von Ehre sein.

»Wir sollten langsam aufbrechen«, bemerkte er an Lennart gewandt, als hätten sie sich zu einem Spaziergang um den Trappersee verabredet.

Lennart ließ davon ab, seinem Freund einmal mehr bezüglich seines übermäßigen Genussmittelkonsums ins Gewissen zu reden, und sah zu Alvaro hin. »Wie bitte?«

»Der Katerwagen rollt bestimmt schon durch die Straßen«, erklärte Alvaro.

»Ja«, bestätigte Lennart mit einem flüchtigen Blick auf seine Armbanduhr. »Und?«

»Ich habe Tabea mein Wort gegeben«, antwortete Alvaro.

»Was habe ich damit zu tun?«, erkundigte sich Lennart verständnislos. »Diese Frau interessiert mich nicht, und auch Sie täten besser daran, sich von ihr fernzuhalten.«

»Sie ist meine Freundin«, entgegnete Alvaro entschieden. »Genau wie Max dein Freund ist.«

»Das können Sie nicht vergleichen«, widersprach der Neue Prophet entschieden. »Max und ich sind miteinander aufgewachsen.«

»Trotzdem konsumiert er regelmäßig illegale Rauschmittel.«

»Er wird es schon irgendwann wieder lassen«, winkte

Lennart ab. »Jedenfalls bleibe ich hier. Ich habe nichts damit zu tun.«

»Doch. Das hast du«, widersprach der gefallene Engel. »Denn ich habe ebenfalls versprochen, dich nicht aus den Augen zu lassen. Es ist meine Bestimmung, in deiner Nähe zu bleiben, und darum musst du mit mir gehen.«

»Wenn ich nicht mit Ihnen gehe, besteht auch kein Grund, auf mich aufzupassen«, entgegnete Lennart stur. »Hier bin ich in Sicherheit, bis ich endlich aufwache.«

Alvaro schritt auf den Neuen Propheten zu und bohrte seinen Blick eindringlich in den seinen.

»Ich *bitte* dich aber darum, mit mir zu gehen«, betonte er. »Seit du auf der Welt bist ... ach, was rede ich! Seit dem Moment deiner Zeugung habe ich dich auf Schritt und Tritt begleitet. Ich habe mehrfach dafür gesorgt, dass du niemandem unachtsam vor die Räder läufst, und als sich der Tsunami in Thailand ankündigte, war ich derjenige, der deine Eltern davon überzeugt hat, den Familienurlaub in Phuket zu annullieren. Als im Dezember des darauffolgenden Jahres euer Christbaum Feuer fing, habe ich ihn gelöscht, ehe ihr den Rauch bemerkt habt. Nun bist du an der Reihe, etwas für mich zu tun. Es ist wahrlich nicht viel, was ich von dir verlange. Nicht, wenn wirklich nichts geschieht, und erst recht nicht, wenn Tabea die Wahrheit gesprochen hat, denn dann sterben wir so oder so heute Nacht.«

»Meine Eltern haben den Urlaub abgesagt, weil sie sich gestritten haben«, widersprach Lennart.

»Ja. Weil ich die Zahnpastatube aufgedreht habe«, bestätigte Alvaro. »Und zwar ein paar Mal. Also: Wirst du mich nun begleiten?«

Lennart verneinte. Für die Dauer eines Atemzugs war Alvaro geneigt, sich einfach abzuwenden und zu gehen, doch dann fiel ihm ein, dass er vielleicht doch noch ein Ass im Ärmel hatte. Es war zwar unmoralisch, aber er würde es sich schon irgendwie verzeihen.

»Weißt du eigentlich, warum dein Freund ausschließlich geschlossene Schuhe trägt?«, wandte er sich an Max, der endlich halbwegs nüchtern und ausgeruht schien. »Er schämt sich für seine Füße«, erklärte Alvaro, ohne eine Antwort auf seine ohnehin bloß rhetorische Frage abzuwarten. »Seine mittleren Zehen sind länger als die dicken – ein Erbstück seines Vaters, das sich nicht vermeiden ließ und ihm so peinlich ist, dass er selbst im Hallenbad Wasserschuhe trägt. Und hat er dir schon erzählt, dass er bis zum Alter von acht Jahren das Bett genässt hat? Er –«

»Schon gut, schon gut! Ich begleite Sie!«, fiel ihm der Neue Prophet ins Wort, ehe dieser Wahnsinnige Gelegenheit fand, noch mehr von seinen intimsten Geheimnissen preiszugeben. Alvaro lächelte gewinnend. Das war schneller gegangen als erhofft.

»Worauf warten Sie?«, drängte Lennart mit einem Fuß auf der Schwelle. »Der Katerwagen rollt schon längst.«

Alvaro nickte Max zum Abschied freundlich zu und machte sich auf den Weg, Tabea zu finden und ihr gegebenenfalls beizustehen.

Tabea hatte insgesamt neun Einkaufstüten von hier nach da geschleppt, zwei alte Damen sicher über die Straße gebracht, einen jungen Mann beim Wechseln eines Autoreifens unterstützt, der zweitältesten Tochter der El Sherifs die Hausaufgaben gemacht, zwölf oder dreizehn Spül- und Waschmaschinen aus- und wieder eingeräumt, einem Junkie das Heroin gestohlen, um es zu Gurke ins Krankenhaus zu schmuggeln, und das Bargeld eines neureichen Golfspielers unter den Armen vor einer Suppenküche verteilt. Jetzt neigte sich der Tag endlich dem Ende zu, und sie mischte sich unter die Oberfrankenburger, die den prachtvoll ausgestatteten Festwagen durch die Straßen der Stadt folgten.

Obwohl die Furcht vor dem, was sie womöglich erwartete, groß war, fühlte sie sich hervorragend. Es war so einfach, mit Tausenden winzigen Handschlägen Gutes zu tun, wenn man durch jedes offene Fenster flattern und im jeweils richtigen Moment am rechten Platz in die Gestalt eines zierlichen, scheinbar harmlosen Menschenmädchens schlüpfen konnte! Sie wunderte sich darüber, dass sie nicht schon viel früher, als sie noch an Hieronymos' Seite geweilt hatte, auf die Idee und den Geschmack gekommen war. Aber wenn sie die heutige Nacht überlebte – wenigstens im übertragenen Sinne –, dann blieb ihr alle Zeit der Welt, um genau so weiterzumachen und auf diese Weise nicht nur dem Vampir in ihrem Kopf die Stirn zu bieten, sondern der Schuld, die sie gegenüber ihrer Mutter und ihren Geschwistern auf sich geladen hatte, irgendwann Genüge getan zu haben. Und wenn es zehntausend Jahre dauerte, bis sie genug Blumen gegossen und vernachlässigte Haustiere gefüttert hatte, um sich ihre Fehler verzeihen zu können – dann würde sie es eben tun.

Wer weiß, dachte sie hoffnungsvoll – vielleicht würde auch Alvaro dabei irgendwann auf ihre Bemühungen aufmerksam werden und endlich und endgültig begreifen, dass sie nicht das schlechte Schattenwesen war, für das er sie hielt, sondern eine sensible, gute Seele, die seine Freundschaft verdiente.

Oh, Alvaro, Alvaro, Happy Al, der dazu verdammt war, in seinen vielleicht letzten Stunden so gut wie allein durch diese verrückte Welt zu irren, mit niemand anders als einem herztoten Quacksalber an der Seite, der sogar noch langweiliger war als Onkel Hieronymos, wenn er Geschichten erzählt hatte. Alvaro, der ganz ohne jemanden war, der etwas vom Menschsein verstand, weil er auch das Anderssein kannte – ohne sie ...

Ob der Neue Prophet wohl auch die Geduld aufgebracht hätte, dem gefallenen Engel zu erklären, wie man an einem Strohhalm saugte, ohne sich dabei zu verschlucken. Oder ihm in nicht weniger als drei Stunden beigebracht hätte, wie man eine Schleife bindet, die man unter Umständen sogar wieder aufbekommt, ohne ein scharfkantiges Werkzeug zu Hilfe zu nehmen? Und ob Lennart auch über Alvaros alberne Scherze lachte?

Eher nicht, dachte Tabea und wünschte nicht nur sich, sondern auch dem gefallenen Engel von ganzem Herzen, dass er noch eine Gelegenheit bekam, zu bemerken, wie groß der Verlust, den sie aneinander erlitten hatten, tatsächlich war.

Obwohl sie zu wissen glaubte, dass sie Alvaros Gunst an den kühlen Verstand des vermeintlichen Propheten verloren hatte, erwischte sich Tabea immer wieder dabei, wie sie die überwiegend froh gestimmten Gesichter der Menschen um sich herum nach seinen vornehmen wie sanftmütigen Zügen absuchte, während sie sich ihren Weg in die unmittelbare Nähe des Katerwagens bahnte, der ein – als überdimensionale, schwarz-weiß gestreifte Katze mit fahrradreifengroßen, gelben Augen verkleideter – Traktor (und das mit Abstand größte und prächtigste Gefährt des Festzuges) war. Doch wie befürchtet, konnte sie ihn nirgendwo entdecken. Nicht, als der Zug nach der Blaskapelle auch die letzten der ungeduldig vor ihren Häusern wartenden Anwohner einsammelte, nicht, als die ersten Regentropfen, die auf dem heißen Asphalt verdampften, ein Sommergewitter ankündigten, und auch nicht, als die Wagen und das Fußvolk vor dem Rathaus eintrafen.

Der Marktplatz war fast lückenlos mit plappernden, singenden, scherzenden und lachenden Menschen und zahlreichen Händlern gefüllt, die Stoffkatzen, bedruckte Hemden und Tassen mit Schwänzen, die als Griffe dienten, zum Kauf anboten. Tabea schwindelte inmitten des Crescendos aus Gerüchen und Geräuschen, das über sie hereinbrach. Doch sie war ja nicht hier, um sich selbst zu bemitleiden. Wenn die Worte des Teufels nicht nur eine leere Drohung gewesen waren, dachte sie bitter bei sich, hatte er an diesem Ort und zu dieser Zeit tatsächlich die beste Gelegenheit, größtmöglichen Schaden anzurichten. Er könnte Hunderte, vielleicht Tausende von mehr oder minder schuldlosen Seelen an den Rand der Verzweiflung treiben und sich ihrer bemächtigen, um sie auf seinem Feldzug gegen das Gute in der Welt mitzunehmen, der genau hier begann.

Der leichte Nieselregen hielt den Bürgermeister nicht davon ab, seine traditionell ermüdende Rede auf der eigens dafür errichteten Bühne zu halten, und ein Gemeindepfarrer ließ einen Messdiener einen Regenschirm halten, um seinen Segen für das bevorstehende Spektakel aus dem Trockenen heraus zu erteilen.

Als der Pfarrer zum Ende gekommen war, ertönte ein Knall, der die Bühne erzittern ließ, so dass Tabeas Trommelfelle beinahe platzten: Die Konfettikanone auf dem Wagen hinter der riesigen Pappmaché-Katze war gezündet und die echte Katze losgelassen worden. Das Tier flitzte der vermeintlichen Freiheit entgegen, und viele der jüngeren Männer und Frauen – einige mit Netzen, ein paar Witzbolde außerdem mit Cowboyhüten und Lassos ausgestattet – nahmen johlend die Verfolgung auf.

Praktisch in der gleichen Sekunde, in der die Pfoten der Katze nach einer guten Stunde Jagd in den kräftigen Armen des Vorjahreskönigs den Boden berührten, entdeckte Tabea die ersten Besessenen.

Nicht, was sie taten, verriet sie. Keiner der auf den ersten Blick gewöhnlichen Bürger brüllte herum, stieß Verwünschungen in fremden Zungen aus oder trat oder biss gar um sich. Es waren einzig und allein ihre Augen, die sie entlarvten, denn sie waren schwarz wie die Nacht und leer wie die Versprechen der Busfahrer auf Burg Werthersweide.

Immer dann, wenn sie ein solches Augenpaar unter den zahllosen gewöhnlichen ausmachte, entzog es sich kurz darauf wieder ihrem Blick, denn die Menschen, derer das Böse sich bemächtigt hatte, taten vorerst nichts anderes, als sie ohnehin hatten tun wollen: Sie jagten die Katze, um zu Ruhm, Ehre und einem neuen Haustier zu kommen, drängelten sich zwischen den Verkaufsständen, Bierbuden, der Hüpfburg, der Bühne und dem Zelt, in dem sich niedliche Kindergesichter mittels Farbe und Pinsel in grinsende Katzen verwandelten, und unterhielten sich mit jenen, mit denen sie gekommen waren, um des zwar nicht ganz heiligen, aber hochverehrten Katers des vorletzten Bürgermeisters zu gedenken. Jedoch schienen sie dabei immer mehr von den Menschen, die sie auf ihrem Weg berührten, mit schwarzen Augen zu infizieren.

Erst als sie aufmerksamer hinsah, erkannte Tabea ihren Irrtum: Die Quelle des Unheils, das sich schleichend und doch so rasch auf dem Platz ausbreitete, lag viel weiter unten – nämlich auf dem dampfenden Asphalt. Hätte Tabea noch Zweifel daran gehegt, dass es so war, wie es schien, wären diese spätestens in dem Moment dahingeweht worden, da sie sah, wie der Dunst des verdampfenden Sommerregens im orange-roten Schein der untergehenden Sonne an den Stützen der Rednerbühne emporkroch. Mit substanzlosen Fingern kitzelte er an den nackten Waden des Geistlichen unter dem Regenschirm. Drei, vier weitere Sekunden verstrichen, ohne dass sich an diesem Bild irgendetwas änderte. Dann jedoch verschwand das Weiß urplötzlich aus den Augen des Gemeindepfarrers. Er zerdrückte das Weinglas in seiner Hand, und zeitgleich wetterleuchtete es am frühabendlichen Himmel.

Tabea wandte sich hastig ab und drängte sich durch die Menschenmasse zum Katerwagen zurück, von dem sie sich, ohne sich dessen recht bewusst zu sein, viel zu weit entfernt hatte. Wenn Alvaro doch noch kam, dann würde er sie hier suchen, und bis dahin würde sie das Mädchen beschützen, das sich noch immer zwischen den Ehrengästen dort oben befinden musste. Sie wusste, dass sie niemanden wirklich bewahren konnte vor dem, was nun kommen mochte. Aber sie war nicht bereit, ihre letzten Minuten auf dieser Welt damit zuzubringen, ebendieser tatenlos beim Untergang zuzusehen, sondern sie war ganz im Gegenteil fest entschlossen, ihren Widerstand dadurch kundzutun, dass sie für irgendjemanden kämpfte – am besten für jemanden, der es ihrer Meinung nach verdient hatte. Und wenn sie sich nicht für ihren Freund einsetzen konnte, würde sie es eben für das Mädchen tun, denn sie war der einzige Mensch an diesem Ort, den sie wenigstens ein kleines bisschen kannte.

Joy befand sich zusammen mit ihrem Vater, dessen Sekretärin, zwei Polizeibeamten in Zivil, rund zwanzig anderen Ehrengästen und nicht zuletzt ihrem Schatten weit vorn auf dem Katerwagen, der in diesem Jahr von den Studenten der Universität Oberfrankenburg Nord und dem Kriminaltechnischen Institut finanziert und liebevoll kreiert worden war. Von ihrem Sitz hinter dem linken Ohr der Katze ließ sich der festlich geschmückte Platz zwischen den alten Fachwerkhäusern hervorragend überblicken, und ganz nebenher war sie dort oben auch in Sicherheit vor dem halben Dutzend mehr oder minder aufdringlicher Journalisten, das sich von der offiziellen Absage des prominenten Forensikers nicht hinters Licht hatte führen lassen. Die Objektive von vier Kameras waren durchgehend auf das jüngst wieder aufgetauchte Entführungsopfer gerichtet, was Joy dazu animierte, in unregelmäßigen Abständen gesichtsakrobatische Glanzleistungen (oft unter Einsatz der Zunge) zu vollführen. Doch als Tabea schon fast bei ihr war, lösten Irritation und Sorge die Unbefangenheit in ihren Zügen ab.

Joy zog ihren Vater zu sich heran, um ihm etwas ins Ohr zu brüllen, denn inzwischen hatte die Blaskapelle ihren erbitterten Kampf gegen die Trommelfelle und das ästhetische Empfinden der Allgemeinheit wieder aufgenommen, so dass es unmöglich war, sich auf gewöhnlichem Wege zu verständigen. Das Mädchen gestikulierte in die Richtung eines Journalisten nahe des linken Pappfußes, der einer von zweien war, die ihr am langen Arm Mikrofone entgegenstreckten, die an bunte Gurken erinnerten. Prof. Dr. Kasimir Spix tätschelte seiner Tochter väterlich die Wange, ohne ihrer Geste mit Blicken zu folgen, und winkte den Schatten einen Schritt näher heran. Aber das Mädchen wirkte alles andere als beruhigt, und als sich Tabea in einen Winkel zu dem Mann von der Zeitung drängelte, aus dem sie sein Gesicht erkennen konnte, stellte sie mit wenig Überraschung fest, was das Kind auf dem Wagen bekümmerte: Wo sich die Augen des Journalisten unter einem angegrauten Brauenpaar hätten befinden sollen, schienen nur noch schwarze Murmeln in den Höhlen zu stecken.

Als der Reporter bemerkte, dass ihn Tabea direkt ansah, bleckte er grinsend die Zähne, und jetzt endlich schien sich herumzusprechen, dass irgendetwas nicht stimmte. Das Gejohle, Geschnatter und Gelächter der Menschen ließ deutlich nach und machte einer anderen, bedrückenden Art von Unruhe Platz, die sich praktisch zeitgleich mit einer dunklen Wolkendecke ausbreitete, die von Westen herüber kam, wo der Himmel bis auf ein paar weiße Schlieren noch vor Minuten in verschiedenen Blau-, Violett- und Orangetönen einen weiteren wolkenlosen und heißen Hochsommertag angekündigt hatte. Der Nieselregen flüchtete sich vor dem bevorstehenden Gewitter in den Dunst über dem Kopfsteinpflaster, ein grellweißer Blitz spaltete die plötzlich dunkelgraue Wolkendecke und ließ die erschrockenen Gesichter der Menschen für den Bruchteil einer Sekunde gespenstisch bleich erscheinen. Und ehe Tabea zweimal gen Himmel zwinkern konnte, platzten gewaltige Wassermassen auf die Stadt herab.

Binnen weniger Sekunden klebte der Stoff ihres hellgrünen Kleides nass auf ihrer Haut, und ihr Haar hing strähnig und schwer in ihrem Nacken und auf ihrer Nase. Die Verunsicherung und Anspannung, die in der Atmosphäre gelegen hatten, wichen dem Respekt (und in vielen Fällen sogar der Angst) vor dem Gewitter, als sei der plötzliche Wandel der Witterung alles, wovor es sich zu fürchten galt. Die Menschen auf dem Platz begannen hektisch herumzuirren, um irgendwo, und sei es auch nur unter den dünnen Stoffdächern der Verkaufsstände, Schutz zu finden. Fettige Snacks, halbvolle Biergläser und kitschige Souvenirs landeten in den Regenpfützen, die in rasendem Tempo zu mehr als knöcheltiefen Teichen anwuchsen; Mütter suchten panisch nach ihren Kindern, Männer schrien nach ihren Frauen, und junge Mädchen kreischten die Namen ihrer Lebensabschnittsgefährten, als ein zweiter und ein dritter Blitz, dicht gefolgt von ohrenbetäubendem Donnergrollen, vom Himmel zuckten.

Einer von ihnen setzte die Rednerbühne in Brand. Der Bürgermeister verschwand hinter einer Wand aus Flammen. Der Messdiener brachte sich selbst und den roten Regenschirm in buchstäblich letzter Sekunde in Sicherheit, wobei der Gemeindepfarrer einfach stehen blieb, den Kopf in den Nacken warf und lachte, als die Flammen nach seiner Kutte griffen und sich gierig an seinem gesegneten Leib emporfraßen, bis auch seine nunmehr grässliche Visage das Feuer nährte, das dem Regen trotzte, als bestünde es aus wasserabweisender *Ding-Dong*-Holzschutzpolitur. Aber wenigstens hörte die Blaskapelle endlich auf zu spielen.

Tabea blickte wieder zu Joy hinauf. Hinter dem dichten Regenschleier und zwischen all den Körpern, die sich hektisch auf den wenigen Quadratmetern des Wagens bewegten, konnte sie sie nicht auf Anhieb ausmachen. Als sie das Mädchen schließlich zwischen all denen entdeckte, die das drohende Hochwasser der Gefahr durch das Feuer, das vom Himmel fiel, vorzogen, stockte ihr für einen Moment der Atem. Der eigene Vater hatte sie unter den Achseln gepackt und beugte sich jetzt weit über das Seitengeländer des Festwagens, um sie einem hochgewachsenen Mann am Boden zu reichen, der ihm zwei helfende Hände entgegenstreckte.

Es war der Reporter mit den schwarzen Augen.

Joy, die sich der Bedrohung durch den Besessenen bewusst war, wand sich kreischend gegen den Griff ihres Vaters und strampelte panisch in die nasse Luft, doch dieser führte das Gebaren seines Kindes wohl auf das Gewitter und den Brand zurück, der keine zwanzig Meter weit entfernt tobte, wo gerade noch eine farbenfroh geschmückte Rednerbühne aus Sperrholz gewesen war. Entschlossen beugte er sich noch weiter nach unten, und erst als die Füße des Mädchens die Fingerspitzen des vermeintlichen Helfers berührten, war Tabea endlich herangekommen und verpasste dem Journalisten einen Schlag in den Nacken, der ihn taumeln ließ, aber leider nicht umwarf.

Der Mann schüttelte sich und drehte sich langsam zu ihr herum. »Hallo Tabeajulika«, grüßte er sie mit einem hässlichen Grinsen und einer Stimme, die nach Elend und Verderben klang. Er roch nach Fäulnis und Eiter, und Tabea spürte die Kälte, die seinen verlorenen Körper durchströmte, als versuchte sie, von ihm aus auch in den ihren zu kriechen, um sich ihres Leibes und ihrer Seele zu bemächtigen. »Ich sehe, du zögerst noch, die einzig richtige Entscheidung zu fällen«, sagte er, und obwohl er die Worte mit seinem eisigen, verdorbenen Atem lediglich hauchte, verstand Tabea sie so klar und deutlich, als übertönten sie den unsäglichen Lärm, der hier herrschte, mit spielerischer Leichtigkeit.

»Kein bisschen«, erwiderte Tabea fest und holte zu einem weiteren Schlag aus, der direkt auf sein Gesicht gerichtet war.

Doch der Journalist, in dem der Dämon weilte, fing ihren Hieb mit einer beiläufig wirkenden Bewegung ab, indem er ihr Handgelenk packte, ehe ihre geballte Faust ihr Ziel erreichen konnte. Joys Jesuslatschen waren nun so nahe herangekommen, um den Mann in heftigem Staccato am Hinterkopf zu treffen, doch auch ihre Tritte prallten wirkungslos von ihm ab.

Wieder schoss ein Blitz direkt auf den Marktplatz hinab und entzündete den Kanonenwagen. Jene, die sich noch darauf befanden und nicht auf der Stelle von mehreren tausend Volt gelähmt oder gar getötet wurden, versuchten sich vor den nun auch hier aufzüngelnden Flammen mit unkontrollierten Sprüngen auf den inzwischen mehr als knöcheltief überschwemmten Boden zu retten. Knochen brachen, Blut aus Platzwunden färbte die Regenflut.

Wohl in der Angst, das Feuer könnte auch auf den Katerwagen übergreifen, verlor Dr. Spix die Nerven und ließ seine zappelnde Tochter einfach los. Sie kam zwar mit den Füßen zuerst auf, fand jedoch keinen Halt und stürzte mit dem Gesicht voran ins Wasser. Der Besessene hielt Tabeas Handgelenk noch immer mit schmerzhaftem Griff umschlossen und ließ sich von dem blanken Chaos, das um sie herum tobte, nicht eine Sekunde ablenken, geschweige denn beirren. Seine Aufmerksamkeit konzentrierte sich voll und ganz auf Tabea.

Sie spie ihm ins Gesicht. »Hau ab!«

Womit sie aber nicht gerechnet hatte, das geschah: Der Besessene ließ sie los und wischte sich symbolisch den Speichel aus dem Gesicht, den der strömende Regen längst restlos von seinen Wangen gespült hatte.

»Deine Entscheidung«, hauchte er gleichgültig und fischte das benommene Mädchen aus dem nunmehr knietiefen Wasser. Überschwemmungen, Erdbeben, Vulkanausbrüche, schoss es Tabea durch den Kopf, während sie sich erneut und allein von hilflosem Trotz getrieben auf ihren übermächtigen Gegner warf. Bei *Wilhelms Wackeltassen* – alles ging so unglaublich schnell!

Was hast du erwartet?, spottete Hieronymos amüsiert, als der Besessene sie wie ein lästiges Insekt hinfortwischte. Sie schlug mit solcher Wucht auf dem Rücken auf, dass die Wassermassen die Gewalt ihres Aufschlags kaum zu dämmen vermochten. *Ein klassisches Bühnenspiel mit Protase, Epitase, Peripetie, Retardation und Dénouement? Pardon, liebste Tabeajulika. Das ist leider so gar nicht mein Fall.*

»Nicht dein Fall?«, keuchte Tabea, während sie sich auf die Füße zurückkämpfte. Aus den Augenwinkeln registrierte sie Unglaubliches: Das Regenwasser, das den Platz flutete, konnte den meterhoch in die Luft schlagenden Flammen nicht nur nichts ausmachen, sondern fing tatsächlich Feuer wie Lampenöl; bedeutend langsamer zwar, aber dennoch. All die Menschen auf diesem Platz würden verbrennen, begriff sie, als fast zeitgleich drei weitere Brände ausbrachen, die die Fluchtwege durch die angrenzenden Gassen versperrten.

Das Gefühl der Ohnmacht drohte sie zu vereinnahmen, aber das wollte sie nicht zulassen. Sie ahnte, dass das, was ihr für ihren erbitterten Widerstand drohte, vielleicht sogar schlimmer war, als auf immer und ewig in diesen Flammen zu schmoren. Doch immerhin würde sie jede noch so unvorstellbare Qual reinen Gewissens erdulden. Joys Leben um einen winzigen Moment zu verlängern, mochte das letzte Zeichen ihres Aufbegehrens sein, aber es war ein Zeichen, das sie unbedingt noch setzen wollte.

»Nicht *dein Fall*?!«, wiederholte sie hysterisch und ließ eine Salve von wirkungslosen Fausthieben auf den Oberkörper des Dämonenmannes einhageln, der das Mädchen am Hals in die Höhe gerissen hatte, wo es nun qualvoll zu ersticken drohte. Der Wind drehte, schob den dichten Rauch eines Feuers in ihre Richtung und raubte dem Vater des Kindes die letzte Sicht auf das, was dort unten geschah.

Der Dämon antwortete nicht, doch nun filterten Tabeas Ohren eine andere vertraute Stimme aus dem Getöse des Gewitters, der Schreie und der Brände: Alvaro!

Er musste ganz in der Nähe sein, auch wenn sie ihn durch den Rauch und den dichten Regen, der das Licht der Flammenwände und der in immer kürzeren Abständen vom Himmel zuckenden Blitze verschluckte, nicht gleich erkennen konnte. Alvaro war hier, und er brüllte irgendetwas von Dämonen und Jesus Christus, als glaubte er selbst jetzt noch an Hilfe von ganz oben und den Sieg des Guten und Gerechten.

Und die Hilfe kam. Im ersten Augenblick nahm Tabea es überhaupt nicht wahr, weil etwas anderes ihre ungeteilte Aufmerksamkeit auf sich zog: Die unverhältnismäßig starken, knochigen Finger, die sich um Joys zierlichen Hals geschlossen hatten, lösten sich schlagartig, und das Mädchen fiel erneut auf das überflutete Pflaster hinab. Noch während sie geistesgegenwärtig die Arme ausstreckte und das Kind auffing, sah sie, wie das Grinsen und die brutale Härte aus den Zügen des Besessenen schwanden und einem Ausdruck absoluter Konfusion und Erschöpfung Platz machten. Er schloss kurz die Augen, als wollte er unvermittelt im Stehen einschlafen. Und als er sie nach zwei, drei Sekunden wieder öffnete, hatte sich die Schwärze daraus verflüchtigt, und Tabea sah sich wieder einem ganz normalen Menschen gegenüber.

Einem von Tausenden, die binnen kürzester Zeit den Tod finden würden ...

Sie stellte Joy im knietiefen Wasser ab, fuhr herum und suchte hektisch nach Alvaro, der den Dämon mit seinen einfachen Worten tatsächlich verbannt oder zumindest aus dem Körper seines Opfers vertrieben hatte.

Und erst dabei bemerkte sie die Engel.

Sie kamen zu Dutzenden, wenn nicht zu Hunderten. Wie eine perlmuttfarbene Wolkendecke hatten sie sich über das brennbare Wasser ausgebreitet, und obwohl Weiß nicht ihre Lieblingsfarbe war, war Tabea von der Schönheit ihres Anblicks beeindruckt. Dort, wo Blitze vom Himmel schnellten, tat sich kurz erst eine gleißend helle, dann nachtschwarze Lücke zwischen den kraftvollen, eleganten Leibern der gefiederten, sanft leuchtenden Gestalten auf, die sich jedoch jedes Mal rasch wieder schloss, ohne dass ein Schaden unter den himmlischen Heerscharen angerichtet worden wäre.

Als sie tiefer hinabglitten, sah Tabea, dass sie nicht mit leeren Händen gekommen waren, sondern Schwerter aus hellblauem Feuer trugen. Die ersten, die die Erde erreichten, pusteten die Flammen mit ihrem göttlichen Atem einfach aus.

Und trotzdem hatte der Vampir in Tabeas Kopf keinen Deut von Respekt, sondern nichts als Verachtung für sie übrig.

Ein beeindruckender Auftritt. Nein – wirklich! Sehr glamourös, bemerkte er belustigt. *Aber was nützt es? Sieh nur! Plopp!*

Und obwohl er nur eine Stimme war, die ihr nicht zeigen konnte, wohin sie schauen sollte, wusste Tabea sofort, was er meinte. Mit seinem albernen »Plopp« löste sich ein vierköpfiges Monstrum aus dem Wasser zwischen einem kopflos durch die Fluten hetzenden Pärchen, das sich im gleichen Moment der Hände, an denen die beiden sich hielten, beraubt sah – und zwar bis unter die Ellbogen.

Plopp!, wiederholte Hieronymos, und ein weiteres waberndes Ungeheuer erschien und verschlang Joys Schatten, der seinen Schützling endlich im grenzenlosen Chaos aufgespürt hatte, am Stück. *Plopp! Plopp! Plopp!*

Die Engel, die jetzt noch am Himmel waren, schossen wie Pfeile in die Tiefe, schwangen ihre flammenden

Schwerter und zerstückelten die Dämonen, wo auch immer sie sie erwischten. Doch Tabea erkannte, dass sie keine Chance hatten, denn die substanzlosen, grausamen Ungeheuer sprossen nun wie Pilze aus den aufgeregten Fluten, die sie inzwischen fast bis zur Hüfte umschlossen und an vielen Stellen Feuer fingen, ohne dass eigens ein Blitz dafür einschlagen musste.

Irgendjemand oder etwas umschloss Tabeas Unterarm. Ihr erster Reflex bestand darin, sich loszureißen, aber dann erkannte sie, dass es Alvaro war, der sie durch die panischen Menschenmassen mit sich zu ziehen versuchte, zwischen denen sich Himmelskrieger und Dämonen erbitterte Kämpfe lieferten. An der anderen Hand hielt er den Neuen Propheten, der unverständliche, aber wahrscheinlich ohnehin unsinnige Dinge in den Lärm kreischte.

»Hier entlang!«, brüllte Alvaro und riss sie und damit auch Joy, die sie noch immer festhielt, mit sich und dem Propheten in die Richtung, aus der der Festzug eingetroffen war, als die Welt noch in Ordnung gewesen war. Aber Tabea hatte nicht den Eindruck, dass er tatsächlich ein Ziel hatte, sondern eher, dass er ihr bloß das Gefühl vermitteln wollte, an ihrer Seite zu sein und irgendetwas für sie zu tun. Dafür war sie ihm unendlich dankbar.

»Nein – dort entlang!«, verbesserte er sich und bestätigte ihren Verdacht dadurch, dass er abrupt die Richtung änderte, als wäre das Grauen an einer Stelle weniger unerträglich als an einer beliebigen anderen.

Plopp!, lachte Hieronymos. *Plopp, plopp, plopp, plopp, plopp!*

»Hör auf mit diesem widerlichen *Plopp*!«, kreischte

Tabea gegen den Reflex ankämpfend, sich die Ohren zu-
zuhalten, was ohnehin müßig gewesen wäre. Sie duckte
sich unter einem halbvollen Bierfass hindurch, das ein
verzweifelter Mensch nach einem der Dämonenmons-
ter schleuderte, dessen sich schon jetzt keiner der Himmelskrieger noch annehmen konnte. Die Schergen des
Teufels waren in der Überzahl, und es wurden immer
mehr. Das Fass glitt mühelos durch das massige Ungeheuer hindurch und versank in den Fluten.

Was willst du denn lieber hören?, erkundigte sich der
Vampir in ihrem Kopf. *Pling, pling? Oder vielleicht noch
einmal: Bitte, liebste Tabea, komm zu mir. Schenk mir dein
Herz und vertrau mir deine Seele an.*

Oh. Schau mal zu eurem menschlichen Versager rüber.

Tabea sah zu Lennart hin und machte eine weitere
eigenartige Gestalt hinter ihm aus, die kaum weniger
substanzlos als die Dämonen des Teufels, aber nicht ganz
so abstrakt schien. Das Etwas sah wie der farbenfrohe
Schatten eines sehr muskulösen Riesen aus, der einen
gigantischen Hammer schwang.

Tleps, erklärte Hieronymos wenig beeindruckt, obgleich das Werkzeug der Gestalt einen ähnlichen Effekt
wie die flammenden Schwerter der Himmelskrieger auf
den Dämon erzielte, den er damit in diesem Moment in
einer seiner grausigen Visagen erwischte. Das Ungeheuer spaltete sich in zwei Teile, von denen sich wenigstens einer prompt in nichts auflöste. *Der Atlanter und der
Rest der Bagage treiben sich ebenfalls hier herum*, erklärte
Hieronymos gelassen.

Es hat also doch funktioniert?

Unsinn, antwortete Hieronymos. *Sie sind bloß hier, weil
euer Spaßvogel weiß, dass es sie gibt. Das zählt für Tausen-*

de, die nur daran glauben. Aber was soll's? Plopp, plopp ...
Kommst du jetzt endlich zu mir?

Tabea spie ein weiteres Mal aus und riss das Mädchen in die Höhe, gerade als eines der Monster mit einer vielfingrigen, krallenbewehrten Pranke nach ihr greifen wollte. Sie brachte Joy außer Reichweite, indem sie sie Alvaro in die Arme warf. Tabea drehte sich zu dem Ungeheuer herum und erstarrte, als sie statt in die abscheuliche Fratze des Dämons, der sich unter dem Schmiedehammer des kaukasischen Schutzgottes einfach aufgelöst hatte, in den Lauf einer ganz und gar irdischen AK47 blickte.

Komm zu mir und lebe ewig, oder werde ein Mensch, sagte Hieronymos. *Mit allen Konsequenzen.*

»Verpiss dich!«, flüsterte Tabea mit schreckensweiten Augen.

Und Erich Rudolph Helmuth Hammerwerfer eröffnete das Feuer.

Der kaukasische Schutzherr der Schmiede zierte sich nicht, seine göttliche Waffe auch gegen das Schlechte in Fleisch und Blut zu erheben, und so drosch er den ehemaligen Hauptkommissar zornig mit einem Hieb nieder, der das Gehirn in seinem Schädel mit Knochensplittern spickte. Aber es war zu spät: Die Geschosse, die aus dem Maschinengewehr ratterten, durchsiebten Tabeas Körper. Einige schlugen faustgroße Löcher in ihren Leib, andere streiften sie nur, rissen aber trotzdem handtellergroße Fetzen aus ihrer Haut. Joy kreischte, und Alvaro keuchte vor Entsetzen, als Tabea mehrere Schritte weit durch die Luft geschleudert wurde und dabei Fontänen von Blut verspritzte.

Der Schmerz war erbärmlich. Tabea sank in die kalten Fluten ein, schluckte Wasser, fühlte sich zurück in die Höhe gerissen und spuckte und hustete Blut in das durchnässte Hemd Alvaros, der seine zitternden Arme um ihren durchlöcherten Brustkorb krampfte.

»Ganz sicher?«, vergewisserte sich Hieronymos, und Tabeas Kopf schnellte herum, als sie realisierte, dass sich die Stimme nicht mehr in ihr, sondern irgendwo hinter ihr befand. Und tatsächlich hockte der alte Vampir auf der Leiche des Schützen, die wiederum schlaff über einer umgestürzten St.-Joost-Bronzestatue hing, die ein Stück weit aus dem Wasser ragte.

»Was ...?«, flüsterte sie so schwach wie hilflos. Wie war das möglich? Hieronymos war doch tot, vernichtet, zu Staub zerfallen – er existierte lediglich noch als Stimme in ihrem kranken Kopf. Er war es, der bei allem Hass doch noch immer nicht loslassen konnte von dem Ungeheuer, an dessen Seite sie Jahrzehnt um Jahrzehnt wie eine willenlose Puppe geweilt hatte!

Und doch sah sie ihn jetzt ganz deutlich vor sich.

»Ich habe seine Gestalt angenommen, um dich nicht noch mehr zu verwirren«, erklärte Hieronymos mit der Stimme des Teufels. »So, wie ich einst seine Gestalt annahm, um in deiner Nähe zu sein.«

Tabea schüttelte verzweifelt den Kopf. Sie verstand nicht, was er meinte. Dass ihr der Schmerz der zahlreichen Wunden die Besinnung zu rauben drohte, gestaltete die Sache nicht leichter.

»Ich wollte bei dir sein, weil ich dich liebe«, erklärte Hieronymos weiter. Er lachte, doch es klang nicht besonders amüsiert. »Auch der Teufel hat Gefühle«, behauptete er.

Tabeas Augen weiteten sich, als sie begriff. Hieronymos war der Teufel, und der Teufel war Hieronymos! Darum schienen sich ihre Stimmen immer wieder miteinander vermischt zu haben – sie hätte viel früher und ganz von selbst darauf kommen müssen!

Aber das war ...

Vollkommener Wahnsinn, dachte Tabea fassungslos. Und absolut unglaubwürdig obendrein. Denn wenn das, was er sagte, der Wahrheit entsprach: Warum hatte er sie dann mit all der Macht, die er hier und heute auf so grausame Weise bewies, nicht einfach gewaltsam zu sich geholt, ihre Seele gegen ihren Willen an sich gerissen und ein paar Dämonen auf ihren Geist angesetzt?

»Mit Gewalt kann ich alles bekommen«, winkte der Teufel ab. »Ich wollte aber, dass du freiwillig zu mir kommst. Dass du ... nennen wir es, auf den Geschmack kommst. Ich wollte, dass du so viel von dir selbst behältst wie nur irgend möglich. Darum brachte ich es nicht einmal fertig, einen läppischen Vampir aus dir zu machen – geschweige denn einen Dämon.

Zweite Generation ... Ts, ts ...« Er schüttelte verächtlich den Kopf. »Was für ein Blödsinn. Ich wollte dir einfach nicht mehr von deinem Menschsein nehmen, als zwingend erforderlich war, um dich nicht an diese Idioten in Weiß oder sonst wen zu verlieren, sobald du bei Hufschmidt & Söhne den Löffel abgibst. Ich wollte, dass du mich akzeptierst, mir näherkommst, mich irgendwann zu lieben lernst und dir von Herzen wünschst, ein vollwertiges Schattenwesen zu werden. Wir hatten alle Zeit der Welt. Dachte ich.«

»Idiot«, presste Tabea zwischen zusammengebissenen Zähnen hervor und dachte dabei an den Jungen und die Fotokamera.

»Ich hätte noch einmal ganz von vorn beginnen können«, winkte der Teufel ab. »Doch als er auftauchte«, er deutete auf den gefallenen Engel, »warst du mir mit einem Schlag ferner als je zuvor. Darum habe ich alle Register gezogen.«

Er machte eine Geste, die das gesamte Schlachtfeld einzuschließen versuchte, das – wie sie erst jetzt registrierte –, wie hinter unsichtbaren Wänden in einem Radius von mehreren Metern begann und außerhalb ihrer Sichtweite endete; oder eben auch nicht.

»All das«, behauptete er, »habe ich nur deinetwegen getan. Ich wollte meine Macht beweisen, um dich zu beeindrucken. Mit Sportcoupés und fetten Klunkern hab ich's nicht so. Aber vielleicht habe ich ein bisschen das Ziel aus den Augen verloren.«

»Gelogen«, keuchte Tabea und spie dabei einen Schwall warmen Blutes aus. »Du wolltest die Weltherrschaft«, behauptete sie. »Du willst sie immer noch.«

»Wenn dem so wäre, hätte ich sie längst«, lachte der Teufel Hieronymos. »Aber allein zu spielen, das macht keinen Spaß. Siehst du hier irgendwo Lavaströme? Bebt die Erde? Regnet es Feuerquallen und Würgeschlangen? Sage ich am laufenden Band *Plopp-plopp*?« Er schüttelte den Kopf. »Nein. Ich habe längst nicht alle Geschütze aufgefahren. Und wo wir gerade beim Thema sind: So langsam sollte ich meine Jungs vielleicht zurückpfeifen. Ich glaube, du hast genug gesehen.«

»*Ich* habe genug gesehen?«, wiederholte Tabea, die sich weigerte, das Gehörte zu glauben. Sollten all diese Menschen tatsächlich nur ihretwegen gestorben sein?

»Nicht deinetwegen. Nur *für* dich«, verbesserte Hieronymos ihre unausgesprochene Befürchtung. »Das ist ein großer Unterschied. Außerdem hat die Liebe schon weit blutigere Kriege provoziert«, seufzte er und schnippte mit den Fingern. »Schlachten, denen Zigtausende zum Opfer fielen. Aber ich bin ein fairer Verlierer.« Er wandte sich von ihr ab und ließ den Blick über das Schlachtfeld schweifen, auf dem sich seine Dämonen binnen weniger Atemzüge und ohne eigens von diversen göttlichen Waffen getroffen werden zu müssen erst in Nebel und dann in nichts auflösten. Drei, vier letzte Blitze zuckten vom Himmel, und ein alles besiegelnder Donnerschlag ließ die Erde erzittern. Dann schwächte der Platzregen spürbar ab, und ein unheimliches, durchgehendes Wetterleuchten erhellte den überfluteten Marktplatz und die Scharen der noch Lebenden und der sichtlich verwirrten Himmelskrieger, die plötzlich ohne Gegner waren.

»Du wolltest ein Mensch bleiben, mit aller Macht«, richtete der Teufel das Wort wieder an Tabea. »Und ich respektiere deinen Wunsch und die Kraft deines Willens, den zu brechen ich offenkundig nicht in der Lage bin. Wenn du mir noch ein einziges Mal sagst, dass ich gehen soll. Und zwar jetzt.«

Tabea wusste, was das für sie bedeutete. Die Schmerzen, die ihr die Geschosse, die sie geradezu zerfleischt hatten, bereiteten, waren schier unerträglich, und sie hatte längst mit Abstand mehr Blut verloren, als ein sterblicher Körper fassen konnte. Dennoch schenkte sie Hieronymos das erste aufrichtige Lächeln, seit sie ihn kannte.

»Verpiss dich«, sagte sie leise und schloss die Augen.

»Wohl denn«, drang des Teufels Stimme dumpf in ihre Ohren, während sie das Gesicht gegen Alvaros Brust drückte, um noch einmal den süßen Duft seiner Haut zu atmen. »Lebe wohl, liebste Julika. Lebe wohl, wohin auch immer es deine einzigartige Seele nun ziehen mag.«

Das kleine Mädchen und der Neue Prophet waren verschwunden, doch das war Alvaro vollkommen egal. Sanft streichelte er dem Vampirmädchen das nasse Haar aus dem Gesicht, um ihre Stirn zu küssen. Obwohl ihr Leib entsetzlich zugerichtet war, umspielte ein Lächeln ihre blutigen, leblosen Lippen. Dieses Mal, das wusste er, würden ihre Wunden nicht wieder verheilen. Sie würde die Lider nicht mehr heben, nicht mehr mit ihm sprechen und lachen und sein Herz auch nicht mehr von seinem Verstand abspalten. Sie würde ihn nicht mehr bekümmern und nicht mehr beglücken, und diese Gewissheit tat unendlich weh.

»Seelenverwandtschaft«, hörte er eine altvertraute Stimme ungewohnt mitfühlend sagen, aber Alvaro sah zu seinem ehemaligen Vorgesetzten nicht einmal auf. »Das war das Wort, das du gesucht hast«, fügte Tamino hinzu.

Als Alvaro auch darauf nicht reagierte, ließ er sich neben ihm in die Hocke sinken und zeichnete dem toten Mädchen mit dem Zeigefinger ein kleines Kreuz auf die bleiche Stirn. »Sie hat ihren Frieden gefunden«, erklärte er sanft. »Ihre Seele bleibt bei dir, bis du sie vergisst. Und bis sie sich selbst all ihre Fehler verziehen hat. Denn das ist es, was sie sich zuallerletzt wünschte.«

Nun endlich sah Alvaro ihn an.

»Warum bist du noch hier?«, erkundigte er sich trüb.

»Alle anderen sind längst wieder auf und davon. Nur

die Toten und Verwirrten sind noch an diesem entsetzlichen Ort.«

»Von dem ich dich befreien möchte«, ergänzte der oberste Himmelskrieger und erhob sich wieder. »Du hast schwere Fehler begangen, Alvaro. Fehler, die dir niemals hätten unterlaufen dürfen. Und die Strafe, die du dafür erhalten hast, war mehr als angemessen. Doch deine Freunde und du ... ihr habt sehr viel in Bewegung gebracht. Weit mehr, als du dir vielleicht vorstellen kannst. Darum erachte ich es ebenfalls als angemessen, deine Rückkehr in unsere Reihen zu dulden.«

Alvaro blickte wieder traurig auf das tote Mädchen in seinem Schoß. Die Ratte Mohammed fand endlich die Göttin, nach der sie gesucht hatte, flitzte durch die Pfützen, die zurückgeblieben waren, und kletterte in ihren kalten Nacken.

Alvaro nahm sie an sich, setzte sie sich auf die Schulter, versah Tabea mit einem allerletzten Kuss und legte ihren leblosen Leib behutsam auf dem nass glänzenden Kopfsteinpflaster ab. Dann kehrte er Tamino den Rücken zu und schritt langsam zwischen all den Toten und Verletzten hindurch.

Tamino folgte ihm ein paar Schritte weit.

»War das ein Nein?«, erkundigte er sich verwirrt.

Alvaro zuckte die Achseln.

»Aber warum?«, wollte Tamino wissen.

Der gefallene Engel hielt inne und bedachte seinen ehemaligen Vorgesetzten mit einem traurigen Blick. »Ich weiß es nicht«, antwortete er ehrlich. Dann runzelte er die Stirn. »Oder ... vielleicht weiß ich es doch ...«

»Ja?« Fragend neigte Tamino den Kopf zur Seite.

Alvaro lächelte traurig.

»Engel haben keine Eier«, antwortete er und wandte sich wieder ab, um seinen Weg fortzusetzen – seinen aufregenden Weg in eine ganz und gar ungewisse Zukunft in dieser schrecklich-schönen Welt der Menschen und Monster.

Friedhelm Fröhlich musste noch Tausende Male wiedergeboren werden, ehe er das Glück hatte, sich in einer Kreatur zu finden, die über ein Bewusstsein verfügte, das ausreichte, um sich vorstellen zu können, nach seinem Ableben ganz einfach und für alle Zeiten tot zu bleiben. Und Meos Ausbildung lag vorläufig auf Eis. Er wusste, dass er sich das ganz allein zuzuschreiben hatte. Genau wie Jascha, Arthur und die beiden Skriptoren, mit denen er diesen so verzweifelten wie unsinnigen Plan mit der Auferweckung der verlorenen Götter ausgesponnen hatte, musste auch er sich nun damit abfinden, auf unbestimmte Zeit Klinken zu putzen. Zwar mischten ein paar schräge Gestalten namens Huitzilopochtli, Ifa, Imana, Nausithoos und Tleps das Parlament der Götter dieser Tage ganz schön auf, aber er hatte sich sagen lassen, dass das keineswegs sein Verdienst war.

Doch ganz so übel wie sein Ruf war der Job des Klinkenputzers eigentlich nicht, tröstete sich Meo. Man lernte viele interessante Menschen dabei kennen. Und außerdem konnte er auf diese Weise endlich das Versprechen einlösen, das er der kleinen Joy Mercedes Spix vor mehr als drei Erdenmonaten gegeben hatte.

Als er an die Tür des Stadthauses klopfte, in dem sie wohnte, setzte er sein reizvollstes Lächeln auf und ließ seine Schwingen besonders hell leuchten.

»Fürchte dich nicht«, sprach er, als ihm die Stiefmutter des tapferen Kindes kurz darauf verschlafen entgegenblinzelte. »Ich bin gekommen, um dir eine frohe Kunde zu bringen: Das Kloster des ehrwürdigen Katharinenordens im fernen Ägypterland wünscht, dich in seine Obhut zu nehmen.«

Glossar

Himmlische und irdische Hintergrundinformationen

AZAWAKH: Tuareg-Windhund
HGB: Himmelsgesetzbuch
MONDBESITZ: Prinzipiell darf kein Staat Ansprüche auf Grundstücke abseits der Erde erheben, aber 1980 nutzte ein gewisser Dennis Hope das amerikanische Gesetz der Pionierzeit (und womöglich den Umstand, dass er als leicht meschugge galt) für sich: Demnach gehört einem jedes Stück Land, wenn man nur beharrlich genug darauf besteht, dass es einem gehört. Man lässt sich als Besitzer ins Grundbuch eintragen und sorgt irgendwie dafür, dass acht Jahre lang kein anderer Anspruch auf das genannte Grundstück erhebt. Herr Hope musste sich also nur darum kümmern, dass man ihm weitere acht Jahre nicht zuhörte, was die Inanspruchnahme der sichtbaren Seite des Mondes betraf. (Es wäre irgendwie schade, wenn er in den acht Jahren einfach überhaupt nicht öffentlich darüber gesprochen hätte.) Dennis Hope hat sich am Verkauf von Mondgrundstücken inzwischen dumm und dämlich verdient, was aber nicht schlimm ist,

denn wer so viel Geld besitzt, kann andere Leute fürs Schlausein bezahlen.

NUNCHAKU: japanische Waffe, »zweigliedriger Stock«, bestehend aus zwei gleich langen Holzstäben à ca. 30 cm, die durch eine rund 10 cm lange Kette miteinander verbunden sind

XOLOITZCUINTLE: mexikanischer Nackthund

Russische und mongolische Flüche

BATONTSCHIK (russisch): »lockeres« Mädchen – im direkten Sinn ein kleines, längliches Weißbrot

BELOKURWA (russisch): »weiße Hure«; Blondchen, blondes Dummchen

BERTEGCHIN (mongolisch): Egoist

BITSCH (russisch): Penner, Obdachloser, Landstreicher

BOLWAN (russisch): Dummkopf, Tölpel

DURAK (russisch): Dummkopf

GUILGACHIN (mongolisch): Penner

HONOTSIIN SHEES (mongolisch): »Urin eines Gastes«, Bastard

KURWA (russisch): Schlampe, Hündin

LOBOTRIASS (russisch): »zitternde Stirn«, 1. Hirntoter; 2. Tagedieb, Nichtstuer

MAANAG (mongolisch): Schwachkopf

PETUCH (russisch): passiver Homosexueller (auch gezwungenermaßen) im Knast oder beim Militär

RAZ´JEBAJ! (russisch): geiler Bock

SUKA (russisch): Hündin, Schlampe

TSUSAAR URS! (mongolisch): »Fließe in deinem Blut davon!«

ULAAN ZUBAGSA (mongolisch): rote Missgeburt

WATRUSCHKA (russisch): leichtes Mädchen, im direkten Sinn ein Quarkgebäck

WSDROTSCHENNYI (russisch): 1. Beleidigung, die unterstellt, dass der Beleidigte wie ein Penis nach der Onanie aussieht oder 2. genau umgekehrt; 3. überdreht sein durch Geschlechtsverkehr

Türkische und arabische Ausdrücke

LANET OLSUN! (türkisch):»Verflucht noch mal!«

TOZ OL! (türkisch):»Verschwinde!«, wörtlich:»Werde zu Staub!«

SCHURKAN, BADI EMSCHI (arabisch):»Danke, ich gehe lieber zu Fuß.«

Danksagung

Ehre, wem Ehre gebührt!

Mein aufrechter Dank geht an

Jens Claus, den König der Kalauer – meinen Piraten Jörg, der nicht nur den Kalauerkönig würdig vertreten hat, sondern mich auch immer wieder effektiv zu disziplinieren und kulinarisch zu belohnen vermochte (Zuckerbrot und Peitsche, Liebelein!) – Andrea Hönings, die immer alles versteht – Patrick Niemeyer, ohne den ich diese Chance vielleicht nie bekommen hätte – Martina Vogl für die tolle Zusammenarbeit, ihr unermüdliches Engagement und die Auswahl des Covers (Zitat: »Das passt am besten zu deinem Schal.«) – Dieter Winkler für Geduld, Einsatz, Geduld und Geduld – meine Mutter, die mich immer wieder ermutigt – meinen Vater, der mich zuverlässig auf den Teppich zurückholt, wenn ich zuviel ermutigt wurde – Uwe, meinem freiwilligen Pressesprecher im »Second Home« – A. Sch. für lebendige Mordfantasien – Eric Vedder für den Schreibtisch